中国百年工业文学大系

丛书主编　贾玉民　樊洛平

长篇小说卷Ⅳ

孙拥军　主编

中国工人出版社

本卷主编简介

- 孙拥军，四川大学文学博士，河南理工大学教授。主持教育部人文社科项目《台湾新文学作家对鲁迅国民性批判思想承续研究》，另主持或参与省部级以上课题12项。出版《新文学的叩问与反思》等学术专著6部，发表核心期刊论文16篇。近年来，关注于中国长篇工业小说文献的梳理与甄别研究。

出版说明

一、缘起

为庆祝中华全国总工会成立100周年，中国工人出版社特组织编纂《中国百年工业文学大系》丛书。文学作品是社会现实的形象反映。本丛书的编纂，全面整理百年来工业文学作品及相关资料，精选优秀作品，按体裁分类，编成20卷的丛书，生动、形象地呈现百年来中国工业化的历程，呈现中国工人阶级的命运和奋斗历史，呈现中华全国总工会在中国共产党领导下，与工人运动一同发展壮大的图景，有助于讲好中国工人阶级故事、中国工业故事和中国工会故事，为更好继承弘扬革命传统，创造未来提供历史借鉴。

二、编纂团队

本丛书编纂团队由《20世纪中国工业文学史》和《中国工人文学史》的作者为基础，邀请郑州大学、河北师范大学、河北大学、河南师范大学、河南理工大学、中原工学院等院校为合作单位，以研究中国工业文学的专家、学者共同组成编辑团队，分工合作，在中国工人出版社的指导下共同完成编纂工作。

三、选录作品范围

重点选录反映工业生活、描写工业人物、揭示工业领域社会问题的优秀作品，根据中国具体情况，适度收录有关传统手工业、商业、人力车夫、纤夫等生活的作品。兼顾各历史阶段、各阶级、各阶层、各个地域、各种产业、各种体裁作品；兼顾专业作家、工人作家、业余作者。

四、编纂原则

真：选录的作品，基本以初发或初版为准，个别作品使用与初版接近“最佳”版本，使其成为中国工业文学发展史的可靠文献。其中繁体字须改为规范简化字；标点符号改为规范格式；错别字给予纠正，加注说明。原作署名为非通用笔名的，注明其真名或通用笔名。

专：各卷按文学体裁编列，分别为史论卷、报告文学卷、短篇小说卷、中篇小说卷、长篇小说卷、诗歌卷、散文卷、剧本卷、电影文学卷、电视文学卷、资料卷。各卷均有独立性，组合又具统一性、逻辑性。

精：各卷首的“导读”，长篇作品的“提要”、节选作品的“简介”，各篇所加注释，务求内容准确、文字简明。

鸦片战争后，中国近代工业开始萌芽，至今已近200年；从中国工人阶级队伍略具规模，至今也已百年以上。这期间出现的各类工业题材文学创作，虽然赶不上“乡土文学”等传统题材作品数量之多，但也可称数量巨大。我们的编纂工作肯定存在不少缺陷，切望有关作家、专家、学者，广大读者批评。

2025年4月

《中国百年工业文学大系》在编纂过程中，有幸收录了众多作家描绘工业岁月的珍贵作品，这些文字是中国工业发展的重要记忆载体。由于时间跨度长、信息更迭等客观因素，书稿付梓之时仍有部分作者未能取得联系，对此我们深感歉意与遗憾。恳请尚未联系上的作者或家属看到成书后，及时与我们取得联系，以完善作品收录的后续事宜。

总序

深刻反映时代巨变，描绘时代精神图谱
——新时代呼唤工业文学的繁荣

“文化是民族的精神命脉，文艺是时代的号角。”习近平总书记的这一重要论断，深刻揭示了文艺与时代的紧密联系。文艺作为社会生活的镜像与人类精神的诗性表达，始终与时代同频共振、血脉相连。它不仅是时代变迁的见证者，更是时代精神的塑造者和引领者，在为我们展现历史巨变的同时，也将中华民族伟大复兴的壮阔征程熔铸成一幅可触可感的精神图谱。

100多年前，我国近代工业刚刚产生，就陷入帝国主义列强的围堵和封建专制的压迫之下，在其筚路蓝缕的艰辛跋涉中，20世纪上半叶就有茅盾、夏衍等作家描写民族资产阶级“工业救国”梦的破产，描写工人阶级的悲惨处境和觉醒斗争，创作了《子夜》《包身工》等优秀作品。新中国成立后，在大规模经济建设中，更多作家长期深入工矿生活，创作了许多新作，如草明的《乘风破浪》、雷加的《潜力》三部曲、艾芜的《百炼成钢》、艾明之的《火种》等长篇小说以及李季赞颂玉门石油基地的诗歌等，出现了工业文学的初次繁荣。而工人

作家胡万春、万国儒等的崛起，则开了工人写工人的先河。到了改革开放大潮中，反映工业战线生活的作品更如雨后春笋，蒋子龙的《乔厂长上任记》等系列，张洁荣获茅盾文学奖的《沉重的翅膀》、程树臻的报告文学《励精图治》，以及众多作家反映工人生活的中短篇小说、诗歌和剧本等，势如乘风破浪，冲上改革文学的前沿。伴随着改革深化和经济转型，在"新写实"和"现实主义回归"文学潮中，又涌现出一批沉甸甸的作品，如张宏森、肖克凡、谈歌等作家真实反映国企工人经历的转型期阵痛的佳作。而"打工文学"在珠江三角洲等沿海经济特区异军突起，更成为新时期工人写工业文学的一道新风景。

从党的十八大开始，中国特色社会主义进入新时代，进一步强化了工人阶级是国家的领导阶级和主人翁地位。在《关于繁荣发展社会主义文艺的意见》指引下，文艺界克服价值扭曲、娱乐至上、唯市场化等倾向，用现实主义精神和浪漫主义情怀观照生活，歌颂光明、抒发理想，鞭挞丑恶、抵制低俗，给人民以信心和力量，在工业文学方面产生了一批讴歌大国重器、"中国制造"的响当当的作品。同时以"知青文学"而闻名的梁晓声，创作了长篇小说《人世间》，描写知青回城前后几个工人家庭两代人的生活变迁，以其动人肺腑的笔力而荣获茅盾文学奖。一向书写矿山工人生活的刘庆邦，以现实主义笔触展示了不同类型的煤矿工人的人生。不少剧作家也创作或改编了描写工业和工人生活的剧本，搬上屏幕，受到广大观众的欢迎。

百余年来，中国工业文学由小到大，由弱到强，形象地记录了中国工人阶级的发展历程。从百年前郁达夫笔下的女工陈二妹，到蒋光慈小说中的工人形象，从《百炼成钢》的秦德贵到报告文学中真实的英雄孟泰、王崇伦、王进喜、赵梦桃等等，构成了中国工业领域的英雄人物画廊，构成了工人阶级光辉的斗争史和成长史。感谢中国工人出版社和主编本丛书的贾玉民、樊洛平诸位教授学者，经过多年努力，辛勤劳作，为广大读者编成此套规模宏大、内容丰富的选本，自是一项盛举！

如今，中国工业文学作家面前仍然任重而道远。

首先，和我国工业迅速崛起的势头相比，工业文学的反映还远远不够。工业文化，尤其是21世纪以来，极速变化，迅速飞腾，节奏之快，前所未有。这就要求我们身在工业战线、对这种伟大变化有深切感受的工业作家，肩负起历史使命，拿出更多新的好作品来。

其次，和经典作品相比，相当一部分工业文学作品对现实的剖析和人物心理世界的开掘还不够深刻，还少有触及这方面深层次的观念冲突、心理变化和复杂的矛盾斗争的新作。随着城市化的加速，新工人、新市民成亿增加，对工业文学的期待必将日益强烈。

中国实现工业化、现代化，是多少代人的理想和立国之本。新时代呼唤工业文学的繁荣。这既是挑战，更是机遇。工业文学作家和工业战线的文学业余作者，自应把握这个历史机遇，全身心地投入这场新的工业革命，投入由农业文明向工业文明的深刻变革之中，在实践中观察，体验，对工业基础以及高端装备等建设成果努力深切了解，对这场变革中的各种人物表现有更生动把握，从而掌握扎实的生活素材，奠定工业文学更生动更深厚的基础。我们深信，广大读者都会殷切期待作家、艺术家的进一步努力，充分认识所承担的历史重任，开出灿烂的文艺之花。希望广大工业战线的文艺工作者不辜负时代召唤、不辜负人民期待，描绘出中华文明古国在21世纪工业腾飞的足迹，绘出民族的精神图谱，奏出时代的最强音。

张　炯

2025年春于苏州

导言

五四新文化运动后，小说成为文学的正宗，也成为中国现代新文学作家创作的主流文体。

1918 年，鲁迅发表白话小说《狂人日记》，标志着中国现代小说的伟大开端。1922 年，张资平发表小说《冲击期化石》，开启了我国现代长篇小说创作的先河。

现代小说以其表现领域的宽广，思想内涵深邃，为众多的现代作家所采用，并迅速推动中国现代文学的发生与发展，成为五四以来中国文学不可或缺的一条创作流脉。由于中国延续了数千年的农耕文明，又加之近代以来中国工业化程度非常低，致使工业小说起步晚，与乡土小说、革命斗争题材小说、都市小说相比，明显滞后，一直处于弱势地位。然而，在百余年中国新文学史上，也不乏工业小说的优秀作品，尤其是长篇工业小说有着其独特的表现领域、叙事视角、宏大主题与丰富的思想内涵，为认知近代以来中国工业化波澜壮阔的发展历程，提供了具有独特价值的文学样式和文献参照。特别是进入新时期以来，随着我国工业化、现代化的高速发展，工人队伍迅猛扩大，工业问题往往成为社会关注的中心，工业题材的长篇小说纷纷问世，作品的内容厚重，触及社会问题尖锐，艺术成熟，已经走上当代文学的前沿。工业题材长篇小说的繁荣已经来临。

一

鸦片战争之后，西方列强以武力打开晚清闭关自守的大门，资本主义经济进入中国，对数千年来中国传统的自给自足的自然经济产生巨大冲击，并逐步走向解体。受到西方工业经济的影响，晚清地主阶级开明知识分子也意识到现代工业对于国家盛衰的重要意义。1860年，晚清洋务运动兴起，掀起了中国自主创办近代工业的热潮。同时，西方列强也在中国相继开办工矿业，强化对中国的经济掠夺与殖民侵略。在西方列强以及洋务派创办的工厂里，出现了中国最早的产业工人。

中国早期工人阶级的发展虽然还处在萌芽状态，然而却是新生的社会力量，自诞生之日起就深受帝国主义、封建主义、官僚资本主义“三座大山”的压迫，在长期与中外反动势力的斗争中成长为一个最坚决、最彻底的先进阶级。

晚清时期，虽然已经有作家开始关注这些早期产业工人的生存状况，然而，真正成为中国工业文学先声的却是反映华工遭遇的文学作品。1880年代，美国爆发了经济危机，影响到它在世界各地的工矿产业，为转嫁危机，资本家加大对产业工人的压榨，同时开始疯狂地排斥、迫害华工、华侨，因而引发了我国沿海各地掀起了一场轰轰烈烈的抗议美国迫害华工华侨的爱国运动，史称反美华工禁约运动。晚清一些作家开始用文学的形式记录这场运动，反映华侨华工的生存状况和抗争，以及受这场运动影响，决心实行工业救国的爱国企业家的活动。如我佛山人（吴趼人）的《劫余灰》、姬文的《市声》、中国凉血人的《拒约奇谈》等。

19 世纪末 20 世纪初，中国现代民族工商业在沿海城市产生，然而，在中国社会由传统封建农业经济向现代经济过渡中，帝国主义列强的工矿企业打压中国民族工商业的发展，致使中国民族工业的发展极度艰难，在夹缝中求得生存。这在一定意义上，也影响了作家的创作取材，对工商业领域表现的长篇小说创作较少。

第一次世界大战期间，中国民族工业获得较快发展。伴随着中国民族工业的发展，工人阶级队伍也逐渐壮大起来，尤其是五四运动中，工人阶级以自己特有的组织性和斗争的坚定性，在运动中逐渐成为主力军，开始以独立的姿态登上政治舞台。同时，马克思主义理论的传播，对于中国工人运动的发展起到极大的推动作用。1921 年中国共产党成立后，积极领导中国的工人运动，工人的斗争状态由自发转向自觉。中国工人阶级队伍的壮大以及工人运动的纵深发展，工人阶级的斗争与生存状况也获得了现代作家的广泛关注，但作家因其和工人接触尚少，对工人生活的反映还以短篇小说为主，长篇小说的发展较为迟缓。

1930 年代，随着中国现代工业的发展、产业工人数量的增加以及中国共产党领导的工人运动的广泛开展，为左翼作家所广泛关注。同年 3 月，中国左翼作家联盟在上海成立，在《中国无产阶级革命文学的新任务——一九三一年十一月中国左翼作家联盟执行委员会的决议》中，强调作家必须“注意中国现实社会生活中广大的题材”，“描写民族资产阶级的形成和没落，描写工人对于资本家的斗争，描写广大的失业，描写广大的贫民生活”。1932 年上海“一·二八”事变后，为了推动工人文艺的创作，中国左翼作家联盟又成立“工人文艺工作委员会”，号召作家们到工人中去做文艺工作，体验工人的生活，写作反映工人生活的作品。左翼作家最早对工人阶级进行关注的是中国无产阶级革命文学的先驱蒋光慈，虽然他创作的工业小说大部分为中短篇，如《短裤党》，但拉开了中国左翼作家创作工业小说的序幕。1928 年，蒋光慈创作出表现青年工人自发反抗的长篇小说《最后的微笑》。华汉、欧阳山、草明、丁玲、蒋牧良、万迪鹤、邵子南等左翼作家笔下，也创作出了优秀工人文学作品。最有代表性的左翼工业文学作品是茅盾的长篇小说《子夜》，运用马克思主义阶级分析学说，运用社会主义现实主义的创作方法，从经济视角对1930年代中国社会的状况进行深度剖析，关注于经济变动之后中国社会整体变迁，揭示出社会内部的种种矛盾，并对这些矛盾形成的渊源原因进行深度探讨，反映出1930年代中国民族资本主义工商业的生存状况与半殖民地半封建社会的现实。

1940年代，中国作为一个传统的农业大国，在向现代转型的历程中，现代作家依然较多关注于乡土中国的变化、农耕文明的现代变迁以及中国农村的“土地革命”，而中国工业虽然从晚清洋务运动就开始了，但经过近百年的发展历程，进展依然至为缓慢，工业文学也没有太大的发展，但在长篇小说的创作上，却出现了重要作品：1945年8月宋霖出版了《滩》，反映在抗战时期的大后方，民族资本家的艰难挣扎和破产；1949年2月，作家康濯创作出我国第一部描写煤矿工人生活的长篇章回体小说《黑石坡煤窑演义》，在《人民日报》连载，小说通过描写煤窑工人从奴隶生活走向翻身解放的艰难历程，展示了一部煤窑工人的苦难史和斗争史。作家雷加在抗战胜利后随解放军回到家乡辽宁丹东，在安东造纸厂工作五年，和工人一起经历了复工、撤退、再复工三个阶段。在1950年代，雷加以此为素材，创作了长篇小说《潜力》三部曲，迎来了自己工人小说创作的高峰。

二

1949年3月，中共七届二中全会在河北省平山县西柏坡召开，毛泽东在《在中国共产党第七届中央委员会第二次全体会议上的报告》

中明确提出，在夺取全国胜利后，党的工作重心要从农村转向城市，使中国稳步地由农业国转变为工业国，把中国建设成一个伟大的社会主义国家。

文学是时代的传声筒，作家也必然会紧扣时代的脉搏进行创作。新中国成立后，作家的创作重点也会随着国家发展重心的变化而转移到工业文学的创作。然而，近代以来，由于西方资本主义经济的侵蚀，中国近代民族资本主义工商业虽然获得一定发展，但发展至为缓慢，没有形成强大的工业生产背景；又由于解放区作家长期生活在农村，文学创作对工业题材一直关注不够，以至于新中国成立后，描绘农村社会主义革命和战争革命斗争题材的作品依然是文学创作的主流。新中国成立之初，工矿企业百废待兴，社会主义工业化开始起步，然而，由于工业生产的独特性，技术性强、程序繁杂，同其他领域的日常生产与生活有很大不同，作家对工业领域的熟悉需要一定时间，因此，新中国成立初期工业题材小说的创作相比农业题材、城市题材、军事题材小说来说，仍然薄弱。

工业题材小说的创作，对作家提出严格要求，必须真正长期深入到工厂，了解工业生产的流程、工序，熟悉工人的生活、习惯及其内心的期盼、感受，更要发现工业生产进程中的新旧矛盾、新旧思想等等，然后精心去整理、去思索，才能创作出思想内涵深刻的工业小说。1956年底，“三大改造”完成后，中国进入社会主义建设时期，社会生活发生了天翻地覆的变化，以工业化为标志的经济建设成为生活的重要内容。工业题材的文学创作逐渐兴盛，草明、艾芜、周立波、李季、萧军、雷加、罗丹、韶华、阮章竞等，响应党和国家号召，纷纷深入到工厂、矿区，熟悉工业生产，体验工人生活，并拿起笔来，刻画中国社会主义初期工业的发展与工人的生活。

诚然，在新中国鼓励工业题材创作的文艺方针指引下，许多原来进行农村题材、军事题材创作的作家，主动深入工业生产第一线，走到工人群众中去，亲身参与工业建设，获得真实的生活体验和第一手创作资料，在50年代中期，陆续推出了一批长篇工业小说作品。中国当代工业小说的开拓者为作家草明，按照党组织的安排，1947年5月，她到东北牡丹江镜泊湖水力发电厂亲自参与到抗日战争胜利后已经濒临废弃的东北工业的恢复与生产工作中。草明根据这段生活经历和体验，于1948年创作了中篇小说《原动力》。沈阳解放后，她又到皇姑屯机车车辆厂工作，根据工人修复机车支援前线的事迹，于1950年创作了长篇小说《火车头》，开启了当代工业小说创作的帷幕。1954年8月，草明又到鞍山钢铁厂落户，与工人同生产、同吃住，体验生活，并于1959年9月创作出以描写鞍山钢铁厂生活为背景的长篇小说《乘风破浪》，向国庆十周年献礼，这既是中国工业文学的扛鼎之作，也是草明小说创作高峰的标志。其他深入到工业战线的作家，也创作出了大量优秀的长篇工业文学作品，如萧军的《五月的矿山》(1954)、雷加的《春天来到了鸭绿江》(1954)、周立波的《铁水奔流》(1955)、碧野的《钢铁动脉》(1955)、艾芜的《百炼成钢》(1957)、周而复的《上海的早晨》(1958)、罗丹的《风雨的黎明》(1959)、舒群《这一代人》(1962)、李云德的《沸腾的群山》(1965)、程树榛的《钢铁巨人》(1966)等，集中体现了新中国由农业大国追求工业现代化征程上的积极自我探索与艰难跋涉。这一时期的工业长篇小说比较真实地再现了工业生产一线的工厂、车间、矿山、工地的生产建设场景，以及工业建设面临的困难、不同思想路线间的矛盾与冲突。

三

党的十一届三中全会后，中国进入改革开放的历史新征程，全国开启了自上而下的经济体制改革，要将我国建设成为一个社会主义现代化国家，工业发展再次成为国家发展的重中之重。随着改革开放的推进和现代工业的快速发展，工业文学也再度繁荣。当代作家蒋子龙的《乔厂长上任记》首开“改革文学”先河，拉开了新时期工业小说的创作帷幕，“改革”也成为工业小说的核心主题。在长篇工业小说创作上，张洁的《沉重的翅膀》（1981）、张锲的《改革者》（1983）、焦祖尧的《跋涉者》（1984）、刘庆邦的《断层》（1986）等作品，揭示国有大中型企业在改革进程中面临的种种困境，塑造了一大批改革先锋者形象，他们勇于革新、富有开拓精神，凸显了工业体制改革的历史必然性与必要性，构成了 1980 年代改革小说的基本创作路径与创作理念。

随着改革的纵深推进，作家们反映改革的视野更加阔大，眼光也日益深邃，在反映经济、政治、社会体制变革的同时，更注重剖析改革对人的传统价值观念的影响，揭示商品经济冲击下旧有生活方式的逐渐瓦解，以及新的生活理念在人们的心灵上产生的强烈震动，将对于改革的书写推向更为深广的领域。张洁的《沉重的翅膀》，作为新中国反映社会主义现代化建设、工业改革的第一部长篇小说，对工业改革使命性与艰巨性给予了深刻的讲述，展现改革进程中各种复杂的矛盾纠结，全方位地呈现了改革大潮下当代社会的人情世态。

进入 1990 年代，改革进入攻坚期，出现了诸如国有企业改制，破产重组，职工下岗、失业等迫切的经济问题和社会民生问题，一些作家直面现实，用小说创作反映当时经济改革、政治体制改革中存在的问题以及引发的种种冲突，形成文学创作的“现实主义冲击波”。

诚然，社会主义市场经济体制的确立，在改革大潮中，人们的关注点有所改变，由国家意识、民族命运转向个人生命价值的关怀，由 1980 年代对于改革先行者的歌颂转向社会底层工人生存困境的书写，表现国家在社会转型期所经历的阵痛以及所面临的重大社会问题，反映了社会转型期国有大中型企业严峻的经济形势和窘迫的生存状况，提出了亟待解决的诸多问题，发出现代人文知识分子对于改革走出困境的真切呼唤。如谈歌的《城市守望》(1997)、刘醒龙的《寂寞歌唱》(1997)、张宏森的《车间主任》(1997)、胡小胡的《太阳雪》(1997)等，它们主要描绘了社会转型期工人的艰难生活和理想追寻，以不同的叙事方式、叙事视角、叙事架构，真实反映了当代工业改革的成功与挫折、困惑与突破，以及工业人的期盼与忧患、命运的顺境与逆境等等。还有张平的《抉择》，集中呈现了在新的历史条件下，工业领域反腐败工作的复杂性和迫切性，全视角揭示了种种腐败现象，深层思索腐败滋生的渊源，凸显对于社会转型期国企及工人命运的人文关怀。

四

进入新世纪以来，中国工业的发展突飞猛进，高智能、高科技产业成为中坚，工业生产环境变得更为复杂，机器操作流程更为烦琐，给工业文学创作带来巨大挑战。由此，工业文学作家在持续关注于工业经济发展的同时，他们的创作聚焦点有所改变，更关注于新时代工业大环境下传统的产业工人的生存、生活与生命历程。同样，新时代产业工人在关心工业产品质量的同时，也关注自我的生存状态与生活质量。虽然工业、工厂依然作为工业写作的大背景，但小说的取材空间由原来的工厂、厂矿、生产车间，扩展至工人生活的社区、俱乐部、商超、集市等场所，将工人们的日常生活融入工业题材小说的创作，极大地拓展了工业小说的叙事空间、思想内涵以及创作理念，改变了小说情节的过度模式化、小说人物塑造脸谱化，让情节更加真实化，在现实的生活中立体、多元地表现人物生活的时代、社会以及人性的复杂性与深刻性，在对工人的日常生活描写中建构小说情节脉络，展现出新世纪工业题材小说源于日常生活的原生原貌。

由此，对于工业生产的描述与工人生活的书写构成新世纪工业小说创作的两条流脉，极大丰富了长篇小说的创作取材与创作内涵。然而，新世纪工业题材小说并不是仅仅停留在对于当代工人日常生活的简单记录，而是深入到工人的内心世界，深度挖掘普通人的精神追求与理想向往以及在新时代快节奏的社会发展中的生存困惑，对生命意义与生存价值的自我追问与思索。如向本贵的《遍地黄金》（2001）、王立纯的《月亮上的篝火》（2005）、肖克凡的《机器》（2006）、刘庆邦的《红煤》（2006）、焦祖尧的《飞狐》（2007）、曹征路的《问苍茫》（2008）、徐坤的《八月畅想曲》（2008）、李铁的《长门芳草》（2009）、李宏林的《非常城市》（2009）、王十月的《无碑》（2009）、高满堂的《大工匠》（2011）、肖克凡的《生铁开花》（2011）、于泽俊的《工人》（2011）等作品。

新世纪以来，工业作家在对工业厂矿书写的同时，还注重新中国工业发展史的呈现，用文学见证中国工业的发展历程，具有史诗性的价值与意义。如煤矿作家刘庆邦多年坚守自己的创作立场与创作领域，创作出被称为“煤矿三部曲”的作品：《断层》（1986）、《红煤》（2006）、《黑白男女》（2015）三部长篇小说，记述了新时代煤矿工业发展的沧桑历程。还有刘华的《车头爹 车厢娘》（2010）、罗基础的《玛依塔柯之恋》（2012）等作品，以小见大，呈现出中国工业发展的艰辛铿锵历程，展现中国工人阶级前仆后继的革命精神与普通产业工人的高尚情操，再现了中国工人阶级勇担重任、开拓进取、公而忘私的心路历程。

新世纪长篇工业小说，最大的突破就是对女性矿工生存状态的关注。2020 年，刘庆邦创作长篇小说《女工绘》，是至今唯一一部书写煤矿女工故事的长篇小说。2024 年，张秀珍创作长篇小说《孔秀》，讲述普通女工孔秀在繁重的工作之余从事文学创作，并最终成为作家的故事。

2012 年，进入新时代以来，随着中华民族伟大复兴进程的加快，尤其是提出到本世纪中叶，要把我国建设成为社会主义现代化强国。毫无疑问，工业是我国的强国之本，国家加大对现代工业的重视力度，产业科技创新能力大幅提升，产业结构持续优化升级，企业实力和竞争力显著增强。随着工业化进程的不断推进，工业产业的发展日新月异，新能源、新材料、生物制造、商业航天、低空经济、量子信息、载人航天、探月工程、深海深地工程、国防军工等重点领域科技创新连续取得新的重大突破。在后工业时代，工业文学有了新的、更为广阔的表现领域，工业文学作家的认识度和创作观念有了新的突破，工业小说不一定是写工矿，真正意义上的工业小说创作，应展现当代大工业在国家和社会进程中所起到的关键性作用，既有宏观视野，又有个性思考，创作出具有大气象、大魂魄的文学作品来。如网络文学作家、都市硬派工业类作品第一人齐橙，从 2011 年开始，他在起点中文网先后发表了《工业霸主》《材料帝国》《大国重工》等一系列工业题材的小说，引起巨大反响，也带动了网文界写作工业小说的风潮；从小生活在军工大院的作家阿莹，对军工生活至为熟稔，创作出小说《长安》，记述了我国军工人满腔的爱国激情、高度的历史使命感与责任感以及自强自立、攻坚克难、勇于奉献的奋进精神。此外，还有亚东的《风起毛乌素》(2012)、商国华的《我们走在大路上》(2014)、赵晏彪的《中国创造》(2015)、杨梅莹的《仰望长空》(2018)、罗日新的《钢的城》(2019)、温恕的《世间人》(2019)、孟广顺的《高铁作证》(2019)、管新生的《工人新村》(2019)、黄建东，杨忠华的《长辛店》(2019)、周梅森的《人民的财产》(2021)、李铁的《锦绣》(2021)、邹小林的《风过太阳城》(2021)、秦北的《归心》(2021)、第广龙的《高高的太阳坡》(2021)、黄秀萍的

《中国智造》(2021)、晨飒的《重卡雄风》(2022)、紫芒果(李杰)的《强国重器》(2022)、水运宪的《戴花》(2022)、王延才的《中国名片》(2023)、苏虹的《海上晨钟》(2023)、邹元辉的《远航》(2023)、吴丹的《鲸落果园》(2024)等长篇工业小说。

工业题材是文学写作的富矿，这已经是文学界的共识。工业文学经过百年发展，在中国从工业大国迈向工业强国的征程中，工业长篇小说的创作上虽然有长足的发展，但相对于波澜壮阔的中国当代工业的发展，依然不足，过于单薄，相当时期甚至处于失语状态，因而需要更多的优秀作品，反映中华民族伟大复兴的历史征程，展现新时代工业战线上的辉煌成就。由此，我们需要更多的专业作家，正视工业题材文学的现实与困境，以繁荣工业文学创作的使命意识深入到工矿企业，沉心静气，积淀素材，将工业文学的书写融入中国的工业化、现代化的历史进程之中，从广阔的生活、典型的人物、历史的变迁和时代的精神等各个方面，创作出彪炳史册的工业小说，记载下中国社会主义新时代工业发展的伟大成就。

同时，为更好推动工业文学的创作，扩大工业文学作品的影响力，工业和信息化部工业文化发展中心、中国作家协会创作联络部、中国企业联合会企业文化建设委员会等单位联合举办“光耀杯”中国工业文学作品大赛，目前已经举办三届，评选出众多优秀工业文学作品，极大地推动了工业文学创作的新发展。中国工人出版社特设立出版资助项目专项资金 200 万元，资助 15 部左右工业题材作品以及工人作家的工业文学作品出版。另外，还有“中华铁人文学奖”“全国青年产业工人文学大奖”“全国煤矿文学乌金奖”“草明文学奖”等，定期举办评选优秀工业文学作品，激励工业文学专业作家和工人业余作者进行创作。这些举措都旨在推动中国工业文学(小说)的快速发展，激励当代工业文学作家不辜负时代召唤、不辜负人民期待，记述中华民族伟大历史复兴的工业铿锵历程，讲述中国工业故事，展现中国创造的磅礴力量和改革创新的中国精神，创作出反映中国特色社会主义新时代工业发展的优秀长篇小说，谱写中国工业发展的新篇章。

孙拥军

目录

存目

《春天来到了鸭绿江》 雷　加
作家出版社　1954

《五月的矿山》 肖　军
作家出版社　1954

《铁水奔流》 周立波
作家出版社　1955

《鹰之歌》 李云德
春风文艺出版社　1963

《伐木人传》 屈兴岐
人民文学出版社　1976

《创业》 张天民
中国青年出版社　1977

《精明人的苦恼》 董玉振
人民文学出版社　1980

《不尽长江滚滚来》 彭　慧
人民文学出版社　1980

《春风得意》 刘彦林
工人出版社　1983

《三月潮》 刘彦林
人民文学出版社　1987

《走进夏天》蒋　杏
长江文艺出版社　1999

《遍地黄金》 向本贵
作家出版社　2001

《非常城市》 李宏林
春风文艺出版社　2005

《西圣地》 赵天山　林和平
国际文化出版公司　2006

《黄沙窝》 乔　盛
上海文艺出版社　2007

《飞狐》 焦祖尧
作家出版社　2007

《八月狂想曲》 徐　坤
北京十月文艺出版社　2008

《钢铁是这样炼成的》 贺晓彤
湖南文艺出版社　2008

《东方大港》 彭瑞高
上海文艺出版社　2008

《超低空滑翔》 张学东
上海文艺出版社　2009

《湿润的上海》 林　青
宁夏人民出版社　2010

《生铁开花》 肖克凡
北京十月文艺出版社　2011

《工人》 于泽俊
文化艺术出版社　2011

《玛依塔柯之恋》 罗基础
石油工业出版社　2012

《风起毛乌素》 亚 东
陕西出版集团 太白文艺出版社 2012

《红昼》 赵 雁
人民文学出版社 2012

《工人》 管新生 管燕草
上海人民出版社 2013

《我们走在大路上》 商国华
沈阳出版社 2014

《女红》 程小莹
上海文艺出版社 2014

《江河水》 杜卫东 周新京
东方出版社 2014

《野百合》 高安侠
石油工业出版社 2015

《黑脸》 竹 乙
春风文艺出版社 2015

《中国创造》 赵晏彪
作家出版社 2015

《欢喜地》 王承志
上海文艺出版社 2018

《工人新村：
上海的另一种叙事记忆》 管新生
中国工人出版社 2019

《世间人》 温 恕
中国工人出版社 2019

《长辛店》 黄建东 杨忠华
中国工人出版社 2019

《高铁作证》 孟广顺
中国工人出版社 2019

《春夜》 蔡 俊
作家出版社 2020

《女工绘》 刘庆邦
作家出版社 2020

《大国重工》 齐 橙
上海文艺出版社 2020

《五朵厂花》 邱贵平
中国文史出版社 2021

《长安》 阿 莹
作家出版社 2021

《重卡雄风》 晨 飒
海峡文艺出版社 2022

《钢的城》 罗日新
人民文学出版社 2022

市声

（节选）

姬　文

作品简介

中国近代以工商界生活为题材的章回体小说。

作者姬文。最初发表于晚清李伯元主编的《绣像小说》，25 回，没有连载完。1908 年，商务印书馆出版 36 回单行本。1958 年，上海文化出版社排印出版。

《市声》以半殖民地半封建社会的晚清上海为时代背景，全视角地讲述了工商业界生产、生活的场景。小说集中反映了近代民族工商业者有志于创办实业，振兴民族工业的豪举，但由于受到帝国主义资本的挤压，纺织、茶业等工业日渐萧条；同时，受晚清谴责小说的影响，也暴露了晚清工商界内部明争暗斗、尔虞我诈的种种劣行，在一定程度上影响了民族工商业的快速良性发展。

小说整体上言辞犀利，见解深刻，富有忧国忧民精神，是反映晚清工商业社会生活的风俗画卷。

根据姬文《市声》（上海文化出版社，1958 年初版印行）节选。

正文节选：第三十一回—第三十六回

第三十一回　刘浩三发表劝业所　余知化新造割稻车

却说刘浩三遇见了姜春航，春航约他回到楼下，拣张桌儿坐下。堂倌送上茶来。浩三道：“春航先生几时来上海的？怎么知道兄弟在这里？”春航道：“兄弟是正月间就到上海，只因家兄想办苏州水电两个公司，承陆中丞批准了，交下札子，听兄弟承办；遇着一位朋友，肯代招股本，札子被他拿去，落在外国人手里，兄弟到处设法，这札子总取不回来。寓里坐着，气闷不过，出来散步，可巧上楼见浩三先生直往前走，越看越像。谁知浩三先生走到顶上一层楼去了，只得斗胆跟着上楼，果然不错，是浩三先生。我们要算是他乡遇故知了。”浩三道：“春翁谈什么水电公司，又是什么札子被外国人取去，一派迷离闪烁，兄弟实不明白，还望详细告知。”春航只得把前事述了一遍。浩三道：“这事不难，待兄弟引你去见一个人，自然有法取到札子的。”春航道：“真的么？”浩三道：“兄弟从不打诳语的。”春航站起身躯，深深地和浩三打了一恭，道：“如此感激得很！”浩三道：“小事，没什么难处。”春航道：“浩三先生，那樊制台后来究竟怎样了？听说他调到两广去了，浩三先生为什么不去呢？”浩三道：“樊制军自然是一片热心，想做几桩维新事业，只是他的事儿太多。大凡做官的人，各管一门的事，尚且忙不了，中国的督抚，又管刑名，又管钱漕，又管军政，又管外交，又要兴办学堂、工程，又要提倡工艺，几乎把世间的事，一个人都管了去，哪能不忙；既忙，势必只顾了这头，顾不了那头，弄得一件事也办不好。他还要天天会客，还要天天看他照例的公牍，就算做督抚的都是天生异人，脑力胜人十倍，也要有这个时间干去！督抚所仗的是幕友、属员，然而中国人的专制性质，决不肯把事权交在别人手里，总要事事过问，才得放心。那些属员、幕府，也带着娘胎里的腐败性质来，要有了事权，没人过问，他就会离离奇奇，干出许多不顾公理害百姓的事儿来。樊制军的忙，就是百事要管，又没工夫管，遍了百事，因此把要紧的事，都遗下了，没工夫办。兄弟的事，就是被他遗下的那一桩。后来看他杳无音信，客寓里的费用浩大，连几件破衣服几乎典当一空，只得回去。闲在家里，又受老婆的气，只得来到上海。幸亏从前在轮船上遇着一位富商，很谈得来，想起这人很有作为，学那毛遂自荐，见一谈，蒙他十分信服。如今买了地，造了房子，要开工艺学堂，有个吃饭的地方罢了。”春航道：“那不用说这学堂的总办一准是浩三先生的了。可喜，可喜！”浩三叹道：“有什么可喜？兄弟的意思，总想我们中国人集个大大的资本，开个制造机器的厂，兄弟进去指点指点，或者还不至于外行。将来发达起来，各种机器不要到外洋去办，这才权利在我。如今十分如意，也只能做个学堂里的教员，不是乏味的事么？”春航道：“那倒不是这般说，浩三先生的本领，兄弟是知道大可有为的，只是时还未至。既然做教员，就能教授出一班好学生来；将来工匠一门，不用聘请外国人，就是有人开造机器的厂，也有内行人指点，不至于刻鹄不成了，暗中的公益很大哩。”浩三道：“春翁的话也不错。兄弟是见到外洋已经趋入电气时代，我们还在这里学蒸汽，只怕处处步人家的后尘，永远没有旗鼓相当的日子，岂不可虑！更可怜的连汽机都不懂。春翁没听说赫胥黎说的优胜劣汰么？哼，只怕我们败了，还要败下去，直至淘汰干净，然后叫作悔不可追哩！”春航听了，面色惨然。二人慨叹一回。春航忽然拍桌道：“我们都做了呜呼党，也是无益于世。且休管它！你没见那一群乌鸦，都没入树林去么？它也只为有群，没受淘汰。我们有了群，还怕什么呢？天已不早，我们吃晚饭去吧。”浩三起身，二人找到一个馆子，吃了晚饭，约定次日会面，当晚各散。

次日，春航去拜浩三，可巧浩三在范慕蠡的办事室内，商议开学。家人递进名片，浩三告知慕蠡，慕蠡道："甚好，请来谈谈。"家人领春航进来，只见堆着许多生熟各铁，那屋子里也很乌糟的。走进一个院子，却豁然开朗，一带西式楼房，三面环抱。那院子也很宽敞，堆了好些盆景的花草。前面玻璃窗里，三个人在那里立谈。家人领了自己直走进去，这才认清是浩三。当下作揖招呼。浩三指着一位穿着织绒马褂的，道："这位就是范慕蠡兄。"春航连忙作揖，道称久仰。慕蠡还礼，请他坐下。

叙谈一会，慕蠡问这水电公司的办法，春航把详细情形和他说知。慕蠡道："那还了得！春翁该早来问我们，何至上他们的当呢？外国人不说他了，只这位贵友，为何这样冒失？"春航道："真是后悔嫌迟了，好歹要求慕翁设法！"慕蠡道："单是兄弟一人，也想不出法子，我去找李伯正先生商议这事。不瞒老哥说，我们在上海做买卖，从来没受外人欺侮的。也罢，我先写封信去问他，何时得闲，我就领你去和他会面。"说罢，便叫家人去拿信笺来；一会儿，信笺取到，慕蠡把信写好，叫人送去。又道："春翁就在敝厂吃饭吧，等李伯翁的回信来，我们就好去找他。"春航道："李先生做的什么生意？"慕蠡道："春翁怎么连李伯正先生都不知道？他是扬州的大富翁。现今他在上海做的事业也多，坐实的是织绸的南北两个厂，少说些，也下了几百万银子的资本哩。"春航听了，才知是个大有名望的人，料想总能替自己出力，不觉暗喜。

慕蠡就和浩三商议学堂的事。慕蠡道："兄弟打算收三百个学生。"浩三道："兄弟的意思，学生倒不在乎多收。这工艺的事，第一要能耐苦，那文弱的身体，是收不得的。第二普通的中国文，和浅近的科学，要懂得些；外国文也要粗通，省得我们又要教他们这些学问。总而言之，要认定这个学堂是专门研究工艺的，才好求速效哩。报考的学生，须牺牲了他的功名思想，英雄豪杰思想，捺低了自己的身份，一意求习工艺，方有成就。其实做工的人，并不算低微，只为中国几千年习惯，把工人看得轻了，以致富贵家的子弟，都怕做工，弄成一国中的百姓，脑筋里只有个做读书人的思想；读了书，又只有做官的思想，因此把事情闹坏了！如今要矫正他这个弊病，勉强不得，且看来学的立志怎样罢了。”慕蠡道：“这话甚是，兄弟在这学务上，不甚内行，把这全权交给浩翁吧。”

一会儿，饭已开好，慕蠡请他们到正厅吃饭。春航见他厅上摆设，果然华贵。饭后，李伯正那里的回信来了，慕蠡念道：“来字获悉。今日商学开会，弟不得闲。明日三时，乞枉驾叙谈。”春航听了甚喜，当下略谈片刻，告别回去。

慕蠡托浩三把学堂招考的告白拟好，当日就叫人去登报。这信息一传出去，就有许多人前来报名。原来这学堂叫作尚工学堂，不收学费。学堂外面，另有宿舍，分上下两等：上等的一间房子里住五个人，每月连膳费五块钱；下等的一间房子里住十个人，每月连膳费只收三块钱。还有一带劝工场的房子，预备人家租着做工的。慕蠡的意思，总要多收学生，也是广惠寒微的好念头。浩三拗不过，就在工艺里面分出三级：第一级是各科粗通，专习理化、热力汽机的；第二级是各科未通，一面补习，一面学工的；第三级是各科并未学过，上半日认字读书，下半日做手工的。又劝慕蠡从东洋办些器具来，以备临时试验。只教员难聘，幸亏浩三旧时的同学不少，写信去招徕了好几位朋友，足可以开学的了。浩三又想出一个主意，叫慕蠡另开一个劝业公所，将来学堂里制造出器物来，就归劝业公所发售。慕蠡一一应允。

不上十天，报名的人已有了五百多人。内中单表一家姓余，名知化的，听说有这一个好学堂，忙同两个儿子前来报名。

原来这余知化家世务农，到知化手里，偏喜做工。他想出一种新法，造出一具耙车，一具割车。人家几十个人耙田还耙不干净，他只一把耙车，何消片刻，已经干净了；那割稻车更是巧妙，一天能割一百亩田。如今且说他那耙车的式样，原来和马车相仿，一般有两根车杆，套在马身上走的；后面两个小轮子，便于转动。那两个轮子里面，一块平板，底下藏着许多钢齿，田里面收过了麦，余下些零碎麦穗，或是割过了草，堆在田里晒干了，要收回来，就用这个耙车。知化亲自动手，把马套上，拉到田里，拣那有麦穗和草的地方走去，车轮一转，那板底下的钢齿，便把麦穗和草一齐卷了起来。要放下时，只把连着钢齿的柄一振动，卷起的草穗，都一起落下了。

人家见了这件东西，甚为纳罕，都来问知化。知化把造法一一告知他们，无奈他们总悟不透，而且惜费，不肯仿造。不消说这利益是知化独擅的了。

后来割稻车造好了，知化有意卖弄，候他自己田里的麦熟了，偏不去割。人家都忙着割麦，知化的佃户来道："我们田里的麦好割了。"知化道："且慢，我自有道理。"佃户知道他又要闹什么新鲜法子，只得由他。再过几天，人家田里的麦都割了不少。一天，知化等到天黑了，把制造的新式割稻车推出去，也是用马拉的，走到田里，整整地割了一夜，那百来亩田的麦齐都割完。次早，有人走过余家的田，不胜诧异，见黄云似的满田麦子，齐都没有。惊道："不好了！余家的麦被人盗割了！"一传十，十传百，轰动一村的人，都来余家问信。及至到了余家场上，只见一堆一堆的麦排列着哩。众人都要争先访问这稀奇事儿。知化的娘子，见这班人蜂拥而来，只道是抢麦哩，吓得乱叫地方救命。知化还在院子修理那部割稻车，听得外面喧嚷，慌忙走出，只见场上簇拥着几十个人，他娘子在那里指东画西地乱嚷。知化早知就里，便道："列位乡亲，料是为着这麦来的？"内中一个蟹嵌胡子的舒老三，一个吊眼皮的杨福大，一个跷脚的萧寿保，抢先问道："知化哥，你弄得什么神通，怎样的一夜工夫，你田里的麦都割完了，而且一堆堆地排在这里？"知化道："我也没什么神通，割麦是件省力的事，犯不着费力的。"舒老三道："你这小子，说得这般容易！你老子使出了吃奶时的气力，一天也不过割得两三亩田的麦子。你这一大片田，至少也要用几十个人割，如何一个人一夜工夫割得了呢？并且齐都堆好，我只不信。”知化道：“我一个人怎么割得了呢？这都靠我那部车子。”杨福大道：“什么车子？你动不动闹车子，照你这么说，世上的人都不要种田了，都叫车子种去。你不是个妖人么？快把你那妖车推出来，给我一把火烧掉了，省得害人！”知化本意要显他器具精工，劝人仿造的，听他们这般说，唯恐毁坏了这部车子，不敢孟浪，只得答道：“列位既不信，各种各的田，犯不着烧我的车子。我并没叫列位把车子种田，有什么害人呢？”福大没话说，老三和寿保却都要看他的车子，还有众人齐都眼巴巴地要看，便都骂福大道：“真是，余大哥自愿把车子割麦，和你我有什么相干？都是你胡说人！你不喜看他车子，快请走开，我们要看哩！”福大还说要烧车，被众人一拳一脚地把他打得逃走了，这才央求知化把车子推出来。知化见众人诚心要看，就叫他们远远站着，自己走到院子里，把车子套上马，拉到空地上。知化预先吩咐他们，只准看，不准动手。众人见乌压压的一部车推出来，便都像看玩把戏似的团团围着这车子。

不知后事如何，且听下回分解。

三十二回　农务机千塍并举　公司业两利相资

却说舒老三、杨福大领着一班人，围着余知化造的车子，看了半天，看不出个道理，心中纳闷，只得去请教他。知化道：“这车子是仿西洋式造的，并没什么奇怪。那做工的妙处，都在这几个剪刀上。中间那个有齿的轮盘，叫它活动，自然像人手一般，割麦堆麦，都随心所欲了。”众人听了，兀自不解。确信余知化并不是什么妖人，他造的车子也不是什么妖车。大家情愿拜知化做师父，学造割麦车的法子。知化道：“种田的机器多着哩。会造了一样，就会造各样，只是看来容易，你们却学不来的。”杨福大掀起那只吊眼皮的眼睛，怒道：“你不肯教我们罢了，倒说我们学不会，这话真正怄人哩！”知化正色道：“我巴不得你们都学得来，我不惜费了工夫教你们；只是要学这些机器，须从《三字经》读起，且把中国字认会了，还须学些算法，这才讲得到怎样冶铁，怎样造轮，怎样做剪；怎样的尺寸，齿轮的机关就灵；怎样的毫厘，剪却可巧齐着麦秸好剪；怎样的斗笋，那剪下的麦与可巧堆成一垛。看看这种不要紧的东西，却有一定算法，不是学了什么小九九、乘法、归除，就能教得会的。”舒老三、杨福大听了，齐都吐舌道：“原来有这许多讲究在里面，我们连小九九都不会，今生今世学不来的。”便都一哄而去。知化赶忙把割麦车推回家里。

饭后没事，知化要做有轮双耒，细想那片簧怎样挺法；正想不出主意，忽见舒老三、杨福大领了一位先生来。知化认得这先生姓周名萝公，要算这乡天字第一号的先生。他肚里的书，也不知有多少部，什么《西游记》《三国志》等类书，倒背都背得出。乡里大大小小的事，哪一个不要去请教他呢？今天出了一件新闻，舒、杨两个人赶到他家里报信，萝公只不信，所以同来调查。当下便问知化道：“他们说你造了一部车子，一天能割几百亩田的麦，果是真的么？”知化道“不敢，我是造着玩的，没什么大用处。”周先生定然要看车子，知化只得同他走到车子边细看一回。问他作用，知化备细告知。周先生摘下眼镜，深深作揖，道：“你真是诸葛孔明再生了！”知化连称不敢。周先生道：“你休得过谦，诸葛孔明会造木牛流马运粮，你会造车子割麦，再造一件种田的器具，不是配得上孔明么？”知化却不知道诸葛孔明是什么人，只知木牛流马既能运粮，料想是件机器，想道：“原来中国人也有会造机器的，周先生到底看的书多，知道这些典故，我再不好对他乱说的了。只怕这些法子，他也懂得。”当下谦逊了一会，周先生自去。

自此，人都称知化为赛孔明，又叫他的割麦车是孔明车。知化听了，非常得意。只是这有轮双耒，一时造不成功，心里纳闷道：“到底我于机器上面不甚精，像这样马力运动的机器，尚且造不好，还想造什么汽力运动的机器吗？”自己怨恨了一番，就注意想叫两个儿子学工。听得范家开了这个工艺学堂，十分喜悦，暗道：“这是机会来了！”只见他两个儿子，在那里削竹骨子扎风筝，却都把竹骨子用戥子秤着分两。知化把来细看时，原来扎的一只鹤，上面安排着簧管，风吹得会响，不觉大喜，暗道：“看这两个孩子不出，倒有巧思，天生的工人手段哩！”当下便叫他们道：“阿发，阿宝，你这风筝是哪个教给你做的？”阿发道：“没人教过，是我们想出来的法子。”知化大喜。不一会儿，风筝做好，知化看他们把风筝放上天空，果然簧管都会发声，就和吹笙一般作响，那音节极好听。知化道：“我看你们手工很巧，现在虹口开了一个工艺学堂，我送你们进去学工艺好么？”阿发道：“什么叫作工艺？”知化道：“工是做工，艺是习艺。人都要有技艺，才能寻钱过活。最好的技艺，莫如做工。你看上海若干机器厂，都是外国人学习了工艺，创造出机器来，赚中国的钱。我们学就了工艺，也好想出个新鲜法子，赚人家的钱使。”阿发、阿宝都欢喜道：“既这般，我们情愿去学。”父子商量定了，知化就和他娘子说知。

次早替他两个儿子换了一件新竹布衫，知化领着到了虹口。只见一爿织绸有限公司北厂，再走过去，就见工艺学堂报名处的条子贴出。可巧刘浩三正在那里监察，知化上去报名。那干事员问了姓名，知是余知化，大喜道：“吾兄是著名会造机器的，令郎定然聪明，将来是要做中国的大工程师哩！”知化道：“兄弟一知半解，算不得什么。这两个孩子，倒还有些巧思，受了贵校的教育，自然会做个匠人罢了。”浩三听得他懂机器，不由要请教他。干事的代为说知来历，浩三十分起敬，问他农务里的机器怎样造法，知化一一说明。浩三道：“你不要居乡种田了，我们学堂里要请你哩。你把造成的割麦机器和耙车，卖给我们学堂，做个陈列品，当我们这里的试验机器的教员不好么？”知化道：“好是甚好，只兄弟没这个本事，怕当不来哩，还是回去种地好些。兄弟的种地，强似别人，只因有两部机车，省了许多人工，花费不多，收成却倍。这两部机车，是靠它吃饭的家伙，卖是不肯卖的。”浩三道：“既如此，敝学堂里情愿出重价，请知翁再造两部。这是公益的事，知翁有这样的本领，不好吝教的。”知化只得应允。浩三要同他去见慕蠡，知化道：“今天回去有事呢，改天再来吧。”浩三和他再三订定了后日会面，知化领了两个儿子自回。当晚浩三就和慕蠡说，乡间出了一个奇人，能仿造外国的割麦机车。慕蠡惊喜道：“有这事么？他是怎样学成的？我们同下去拜他吧。这样有学问的人，我们该当致敬，不好等他来的。再者，去看看他的机器，也广广眼界。”浩三道：“如此甚好。”

次日一早，慕蠡和浩三坐的一部马车，到马路尽处，就有许多小车子来揽主顾。慕蠡无奈，只得和浩三坐了小车，一路下乡。浩三道：“哎哟！我忘记了他的村名，这便哪里去找他呢？”慕蠡道：“不打紧，像这样的人，乡里应该闻名的，只稍一探问，便找得着。”浩三就问车夫，车夫道：“乡里有的是菜花、豆花、棉花，却没有芋子花。”浩三道：“不是的，我问一个人，叫作余知化。”车夫道：“这个人喜吃芋子花么？这是没有的。”浩三和他说不明白，只得罢了。不觉到了一所村庄，车夫把车子停下。慕蠡、浩三只得给他钱，步行访问，人家都回说不知道。

二人无可如何，打算回去，浩三忽然悟道：“须这般问，保管他们知道。”想罢，便问人道：“有个姓余的，他造了一部割麦机器车，他住在哪里？”那人道：“就是赛孔明余阿大么？他住在前面，一片树荫底下哩。”一面说，一面用手指着那片树荫。浩三注意看时，果见一块空地，排列着几棵杂树，门前一带竹篱，七八间瓦房，料想是余家的住宅，便领着慕蠡往前走去。慕蠡道：“我们天天在热闹场中混日子，真是乏味，哪能及得他恁样清幽，倒是无忧无虑，享一世清福！只这一派风景，租界上就找不到。”浩三也十分叹赏。二人上前打算打门，谁知乡里人家的门是常年不关的，门口站着一个十二三岁的女孩子，梳着一对桃子式的乌髻，浩三问道："这里是余家么？"女孩子道："是的。"浩三道："余先生在家么？"女孩子道："驾着车子耙田去了。"浩三道："田在哪里？"女孩子指着东边一片平畴，道："那就是我们的田，有百来亩哩，不知他在哪里。"浩三就和慕蠡对准女孩子所指的东边田里走去，远远望见一匹马拉着一部耙车，另外还有一部垃圾车似的，一男一女驾着走。浩三急欲上前，脚下一个滑跶，跌在田里，溅了一身湿泥。慕蠡急把他扶了起来。田里的路很窄，两人搀扶着一步一颠，眼看走近车子，浩三急叫道："余先生，我们特来候你。"知化听得人唤他，回头看时，原来就是工艺学堂的人，便忙把车拉到陌畔，拱手道："劳驾不当！这位贵客是谁？"浩三道："这就是敝东范慕蠡兄，特诚拜候的。"知化道："亵渎得很，快请舍下坐去吧！"慕蠡道："在下久仰先生的大名，特地拜访，还要请教些机器的学问哩。只这一部车子，是怎样用法的呢？"知化道："这部车子，没什么奇，只不过收点儿田里的柴草罢了。"慕蠡和浩三细看时，果然造得精工。慕蠡又问道："额外那部车子，什么用处的？"知化道："这是装草的车。"

言下，招呼他娘子，拉了车，同到家里，请范刘二人在客堂里坐下。慕蠡举眼看时，墙壁上粘满了机器图。浩三背着壁，一一细看。知化忙着叫他娘子烧茶做饭，道："二位来了这半天，就在舍下吃饭吧，只是没有好菜吃。"慕蠡正欲领略田家风味，一口应允。一会儿，知化送出茶来，倒是细叶寿眉，就只带点儿烟熏气，开水倒是清的。慕蠡略略沾唇，不敢多喝。不多时，饭菜端出来，调开桌子，大家坐下。慕蠡看这菜时，和自己家里迥不相同，一派的粗瓷碗，盛着一碗肉片炒韭菜，一碗粉条烧的肉丸子，一碗炒鸡蛋，一碗黄焖鸡，一碗苋菜烧豆腐。知化已是特色，怎奈慕蠡不大喜吃。浩三倒还吃得来。一会儿，又托了一大盘饼出来，却是葱油做的。慕蠡吃了一块，十分可口，肚里饿了，索性大吃起来。二寸见方的块子，吃了四块。知化尽让着吃，慕蠡只得加上一块，已是撑肠拄腹的了。

饭后闲谈一会，说起机器，知化道："单是农务里的机器，外国种类也多，一时记不清楚。我知道的，可分成三类：一是手运动的机器；一是牲口运动的机器；一是汽机运动的机器。手运动的机器，中国多有，不消仿造；牲口运动的机器，除耙车、割稻车外，还有新式有轮的双耒，新式撒种车，割青草新式车；汽机运动的机器，有钢丝汽机耒车，打稻轮机等类。这些汽机运动的机器，我们没本钱的，造它不起；造好了也不便用，这须种了几千万亩地，才用得着哩。"慕蠡道："我想种田也好和公司种的。"浩三道："有什么不好呢？只是中国的农民，各人种十来亩地，一家靠它过活；公司种田，未免夺了农民的利益。这事怕做不得哩！"慕蠡道："我倒想来试办，但不知汽机种田，有怎样的好处？"知化道："汽机种田，不但汽机须造，连田也要改过样子。田里须有安置汽车的空地，这机车有转轴，用钢丝牵着耒车走的；车的耒头，有的六耒，有的八耒，或十耒。耒车行动一次，好耕若干行土。我们坐在车上，看机车自己行动，耒车跟着走，一边走一边耕，不久就把全田耕完了。看似费重，其实省费。一部机车，不知抵多少人工马力哩！"慕蠡听了，十分欣羡，决意要造机车。

当下谈得入港，不知不觉，日已西斜。知化领他们去看了割稻车。浩三通都知道它的造法，说明缘故。知化十分佩服。知化又请教浩三，造有轮双耒车的造法，悟出那片簧的用处。慕蠡道："兄弟的意思，要在租界左近买几千亩地，创办几部汽机车，全用西法种田，开开风气，不想什么大利益。二位先生看是做得做不得？"浩三道："要肯开风气，就有大利益；只是这里的地贵，怕没这些资本。"慕蠡道："兄弟原是虑着我们上海的地，被外国人买了不少去，要不早些去买，通上海的田，都入外人之手。我想自己没资本，尽可合公司办的。其实不碍农民的生计。为什么呢？他们把地皮变出钱来，又好做别的买卖去了。总之，只要在我们中国里面，出头创办新事业，面子上看去，似乎夺了穷人的利，到后来获了盈利，穷人都受益的。”浩三听了，低头一想，道：“慕翁这话，倒合了计学公例。为什么呢？大资本家合成公司，果然生出子财，兴办的事儿更多了。办一桩事，就有无数佣人跟着吃饭，所以上海的乡里人，有饭吃的多，没饭吃的少，比内地觉得好些。就是公司多，机厂多的缘故。顽固的人，都怕仿学西法，夺了穷民的利益。即如开矿，怕坏风水；造铁路，怕车夫造反。这些迂谬的议论，误了许多大事！要不然，中国的铁路，早些开办，何至外人生心，夺去许多权利呢？种田虽说尚不要紧，其实用了西法，出粟分外多。你想，粟多了，不怕不够吃，穷人还有饿死的么？工艺上也是这个讲究。出货多，自然获利多，只消商家代为转运流通，就没有供多求少的弊病。但是第一要义，总望熟货出口，不然，但能抵制外货，工商界上影响还小哩！”慕蠡一番理想，被浩三说穿了，不觉大喜。

天色不早，二人告别回去，再三叮嘱知化，有空到厂谈天。刘、范二人，仍复一路步行，走出村庄，到了马路，马车却不见了。二人只得雇了东洋车回来。到得铁厂，就有人报告道：“东洋来了一位先生，像是杭州人的口音。他说姓杨名必大，有个小名片儿留下的。他说他住在文明旅馆，务要会范先生和刘先生，有紧要的话讲哩。”慕蠡取名片看时，果是杨必大，表字成甫，浙江杭州府钱塘县人，东京职工学堂的卒业生。慕蠡大喜道：“又是一位实业家来了。他说几时再来呢？”伙计道：“他说明天一早再来。”慕蠡道：“他来了，务必请他进来见我。”伙计唯唯答应。

不知后事如何，且听下回分解。

第三十三回　留学生说明实业　小富翁信用高谈

却说范慕蠡和刘浩三，从乡间回到铁厂，晚间无事，又谈了些机器的利用，并商议纠合公司，购买田地，用汽机耕种的许多法子。浩三替他定了些公司章程，直至十二点钟，各人睡觉。

慕蠡记挂着杨成甫要来会话，次早才只七点多钟，早已醒来，连忙起身梳洗。早点还未端上来，只见老妈子来说道："王伙计说，外面有个姓杨的，等了多时了。"慕蠡道："为什么不早来讲。"当下匆匆走出，只见刘浩三陪着一人，形状甚是粗鲁，穿件半新不旧的洋绉夹衫，却扣了一条腰带。一件夹纱马褂，几乎要破了。一双手露在袖子外面，漆黑带黄，皮肤都起了皱纹。慕蠡大失所望，暗道："这样的粗人，肚里哪有什么道理？料想谈不合适的。我倒为了他起了个早，倒屣而迎，真不上算。但既会面，又不好露出慢客的神色，被人家骂我恃富而骄，只得打起精神应酬他。"

浩三和那人见慕蠡走来，起身招呼，通问姓名。慕蠡知他果是杨成甫，只得说声久仰。成甫道："我等素昧平生，论理不该过来惊动，只是兄弟在东洋学堂里，就听得人家传说，上海的实业家，著名的就只有两位：一是扬州李伯正先生，一是慕翁。兄弟的意思，现今中国，农的农，工的工，商的商，难道没有实业？但和五洲比较起来，中国的实业跟不上欧美百分之一。学界的口头禅，都说现时正当商战。据兄弟看来，其实是工战世界。工业兴旺，商战自强，实因商人是打仗的兵卒，工人是打仗时用的克虏伯炮、毛瑟枪。那兵卒没有器具，哪里打得过人家呢？农人便是粮饷；有了枪炮，没有粮饷，兵丁不致解散么？所以农业也该讲求的，这都是实业上的事。朝廷立了农工商部，虽说逐件振兴，但这些事靠定政府的力量，也还不足恃，总要人民能自己振兴才是哩。兄弟来的意思，并不是想和慕翁合公司，创实业，只不过胸中有这些愚拙的见识，要和慕翁谈谈罢了。”慕蠡忖道：“看他不出，样子来的粗鲁，学问却是胜人；谈出来的话，极有见解，不是拾人家唾余的。”当下慕蠡不由得心中起敬，那神色也就两样，先自谦道：“兄弟也算不得什么实业家，李伯正先生才算是个实业家哩。但兄弟的意思，极指望攀附实业，现在开了个工艺学堂，昨儿又亲自下乡访着一位能制耕田机器的。如今和我们浩三先生商量，要开一个新法耕田公司，不知道开得成开不成哩。成翁是一位有学问有见识的人，要肯赐教，就请在敝厂住下，将来请教的事情多着哩。”成甫未及答言，慕蠡觉得肚子里饿，请杨、刘二人到客厅上坐了。家人送出早点。成甫是吃过的了，慕蠡自与浩三同吃。成甫道：“慕翁到底是个实业家，于农工上面留心，这新法耕田公司，一准可以办得。方才浩三先生已经谈过了，所说贫富都有利益的话，实系确凿的道理。世人只看了一面，眼光不远，也因学问不足的缘故。二位这么一说，解了社会上许多疑惑，已是有功的了。学堂办法也好，只是这样大规模，可惜限定上海一隅，内地沾不着利益。兄弟的意思，想仿着慕翁这样办法，到杭州去办一个职工学堂，学生并不能多收，只收四五十个，开开风气罢了。”慕蠡未及答言，浩三道：“这是正当办法。如今学堂开得不少，穷苦的人家，进不来学堂，子弟没处读书，指望教育普及，哪里办得到呢？兄弟也有这个意思，多开半日学堂，好叫人家荒不了本业。成翁想开职工学堂，更是一举两得。还要请教这学堂怎样办呢？”成甫道：“兄弟办这学堂，经费不足，只拣粗浅的科学及初级的国文历史教授，是一初等小学堂模范。课本却比初等小学多些。为什么呢？这是预备工界人来学的。年岁在十五以上为合格，教员只请三人，课程只早半日，下半日须做工。做工分五类：一是竹工，专做竹器，粗的箩筛等类，细的翻簧等类。二是木工，专做木器，粗的寻常木器，细的洋式木器。三是漆工，东洋的漆器何等精巧，贩到我们中国，都获利很厚。大凡使用的东西，不问大小，都能赚钱。然而大件的货色，人家赚了钱去，我们大众惊心动目，都觉得膏血被人吸去，要想个抵制之法。至于小件的东西，人都忽略，只道这点儿值不了多少钱，随它销售去吧。谁知件儿虽小，它却销售极广，又便宜，又讨巧，人人都爱，个个要买，不知不觉，把利益尽都让给人家沾去，岂不可怕！中国是没统计的，到底进口货，哪样销得旺，商界里的人未必都能知道。现在虽有些人想创办新制造，抵制外国货；却都是大商富翁，这些细微曲折之处，他们没工夫算计，只好让给我们来办。要知道工商两界，没什么难懂的秘诀，只消猜得透人家心理。外洋知道我们惯用的东西，他却仿着我们做法，变换了种种式样，来诱我们购买。他又知道我们只贪便宜，他就核算着成本低的，多中取利。绫罗绸绢，哪一样不是仿中法织的。颜色花纹，几乎驾于中国之上，价钱却便宜了一半还不止，难怪其畅销得了。我们想做洋庄的买卖，除了丝、茶、绸、皮、羊毛、草边等类，还没销过什么熟货，赚人家的钱，很觉万难。且研究我们中国人的心理，叫人家都买本国的货，这就是塞漏卮的第一个妙法。但是我们的力量，办不来机器，制不出各货，先从手工做起，慢慢扩充便了。第三却是罐头食物，这注买卖，却甚通行，又极易做；蔬果鱼肉，都好装罐。将来铁路通了，这买卖还要兴旺哩。现在山洋的学界商界里的人，比从前不知多了几十倍。多有饮食不惯，思量些乡味吃，哪里办得到呢？我想罐头食物里面，只广东的荔枝、兰花菇、波罗蜜、阳桃最多，其余山东的肥桃，松江的踍菜、鲈鱼，塘栖的枇杷，常州的马山杨梅，绍兴的冬笋，四川的冬菜，天津的鸭儿梨，深州的桃子，没一件不好装罐头的。甚至初春的嫩笋，夏初的蚕豆、茄子、豆荚、白菜、黄芽菜，看来都不值钱，久客异国的人，尝着这些香味，哪有不馋涎欲滴，宁出重价买的么？所以这买卖，大可做得，只要配置得好，自然购者纷来。第四是洋烛。洋烛的销场，不用说是极广的了。像这样容易造的东西，我们不能自造，还用人家的，岂不可笑可叹！现在我们打算仿造，但是造洋烛须用石灰、牛油。石灰是容易办，牛油却不易办。为什么呢？内地宰牛的少，官府又禁屠宰，牛油缺乏难收，不得不采办料子，倒要费些本钱哩！”

浩三、慕蠡听他一番说法，津津有味，都十分钦佩。成甫又道：“富商的经营，办机器，开厂房，都是绝大的事业；财源所聚，关系国本，富商多，国家自富。古人有句话，叫作‘藏富于民’，早见到民富自然国富。只可怪古人既然重民富，为何抑末那等厉害？周法始行征商，汉制更是贱商，究竟是甚意思，二位高明，该有一番说法。”浩三道：“中国地居黄河、扬子江两大流域，土地实在肥美，因此习惯做了个重农的国度；又从古至今，不喜交通，除了汉武帝、唐太宗、元世祖三位雄主，还喜东征西讨，至如所称仁君圣主，总之不喜用兵，只须保守自己的国度，又都怕农民没饭吃，以致辍耕太息，造成许多乱象，所以重农抑商，是古来不二法门。如今才悟出商人关系的大，工人关系的更大。但是悔之已晚，早落后尘，赶紧振作一番，还救得转哩。”成甫道：“兄弟的意思，商人关系虽重，却不能替许多同胞，个个谋他的生计；生计还是要自己谋的。只是商人能够提倡扶持，也是正当的义务。现在除了学界人知道外面的世局，以外就只商界里的人，开通得多。农工两界，十分闭塞。农民呢，只知种他的田，和商界没甚交涉；工界却和商界直接交涉哩。我想二位负了这样的大才，又有资本，为何不提倡一番？”慕蠡道：“兄弟也极愿提倡，只是想不出个法儿。成翁有何见教，做得到的，兄弟决不推诿。”成甫道：“兄弟有两种办法，都能开通工界的人、鼓舞工界的人，叫他们艺业发达。”

慕蠡便请教他哪两种办法。成甫道：“第一是开工品陈列所。外国的工艺，有政府提倡；我国政府，虽说近时也有提倡工艺意思，但是未见实行，须先从商界提倡起。这个工品陈列所，就开在上海，一面登报告白，不论什么手工美术，只要做成一种器物，经本所评定价值，就陈列在这所内，听人批买。这么办法，随他内地壅滞的工品，都能畅销。工人见自己手造的器物，都有利益，自然会做工的格外加工做活，不会做工的，见工业里面的人，也会发财，大家情愿做工，不想别的主意了。第二是工业负贩团。我在东洋，就见他们的负贩团十分发达，穷人靠此吃饭的，实在不少。现回中国，谁知上海也很有日本人的东来负贩团。他们以为中国是个病夫国，别的不须贩去，只消多运些药去医他们的病。浅田饴、日月水、胃活、中将汤，贴满了招子不算外，却有他们男的女的，拎着个皮包，在茶坊里，酒肆里，饭馆里，涎着脸兜主顾，连城里都会去。遇着城隍奶奶生日，或是出会，热闹的时节，他们便来了。神色却极谦和，不露出他们是强国国民的神气来。我们被他们兜揽得不好意思，哪怕没病的人，也要买几张头痛膏，回去给老婆贴。看得稀不要紧的生意，他们却衣男食女，都靠着这上面哩。我又佩服他们耐苦，三五十个人，聚在一处，赁两三幢房子，摊地铺睡觉。一早起来，拎着皮包上街，饭食不消说是清苦的了。大日头里，大雨里，拼着晒去淋去，这是何苦来？只不过挣一碗饭吃。我见人家照片，照着一个上海小滑头，穿着一身极时髦的衣服，左手托着一碗饭，右手捏看一双筷子，迷齐看眼睛，侧着脸儿，像似望着别人笑，显出自己顶尖的滑利，骗得到一碗饭来吃。这不是骂尽了中国人么？其实衣食住三个字，五洲人类，哪一个脱得了。所说是生存竞争，做了个人，并非不该吃饭的，可耻的是骗饭吃。中国骗饭吃的人太多了，被人家笑话了去。如今要叫有本事吃饭的人多，自然骗饭吃的人就少了。我说这个工业负贩团，就合工品陈列所相附而行的。负不起的东西，有陈列所替他们销售；负得起的东西，等他们实业界中的人，负着贩买，只不过替他们提倡个结团体的法子。说起来内地的人很可怜哩，长到三四十岁，走的路不过下乡二三十里。眼里认不得字，听人传说皇帝是金龙下降，曾国藩是蟒蛇精转世，这般没对证的话，还印在他们脑筋里。三三五五，茶棚下谈的都是说神道命。穷到彻骨，还不知道营谋本业，倒去烧香祈福，算命求财；眼前许多利益，呆木木的，只觉得取不到手。你说可怜不可怜，可笑不可笑！我所以望二位拼着几间房子，作为负贩团的住处，并替他们预备下饭食，只从自己同乡中招徕。那些没本业的人，见有这样现成的衣食，哪个不愿来呢？等他们货物售出，便结算一次，还我们房金饭费，他们也自情愿。这个风气开了，不待我们张罗，自然有人效法而行。负贩的人源源而来了，却不是商界中又添出一桩营业，工界里销售无数滞货么？但是章程却要定得细密，省却将来许多唇舌。中国人不讲公德，须立出许多限制的条款；要不然，这团体是容易解散的。”

成甫说完这一篇话，足有半个时辰。慕蠡、浩三并都佩服。慕蠡年轻喜事，当下就定主意，开办这个负贩团，托浩三和成甫商订章程。原来浩三在慕蠡厂里，表面上觉得清闲，其实也很忙的，单说订章程，也不知替他订了多少。也有用，也有不用；也有办得成的事，也有办不成的事。总之，慕蠡的志愿是好的，办事是顾公益、很热心社会的。当时李、范齐名，都称第一等实业家。其实李伯正家资殷实，举办几桩大事业还容易。慕蠡承袭父亲遗下家私，还不上百万，幸亏连年买卖好，觉得盈余。这回创办工艺，就要花费不少。只他爱做维新事业，花些钱也是情愿的。闲话休提。

当下慕蠡留成甫、浩三在西厢房里订定负贩团章程。浩三对慕蠡道：“这负贩团虽说是小，然而关乎一乡的公共事业，我们不便独自出头，须多约几位同乡商议商议，作为公举才好。”慕蠡醒悟道：“我们同乡里面的人，果然维新的不少，发财的也很多，我们本有个会馆，我想这事总须开会。我们就发传单开会，议他一议吧！”成甫道：“既如此，这章程不必定了。”慕蠡道：“这章程还要费心订好。有了个草底子，开会时，大家议定就容易了。”成甫道：“贵同乡的团体，本来就好，敝处要议这事，就费力了。”慕蠡道：“也不见得。贵省同乡是著名有团体的。”成甫道：“兄弟的意思，也指望贵处做个表率，敝处就大家信用兄弟的话了。”慕蠡未及答言，只见家人上来回道：“伍大老爷拜会。”

不知后事如何，且听下回分解。

第三十四回　扶工业高人远见　派捐资财虏潜逃

却说范慕蠡家来了一位客，是李伯正厂里的收支。这人姓伍，表字有功，原是读书人。因有志实业，伯正特聘请他来管理银钱的。当下为着一注银子，和慕蠡有交涉，特来拜访。二人会面后，理论清楚，慕蠡与谈开会议负贩团的话。有功道："这事谈何容易？贫民有了这条路，个个要来托足，哪里遍给得来？"慕蠡道："好在限定了工艺，要没工艺制造品，我们也不能收留的。"有功道："这还可以。"慕蠡道："这事须贵东与闻才好。"有功道："待兄弟回去和他说知。敝东是关公益的事，没有不肯做的。"慕蠡喜道："如此，费心！上海这一方面，也只贵东和兄弟有同志。待兄弟把章程订好，两三日内去会贵东吧，还望有翁怂恿他出头。"有功道："敝东在实业里面，本就很热心的，只是工夫实在少，忙不过来，也是苦境。兄弟回去极力怂恿便了。"慕蠡送客回来，杨成甫也就辞别回去。慕蠡嘱咐道："兄弟已约定伍有功，三天内去会李伯正先生。我们章程须预备好了，把去请教他。"成甫道："既如此，兄弟回去拟个草底，请浩三先生改削吧。"浩三谦言不敢。成甫去了。

次日饭后，果然一大篇章程稿子送来。浩三阅看办法，都有秩序，只是词句不甚明达，只得把他的意思，曲曲地写了出来，改完，再给慕蠡看。慕蠡大喜，便叫人约了成甫，次日去拜李伯正。

成甫到的那天，一早来了。原来慕蠡本是富家公子，平时嫖赌吃喝，没一件歹事不干的；这时遇着几位有学问有思想的人，谈的都是正大话，渐渐把他旧习惯暗中移换了，专意研究实业。只是素性起得甚晚，浩三劝他起早，吸收新鲜空气，于卫生上极相宜的，慕蠡就学起早，天天限定七点钟起身。这天成甫来时，业已起来，还没梳洗。

成甫候了一会，才得会面。早点已毕，成甫催道："我们去吧。"慕蠡见壁上的挂钟，才只八点零五分，道："早哩，九点钟去恰好。伯正先生总须这时起身。"成甫道："为何起得恁晚？"慕蠡道："也难怪他。他一天到晚，没片时歇息，晚上料理些厂里的事，总须过十二点钟睡觉，再也不能早起。"成甫道："这样说来，有钱的人，倒没有我们没钱的自由。"浩三道："本来如此。没钱人的事业，却没有有钱人做得这么大。"慕蠡道："惭愧！我们做的事业，都是为己的，没有为人的。"成甫道："这倒不尽然，为己的利益，就是为人的利益。"慕蠡道："这话怎讲？"成甫道："自己有了利益，才能分给别人。表面上看去，大股东设的大公司，固然官利、红利，通都入了自己的囊中，殊不知他公司里养的一班人，都是分他的利益的。批发贩卖，出口销货，从中又有许多人得了利益。偏灾水旱，捐助多少，国家又获着他许多利益。亲戚朋友不时沾润，同乡里面又得着了许多利益。农民的生货，都卖给他去制造，农民不是又得了利益么？总之，一个人做事，做不成一桩事；一个人想获厚利，获不着分毫的利。农工商贾，就是合成的一个有机动物，斗起笋来，全都活动；拆去一节，登时呆住了。我国的人，悟不到此，大家有个独攘利权的念头，你争我夺，就如自己的手和自己的脚打架；相残过度，甚至把这一个有机动物毁坏了，方肯罢手。譬如把夺利的心放淡些，人家也获利，自己也获利。这利源永远流来，岂不更好么？慕翁倒和寻常的商人不同，除了自己的实业，还肯开劝工场、工业学堂；再创办这个负贩团，件件谋得公益，我们人人佩服的。"慕蠡谦虚一会，看那钟上快到九点，便叫套车。

慕蠡、浩三、成甫同到虹口，进了厂，有人领着到三间公务厅坐下。一会儿，伯正踱了出来，慕蠡指给成甫和伯正会面。成甫见伯正衣冠朴素，一股善气迎人，不觉暗暗佩服。慕蠡把负贩团的章程给他看，伯正却从头至尾看罢，沉思一会，道："兄弟的意思，这事不要限定方隅。总之，我们为公益起见，只要工艺发达，就是大家的幸福。限了方隅，倒不能发达了。为什么呢？我国的工艺，本是幼稚，聚各省的精华，还敌不过人家一部分；倘然限定某府某县，这到底有没有学习工艺的人呢？即使有了，也寥寥无几，不成一个局面；倘然没有这个局面，撑持不起，更是坍台。所以我说要普通办法。工艺的范围，虽然极大，但是成物不易，不愁资本周转不来。还有一个法子，起先是奖励粗的，以后便挑选精的。那粗糙的工艺品，经我们提倡，有了销场，自足立脚，再有精致的出来，渐渐可行销外国，将来粗糙的，销场日少，人都想做精致的，暗中和那教育一般，还怕工艺不发达么？只是这注本钱，却要耗费不少，就同赈济似的，不能指望人家归还。久而久之，总能收得回本钱，利息是没有的了。诸君以我这话为然，我便捐二十万银子，再由会中各位商界热心人捐助；有五十万银子，够几年开支的了。”慕蠡、浩三、成甫都拍手称快。当下约定日期，由他们四人出名，印发传单。伯正匆匆有事，范、刘、杨三人，只得告别。回到华发铁厂，浩三写下传单，慕蠡叫人去印刷好了，只两日已经印来，便差人分头发去。又议定借新开商业公园做集议所。

原来这商业公园，也是慕蠡创议和李伯正二人出资创立的。购了三十亩地，逐渐经营，凿了一个大池，种了许多荷花，养着无数游鱼。池塘四围，都有小石，叠出了幽岩深谷的样儿。最妙是水中间星罗棋布的几个小岛，上面也种有松树、冬青、竹子。有一只小船，好似驾着上去。池中还有一方亭子，特派两个仆役，在里面做菜烹茶。这亭子四时相宜，十分高爽。池外疏疏落落，有几处茅屋竹篱，夹着几处华丽的屋宇。秋光野色，令人有山家之乐。华屋云开，尤有俯视一切之气概。这屋内除了吃茶饮酒，不收客人分文，只禁止攀折花木，毁坏器物。不但富商大贾，常借这里宴会，就是那些贫民，也有来登楼远眺，临水观鱼的。慕蠡又请海内外的名家，题了若干字画。伯正又把家藏的几件古玩和字画，董香光、米南宫这些人的真迹，捐入了好些。连一班名士好古雅的人，都来赏玩不已。传单发出去，人人都愿到场。

这日，伯正特破除一日工夫，起了个早，来到本会。慕蠡是不用说，和浩三、成甫都到了公园。伯正道："我忝居发起人之列，还没知道这会叫作什么会呢！"慕蠡道："这是兄弟失于呈阅，这会叫作商助工会。"伯正道："好一个正当的名目。"伯正早吩咐厨役备下许多饭点，预备散会晚时好吃。只一位位的依次入园，都是有钱的商家。伯正和慕蠡十成里认得五六成。成甫、浩三一位都不认得。后来汪步青也来了。原来这时汪步青也开了一个华整烟厂，烟是做得精美可口，价钱极便宜，不但有爱国思想的人，喜吸他家纸烟，连车夫等类，贪图便宜，一般来买着吸；销场极畅，多中取利，倒赚着不少。慕蠡问起情由，着实赞他会做买卖。

看看时刻已届，来的人也稀少了。点齐人数，有一百二十多人。成甫、浩三便请问了慕蠡、伯正，即行开会。成甫摇铃，浩三代表李、范二人演说。立言的大意，是工商两界利害相因，不要说商贩起家和工人毫不相干，须知目前的生货，贩运销售，不过暂时之利，而且个人之利，银钱亏折，将来流入外洋，中国商人只怕没站脚地步。工人既没本领，又没资本，一件工艺品都不能发达，佣雇的多，独立的少。理想看来，工人先受淘汰，商人继受淘汰，农人最后也至于受淘汰。士人既没这三界人养活他们，自然早在淘汰之列了。岂不可怕！现在要振兴商业，和欧美人抵敌，从哪里抵敌起，难道靠着贩卖生货，弄几个人家不心痛的钱，就能抵敌了么？虽说通商口岸，机厂林立，只能稍稍抵制他们的制造品罢了，况且没见抵制得过！人家制造得精致，我们制造得粗劣，价钱高下，纵然相仿，已经比不过他。人人愿买洋货，华货滞销，即看洋纱厂的布，积存许多；眼见得华人织布一局，又要涂地。其间商界失败的，也不一而足。推原其故，总因不知工艺是商界之母；母既失却，子息哪里取偿得转？诸君要商业发达，除非扶助工艺。目下能掷却无数钱财，扶助工艺，将来收回的利益，十倍还不止。只不过获利迟些罢了。扶助工艺，自然集资开工业学堂，设劝工场，办工艺品陈列所。这些事业，收效还缓，最好是设工艺品负贩团，叫穷乡僻壤的工人都知道造出器具，不愁没处销售，自然争相手造，由粗至精，渐渐发达了。这团体的势力，日增日广，难保不能置备机器，化出许多大事业来。现议集合五十万银子的资本，广建房舍，借与母财，教导工人鸠合团体，竞胜斗巧。诸君如愿赞成，还望随意资助。李、范二位，共捐银三十万两，尚短二十万两，是要诸君凑足的了。只听得十来个人拍手赞成，其余却没动静。浩三又请他们赞成的签字，只四十来人签字，其余都推财政支绌。伯正、慕蠡又再三劝助，这才各人书写十两八两的，总共不上千两。

伯正、慕蠡、浩三、成甫面面相觑，无可奈何。成甫心生一计，请李、范二人拣那大富的捐银若干，次富的捐银若干，小富的捐银若干；并告知他们这是一回的事，不再举行的。伯正发表这句话后，就指定十几位富商，每人捐银若干，凑成十万，还有十万金，派匀着叫他们认捐。大家没法，只得签字。

内中只一位富商，姓陈名园，表字秋圃的，这人出身寒微，经过一场战乱，拾着一块羊脂白玉的拱璧，回家卖给一个富人，得着两千块钱。他却善于心计，城里几家钱铺，又都认识。他便耐着清苦，把这二千块钱运动；钱价低时，便兑钱；洋价低时，便兑洋。只这么倒换腾挪，几年工夫，已经富有万余。他便贩丝贩米，又贩麻，到东洋去卖，连年赚钱，家私有一百多万，却一钱舍不得用。他还有一种脾气，买卖喜独做的，不肯合股。有人创办一个水泥公司，十分厚利，对本也不止，劝他入一千股，他掩着耳朵逃走了。此次入会，原来不知其详，只当是同行请酒，欣然来了。及至到了这里，见大家那股行径，十分诧异。刘浩三演说时，可巧他和一位同行谈买卖，没听得真。后来见大众捐钱，他还以为江北水灾助赈的。原来秋圃这人，别的钱不肯花，独喜做好事，施僧舍乞，惜老怜贫，所说救人一命胜造七级浮屠这句话，深印入他的脑筋。今见众人有此义举，不觉慨然捐了八块钱，写上簿子。后来见李、范二人出头，派他摊捐一万银子，不禁吐出舌头，缩不进去。考问所以，才知原委，立起身来告辞。伯正再三挽留，哪里留得住。乘人不见，脱身去了，连八块钱的捐款，都被他涂抹了去。众人交头接耳，议论他的鄙啬。幸亏几位识时务的商家，帮着李、范二人说话，大众不致反悔，照着分派的数目，写上簿子。伯正、慕蠡甚为喜悦。当晚治酒留众商小饮，尽欢而散。内中几人还面带忧疑之色，酒菜都鲠在喉间，正是扛上了场，没法应酬罢了。散会时，伯正和慕蠡商议道："兄弟天天忙不过来，这事须买地盖屋，分头办理。我叫有功出来代表吧。"慕蠡应允，这才各散。

次日，成甫又到铁厂，和慕蠡商议购地，恰好伍有功也来了，会着慕蠡，袖子里拿出一张银票，是二十万两。今天工业学堂开学，浩三也已到堂去了。有功、成甫谈到购地的话，慕蠡道："这地皮却不要成块的，务须多购几处。这团房宜分造各处的。"成甫极意赞成。慕蠡又道："地皮的事我们都是外行，须找汪步青去。"当下就叫家人拿片子去请汪大人。

不多时，步青坐着马车来了。慕蠡和他谈起购地的事来，步青道："我久已不做这事了。"慕蠡忖道："不错，他如今已是四品大员，身份高了，哪里还做掮客？是我失言了。"又听得步青接着说道："我因掮客的饭，不是正经人吃的，有几位学堂朋友，都劝我改行，都说要为久远之计，除非创办实业。我问他实业是哪几桩呢？他们一口气说了几十种，我觉得都做不到，只纸烟公司成本还轻，我就做了这一种。我把平时开的几爿不相干的店都收歇了，独入了公司的股，算我是第一个大股东。在厂里掌了全权，事情倒也顺手，不但买货的作不来弊，连做工的想要赚料，都被我觉察出来，辞退了几个，挑选本厂里的学生顶缺。因此名誉还好，货也销通了。地皮的话，我找一位行家，替慕翁接谈吧。"慕蠡道："果然掮客饭是滑头吃的，步翁如此大才，犯不着混在里面，兄弟极佩服卓见！纸烟抵制外货，步翁这思想尤高，拜倒，拜倒！只是兄弟信的是步翁，转荐这人，不知怎样呢？上海的滑头多，步翁倒要留心！"步青道："不瞒慕翁说，我在掮客这一行里，要算个大头目了，几个大掮客，像蔡菘如、徐雪山、瞿仲虎这般人，都和我极要好的。”慕蠡道：“蔡菘如兄弟也见过的，这人倒还大方，就请他来接洽吧。”步青甚喜。当下留函给蔡菘如自去。慕蠡只得叫人去请蔡菘如来。家人回说：“蔡老爷昨天住在清合坊徐金仙家，他公馆里已着人去请他了。”慕蠡只得静候。

一会儿，菘如来条，约六点钟在一品香会面。慕蠡就约定成甫、有功晚间同往。及至六点半钟，三人到得一品香，原来房间是菘如定好，人却还没到哩。直候到八点钟时，菘如方到，迎面春风，十分和蔼。成甫见他只和慕蠡、有功交谈，并没和自己寒暄一句，那一种市侩神情，却掩不住似骄非骄，似谄非谄的。总之，这一副可憎面目，叫人受不住。这才佩服慕蠡、有功到底是买卖场中混得熟了，和他谈得很热闹。谁知菘如眼里，见成甫这人皮肤漆黑，浊气熏天，衣服又极不时髦，露出寒俭的神气，哪里看得起他，自然相应不理的了。

闲话休提，再说范、伍谈到购地的话，菘如道：“老实说，地皮的买卖，像兄弟这般人，都有明扣暗折的。慕翁这事，为公益起见，兄弟应该效劳。明扣照例，暗折情愿奉让。这事交给兄弟办去，保管妥当便了。”慕蠡大喜道：“菘翁肯如此尽力，我替众工人多多致谢！”菘如道：“好说。”慕蠡又重托了他，菘如匆匆还要去赴一个和局，两个酒局，只得告辞。慕蠡惠了钞，这才各散。不多几日，菘如就替慕蠡觅得十四亩地，却分散二十一处，慕蠡觉得合用，知会了有功，即时定局。菘如饶没暗扣，却还赚到万把银子。

不知后事如何，且听下回分解。

第三十五回　卷烟厂改良再举　织布局折阅将停

却说范慕蠡把负贩团的地皮买就，一面雇匠人盖屋，一面发了告白，招人入团。这时杨成甫见团事准办，急急回家创办学堂去了。刘浩三因工业学堂开学以来，事情很忙，没工夫再顾到负贩团事。慕蠡哪有工夫兼管团事呢？急需找个替人，和浩三商议。浩三道："这事须商界中有点学问的人，方能管得来。我于商界中人，并都不认识。前天听得汪步翁谈的，他有朋友劝他办实业，意思就好，莫如托他介绍一位吧。"慕蠡恍然大悟，立刻套车到华整纸烟厂，却见步青短衣窄袖，在机器栅里督视。慕蠡暗道："步青这人，一变了平时腐败习惯，这样勤力，还愁商务不发达么？"正在思忖，有人报告步青，出来迎接，陪到客厅里坐下。步青穿上长衫，慕蠡道："打岔不当。我们这团事渐渐逼近了，房子业将完工，入团的人也有了许多，有些工艺品都堆在厂房里。成甫是回去了，浩三管着那个学堂，分身不来，兄弟更是忙碌，哪里能管这事？只我们一片心机，创下这个事业，要给个外行的人管了，定然闹坏了局面。这事须得色色在行，还须热心任事，方敢交给他管去。但这人哪里去找呢？"步青道："兄弟倒有一位朋友，姓杜名瀛，表字海槎的，他系开通新社的干事员。曾经到过东洋，学过三年工艺，这事定然在行的；再者，他一片热诚，极想做个有名誉的人，待兄弟介绍他和慕翁会面吧。"慕蠡大喜。当下约定次日十点钟，约杜海槎到华发会面。慕蠡辞别去了。

再说那杜海槎是牖智学堂卒过业的，又在东洋学习工艺三年，慨然有兴工艺的思想，只是苦无资本。回到上海，偶见亲戚家里买了一丈羽绫，预备做短衫裤的，内中还附着两卷洋线，细看直和中国的丝线一般，十分光彩，暗道："外国的制造品愈形发达了！这件东西，又不知暗中夺去若干利益！"心中纳闷，便别了他的亲戚，想找个花园散闷。抬头遇见一位同学潘人表，拉着手道："久违了。听说你在东洋，甚时回来的？"海槎道："前月方回。"人表道："我们找个茶馆谈心去。"海槎一肚子的不合时宜，正待发泄，恰好遇着知己，十分快活。

二人便找到江南烟雨楼。这时还早，茶馆里静悄悄的，二人坐下谈心。人表道："东洋到底怎样文明？"海槎道："文明的话，口头谈柄罢了。统五大洲的人，比较起来，不见得人家都是文明，我们都是野蛮的；况且文明野蛮的分际，我们要勘得透，其中的阶级穷千累万哩！譬如一种知识，人家有的，我们没有，我们便不如他文明了；又譬如一种事业，人家有资本在那里创办，我们没资本，创办不来，我们又不如他文明了。把这两桩做比例，推开眼界看去，文明哪有止境呢？一桩两桩小小儿的优胜，就笑人家不文明，就像鸳鸠笑大鹏似的，早被庄老先生批驳过。现在世界，并不专斗文野；专斗的是势力。国富兵雄，这国里的人走出来，人人都羡慕他文明，偶然做点野蛮的事，也不妨的；兵弱国贫，这国里的人走出去，虽亦步亦趋，比人家的文明透过几层，人人还说他野蛮，他自己也只得承认这个名目，有口也难分辩。据现实而论，自然我们没人家文明。只须各种文明事业，逐件地做去，人家也不能笑我们野蛮了。”人表十分佩服，便道：“我们几位同志，新立了一个开通社，专门研究科学，贩买仪器。老同学肯入社么？”海槎便问人表索阅章程，当允入社。社中公举他当了干事员。

海槎结识了几位商界中人，有心提倡工业，因此和步青认识。步青既应允了慕蠡介绍海槎，抽闲半日，访到开通社。只见一间屋子里，烘烘的火烧，一股酸臭气，触着鼻子，异常难闻。步青大惊，叫道：“你们屋子里走水了！”忽见两人赶出，问道：“哪里走水？”步青指道：“那不是火光么？”两人笑道：“这是我们试验的化学。”步青红了脸，访问海槎。两人指他到账房里去。海槎正在那里制小地球，见步青来了，起身相迎。步青寒暄数语，便走近案旁，看他制的地球，已经粘好，上面画了红黄青绿四种颜色，深浅各别，经纬线亦已画就，亚细亚洲写全了。步青叹以为奇。海槎道：“这是极易做的。小孩子的玩具，没甚稀罕。”步青便把来意说明。海槎道：“这是极好！难得李、范二君这样热心，只是兄弟在这里不能脱身。”步青道：“那边的事业大，公益多，海翁应该辞却这边，就那边才是。”海槎也觉动念，约定晚上再给回音。步青自回华整。到晚海槎欣然而来，应允了慕蠡的事，步青大喜，同到华发和慕蠡会面。一见如故，订定合同。自此团里的事，都归海槎经手。

步青回到华整，恰好单子肃在那里等候已久，步青道："子翁，深夜来到敝厂，有何见教？"子肃道："不要说起，我们合股开的华经纸烟公司要失败了！"步青道："你们这公司，我也早有所闻，只怕整顿不来。"子肃道："正是。我被洋行里的钟点限住，没工夫去考察，以致如此。这公司共是十股，七万银子开办的，我倒入了四股；其余六股，只王道台是三股，那三股是零星凑合。本该我来经理，因我没工夫，王道台派了他的亲戚陆仲时经理。这位仲时先生是湖南候补知县出身，革职回家的。官场的排场很足，哪里做得来买卖呢？直弄得一团糟。我听得些风声，今天去查账，只恨我这事也是外行，一切进货出货，肚里没个底子。请步翁把贵厂的账目，借给我一看，就有数了。"步青依言，把账给他看。子肃记不清楚，拣几条紧要的抄下，闹到十一点钟，才辞别回家。

次日一早，子肃到了华经，仲时还没到厂，也不开工。栈司忙着上楼，子肃紧跟着上去，只见横七竖八，几个伙计都睡在床上。桌上的麻将牌还摊着没收。栈局忙着收牌。子肃大怒，把他们的牌都撒到窗子外面弄里去了。发话骂栈司道："钟上已八下点了，你们干的什么事？这早晚也不来伺候先生们起身？这牌是哪里来的？先生们在这里睡觉，你们就敢玩牌？这还了得！快一个个的替我滚蛋！"那栈司吓得脸皮变色。床上的伙计，也都惊醒，一个个翻身起来。子肃更是恶作剧，并不下楼，靠定那张麻将桌子坐下。那些伙计羞愧无地，只得慢慢地穿衣服下床，都红涨了脸，一言不发。子肃道："诸位先生辛苦了！起晚些，不要这么早。今儿是兄弟来惊动了不当！兄弟只因这班栈司太没规矩，居然敢玩牌，犯了我们厂里的条约，在这里申饬他的。"内中一个伙计道："玩牌的事，却不和栈司相干。昨天晚上，来了几个朋友，硬要在这里玩牌，我们劝他不听，连这牌还是隔壁人家去借来的。"子肃道："我原说栈司没这么大的胆子。我们的规则不是悬挂在那里么？诸位总该遵守，就有不知趣的朋友来，搅乱我们的大局，也该拒绝的。总之，股东拿血本出来做买卖，总想赚钱；诸位得了薪俸，就该认真办事。如今华整华升两家都好，除官利外，还有分红。我们天天折本，批出去的纸烟，不是味儿太辣，就是带霉。开工恁晚，机匠也没人管束。栈司更是不守规矩。拿几个股东的钱耗折完了，诸位又到别处去吃饭了，只我们股东该没翻身。这还算有良心么！陆先生呢，怎么还不见到？”伙计都面面相觑，答道：“陆先生本来要到吃饭时才来哩，吃了饭就去的。”子肃道：“这不是笑话么！”转念一想：“陆仲时在厂里，上上下下都厌恶他，为他排场太大，动不动呵斥人，这话只怕伙计们栽他的，我不可为其所用，倒要仔细考察。”当下便叫栈司去请陆老爷。去了半天，栈司回来道：“昨天陆老爷没回公馆。”子肃已知就里，便吊账簿核对，各项开支倒也不离谱，进货并不很贵，销路也不为不多，只是货色卖不出，人家都不来续批了。子肃叫他们拿做好的，拣几种来看，极好的纸烟，尝着味儿也纯，一点破绽没有。

子肃只得回到洋行，到处打听，并都打听不出。子肃心生一计，走过四马路，见一家铺子里，挂着一块招牌，上面写的是华经纸烟。子肃指明要买。那里的人道：“没有了，只老牌强盗牌。”子肃殊为诧异，接连问过几处，都是如此。子肃没法，最后问到一家小铺子里，倒还有几包。子肃买了一盒，可巧遇见一位华升厂的伙计，这人姓司空，表字吉人，本系子肃认得的，荐到华经，仲时没收，转荐华升去的。子肃有心访问他，拉他到易安吃茶就座。子肃拿出那盒纸烟，正待吸时，吉人道：“单先生，且慢吸，给我替你考验。”子肃真个给他，他把这纸烟在茶桌上竖着一抖，那烟末就下去几分，露出一段白纸；再抖几次，烟末又下去几分；接连抖时，烟末下去了一半。子肃大惊，道：“这是什么缘故？”吉人道：“这是伙计赚料的确证。”子肃道：“敝厂里的烟，出得最多，用料极省，怎么会有弊病呢？”吉人道：“正恨贵厂出的烟多，料子又省，所以弄成这种东西，哪里销得畅呢？”子肃道：“他赚料是不至于的，我们查察得极认真。”吉人道：“薪水既少，还把同事看得太轻，人人都有异心，暗中要做手脚，场面上虽然好看，那是不中用的。”子肃尤觉悚然，擦着自来火吸这烟时，一股霉气，几乎呛出血来。子肃发恨，把烟摔在地下。吉人拾了起来，笑道：“单先生，不要动怒，这烟末中间还有一个毛病。”子肃道：“倒要请教。”吉人把纸卷拆开，给子肃细看时，里面包着一团碎末，显系两种货色。子肃道：“这是什么道理？”吉人道：“贵厂里一位同事，他曾和我谈过的。他道：‘我们辛辛苦苦来到上海做伙计，原指望每月赚几文薪水，捧牢着这个饭碗，替主人家出力。如今三块五块钱一月，哪里够吃用？事情又忙，一天做到晚，连苦工都不如，自然要想额外的利益。’后来，我又打听贵厂的烟料，有人家用剩下的，转卖给贵厂。两个伙计，已经赚着一大注钱去了，难怪销场不好了。”子肃听了，不觉恨恨，当即各散。

次日找到王道台，聚集了股东，公议办法。依王道台的主意，就要停办。子肃道：“做买卖的人，总要有耐性，这时停办了，不是净折本么？我想整顿一番，还好翻本。”王道台知子肃是经商好手，就公推他主持。子肃大喜。当即到厂，把同事齐都辞退，找着司空吉人，把厂务全交给他，另用一班伙计。子肃考验过，都是认真做买卖的。把旧料贱价出售，另办新料，工人也都换过。登告白跌价。果然出的纸烟，十分紧密，味儿也纯了。价钱也便宜。几天工夫，已经销到整千包。子肃扬扬得意。

这天礼拜没事，有位朋友是通瀛织布厂的总收支，姓许字晴轩的，子肃和他最为莫逆，约在第一楼中层会面。届时子肃径到第一楼，晴轩早躺在榻上专候。子肃道：“我们有半个多月不会面了，厂里的事很忙么？”晴轩道：“不消说起，这厂支持不下去了！”子肃道：“怎么会支持不下去呢？去年不是赚到几十万银子么？”晴轩道：“这厂本来是个极大的局面，三百万股本，应该做极大的买卖，方有利益。从前办事的人，失于检点，走漏货色，混赚银钱，那是人人知道，不用我说的。如今换了总办，各事整顿，略为好些。我又献计，把那些吃干俸的人，裁撤完了，办事的薪水，分外加优，立下规条，小工偷棉纱的，重重罚他。我挑选几个老实工人，每逢放工时，站在总门口抄纱，屡次抄着夹带的棉纱。这时也渐渐没有敢偷了。这样办法，总算尽心。无奈出货虽多，销路不畅，栈在那里不动的布，屋子里都装不下了。开销是照常的，天天吃本，哪里支持得下呢？”子肃道：“为何纱布停滞？”晴轩道：“这其间的缘故很多。织布厂比从前多了几倍，内地的用布，是有数的，货色多了，谁还要买；再加水灾荒欠，各项买卖吃亏，不至纱布。原不能怪我们办事不好。”子肃道：“虽如此说，别家的纱布也还有销场，单只贵厂这般停滞，又是什么缘故？”晴轩道：“敝厂的布，本就太粗，这是机器使然，价钱却甚便宜的。如今已决计停工，等市面好时，再议开办。”子肃道：“这一停工，不知多少人失业哩！”晴轩道，“这也顾不得他们。”子肃道：“贵厂的停工，就是中国商界的代表。”晴轩问其缘故，子肃道：“一物滞，各商亏。这里停工，那家歇业，我预料将来的商界，一天里败一天。”晴轩道：“这是你过虑，应该不至于此。”子肃道：“并非我过虑，商界怕的是折本，喜的是赚钱。见这行买卖赚钱，便大家蜂拥去做；见一家折本，个个寒心。商界因此不能发达。不但不肯做的，添了商界许多阻力；就是那蜂拥而做的，也是商界的大阻力。以此推论，中国的商人，都是这个性质，必有一天，同归于尽的。除非有些资本大，或是团结坚的人，方能支持下去哩。将来商界中战胜的，都是资本大，或团结坚的人。”晴轩听了，不觉触动一件心事。

不知后事如何，且听下回分解。

第三十六回　提倡实业偏属乡愚　造就工人终归学业

却说总收支许晴轩，因纱布滞销，工厂停办，正在走投无路的时候，听得单子肃说出一大篇名论，不觉触动一件心事。当下惠了烟账，匆匆地起身别去，便到总经理杨凤箫屋里，要和他商量厂事。只见凤箫的马车夫，拉着一匹菊花青的马，在那里遛，仰面对晴轩道："许老爷，不是找我们老爷么？他在新清和金娥卿家，只怕这时和局上场了。"晴轩只得叫包车夫趱到新清和。走进门时，只听得楼上麻将牌声清脆。上楼见吴达甫、陈筱春、诸霭如、陆仲笙都在那里，却都是厂中前前后后的朋友。在局四人：一是凤箫不用说；二是任桂轩；三是包法裁；其次便是达甫。

大家见晴轩来了，齐道："好极！达甫有了替工。"晴轩道："我是有正经公事，来合凤翁商议的。"凤箫道："你又来了！厂里业已停工，还有什么公事？我顾不得许多，碰和要紧。"晴轩笑着，开口不得，便问道："你们是照旧的码子吧？"筱春在旁插嘴道："今儿是三百块一底，达哥已是一百九十九元下去了。我们二人合碰的，不知什么道理，法裁的清一色偏和得出；我们一副三番一色，就被人家抓凑了。"晴轩道："我不信，我来替你们翻本。"达甫垂头丧气道："你别想替我们翻本，我这牌风是被筱春斗坏了，好在只这一副，让我碰完了，你接下去碰吧。"晴轩点头，手里捏着一只水烟袋，站在法裁背后观看，只见法裁手去抓着一张牌，作势搔痒，一转眼间，把牌摊下和了。原来自抓白板。晴轩自觉疑，当下心生一计，故意嚷道："不好，不好！我有一桩紧要的事，约着朋友在那里等我哩，说不得去一趟。"达甫道："碰和要紧。"晴轩道："我去去就来。"言下披上马褂，噔噔噔下楼去了。直到摆台面时，晴轩方来。碰和的四位，也已结账。法裁赢到五百多元，达甫输了一底。吃酒中，晴轩拉着凤箫，对躺在榻上，谈起厂里的事。晴轩道："机器久停是要坏的，存货堆积，也搁利钱，我们总须设法贱售存货，开工再织新货才是。"凤箫道："你这话也是，我们从缓商议吧。"当下吃完各散。

晴轩见凤箫无意整顿厂事，只得另觅机缘。谁知浮沉许多年，高不攀来低不就；幸亏自己稍有几文积蓄，做些零碎的买卖，倒也很过得去。

又过几年，上海的商情大变，几乎没一家不折本。满街铺子，除了烟纸、吃食店、洋货店，还都赚钱，其余倒是外国呢绒店，日本杂货店，辉煌如故。中国实业上，失败的何止一家。晴轩虽说多年混入商界中，这些大处眼光却还短少，也没工夫去调查研究，只是觉得银根极紧，一切往来交涉，总不是宽裕景象。

一天，有事到苏州去，住了几天，仍复回到上海。当时写了招商公司船的大餐间票子。你道晴轩为何不乘铁路？原来汽车虽快，却怕头晕，因素日脑中有病的。闲言慢表。再说晴轩有几位苏州朋友，约他在租界上一个新开扬州馆里吃中饭，吃得酒酣耳热，到了时候，这才下船。只见那大餐间里，旷荡荡的就只自己一铺，差不多开船时节，只见一人匆匆忙忙，叫挑夫把行李挑上船来，随后自己下船，进了大餐间。晴轩见他身穿一件酱色鲁山绸的夹衫，分明是复染的。眼睛上一副眼镜，倒是金丝边的。铺盖之外，还有一个大皮包，一只网篮。这人皮肤是黄中带黑，脸上带着乡愚气息。晴轩踌躇道："此人来得尴尬，莫非不是好人。"那人一面把铺盖摊好，一面打开皮包，取出一本洋装书，放在枕边，预备要翻阅的光景。这时船已开行，他却不看书，请教晴轩姓名。晴轩告知了他，也请教他姓名，他道："我姓余名知化，是上海乡下人，务农为业。"晴轩道："这回来苏州，是什么贵干？"知化道："兄弟造了几部舂米机器，被一位朋友看见了，硬要试用这机器，其实造得还没精工，因他急于试办，只得送给他。现在他在无锡纳了行帖，收米学舂，特请我去指点一切，幸亏机器倒还应手，一天好出七八十担米。”晴轩听了，不觉吐舌道：“了不得！余先生有这样大才，还说在乡下种田，这话兄弟不信，莫非说谎么？”知化道：“兄弟平生没他长处，就只不肯说谎话。兄弟其实是个村农，只因小时候就喜留心这工艺上面的事，略能制造罢了。被真正内行看见了，连嘴都笑豁。”晴轩道：“什么话，要是造得不好，哪里能舂这好多米？余先生休得过谦，实在还要请教！”知化连称不敢。

略谈一会，知化便看他的洋装书。晴轩凑近看时，一字不识，问起来，才知他看的是西文算学，晴轩尤其佩服。看看天晚，船上开出晚饭，晴轩和知化一桌吃。晴轩开出路菜，是半只板鸭，一方南腿，叫茶房切好送来。知化也打开了一瓶外国酒。

二人浅斟低酌。知化问起晴轩职业，晴轩告知就里。知化道：“通瀛实在可惜，固然做不过外国人，也是经理不善。”晴轩呆了脸。知化自知失言，忙把话岔开道：“现在的买卖，渐渐显出优劣来了。外国人天然占了优胜的地位，中国人虽说商务精明，只能赚取巧的钱，实业上竞争不过人家，终归失败的。你看，李伯正先生何等精明，他的资本又丰富，现在南北两厂，连年折本，差不多支持不下。但是此人一倒，商界上大受了影响，因他被累的，固不必说，单就那靠他吃饭的人，通都失业；再指望有个大资本家，开这么大工厂，只怕没处找去。”晴轩道：“既然李先生这样精明，资本又富，怎么会折本呢？”知化道：“工艺上的事，全靠会翻新花样。李先生别的做法，通都精明，只这翻新上斗不过外国人，因此货色滞销，本利上都吃了大亏。大凡买卖做得大，折本更是容易，不知不觉，几百万折下去不足为奇，要想恢复时，资本没有了；入股的也就惧怕，不敢再入股了。所以中国的公司，除非一帆风顺，方能撑持，一朝失败，没有不瓦解的，是魄力不足的缘故。”晴轩听他这般议论，虽是海阔天空，却也着实不浮，不觉渐渐入港，就把自己商务的本领，谈了几句，说的自然都是内行话，知化自然佩服。只是知化的见解，却和晴轩不同。晴轩谈的利益，只是一行一店，或个人的利益；知化谈的利益，却是各行各店，一国的利益。其实纳入一行一店以及个人，也没有不先沾利益的。

饭罢，晴轩取出两支雪茄烟，送知化一支。知化不吸。晴轩取火自吸，背靠在铺上，问知化道："真是，我听说上海有个负贩团如今怎样了？"知化道："甚好！内地的货色，销路广了许多。如今内地人的脑子里，也知道有实业，居然也会仿造什么肥皂、洋烛等类。虽说事业不大，却夺回好些利益，只是制得粗糙些。这是资本不足，学业不精的缘故。"晴轩叹道："我们中国人的学业，断乎不得精的，动不动大家要想速成，这工艺上的事，岂是速成得来的？"知化道："这句话要算知言。果然工艺不可指望速成，但不知哪样事速成得来？"晴轩笑道："我也不知哪样可望速成；但觉得'速成'二字不好。"知化道："一点不错，资本短少，也是一个大弊病。第一办料不讲究，做出来的货色，还不止差了一成，这都是念于发财，误于将就；弄到后来，发财不成，反倒折本。这是我国人的通病，没法救药的。我佩服的，只一位大实业家，果然比众不同，现在上海。"晴轩道："莫非是唐浩川么？"知化道："浩川只知运他的白铁、焦煤，如何算得实业家？"晴轩道："莫非是郑素明么？"知化道："他是磨面公司的一部分，虽是实业，也算不得大实业家。"晴轩道："我知道了，必是汪步青。"知化道："呸！那掮地皮的主儿，偶然赚得几文，哪有大实业的魄力？"晴轩道："到底是谁？"知化道："我说的是范慕蠡先生。他虽说袭了父亲的余业，却全亏他能信有学问的人的话，办的事也总在实业上面。即如他开的工艺学堂，办的劝工所，真是有条有理，日起有功。将来中国的实业，在他一人身上发达。好在他费用并不多，造就人利益人却不少。如今上海那些文玩桌椅，新巧器具，美术玩物，人还当是从西洋来的，其实都是工艺厂制造。就这上面，慕蠡也很赚几文。只因销场极好，抵得上外国器具的缘故。"晴轩道："我也听说有个工艺学堂，出货极好，常想去考察一番，为是不急之务，路又远，也没工夫去走这一趟。”知化道：“什么话？这是当今第一件的紧要事务，你怎说它不急？凡人做买卖，且不说于社会上有益，只核算自己的利益，也须设个久长之法。即如晴翁逐贱贩贵，何尝没有利益？但是拿不稳的一件事，倘然失败，连一辈子的心血白费了！唯有研究实业，制出各种新式器物，人人爱买，个个争收，拿稳赚钱；而且可以长久，为什么不去做呢？”晴轩道：“余先生只知其一，不知其二。口口声声说实业，这岂是人人做得到的么？通上海也只一位范慕蠡，他是原底子有钱的人，能创这个局面，要是别人，如何做得到呢？即如工艺学堂、劝工所，这些事儿，房子要钱，器具要钱，请教员要钱，买书籍仪器要钱。我们手里所有的，至多不过八千一万，要像这样开销起来，不上几个月，事没办成，我倒已经变成一个穷汉了。所以说是不急之务，没工夫去理会他。”知化道：“晴翁先生，你又误会了。我说的话不是这个意思。”晴轩道：“怎么呢？”知化道：“我说实业，也并不是专主开工艺学堂。大凡垦务、渔业、森林、开矿种种的事业，哪一件不是实业，只要人肯去做。”晴轩道：“你愈说愈远了。这样的事，更非大大的资本做不起来，我是今生休想。”知化道：“难道真个有来世么？”晴轩不觉失笑。

知化道：“我们做了中国人，中了社会的习气，凡事都愿独自一人做，利益也顾独自一人享，如何做得出大事业呢？据我看来，方才说这几桩事，并不难做，只要大大地开个公司做去，就做成了。况且这几桩事，人人知道有利益的，为何不做？”晴轩道：“这话果然。我也想拼公司，只是有钱的人，各有各的营运，说起公司来，他们都觉为难不信，这也是风气未开，无可奈何的。”知化道：“风气不算不开，只是人人都胆子小，也自有失败的公司，被他们作为殷鉴的缘故。”

二人长谈许久，听钟上正打十一下，船上搭客并都睡着，静悄悄的，只有机轮激动水声，铿訇澎湃，煞是好听。二人开铺睡觉，知化倒枕便已睡着。晴轩细想知化的话，极有道理，可惜说得太高，我们做不到。又盘算几桩买卖的事，盘算许久，直到两点多钟，才能睡着。

次日清晨，船已到岸，大家忙着上岸。晴轩、知化也都起身。知化道："晴轩先生，尊寓在哪里？"晴轩和他说了，知化道："我明天来候你，同你去看工艺学堂、劝工所，再见一位大工程师。"晴轩唯唯答应，各自到寓不提。

次日，知化果然来了。晴轩请他在客堂里坐下。原来晴轩租了三幢房子，家眷住在楼上，底下专备会客的，摆设得极其幽雅。留知化吃了便饭，套一部马车，二人同坐；到了虹口，直抵工艺学堂歇下。知化是算定的，知道十二点至一点半钟，浩三没事。二人便直到浩三卧室。浩三却在那里画海棠式、樱花式、玫瑰式、菊花式的各种碟子，见知化进来，起身相迎，又和晴轩厮见。浩三对知化道："令郎，实在聪明不过！现在手制的玩具，销场第一，到底家庭教育好！"知化谦让一回，说明看学堂的来意。浩三道："须得他们上工时去看，才有意思。"

到得一点半钟，学生排班，分头各向各的习艺处去。浩三领了余、许二人，一处处地看来。只见做木器的，做竹器的，做玩器的，织绒毯的，织线毯的；漆工、绣工、刻工无一不精，外间工人哪里做得到？还有学制机器的，学制五金器具的；最上等的，却在书本上用功，更是深莫能测。晴轩觉得洋洋大观，赞叹不已。知化却和浩三讨论制造方法，晴轩全然不懂，无从插嘴。看完后，浩三自去上讲堂。知化又领晴轩到劝工所。陈列的各种器物，五光十色，夺目怡神。内中一个大瓶，却系铜质，上面花纹比景泰蓝还好数倍。经理人说，要卖五十两银子哩。外国人买去三个，这一个前天送来，大约不久就有人买去的。晴轩非常艳羡。看够各种，知化要走，晴轩请他到汇中西菜馆吃了西餐，这才各散。

晴轩见工业这等发达，便到处运动，想振兴实业，终于被他运动出一位大实业家，纠合一个公司，赚定许多荒地，大兴垦务。晴轩人股不多，谁知新法耕田，其利十倍，不上数年，晴轩连利连红，分到十多万银子。

自此中国人也知道实业上的好处，个个学做。要知我国人的思想，本自极高明的，只要肯尽心做去，哪有做不过别人的理？却被一个穷极无聊的刘浩三，一个乡愚无知的余知化，提倡实业；工商两途，大受影响，外国来货，几至滞销，都震惊得了不得。市上的现象这般好，做书人也略慰素心，不须再行絮聒了。

最后的微笑

（节选）

蒋光慈

作品简介

中国现代小说。作者蒋光慈。1928年9月，由上海现代书局初版。全书共6个章节。

小说描写了处在社会底层且备受欺压的青年工人王阿贵为复仇而自杀身亡的故事。青年工人王阿贵在纱厂做小工，受到工厂主的各种压榨，后接触到共产党员教师沈玉芳和工友李全发，在他俩的帮助和指引下，懂得了革命道理，报名平民义务学校学习，并积极参加中国共产党地下组织的各种活动。后来S埠发生了政治大变动，大批工人、群众被杀害，王阿贵也因参加罢工而被厂里开除。离开工厂回到家里，王阿贵看见病态的父母和破碎的家庭，几番思想斗争，产生了强烈的复仇心理。他设法从工友张应生处偷一把手枪，杀死了罪恶累累的四个工头、暗探，最后却被巡捕包围，在无法逃脱的情况下，面带胜利的微笑，开枪自杀，离开了这个世界。

根据蒋光慈《最后的微笑》（上海现代书局，1928年初版印行）节选。

正文节选：Ⅰ—Ⅲ章

I

小蚂蚁被他的同类所欺侮了，还要拼命地抵抗一下。

这是在六月的一天晚上。

夜幕笼罩的大地异常的乌黑。在天的西北角上，时飞射着金色的闪光，也就从那里远远地开着雷声。天气异常的闷燥，一缕风丝儿都没有。人们都等待大雨的到来，因为天色已给了大雨的征兆了。

在城南C路的终角，靠近麦田的地方，有两间破败的茅屋。茅屋的周围：前边一百步之遥是S纱厂；后边是麦田；左边不远有几座荒墟的坟墓，据与这些坟墓邻近的居民说，这里时常闻着鬼哭，发现鬼火……看起来是异常凄凉的；右边是一带平房，凡在S纱厂内做工的工人，差不多都住在这里面。工人们寻不出别的纳凉的方法，如果是天不落雨的时候，他们夜里总是露宿的。每一到晚上，除开一部分工人上夜工而外，其余的总是在家里坐在外边乘凉，他们的芭蕉扇与谈笑的声音，遥遥地与纱厂内的吼吼的机器声相应和。今天晚上天气更异常的闷燥，因之他们摇动芭蕉扇的声音更要比往日为响亮了。

——他妈的！今天晚上真热！

——唉！简直热得活要命！

——这样热，他们在工厂里做夜工，也不知怎么能受得了呵！

——不受也要受，你真是说怪话！

——你看，西北角正在打闪呢，快要下雨了。

——唔，全才！王阿贵被开除了，也不知道是哪个弄的鬼……

——那还有别人吗？不是张金魁是谁个？

——他妈的！……

——唉！天气真热！

——……

这时，当他们说南道北大家谈笑的当儿，茅屋内的王阿贵正病卧在床上。这两间破败的茅屋，在冬天，因为四壁招风，是异常的寒冷，而在夏天呢，因为阳光的熏蒸，又异常的燥热。病在床上的王阿贵，因为极高度的体温与屋内极燥热的空气联合起来，已经烧到头昏脑乱神思不清的地步了。今天早晨他还是如平时一样，做上工的预备，并不会料到要如什么不幸的变动，但当他一进工厂的大门时，矮肿的工头张金魁即将他喊住，对他说道：

——你已经被厂里开除了。你自己做的事情，你自己知道，我也不必向你多说了。你要反对什么厂主，请你到别的厂里去反对去，在我们的厂里，哼哼，对不起……我幸而看着你老子的面上，不愿意叫你多吃苦头，不然的话，哼哼，我报告巡捕房将你捉住，枪毙……你去罢！我们这里你是不能再进来的了！……

王阿贵听了张金魁的这一番话，始而痴呆地将两眼望着张金魁，似乎不明白他所说的是些什么，继而脸色变为惨白，将头慢慢地低下来了，——这时阿贵明白了，他明白了张金魁所说的话的意义，他明白了他的一切希望都完结了。这俱是如晴天的霹雳一般，咔嚓一声，将阿贵震动得不知所措：怎么办呢？怎么办呢？……完了！完了！一切都完了！……阿贵似乎要哭将起来，但没有眼泪出来。他并不觉得有什么过度的伤心，他只是茫然，茫然……到什么地方去呢？工作是没有了，因之工钱也是没有的了。怎么办呢？怎么办呢？他只是茫然，茫然……他应当向张金魁说一些哀求的或是反抗的话，但是他听了张金魁的话后，却不发一点儿声响。有几个工友上前为他哀求，为他辩护，为他抱不平，为他可怜，但是他却沉默着，没有一点儿表示。

他只是茫然，茫然……他很顺服地走出了工厂的大门，连头也不掉转一下。等他走了离工厂几十步的时候，他回转头来看看工厂的屋宇，似乎忘却了与工厂辞别的样子，于是他又回转来绕道工厂前后走几个圈子。他今年十九岁，从十一岁起，他已在这个工厂内做了八九年了，虽然他儿时的光阴，所谓黄金时代的光阴，都为这工厂内的机器所吞食了，虽然这工厂就同牢狱一样，他在里边被囚了八九年，虽然这工厂除了痛苦和压迫而外，没有给过他丝毫的幸福，但是他到底与这工厂有八九年的因缘，今天忽然离开了它，未免总有点舍不得的情绪。他站在工厂外边，看着烟囱突突地冒烟，听着机器吼吼地响动，他不禁觉得有无限的难过。“别了，工厂！别了，牢狱！别了，我的朝夕同事的工友们！……”他终于要同这工厂别离了。但是别离了到什么地方去呢？回家去？有什么面目回家去呢？不，家里回去不得！……他想道：“父亲五十多岁了，害着痨病，虽然有时推小车子也可以混几个钱，但混得总不多；母亲呢，替人洗洗补补衣服，也混不到几个钱。还有一个五六岁不中用的小妹妹！……一家大半都指望我，可是我现在被厂里开除了，这，这倒怎么办呢？……他俩老人家若知道了我被厂里开除了，那他俩将不要大大地生气么？……唉！算了！算了！我今年虽然才十九岁，可是我的日子也过够了，我不如去行个短见罢。是的，我不如去跳黄浦江去，人生总不过一死，我也问不了什么许多……”

阿贵虽然起了自杀的念头，但他还没有即刻就去自杀的决心。他离开了工厂，茫然地向前走着，并没有一定的方向。他就同失了灵魂的人一样，他忘却了他应当做什么，他也不知道他应当向什么地方去。他只知道一件事情：被厂里开除的事情，不能使父母知道。但是为什么他要被开除？他有什么被开除的罪过？谁个弄得他被厂里开除了？开除了后他应当做些什么？……他这时似乎都忘却了。他只是茫然地走着，但脑筋并没深想到什么。他所走的是什么路，两旁有什么东西，路上所迎着的是些什么人……他都没注意到这些。

他顺着一条路走，走走又回头，回头又走走，这样的他消磨了一个上午的时间。炎热的太阳如火一般地烤人，但他光着头，虽然一套白布小褂裤差不多都汗湿了，他似乎却不感到这一屑。最后他走得疲乏了，看见路旁有一块石头，他也不问它烫不烫，就走上前坐下了。他低着头似乎在思想什么，但他这时并没有明白地思想到什么。他看见地上有几个蚂蚁往来：一只黄色的小蚂蚁也不知从什么地方寻得了一块白馍样的食物，在用力地衔着前走的当儿，忽然遇到了一只黑色的蚂蚁，这黑色的蚂蚁见着小蚂蚁衔着一块食物，便上前将它抢夺下来。小蚂蚁大为愤怒，便不相让，与黑色的蚂蚁厮杀起来。小蚂蚁虽然是小些，却英勇异常，毫不惧怕，倒也敌得过它的敌人。它俩越厮杀得越有劲，阿贵这时不禁看得出神；而且向小蚂蚁表示着充分的同情。他见着小蚂蚁这种英勇的气概，不禁暗暗地称赞不置。他看着看着，忽然他的脑海中起了一层波浪，他即刻立起身来，自己向自己惊异地问道：

——啊哈！我难道连这一个小蚂蚁都不如吗？喂！我还配做一个人吗？小蚂蚁被它的同类所欺侮了，还要拼命地抵抗一下，我是一个人，难道受人欺侮了，就这样乖乖地算了吗？报仇呵！……报仇！……

他于是觉着有无限的羞辱了。他的脸有点发烧起来，他的一颗心开始怦怦地跳动了。他不禁后悔道："当张金魁向我宣言的时候，为什么我没有点儿反抗的表示？我为什么顺服地忍受着张金魁的欺侮？为什么不把张金魁拉着痛打一顿？为什么不拾起一块石头向着张金魁的脑壳摔去？为什么……？唉！我连这一个小蚂蚁都不如！我还配做一个人吗？张金魁这东西该造了多少孽，我为什么不把他打死？他害死了李全发，他害死了沈玉芳沈先生，他现在又来害我，他又把我的饭碗打掉了，照他的口气，也许又要害我的性命……唉！我为什么不把他打死呢？我为什么一点儿抵抗都没有呢？唉！我连这一个小蚂蚁都不如！……”阿贵越想越羞愧得汗流浃背，几无地以自容。他又重新坐将下来了。他看看地上两个斗争的蚂蚁，这时它俩仍在相持的状态中。他于是拾起一个小小的草秆，将黑色的蚂蚁隔开来，慢慢地然而很气愤地将它捣死，——这时他觉得他做了一件伟大的事业了，于是乎他觉得非常的痛快。小蚂蚁见着它的敌人已死，遂又衔着白馍样的食物离开了。阿贵看着它走开，不禁暗暗地笑道：“小蚂蚁！你真是好汉！我应当拜你为老师呢！我与你同是被欺侮的。我们联合起来罢！好！全世界被欺侮者联合起来！哈，哈，哈！……”阿贵刹那间觉着自己是胜利者了。他似乎觉着张金魁被他用草捣死了。在愉快的一两分钟后，他又觉着有点失望起来：他所捣死的是微小的蚂蚁，而不是那万恶的张金魁，张金魁还在世间活着呢。

是的，阿贵的责任不是在于捣死一个微小的蚂蚁，而是在于捣死他的敌人——张金魁。阿贵觉悟到这一层了；于是开始想到如何报仇的方法：“呵呵，顶好！顶好把他捉住，也像捣死蚂蚁一般地把他捣死！唉！他该多么可恶呵！他拼命地对于厂主献好，也不知害死了许多工人！他害死了李金发，他害死了沈先生，他现在又来害我，哼，害我？好！我就要他的小狗命。然应当为李金发和沈先生报仇，我要不报仇，我就不算是个人，我真就不如蚂蚁！一个人不如蚂蚁，还算是一个人吗？呵呵！报仇！报仇！……但怎么样才能将他捉到呢？……”阿贵想到此地，忽然觉得头痛起来了。太阳的光是这般炎热。阿贵没有戴帽子晒了半天，当然头要晒得痛了。也许他的头早已都晒痛了，但到现在才觉得。奇怪，阿贵现在一觉着头痛，就痛得要命，似乎再不可以支持了。他这时不但头痛，似乎周身都发起烧来，脸庞烧得烫手。这时他忽然想起家来了。他忘却了被厂里开除的事情，也忘却了他的父母倘若知道了他被厂里开除了，将要如何的生气，如何的懊恼。他感觉自己是病了，病了的人一定是要回家的。

当阿贵踉跄地走到家的时候，已是下午一点多钟了。这时阿贵的父亲王典盛吃了中饭，已经出门推小车子去了。留在家中的是阿贵的母亲与他的一个小妹妹。母亲今年五十岁了，这是一个很疲弱的妇人，她的两个眼眶烂得如红枣子肉一样，眼水是不断地流着；她看东西是很吃力的，然而她不得不做缝补的事情。在她的枯槁的，皱纹层层的面孔上，可以看出她在生活中所受的痛苦的痕迹。这个可怜的老妇人在生活中大约不知道什么享福的事情，因为她从没见过幸福的面孔是什么样子。有时她想象到阿贵将来成人了走好运，每天能够挣得几个钱，为她买一件好衣服穿穿，买几斤肉吃吃，或者她的女儿阿蓉将来能寻得一个有钱的婆家，因之可以靠她女婿养活……这时她觉得是很幸福而愉快的样子，但这也只是很模糊的幸福和愉快，因为这只是对于将来的想象，只是希望而已。什么时候阿贵能走好运？阿蓉将来能不能等得一个有钱的婆家？这恐怕只有天晓得罢？谁个也不晓得！话虽然是如此说，但是这个老妇人却不得不有这般的希望。她现在所以还能活着，所以还能觉得要劳动的，完全是因为她还有这一点莫须有的希望，不然的话，她恐怕久已被劳苦葬入黄土了。她相信观世音菩萨，因之她很虔诚地供着观世音菩萨的肖像。她以为观世音菩萨是救苦救难的，是慈航普度的，她绝对是保佑有善心的人的，只要人们能把良心存得正，还怕观世音菩萨不知道吗？呵！救苦救难的观世音菩萨！呵！慈航普度的观世音菩萨！……如此，她真是观世音菩萨的真信徒了。她不相信她会穷苦一辈子，因为她的良心好，从没做过坏事，而良心好的人一定是可以得到观世音菩萨的保佑的。哪怕现在吃些什么苦呢？观世音菩萨自然有眼睛！观世音菩萨自然要给我好处的！我现在吃苦也许是因为前生造了孽了？呵！不要紧！只要我今生能行善，就是今生得不到好处，到来生一定也是要得到好处的！观世音菩萨自然有眼睛，我怕什么呢？呵！观世音菩萨呵！请你保佑我的阿蓉罢！请你保佑我的阿贵罢！他真是一个好孩子，他对我该多么孝顺呵！是的，他应当得到菩萨的保佑呵！……这个可怜的老妇人每一想到她的阿贵的身上时，总要跑到观世音菩萨面前磕几个响头，暗暗地为着阿贵祷告。阿贵是她唯一的希望，她不为他祷告，还为谁祷告呢？至于阿蓉呢？她想道，阿蓉不过是一个女子，始终是人家的人，比较是次要的了。也许将来能得到一个好女婿，但是好儿子总比好女婿强呵！好女婿无论如何总是从人家骨肉里生出来的。她当然也为着阿蓉祷告，但是祷告的次数却比为阿贵祷告的次数少些了。为着祷告，为着要表示诚意，他也不知在观世音菩萨面前烧了多少香。这些买香的钱是她为人家洗补所挣来的。她舍不得吃，舍不得穿，但是却舍得去买香烧……

她今天坐在门口，一边补衣服，一边又想到阿贵的身上了：阿贵今天也不知在厂里好么？天气这样地热！……她忽然听到走向她来的脚步声，将头抬起一看，却不认得来人是谁个。照着来人的衣服看，这是阿贵回来了，但是照着来人的脸色看，这不是阿贵了，这差不多是戏台上的赵匡胤、关夫子了。一刹那她惊异得非常：怎么？难道说关夫子来显圣吗？若真是他显圣，那我该要好好地跪接了。……她用她的烂红眼睛聚精会神地一看，这时来人已至她的面前了，于是才看清楚了，——来人不是关夫子，而是她适才所念到的阿贵。阿贵这时的脸色真是红得如关夫子的一样，这使得他的母亲惊骇地叫道：

——我的天王爷！你，你，你你怎么了？病，病了吗？……

但是阿贵没有回答她。阿贵进屋后即向靠墙的一张竹床上躺下，直挺挺地躺下，如死人一般。他的母亲见着他这般模样，简直骇得魂飞天外，无所措手足了。她走近他的身旁站着，痴呆地望着他的那一副可怕的面孔，自言自语地说道：

——这，这倒怎么办呢？中，中了魔了吗？……这倒怎么办呢？兴盛又不在家里……

——阿贵！我的儿！——她停一忽又哭着说道：你怎么弄到这个样子？……你，你你是怎么样弄的，我的天王爷！……

——水，水！……

阿贵睁开眼睛，向他的母亲说了这两个字。她这时心中忽然有点希望了。她想道：还好！他还能说话，还知道要水喝！……知道要水喝，这不是说他的心内还明白么？还好，他还不至于有什么……

呵呵！我的天王爷！菩萨保佑！……她于是有点放心了。她不敢怠慢，急忙从水缸内盛了一碗凉水送给他喝，他没有力气拿碗，于是她端着送到他口边，他就同得着甘露一样，一口气将一碗凉水喝干了，是的，他真是喝了。他晒了半天，身上的水分都化为汗而消散了，这时他身上简直可以说不大有水分了。他的喉咙干燥得很痛，当他将一碗凉水喝将下去之后，他觉得就好像他身上的火已经被扑灭一大半了。

——我还要喝！……

当阿贵喝了第二碗凉水之后，他的神气清醒得很多了。他的面色已经不如先时的可怕，他的两眼所放射的光，已经不如先时那般的如中了魔一样。她这时更大为放心了：呵！阿贵好了！阿贵绝对不会有什么危险，阿贵一定是会好的！……她于是又想起观世音菩萨来了。她想到，这一定是有观世音菩萨在暗中保佑，不然的话，也不知要弄得什么样子。这正是她应当向观世音菩萨面前烧香磕头的时候，于是她将手洗一洗，很虔心地烧起香来，表达她对观世音菩萨的感谢。

阿贵真是疲倦极了。他看见母亲的这种神情，想开口向她说一些话，但是他没有力气说话了。他应当好好地休息一下，于是他昏沉沉地睡去了。坐在他身旁的母亲，这时见着阿贵这般神情，知道他是睡着了，而不是别的什么现象。她不愿意他多劳神，所以她并不向他多说话。她继续拿起工作来，坐在他的旁边，补几针看他几眼，看他几眼之后又补几针……她这时很放心了，因为她相信观世音菩萨隐隐地在暗中保佑。

到了晚上了。

……阿贵的父亲王兴盛今天推了半天的小车子，只得了四角小洋的代价，若这四角小洋的代价，是平平安安得来的，那么王兴盛今天也够高兴的了，因为四角小洋并不算少呵。往常有时一天不开市，连一个铜圆都推不着，而今天半天居然也推到了四角小洋，这或者也是因为观世音菩萨在暗中保佑的缘故罢。可是王兴盛因为这四角小洋，肩背上吃了七八下木棍，受了红头阿三的一场毒打。王兴盛已经是五十多岁的人了，虽然还能勉强推小车子，但是他的骨头的确是很老了，他又是一个害痨病的人，如何能多吃红头阿三手中打人不顾死的哭丧棒呢？因之四角小洋对于王兴盛虽然是一个很大的数目，而吃了七八下木棍，这对于王兴盛却是一场很大的灾祸。事情是这样发生的：他推了一小车子木器，当他走到四路中间的当儿，忽然呜的一声飞来了一辆汽车，险一点儿把他的车连人都冲倒了。也许是菩萨保佑的缘故罢，他没有被汽车轧死。红头阿三,一个印度巡捕见着这种情景，怒冲冲地跑将上来，先给他吃了几下哭丧棒，然后才开口骂他为什么不知道让路，为什么这样笨……可怜的王兴盛已经被汽车把魂都骇掉了，哪还有胆量向巡捕讲理！他就这样地白白地吃了一顿毒打！倘若王兴盛愿意请医生看看自己的伤痕，买一二服药吃吃，调养调养，那他今天所得到的四角小洋能够分配吗？……他往时虽然也时常领受红头阿三手中的哭丧棒，但他今天却觉得往时从没有这样地痛过。唉！他没有反抗的力量，他只有很可怜的痛哭！……

天要黑了，王兴盛约莫着再找不到生意，于是就决定将小车子推回家来。在路上想起适才红头阿三对于他的欺侮，不禁暗自流泪。肩背上的伤痕虽然还没到出血的地步，然而是很重的，经受汗液的洗濯，越发痛得厉害。他觉得他不应当受这种无道理的欺侮，但他毫不起一点反抗或报仇的念头。他只叹他自己的命运是应该如此的。有什么办法呢？没有办法！反正穷人生来就是要吃苦的。忍受罢！唉！只有忍受，没有办法！……他只是这样地想着，他，脑筋也只会这样地想着，从没发生过别的什么不安分的念头。

——老王！你回来了？

当他推着小车子走到离家不远的当儿，迎头遇着了一个相识的工人，这个工人先向他打招呼。老王是一个很和气的人，每逢与人说话的时候，总是带着满脸的笑容。今天的肩背上虽然有很重的痛伤，虽然满肚子不快活，但他一见着这个工人向他打招呼，也就即刻笑着答道：

——呵！我回来了，阿四。你已经下工了么？

——不，不是，我今天没有上工。你知道吗？你的儿子已经被厂里开除了。

——什么呀？——老王这样惊异地问道，脸上已经变色了。

——你的儿子被厂里开除了。

好一个消息！好一个消息！……老王听了阿四的话，身体几乎凉了半截。他感觉到天大的灾祸落到他的身上了。他又如中了魔一样，一句话也说不出来，只直挺挺地痴立着如木鸡一般，两眼望着阿四。阿四见着他这种神情，不明白他这时精神上所受的打击是如何的巨大，便不十分注意地离开了他，又走自己的路去了。老王痴立了几分钟之后，重新推起小车子走回家来。当他走到门口的时候，他的小车子向门旁边一竖，不做声不做气地走进屋内，向门后边一个小木凳子上坐下。他就同没有看见屋内的人一样。躺在竹床上的阿贵还没有醒来。阿蓉见着她的爸爸今天回来这种不高兴的样子，也不敢上前去亲近他，只远远地向他望着。这时他的老婆正在烧晚饭吃呢，她见着老王回来了，便离开灶台走到老王的面前，与他打招呼。

——你回来了？今天推了多少钱？

老王用双手抱着自己的头，两眼向地下望着，如木头一样地坐着不动。她见着他不回答她，摸不着头绪，便又高声地问他一句：

——你，你今天到底是怎么着了？为什么人家问你的话，你连回答都不回答一声呢？

老王还是依旧地不答。她看见这种神情，知道又有什么不好的事情发生了，便不敢再问他。她重复回到灶台后坐下，几乎也变成痴呆的人了。她这时不知道做什么事好，暗暗地觉得有什么可怕的灾祸快要到临了，或者已经到临了。她真不知道将要怎么办了：你看，一个没了，又是一个！阿贵回来时几乎要骇死了人，红头赤脸的，而他回来又这种样子，令人一点儿头绪都摸不到，这，这这，这倒如何是好呢？……莫不是今天真个是什么黑道的日子，遇着什么鬼了？不然的话，为什么一个个都弄成这个样子呢？唉！穷日子都不能安安稳稳地过下去，偏偏生出许多花头来！唉！这真是要人命，活要人命呵！……她不禁很伤心地哭起来了。

——你还不知道吗？

老王抬起头来，忽地很苦丧地问了这一句，这可把他的老婆骇了一跳。她停止了哭，两眼看着她的丈夫，半晌才反问一句：

——我还不知道什么呢？

老王重新又把头低将下来了。这时屋内已经暗黑了，深深地陷入沉寂的空气里。沉寂里只闻着阿贵在竹床上翻身的声音。阿蓉见着她的爸爸和妈妈的这种样子，一颗小心也为之跳动，很模糊地猜到有什么不好的事情发生了，因之也静立在板门的旁边，不敢多说一句话。但是阿蓉终归是一个小孩子，她的肚子饿了，她要吃饭，不能再跟着她的爸爸和妈妈沉默下去了。

——妈！我饿了，我要吃饭。……

阿蓉的话将沉寂无声的空气打动了。老王随着阿蓉的话音说道：

——你还不知道吗？阿贵被厂里开除了。

他的老婆听了他的话，沉吟了半晌，似答非答地叽咕了一句：

——呵！阿贵被厂里开除了！

她又重新沉默下来了。这时她的一颗心似乎被糨糊糊涂住了，想不出说什么话为好。如此，在表面上，她似乎并不会受了这个消息的打击，但是在心的内里，她，唉！她简直表示不出她的悲痛来。她这时实在说不出话来。她有什么话可说的呢？呵！事情是这样的完了，完了，没有希望了！……

——妈！妈！我饿了，我要吃饭呀！

阿蓉的妈还是不理她，最后她走到她的妈跟前去了。她要求她的妈给她饭吃。这时大约老王也觉着有点饿了罢。便也就说道：

——开饭吃罢！

老太婆听了他的话，便起身将煤油灯点着，不则声不则气地将饭菜摆到屋中间一张矮木桌子上来。阿蓉拿起饭碗来就吃，两只小眼向着菜碗里望，就同菜碗里盛着满满的有味的好吃的肉一样，她巴不得一下子都吞下去，其实那里并不是肉，并不是什么鸡鱼鸭，而是些油盐不足的白菜。

——阿贵不起来吃饭么？——老王问。

——不，他不久已经吃了一点东西，现在让他睡罢，他病了。

——他真病了吗？——老王很不安地这样问他的老婆，可是她这时就同要哭的神气，似乎悲哀地在想什么，没有答他。他看着她的这种可怜的样子，便也就不再问下去了。他又不禁暗暗地在可怜她：可怜的老太婆，真是受苦的命呵！……

他们静默地吃了晚饭，就到门外边坐着乘凉。这时大地乌黑得可怕，一点风都没有，闷燥得令人难耐。夫妻俩都低着头各想各的，唯有阿蓉坐在她的妈妈的旁边，一点儿也不思想，两只眼睛只有趣地望着西北角上的，那远远的飞射着的金色的闪光。

这时屋内竹床上的阿贵，似乎是已经醒来了，但是浑身烧得如火炉一样，弄得头脑昏乱，神志不清。他似乎是要起来，然而没有起来的力气；似乎要喊人，然而只能口张一张，喊不出声音来。他是在蒙眬的混沌的状态中，脑海中并没有什么很清晰的波纹。也或者可以说，他是在半死的状态中……

老王这时是在深想自己的悲哀的命运：从一生下地来就没有过过一天的好日子！推了一二十年的小车子，劳苦了一辈子……现在阿贵稍微能够挣点钱养家糊口，穷日子稍微过得舒服些，不幸又来了这么一下……被开除了！……唉！这简直怎么了局！……都是阿贵自己的不是！厂里不开除别人，为什么单开除他呢？这可见得是阿贵自己的不是了。我老早就听到一些风声，说他在厂里干什么工会的事情，反对什么资本家……呵！这样反对资本家才反对得好，把自己的饭碗都反对掉了！唉！胡闹！生来就是当工人的命，生来就是受苦的命，好好地在厂里做工也就罢了，偏偏要干些什么不相干的事情，什么工会，唉！不安分！……

老王的老婆所想的倒偏于乐观的一方面：好歹总有菩萨保佑，没有什么可怕的。也许明天到厂里哀求一下，阿贵还是可以回到厂内做工的？也许这个厂里不要他了，他还可以到别的厂里做工去？真要没有办法的时候，也可以推小车子……反正有菩萨保佑，总不会饿死，只要良心存得正。阿贵这小东西的良心该多么好，难道说他还会饿死不成吗？不会的！不会的！……

她又决定了，今天晚上临睡觉的时候，应当在观世音菩萨面前好好地烧几炷香，多磕几个响头，求她老人家保佑。她相信观世音一定会保佑她，保佑她的丈夫，保佑她的阿蓉，尤其保佑她的亲爱的儿子阿贵。她不十分相信别的菩萨，但她相信观世音菩萨可以说是到了极度了。她每每向人说：观世音菩萨是不可不信的呵！她真灵！我有几次梦见过她，她是一个白发苍苍的，和蔼可亲的老奶奶，有时白天我也见着过她显圣……当她这样说时，就同她真看见过了观世音菩萨一样。但是她真看见过了么？只有天晓得！

“轰轰轰……咔嚓……轰，轰……”雷声逼近了。这两位可怜的夫妻的沉思，被响亮的雷声所震断了。这时又起了风，很大的风，接着就落下稀疏的很大的雨点。

——呵呵，下大雨了，快进去，外边不能够坐了。

他们刚一进门，大雨就如倾盆也似的下了起来。他们将门关上，但是因风刮得太大了，两扇板门几乎有抵抗不住的形势。两间茅屋似乎被风雨击动得乱晃的样子，就同快要倒塌了。木桌上的煤油灯被风吹得忽明忽暗。这时屋内的闷热的空气渐渐地消散了，顿时凉爽起来。大家感觉得爽快异常，但同时又惧怕这两间茅屋真莫不要被这般大风雨所根本推翻呢。那时才是真正的糟糕！那时才是真正的灾祸！

——妈！妈！那墙角上漏，漏雨！——阿蓉指着墙角这样说，老王听了这话，向前一看，果然漏雨，并且漏得很多。他想道：唉！真是倒霉！这真是如俗语所说“祸不单行”呀！天老爷故意与我们穷人捣乱！如果这两间茅屋真正地要倒塌了，那时倒了怎么办呢？唉！我的天哪！……

——阿蓉的妈，快拿盆来接着，慢一点，这屋内快要成河了呢。唉！天老爷真是故意与穷人为难呀！

阿蓉的妈听了她丈夫的话，急忙将洗澡的木盆拿上去接漏雨。幸而只有这一处漏雨，若漏雨的处所太多了，纵使不将屋子漏得倒塌，但怕真要把屋内弄成河流了。

这时凉爽的空气将阿贵身内身外的热度减低得多了，他于是有点清醒过来。他的两眼，已将烧得透红，睁开望一望，他看见屋内的情景甚为诧异，不明白发生了什么事情。他想说话，但觉喉咙很痛，很不容易说出话来。他哼了半晌，才哼出来一句话：

——妈！我渴了！……

当他喝了一碗凉水之后，他的神志更为清醒了。他虽然没有力气多说话，但他已经很明白地知道他现在是病了，是躺在竹床上。他看见他的父母的愁容，知道他们完全都是因为他，因为他一个被工厂开除了的，而现在病了躺在竹床上的儿子……他于是很清楚地想起日间的事了：他今天早晨是如何预备进工厂上工，如何走进工厂的大门，如何被张金魁喊住，如何被张金魁欺侮了一顿，如何失望地走出工厂，当时心中是如何难过……他不禁很深长地叹了一口气。

——阿贵！你到底怎样地就被开除了？

阿贵不回答他的父亲。老王接着又说道：

——不开除别人，单将你开除了，真是怪事！为什么单将你开除了呢？啊？

阿贵还是沉默着。

——他现在身体不舒服，请你不要苦苦地追问他罢！等他好了，你再问也不迟呀！

老王不听老婆的哀求，又继续地说道：

——我晓得，呀，我晓得。大约是因为什么工会的事情……唉！你倒不想想，资本家是怎么能够反对得了的！你不问三七二十一，仗着自己的血气乱闹，真乱闹得好，现在把饭碗都乱闹掉了！……

老王停了一忽，声音略放低一点，又继续地说道：

——我们穷人生来就是穷命，应当好好地安分守己，有碗饭吃，不会饿死就得了，哪还能做什么非分的想头呢？我们穷人只好吃亏，只好受一点气，没有办法。譬如我今天受了红头阿三的一顿毒打，到现在我的肩背上还在痛，想起来，这都是我自己的不是呀……

——怎么？你今天受了红头阿三的一顿毒打？——老王的老婆很惊异地问他，他很平和地，如同无关紧要地，回答道：

——可不是吗！我的肩背上现在还在痛呢！我们生来就是穷人的命，只好忍受点，是的，只好忍受点。

他沉默下去了。他的老婆痴呆地望着他，也不说一句话。

阿贵起初听见他父亲的话，似乎觉着也有点道理：也许是我自己的不是罢？也许是因为我太不安分了罢？也许我不应当干什么工会的事情，现在连饭碗都干掉了，不但我自己受累，而且连累了全家……这倒怎么办呢？事情是已经不可挽回的了！……他已经预备在他的父母面前，承认自己的过错，千不是，万不是，总是我王阿贵自己的不是。

忽然日间蚂蚁的事情飞到他的脑海里来了。他想象起那小蚂蚁与黑色的蚂蚁斗争的情形，那小蚂蚁英勇不屈的气概，他不禁打了一个寒战，接着他似乎陷入万丈深的羞辱的海里，羞辱得要死了的样子。他想道：怎么啦？我连一个小蚂蚁都不如吗？不如一个小蚂蚁，还算是一个人吗？啊？我被开除了，难道说这是我的过错吗？张金魁献好于资本家，把我弄得开除了，我就此能同他算了吗？他这般地欺侮我，我真能就好好地忍受下去吗？不，不，绝对地不能！我一定要报仇，我不报仇我就不是人呀！我连小小的蚂蚁都不如！……我没有过错，我一点儿过错都没有！……

他的忿火燃烧起来了。他的心窍似乎迷惑起来了。他隐隐地似乎看见那只小蚂蚁在笑他，在鄙视他，接着他看见了许多许多的小蚂蚁都在笑他，在鄙视他。呀，不好了！无数的小蚂蚁爬到身上了，攒进到他的耳里，鼻里，口里，似乎又攒进他的心里去了。他觉得痛痒得难过极了，他就同着了魔，疯狂地乱叫起来。他承认蚂蚁们是在惩罚他，他于是哀求地叫道：

——哎哟！请你们离开我罢！我一定报仇就是了，我一定去杀死我的仇人，我一定去杀死张金魁！……

两位老夫妻看着阿贵无缘无故地忽然乱叫，手足乱动起来，就同疯了一样，不禁惊骇得对望着，连话都说不出来。还是阿蓉首先问道：

——妈！妈！阿哥是怎么着了呀？

阿贵忽然跳下竹床，口中嚷道：

——好！好！我去报仇，我去杀我的仇人！……

他说了这话，即跑向门前，要开门出去。这时大风雨还未停息，屋外就如万马奔腾。两个老夫妻见着阿贵开门要出去，这可是惊骇得要命，连忙上前将阿贵抱住，不让他开门。小阿蓉见着这种情景，骇得哭起来了。

——你，你怎么了？你疯了吗？外边这样大的雨！……

阿贵的母亲说着说着，同她的丈夫又把阿贵推到竹床上坐下来了。阿贵这时似乎明白了。他定一定神，向他的父母看了一看，又将头低将下去了，不说一句话。过了一会儿，他的父母见着他平静下来了，这才将手松开，稍微放了一点心。最后，他的父亲轻轻地向他问道：

——阿贵！你是怎么着了？啊？

——没有什么，爸爸！我适才做了一个梦！……

Ⅱ

唉！这简直是什么世界！

六月里的风雨来的时候固然很突然，可是消散的时候也很迅速。昨夜的暴风雨几乎延长了大半夜方行停止，今天早晨又重新是晴朗无云的天气，不过比昨天凉爽得许多了。

照着阿贵的父母所猜想，阿贵幸托菩萨的保佑，在夜里没有发生什么令人可怕的事情，很平安地过去了。今天早晨起来，他俩看见阿贵的神志甚为清白，心中异常的安慰，如卸了千钧重担子也似的。他俩似乎忘却阿贵的罪过了，或者因为怕引起他的心境的不安，关于昨天的事情，连一个字都没有提起。这一对可怜的、穷苦的老夫妻只有这一个儿子，虽然一时地甚为恼恨阿贵不该不守本分，弄得被厂里开除了，可是爱子的心，终归是把这一种恼恨压低下去。他俩只有这么一个儿子，倘若将阿贵责备狠了，逼得阿贵弄到别的差池来，那将如何是好呢？况且阿贵又在病中，病人是不能受气的。他俩想道，阿贵虽然现在一时被厂里开除了，没有工作了，难道说就此永远没有工作了吗？不会的，绝对不会的！阿贵并不是一个无用的傻孩子，无论如何，是可以找到事情做的。……因此，他俩慢慢地也就将昨天的事情忘却了。他俩是指望阿贵养老的，是的，他俩应当好好地爱惜阿贵，不要使阿贵生出什么不幸的差池来。倘若阿贵有了什么不幸，那他俩这两条老命怕也是活不成了呵！阿贵若死了，那他俩将依靠什么人呢？岂不是老来更要受罪吗？况且阿贵被厂里开除了，这恐怕也不尽是阿贵的过错，也许是张金魁这小鬼故意要害他，你看他那一脸横肉，一双鬼眼睛……是的，恐怕是这小鬼做的怪，阿贵是没有什么过错！……

现在一对老夫妻只希望阿贵的病早些好，早些康健起来。即使阿贵现在没有工作，闲着手坐在家里，但他若能康健地坐在家里，那倒也没有什么，怕的是他有病，怕的是他发生别的不幸的花样来。……不过因为阿贵失了业，这两位老夫妻要更加努力地挣钱了。阿贵在工厂做工的时候，还可以领到工钱养养家，但是现在？现在阿贵在家里坐着，他是要成为被人养活的一个人了。因此，阿贵的父亲不得不将小车子推出去早些寻生意，阿贵的母亲，虽然她那一双烂红的眼睛妨碍她工作，但也不得不将盛着破补丁的竹筐子早些提将出去，到处去寻问：

——要补衣服么？要补衣服么？

生活是这样艰难！钱是这样难挣！阿贵的一家所消费的数目是非常的微细，但因为要维持这点微细的消费，他，他的母亲，他的父亲，不得不拼命地如牛马一般地工作，不得不尽自己的力量可怜地去探求！……

阿贵与他小妹妹阿蓉留在家里。

阿贵今天早晨起来，虽然他的神志恢复了常态，但他觉着四肢无力，软弱得非常，他从没有这样软弱过。他深恨自己太不中用了："为什么小病了一场，就弄得这样软弱起来？从前虽然也小病过，但不过觉着不舒服而已，一时地就过去了。但是现在？现在弄到这般软弱的地步，两条腿几乎都没有移动的力气，真是万万料不到的事情！也许我瘦得不成人形了罢？……"他于是想起来他还有一块小镜子放在供桌的抽屉里面，何不拿出来照一照呢，看看到底瘦成了什么样子。当他拿起小镜子一照时，他见着镜子里面是一个不相识的面貌：头发蓬松着如囚犯一样，面色红而黑，一双眼睛深深地凹进，显得是非常大，两颊瘦削得可怕……喂！这是谁呀？这简直不是阿贵了。阿贵还能记起从前的面貌：头发梳得很光润，面色虽不十分白，然而也并不黑得讨厌，两颊是很丰圆的，一双清丽而有神的眼睛……但是现在这镜子中的人？这简直是鬼了！但是阿贵素来不十分相信有鬼，况且纵是有鬼也只能在夜里出现，哪能大清早起就有鬼呢？阿贵一刹那似乎真看见鬼了，但他即刻就觉悟到了，这不是鬼，也不是别人的面貌，这正是他自己，这正是拿镜子自照的王阿贵。阿贵不禁长叹了一口气，“唉！我现在变成了这个样子！……”

阿贵起了床，踉跄地走出门外换一换空气。这时朝阳初现，草上的露珠在阳光的辉映中闪耀着，空气是异常新鲜。他振一振肩背，伸一伸手腕，向着朝阳长长地呼吸了几口气。他这时觉得异常清爽，就同如从黑暗的，空气窒闷的，深沉的牢狱里初出来一样。往日他一起身即胡乱地吃了饭，吃了饭之后，即匆促地离家走入工厂的大门，并没注意过这可爱的朝阳，这鲜明的露珠，这令人清爽的空气。但是今天他却感觉到这些了。他似乎才开始感觉到自然界的生趣，似乎第一次感觉到早晨的好处。他这时很奇怪，为什么往日天天起早都没有感觉到这些呢？难道说今天的早晨是特别的吗？……他呼吸了几口气之后，觉得清爽极了，因之他很满意，他很满意他今天能够感觉到他往日所感觉不到的东西。

“呜！呜！……”他听见了工厂的烟囱吼叫了几声之后，慢慢地，很不愿意地将自己的目光挪到那工厂所在的方向去。他看见工厂的房屋了，他看见烟囱突突地冒着乌烟了，他又遥遥地听见工厂内的机器声……他不禁深深地叹了几口气。他一方面似乎很高兴地脱离了这种特别的牢狱，在这个牢狱中他消磨了他的黄金时代——儿时的光阴，一直到现在他才脱离了它，才能感觉得这清晨的美丽，但他一方面又想到……呵，他不愿再往下想去，因为他很怕再往下想去关于他以后的事情了。他将来怎样生活呢？做什么事好呢？还是到别的厂里去找工作？还是如父亲一样推小车子？还是去……呵，他真不愿意再往下想去了，因为这很苦恼他。

阿贵向着工厂叹了一口气，又无精打采地走进屋内来了。这时阿贵的母亲已经把早饭烧好了，叫他吃饭。在吃饭的时候，他暗暗地瞟看他的父母，——他俩老是沉默着不说话，也不向阿贵身上注意，似乎阿贵并没弄出什么事情的样子。但是在他俩的面容上，都有很深的忧郁的表情，虽然他俩勉力地做着如平常一样的态度，不愿对阿贵加以丝毫的苦恼，但是阿贵在他俩的面容上，却深深地感觉到他俩的心境是如何苦痛，是如何不安。阿贵想向他俩述说自己在厂里的经过，想说几句话来安慰他俩，可是不知为着怎的，只是没有说出来。唯有天真的小阿蓉，她不知道忧愁，不知道烦恼，更不知道计算。她只要有饭吃，至于她吃的这饭是从什么地方来的，是不是她的父母用尽血汗换来的……她实在问不着这些。不过她的命运并不算好，她有时一颗小心灵也深深地感觉得苦恼：别人家小孩子时常穿新衣服，时常买糖果吃，时常买好玩的东西，可是阿蓉只能看着他们，只能羡慕他们。她实在不明白这个道理：为什么别人家的小孩子都有好衣服穿，有糖果吃，有好东西玩呢？我的爹爹妈妈为什么不买给我呢？难道说我的爹爹妈妈不疼我吗？……

饭吃完了之后，阿贵看着一对可怜的老父母匆促地出门去了；母亲拿着盛着破补丁的竹篮子，父亲推着小车子。

——阿贵！你留在家里，与小妹妹看门。

阿贵听了他母亲临行时的话，心中不禁又难过，又害羞。难过的是：母亲那一双红烂的眼睛，那一副可怜的老太婆的相貌……父亲的憔悴的形容，那表现他因为推小车子而炼成的驼背……这么大的年纪，身体又这么不康健，而还是天天劳苦个不休，想起来好不令人难过呵！难道说他俩真个生来就是穷苦的命？唉！他俩从没有过过好日子，从小到老一直在穷苦灾难之中这样地生活着，这样可怜地生活着！……害羞的是：喂！我阿贵留在家里？儿子留在家里，让年老的父母去出外劳苦去？我还能算是一个儿子吗？我不但不能挣钱养家，而反使他俩老人家吃苦受累，这是从何说起呢？我是他俩的儿子，唉！我枉为他俩的儿子了！……阿贵想到这里，一颗心如被滚油煎熬着也似的，脸上和身上不禁出了一阵冷汗。往时在工厂里做工时，尤其是在炎热的天气，觉得非常的吃苦，虽然是无法可想，但是总想设法休息休息。今天阿贵是在家休息了，照理是不应感觉着什么痛苦了，但是他这时情愿在厂里做工，情愿吃那炎热的痛苦，而不愿留在家里闲坐着。他这时所感觉的痛苦，是更为令人难以忍受的痛苦，是为他往日所未感觉得到的。

阿贵拿起一张小矮短的木凳子，放在门口，背靠着板门坐下。他走入深沉的幻想里，将两眼闭着，似乎睡熟了。他这时并没想起他的小妹妹，因之这时他的小妹妹在做什么，他也没有注意。

——阿哥！阿哥！你看这墙根底下有很多的蚂蚁在打架呢。黑蚂蚁，黄蚂蚁……

啊！蚂蚁？蚂蚁在打架？……阿贵在深沉的幻想中，被他的小妹妹唤醒了。他不禁全身震动了一下，如听见了什么惊人的消息也似的。他没有回答他的小妹妹了，可是接着他又听得他的小妹妹叫道：

——阿哥！阿哥！快来看，它们打得真好玩呢！

阿贵很惊颤地回答了一句：

——好，你在那里好好地玩罢！

阿贵这时想起昨日蚂蚁的事来了：那一只大黑蚂蚁的无礼，那小蚂蚁的英勇的气概，不屈的精神……他的身心渐渐颤动得很厉害了，同时他觉得被羞辱所包裹着了，难过得非常。他想道："怎么？我连那一只小蚂蚁都不如吗？蚂蚁被它的同类所欺侮了，还要拼命地抵抗，我是一个人，唉！我是一个人呵！我受了人家的欺侮，难道说就这样算了吗？喂！我这个人，我这个人，我这个人连一只小蚂蚁都抵不上呵！……是的，我要报仇，我要不报仇，我就不能算是一个人，我应当投到粪池里淹死掉！我有什么对不起张金魁的地方？他为什么要效力于资本家，这样苦苦地害我，我难道就这样地放他过去吗？我一定要弄死他，是的，我应当毫不迟疑地把他弄死！……唉！这小子也不知道害死了多少人，他害死了我亲爱的朋友李全发，害死了那没有一点罪过的沈玉芳先生……"他想到这里，忽然沈玉芳的往事复现在他的眼前了。

这是今年正月底的事情。S路T里内开设了一所平民义务学校，分日夜两班。这所学校是谁个开办的？经费从什么地方筹来的？关于这些事情，谁个也不晓得。不过因为学校是义务的，所以一般工人子弟进校读书的很多。阿贵是一个很聪明的年轻工人，很早就想读点书，认得一点字，他常常感觉得不识字的痛苦，因之他读书的心非常急切。可是他是一个工人，始终没有读书的机会，不过空想想罢了。

阿贵听到T里内开设平民义务学校的消息，不禁高兴得非常。他所想的读书的机会，现在是临到了，于是他报名入了夜班，——日班他是没有工夫读书的，因为日里他为工作所羁绊着了。当他初上第一堂国文课的时候，教师是一个二十二三岁的女子，——这是个女学生的装束，穿着一身很朴素的，然而又很雅致的衣裳；她的面孔是圆圆的，很白净的，两眼笑眯眯的显出很和蔼而可爱的神气。她的身体似乎很瘦弱，然而她的精神却很壮健。在未上课之先，她先说了一些勉励学生的话，她的声音是很温柔，然而同时又是很响亮的。她所说的大意如此：我们因为穷人没有读书的机会，所以才开设了这一所平民义务学校。希望你们进了学校之后，好好地诚心诚意地读书，千万不要儿戏。现在只有有钱的人有读书的机会，而穷人是没有的，因之社会上一切事情只有有钱的人知道，只有有钱的人去问，而我们穷人就如傻子一样，听着他们摆布。可是现在我们既然有一点机会，我们就应当好好地来读，就应当把自己的知识增高起来……

在这一位女教师演说的时候，阿贵的两眼瞪着她在电灯光下的一张嘴动，只见着她忽而温和，忽而又严肃起来的神气，——阿贵表面上似乎也注意听她的演说，其实他几乎一点儿都没听见她说些什么。阿贵这时只是沉入痴想的渊底了：“这是一位小姐，也许是哪家的少奶奶？也许是在大学堂读书的女学生？这个学校是平民义务学校，我们来念书的又不给钱，可见得她是白教书的了。她为什么要来白白地教书？难道说有什么好处？坐在家里当小姐少奶奶不好，为什么要来与我们这些穷人打混？奇怪得很！我简直一点儿不明白，怪事！……她是这样的和蔼，是这样的可爱，但又是这样的庄严，我真是很少见过这种样子的女子。奇怪得很！居然有这样的女子来教我们穷人的书！……”是的，阿贵这时简直不明白她眼中所看见的女子是什么样的人。但是阿贵觉着这位女教师第一次所给他的印象，他将永远地保留在自己的记忆中，无论什么时候都忘却不掉。

从此阿贵就成为平民义务学校的学生了。他越与这位女教师熟识，越与她亲近些，越感觉得她是一个非凡的女子。她的笑容、她的说话、她的动作，以及她的一切，阿贵都觉得是神圣的。阿贵觉着她是一个非常可爱的女子，同时又是一个非常可尊敬的女子。阿贵在自己短小的生命史中，从没有感觉得自己是幸福的时候，若这个幸福的时候是有的，那恐怕就是他与这位女教师说话，或是他看见她的笑容的时候了。女教师无论待哪一个学生，都就同如母亲，姊妹，或是朋友待自己的儿子、兄弟或是朋友一样。阿贵的天真、聪明、忠实，格外地引起女教师的注意，因之她常微笑地向阿贵说道：

——阿贵！你很好，好好地读将下去罢，你是很有希望的！

阿贵听了女教师对自己夸奖之后，更异常地努力起来，这时恐怕是他一生中最幸福的时候了。有时女教师用很温柔的，很挂念的口气，问起阿贵家中的情形，工厂中的待遇……当阿贵很细心地向她述说了之后，她常常很深沉地叹道：

——唉！这简直是什么世界！这难道说是人的生活吗？呵！这样是不能长此下去的！……

这话并不是对阿贵说的，但是阿贵听了这话，却深深地感觉到她的心灵是如何地为着他，为着他的父母，为着一些劳苦的穷人在忍受痛苦呢。从没有人会这样温存地问过阿贵的话，会这样注意地挂念阿贵家中的生活，因此，阿贵待她不但如先生一样，而且暗暗地感觉得她是一个，呵，是一个什么呢？阿贵很明显地也并没会当她是一个确当的什么人，不过他总觉得她是一个为他所最敬爱的一个人，也许在无意识之中，他当她是自己的姐姐，母亲，或是那个为母亲常说起的观世音菩萨罢。自从进了平民义务学校读书之后，因为一些教师们都是无神论者，所说的都是一些无神的话，阿贵慢慢地也就不相信起神来了。他会如他的母亲一样，深深地相信观世音菩萨，但是现在他却以为这是愚蠢的事了。他觉悟了："一切什么菩萨，什么神，都是骗人的，都是不存在的东西。如果菩萨真正是有的，那他们就应当保佑善人，保佑不做坏事的人，但是在现在的世界上，好人、终日劳苦的人反来受苦，而恶人，例如我们的厂主，例如张金魁这小子，例如……他们偏偏有吃有喝有穿的，快活得要命，这到底是什么一回事情呢？照这样看去，菩萨简直是穷人的死对头了，我们还相信他干吗呢？呵！打倒菩萨！打倒一切什么观世音什么观不音的！……呵呵！也许观世音是真有的？那么她的化身一定就是这位沈玉芳先生，我们的女教师罢？呵！她简直就如母亲所说的观世音菩萨一样！这么样好良心的女子！……"不过沈玉芳终究是个人，并且是一个很反对神的人，时常向阿贵解释观世音是没有的，因之阿贵也就不能断定她是观世音的化身了。如果沈玉芳是观世音化身的话，那她怎么会反对她自己呢？阿贵很会思索这个道理，虽然他相信沈玉芳就如他的母亲相信观世音一样，但他很明白在沈玉芳与观世音中间，到底是没有什么关系的。

同学之中与阿贵最交好的，要算是李全发了。李全发也是S纱厂的工人。他的年纪略比阿贵的大些，这是一个很精明强干的青年，做事异常认真。在知识方面，他比阿贵发展得多了，也就因此，阿贵对于他暗暗地怀着敬意了。

阿贵渐渐地觉察到沈玉芳与李全发多亲近些了。她有时将李全发喊到楼上，或离开课室较远的地方，秘密地，轻轻地，与他说一些似乎又亲近又很秘密的话。照着他俩的情形，并不像有什么爱情的关系在内，但是他俩是这样的亲近，说话是这样地秘密，这却使阿贵暗暗地感着不快。他想道："为什么沈先生这样地与李全发亲近呢？李全发差不多同我一样，为什么他俩说话要避开我呢？难道说他俩有什么爱情的关系？不像！不像！绝对地不像！但是他俩为什么要这样的呢？沈先生也许讨厌我罢？也许她看不起我罢？不过我同李全发差不多，为什么单要看不起我呢？也许他俩秘密地有什么事情？这种事情是不能公开的？也许，也许……不过为什么要瞒着我呢？沈先生叫我做什么事情，我难道不去做吗，我一定会去做的！只要李全发可以做的事情，我王阿贵也是可以做的。但是沈先生为什么不叫我做呢？……"阿贵想来想去，不能解决。他有时想公开地问问李全发，到底他与沈先生做些什么事情，可是阿贵不知因为什么，终究胆怯地没有问出来。他这时的心境似乎吃醋又非吃醋，抱怨又非抱怨，羞辱又非羞辱，说不出是一种什么滋味。他有时想到，沈先生所以不相信他，是因为他自己不如李全发，是自己的不好……他不禁又有点悲哀了。

后来还是李全发先向阿贵解释他与沈先生的关系。他说，沈先生并不是一个平常的女教师，而是一个女革命党……他说，厂内有几个工友已经组织了一个秘密团体，倘若阿贵愿意的话，也可以加入……

——你真是浑蛋！为什么不早向我说呢？怪不知道你们鬼鬼祟祟的，弄得我莫名其妙呵！你真是浑蛋！到现在才向我说起，你难道说还不相信我吗？

阿贵听了李全发的话，这样地反责问他。李全发当然表示非常的满意，从此就把阿贵介绍到所谓秘密的团体里边去了。在每次的会议中，阿贵能更亲近地与沈玉芳谈话，能更明了地认识沈玉芳是一个什么人，因之对于沈玉芳更加爱敬起来。在别一方面，说也奇怪得很，阿贵自从进了团体之后，似乎渐渐地觉到自己是一个成人了，而不是一个很平常的，什么世事都不知道的小孩子。关于这一层，不但阿贵自己觉到，就是阿贵的父母也渐渐地觉到了。一对老夫妻时常暗暗地说道：

——奇怪的很！阿贵近来说话、行动，都变了样子。菩萨也不相信了，什么都不相信了。你看，这样地读书读得好！读得连菩萨都不相信了！……

一对可怜的老夫妻当然不能明了阿贵内心的变迁，只能感觉着奇怪而已。他俩的年纪已经太大了，因之他俩的脑筋被旧的锁链束缚得紧紧的，无论如何，不会想到一个人如何能不相信菩萨而生活着。尤其是对于阿贵的母亲，若她不是相信有菩萨在保佑她，她恐怕久已离开人世了。

……今年四月间S埠发生了空前的政治的变动，阿贵参加过几次群众示威的运动，亲眼看见许多工人——这其间也有老头子、老太婆、年轻的小姑娘、很小很小的小孩子……大批地被枪杀的枪杀，刺伤的刺伤，逮捕的逮捕，种种无人性的惨象。阿贵幸而逃脱了一条命，然而他的悲愤，呵，他的悲愤非言语所能尽！他曾几次地痛哭过。

——呵呵！这样革命革得好，连我们穷人的命都根本革掉了。喂！造他娘！我们非干不行，终究不过是一死而已！……

这时沈玉芳还是继续她的秘密的工作。

一天晚上，沈玉芳正在讲堂上课的时候，张金魁带领五六个巡捕将她捉住了。李全发见着神情不对，即刻想设法逃脱，可是张金魁的眼睛非常地敏捷，已经看见李全发坐在什么地方了。他上前一把将李全发的头发抓住，带骂带讥讽地说道：

——哈哈！你还想跑吗？从今后管教你不再作怪了！我看你去再组织什么工会，再反对我们……哈哈！

阿贵这时自量自己也是跑不脱的了，不如坐着不动，看他们怎么样处治。却不料他们将沈玉芳和李全发捕住了之后，即开步走出去了。阿贵一方面庆幸自己没有被捕，但一方面看着沈玉芳和李全发就如强盗一般被他们拉走了，心中真是难过得要命。他不禁放声哭起来了。这时上课的学生有二十几个，小孩子也有，成人也有，大家见着阿贵哭起来了，便都哭将起来，就如死了父母一样。阿贵料定他俩的性命难保，不禁想道：“我为什么不跟着他们一块儿去呢？他俩死了，我一个人好独活着吗？在这种世界活着有什么意思？真的，不如死了还好些呵！唉！这简直是什么世界！简直没有一点道理可讲了！……这，这张金魁这小子，为什么能这样地下毒手呢？真是一点儿良心都没有了！丧尽天良的狗东西！……”

——阿哥！阿哥！快来看，这些黑蚂蚁被黄蚂蚁打败了呢！黄蚂蚁真厉害！

一桩一桩的往事正在阿贵的脑海中涌现的时候，阿蓉又用蚂蚁打仗的事情扰乱了阿贵的回忆。阿贵又重新想到昨日蚂蚁的情形。

——就是这样地决定罢！我应当学蚂蚁，我难道真连蚂蚁都不如吗？如果沈先生和李全发死后有知，他俩怕要在地下暗暗地笑我呢。他俩要笑我这不中用的怕死的东西。是的，我要为他俩报仇。

阿贵自言自语地说了这几句话，他的小妹妹只当是她的哥哥叫她，所以走到阿贵的面前来了。阿贵见着小妹妹走来，便把她拉到自己的怀里，用手抚摩她的小辫子。阿贵是很爱小妹妹的，当他每次下工的时候，一走进门来，即要同小妹妹亲热一下，或者将她抱一抱，或者与她亲亲嘴。阿蓉的父母是没有给过零钱与她买东西吃的，但是阿贵却有时给她一个铜板或两个铜板买东西吃，因之她也就很欢喜自己的哥哥。阿贵待他的小妹妹是温柔极了，很少的时候打骂她，也就可以说，从没曾打骂过她。有时阿蓉被她的父母打骂的时候，她总是跑到哥哥的怀中，以他为自己的保护者。阿贵很关心小妹妹的生活。他没有哥哥姐姐，也没有弟弟，只有这个小妹妹，因之他很不愿意这个小妹妹吃苦。他以为这个小女孩子生来做他的妹妹，不能吃穿好的，已经是很不幸了，如何还能虐待她呢？而且阿蓉一双伶俐的眼睛，一副圆圆的小面庞，看起来是很可爱的一个小女孩子，阿贵哪有不爱她之理呢？

阿蓉很天真地向她哥哥述说蚂蚁打架的事情，她的两只小手形容出蚂蚁打架时的样子。但是阿贵只是用手抚摩她的小辫子，不会注意她说些什么。他这时似乎在思维什么，但到底是在思维什么，就是他自己也没有一定的观念。阿蓉起初说得很起劲，后来她看见她的哥哥并不热心听她所说的一些什么，也就慢慢地松懈下来了。最后她扭过脸来，从衣袋里掏出许多小石头子出来数着玩，这些小石头子是她自己拾的，也是她唯一的玩具了。

这时阿贵似乎感觉到有点对不起小妹妹的样子，但这也只是一瞬间的事。他仍然继续地抚摩着她的小辫子，目不转睛地似乎注视他抚摩着的东西。其实他这时的心境很是茫然，说不出他的确是在想什么。后来他开始回忆过去的事情，然而也就在这时，他又如同做梦一个样子。他似乎一天晚上与李全发一阵，也不知因为什么事情，从什么地方来，到什么地方去，——他俩路经四马路，这时街道两旁的电灯非常明亮，来往的行人轰轰地拥挤着，就如浪潮一样，很是热闹。他俩走到青莲阁门口，见着上下梯的人们非常之多，似乎楼上有什么特别引诱观众的东西。这时阿贵想道，这是什么地方呢？莫不是一个很好玩的地方吗？顶好上楼去看一看，看一看上面到底是什么玩意儿……他想到这里，正要向李全发提议的时候，忽听李全发说道：

——阿贵！你来过这里吗？这里是茶馆，让我们上楼去吃一杯茶去，我渴了。

——那我们就上去罢！

当他俩上到楼梯口的时候，就有许多穿着鲜艳的衣服的女人上来欢迎，并且还有许多老太婆，似乎是她们的母亲又似乎不是的样子，共同帮助她们来拉他俩。这时阿贵惊吓得非常，一颗心在内里扑通扑通地跳动起来了：“我的天王爷！这是什么地方呢？这些女人怎么就这样地硬拉人！这还成个什么样子！不如下去罢！这里一定不是好地方……”阿贵还是一个童男，很怕接近女人，这时见着这些如妖精一般的女人来拉他，不禁惊吓得要喊叫起来了。他忽然觉得他的右手被人拿住了，他的腰被人搂住了，他的衣裳被人扯住了，总而言之，他在紧急的包围之中了。他正要喊叫救命的当儿，恰好这时李全发一把把他的左手拉住，横冲直撞地，把他从人群中救出，脱离了重围。李全发拣一张茶桌与阿贵坐将下来。这时阿贵的头已经惊吓得晕眩起来了，一颗心还是继续扑通扑通地跳动着。

——阿贵！你吓晕了罢？哈哈哈！……你从前没有来过吗？今天要不是我，老兄，你可是糟了！哈哈哈！

——你这个人真浑蛋！谁个叫你把我带到这儿来呢？这个地方，唉，真是来不得的！……

李全发只笑着不答。这时茶房已将茶泡好了，阿贵一边厢拿着茶杯喝茶，一边厢将两眼环视着周围的景象：人声是这样的嘈杂，头颅是这样的众多——男的、女的，老的、少的，光头的、有胡子的，粉面的……浑淘淘地摇动着，这逼得阿贵的头更加晕眩了。忽然他觉着一些油头粉面的女人都对着他笑，起初是很谄媚地笑，后来变为苦楚地笑，似乎两眼含着眼泪，要向他哭起来的样子；最后她们的面孔渐渐地青肿起来了，就如鬼一般地向着阿贵狰狞地笑着，这逼得阿贵打了一个寒噤，不敢再看她们了，慢慢地将头低下。他的一颗心这时是在不可遏制地，苦痛异常地跳动着，同时又如同遇着了什么大危险的事情，吓得他毛发都竖起来了，周身出了一阵冷汗。他是异常的怀疑、苦痛、惧怕，但是他表示不出来。停了一会儿，他似乎听见右边隔座的人在说话，一个是四五十岁老头子的声音，一个是十四五岁小姑娘的声音，这种声音是异常的娇嫩而可怜，就如同小鸟的哀鸣也似的。

——你的面孔倒很标致的，可是不知道你的那件小东西好不好……哈哈……

——不要纠缠了！请你老爷到我屋里白相去罢！快去！快去！好不好呢？

——几块钱住一夜？

——随你老爷的便罢！……

阿贵抬起头来，向隔座一看，见是一个五十几岁的，蓄着八字胡的老头子搂着一个年纪很轻的小姑娘，至多也不过十五岁的光景，正在那里调戏呢。老头子用左手抱着她的孱弱的腰，用右手在她的身上乱摸，最后他戏弄她那还未十分发育，因之还未十分突起的两个小乳头，——她并不拒绝这些行动，似乎以为这是很平常的事情。她只是勉强地做着假意的微笑，两只圆圆的小眼睛向他射着哀求的光，用手理他那很硬直的胡子，故意地向他献媚。这时老头子的一种猥亵的表情，及小姑娘的那种可怜的模样儿，引起了阿贵的怀疑与厌恨：这是一回什么事情？这难道说是真的吗？世界上如何能有这等事！啊，这简直是真正的岂有此理呵！……五十几岁的老头子与一个十四五的小姑娘……而且老头子是这般的肥大，小姑娘是这般的弱小……这真正是岂有此理的事呵！……

阿贵一刹那似乎不相信自己所见的是真实事情。他又重新将头低下，默想这一种异常惨苦的，不公道的现象。

——阿贵！你还在想什么哟！你能这样不关心地看着人家侮弄你的小妹妹吗？

阿贵听了这话，抬头一看，见着与自己坐在对面的不是李全发，而是沈玉芳沈先生，这却使得他惊异莫定了。这时沈玉芳还是如平素一样的装束，可是她脸上的表情是异常悲苦而严肃的，两眼饱含着泪珠，嘴唇是异常地颤动。当阿贵莫名其妙，正要开口问沈玉芳的当儿，忽又听着沈玉芳说道：

——阿贵，你晓得吗？在这个社会里，穷人家的女子总是要被富人侮辱的，你看你的小妹妹现在是什么样子……

沈玉芳说至此时，将手往右边一指，意思是叫阿贵顺着她所指的方向望去。阿贵顺从她的意思，便向原来的隔座一望，见着老头子与小姑娘还在那里调戏着玩呢。过了一会儿，靠在老头子怀里的小姑娘将脸转过来，笔直地将眼光射到阿贵的身上来。阿贵起初还不十分惊异，后来慢慢地觉着她的面孔与阿蓉的相似，一等阿贵一觉到这个时，说也奇怪，他便越看她越像自己的小妹妹，这两只圆圆的小眼睛，这两个圆圆的小笑窝，这一张如樱桃似的小口，这一切……这简直是阿蓉，这简直是阿贵的小妹妹了。“这难道真是我的小妹妹吗？……”阿贵无论如何不能相信他眼前的景象，以为在电灯光底下，或者容易眼花，或者认错了人，于是便将两眼用手揉一揉，看看是真的还是假的，但是审视的结果，这的确是阿蓉，这的确是阿贵的小妹妹。

这时阿贵的忿火爆发了，便不疑惧地走上前去，一把将小姑娘从老头子的怀里拉到自己的身边，接着向老头子开口骂道：

——你是什么混账的东西，敢这样欺侮我的小妹妹！你这个狗娘养的……

——阿哥！阿哥！你……你……

这时阿贵被阿蓉的声音唤醒了，睁眼一看，见着小妹妹在自己的前面站着，而老头子、沈玉芳、李全发……一切都没了痕迹。阿贵呆了半晌，才渐渐地觉悟到自己适才是在梦里，一切的景象都是不真确的。但是这梦中所见的一切，印在他的脑际非常之深，沈玉芳所说的话，他也是一字一句地记得非常清楚。“在这个社会里，穷人的女子总是要被富人侮辱的！……”阿贵回味这两句话的意思，不禁有点战栗起来了。这时阿蓉见着她的哥哥的这情形，只是将两个小小的眼珠转动着，猜不透他遇着了什么。阿贵一边厢望着立在他面前的小妹妹，一边厢又回忆着梦中的情形，最后他将她的小头抱到自己的口边，重重地吻几下，深深地叹了几口气。

“在这个社会里，穷人的女子总是要被富人侮辱的！……”阿贵越想越觉得这两句话是不易的定理，他想道，纱厂的女工有几个是能保持着清白身子的？厂主，账房先生，管工的，大班……稍微有点姿色的女工都要忍受他们的侮辱，就是我亲眼也看见了许多。就是张金魁这个混账王八蛋，他也就奸污了许多年轻的女工呵！唉！穷人的女子卖了力还不算，还要卖身子！……当娼妓的当然都是穷人家的女子，大半都是因为没有饭吃，逼得没有法子……唉！现在的世界！现在的社会！……

阿贵想到此地，梦中的情形又在他的脑际盘旋了，五十几岁的肥胖的老头子与十四五岁的娇弱的小姑娘，这个小姑娘最后变成了他的小妹妹了……阿贵不禁大大地打了一个寒战，一颗心也就因之大大地跳动起来了。“那么，阿蓉将来呢？”他这样自问自地问了一句，阿蓉这时本来已离开他了，自己蹲在地上玩着小石头子，忽然听见阿贵说她的名字，便抬头向阿贵望了一眼，但阿贵并不理她，还继续地想道：“阿蓉是穷人家的女子，现在虽然还小，虽然还不能做事，但是将来呢？将来她长大了呢？到纱厂做工去？那她不也要将被人侮弄么？……也许我的小妹妹将来也要当娼罢，这谁个能断得定！……喂！我的小妹妹也要当娼，也要到青莲阁去，也要……喂！无论如何，我不愿意这个！……”

这时阿贵全身颤动起来了，一颗心就如同要碎了的样子。他自己觉得就同快要疯狂的样子，接着他真个渐次地陷入疯狂的状态，就是他自己也不知是因为什么。在模糊的判断力不清醒的状态中，他决定了，“也罢，与其将来受人侮弄，不如现在把她弄死罢！反正早迟都是一死，不过要死得干净！……”这个决定真是发生得突然，为阿贵平素所梦想不到的决定。阿贵是很爱他的小妹妹的，平素差不多从没会打骂过她，但是现在他却忽然决定要把她弄死，弄死这个无辜的，为他平素所钟爱的小妹妹，小阿蓉……

“但是怎么样把她弄死呢？”阿贵又继续地想道：“用刀杀死？用绳勒死？还是……呵，有了！前头离此地不远，有一个很深的水池，不如把她丢到水里淹死。”阿贵于是很坚决地，毫不疑惧地，这样地决定了。这时阿蓉正蹲在地上玩耍着小石头子，却不防到被她的哥哥一把将她抱将起来，接着她的哥哥就很迅速地走出门去，这却不得不把她大大地惊骇了一下。阿蓉又看见阿贵脸上表情大与寻常不同，他的两只眼睛红得如同要滴出血来的样子，表现出一种怕人的杀气。阿蓉见着这种情形，于是一颗小心灵便感觉得有什么可怕的祸事了，便惊骇得哭将起来。她挣扎着要她的哥哥把她放下来，但是阿贵一言不发地将她紧紧地抱着，飞也似的向着池边跑去。

——阿贵！阿贵！你将小妹妹抱到什么地方去呀？她为什么这样拼命地哭啊？

——妈呀！妈呀！快来！快快快来！……

小阿蓉一见着她的妈提着一个竹篮子迎头走来，便向她拼命地喊叫起来，这时阿贵见了他的母亲，不知为什么便实时惊怔了一下，这一惊怔却把他的神志变清醒了。他于是连忙将阿蓉放下，觉悟到自己适才的心境是在疯狂的状态中，不禁脸上发起烧来，觉着有无限的羞愧。他承认他几乎做了一件极残忍的事，差一点害死了自己的小妹妹。

——阿贵……你到底是怎么一回事呢？为什么不好好地在家里看门？

阿蓉扑到母亲的怀里，就同得到了救星也似的，而阿贵羞愧得没有答复他母亲的话，只转过脸来，低着头，慢慢地向着那有街道的地方走去。虽然他的母亲喊他，但他连头也不回一下。

Ⅲ

> 你应当想怎么样消灭你的敌人，
> 而不应当想怎么样消灭你自己。

已经是正午了。一轮火热的太阳，这时正是最严厉地显耀着它的光芒，减少了街上来往的行人。空气是这般的热燥，逼得令人只有拭汗的工夫；倘若没有必要一定要在街上行走的话，那街上将见不着一个行人的踪影。这一天是很热的一天，温度达到一百零五度。在这一天因受热而死的人很多——听说有一个站岗的巡捕死在自己的岗位上，而有许多黄包车夫正在拖着车前走的当儿，忽然扑哧一声扑倒在地上，就这样吐了几口血，断了气……

这时在炎酷的阳光下，在有名的繁华的N马路上，有一个穿着白粗布的小褂裤，一双破鞋，而头上没有戴帽子的青年工人彳亍着，没有目的地彳亍着。他茫茫然地来，又茫茫然地去，拥挤的行人没有注意到他身上，而他的心目中却也没有这些行人的印象。这些行人自然有自己的事务，没有工夫询问这位青年工人，“你走来走去干什么呢？”就算有人向他这样地询问，那他也将回答不出来为的是什么。有时立在S公司玻璃窗外，看看玻璃窗内陈列的一些珍贵的，奇异的、华丽的货物，这些货物他叫不出名字来，也并不知道它们有什么用处，怎么用法，他看看它们也只是很漠然地，毫不动一点羡慕的心情，或者他也有点意识到，这些大约都是有钱的人们用以开心的东西，对于穷人，对于像他这样的穿着粗布的工人，是没有什么用处的，而且穷人也并没有许多时间来摆布这些玩意。玻璃窗内站立着一个美丽的西洋女人，樱唇是那样的红，两腮是那样的柔嫩，两眼是那样的妩媚，两个乳峰是那样的突起，简直如活的美人儿一般。他想来想去，“这难道也是卖的么？”但他总不能决定她的用处。最后他为她假设了一种用处：这大约是有钱的人买去作为白相的东西，也许她能陪着男人睡觉……想至此处，在他的被阳光所晒成的红而黑的面孔上，显出一点笑纹来了。

——猪猡！混账！你没有眼睛吗？——我们的这位青年工人正低着头向前茫然地行走的当儿，不意与一个穿着纺绸长衫的，蓄着八字胡的先生，撞了一个满怀，把他手中的一个包也撞落在地上了。这使得这位八字胡先生大怒，泼口骂将起来，倘若不是撞了之后回身就走的话，那我们的青年工人一定要吃他几个耳光。我们的青年工人大约知道自己闯了祸事了，所以便回头就走，任着他骂。可是也就因为这一骂的刺激，他才自觉地想道，“我现在在这街上走来走去干什么呢？”他不能给自己一个回答，便决定走回家去。

——猪猡！你娘个造孱呀！厌杀你这个赤佬！

——当他走至C路欲过街的当儿，忽然呜的一声一辆汽车从他身旁飞过，险些儿就要被汽车撞倒了。他不禁吓了一跳。同时听着有人在骂他，他转脸一看，见是一个印度巡捕走向前来，就像要举哭丧棒来打他的样子，不禁又吃了一惊，不明白为着何事，但他明白红头阿三的哭丧棒是没有理讲的，便即刻跑过街那边去了。

“但是我能够回家去么？”汽车与印度巡捕对于他的惊吓，在另一方面又鼓起他的思想来了。“我回去妈妈不要骂我么？险些儿阿蓉被我弄死了，我简直是一个罪人！我不能够回家去……”他于是又徘徊起来了。他现在把自己当成了一个逃犯，以为做了一件天大的罪过，将永远没有面目见爸爸和妈妈的面，更没有面目见亲爱的小妹妹的面。

“回去干什么呢？”他又想道，“去看爸爸和妈妈一双可怜的苦脸？去回家里开坐着吃饭？再将小妹妹丢到池里？回去干什么呢？……”他还是一面走一面想着，但他走的路是茫然的，并不是回家的方向。“但是不回家去又怎么办呢？我现在向什么地方去呢？”他有点着急起来了。最后他打定了一个糊涂的主意：“就是这样地在街上开走罢！走到晚上再讲，让汽车压死了也好，免得活着受罪。汽车轧死了之后，爸爸和妈妈还可以得到五十块钱的抚恤费，至少也可以过两个月很快活的穷日子。也好，就拿这五十块钱作为报答父母养育之恩罢！一条命虽然只换得五十块钱，但是我现在活着是一个钱都得不到呵！……”

他于是打定了这样的糊涂主意。主意虽然是很可笑的，但是他却以为这是最好的一条路了，除此而外，他是没有别的出路的。他一面走一面想着，最后决定要将他心中所想的实现出来，便胡乱地走起来，从街这边走到街那边，从街那边又走向街这边，很迫切地希望忽地飞来一辆汽车将他撞倒，顶好实时就断了气。不知者看着他这种状态——在街上乱走的情形，一定断定他是在发神经病，或是一个已经疯了的人。一个神经健全的人，绝对不会这样东倒西歪地乱走。但是在实际上，他这时并不是在发痴，而的确抱着一种目的，虽然这种目的是很糊涂的。幸而他现在所走的一条路是很僻静的，并没有什么很多的汽车来往，因之，他终没有达到他的目的。也许他的命运注定他不应该死在汽车的底下，也许观世音菩萨在暗地保佑，因为她受了他母亲在家中的祷告，也许……这只有天晓得！

——你不是王阿贵吗？——他正在低着头继续乱走的当儿，忽然听见有人叫他的名字，便抬起头来，定一定神，张一张蒙眬的双眼一看，见着自己的面前立着一个工人模样的三十几岁的中年人，戴着一顶草帽，穿着一套白粗布的然而很干净的小褂袴，不似自己所穿的那般龌龊；这时他的面容虽然是黝黑，然而是很和善很同情的，两眼射着诚实而有力的光芒，令人产生深刻的感觉。阿贵向他审视了一下，面相似乎是很熟的，然而一时想不起他的名字来。

——你难道不认识我了吗？两个月前我们还在一块儿办过事情……

——呵哈！原来是应生叔，一时倒把我糊涂住了。——阿贵现出无限快乐的神情，笑将起来了。——应生叔，我问你，你现在好吗？还是在工会里做事情吗？

——也无所谓好不好，反正是活着一天就干一天罢了。——张应生带着笑，很自然地说道，——现在我还是从前那个样子，你现在好吗？你的脸色却比从前黑得多了，是怎么弄的呢？

——唉！说起来话长！——阿贵将头低将下来了。

——昨天我听见一个人说，你已经被厂里开除了，是不是？

——是的。被张金魁这个混账东西把我弄得开除了。——阿贵很凄苦地，同时又是很愤恨地回答他。

——唉！这个婊子造的，专门同我们作对，真是可恨极了！你晓得吗？他差一点也把我害了呢。

张应生说到此时，将眉头一皱，叹了一口气，沉默下来了，霎时间记起了往事：那是一天晚上，张应生正在和平里内一幢房子的前楼上，与四个同志开秘密会议，讨论目前工作的大纲。当时各人都是很谨慎的，不敢高声说话，张应生与一个名叫王得全的，还将手枪放在身边，防备临时的变故。忽然听见楼下有人很急剧地敲门，大家知道有点不对，便决定两个无枪的同志先翻过天花板逃走，而留下张应生与王得全二人观看动静。敲门的声音愈加急剧了，他二人便走下楼来，静悄悄地走至大门向门缝一看，原来是三个武装巡捕，其形势是来捉人的模样。他二人又向后门缝一看，那里也有两个武装巡捕把守。张应生想道，“坏了！怎么办呢？抵御好，还是逃走好？……”张应生还未决定方策的时候，巡捕已经将大门打开了，王得全即时就放起枪来，打死了一个首先进来的巡捕。可是王得全自己也受了伤，倒在地上。其他两个巡捕没有看见张应生匿在门旁的墙角边，便走进客堂内搜索，不提防张应生溜至门外，连向他们放了两枪。张应生放了枪之后，便飞也似的跑了，也不知道两个巡捕到底受了伤没有。事后，有人说，这事情的发生，是由于张金魁到巡捕房的告密……

——应生叔！我现在是无路可走的人了。

阿贵的话打断了张应生对于过去的回忆。他并没有听清阿贵向他说了一句什么话，便如从梦中醒来也似的，速忙向阿贵问道：

——你现在向什么地方去呢？

——什么地方也不去，只是想被汽车撞死。

——笑话！一个人好好地要想被汽车撞死！呵，我问你，你吃过中饭了没有？

阿贵从早上流浪到现在，从没想起吃饭的问题，肚子内也不觉得饿。现在忽然听见张应生问他吃过饭没有，便很迅速地用手将肚子一摸，即刻就感觉得异常饥饿，并且是异常难受。

——我还没有吃饭。——阿贵很没有力气的样子将头摇一摇。

——我忙得也没有吃饭。好，现在到我的家里去吃饭罢。

……到了张应生的家里。

这是一间狭小的，墙壁污痕斑斑的亭子楼。摆设是很简单的：一张帆布床，一张四方的木桌，两张圆形的小木椅，及一些零碎的东西。这是一个秘密工作者的通常的格式，倘若是门内汉，一望即知道这种屋内住的是哪一种人。尤其是一个工人出身的秘密工作者，他屋内的摆设将格外地简单。

阿贵大约是因为行走太多，或是由于饥饿，弄得身体太疲弱了，走进了亭子楼之后，便一下躺倒在帆布床上，直挺地如死尸也似的。张应生无暇同阿贵说话，便打起汽油炉煮起饭来，不一刻饭便熟了，他即将抽屉内所贮藏着的两碗菜，一碗是咸菜，一碗是豆皮炒肉，拿出来摆在桌上。这样，他便开始向躺在帆布床上的阿贵叫道：

——起来，我们吃饭呵。

阿贵真是太疲倦了，这时虽然是肚子内觉着饿，但是不想起来吃饭。经张应生再三的催促，才很吃力地立起身来。

——阿贵，我告诉你，——两人坐下之后，张应生忽然很郑重地说道，——我这个地方是没有人知道的，是很秘密的，你千万别要告诉别个呵！现在是这样的时代，我们做的是这样的事情……

——应生叔，请你放心，我也不是一个小孩子，决不会随便乱说的。

两人开始吃饭，沉默下来了。差不多经过一两分钟的光景，张应生忽然将筷子放下，就同发觉了什么也似的，自言自语地笑道：

——好哇！原来我忘记了先吃酒，难怪得我总觉着吃饭没有什么味道也似的。——说至此地，便向阿贵问道：阿贵，你能吃酒么？不吃？唉！我有一个坏脾气，就是每顿吃饭之前，总要吃一点酒，若不是这样，那是吃不下去饭的。阿贵，你说怪不怪？这种脾气实在是要不得呵！我总想改，但是到现在还没有改掉，讨厌！……

——应生叔，我饿过火了，现在反而吃不下去饭，你一个人吃罢，我很疲倦，想睡觉。

阿贵未将一碗饭吃完，便把筷子放下，走向帆布床上躺下了。张应生也不去干涉他，自己一个人开始吃起酒来。不一刻的工夫，阿贵就沉沉地睡去，毫没觉察到张应生什么时候吃完饭，什么时候出门去。张应生是一个忙人，他并不能像阿贵这样地在家内睡觉。下午还有两个会要开，还有两个地方要去。他于是吃完饭将门关好，就匆忙地出门去了。

整个的下半天光阴，在阿贵的浓睡中消去。至七点多钟的辰光，张应生已经将事办完，回转家里，而阿贵还是在睡乡中，没有醒来。张应生静悄悄地将一盏不大明亮的电灯扭着之后，便预备做饭吃，并不去惊动他。等到张应生将饭做好之后，阿贵还是没有醒来，于是他不得不喊叫他了。

阿贵睁开惺忪的睡眼，向室内的情景一看，又见张应生笑立着在床前，顿时又似乎入了梦境，不知自身现在何处，等到张应生向他说了“你这一觉也睡得太长了呵！起来吃晚饭罢！”之后，才渐渐地明白一切的经过。

——起来，起来吃晚饭罢，——张应生又继续催促地说道，——这里有一盆水，你可以先洗洗脸。

——我难道睡了大半天吗？——阿贵很不相信也似的这样问道。

——我不回来，——张应生笑起来了。——也不知你要睡到什么时候呢。好了，别再发痴罢！快洗脸，洗了脸吃饭。

在吃饭的时候，两人并没有多谈什么话，只是默默地各人想各人的心事。张应生所想的并不关于阿贵的事，而是今天他工作的经过：组织失业工人指导委员会，审查反抗工贼委员会的工作……阿贵这时也没想到张应生身上，而只是打算“我到底做什么事情呢？进别的工厂做工呢，还是依旧地去让汽车撞死？……唉！我到底怎么办呢？……”

饭吃完了，及一切都收拾洗净了之后，已经是九点钟了，这时起了风，亭子楼内的空气，已不如先前的燥热。张应生决定阿贵今夜睡在帆布床上，而自己将一张竹席子铺开在地板上睡。两人没有什么事做，便都躺下，用扇啪啪地扇着。这时张应生决定问一问阿贵的事情了。阿贵便一五一十地告诉张应生自己被厂里开除的经过。

——阿贵，你现在到底打算怎么办呢？——张应生等阿贵说完了之后，这样地问他。

——怎么办？一点办法都没有！我今天白天不是告诉过你了吗？我预备让汽车撞死，我的家中可以得到五十块钱抚恤费……

——你这才是发痴呢！一个人死得要值得：或是被我们的敌人捉去枪毙，或是同敌人对垒而死，或是……总而言之一句话，我们的死要值得，怎么能让汽车白白地撞死呢？况且你也不是没有事情做，也不是什么瞎子缺（瘸）子，你是还可以找到工作的。你被S纱厂开除了，难道说你就不能进入别的纱厂做工吗？总而言之一句话，你是还可以找到事情做的。

——应生叔，你晓得吗？我现在简直不想再做什么工了。不知道因为什么，我现在总觉得做工的人，连畜生牛马都不如！我的父亲，我的母亲，做了一辈子的工，只是吃一辈子苦，得到了什么好处？我想，与其活着做工，不如死了还好些，你说可不是吗？人生终究是要死的……

——阿贵，你这一种说法，简直是太糊涂了！不错，现在的工人的确连牛马都不如，但是你要知道，这不会永久都是这样的呵！你不是也听见过许多革命的理论吗？……你现在为什么这样糊涂呢？我们不应当灰心，我们应当干将下去！就是因为我们的生活不好，所以我们才要革命，所以我现在才做这种危险的事情，阿贵，寻死只是没有用处的人的出路呵，我们是不应当这样做的！

阿贵听了张应生的话，沉默着不答，停了一忽，张应生又继续说道：

——我的年纪比你大，所吃的苦大约也比你多罢。我从前也会因为吃苦不过，想投过几次黄浦江，以为活着没有意思，不如死了好些。后来渐渐觉悟到这种思想是不应该的，一个人应当走着生路，而不应当向着死路走去。一个人应当为着自己生活，去反抗一切压迫他的东西。阿贵，你明白这个道理吗？你现在应当明白，你是一个受压迫的人，你应当想怎么样消灭你的敌人、压迫你的人，而不应当想怎么样消灭你自己……

阿贵听到此处，不禁全身颤动了一下，即时想起昨天蚂蚁争斗的情形。他霎时觉得好生羞愧，一颗心动了几动，两耳火熊熊地烧将起来。用手将脸一摸，摸了一手冷汗。两眼蒙眬中，又似觉看见无数的蚂蚁向他痛笑，向他咒骂，这逼得他的身体接连颤动了几下。全室内霎时间如同变了景色，躺在地板上的张应生这时也似乎变了相了，好似变成了一个伟大的、尊严的巨人，立在茫茫的荒漠上，巨大的手臂指示阿贵所应走的道路……

阿贵，你明白吗？——张应生又继续重复地说道，——你应当想怎么样消灭你的敌人、压迫你的人，而不应当想怎么样消灭你自己！

阿贵很费力地将神定了一定。这时他似乎明白了今天白天他在街上胡乱走路的事情，简直是发痴，简直是莫名其妙！想到这里，他不禁又觉得有点好笑了。就同如犯了罪而承认过错也似的，他轻轻地说道：

——应生叔，你所说的我一切都明白，我并不是一定要去做让汽车撞死的傻事情，不过……

——不过什么呢？——张应生跟着问他。

——应生叔，我已经下了决心去做一桩事情，不知可能达到目的……

——做一桩什么事情？

——我已经下了决心把张金魁……

阿贵没有把话说完，便停住了。张应生听到张金魁的名字，便坐将起来，很惊异地问道：

——你下了决心把张金魁怎样呢？

——我想把他……

阿贵又停住不说了。

——你想把他怎样呢？你说呀！此地又没有旁人。

——我想把他打死……

阿贵终于这样很胆怯也似的说了，张应生听了这话，不即刻说出什么，便将头低下，如有所思也似的。停了一忽，他抬起头来向阿贵很镇静地说道：

——本来张金魁这东西是死有余辜，我们老早就想把他除掉。不把他除掉，他总是要做怪的，因为他的告密，也不知害了多少人，破了多少机关。不过你……

——不过我怎样？——阿贵这时也坐起来了。在不明的灯光下，也可以看出他的神情是很兴奋的。——你以为我办不到吗？你以为我不能把他打死吗？

——不过他是一个力气有牛大，狡猾又如狐狸的人，你怎么能将他打死呢？这件事情还是让别人去做罢，反正你的气也是可以出的。如果你愿意的话，我可以替你找到一件事情做……

——不，应生叔！我不把他打死，那我的气就出不来！那我就连一只小蚂蚁都不如！那我就要遭那一只小黄蚂蚁的耻笑！

——你说什么？——张应生有点奇怪起来了。——小黄蚂蚁？哪一只小黄蚂蚁？你怎么又扯到什么蚂蚁的身上来了呢？

——就是那个小黄蚂蚁，那个我应当拜它作老师的小黄蚂蚁……

阿贵未将话说完，忽一阵很凄惨的哭声从窗中飞将进来，听之令人心悸。阿贵将两耳尖起来继续审听这种哭声，便一瞬间将话停将下来了。沉默了一忽，阿贵如有所感也似的，便向张应生问道：

——应生叔，你听！你听见了吗？这哭声似乎是很近的，也许就是在隔壁罢？

——我为什么没有听见？我几乎天天听见。这是我们楼下在前客堂住着的一个老太婆的哭声。

——这个老太婆为什么天天哭呢？

——为什么天天哭？儿子被捉去枪毙了，又怎能不哭呢？

张应生始而很平静的，这时他的话音有点凄然了。不明的电灯光似乎陡然增加了阴凄而灰黄的颜色，全室的空气也降落了一半的热度。阿贵听了张应生的话之后，一时想不出话来说，只是两眼睁着望着他。室内完全寂静下来了。经过了几分钟的光景，阿贵忽然很急促地问道：

——被捉去枪毙了？被谁个捉去枪毙了呢？

——你真是糊涂！当然是被兵警捉去枪毙的！

——呵！应生叔，你听！似乎就在楼下又有一个女人帮着哭声说话……

——这个说话的女人是这个老太婆的媳妇。这个女人真是一个再好没有的女人，她真是好！吃苦，耐劳，又诚实，又勇敢，又明白事理……

张应生说至此地，将芭蕉扇摇了几摇，随即贴在精赤的胸膊上，沉默着不再说下去了。两眼笔直地向天花板望着，好像在深想着什么。

——我问你，应生叔，这个老太婆的儿子到底因为什么被捉去枪毙了呢？他的名字叫什么？——阿贵这样地问他，打断了他的思维。

——那还能因为别的事情吗？他是一个C书馆的印刷工人，平素对于革命是很热心的。一月前C书馆的工人因为要求加薪，闹成了罢工的风潮。当局说他是主动的人物，是一个反动分子……就这样地捉去枪毙了！现在杀一个工人还算一回什么事情？比杀一只小鸡都容易呵！唉！想起来，真是……

停了一忽，张应生又继续说道：

——他的名字叫周全福。为人是极好的，死的时候只有二十九岁。他的老婆，我们叫她做周大嫂，是一个再好没有的女人！自从周全福死后，这个老太婆，周全福的母亲，就是由她赚钱养活。她有一架小洋机，每天替人家织袜子，还勉强可以过日子。老太婆只有一个儿子，而且是一个极孝顺的儿子，这个好儿子死了，哪能不昼夜地哭呢？唉！我天天差不多都听见她的可怜的哭声。有时我去说几句话安慰安慰她，唉！又怎么能安慰她的那一颗痛苦万丈深的心呢？她的媳妇本来是很痛苦的，不过因为老太婆这种样子，她也就不得不硬着心肠，做着很平静的样子。唉！她真是一个好女人！像她这样好的女人，我真是少见！

——我想你可以娶她做老婆呵！——阿贵带笑地说了这么一句。张应生听了阿贵的话，似乎有点难为情起来，便有点儿带气也似的说道：

——别要胡说八道！我现在哪有闲工夫干这种事情。呵，睡觉罢，时候已经不早了，明天我还有许多事情要做。

张应生立起身来，走到门边，用手很小心地将门关好之后，便又走到木桌子前，将抽屉打开，取出一支很小的手枪来。他凑近灯光，看一看手枪的各部分是否有了毛病。等到详细地研究一番之后，便放在自己的枕边，即刻也就很笔直地躺下，停了一忽，他向阿贵问道：

——我们将电灯闭起来睡好吗？

阿贵这时见了手枪之后，起了一种心思，并没有用话回答他，只向他点一点头，表示同意，张应生随又立起身来将电灯闭下，等到闭下之后，便又很平静地向地板躺下。临睡觉时，将手枪放在枕边，这是他的习惯，而且是应当的事情。谁个也不能断定夜内不发生什么事情：也许巡捕来捉他，也许有人要来暗算他……总而言之，他应当时时刻刻地有正当的防备。而且这一支小小的手枪与他的生命有很深切的历史。一方面，倘若不是因为有了这一支小小的手枪，那他的性命久已没有了。另一方面，这一支小手枪并不是用钱买来的，而是用性命换来的：这是今年三月间他从敌人——一个奉军的军官的手中夺取来的。在他的生命史中，无论他能否看见他所抱的伟大的理想之能否实现，但是这一支小手枪却是他所得到的胜利品，却是他的一个可宝贵的纪念物。因此，应生在劳苦的秘密的工作中，没有别的什么东西能够安慰他，能够安慰他的只有这一支与他相依为命的手枪。

奔波了全日。现在应当是张应生睡觉的时候了。这是一个体力和智力都很健全的工人，生活的格式对于他，只是革命、工作、思想、休息！这里所说的休息并不是什么安逸的例外的娱乐，而是一种必要的动作——睡觉。于是张应生不几分钟的光景，便呼呼地入梦了。

阿贵这时在平静地躺着，但是没有睡。他或许想如张应生一样，呼呼地入了梦，可以抛弃一切烦人的愁思。但是他无论如何睡不着。这一是因为他白天睡得太足了，二是因为张应生的这一支小手枪引动了他的思维，他知道这一支手枪的来历，也知道张应生是如何地爱护它。

“如果我开口向他借，”阿贵这样自问自地想道，“那他是不是答应我呢？……”接着阿贵便决定了，“恐怕他一定是不答应的。况且他又不赞成我做这一桩事情……他是一定不会答应我的！”阿贵想来想去，结果只是失望。但是在别一方面，阿贵是决定了要实现自己的愿望，以为不把张金魁打死，那他简直没有做人的资格。这种决定在阿贵的心里，已如泰山的稳定了，任有什么力量也不能将它移动。但是有一个问题：用什么方法将张金魁打死呢？诚如张应生所说，张金魁是一个又有力又狡猾的人，若公开地去同他厮打，那阿贵是一定要失败的。因此，阿贵一定要寻到一个妥善的方法，否则是不能成功的。阿贵起初想来想去，想不出适当的方法，等到他见着了张应生的手枪，便一时间乐将起来了，以为自己已经得到了可以致张金魁死命的东西。但是忽而想到这支手枪毕竟是张应生的，而且张应生视如自己的生命一般地宝贵它，决不会将它借与阿贵，阿贵便很失望了。

张应生已经是深深地睡熟了，对于阿贵在床上翻来覆去的声音，并没有点儿觉到。冷静的夜月的光辉从窗口射将进来，慢慢地挪到张应生的头部，—— 一支小小的手枪很分明地在张应生的枕边躺着。阿贵侧着身子只是目不转睛地注视着躺在张应生枕边的小手枪，而一副脑筋全盘地用到幻想上去：如果他有了这一支手枪，他应当怎么样才能将张金魁打死……

忽然间又听着楼下老太婆的哭声，阿贵的心为之冷战了一下。他不禁将他的思维暂时挪到老太婆的身上了：老太婆的命运是这样悲惨，她的媳妇是这样贤明，做官的人是这样残酷……现在的世界简直是不成一个世界，该有多少悲惨的事情呵！这样的世界简直不如把它消灭掉还好些！……

“但是我的爸爸和我的妈妈呢？”阿贵忽然将念头一转，想到自己的家内。“他俩在家也不知怎么样在想我呵！他俩也真是吃苦的命，唉！他俩简直是活受罪！已经是这么大的年纪了，还是辛辛苦苦的！……”阿贵想到此地，心中不禁有点难过起来，不禁深深地叹了一口长气。

“倘若我被捉去枪毙了，”阿贵又继续想道，“也不知他俩将要怎办呵。周全福死了，还有他的贤良的老婆养活他的母亲；如果我死了，那我的父母将靠着谁养活呢？……”阿贵暗杀张金魁的决心，至此时不禁动摇了一下。他的爸爸和妈妈的双可怜的形象，萦回于他的脑际，并觉着他俩已经如同在自己的面前站着，表现着可怜的衰老的面容，射着哀求的眼光。阿贵有点茫然了：怎么办呢？照着自己的决定去做好呢，还是为着这两位可怜的老人的缘故，打消自己的念头好呢？……阿贵踌躇了几分钟，最后还是将牙齿一紧，下了最后的决心：“我也问不了这许多！世界上的苦人多着呢，反正我也问不了这许多！阿贵！你照着原来的决定做去罢！”

“但是我用什么东西去把张金魁打死呢？”阿贵现在所为难的就是在这一个问题上。这时在月光下的张应生的面容，似乎在那里轻轻地微笑，阿贵忽然注意到这个，便暗暗怀疑起来：“难道他没有睡着么？

难道他已猜透了我的心思，在那里暗暗地笑我么？”阿贵遂将头轻轻地抬起来，仔细地向张应生的面孔审视一番，见着他仍然是睡熟的样儿，这才放了心。枕边的一支小手枪还是在静静地躺着，阿贵又将目光注到它的身上。忽然他的脑海里起了一丝波纹，发生了一种新的思想：“我可不可以将它偷到手里呢？……用了之后我还是可以还他的。向他公开地借，那他一定是不肯的，不如我来实行偷的办法。能不能将张金魁打死，那就全靠这一支手枪了。应生叔，请你原谅我罢！我是没有别的法子想呵。”想到此地，阿贵便轻轻地离开了床，走到张应生的身边。不知怎的，他这时的一颗心忽然扑通扑通地跳起来了。他即时觉悟到是在做贼，而做贼是一种不正当的行为。他弯了几下腰，试几试伸手去拿那一支手枪，但是总没有勇气把它拿到手里。忽然张应生翻了一身，口中又咕噜了一句什么也似的，这可是把阿贵几乎吓倒了。他的一颗心越发跳得厉害，似乎已经做了一桩大的罪过，现在要受刑的样子。始而他以为张应生已经觉察到了，后来见着张应生翻了身之后没有动静，才知道张应生还是在梦中，这才略略放了一点儿心。他又试伸了几下手，已经挨着了手枪的身子，但总是缩将回来，没有把它拿到手里的勇气。

“喂！我连偷一支手枪都不敢偷，还能有法把张金魁打死吗？好无用的东西！”他这样地将自己责骂了一番之后，便战战兢兢地伸手把手枪拿起来了。他不敢即时就拿起脚步走开张应生的身边，默等了一二分钟之后，发现张应生毫无一点儿觉察，才轻轻地走至门边，用手很小心地将门开了，生怕弄出一点儿声音。从前他不知做贼是怎样的做法，现在他却很本能地得到了做贼的方法。他轻轻地移动脚步，慢慢地走下楼梯；走两步之后，他总要停一下听听动静，不敢一下子就走出后门。最后，他是很平安地走出后门了。

一轮明月高悬在天空，全城沐浴在银白色的光海里。居民都在梦里，周遭是异常寂静。这时伴着阿贵的只有斜长的他自己的影子，一支冰冷的手枪。“怎么办呢？现在至迟不过是半夜罢，我将到什么地方去呢！不过手枪总算是已经到手了。……”在月光的底下，阿贵将手枪仔细地审视了一番，又用手举了几举，练习射击的架势。他不禁满意地向着明月微笑了一笑。这时凉爽的晶莹的明月，也似乎了解了阿贵的快乐与得意，便也就回答了阿贵一个圆满的微笑。

黑石坡煤窑演义

（节选）

康　濯

作品简介

《黑石坡煤窑演义》是作家康濯1940年代末期创作的一部反映黑石坡煤窑由废弃到重新恢复生产的长篇小说。

小说以窑工张大三的人生经历为线索，反映出煤窑工人的新旧社会的不同命运。张大三煤窑技术精湛，但个性耿直，脾气倔强，在旧社会由此得罪了地主劣绅，被迫远走他乡，靠为别人开窑维持生计，生活至为艰难。新中国成立后，全村人民在党的领导下，打倒了封建地主劣绅，并开展了土地改革。张大三再度回到村里，得到区干部老尹的指引和帮助，在煤窑上大显身手，恢复了生产，并发动群众集股开窑，翻身成为煤窑的主人，全村人的生活都得到了大大改善。

根据康濯《黑石坡煤窑演义》（作家出版社，1954年版）节选。

正文节选：第一章至第一四章

一　大三

从阳泉市往北，走不多远，有个黑石坡村。这村坐落在一道山梁的南坡上，从坡顶到坡根，一层一层地满是人家。村里有不少瓦房和石窑洞，也有很多刷上了雪白大灰的粉墙；半坡里还有座整齐完好的老君庙，庙里壁画崭新，老君爷神像新穿新戴；从庙门口往下望，坡根干河沟上一座戏楼正对庙门，戏楼上雕花栏杆和红漆立柱，也都像是刚油漆过的：看来这村还蛮漂亮。可是，村里男人们却尽是黑手黑脖子黑脸，有些人脸上黑得甚么也分不清，只见两个眼球闪动。原来这村土地很少，坡前坡后尽是黑土黑石头，刨地三尺就有炭；人们靠煤窑里打滚养活，村里男人们，十有九都是窑黑。

且说村里窑黑里头，有个不平常的人物。这人快五十岁，却长得身高个儿大，眼圆嘴宽，团团大脸，红光满面；虽说脑袋顶上头发快脱光，可他那一大片秃头皮，却像搽了甚么油，长年明光闪亮，越看越觉着他身强体壮，很像是个一辈子吃猪肉烙饼、喝细茶、穿凉袜长大的人物。这人名叫张三小，就因为他长相不平常，从小又是窑底下有名的干家，人们觉着叫他甚么“小”的不大合适，就把他的名字去了个“小”字，叫他张三；又因为他个儿大脸大巴掌大，在村里张氏门中辈分也大，所以人们又连他的姓也去掉了，管他叫“大三”。大三这名字，在黑石坡方圆左近，可说是很有些名气。

大三这人是独根长大的。他妈死得很早，后来他父亲又在窑坑里给炭砸死了，家里又没弟兄姐妹，只有两间破房，吃喝二字没半点儿根底，他从小就跟他大爷过活。他大爷也是要甚没甚，待他这个侄儿，赖倒也不赖，可也没甚么好处；他就从六七岁上在村里煤窑左近拾碎炭，十一二岁下窑底担煤，十六七上，就是窑黑里头一个好刨头了。后来大爷也死了，他却碰了个过去和他父亲在窑底下拜过把兄弟的老汉，就跟那老汉出去跑跳。

出了门，海阔天空，天下煤窑又多，大三很快就冲出了一身胆量，一个人闯关走口，跑大同、去宣化，在有名的太原府西山煤矿领过岔，也在有名的奇河运泰煤矿当过领事，一辈子窑底下作人，煤里头吃饭，凭力气、凭手脚，眼睛看、耳朵听，居然练出他一身本领：能认出哪座山有炭没炭，炭好炭赖；能估出哪座窑底炭的上下脉有多高，哪一层哪一级的炭有多厚多薄；下窑底，行道九曲十八弯，他也能辨别方向，估量离窑口有多么远近；窑里头哪有水哪有火，碰了水火怎么治，他也能凑合看出个苗头，对付个办法。就仗着这份能耐，大三到处吃得上饭，山南不要有山北，天不怕地不怕。

可是，大三这股脾气，便宜了他，却也害了他。

他不会拐弯，只知道凭本领吃饭。要是碰见个东家掌柜的抓住了他的脾气，顺他的劲，对他的眼，他必死心塌地卖命干活，不问工资多少，当了傻子也不吭气。要是东家掌柜的不顺他的劲，不对他的眼，待伙计刻薄，对营生挑剔，又没本领令他心服，那他就不会托门子送礼讲人情，说好的，憋两天闷气，算账辞工不干；说赖的，他敢自己个儿出头反对东家，伙计们若跟他干，他豁出脑袋也心甘情愿，若是伙计们怕事，不跟他干，他也宁愿个人背兴，对伙计不记冤仇。就是这么一股劲儿，碰对了他也能干两天顺手营生，遇两个知心伙计；可是，碰不对，他却也会被人利用，当头阵吃苦头，东家撵走了他，回头却拿点甜头给别人吃，人家吃着甜头骂他傻，他还不知道。

对待同行把式和伙计，大三也是这样。碰见本领比他高的，他从不问人家职位高低，也不管人家搭理不搭理，就跑上去，拍着人家肩膀说："伙计！有你的！多关照多指教！"人家实心待他，他一定拜人为师跟人学；人家若待他虚情假意，嘴甜心辣，或是干脆不搭理他，他却也肯服服帖帖，吃了亏往肚里咽。可是，要碰见不如他的把式，或是偷懒卖乖的伙计，他又不管你甚么门道甚么心眼，反正你营生不对劲，他就变脸张嘴骂人，谁不服，就扭谁去见掌柜，一句话：“掌柜的！咱俩搭不成伙计！”掌柜的若不肯把那人调走，他宁愿自己卷铺盖，决不肯马马虎虎干下去。

大三就是这样直出直入，真不知得罪了多少人，吵闹过多少别扭，这里干三天，那里混两月，从没个固定地势。可也正因为他这个脾气，他也交结下不少患难朋友，朋友间彼此帮助，窑坑里关心，把式上照顾，谁个遭灾遇难，人人只要手头有钱家中有米，一定接济，自己没法，也要寻人托门子想方设法；歇工的时候，他们朋友一道，大伙儿花钱买酒，交个把女人，捣拉一阵闲话；钱花完了，窑底下闷几天再说。就这么利利索索痛痛快快，大三这人一身本领，到头来只落得两手空空，一天不干就没饭吃；年岁快五十，却连个老婆也没娶，还是一个光棍。

二　回村

大三是十八岁上出门，漂流在外，差不多整二十年没回过黑石坡村。

有一年，他在太原府西山矿上，领着一些人，从窑坑的煤墙上，刨开一道新岔，他当领岔的；因为伙计们都对他的脾味，他干得很上劲。这时矿上来了个工程师，那人看中了他的把式，就提升他当总管一个窑坑的领事。那人有时也听信他几句话，他也觉着那人果真有点儿本事，因此干得更有劲儿，一干干了二年，这是他在一个地方连着干那么些日子的头一回。不想有一天，猛不防地那工程师却要走了！走时，工程师摇着脑袋对他说：“这工矿没法儿干！”他不大懂这句话的意思，只是好像有些不愿让人家走，可也没办法，此后他的干劲儿就冷多了。谁知接着来的是个日本人，这人有没有本领倒不说，光是待伙计们就凶虎虎地，还把大三降成个领岔的，换了个把式也跟日本人一样凶，那家伙还天天跟人吹说他跟阎督军有什么瓜葛亲戚，因为大三没给他这个新上任的送礼，他就成天跟大三碰，后来又把大三降成了个刨头，大三憋不住，闹了两回，不久人家就把他开除了。这一回，大三可没有铺盖一卷就走：他说不出是股甚么劲儿，总舍不得他当过二年把式的那个窑坑，他的伙计们和过去那个工程师一道，把那坑打整得多好，出炭正多哩！可是，没办法，他只得找了个朋友，介绍到左近乡下一个土财主的小窑里去当领事，心想离府西山不远，往后能听听他那窑坑是怎么个情由，也是好的。谁知他这些年尽干的是机器大窑营生，对土窑不免有点生手生脚，再加他心情不好，不提防在窑底刨出一小股儿活水来；这本不算回事，他能很快想法儿把水口堵死，把流下的水打尽的；不想那个土财主心眼窄，又是头一回滚窑，怕得不行，一会儿来问问是不是明个堵得住口，一会儿又来催催今黑家半夜里能堵死不能，还口口声声嚷闹，惹出了大三的火性，他使儿劲忍住一口气，把营生打整好，就一声不响，账也没算，一个光人离了窑。

他又去了府西山。在那里，却听说他的老伙计们被开除的、走散的更多了，他也不好找营生，低头想想，心不觉一阵阵发冷，只得到寿阳找一个朋友去。寿阳朋友没找着，却碰见他一个远房哥哥正要回本村滚窑，硬拉他回去，他想想在外多年，落得个甚也不是，不免有些伤心；可一时也没现成路，他哥又死缠住他不放，他这才勉强回了黑石坡。

却说他这个哥哥名叫张喜禄。这人早些年也不过有十来亩地，自己养种着，捎带还在村里摆了个小摊儿，卖点杂货。但他这人还算能干，特别是学得一手好算盘，平日一边看账一边拨算盘子，眼不望算盘，可以打个清清楚楚；有时没算盘，他就一边看账，一边用手指头在桌上或腿上虚拨着算盘珠，也能算个明明白白。说起他的为人，虽说跟官家财主们没因缘，靠不上，也从没妄想要靠上去过，但同买卖场中的人物却能拉拢亲近，并且他也一个劲儿想法拉拢亲近人家；此外，跟那些养种地的、下窑的、跑跑跳跳卖力气混饭吃的受苦人，他也平平和和热热火火，碰对了还肯关照人家，因此平常人都说他人性好，乐意接近他，给他帮忙出力。就这样，他很快便攒了点钱，于是把地撂给家里儿子们养种，自己去阳泉开了个小铺。这些年来，他又学着跟人搭伙干两下“闪商”，猛不防抓住甚么行市做一回生意，捞两个子；于是他慢慢又置了十来亩地，家里也雇了半块长工，并且还在寿阳城一个朋友的小铺里入了点股子。最近不知他又怎么挣了两个钱，自己一阵高兴，加上别人的说合，再说黑石坡的受苦人也正缺窑动弹，他居然也学着本地一般财主的模样，决定回村开煤窑了。于是他找人看了地脉，就在本村坡根买了个矿区，打算找他一个远房孙儿张玉宝当领事；正在筹划的时候，他来寿阳小铺把他那点股子取回去用；不想碰见了大三，他明知大三比玉宝强十倍，就硬拉他回来了。

大三离村这么些年，村里倒没甚么变，他自己却大变了：他穿的细布袄裤，戴的旧呢礼帽，嘴里镶了颗金牙，手脸也是成天洗得干干净净的，见了人只略一点头，笑也不笑，就算打了招呼；说话不多，人们一圪堆胡说瞎嚷，他只在旁边听，谁要问他个甚么，他也不像当年那样自称“我大三”“我三小”的，却换成谁也记不得的官名道：“我张远禄”怎么怎么，干巴巴三两句，不拐弯抹角乱啰唆。他那两间破房，是他大爷的二小打整着住了多年，这会给他腾出了一间，他也拾掇得干干净净：有摆设，有铺盖，小桌上还搁了几张他和朋友们的相片，村里谁家娶媳妇也没他这房漂亮。他吃饭也是稠的浆的多，短不了要吃个白面的，村里差不多每家每天都要吃的玉茭面稀糁和小米汤，他却不大吃。人们觉着他跟大伙儿不一样，就短不了上他家去看个稀罕，问个长短，背后议论他估量他，猜想他连个媳妇也没娶，不像是发了财，可又不像穷人，到底是哪一路人物呢？人们左比方右描画，后来有个名叫拴成的青年，还有点见识，心眼本又灵巧，他有一回想起对人们说："大三像个火车上查票的！"人们觉着这还差不多，就又问他道："你看他那房像哪一号人住的？"他想了一想说："这可难比方，像车站上站长的房，可又没那强。"这时有个爱跟男人们闲捣拉的寡妇，娘家是柳沟的，从小卖给这村大财主张聚宝家当丫头使女，后来财主把她嫁出来，人们还尽跟着过去财主家的称呼，叫她柳沟家；她眼珠子一溜转就插嘴道："这说得都不像，人家车站上站长甚么的谁没媳妇？他可有？"一个坐在她旁边，外号叫小洋鬼的家伙，眼皮连着扑展了两下，翘着嘴对她说："你不是也正缺一个？我看寻个人说说，你当个大三站长太太的准行！"人们都笑了，柳沟家忙一边骂着，一边伸出旱烟袋就往小洋鬼脑袋上敲去，小洋鬼脖子一缩舌头一伸，就地一滚往开跑，不想这时大三正走了来，人们才忍住笑；小洋鬼又倚老卖老，啰啰唆唆把他们捣拉的原样告给了大三，想讨大三个欢喜，大三却摇着脑袋说："比那些干球！那些人咱可不敢高攀！咱算个甚么？反正是个窑黑！"人们又笑了一阵，才各自走开去。

三　弟兄

大三回到村里，没怎么歇着，也没串门子寻人捣拉，就紧着看矿区，盘算计划，估量用多少人多少工多少垫本，备置甚么家具；东家喜禄当时也正在劲头上，手面也大些，花钱上头也不很扣缩，并且他还口口声声说着：一切都靠给大三行事。大三干得还顺手，半月多工夫，开窑的事准备停当，就和喜禄商议动工。

喜禄却想多少闹点排场，村里社首们也都叫他闹一闹，于是他请阴阳先生看了动工的日子，又决定要唱唱戏敬敬管窑的菩萨老君爷，并要大三张罗这一切；大三对这些却不摸门道，也不觉兴味，就推脱不干，喜禄便也顺着大三的劲，忙叫大三好好休息休息，并把张罗的事情交给了玉宝。这么下来，大三才摸着歇了两天。

但大三这人从来歇不住的，这些天村里除开小洋鬼和柳沟家短不了去他家坐坐，别也没甚么亲戚朋友，大三不免有些发闷；每天没事，就只好找他老二两口子说说话，顺便问讯问讯这些年村里的各种事体，这么打发日子，等着开工。

却说他老二名叫天禄，是他大爷的二小儿，大三从小跟着大爷过，就是和天禄一块儿长大一块儿下窑的。天禄也长得高身大架，一身却跟炭一般黑，洗也洗不干净，脸上黑得甚么也分不清，只见一对眼珠闪动，还有满脑袋的白头发。他这人轻易不说话，一个人养活一家老婆孩子五口，也成天不在家；冬春是本村下窑，夏秋上柳沟大窑动弹，家里租种大财主张聚宝几亩地，老婆孩子养种不过，他农忙时节半后晌从窑底下工回来，还要上地去，直干到天黑，回来睡上一觉，第二天一大早，就又下窑去。大三回村以后，他有时也找大三歇歇，但他不说话，只是一个人圪蹴到墙角落抽烟，大三问甚么，他就说句把，不问，他待半天，又不声不响地走了。他跟大三同住一院，院里四间房，他哥哥老大早死了，正好他跟大三一人两间，但他的却塌了一间，所以他早就把大三的两间也住下了；现在让了一间给大三，他五口人加上厨房甚么的，实在挤不下，大三也看不过意，想出去另找住处，把房还腾给他，他却怎么也不让，连说：“那么着，我做哥哥的可怎么也安不下心，睡不着觉。”大三又要他拾掇那间塌了的房，他说行，却总没动手；大三知道他是手头没钱，也盘算过自己出钱找人修整，但老二知道了，有天黑夜，他就去大三屋里圪蹴了半宿，来回说着这几句话道：“可不能啊老三！你这房我住了多年，没掏一个房租，这如今我还占着一间，我可是成天安不下心哩！你再要给我拾掇房，你说我这心可往哪里搁？老三，不能啊！”大三跟天禄，真好比是一团火跟一堆棉花，完完全全两个样儿，依着大三的脾性，会干脆不搭理人家的；但天禄是大三仅有的一个亲人，而且也不知道为甚么，大三并不讨厌天禄，倒觉得他是个少见的好人，跟他外边一个叫老白的朋友一样：那老白也是不说一句话，整天在窑底死命干，把式也不赖，却短不了受工头狗腿们欺负，受了欺负他也不说话，只是领了工钱就寄回家去，自己不吃不喝不穿，连旱烟也不抽，还短不了打劝大三，叫他少说话少生气，叫他花钱省俭。现在，大三有时也觉得天禄可怜，像老白一样；但有时又觉着自己好像有些怕天禄，跟他过去有些怕老白一般，他也说不出为啥怕人家，只是人家说的话，他总结记在心中，不会忘记。

不过，这些天来，大三跟天禄捣拉村里各种事体，天禄却甚么也说不出，他只对大三道："咱自己一家子还顾不住的，哪能管那些个闲事啊！"他又打劝大三："你管那些个闲事干甚么！你好不容易熬回了家，也该往仔细里盘算过个光景哩！"接着，他就要大三日子过得细致些，穿衣吃饭安排得到实些；大三连自己父母生辰忌日也记不得了，他又把这些告给大三，叫大三结记着日子，去烧个纸叩个头……大三听了这些，真不知怎么张嘴答话；他只觉得他老二真是个好人，可又从他老二身上，觉出了这村墓没甚么意思；他就想着赶早把窑开成，到来年春天，他还是出去的好。

过了几天，村里唱戏了。大三听了天禄的话，上老君庙叩了两个头，走出庙门，只见戏楼根又挤又闹，心想这还能看上戏么？就扭头往家走。走进自己院里，他二嫂问他："三兄弟！你也不看戏？"他道："不想看。你不去么？"二嫂说："戏可是早就想去看嘛！可就这：你看，节气早过了霜降，你老二还没穿上袄！就这么件破布烂套子衣裳，这也叫袄呀！穿了十来年，不补补可怎么往身上披啊！唉！孩子们又整天缠住你的！"大三问道："老二看戏去了？"二嫂道："看戏！他倒早就说来着，说是这回可准得看看的；可这会他还没回哩！"他们正说着，天禄回了。一会儿，小洋鬼跟柳沟家也来了，柳沟家一进门就嚷道："大三叔！你在家里待着守着谁啊？怎么也不去看个烘火？”小洋鬼道：“我在戏楼底哪里也寻不见你，后来人们说见你在家里。走吧，大三叔！好戏！‘蝴蝶杯’！这可是不能不看。”大三对天禄道：“老二，你去不？”柳沟家说：“走吧大三叔！天禄叔他还舍不得看戏的？”大三还是对天禄说：“走吧老二，咱们跟上去！”小洋鬼也跑上去拉住天禄道：“去吧！你就陪你三兄弟去去！”天禄道：“我还要担水哩！”天禄他女人说：“去吧！水还有。”这四个人才一道看戏去了。

四　看戏

却说这四个人走到戏楼底，天禄是正经看戏去了，柳沟家也一边看戏一边跟男人们打闹耍笑去了，小洋鬼却连戏楼上正唱的山西梆子名戏“蝴蝶杯”也忘了看，就把大三拉到坡根底一个碾盘上坐着，指手画脚地捣拉起来；再说大三，他原本就不喜爱看戏，也不喜爱烘火热闹的，这回一来是为了陪他老二，二来是因为自从他回村以后，小洋鬼跟他捣拉的工夫最多，他慢慢觉着小洋鬼这人还不赖，就算交结了这么个朋友，乐意跟这朋友一道说说话；因此，他干脆就没想看戏，只顾跟着小洋鬼的指画瞎咯嚷去了。

小洋鬼也没有说甚么正经的，他只是指着那堆看戏的人，告给大三谁叫甚么，这个那个都是谁谁；大三本来就不很认识村里的人们，所以听着也有些意思，有时他还插上两句，指着几个人问问。不过，大三问的都是男人，小洋鬼却偏好指着女人们告给大三；戏楼底东南角上，搁着一张专为看戏坐的高脚凳，那上面坐着一排妇女，打扮得红的花的蛮漂亮，小洋鬼就指着那悄悄告给大三，说那是大财主张聚宝家里的，说谁是聚宝的甚么人，谁的妈家是哪个村的，谁有甚么外号……大三没注意那些，却指着另外的人问，但小洋鬼也没注意大三的话，还是一个劲儿说那些妇女。忽然，大三发现那高脚戏凳旁边的一条矮凳上，立着一个青年妇女，手里抱个白细瓷茶壶，头上包一块白毛巾，白茶壶和白毛巾衬得她那脸红鲜鲜的，眉黑漆漆的，两眼望着台上的戏，真像是两道光射住了唱戏的人；她穿得也不红也不花，脚缠得也不小也不大，看来许没有高脚戏凳上的年轻女人漂亮，但大三却像在哪里见过她，又像跟她很熟快，并觉得她比所有看戏的女人还要漂亮喜人。大三两眼直望了她半天，才悄悄问小洋鬼道：“那女人是谁？”小洋鬼扑展了两下眼皮，答道：“她么？你问别人还许不认识哩！她是聚宝刚不大工夫买下的丫头使女，家在白泉，人们叫她白泉家，才十八岁。”接着，小洋鬼又告大三：白泉家抱的茶壶是侍候聚宝太太的，白泉家家里尽有些甚么人，聚宝花了多少钱买的……但大三又没注意听这些话，只是两只大眼鼓得圆溜溜地，直愣愣望着白泉家，小洋鬼叫他他也不怎么答应，推他他也不怎么搭理，真像心思也乱了。小洋鬼不免稀罕起来，他见柳沟家这时正在前边不远跟人笑骂甚么，他就撇开了大三，把柳沟家拉过一边，悄悄地指着大三，不知议论甚么去了。

小洋鬼和柳沟家议论了一阵，就又返回来找大三，想问讯他个事，但大三却不见了。小洋鬼到处问人到处找，也找不见。后来他又跑到戏楼后面找，却见不远的干河沟里有几个人在说话，好像还在说大三甚么的，他就吆喝着“大三叔！”跑过去了。

那堆人里却也没有大三，只见玉宝在那里拍着巴掌说：“唱戏敬神原本为的开窑，当领事的倒不出来张罗，可说不过；再说，凭他吃的穿的，他又不是没钱！可连个香烛供献也不拿的，光干叩了两个头。”小洋鬼一听，知道这说的是大三，就忙打劝道：“你这说甚么哩玉宝！放着戏不看的，在这……”玉宝抢着道：“谁放着戏不看？哼！他大三倒舒舒服服看戏呗！我给张罗唱戏敬神，连窑场上盘个炉子也是我的事！他当领事的就不会指派别人！哼！谁叫我没长着个看戏的眼！”小洋鬼很怕人家闹事，忙向玉宝使着眼色道：“谈事情说他干甚么！大伙都干得一手营生的！”玉宝道：“谈事情吧也不谈！他出门在外那么些年，不信神嘛，也不能不敬老君爷啊！不张罗唱戏嘛，也不能不管窑场的事啊！窑底下的营生，万一有个差错的，还不也是当领事的事！”小洋鬼找不出合适的话来劝说，只急忙止住玉宝道：“呃！算啦！少说两句！反正……呃，都下的一手营生的！”旁边人们也怕闹事，就帮衬小洋鬼两句，还有个人说：“这盘炉子是喜禄吩咐的，大三还不定知不知道哩！这也不能怨人家。算了吧，玉宝！”玉宝这才闭住嘴，领着几个人往窑场那边盘炉子去；小洋鬼又跟着走了一会，安插玉宝一顿，叫他不要随便说闲话。安插完了，他才又回头往戏楼底走，他这会儿是忘了找大三的事，他看戏去了。

五　开窑

村里唱过了戏，天气已到了十一月初，这时窑上万事妥帖，大三就给窑里窑外定出了规章，并把召集来的人拨调成每天日夜三班，动工凿窑口担行道。当时喜禄亲自坐柜房，并请了个叫林宝的给管账管卖场，又叫玉宝在大三手下当闲工头，总管那些闲杂工人和闲杂营生。别的刨头、担头、领岔和闲工，也都是本村人，年岁大些的多是大三当年的伙计，像天禄那样的好窑黑就不少，青年们又尽是他侄儿孙儿辈，人手也全，村里本又缺窑，现在大伙儿有了干的，劲头很大，因此动弹起来倒还顺当；只玉宝有时在人前人后说大三两句闲话，幸好这些也都没传开，人们又见大三营生上头指点拨调头头是道，谁要是营生不利索，只要好意问他，他必亲自下手干个榜样，大伙儿不免暗暗佩服，紧照他的意思干下去，窑里头没出甚么差错。

动弹了个把月，人们看着窑口凿开了，行道也往里担得不近了，进窑口不到五尺就见了炭，炭也强，也出得不少，可真是做出活来了，觉着大三也真有两下，于是对这窑更看重起来了；十冬腊月，闲手闲脚的就短不了到戏楼西北角的窑口场面上，圪蹴在那炉大炭火跟前，来看开窑，村里别的六座土窑上的窑黑们，更是每天必到，特别是给本村财主张聚宝经管土窑的泰成，还短不了来这窑上窑下察看，并一个劲儿吹说这窑开得不赖；这么一来，加上本村和外村来担炭的人和驮炭的牲口，这窑场可真是一片热闹，人们就干脆把戏楼对角太阳地里闲捣拉的地势也搬过这边来了。

喜禄每天也差不多都按时到窑场上来，他满脸是笑，说道两句，帮林宝算算账、挂挂秤，就把棉大袄一脱，大三跟玉宝点着下窑用的油扁灯，一前一后，领着他下窑底看看，有时他还拿过别人的镢头刨两下炭，或是接过别人的担筐，担一担炭上窑来。这么着，大三对营生就把得更严更紧，刚回村时候那点乡亲情面也没有了，不管对谁，活计上头绝不含糊，工人们也像是怕在生人面前丢人一样，大多是使着劲儿干，有几个调皮些的，总也斗不过大三讲把式说道理，也只得按大三的规章干下去；眼看窑里的营生真是一天强比一天，大三的名声，也一天比一天响起来了。

不过，玉宝心里却不怎么痛快。玉宝有个叔伯兄弟叫牛宝，才二十岁，在这个窑上当闲工，却会调皮偷懒；这牛宝从小就跟玉宝在阳泉左近下过窑，也在火车站上扛过脚、送过货，要乖弄巧地混过饭吃，开口闭口会说这么一句话："我他妈的见过有本事的多的是！我怕谁咬了我个球！"他嫂是个寡妇，跟玉宝又有一手勾扯，玉宝原本又不高兴大三，因此便让牛宝在窑上调皮，袒护他，不说他；他也正好干干歇歇，上一班工八个钟头，总要从窑底上来待个十回八回。大三实在早看不过意，就狠狠吹了他一回，他却不服，一股劲左脚一踢右脚一踢，把脚上趿拉着的一双破片片鞋撂得远远地，两手叉腰嚷道："我干不了这营生！退工！我走！"大三说："你怕我点着油扁还寻不见个人？退工？问你闲工头去！"这时天禄正从窑底上来，忙一声不响地拉开了大三，大三就点着油扁下窑去了；后边牛宝却又嚷道："我他妈可见过比你还有本事的！哼！我怕你！"玉宝这才止住他，人们又劝说了半天，总算又打发牛宝下窑动弹去了；谁知猛不防玉宝却挺不高兴地说："退工就叫问我！可该不该说他就不问我！该我说的也不指派给我！他还是外边大窑里几十年的把式，可就这么个规章的！"不想大三正从窑底下上来，听了这话，忙使油扁指着玉宝道："我头一回在庙底下东北岔道北墙根跟你说过！二一回在庙底下柳沟家门前又跟你说过！我还叫你好好劝说他的，可你当着这么些人瞎摊派我不是！"玉宝一时拉不下脸，也冲着大三嚷道："你说你点油扁寻得着人，你退工寻人去！我劝说不了人家，我也寻不下人！"看架势，二人像要咯吵一场了，旁边人们赶紧左拉右劝，小洋鬼也忙忙扑展着眼皮，"呵"着个嘴，像逗小孩儿玩，又像生气一般，两条短腿来回跳着，把这个往这边推推，又把那个往那边推推，说道："都干的是一手营生嘛！谈事情，有个甚么说头！唉唉……"两边却还在顶嘴，大三把礼帽也撂到一边，鼓着两只大眼，撸着胳膊挥起拳头，玉宝也解开了棉袄纽扣；小洋鬼只急得这边叫他玉宝侄儿，那边叫他大三叔叔，使劲嚷着。恰好这时半坡上柳沟家出门倒炉灰，见了坡根这情由，就站到炉灰堆上嚷道："小洋鬼！你这边叔叔那边侄儿的，留点儿神别颠倒叫错了，可劝架没劝住，还落个大伙儿吃亏哟！"这话无意中笑倒了众人，两个嚷嘴的也别别扭扭地走开了，只剩得小洋鬼一边咳嗽一边朝半坡骂。

此后，大三找过喜禄，提出不干，喜禄说："你不干你说叫谁干！你好不容易回得家来，我也好不容易靠托上了你，你就能看着把个半路营生给撂了？"这话说对了大三的脾性，他也只好干下去；但他还提出要把玉宝换了，喜禄却跟玉宝捣拉了两回，又拉着玉宝给大三赔了个不是，往后玉宝也真的换了个样儿，狠心卖劲儿实打实干营生，心里像是跟大三比试一般，大三也就不言不语照旧干下去了。

到了来年三月，天气也暖和了，村里杏花也开过了，大闺女小媳妇们，一冬天多是穿不上棉，只能在家里煤火跟前待着的，这时也都出了大门，在半坡上，在坡根戏楼边，远远看看这个新开的大窑。这大窑总算是没出差错，顺顺当当开成了。

现在，这窑的窑口高宽各六尺，窑底行道也都有五尺高五尺宽，炭坑里还刨开了三道通连的岔道，在几处不很保险的地势，大三又安上了立柱横梁架起的顶棚，有几处墙头滴答两滴小水，大三也在滴水的下面刨了几个小坑，每天只用半个人工就能把水挑干净；一个冬天，窑里已经出了八九百吨炭，现在每天能下去二三十号人，出一二十吨炭，驮炭的牲口直下直上，供给了左近三几个村铁炉上的用炭和家户的烧炭，也养活了本村三十几户人家。五十年前，黑石坡村塌了一座大窑以后，村里就没有称得起大窑的了，村里穷人的生活也更遭难了；现在这座窑就成了全村头一座大窑，也给村里穷人多找了点儿干的，多解决了点儿困难。

六　夸窑

可惜大窑出炭的日子不多，就歇了工。

原来这一带地势，每年三四月以后，窑底就起硬风，只一个口的窑，坑底点不着油灯，点电石灯倒能点着，但人下去了也呛不住，只能暂时歇工，等秋天风软了再干。如若想开个窑长年出炭，那就要挨着凿两个窑口下去，再在窑底透个风筒，把两座窑打通，风就流通起来，油灯才能点得着。黑石坡方圆左近各村，能长年出炭的大窑不多，人们多是冬春下窑，夏秋种地或干别的营生，只有少数老窑黑，夏秋才找不歇工的大窑干活儿。

黑石坡这个新窑歇工以后，大三心宽了两天，舒舒坦坦睡了两觉，又觉得没甚么干的，不免又想起了外边海阔天空和他那些个朋友，大三想走了。但他的把式从此更有了名，好多老实窑黑找来看他，劝他别走，本村好多当家子也一个劲儿不让他走，喜禄更是非拉他留下不成，他只得勉强憋闷着住下来。

这边喜禄却是一团欢喜。喜禄原来并没有想到：凿开这么个大窑，花的垫本和卖炭的收入相抵，却也没有花多少钱，到今年秋后，他就要从窑底往家里赚钱了；再说这窑可也实在不平常呀！三月初，大三和玉宝领喜禄下窑去细细致致地转了个遍，喜禄见那煤墙像是上了黑漆，乌光透亮，喜禄又见刨头们躺着刨的跪着刨的立着刨的，一刨都是百来斤往上一大块一大块的，看着真比他干“闪商”赚了钱还痛快。他问大三：“这炭到底有多少？”大三说：“看在我眼里的，是东至鬼脸坡，西至猫瑙凹，往北穿过了咱村占的这道山梁梁，比你买的矿区要大七八倍；你就小打小闹吧，下个四五十号人，每天日夜三班，少说也得刨百把年。”他又问大三：“这炭往上有多厚？”大三说：“好到了头的炭！上脉下脉各高九尺。下脉分毛丁、陡、焦炭、底皮四级，这会儿刨的是焦炭和陡，往下底皮往上毛丁都还没挨着；下脉往上，隔一层隔炭板，那九尺上脉刨起来省劲得多，上脉又分连烟、脆炭、卤炭、底卤炭四级，哪一级炭的块头都比下脉大，刨开上脉才真要见利多：刨上脉，摇钱树，只有进，没有出。”喜禄过去也下窑看过，大三说的这些事，他过去也多少见过些，听过些，却都没这回新鲜，就问了一遍又一遍，像小时候记珠算口诀那样，把听到的都记在心里，啰里啰唆地乐得闭不住嘴。

喜禄这阵子乐劲，又打动起他一个想头。原来去年他开窑的时候，本打算只开一个窑口，每年冬春干干就行的；现在，他来回盘算了一下，找各种各样人探听了很多窑底下的虚实，又跟大三仔仔细细捣拉了两回，村里上上下下也有好多人鼓他的劲，他就下了个决心：秋后要挨着新窑再凿开个窑口，并跟新窑透个风筒；他怕垫本不够，又拉了林宝等五六个人，打算碰股子闹。就因为这个，他留下了大三，还拨给了大三一亩地，叫他栽个窝瓜，找个干的，又吩咐大三道：“你要是没吃的，先上我家对付点；要是闷得慌，上阳泉我小铺里待两天去；想看望个朋友嘛，走十天半月的也行！”安插过后，喜禄又拉着大三去寻玉宝和村里社首们，想张罗着再给老君爷唱一台戏，说是谢谢他老人家保佑开窑的神恩，其实在喜禄自己，不过是想趁着高兴劲头上，凑个烘火热闹，乐一乐，也给自己露露脸。

七 试探

四月底，趁着阳泉平潭寺赶庙唱戏，喜禄租了个现成班子，来村里唱了三天戏；唱戏过后，张喜禄开了窑的名声，就在远近传响了。他到阳泉，短不了有窑主找他，回到村里，短不了有财主找他：这是他一辈子从来少见的事。他也趁一时高兴，把自己住的房使雪白的大灰刷了刷，又把新窑口上的卖炭场往大里修整了一下，在场南搭了个两间房大小的棚，准备秋后开窑出炭，这卖场宽敞些，这棚安个柜房方便些。

这时候，喜禄的事，早惊动了本村的头一个大财主。这人就是张聚宝，论辈份，他还是喜禄的孙儿，只是远在八亲以外；他有三顷多地，围着黑石坡村，东至鬼脸坡，西边过了猫瑙凹，这一带坡坡梁梁地势，凡名叫甚么凹甚么沟的好平地都是他的，那些叫甚么瑙甚么梁的尽是赖地，他没有一点儿；他祖辈上也是个滚窑的，五十年前村里塌了的那座大窑，就是他父亲手下的事。到他手里，他懒得动弹了，只出租了一两顷地，雇了两个长工养种了顷数来地，捎带闹了两个小土窑。他两个儿子都在太原，一个念书，一个当了个甚么科员，他自己就在家过一份舒服日子，村里顶个总社首兼村长，动动嘴，抓住全村的大权，没事也走走平定州太原府，回来闹个甚么村政新建设，把老百姓治得慌乱两天。

这回喜禄开窑，事前事后自然也跟他商议了两回，并且还请他入过股；当时他觉着这不过是个淡事情，喜禄也只是个会跳蹦两下的买卖人，村里又没有甚么闹窑的好把式，反正成不了个气候；因此就没怎么结记，也没有入股，也懒得管这事。现在眼见得事情大了，给他经管土窑的泰成又三番五次告给他，说大三是如何有两下子，喜禄是如何乐劲十足，窑黑们又是怎样干得挺欢，看架势，这窑往后准会闹得不赖；这么一来，聚宝不免心中不安，想道：这份富贵不能没有自己的事！于是他跟他管家的计议了一阵，盘算了个主意，决定看看苗头怎么样。

一天，他叫管家的把喜禄寻来，客客气气地捣拉了两句，就立起来说："喜禄爷！我可真对不起你！你看你开了这窑，为咱合村百姓谋了利，也给咱一社一村一姓争了光彩，这回唱戏嘛，怎么说吧也该由社里来张罗才对。㑚他妈的可人们都不懂事！那两天正赶上我又不大舒展，整天躺着没起炕，我那管家的也没跟我商议，就让你自己个儿掏钱办了，嗨，这哪里还像个规章嘛！今个早起我身子好了些，问起人们，才知道这事，这可是干我的过！我对不起你！喜禄爷，这么吧！你把这回唱戏花销的账给社里报一报！"喜禄听了这话，不免大吃一惊，心想：黑石坡村还会有这种稀罕事么？一边他就慌忙答道："你你你这是说哪里话！咱这么不大点儿小事，还敢劳动你老人家操心！再说这回我也是租的个现成班子，没花甚么钱。"聚宝说："不！这可不是个小事！你这窑是咱合村大伙儿的事！咱们与民谋利，主张公道，可不能稀里糊涂。就这么吧！你报账吧！"喜禄心眼突突发跳，光一个劲儿推脱；聚宝却不搭理他，只顾背转身去，接过丫头使女白泉家送来的开水，吞了两粒大烟丸，才又转过身来说："这事算是定了！喜禄爷，咱再说说别的。过去，咱社里这社首是按地亩多少挑人的，这我早就觉着不怎么合适；你嘛又一直是常年不落家，咱们也就没让你顶社首这个名，这对咱一村一社实在是个损失。这会你闹了这个好窑，多一半日子也得在家啦！我跟咱社里大伙商议了，从今日个起，也就正式请你顶个社首，咱们一道来给咱村民谋利。"

喜禄一边听，一边也有点高兴；但又觉着自己才二十来亩地，在外跑跶吧也不过是个小买卖人，自己又从来怕沾上官事的，就忙道："这这不是耍笑人么，你老人家！咱可哪里够上那份资格！哪里是那份材料！”聚宝伸手岔开话题：“不！这里也没外人，咱也不拐弯；你听我说：我心思的还不光就是这。我嘛快五十啦，这身子骨每天就靠两口大烟撑着，没精神啦！我这总社首跟村长早就想推出手，可寻不下个人！你别看咱村顷数来地的财主不少，真能干事的还就是寻不出。我看，你先顶两天社首，往后咱这总社首跟村长，还就得给你交代哩！”聚宝说这话，本是虚情假意，但这话太稀罕了！喜禄不禁吓晕了脑袋，只急得掏出良心说：“哎呀呀快别往下说！咱跟你老人家差上十万八千里哩！咱又不是孙猴子，就能一个筋斗翻那么高？不行不行不行！我这人生就是个受苦的材料，一辈子心高妄想也想不到要当社首的，哪还能顶你老人家的事！聚宝，黑石坡的官事就得你老人家操劳，往后也只能是你少爷们接替！咱村别的社首们嘛，也都是有富有贵的，我就是给咱社里当差跑腿吧，也不够材料啊！”聚宝道：“你看你这说的！你才平四十子年岁，精明能干，如今开了这个窑，村里名声也扎稳啦！以你那么会理财，我不信你不能理政事！试巴试巴吧！喜禄，先顶上个社首再说。就这吧！啊？”喜禄急得满脑袋直冒汗，光一个劲哆嗦着说：“可不敢可不敢……”聚宝看着他那架势，又生气，又觉得好笑，心想：这家伙果真是个没出息的买卖人，教训教训吓唬吓唬他吧！就拉拉椅子，靠近喜禄坐着，对着他耳根悄悄慢慢说：“再说，你滚窑干买卖的，捎带办个公事不是更保险么？你知道，如今这世道，连村里也要搞公道团防共团，买卖场中窑坑底下也不定没有不稳分子。这会阎督军在太原府自己办窑，也把窑上管事的换成了工政兼管的人，那些光务工商不问政事的人吃不开了。你成天出门，不能不知道这个世道。你干干吧！先顶上个社首再说，反正咱们彼此关照嘛！”聚宝这番话，原意本是说：“反正你得找上我这个官靠山，好‘彼此关照’，让我也尝尝窑上的甜头；如若不的话，那如今这世道，甚么团呀分子的，你可当心！”不想喜禄早就被那“总社首兼村长”吓晕了脑袋；他又是从来最怕甚么团呀分子的，一听说这，更怕得没了主心骨，哪还能揣摩透聚宝话里头的意思？连忙甚也不说，光啰唆着："哎呀呀……不行，不……不……"聚宝又把他的意思重说了一遍，喜禄还是昏得没怎么闹清，只平了平气说："我这滚窑开买卖的，凭把式靠人缘，往来公平，人不惹我，我不惹人，甚么世道我也是纳税掏款，跟那些办官事的攀亲认故干甚么！村里边嘛，麻烦你老人家多关照不就行了！"聚宝见喜禄还没闹清他的意思，觉得这人太无能，真是阎督军说的：没有政治脑袋！不觉心中生气。但他还是忍了忍，装作好心好意，问喜禄道："你那窑秋后还要凿新口透风筒嘛，你垫本宽裕么？"喜禄正想岔开话头赶紧走，因此也就没听透这话里的意思，只道："秋后咱跟林宝他们碰股子闹，反正紧着对付吧！嘿嘿，有困难可还得你老人家打帮关照哩！"聚宝听了这话，就闭上眼睛理着胡子，还妄想等等，看喜禄到底请他入股子当东家不；喜禄却甚么也没说，只是起身要走。聚宝挺没好气，连叫喜禄报戏账当社首的事也早忘了，就把人家随便支应走了。

此后聚宝又找大三来探了探虚实，只见大三这人果然像他听说过的那样，别别扭扭，对他也没个礼貌，也不说甚么话，根本不像个能给他干事的人；他忍住了一口气，对大三说："我叫你也没别的事，就想问讯问讯你，看我那两座小土窑也能闹成大窑不？你给咱察看察看吧！"大三也挺看不惯聚宝，就道："咱没那份眼力，咱也没工夫。你另请把式吧！"聚宝猛一下眼睛也气红了，正在这时，白泉家出来给他送开水，大三又对着那女人愣愣地瞅了两眼，聚宝更不高兴，心想：你把式再强，可你妈的不安安分分地给老子使唤，看你能在老子手下待下去！哼！聚宝就一挥袖子，打发走了大三，并让白泉家把他管家的叫出来，二人计议了一阵，便派人去寻玉宝。

玉宝这人他是知道一些的。过去玉宝也曾上他家跑跳过两回，只是他觉着那人见谁有利就跟谁，不忠实不厚道，再说他也没有用玉宝的机会，就没多打过交道。这回他想用用了，见了面就忙称呼"玉宝兄弟"，还一个劲儿让座，把个玉宝闹得迷迷糊糊的，只好半个屁股坐在椅子上，侧着脸伸出耳朵静听聚宝说话，一边不断点头。聚宝问他家里日子怎么样，问他跟喜禄开大窑的情形，说道说道，像是无意地又问道："不是说大窑叫你经管领事的么？怎么又闹出大三？"这句话正问对了玉宝的心事，但他又不好明说，只得答道："人家把式强呗！"聚宝道："大三是外边大窑长大的，闹土窑怕不如你懂行吧！"玉宝不好说甚么长短，只得"唔唔"两声。聚宝又像是满不在意地说了些旁的，就问玉宝："你当闲工头，一天多少供应？"玉宝说："五毛钱。""大三呢？""他一块现洋！"聚宝点点头，自己说道："唔！顶你干两天。一块现洋！这比外边机器大窑还比不上吧！"玉宝也自己说道："外边也有一块的，可多数是八毛！"他二人这么捣拉着，聚宝觉得玉宝这人还中意，玉宝也觉着聚宝的话真说得他舒舒坦坦。临走，聚宝才吩咐玉宝道："我叫你也没别事，就为的让你看看我那两座小土窑也能往大里扩展不？你留个心吧！"聚宝又知道玉宝也抽两口烟，就让白泉家给他拿了一小包大烟丸，他慌慌张张接过纸包，心中像十五个吊桶七上八下，摸不清聚宝到底要闹甚么机谋，可又像知道了一点甚么，心眼里闷着个不明不白的事情走了。

八　商议

玉宝从聚宝家出来，装着一肚子心事，憋闷得不行，就顺道上牛宝家去。

牛宝不在家，玉宝就一直进了牛宝他嫂的窑洞。那女人正把一块新白洋布铺在炕上，手里拿了件旧小布衫，在白布上比画着裁衣裳；这时见玉宝进去了，就把手里的旧布衫往炕上一撂，眼珠朝玉宝斜瞟了一下，噘着嘴说："看你这布！这也算洋布哩！一指头就捅个窟窿！"说着，又把玉宝一推："叫你拉六尺的，你非拉五尺！你看，我这比画了一前晌，横着裁竖着裁怎么也不够！呃！亏你是个好心！"玉宝这时哪有闲工夫想这些，就往炕沿一坐，支吾着道："你看你又噘嘴瞪眼的！我不是说过么？这会我手头紧，赶手头富裕些，我再……”女人抢着道：“赶你手头富裕些！富裕些！人家又不是三岁两岁，那么好哄骗么？哼！我看你一辈子也摸不着个手头富裕！”说完，女人又把玉宝一推道：“去！坐到一边去！人家要在这裁衣裳嘛！”玉宝让到一边，女人就寻剪子尺子的，一边忙着，一边叹息道：“唉！端午节都眼看到啦，连个干净小布衫也穿不上！真是！这一辈子就这么个穷命嘛，怨谁？唉！”叹息完，女人就狠狠地剪两剪子，把剪子一丢，朝玉宝瞟上两眼，再拿起剪子，又一边忙一边叹息。

女人这些不入耳的话，玉宝倒是听惯了的；不过，今天他却像是闷了一肚子心事，容不下这些话一般，不知怎么一来，他忽地往起一站，手拍大腿说：“哼！就再没听见你说过别的！你那嘴也不换个口味？你等着！我张玉宝交红运就从今个开头！”女人“嘿嘿嘿”笑了两声，冷冷地答道：“使劲儿吹吧！猪尿脬要吹多大吹多大！可我个玉宝哥哥！小心吹大了就‘叭’，破啦！”女人又把剪子一丢，手指玉宝脑门心道：“去年不是说给喜禄爷开窑当领事？尿脬吹得比琉璃球还漂亮，可怎么着？你记不得了？真是有福之人忘性大！”玉宝不听这些，又往炕沿一坐，掏出那个大烟丸包包，拍着女人肩膀道：“悄悄地！你说甚么也由你，可你看看这！这也是吹？”女人眼一瞟，顺手就往玉宝脸上打了一巴掌，骂道：“说不抽不抽的，又闹开了这！连一尺布也不肯多拉，买这就手头富裕啦！”玉宝急了，忙道：“好我个姐姐！你怎么动手动脚？你知道这是谁给的？”女人道：“谁给的？还不是县长州官阎督军送给张玉宝养身子提精神的么？”玉宝笑道：“你悄悄地吧！这人虽说比不上县长州官，可也是个跟县长州官桌面上划拳喝酒的人物！告你吧！”说着，玉宝一把抱住女人的脑袋，对着她耳根说：“这是聚宝老人家给的！”女人眉眼往起一挑，忙问：“真的么？他老人家……”玉宝堵住她道：“嗨！悄悄地嘛！”接着，忙站起来跑到窑门口看了看，回头关住了窑门，这才拉着女人紧挨着坐下，把刚才聚宝找他的情由，一五一十学给了她。女人道：“他这安的甚么心思？”玉宝说：“谁可猜透了他老人家的机谋呀！”“那你盘算怎么对付？”“可就说嘛！我还没个准主意。”“你可小心啊！他老人家一瞪眼就能叫人送命的！”玉宝摇着脑袋道：“送命，反正也送不了我的命！他老人家还不是见喜禄爷开了窑，眼红心不服嘛！”女人忙抓住玉宝的手道：“我琢磨他也准是这么个心思！可人家这是拉你啊！你能一翻脸就不认喜禄爷？”玉宝没说甚么，只是又解开了那个大烟丸包包，女人忙去外面炉子上提来一把开水壶，玉宝就一边倒水吞大烟丸，一边有意无意地瞅着女人笑。

原来玉宝也是个跑跳人物。他前前后后也曾在窑底下混过十来年，虽说把式不强，可是有一回他在奇河运泰交结上了矿上掌柜的，给掌柜的拉了根皮条，找了个好媳妇，那掌柜的就升他当了两天领事，从此他就背着这个名摆摆架势。不过他窑坑里的能耐的确不大，没闯开，后来就跑阳泉市，在火车站上抢着当过两天脚夫头儿，又不知怎么找上了他喜禄爷，顺着人家的劲头说话，看着人家的眼色行事，溜溜舐舐，帮忙跑腿，给下石家庄娘子关拉关个货，去寿阳城取个款；喜禄见他人还勤快，办事利索，就把他当亲信的人看待，好多事都跟他商量，靠托给他。这回喜禄开窑，原也是玉宝在一边使了老大的力气给吹吹打打，才决定了的，不想玉宝领事还没当上，就来了个大三，玉宝当然很不痛快；但当时喜禄对他说：“你也不是外人，我说个痛快：大三窑底下见的世面比你多，你就当闲工头吧！反正别的事情我也离不了你。”玉宝恨在心里，可也只好笑在脸上，答道：“咱亲爷爷亲孙孙的，这还用说？再说，这窑有了大三爷，真好比天红地旱下大雨，我正欢喜哩！”后来玉宝跟大三闹过两回，玉宝就短不了跟喜禄说两句大三的毛病，但喜禄这人眼见大三所作所为，把自己的窑闹得挺不赖，心中正是一阵阵高兴，不免就也爱上了大三的人才把式，因此便不听玉宝的，只是喜禄待人平和，碍着点儿情面，每回好言好语安插玉宝两句就算了；那回大三跟玉宝嚷嘴，大三提出要下玉宝的工，喜禄这才找玉宝教化了两句，规劝了一阵，又给了他几个钱，硬拉他给大三赔了个不是。但玉宝是一辈子巴结人占上风，风不顺就另找主的人物，这半年生生吃了那么些亏，嘴上虽是“咱一家子可不能见外”，心下却早结了个疙瘩，怎么也磨化不开。现在碰上聚宝那么待他，他明知这事对自己的便宜，看见这事能解开心上的疙瘩，心眼怎么会不活动？再说，这也正是个往上爬的好机会，是他一辈子想也想不到的好机会呀！老实说，他早就七成决定了要给聚宝干干，只剩下三成还在疑疑思思罢了。

却说当时玉宝跟牛宝他嫂谈说了一阵，又吞了两粒大烟丸，不觉精神一振，就明着把自己的主意告给女人道：“聚宝他老人家能给咱们赏脸，咱们还能说个不？再说，咱一个受苦人，凭跑腿吃饭，也没甚么翻脸不认人！喜禄爷嘛，也能算是桌面上人物，他跟聚宝老人家有甚么搁不住，自己还不会圆转？就是他二人圆转不了，那也不与咱相干，咱侍候侍候聚宝老人家的，怕甚么！”但女人总有点胆小，还是翻着眉眼安插他道：“这两家都是当村当家的，一个是旗杆，一个不是摇钱树吧也差不多，得罪了谁也败兴呀！我说，你不能想个法把两边都闹得圆圆乎乎的？”玉宝觉着女人这话倒还是体贴自己，忙说：“我自有办法，你放心。”说完，他往炕上一躺，一边想主意，一边两眼望着炕上女人裁衣裳的手，迷迷盹盹地不觉就睡着了。

这时牛宝回来了。玉宝跟他嫂的事，他是见惯了的，并不稀罕；但他嫂告给了他聚宝老人家找玉宝的事，他却忍不住，也不听他嫂的话，忙忙推醒玉宝，劈头劈脑就问道：“怎么？聚宝不高兴喜禄开窑，聚宝想扯喜禄的腿？聚宝想拉你帮他？聚宝……”玉宝连忙止住牛宝道：“你这放甚么鞭炮啊你？一连串聚宝喜禄的，也不怕房中有鬼窗外有人？”说着，他又朝女人眼睛一斜：“我就怕你告给他的！他说话没稿子，顺口溜给你合村一筛锣，你说咱们还吃饭不？”女人也眼睛对玉宝一瞟，不高兴地背过身去；牛宝却一只脚往炕沿一踏，说道：“玉宝哥你这还算个男子汉？咱们甚么人没见过？为甚么生生受人家喜禄跟大三的气？以前喜禄赏咱脸，咱也是给他卖力气，也没白吃他的；如今他不赏咱们，咱们不兴换个买卖？这回又是个大富大贵的好东家，平日咱使劲爬也爬不上哩！还能撂了不干？反正咱穷人为的嘴，谁养活咱跟谁跑腿，咱还怕谁咬了咱的个球！哼！咱们要是跟聚宝串联上，他喜禄就是恨了咱们吧，怕他连哼也不敢哼哩！”牛宝又挥胳膊又拍巴掌的，气得玉宝连嚷：“算啦！算啦！”他嫂也“扑哧”笑起来了；玉宝赶忙把牛宝拉过一边，三人商量开了主意。

九　阴谋

第二天，玉宝心里拿定了个准主意，去找聚宝那个管家的。那人是聚宝的侄儿，跟着聚宝长大的，虽说没念过书，却很会调理聚宝的家业；那人长得干巴瘦小个，仗着叔父腰板硬，在黑石坡也就是个一村的英雄，办起事来，一句话，干干脆脆，谁要哼哈半句，他就脖子一硬脑袋一歪，像要豁出个脑袋跟人拼命一般，吓得谁也心发凉腿发抖；当地人们管脑袋叫“大脑”，因此就给他取了个外号，叫“干大脑”。这时玉宝找着他，拐弯抹角地探了探口风，从他的话里边，听出来自己对聚宝的心事揣摩得没走眼，不觉心中高兴，就忙向他诉说着自己的冤屈；但他却不耐烦，说道：“你啰唆这些干甚么？你要不背上喜禄大三的冤屈，我叔还找你？”说着，他脑袋一歪，教训玉宝道：“记着！跟咱叔侄帮忙，可跟你给喜禄办事不一样！咱们没工夫听那些闲话！有本领你把事办成，要甚么有甚么！去吧！”玉宝挨了这么一顿训，心中反倒舒舒坦坦的，回头就想了个巧主意，一口气往喜禄家走去。

喜禄见了他，信口问他道：“这两天作甚么营生来着？”他道：“这两天么？喜禄爷！不瞒你说，听到个风声，给你透一透！”喜禄道：“你去阳泉了么？又是甚么货有了行市？”他凑近喜禄跟前说：“不是。我听说聚宝老人家很赏识咱这大窑，想入几个股子；确不确不敢说，可不能不透个讯。”喜禄不觉大吃一惊，心想：他那福分，自己滚十座八座窑也不稀罕，怎么那么小气，倒要跟我这买卖人勾扯？早先我请他入股他不入，这会要入股，却又不当面说明，也不派人送句话的！这么一想，也就明白了一点上回聚宝他顶社首的意思，不免心眼不痛快，也没打问玉宝这话是从哪里听来，就勉强答道：“那好嘛！玉宝，你就去走一遭，对他老人家说我手头正紧，请他秋后帮补个垫本；他老人家要乐意，反正秋后咱们也是碰股子干，就请他老人家入股领头也行。去吧！说话稳实些，见不着他老人家，找干大脑也行。”玉宝一听，满心欢喜；原来这就是他自己想出的巧主意：让喜禄让一步，让聚宝沾一手，不是两面都圆圆乎乎了么？不是他倒能吃两面饭了么？他又一口气跑到聚宝家，正式求见聚宝去了。

不想这回聚宝见了玉宝，却跟头一回大不同。聚宝正喝了点酒，坐在炕上，两眼红红地，望了玉宝一眼，回头喊道：“白泉家！烟丸！”这里玉宝心眼扑通发跳，站得远远地说：“喜禄爷说的，他手头不宽裕，秋后求你老人家帮补点垫本开窑；你老人家要是乐意嘛，反正秋后他也是跟人碰股子闹，就请你老人家入点股领头干，要不就出借条。喜禄爷这可是真心实意。”聚宝一听，忙把炕桌一推，手指玉宝直问道：“你不是给干大脑说过，打算跟我吃两天饭么？怎么这会又说些不像要吃饭的话？”说着，他往炕桌上就是一巴掌，骂道：“他真心实意为甚么不早说？他这会送人情哄骗谁？他病得起不来炕么？为甚么自己不来？”说着，聚宝鞋也没穿，脚上一双雪白的凉袜，就往炕下一跳，正碰见白泉家给他送大烟丸来，他冲着使女嚷道：“你上这干甚么？”吓得那使女忙退回去了；只见他狠狠鼓看一对红眼珠，肥脸上的肉一动一动地，伸出一个胳膊对玉宝道：“去！去告给喜禄！就说我聚宝穷得嘴也顾不住，可不敢心高妄想给他大窑入股子！就说有朝一日我没吃的，还得求他赏脸哩！哼！”说完，他往炕沿一坐，紧闭住嘴，肥脸上的肉却动得更厉害了，两个鼻孔直呼呼出气，真像要跟人打架一般。

这边玉宝早吓得浑身发凉，腿哆嗦得怎么也制不住，直愣愣地走也不是在也不是，老半天才吞吞吐吐道：“你老人家身……身子要要紧，可……可别动气伤……伤火的！歇……歇歇吧！”聚宝却忽地三步窜到玉宝跟前，大声嚷道：“玉宝！你倒是来给喜禄当说和人的？还是要跟我过两天？啊？你怎么？”玉宝不觉一身冷汗，低着脑袋不敢看人，磕碰着牙齿回答道：“可……可不敢！你老……老人家吩咐……咐……我一……一……一百个听……听从！”聚宝道：“好！就这句话！玉宝，喜禄没叫你当上领事；我叫你当‘领事’！你想法把窑闹到我手下，让大三也好好跟我干！要是闹不成的话，就给我撵走大三，拆他妈喜禄的台！我的主意我都跟干大脑说了，一切你问他去！短花的缺帮手，也问他。有甚么动静，给我当面报讯！”说完，聚宝又回头喊道：“烟丸！人死了么？”白泉家忙着赶进来，聚宝接过开水和大烟丸，随水吞下了几颗，屁股一拍，鞋也忘了穿，就进里间屋里去了。

这时玉宝忽地浑身发烫，只觉着冷汗变成了热汗，身子哆嗦得想往外走也迈不开腿；屋里白泉家过去并不认识玉宝，只前几天给了他一回大烟丸，这回又当是东家请他喝酒喝醉了；她看着玉宝这人挺不顺眼，心想这是个甚么人啊！一边就手指着引玉宝出去；玉宝一看，见是个年岁不大的闺女紧挨着他，这才大吃一惊，清醒过来，赶忙一个劲走了。后来白泉家不知道怎么回事，就追了他几步，心想：这家伙莫非疯了么？

一〇　心事

这里再说大三自从留在村里以后，每天没事，就满村转悠，四外里看看山势炭脉，看看村里各个小土窑。这一带土窑有两种：一种是他给喜禄开得那样，在一个坡根平着打一个窑洞，进了窑口就顺行道走慢坡下去，小的是人担炭，直上直下，叫担窑，大的，像他给喜禄开的，牲口也能直上直下驮炭，叫驮窑；再一种是平地打井开窑，乡下没机器，就在井口上安设个辘轳架子，像打水那样，好几个绞辘轳把的人，用大粗绳把人和炭绞上绞下，这叫绞窑。这两种窑大三都动弹过，只是村里这几座，有的是他过去下过，如今塌了或是被水淹了，没人照管；有的却是他没有下过的新窑；他过去下过，这会还在动弹的老窑，村里只有一个了。大三短不了寻人打问各个窑的情形，也短不了在他新开的大窑周遭转转，跟人咯嚷一阵秋后该怎么下手动工；左近邻村还有两座夏秋不停的大窑，他也短不了去看看，人家还来请过他当领事，他倒也想去，但知道人家都有现成领事，不能抢同行把式的饭碗，就都回绝了，把他那股见了炭窑就心眼发跳的劲头，硬压下去，他还是憋着闷着在村里住下。

大三后来也常常串个门子，跟村里人们也慢慢熟开了，可惜能捣拉上的人并不多，除了他老二天禄和柳沟家短不了上他屋里去坐坐，就还只有小洋鬼算是能多说两句碰心话的人；这些日子大三没事，就总是寻小洋鬼一块儿歇歇，捣拉一阵。

小洋鬼本叫张吉成，他比大三小一辈，年岁却比大三年。他家几辈子也是窑里钻进钻出，但他父亲和他哥碰巧都被炭砸死在煤坑里，几年前他兄弟也那么死了，他一谈起这就伤心落泪，从此自己洗了手再不干这一行，在村里租种聚宝几亩地，农闲时节，他就挑扁担；离这村不远有个小西庄村，那村大半人家烧砂锅砂壶，他又是小西庄的女婿，就短不了上他小舅子家担砂货出去卖。他这人从小爱说个要笑话，人们说他不成材，他也常说："我天生就这么鬼鬼捣捣地，真不成个材料。我也想过：年岁不小啦，怎么老不能安安分分啊！我老婆也打劝过我，可总是不行！我这张嘴怕是有鬼给缠住了，不由我做主，见了事就瞎说八道！"他也在外边下过窑，遂碰见过一个日本采矿技师，后来回了村，就在众人面前学学日本人说话走道，逗人们笑笑；他长得个儿又小又瘦，因此人们就叫他“小洋鬼”。他也不说甚么，谁叫他这名他都答应；有时一个三四岁的小孩也这么叫他，他答应一声，就装扮个鬼脸，吓唬那孩孩，惹得人家啼哭了，他才又上去一把抱起，又逗又哄地送人家回去，回头小孩他妈骂他两句，他也跟人家面对面骂一阵笑一阵。就因为这，小洋鬼人缘很好，阳泉站上也混得很熟，有几家杂货铺就轮着让他送各式各样炒货去，他冬春两季和夏秋地里没事的时候，差不多就是每天大早去小西庄担炒货，不到晌午，就从阳泉站上回来，这时就又担了一担咸盐啦、油啦、线啦、鞋面布啦……这是村里人们每天叫他捎的东西，他回来就一家家送去，到这家说：“为你这布，我跑光了站上的布店，可把人麻烦死啦！你还不给钱！快拿钱来！往后说甚么我也不捎办啦！”到那家又说：“这油瓶差点没摔球啦！真他妈啰里啰唆！往后可再也不捎办啦！”人们接了货，交了钱，有的骂他两句，有的说两句好的，给他盛碗菜汤拿个窝窝，他怎么也不接，争来争去，最后他只好喝一口汤，掰一块窝窝，撒腿就跑，一边骂道：“没见过他妈这么麻烦的……往后说甚么再也不给你捎办了……”但到了半后晌，又有一堆男女老少寻他，这个说：“小洋鬼！给！这是钱。明个给捎两盒洋火……”那个说：“小洋鬼！给我捎半斤醋，回来给钱！”小洋鬼又一边骂着，装着不愿捎，却都把一个个的钱和家具收下；明个回来的时候，又是满满的一担。

却说小洋鬼自从见了大三，就很喜爱他这个人物。他虽不是像大三那样，想交个甚么朋友，但他总觉着跟大三说话心眼痛快；再说，自从去年他拉着大三看戏，眼见大三望着白泉家出神，那以后他就想探探大三的虚实，给大三说合一件好事。不过后来大三一直在窑上忙，小洋鬼总没找到工夫跟大三多说话。这些日子大三闲了，大三还短不了找小洋鬼，所以小洋鬼每天从阳泉站上回来，就总是上大三家去，有时没吃饭就端着碗饭去，二人说得真上劲。

且说小洋鬼这人说话，就像大窑里的炭：多的是。他一张开嘴，山南海北瞎捣拉，几天来把村里二十年的婚丧嫁娶、发家破产、嚷架吵嘴、赶庙敬神……一五一十都告给大三，大三听着很有意思，后来就问他：谁谁怎么一家伙就破落了啊？谁谁又是怎么死的啊？他就平心静气答道："这有甚么说的！说也说不清！反正，他惹了聚宝老人家跟干大脑呗！再说，也怨他命里该，脾性不好，人缘不对呗！"大三又问道："聚宝跟干大脑在咱村就那么厉害？怎么合村不管比聚宝辈分大呀小的，都叫他'老人家'？"他道："人家一村之主呀！那有甚么说的！说他老人家厉害吧，我看也不准，只要你安安分分的，也不怕个球。比如我吧，老不成材的，这嘴见了谁也闭不住，可见了聚宝老人家跟干大脑就闭住了，想说话也张不开嘴了，我还不是没惹过人家！"大三叹息道："咳！肏他妈这世道，村里也跟外边一球样！"小洋鬼也叹息道："世道也真是不强！唉！人嘛，说起来反正是一人一个命，人命由天，老财们不也是天给的福分！过一天少俩半天吧！管球它哩！"大三道："你说这命，我倒是说信不信的。老财福分大么，比方这几年可又跟那几年不同，这会连太原府阎老西也成天闹甚么防共灭共的，可见他们这些年也不绝安生，要怕甚么'共'啦！你也听说过么？可就是闹不清这'共'到底是甚么。"小洋鬼说："不是说'共产杀人如割草，不论穷富皆难逃'么？村里也闹过防共嘛！唉！谁可闹清这些了？反正活到头腿一伸就利索啦！"大三道："可我一辈子要死个不明不白，我准闭不上眼，不甘心。"小洋鬼说："嗨！你这话也是！你不甘心有甚么法？人活百岁也只一辈子，想那些干球！咱们祖祖辈辈干的一手营生，大三叔，我说句痛快话：怎么你这心眼看着总跟咱们不一样？"大三本来说上了劲，还想捣拉捣拉的，可一听小洋鬼说出这话，又觉着这人也不能掏出心思说个痛快，也就不言声算了。小洋鬼也还有一肚子话哩！他想给大三说合的那件好事也还没提起哩！但他见大三不言声，也觉得他俩到底不能心碰心，忙把到嘴边的话硬收回去，抽袋烟，唉声叹气一阵，就出去再寻人多的地势捣拉去了。

一一 说亲

这一回以后，小洋鬼上大三家去得少了些，也再没有多捣拉过甚么了。后来小洋鬼不知怎么隐隐忽忽听到说玉宝对大三仇气不小，本也想去告给大三，打劝打劝他，要他为人当心些；但又想起大三那股劲，盘算着人家也准不听他打劝的，惹那些祸事干甚么！这么一来，小洋鬼去大三那就更少了，连他早就想给大三说合的那件好事，也因为上面那些缘由，他思谋着就是说合成了，还不定落上个好不哩！他也就干脆把那事拉倒了，只是他见了大三，倒还跟过去一样热火，大三有甚么不痛不痒的小事，他也还去打帮一阵，好像他对大三并没有盘算过甚么一样的。

不过，小洋鬼想跟大三说和的那件好事，却是早就跟柳沟家商议过的。柳沟家这人侍候聚宝他父亲几十年，后来聚宝把她嫁给一个他家跑腿的，那家伙吃喝玩乐，两口子连个孩子也没有养，男的就死了；柳沟家人没人手没手，还在聚宝家学会了喝酒抽烟，好在她见了甚么人也能说上两句，落个好，她四亩地就是这个那个帮两下，打点粮食凑合过。她跟小洋鬼是见面就骂，但有时也悄悄说些正经的。自从去年看戏那回小洋鬼跟她商议，要给大三说合一件好事以后，她就一股热劲；只是当时没寻下合适对象，才没声张。现在，她果真寻下了两三个对象，可就坐也坐不稳，站也站不住，立时就要小洋鬼一道跟她寻大三说去；小洋鬼一个劲编造各种道理，推脱不去，无奈柳沟家使指头逗点着他，又是骂又是打又是拉，他只得勉强去了。

却说他二人相跟着去到大三家，正碰上喜禄送了大三一瓶酒，大三自己炒了两个鸡蛋，一个人在喝。柳沟家一进门，就像一阵风，跑到大三跟前，抢过一盅酒一嘴干了，又吃了两嘴鸡蛋，说道："大三叔！论年岁我可比你大，我也能说说你！你看，常说烟酒不离朋友，你也是见过世面的，怎么这会孤孤单单一个人就喝开啦？你倒是小气啊，还是有甚么心事？"小洋鬼道："可别听她那张烂嘴瞎说八道！大三叔，她嘴馋得见了尿也想当酒喝的，她是嫌你没请她哩！"大三笑着，忙给柳沟家又满了一盅酒，递过去道："喝吧，有的是！"柳沟家接过水又一口干了，指着小洋鬼道："你看，这可是大三叔亲手敬我喝的！你不喝酒嘛，想吃炒鸡子就吃吧！大三叔不见外的，来呀！"说着，柳沟家背转身，一手端起炒鸡蛋，一手拿着筷子，直送到小洋鬼嘴边，一边说："吃吧！我喂你！不要不好意思嘛！"两人动手动脚吵笑开了，大三就往炕上一躺，瞅着两人笑。

一会，柳沟家先让步，假意瞪着眼说道："小洋鬼别一个劲吵闹啦！咱来了就该说个正经的嘛！你也不怕大三叔生气？"大三又哈哈笑着坐起来，招呼他二人坐下喝水。小洋鬼喘了喘气，骂了柳沟家两句，才坐到炕沿边，正正经经地对大三说开了话。

小洋鬼说："大三叔！说正经的，我看你这光景也该省着点。这如今吃饭不容易，你少吃两顿稠的，添点瓜瓜菜菜，也留个后手啊！"

大三笑道："你不是说过，人活百岁也是一辈子么？过一天少俩半天，省它干球哩！"

柳沟家道："省着点请小洋鬼吃两顿不好么？"

小洋鬼对柳沟家嘴一噘道："没见你那老不正经的！你倚你那嘴巧，就能逗人欢喜么？"柳沟家忙伸出旱烟袋往小洋鬼跟前窜，小洋鬼一边推开她，一边很正经地对大三道："我可是好意！好比说，你也快四十啦，也该省着点，想法寻个家口啦！要不，单蹦个儿死了连个烧纸上坟的人也没有，你又没个亲人的！"

柳沟家听了这话，忙把旱烟袋一丢，拍着巴掌道："对！这才真是正经的！我心眼里早就这么说哩！"说到这里，她看见炕上铺盖边一堆没洗的脏衣裳，就指着那说：“你看！一个单蹦个儿男人，不要说和泥生火做饭，连补个衣服洗个衣裳也多遭难啊！唉！我这人心软，看着真可怜哩！我给你洗洗吧！”她一边就爬上炕去，把那堆脏衣裳抱起来，却见衣裳下面有条半新的绸裤，就忙丢了衣裳，拿着绸裤翻过来掉过去细细看了一遍，跳下炕嚷道：“啊哟！这绸裤咱村除了聚宝老人家，怕谁也没穿过哩！这才真是明光闪亮，穿上这，人也年轻啦！身子也轻啦！风一刮，飘呀飘地，可是过于的漂亮哩！我叫人们看看去！”说着，她就往外走，一边嚷着叫天禄他老婆快来看；大三忙跳下炕止住她，并要抢回裤子去；她不让，却把裤子举得高高的，对小洋鬼道：“你不看看开开眼界么！看这！哟！这不像机器扎的，准是一针针缝下的哩！看这好针脚！啊！大三叔，”她回过头来笑道：“这准是个漂亮女人给你缝的吧！难怪你也不提娶家口的事！你准是有了吧！小洋鬼！看这针线营生，咱婶子准是穿一身电光闪闪，搽脂打粉戴花，太原府的大姐姐哩！大三叔！你看我没猜错吧？”大三忙抢过裤子来，低头坐上炕沿，红了脸。原来柳沟家的确没走眼：大三在府西山是交结了一个很相好的女人，但后来邻近一个甚么官把那女人买走了，女人舍不得他，临走前就流着眼泪，偷偷给他缝了这条绸裤，以后他就随身带着，没事时拿出来看看，就像见了那个女人，此外别人再跟他说合女人家口的，他是连听也不愿听，他总还是想着那个女人，只在现在，他忽然见到白泉家正和他那相好的女人长得差不多，他才动动心，不过说到说媳妇的事，他还是没有甚么意思。

柳沟家不知道大三的心事，她正说得高兴，又喝了点酒，脸红红的，就一个劲说道：“外头的靠不住，大三叔！甭看你镶金牙戴礼帽的，这回，你也在村里住下啦，你还是寻个本乡本土的吧！只要你答应，我跟小洋鬼保准跑断腿说破嘴，给你寻个好好的，保准比白泉家还漂亮，还保准花钱不多！”大三还是低着脑袋笑，不说甚么，只在柳沟家说到白泉家的时候，他的脸红了一下；小洋鬼却说：“柳沟家，看你那臭嘴！咱大三叔又不是个耍耍笑笑的人！你正正经经说说嘛！”柳沟家道：“我这不都是正经话么！大三叔，一转眼天又冷啦！别看你铺的盖的厚，可总顶不住两口子肉靠肉啊！你没尝过那滋味？”小洋鬼嘴一翘，骂道：“呸！个老货也这么骚答答的，你还要你那臭脸不？”柳沟家一个人“吃吃”笑去了，小洋鬼就抓住大三的胳膊，古板正经地说了些甚么悄悄话，只见大三点了点头，小洋鬼就一边往外走，一边说：“你思谋思谋吧！早些给我个讯！”柳沟家也抱起大三那堆脏衣裳，往外走着说：“这衣裳我给你洗洗，赶你有了准讯，才许你取衣裳去！”大三勉强笑道：“行！”就送二人走了。

一二　催问

说亲的事提过以后，小洋鬼倒没怎样来催，柳沟家却没等大三去取衣裳，就早早把衣裳洗好送来，并跟大三讨回讯；大三原不过把这当耍笑事，就没给柳沟家一句准话。不想柳沟家却连着催了好几回，大三急了，就道：“我这会还没盘算娶家口哩！”柳沟家说：“哎呀你看你！头顶都快秃啦！莫非要等你进土呀，才寻个守望门寡的么？嗨！”接着，柳沟家软说硬说，最后又悄悄道：“你这人又不是不机灵，我说个痛快吧！白泉家要没卖给聚宝老人家，我还能不给你说成？可这会不行嘛！再说，我寻下了三个让你挑！保管个个都比白泉家好！”大三一听这，不觉火气上冒，忙道：“谁们瞎说我看上了白泉家？算球啦吧！快别说啦！”说完，大三往炕上一躺，不理人了；但柳沟家却错认大三是不好意思，又坐上炕沿，一个人说了一阵，才吆喝着：“天禄家！”上隔壁屋里去了。

这天黑夜，天禄去到了大三屋里。他圪蹴了老大一会儿，才吞吞吐吐道：“老三！柳沟家给你……”没说完，他又一个劲打火镰吸烟；他老婆许是在门外偷听着的，这时她推门进来道：“他这嘴连一句话也说不出的！不是说柳沟家给你说亲么，三兄弟？”大三说：“说来着，可我没应承她。”天禄老婆别过脸去笑说道：“三兄弟！柳沟家说你对甚么白泉家有意思啦！可有这事么？”大三别别扭扭地不好回答，天禄却立起来道：“老三！听说是聚宝老人家的甚么丫头使女，那可是不行啊！”大三急了，也忙立起来解说了半天，最后说：“我起根就没盘算过说家口的事，可别听那些人瞎胡叨叨。”天禄老婆道：“三兄弟！这可是你正该着办的正经事，快别那么说。”天禄也道：“事情是要办，我也早就想跟你说这的。可你还是寻个粗庄户人，像模像样过日子的，花钱不多，又靠实。老三，我做哥哥的这可是实心话！你说呢？”大三知道他哥嫂的确都是一片好心，可他一时又没甚么说的，就又随便解说两句，催他们睡去了。

以后柳沟家还是不断来催问大三，他哥嫂也三天两头来打劝他，小洋鬼有时也偷偷问他两句，他真没好气。他这些天倒也想过娶家口的事，可他想的是：要就娶个两相情愿心碰心的，要不就拉倒，像他在外边那样，不想就不说，想起来就随便找个女人过一夜；要像村里这样说媒、花钱、坐轿一套，他不愿意。但他又没法说服人家，他说他不想娶，人家就紧打劝慢打劝；他说没钱，柳沟家就一万个不信，他哥嫂却说花钱不多……他真为这事烦得不行。

后来他老二见说了几回总说不转他，也就算了，他二嫂见男人不说，她也说得少了；只柳沟家还是见天缠他，他真没办法。幸好一转眼就是阴历四月末，娘子关往西的山地，天气刚不冷，黑石坡左近正是养种地的时候，大家都忙起来了，柳沟家也有些地里的营生要做，没甚么闲工夫；大三这才安生了两天，说亲的事算是暂且搁下了。

一三　上地

说亲的事搁下以后，大三也就拾掇上地，盘算着在喜禄给他的那一亩地里栽点窝瓜。

但是，过了一关又一关：大三一上地又碰到些别的不痛快。

大三有二十年没养种过地了。他籽种农具甚么也没有，左右邻家也都是缺这短那，借也借不上，很不方便。后来喜禄说："短甚么上我家去，我使不清。"大三就上他家去借。他家雇的那个半块长工叫扁小，是个外来户，光棍汉，人还挺好，挺关照大三；他的小子们却手面不宽，借甚么也不痛快，还总是借给坏的，大三很生气。大三平日本来就不大去喜禄家，往常见了面，也只是捣拉一些窑里窑外的把式规章，又因为喜禄吃喝上头短不了照应他，他也就觉得喜禄这人还不赖；现在三大田头的要去他家借农具使，二人见面多了，喜禄就短不了拉住他瞎捣拉，甚么养种地啦，做买卖啦，怎么能多赚钱啦，每回还总叫他早些盘算秋后开窑用的工花的钱，又一个劲让他合计这滚窑怎么才能花得少赚得多……日子长了，大三觉得喜禄这人也这么啰唆，掏开心眼还是为的两个钱，比他常见的那些靠尅索窑黑养肥自己的窑主们也好球不了多少，他对喜禄也就觉得意思不大。碰对有一回，喜禄也要大三攒两个钱娶个家口，他并且反复说着他也愿意打帮着给寻个好闺女……这么一来，大三更觉着喜禄这人不对劲，闹得他自己也老是提不起劲头。

再说，大三上地也不惯。栽窝瓜得先刨地，地虽说没有炭那么硬，却一定要立着哈着腰刨，刨两下腰就酸疼，总不如刨炭顺当。他这一亩地又在鬼脸坡，担粪担水要走一里多地，还得爬坡上去，他肩膀也受不住。他每回又是一个人干活儿，没劲没劲的，并且他连个窝瓜怎么栽种也记不很清，真是烦得不行。

幸好他碰对了一个好地邻，那就是拴成。拴成才十八岁，长得俊眉俊眼，心眼机灵，他小时候一个人跑到阳泉站上当小工，跟站台上那些开口骂人动手打架的孩孩们一道，他却没学嚷，反倒学会了很多小巧手艺，识了几个字；站上铺新轨道，他砸垫道的石头子比谁也快，商号家装货起货，缺人手，他还能帮人家记个数目，记得一清二白，因此上，站上招工的、职员和商号家大多认识他，喜欢他；后来他父亲死了，他就回来养种那六亩租佃的坡地，养活他妈和他兄弟。他一年工夫就把地里营生学得差不多了，每天天不亮他还总去阳泉担粪，好些地方白送他大粪，他回来就一天困在地里，把地作务得挺好，冬春才下下窑挑挑扁担，或找个甚么赚钱活，挺有办法；但他这人并不调皮，又老实又正派，有时也爱跟大人们一道说个耍笑话，但也很懂得长短，不该说的就不说，所以村里人们谁也说他是个好小伙好材料。过去大三没怎么注意他，这会大三那窝瓜地上面的斜坡，就是拴成养种的，他二人有时碰对了一同做活儿，这才捣拉起来，慢慢地，不觉成了一对好伙计。

原来拴成见大三有本饭有能耐，为人痛快，不知怎么早就喜爱上了大三，只是他还有些胆小，又没碰对时机，所以一直没跟大三来往过。这些天来，他二人一同上地，拴成看出来了大三刨不惯地，就想了个法，两个换了换，让大三刨他那斜坡地，跪着刨，像刨炭一样，省劲得多，他自己是刨惯了平地的，就替大三刨，还帮大三借农具；大三没有粪，拴成也给他一些，还帮他抬抬水，教他怎么怎么养种，或是两人互相参忙。大三觉着这年轻人真是村里少见的好人，也就挺喜爱他，他两个短不了一边动弹一边捣拉，真个是痛痛快快。

有一天，他二人在一块地里栽窝瓜，一个刨坑，一个浇粪水，一边动弹一边说话，大三无意地问拴成道：“你这人怎么待我这么强？”拴成耍笑道：“我是想着喝你一杯喜酒嘛！”大三脸一红，忙道：“你怎么也说这哩！”拴成又笑道：“听人们说嘛！柳沟家还说，你对白泉家有意哩！”大三急了，忙拉住拴成，把这事的起根缘由说了一遍，拴成点头称是道：“对！你不说这事也好。柳沟家那人说话没稿子，她给你咯搅着甚么白泉家的，还不定闹出甚么纠缠不哩！”大三望了拴成两眼，不觉叹息起来；拴成忙道：“甭说这啦！大三叔，说真的，你这人痛快利索，窑底下把式又那么强，秋后我盘算跟你学学哩！这可行吧？”大三道：“行！你下过窑么？”拴成道：“还能没下过窑？

只不过是个担头，刨都刨不好。”大三说：“那能学，你还年轻嘛！你出过门么？”拴成说：“没出过远门，只站上混得挺熟。”大三道：“这就行！人只要跑过大地势的，眼界宽，才有点意思，多光在个山沟沟小村村待着的，实在没劲。”拴成说：“你这话也不准！聚宝老人家不是短不了跑州府省城的？你说他那人……”大三忙插嘴道：“你这可说歪啦！他起根就不是咱们这号人嘛！”拴成说：“他那号人许有他那号人的意思。㑚他妈的，那人们可就是享福哩！”大三道：“管他那干球！他享福，咱还尿不着他哩！”拴成又道：“可你说玉宝呢？他也是跑过大地势的哩！”大三想了想道：“他也跑过大地势么？我倒还摸不清他的根底，只是我这脾性，看着他就不怎么对眼；他窑底下把式怎么样？听说他还在运泰当过领事，可他那架势并不像。他怎么？”拴成本是信口说的话，这会大三一问，不觉心眼扑通起来，就停住了手里的营生，望着大三不说话，心中却想起了一件事。

大三见拴成不动弹了，就抬头问他道：“怎么啦？”拴成叹息了一声，拉着大三正当地坐下，就掏出心眼话，把玉宝的为人给大三学说了一顿，最后说：“大三叔！我不能瞒着你，我实告你吧！喜禄叔这窑，原本是叫玉宝当领事的，后来你干上了，我听风言风语的，玉宝可着实恨你哩！”大三立时火气往上冲，忙道：“喜禄当日对我说，只说是想叫玉宝干，可还没说妥嘛！真个他们是说妥了的么？”拴成说：“说妥没说妥倒闹不清，可那会你还没回村，人们谁也是说他干的，他自己个也早就吹开啦！”大三怎么也制不住心头的火气，营生也干不下去了，忙站起来就走，一边说：“难怪他跟我总要闹个别扭的！可他又不拉下脸明打明说，这算个甚么行道！”拴成想拉住他，却怎么也拉不住，他道：“不行！你别拉我！我抢了同行把式的营生，这可不能不说清！唉……好你个喜禄！”说完，就急忙忙回村去了。

一四　辞工

大三回村就找玉宝，却找不见，后来人们指点给他，他才从牛宝家寻见。

当时玉宝正跟牛宝和牛宝他嫂在计议对付大窑的办法，而且正在盘算怎么对付大三，玉宝觉得还应该想想法，看能跟大三拉拢靠近不，牛宝却下死劲反对。这工夫，大三去了，他们不觉一个个脸发红眼发傻，开不得口。大三却见面就道："玉宝！去年喜禄约了你当把式开窑，这事我可实足不知，你自己也没有说；这下我抢了同行领事的营生，千错万错我的错！可生米煮成了熟饭，没说的，我对不起你，我给你赔礼！"这边牛宝他嫂忙着给大三让座倒水，牛宝却靠到一边发恨去了，玉宝嘻嘻笑着道："大三爷，你看你这是从哪里说起！你问喜禄爷吧！那工夫他说叫我干，我就没应承的，你说，凭我这两下子就行么？大三爷，你你你可不敢说这些，我凭良心……"大三不爱啰唆，忙抢着道："玉宝！过去的拉倒，秋后你干吧！我赔情下礼就是！"说完，大三就往外走，玉宝忙一边送一边拦住他说这说那，牛宝他嫂也几步赶上，哇啦着道："大三爷爷！你可是轻易不来的客人呀！怎么一阵风刚一刮来，又一阵风刮走啦？你连个水也不喝，这可真是怠慢啦！你坐下歇歇吧！"大三头也不回，说了声"我不渴"，就一直出门走了。

这里玉宝跟女人走回窑，牛宝正踩着脚在骂："肏他妈的！老子甚么人没见过？你来这一手？哼！秋后不制死你老手不算人养的！"他嫂止住他道："人家听见啦！"牛宝道："听见啦又怎么着？他能咬了我个球？"玉宝道："嗨！没见过你这人！来来来！商议商议吧！这不是，人家玩了这么一着！"他们又商议起来。玉宝跟女人说大三这一手是假的，怕是听了甚么风声来转弯的，牛宝却说大三是害了怕来讨饶的；不过，不管怎么，他们却觉得这一下跟大三的仇气摆明了，拉拢靠近怕是不行了，因此便决定不搭理大三这回事，走着瞧着，要打要闹就豁出去干它一场。牛宝更是格外赞同这一点，他当时就像要跟人干一般，攥着拳头道："肏他妈的干吧！他能咬了我个球？"惹得旁边二人又只得忙忙劝住他。

再说大三从牛宝家出来以后，又一直找着喜禄，劈面就道："你去年是说妥了叫玉宝当领事的么？"喜禄见他板着个脸，两只大眼鼓得圆乎乎地，不像平常情景，不免吃了一惊，忙道："这会你说这作啥？"大三道："咱们是同行把式不抢营生，人家能抢我的，我不能得罪人家。你看，这如今你却让我硬得罪了人！"喜禄道："这说哪里话？我出钱请人，爱请谁请谁呗！再说，去年我也并没跟他说妥；就是说妥了吧，我跟他也好说嘛，你怎么凭空又说起这？莫非出了甚么事？"大三说："有事没事我不知道，反正这不合适，我安不下心。秋后玉宝干吧！"喜禄急了，忙拉他坐下，搬出满篇道理打劝他，说甚么你把式强啦，花钱少省工人啦，玉宝保险不结记啦……大三却一句也听不进，没闹出个结果就走了。

从此大三就为这事整日不痛快。他说亲的事早忘了，也不结记那了，这会见了人就只说他抢了人家的营生，闹了个错；说玉宝跟他嚷过两回，也干他的过；说他秋后一定让给玉宝干……他真个是实心实意。但玉宝见他这样，心中却说他是心虚，是给自遮丑，是讨好人家，因此就更恨了他。旁边的人们，不知道玉宝恨他的，倒都说这事没甚么，劝他干下去，特别是有些老实窑黑，更找上门对他说："你可千万不能走！这窑眼看成了咱们的饭碗子哩！你能一甩手就撂了？"柳沟家还说："针眼大的事，你也容不下？你还算个男子汉？"可是，知道玉宝恨他的，就不说甚么，小洋鬼也只是不冷不热地打劝他两句。这样的情景，更叫大三憋闷得不行。

只有拴成跟他一样，也是放心不下。有一回，他二人上地时又碰到一块儿，拴成就对大三说：“你看，我一句话就闹得你这么行坐不安的，这可是我的不对！”大三叹息道：“小兄弟……”拴成忙道：“大三叔！我可是你侄儿……”大三也抢着道：“咱不说那些！咱两人心碰了心，不就弟兄一样？小兄弟！你说得对！要不，我永世也不知道这事，可就闹下个永世对不起人家！”拴成道：“不是这么说！你这么一来，我猜想准得出事哩！这世道，直心直眼总像办不好事！”大三呆呆地望了拴成一阵，不觉叹息道：“唉！小兄弟，你这么不大点儿年岁，就知道这些么？不错，世道就是那么回事。唉！”拴成道：“大三叔！我看你就吃这直出直入的亏！我总担心你在村里呆不好！”拴成好像风闻了一些对大三不利的事情，也叹息了一阵；大三道：“那倒没甚么，呆不好我走呗！可我这人明知直心眼吃亏，却总是这么股劲，出去了也是这样！我看我准要死在这上头的！可我又不甘心这么死！唉！肏他妈这世道真是……”

拴成难受起来，想把话岔开，却想不出怎么岔开；想打劝大三两句，也没话说。他抬头看看，太阳快当顶，热起来了；他又低头望望，今天他二人都还没做出多少活儿哩！他又看看大三，大三躺在地下，眼望着头顶那块天，一动也不动，他就自己先动弹开锄地了。但等他锄完了一块地，大三还没起来，仔细瞧瞧，却又没睡着；经成忽地想起大三这人的所作所为，不禁心头酸酸的，就没叫大三，拿上锄，给大三锄开了地。

风雨的黎明

（节选）

罗　丹

作品简介

《风雨的黎明》是作家罗丹创作的多卷本长篇小说《钢铁的河流》的第一部。1959年，由中国青年出版社出版。

小说以1948年辽宁鞍山解放前后为背景，描写鞍山钢铁厂恢复生产的故事。

小说讲述了鞍山钢铁厂恢复生产的艰难过程，面临着敌我矛盾、集体主义与个人利益间的复杂斗争。恢复生产前，潜伏在鞍山钢铁厂的国民党分子破坏生产，盗取工厂的国家财产，寻衅滋事。鞍山解放后，监委书记宋则周在市委书记易秋繁的支持下，组织钢厂工人解年魁、闻长山、徐庆春、石宝树等人成立护厂队，整治混乱局面，与敌对分子开展斗争，积极恢复生产。同时，作品也刻画了钢铁工人在中国共产党的领导下逐渐成长的历程，再现老一代工人的坚强斗争意志和一心为公的无私精神。

根据罗丹《风雨的黎明》（中国青年出版社，1959年初版）节选。

正文节选：第三章

第三章

一

在人生的道路上，解年魁是闻长山的第一个指路人，第一个教师。从前，日本人怕“满洲国人”听到中国方面的广播，把短波收音机没收了，被查获了是要当政治犯坐牢的。但闻长山藏了一只旧式短波收音机。在深夜里，他悄悄起来，把收音机挪到长柜子里，接上线。不敢开电灯，屋里死气沉沉，只有周波表上的圆盘，在长柜里，秘密地，亮着蓝色的幽静的光辉。他盘腿弯腰坐在柜里，脸贴在收音机上，小心地旋转电钮，使声音调到最小的限度，他听到从远方昆明传来的耳语似的播音。那时候，在闻长山看来，这就是自己祖国和民族的声音，亲切的声音使他兴奋。可是，几乎每一次的消息，都使他失望了：“就摆不开撤退撤退，满天下都快丢光了，再这么撤下去，就要撂到缅甸去了！反攻反攻，尽转空车没瞅见活出来……”正像他兴奋地扭开电钮一样，结果他总是愤激地关死收音机，藏好它，满心忧郁地睡觉去了。

1943 年，正是解年魁五年一期回家探望老母亲的年头。他家在山东根据地的边沿地带。在这里，他看到了在党的领导下跟日本侵略军英勇斗争的人民，看到了灾难的也是新生的故乡，他认识了共产党和八路军，认清了国民党和中央军的面貌。他回来的时候，跟闻长山谈了家乡的见闻，谈了自己的思想。老人叹了口气：“活这么大岁数，这回眼睛算睁开啦。老闻，咱几十年知道的没这三个月多。”

闻长山是不随便相信人的，然而他尊敬和十分信任解年魁。从此，他再不半夜起来偷听什么昆明的广播了。他的信任没有错。一九四五年秋冬天，八路军第一次到了鞍山。他们将“昭和制钢所”开设的裕丰泰杂货铺及车站南边日本军用仓库中的布匹、粮食、豆油和许多生活日用品，分给了工人。他们领导工人们斗争万恶的配给店，虽然时间很短，但他已看到了共产党和八路军的面貌。有许多措施，使他觉得他们是多么尊重和关心工人的生活和命运呵。还有一件重要事情，给闻长山的印象也非常深刻，就是永乐区和陶官屯区的区长，都是工人。所有这些，都给闻长山以一种从未有过的新生而真实的主人翁的感觉。另一方面，他知道：日本人在瀛洲浴池（福泉池）和运动场的大楼里组织暴动，沈阳的国民党给他们送枪支来。鞍山国民党大特务毛云萍在同济医院组织武装，勾结日本人。伪满时最大的辽阳土匪头子外号叫石炮台的，变成了中央军。恶狗李造臣是日本宪兵，国民党一来，变成国军军官。李造臣的父亲是大流氓、汉奸，却变成中央军建军五八团团长。著名的大坏蛋、伪满公民团团长邓国栋变成了国民党上校团长。八路军走后，他强迫工人们，把斗争配给店分到的粮食都倒出来。而他的地方部队，是由一帮汉奸、黑狗子（警察）、地痞和胡子土匪组成的。

然而，终归八路军在鞍山待的时间很短，很短，就像夏天的瞬息闪电一样。以后，八路军虽然还三进鞍山，但都属于拉锯的袭击性质。由于军事上的原因，没怎么停留便又撤出去了。因此，很多人还不了解。并且，自从“八一五”日本投降后，有很多工人已离开了鞍山，更不明真相了。人们由于长期的闭塞，对祖国的真相，知道得又很少很少。由于传统的见解，他们认为，服装整齐，装备良好的国民党中央军，是正规国军。而穿“二尺半棉袄”，装备很坏，腰拴“捣蒜锤”[①]的八路，是杂牌军。而国民党喷放出来的反共宣传和恶毒的谣

① “捣蒜锤”即手榴弹。

言，更是弄得颠倒黑白，乌烟瘴气，人们被迷惑和欺骗了。同时，鞍山当时有一伙流氓土匪，冒充八路军，抢掠奸淫，无恶不作。人们曾把这些假八路，当作真八路。又加上八路军在冬天撤出鞍山时，为了不让国民党来了之后进行军工生产，也为了解放战争的需要，搬走了一些为军工所必需的器材和机器，当时大多数工人们都不能理解，造成了误会。显然，这是情况复杂，极度混乱而笼罩着重重迷雾的局面。而闻长山却凭自己冷静而锐利的观察，把共产党跟工人的命运联结起来，而解年魁又是他的教师。现在是一九四八年，已经是整整两年前的事情了。

旧历大年初一。工人们吃了可怜的“欢喜团”，就算是过年了。鞍钢已经完全停工。工人们又饥又寒，但还互相拜年，议论战争。今天为什么又这么安静，没有枪炮声呢？！清晨，闻长山到解年魁家去拜年。因为过去曾长时期是邻居，闻长山和解年魁，变成了“棋逢敌手”的棋友，并且成了知己，友谊也就更深厚起来了。但他们在性格各方面却很不相同。闻长山严厉、固执而冷静，这种人似乎是很容易战胜自己的感情的。并且他是这样一种人：一件事情，特别是重大的事情，一旦做出了结论，或者有了明确而固定的看法之后，那就任何困难都压不倒他，一切使人迷惑的现象，都动摇不了他的信心。因此，伙伴们常常善意地笑他是“冷却了的钢锭子”。总之，他比解年魁有魄力，果断而自信得多。在解年魁家的楼梯上，闻长山碰见了明珠。她昨晚陪着沮丧的老父亲回来之后，就睡在娘家。现在，这个可怜的闺女，担心公公的斥责，正心慌意乱要赶回铁工厂去。她悄悄把父亲的情况告诉了他。闻长山忘掉了拜年的事，脸色一沉：“他现在干什么？”

“不知他心里想什么，尽叹气。闻叔去劝劝吧。”

“张继陶父子对你怎么样？”闻长山忽然问道。

明珠垂下了眼皮。细声道：“那还有好的！他看咱是两路人，不顺眼。还骂他儿子挨女鬼迷了。买货只图好看，不看来路，不看什么字号的出品。”

“眼下你就熬着，”闻长山断言道，“等八路军来了，你爱怎么着就怎么着。”

明珠那大而乌黑的眼睛，蕴藏着期望、疑惑，也蕴藏着数不清的悲苦。在她的心里，还蕴藏着多少话呵！她瞅着闻叔，可是只说道：“你在爸跟前啥也不要说，他自己就够遭罪啦。”

解年魁默默坐在半熄的火炉前。闻长山在琢磨，除了想八路军，他眼下想的什么？一看见是闻长山，解年魁的心门就敞开起来：“今儿是大年初一。头两年过大年，咱们正在咱家请小赵喝酒吃饭。”

闻长山希望老人快活一些，就高兴地说道：“是呵，咱们还下了半天棋，我输给了你，小赵也输给你了。”

解年魁浮起淡淡的微笑。又摇头道：“像是梦，世道变迁得多快！”

“世道就会变回来的。”闻长山自信地说。

一九四五年的秋冬天。在部队派来的赵同志主持下，鞍钢机修厂开工了。解年魁是机修厂的老前辈。他动员工人进厂，组织生产。负责给八路军修理枪炮，做手榴弹、子弹和刺刀。闻长山就是通过解年魁和小赵认识的。一九四六年初，八路军要撤退了。解年魁帮助小赵拆卸军工需用的车床，从装箱直到搬上车。小赵是一个年方二十的侦察排长。他和解年魁很快变成了老小好朋友。他们一起生活，一起吃饭。在办公室里，摆了两张对面的小铁床。他们常常躺在床上，面对面谈心到深夜。小赵十分尊敬解年魁，叫他“解师傅”。他认真帮助解年魁学文化，读“识字课本”给他听。小赵也喜欢学技术。常常在工作的时候，小赵在旁边侍候；解年魁的工作常常跑来跑去，小赵就背着工具袋跟在后面，像徒弟跟着师傅去干活一样。

解年魁又垂下眼皮，沉思起来了。闻长山不去惊醒他，只是默默抽烟。在解年魁的脑子里，想起了那些短促而闪亮的日子，这在他是唯一的幸福回忆……

他记得，做手榴弹很忙，一连好多晚上解年魁都不回去。有一天吃午饭的时候，小赵说："解师傅，我晚上要请客。""请谁？""我几个妹妹来了。"解年魁十分高兴，要自己请孩子们吃饭，可是小赵不答应："我弄猪肉去了，要包饺子。"午后，明珠领着秀珠跑到车间来，父亲吃惊道："你们跑来干什么？"明珠说道："赵哥骑脚踏车到家里来，约我们定要到厂里来玩，我们就来了。"解年魁心里十分高兴，他觉得很久没有看到女儿了。下了班，他带着女儿，回到办公室里，小赵正兴高采烈包饺子。解年魁问道："孩子们来了没有？"小赵说道："来了。""在哪儿玩，带我去见见她们。"小赵大笑起来，指着明珠姐妹："这不是我的姐妹俩吗，我包饺子就是请她们。"解年魁非常感动："小赵，你知道我惦着这些孩子，你是为我。"

解年魁又想起，当时有六箱油钢车刀，还是"八一五"前存留下来的。锁在一个地下小仓库里，根本没有开箱。这批车刀才运到，日本人就投降了。这批器材，当时几乎只有解年魁知道，在最后撤退的前一个夜晚，解年魁和闻长山，帮助小赵把这六箱车刀秘密运走。当国民党军队快要进入市区的时候，过半夜了，小赵一身行军装束，跑来跟解年魁告别。他还带来了粮食，和准备给子女生病时用的各种药品。小赵亲亲睡着的姐妹俩，最后，他紧紧攀住解年魁的双肩。解年魁默默流泪了。小赵安慰道："解师傅，再见了！你不要难过，我们要回来的，我们一定要回来的。"

这些事，整整过去两年了！解年魁和闻长山常常谈起这个后生。这是他们过去的黯淡的生命上，最宝贵的闪亮的星星。回忆使解年魁温暖，又使他忧愁："他们能回来吗？"

"这回我看一定回来。"

闻长山安慰他。老人的脸面开朗起来，淡淡地笑了。解年魁觉得，在这次战争的问题上，闻长山变成了自己的教师，就像从前他曾是闻长山的教师一样。解年魁又自语道："小赵不知在哪儿？"

"谁知道呢，没点音信！再说，刀枪无情……"

解年魁责备道："大年初一，怎说这种话。不能，你别瞎猜。"

解年魁准备好了"欢喜团"，要往老伴的墓地上去。闻长山陪他走，但道路已经不通行了。国民党军队设置的障碍物和提冲锋枪的哨兵，拦阻了他们。

他们默默返回来。解年魁到学堂里去，闻长山就回到家里来了。解年魁度过除夕的凄惨景象，又使老闻想起了鞍山、鞍钢和受难的工人们，八路军要快来呵！闻大嫂子在炒棉花籽。棉花籽上带着丝丝缕缕的棉花，洗不干净。炒起来的时候，发出类似烧破布一样的煳味。炒好之后，用小手磨把它磨成粉面。但光是棉花籽面是不敢吃的，吃了要昏迷，因此要掺上豆饼面，做成饼子。当闻大嫂把做好的饼子放到菜锅里去"贴熟"的时候，就散发出棉花籽与老豆饼混合得十分难闻的气味。

二

炕角上的时钟，嘀嗒嘀嗒作响。这是一九四五年初冬，八路军第一次在鞍山时，斗争配给店老板刘恕武时分来的一架时钟。两年来，一瞅见这时钟，就使他想起了工人恨之入骨的刘恕武，垂头丧气站在工人们面前的情景。他笑了。两年来，生活不论怎样窘困，闻长山也没想过要卖它。这是一座摆在客厅里点缀的落地大钟。高约三尺，仪态庄严，有深沉的声音。它总是被收拾得很整洁，使得空荡荡的屋子，闪耀着光辉。在这些艰难的日子里，这架沉着的时钟，给他希望，给他坚韧和勇气。现在，闻长山又坐在火炉跟前，吸着"花牌烟"。默默地瞅着那镇静而有节奏地响着的钟摆，仿佛行走在暗夜的荒谷中，看着远处的灯火一样，心里宁静了，明亮了。快十点钟了，闻长山望着时钟，等着钟响，好像一敲响十下，枪声就会响起来似的。可是十点过去了，没有炮声，没有枪声。"真是怕打不了五十二军，又退兵了吗？"闻长山虽然清醒、固执，但也有人们常有的弱点：等待着坚信一定要到来的事情的时候，由于心情迫切，反而怕落空。在他的感情上，这架时钟，就是八路军的象征。他望着它，好像要读到答案，然后又低声斥责自己："不会退兵。不会。"

解秀珠飞进来，小脸虽冻得绯红，却也能看出生活的沉重磨折：瘦削、憔悴，但很高兴。她大声说："我来给你们拜年啦。"

她朝闻长山夫妇，弯下腰，规规矩矩，深深鞠躬。闻长山让小姑娘坐下烤火。他喜欢她像她老父亲，忠诚、有礼貌、规矩……他一点也不是责备："过不成年，你还拜年呀。"

"正月十五，大伙不要吃欢喜团了，准能过元宵节吃元宵。"她说得很自信。

闻长山笑道："你算卦了吗？"

"算卦不顶事！"秀珠反驳道，"法院房顶上不是插了牌九军军旗吗。我半道遇见石叔叔了，他说这面大旗，夜里遭风刮倒了，天大亮，当兵的才爬上去竖起来。石叔叔说，刮倒那面大旗，是往日工厂三班制该上夜班的时候，交了子时了，归大年初一。石叔叔说，交上大年初一，军旗就挨吹倒了，还能好吗？主凶不主吉，这回五十二军该散蛋，陈瞎子该败亡了，八路军准进鞍山坐交椅。"

法院是五十二军军部，陈瞎子是五十二军军长。闻长山开心地大笑起来，他不迷信，却很喜欢这件故事："是石叔叔跟你闹着玩呀？"

"当真的，他说得可正儿八经哪。他说他待一会儿要到你这儿来。"

小秀珠一脸严肃，连闻大嫂也轻声笑了。秀珠身上七补八钉的薄棉裤，是她给收拾的，她知道里面絮的棉花，一疙瘩一疙瘩，硬得像石头。她温柔地瞅着闺女，暗自伤心道："……虚瘦虚瘦，一阵风就能刮倒。"闻长山仍然浮着幽默的笑容："石叔叔串哪儿去了？"

"他打野狗去啦。他还说要送咱们家好狗肉过年。"

闻恩惠突然十分紧张起来："他在哪儿打野狗？"

"圈楼市场。"

"他闲着手痒，菜市都关板了。"闻大嫂温和地说，想打消儿子的兴趣。她怕野狗。

“关板了才有野狗。”小恩惠反驳道。

在炕墙边，恩惠睡在两条接起来的旧麻袋里。小脑袋枕在一堆唱片上，麻袋口收拢在他脖颈根下，抽绳的一端拂到快乐的睡脸上。他把自己的麻袋被叫作“美国军用睡囊”。他原是睡在长柜子里过冬的。柜子给解伯母做了棺材后，他就跟时钟一起，搁到炕上了。他解开抽绳，从麻袋里爬出来，像长虫蜕皮。他很紧张，一心想打狗，埋怨石宝树不来叫他。闻长山严厉地盯儿子一眼，恩惠想：完蛋了，却忍不住问道：“石叔叔提大棒了吗？”

“我们不打狗，要卖烟卷。”秀珠权威地宣布道。

解年魁有一些日文机械书籍，就做了小孩的烟卷纸。卷出来的纸烟，花花点点，恩惠就起名叫“花牌”。闻长山抽的就是这种“花牌”烟，所以屋子里有一股油墨的气味。闻大嫂在洗涤棉花籽，细心弄掉沾在籽上的棉花丝丝：“你们怎么又想起出去卖烟卷？”

“八路军枪炮一响，牌九军猫起来了，不敢串街，不敢游荡。”秀珠说道，“不怕他们抢烟了。牌九军真穷酸。”

“也没人买烟卷呀。”闻大嫂不以为意。

“准有人买，”恩惠很有把握。一面在整理发潮的存货。秀珠一根一根计算数目。“辽阳逃来财主可多啦，一窝一窝，房子都占满了。”

“从营口到海城一大片的老财也都在鞍山。他们都成老户啦。”

“是呀，”恩惠画龙点睛。“他们顾了脑袋，顾不了屁股，还能顾上带烟卷？又是大年初一，准有好销路。”

这对小伴侣走了。因为哭母亲的缘故，深情的闻大嫂听得小秀珠的嗓子还有点嗄音，不像从前那么柔软清脆了。她想着给女孩弄点金银花泡水喝。解秀珠又转回来问闻叔叔：

“鞍钢支票收不收？”

“你们的花牌比‘支票’还值钱。”闻长山笑道。跟对儿子相反，对这女孩，他从来不显露严厉的脸色。“收下就收下吧，能当卷烟纸用。”

“谁还能一辈子卖烟呀。”秀珠高声埋怨，撵恩惠去了。

闻大嫂看了看男人的脸色。低声说道：“说过大年前准发工资，今儿初一了，钱影儿也没有。石宝树不是来传过信，说‘支票’这两天就能兑钱吗？”

“兑钱？我看兑不兑也没两样。”

“小石整天游游串串，像个千里眼顺风耳，一肚子零七八碎。”妻子同意了。

“工人不游串能干什么！”闻长山替石宝树辩护，可是又摇摇头。“小石传的话，多则听三分。五十二军军旗刮倒了，哈哈。”

闻长山又笑起来，觉得这件事情，虽然产生得非常巧合，而并非偶然。这个炼钢工人，长期以来，就变得很少说话，沉默而严厉。石宝树说他：“满脸死气，像三九天出殡似的。”有些人遇见他，就像躲避煤气爆发口似的闪开了。在家里，闻恩惠在背后，跟解秀珠议论他父亲道：“……他呀，就像刘恕武那架时钟，半天才哼哼两声。”闻大嫂是一个沉静温柔的女人，理解他的愤怒、希望和内心的苦痛。她体贴他，隐忍和顺从他的冷淡，这使她胆小起来。每逢男人愤怒而沉默的时候，她就低垂着头，惶惶恐恐，悄悄行走，她唯恐触犯了他，怕吵了他。可是今天，男人却不像往日那么阴阴沉沉的，陈瞎子军旗的事，使他高兴。于是，她又小心提出搬房子的老问题，先试探道：“人都逃光了，空房子多着。”

一提到房子的旧事，闻长山就沉默了，不能忘却的家庭惨剧，就又汹涌到心头上来。闻大嫂子站在旁边，惊惧地关怀着丈夫的变化……

除了长子，十七岁的闻恩惠之外，他们原来还有两个小孩：一个男孩，一个女孩。像许多别的工人子弟一样，孩子们每天到立山站附近去挖煤。挖到的煤，由恩惠去卖。有专门收买这些小孩挖来的煤的残酷的商人。他们把煤运到辽阳去，能获厚利。小孩呢，一百斤煤只能换到二斤煎饼。或者，恩惠把这些煤，用手推车推到近郊的屯子里去，向农民换取些粮食和蔬菜。那是整整一年前的事了。正是严寒四九天，煤堆冻了，刨不动，孩子们就从旁边凿开一个洞口，爬进去掏煤。里面是潮湿而稀松的，挖空了。有一天，煤堆从里面塌落下来，两个小孩，全闷死在里面。当人家来报告噩耗的时候，闻大嫂甚至看不见男人的惊异，好像他早就预料到孩子不会有好死似的，连叹一口气都没有。她痛哭，但他没有安慰她，只是狠狠推开烟末纸包，阴沉地说："瞅瞅去。"

孩子们死得真惨呵！鼻子、耳朵、眼睛、嘴里，全给煤屑塞满了。闻长山没说一句话。脸色"像出殡似的"，可是没有悲痛的表情，没有眼泪，只是严峻而愤怒，高颧骨不断地耸动。当他沉默地把小孩从煤堆里掏出来的时候，他的紧闭的牙关，咬得作响。握紧锹把的双手，颤抖得厉害，以致铲盘上的煤，都晃散到地上了……

闻长山照常上班。可是简直不说话。整整有十来天，他没有说过几句话。有一个大员名叫古根培的，打趣道："闻长山，你像要跟全世界作对。"

他凝视着对方，冷冷说道："我跟钢渣作对。"

炕上突然少了两个孩子，这多么严重！闻大嫂，这个心地柔弱的细小女人，常常蜷缩在空虚的冷炕上，在深夜里，静静地哭泣。然后，她想换个房子，换一盘炕，也许会能安静些。闻长山却不想搬家，他觉得还不是搬家的时候。妻子这么脆弱，也使他不耐烦："挪个地方你就不想孩子啦？女人就是肠子短，死了就死了，死了遭不着活罪，他们冻不着饿不着。见天泪花盈眶，咱们不是黑铅粉，一压就碎。"

她明白孩子们的死，男人内心里也是一样痛苦的。但他那冷酷的话语，却使她受了打击。她只是哭泣，越哭闻长山的脸色就越可怕，而她又害怕这脸色。她恳求地望着男人。每当这个时候，闻长山就皱起了眉头。阴沉地说："哭啥！哭瞎眼也白瞎。为那两个小孩，你见天腿脚直哆嗦。多少小孩饿死冻死……解师傅家不是闹得家破人亡？

你就只瞅见自个眼眉底下的事。”

“搬也不费难。”女人又恳求道。

众多的工人都流散到农村去，甚至回山东、河北的老家去了。而闻长山是血统工人，跟农村完全断绝了联系，所以没有地方可去，他也不愿意离开鞍山。他固执地说：“高低咱们出不去鞍山，搬哪儿也归罗永年管。不搬，就住这儿。”

始终没有搬家。

事情过去整整一年了，多么难熬的一年呵！现在，闻大嫂又提出搬家的问题。自从打仗以来，闻长山心情好得多了，而今天又似乎特别高兴。她把棉花籽掏到碗里，又试探道：“……挪迁个屋子吧。门扇给解大嫂做了棺木，风雪直往屋里窜。恩惠不像往日躺长柜里睡，还能抵挡。就凭那破麻袋，夜里直哆嗦。炕又对大门，没个门扇，家不像家，窝不像窝，没遮没拦，夜里也不放心。”她不敢一直说到底。“真是鬼天气，这么冷。解大哥说，今年，唉，该说去年了，他说节气晚。”

一提起搬房子，自然根子还是因为那两个小孩。闻长山沉默了一会，但却缓和地说道：“八路军进来再迁挪吧。”

在长期艰难的共同生活中，由于他那坚韧和深思熟虑，由于他的判断力，由于他那好像什么都能看穿的冷澈的眼神，他在她心里，建立了神圣的信仰。他是她生活的主宰者。她也能辨别善恶是非，但男人是她生活和思想的灯塔。她细声问道：“你瞅八路军真能冲进来吗？五十二军有两万多兵马。”

“人多怕什么，”他又浮起了笑意，“连秀珠也看他们不起，叫牌九军。”

“财主四圈四角往这儿逃。他们说，铁打的鞍山，保险，八路军白来冲撞。”

“听他们嘀咕，还能过日子！辽阳还不明摆着吗。鞍山国民党也到头了，八路军的紧箍咒，越抽越紧。”

男人肯定地告诉了她战争的“结论”，他觉得这就够了。在他心目中，女人终归只是女人。除了家庭，都不必操心和过问，那不是她们费脑筋的事情。她们也不懂什么。像关于战争这一类的大事，跟女人谈是有点儿多余的。而她呢，也只需知道“结论”，只需知道他怎么想法就够了。然而，对于这一次的战争，她却跟他同样关心，因为，这是家庭命运的问题。她瞟了一眼恩惠的麻袋被，又担心地问道：“今儿又没听着枪响。”

闻长山沉默了。却冒火道：“还能像过大年放鞭炮？”

他再不发一言，闷脸抽起花牌来。妻子胆怯地瞅着他。

三

不刮风，不下雪，是一个晴朗的日子，却很冷。没有枪声，是一个安宁的大年初一。但却没有过年的景象，又冷落又凄凉。害怕被饥饿的人们抓住宰了吧，连野狗也看不见了。偶尔看见它们横过马路，转到小街上逡巡，有时，在什么空楼房的破败的窗户口，露出了野狗的脑袋，饥饿的眼睛盯着空虚的马路。只有在道西原来老君庙附近，来往的人较多一些。在从前，特别是每逢过年，这一带地方是非常热闹的，简直像一个庙会：耍红黑点的，耍牌九的，玩纸牌的，打弹子的，说书的，拉胡琴卖唱的，卖食物的，有时还有走江湖的牵着猴子耍把戏。现在，什么都没有了，几乎变成了空场。虽然如此，但人们还是习惯到这儿游荡。也还有一些摆小摊的，不是工人就是工人的小孩。但都没有什么主顾，有的由于饥饿，忍不住，吃起自己卖的花生米来了。

恩惠决定让解秀珠在这里摆“坐商”。而他自己，却捧着摆满“花牌”烟的，带支架的木盘，走“行商”。在逃亡地主住得较多的地区游走，或者把支架支起来，高声叫卖。地主“家”散发出诱人的肉香，使小孩流连不去，由于不平而暗暗咒骂。但“花牌”卖得很少，因为他们不仅自带猪肉白面，有许多人还带了水烟、烟草和“哥伦布”牌香烟，这小孩的想象落空了。午间，他端着烟盘，无精打采地来看秀珠，发现她的花牌卖得很多，他乐了。但秀珠却像要哭的样子，原来是给相熟的工人白抽了。解秀珠手松，跟自己父亲一样。从前解年魁摆蔬菜摊子，见面没说话先笑，也不会要价。困苦的工人和家属们，向他要两棵白菜什么的，总是笑着给人家。赊出的账，也不好意思去收，凭人家爱还就还，不还也就算了。结果，连本钱都蚀光了，蔬菜摊子也荒了。秀珠报告实情之后，恩惠一愣眼："你跟你爸是一个模子翻砂翻出来的，心窝是擀面杖擀的面条条。"

"这个伯伯那个叔叔，你能不让抽吗？"秀珠说，"送也该送哩。"

"撂台吧，我寻石叔叔打野狗去。"恩惠宣布说。"再过一会儿，烟盘盘你也要送给人家吃掉。"

秀珠大为生气："尽是你想的花花道。财主财主，你又卖上几根？"

"你还不认输！"恩惠做了个鬼脸，"二十四把钥匙哗啦啦，里里外外你当家啦？明天不卖了，咱们刨石头煤。"

这时秀珠突然低声说道：

"你瞅，那不是赵哥吗？推小车的。"

她撂下他，穿马路上去。恩惠还没瞅见赵青松，赶忙收拾起秀珠的"坐商"，撵上去了。烟盘的支架脚，拖垂下来，扫着地面，吱吱响。

赵青松是高个子，打扮成困苦而褴褛的工人。两个小孩走在他身边，恰恰构成了对他的很好的掩护，人们以为是大哥带着弟妹在街上走。恩惠把自己的东西，放在他车上，推上小手车走。秀珠拉着赵哥的手，轻声轻气谈起来。手车上的麻袋里，装着大米、白面、肉类和一些布，那是送给小孩们的父亲的礼物。恩惠搂住小赵的脖子，咬耳朵说道："咱们老嘀咕你在哪儿？怕你打仗挨枪子死了。"

"哈哈，你真糟糕呀，恩惠，怎么一见面就咒我死呢。"小赵机警地瞅瞅四周，悄没声说。

秀珠狠狠瞪了恩惠一眼："他的嘴不灵。"

“你打哪儿来？”秀珠又细声问道。

“远在天涯，近在咫尺。”小赵微笑道。“我从大石头来。”

“占大石头啦？这么近！我伸手都摸着啦。你是来做侦探吗？”恩惠好奇地低声问道。他那聪慧的圆眼睛，瞪得挺大。

赵哥又一脸正经：“我是来给你们家拜年。”

“真个呀？”秀珠高兴了。

赵青松现在是独立师侦察排长。他不左顾右盼，也不探头探脑，瞻前顾后。而是大大方方，若无其事地走道，俨然是老鞍山街上的人。有时，他们也大声说家常话。然而他却悄悄留神周围的一切，镇静地倾听有时从背后上来的脚步声。他低语道：“是。手车上的东西，是上级叫我捎来给你们爸妈的过年礼物。”

他那锐利的眼睛，装着漠不关心的样子，提防着道上的人。虽然冷街上行人稀少，也没人注意他们，但他们仍然压低嗓子，悄悄私语：“怎这一半天没听着放枪放炮？”

“过年不打仗，恩惠。”

“你们过年也歇工？”

“我们不歇工，秀珠。这两天不打仗，是要让工人家太太平平过年。”

“过完年你们就来解放我们吗？”秀珠喁语道。

“一定。秀珠，正月十五，咱们就可以一块吃元宵啦。”

“不吃欢喜团了！”秀珠细声自语。

“什么欢喜团？怪好听。”

“好听不好吃。”秀珠谈起欢喜团来。

“饿得不行，石叔叔还吃狗肉包子哩，”恩惠补充道。“打野狗真好玩。”

小孩抢着谈起家常来。叙述这两年来自己家的和鞍山工人的生活、家庭的变化。当谈到姊姊出嫁和母亲的死的时候，秀珠又低头哭起来，以致恩惠埋怨道：“我两个弟妹，还不都给煤压死了，你就是泪水多。”

赵同志咬着嘴唇，静静听着，一边喃喃自语：煤堆……万字会……黄半仙……同盛……胸脯一起一伏，像深呼吸，脚步也慢起来：“秀珠，你爸是上等技工，还没制钢所就有他，他们怎么不要他？”

“说他是老机器，过了期，不合规格啦。”

赵同志沉思了一会：“秀珠爸恋鞍山。恩惠，你们怎不搬乡下去过日子？”

“咱们没乡下，三代都是黑爪子工人。”

“哦，我记性真坏。”小赵注意着前面，漫不经心地说。

“你们能打进来吗？牌九军净大炮。”

“不能进来咱们还打吗？”赵同志看看周围，低声说。

“准能进来，”秀珠反驳道。“法院陈瞎子的军旗都撂倒了。”

“你就是迷神迷鬼，”恩惠批评道，“跟你老头一个模子。”

赵哥笑了。这对小伙伴，又继续追究起“花牌”烟的事情来。小赵调解道：“再过些日子，就不要卖烟卷了，爸爸都在家吗？”

“在家。”恩惠大声说。“可真怕人，就像刘恕武那架时钟，谁也不敢碰它。”

“哦，时钟没卖掉？”

“哼，他宁可卖我也不卖那架钟。”

赵同志大笑：“好工人，好，好。”

秀珠低声道：“我爸爸准在学堂里，见天沉眉瞌眼的，早上还叨咕你。”

恩惠推着手车往左一拐。赵同志看见前面不远处，已经不通行了，堆起了沙包：“前面是个大十字路口吧？”

“不许走人啦，牌九军转圈围上铁丝网，还有木马、战壕。”恩惠神秘地说。

“你们说话再细声一点，”赵哥提醒道，“有地堡吗？”

“有小碉堡。”

“有几个？”

“四圈都是，成堆。”

“我数了，五个。比西转盘街少两个。”秀珠补充道。

“你们怎么知道？沙堆挡住也看不见。”

“沙包堆起没几天，在早能瞅见。”

“还早，你们跟我到东西大转盘走走吧。”

“道西大转盘的树都砍下来堵道了。你是来侦探哩。”恩惠看见前后无人，低声说。他用手肘撞了撞侦察排长，挤眉弄眼。

“我爸被派去修过地堡，挖过战壕。挖护城壕，他也去了。可清楚哪。哼，你不给咱们爸爸拜年了吗？”秀珠细语说。

“当然要拜年。看看就去。”赵同志笑道，“我像工人吗？”

“你像久保田的底盘工人。一脸灰气，又黑又脏。抽根花牌烟吧，自制的，抽着花牌可就更像更像。外来人没这号烟。”恩惠献计道。

秀珠不同意：“他不抽烟。不抽‘花牌’也像工人。你穿这么埋汰，可像啦，哪来的衣衫？可任凭你巧打扮，咱头一眼就瞅准是你。”

迎面街心上来一支军宪混合巡逻队。“还是抽一根吧，”侦察员悠然吸上一支“花牌”，低语道。“先到西转盘吧。”

深冬的日子，过得很快。午后，在解年魁当看门人的小学堂的大门口，这对小伴侣又在卖烟卷。他们带着赵哥在街上，从西转盘到东转盘，又到道东市政府一带地方。游走了一番之后，又转回道西。解秀珠飞快地去找闻叔叔，恩惠就把赵同志领到学校里，他悄声说：“咱们站外头卖呆，给你们放‘卡子’。有动静，咱们就要张扬：‘买花牌烟哩，又贱又好抽。’学堂净破窗门，你一窜就蹓没影儿，要不就猫下。”

“谢谢你。”赵青松抚摸着恩惠的头。

校门口是一条短街，冷冷静静。隔着一条沿街的短墙，对面是一排“白房子”，两层的工人住宅，很整齐，却搬空了。门前的小空地，铺满了冰冻的冬雪，变成恩惠和别的小孩们的溜冰场。这条短街很干净。虽然学校变成了空庙，可是每下过一场雪，看门人解年魁，总是在街上劳碌半天，把积雪扫拢成堆。这是一条行人稀少的偏僻走道，但伪市长罗永年的布告，也没有放过这个地方。这是一张可怕的十杀布告，贴在学校的矮围墙上：

通匪者处死。
窝藏共匪者处死。
知情不报告者连坐处死。
隐匿生人不报告者处死。
……
密告有功者赏奖金千万元。
……

校门紧闭。秀珠的小烟摊子，堵住了门口，仿佛这所学校很久没有人进出了。恩惠还是走“行商”，托起烟盘盘，在学校附近游走。偶尔，这个好奇的小孩，眼睛贴在大门的门缝上，朝里面窥探。有一次，大门轻轻地，微微启开一条缝。解年魁担心地问道：

“没动静吗？”

“没，解伯伯，有事咱们还不放暗号吗？你别担心。”

解伯伯悄声训道：“人家冒多大险来瞅咱们，要挨抓了去怎办！”

秀珠替爸爸辩护道：“你老子是冷钢，谁像他啥也不担心。”

大门又从里面闩上了……

就是昨天解年魁度过了凄惨的除夕的地方，在传达室那间小屋子里，一切都变了样，变得富有生气，温暖、融洽而欢乐。赵青松、解年魁和闻长山三个人，坐在一起。火炉子烧得挺旺，有时哔哔剥剥响。在炉火的红光中，解年魁那哀愁的眼睛，闪烁着喜悦和幸福的光辉。他们挨紧着围坐在熊熊的炉火跟前，悄悄细谈起来。

四

解年魁和老闻会见赵青松的几天后，天还蒙蒙暗暗，闻长山就起床了。他坐在刚冒火苗的炉子跟前，吸着“花牌”烟，眼睛不离炕角上那座光泽的大时钟。闻大嫂明白男人等待什么，悄声问道：“还没响炮呢，赵同志不能说漏了？”闻长山不说话，满脸严肃。清晨七时，那架时钟深沉地敲响了。这时，在鞍山边沿，炮火突然轰鸣起来。八路军向固守西北角白旗堡变电所一线的敌人阵地发炮！肃清鞍山边沿敌军的战事开始了。闻长山瞅着那希望之钟，脸色柔和了：“足两年，国民党算念完经了，钢渣早晚得清除到矿渣场去。这回该着揍他盆朝天碗朝地。”

闻大嫂还有疑虑。看见男人乐意说话，就又大胆问道：“沈阳不能来救兵吗？”

“哪来救兵？八路军卡住辽阳、灵山，当腰斩截了道。太子河桥早炸断了，炸塌两眼桥孔，插翅也飞不过来。”

“飞机不能载兵马来吗？”

“飞机能掉下几桌人？不够零吃。沈阳‘中央军’可不傻，还能朝网里投人？”

“那干吗还逼紧工人去修飞机场？”

“大员盼爬上飞机逃呗。”老闻笑了。

鞍山周围，炮声像雷鸣一样，震荡着城市。八路军早就占领了南沿东西鞍山、大孤山、千山、笔架山、谅甲山和大石头等地。从这些制高点上，迫击炮群掩护部队前进，炮弹落到长甸铺了。在东北角，从七岭子、判甲炉和樱桃园斜插过来的八路军，已到了薄板厂。北边，从灵山疾卷而来的八路军团队，越过了被击毁的沙河洋灰桥头冒烟的炮垒，摧毁了水沟工事，粉碎了后立山敌军阵地。固守立山公安局和北大转盘地堡群的敌人，全部被歼灭。在西南角，从丰盛堡、宁远屯、新地号和腾鳌堡一带的部队，和从刘二堡、烟狼寨等村屯下来的大军会合了。八路军攻占了白旗堡变电所一带之后，大军迅速肃清了三台子、二台子和红堡（红房子）等地的敌军。工厂区的后背清楚地展开在眼下，乐天地、同济医院大楼的轮廓显示出来了。崩溃了的西郊，敌军官扔下了装在街角上的临时电话，士兵们扔下枪炮，向市内逃窜；而国民党守军，却从护城壕中，用机关枪扫射他们。我们有一支军队，从大小营盘疾驰而下，拥过矿渣场，兜住了工厂区西北角的耐火厂。这里是一张网的网底。八路军已经全线迫进市区。市内的敌人，从选矿南山、神社山、对炉山等炮兵阵地上，朝市区西南北三个方向疯狂发炮。然而，无论如何，敌军主力五十二军二十五师，像落到收拢了的渔网中的不幸的鱼群了。大概是二月十四日左右，双方炮火突然沉寂下来。夜间，没有电，没有灯火，墨黑，鞍山像一座坟墓。使人预感到大决战就要到来。四纵、六纵等野战大军和辽南独立师等部队，就要向鞍山市内发动最后总攻击了。

在长甸铺大楼上，同济医院楼顶上，鞍钢办公厅大白楼、小白楼以及检验室的瓷砖大楼，都在楼顶平台上，架起了小炮、六〇炮和迫击炮。市政府楼顶，有些工人住宅的楼房上，也支起了火炮和重机关枪。如果三山（神社山、对炉山和南山）阵地上的大炮群，不能击溃八路军，敌人就准备巷战。五十二军军长陈瞎子、二十五师师长胡晋生、国民党书记长张维和市长罗永年，叫喊死守“铁打的鞍山”，并决心“战到最后一间房，最后一个人”。

数日来，逃亡地主们成堆成窝站在门口，脑袋缩进翻起的水獭大领子里，倾听震耳的炮火，面色迷惘，窃窃私语。官员们离开围着杨树的安适的住宅，张皇失措，拖家带口，躲到工厂区去立起炉灶来。国民党中各色各样的人物，都准备逃跑；如果可能，就化装隐藏起来。这些人现在羡慕鞍钢的总经理华振。因为他有远见，早就安全溜到沈阳去了。鬼知道修飞机场能不能赶趟？飞机来不来接他们？有些官员在街上徘徊，要拍卖自己的东西。有的人，怕显露自己的身份，也怕没收吧，甚至把狐皮大衣和女翻毛灰鼠大衣也脱下来卖。他们胳膊上挽着大衣，东走西溜，神色匆匆，样子很难为情，很尴尬。有的，男人走在前头，太太跟在后面，推着小手推车，车上搁着留声机和收音机什么的，公然叫卖。有的官员，平常就是在道西市场的破烂摊上过日子的，捣弄来捣弄去，净是照相机呀、望远镜呀、收音机和留声机呀。这种人很少在办公室里。就是在办公室里，也总在摆弄这些宝贝，装起来又卸开，卸开了又装上，津津有味。而现在，这种人挂着照相机，端着收音机之类，在街上和住宅区游荡，急于卖掉这些“细软”。所有这些人，心里深深觉得悲哀。因为在鞍山两年来经营肥实起来的财产的精华，将前功尽弃，转眼一场空，大难临头了。但有的大员还雇了人，带着胶皮大车，到厂里拉器材和机器。工厂区没有什么工人，都赶去修飞机场去了。富大队长的工矿大队也不管了。他们用不着再用“公家”的名义，来蒙混工人，掩饰自己。而是公然拆卸，公然装车，然后卖到道西五金行或铁工厂去。接过了掌柜给的钞票之后，大员还说：“卖得太便宜了，简直是三分买卖七分送。”其中，同盛老板张继陶“买进”这些一本万利的“飞来食”，最为踊跃，一笔不漏。在大年前几天，从飞机上空投下来的钱，工人们一个工资也没有得着，究竟不知落到哪里去了。工人们传说：其中一大部分钞票，大员们你要一把，他要一把，分赃了，分了钱好化装逃难。

解年魁到闻长山家里来拜晚年。他们谈起这些形形色色的丑事。解年魁叹息道：“一个工资不给，支票不给兑现，也真太不讲理。”

“这号人还能讲理？他们是红眼队。”老闻气骂了一阵，又讥讽起来：“去年这个冬天，工人正穿着漏底胶鞋，给他们修滑冰场。这些人平日说咱们堕落，不实心干活，见天催逼工资。咳，这班钢渣可真是没廉没耻，净是他们的笑话。”

解年魁说：“他们积财不积德，在劫难逃。这回可该着‘背点’了。”

闻长山知道，解年魁从前总认定工人是注定“背点”的，于是安慰道：“他们背点，咱们就交运。”

解年魁点头笑了。又说道："你凡事比咱瞅得远、瞅得准。咱黑道走怕了走惯了，老树枝，一时转不过弯来。总没底，这回会见小赵，心上才算落实。"

在长期的友谊中，闻长山最了解老人：安分、规矩、谨慎；然而，这次老人毫不迟疑地接待了小赵，提供了各种情报。还大胆把这个"八路探子"藏匿起来，这使得闻长山吃惊。觉得直到现在，自己才真正了解这个一向尊敬的朋友。同时，他觉得这几天解年魁年轻了，开朗了，信心十足。可是他总担心出事情，一则对不起八路军和小赵，而解年魁也再不能加上丝毫打击了。他商议道："小赵还是挪我这边来吧？"

"你家里人杂，石宝树又常来进出。他是好人，可就是嘴浅装不住话。小赵在我家稳稳实实，还给秀珠唱歌，讲八路军的故事。这丫头一刻也难离他。秀珠又灵巧又懂事，悄悄侍候她赵哥，出不了旁岔。昨天傍黑，又来了一个便衣人，给小赵捎来一套中央军军官制服，还有一双皮靴。"

解年魁想了一会，又悄声说道："还有放信号的，连枪带子弹。"

"信号枪和信号弹。"

"准是。小赵的体性你也清楚。见天像暗洞里的耗子，窝窝囊囊，掩掩藏藏，他憋不住。可是他也宽心，他说再过几天，就能挂起八路臂章，戴上五星帽，堂堂皇皇蹓大街，就能见着阳光了。"

闻长山沉思了，重复道："再过几天，就能见着阳光了。"

"是嘛，没几天了！"解年魁的眼睛潮湿了，"这回靠实了。"

"靠实了，小赵就在你家里嘛，看大势就快杀棋了。"

闻大嫂端着煤坯进来。怨恨道："说过小年准开工资，一个钱影儿也没见。又说迟不了大年三十，发饷让大伙过年，又是打雷不下雨。又说飞机空投了，就三个月工资，一齐给清。这早晚，飞机一次投钱，两次投钱，一包一包往下撂，可净他们自个分了。工人白瞪眼，真是阎王不怕鬼瘦。"

“他们不怕给钱压死，就怕挨八路军压死。”闻长山说道。

只要解年魁在，闻嫂子讲话就大胆得多，因为闻长山怕解年魁责备自己对媳妇不好。她又说道：“这班人该进炼人炉。”

“他们都要进炼人炉，没咒念了。八路军正加紧烧火，”闻长山摇头笑起来，“整两年，他们一共才煮了七八十炉钢。”

“石宝树说大西转盘有换‘鬼画符’的，六扣兑换九省流通券。咱们家那堆破支票，叫小石捎带换了它吧，这空票眼瞅要黄了。”

“换什么，留下当纪念。一麻袋九省流通券也换不到半麻袋高粱。再说，流通券也要变鬼画符了。黄了好，支票黄了，鞍山国民党也就黄了。”

自从门板给解大嫂子做了棺材之后，门就用一截锈黑的破瓦垅板挡起来。老闻的“家”，是在一座灰暗的破大楼底层的左角。北风从公共的大门卷进来，撞到大门短廊里的正墙上，然后朝两旁冲去，刮得瓦垅板碰击到门梁上，哗啦哗啦响。但像解年魁、闻长山这一类工人，是什么都不需要，什么都无所谓的了。他们只等待一件事情：八路军的毁灭性总攻击。

鞍山越来越恐惧和混乱了。八路军的炮火，使被打击者失去了镇静，“铁打的钢都”是连根拔了。

工人们被迫去修飞机场，但精神却贯注在“支票”问题上面。国民党把工人的大量工资，挪去做投机买卖，欠了工人三个月工资了。为着顶替工资，他们发行了一种骗人的支票；工人管它叫“鬼画符”“勾魂票”。石宝树告诉闻大嫂的消息是真的：道西大西转盘有兑换支票的铺子。这新闻像电流似的迅速传了开去。眼瞅鞍钢荒了，八路军快进来了，还有买卖家要这“鬼画符”，哪能不高兴。有的人在修飞机场之前，绕道先去换支票；有的却从飞机场上偷蹓了回来。在大西转盘，一条连接马路的横街口上，有一间铺子。朝横街的铺门卖粮食，朝马路的窗户换支票。窗户堵塞成小孔，像火车站卖票的窗口。队伍越排越长，骚骚动动。开盘不久，窗口附近就闹腾起来："你是五扣吗？""五扣。""真损种，轮到我名下就落了一扣！"工人向窗口粗暴地质问。答复是："此一时彼一时。"行列中叫闹着："只四扣啦四扣啦。"人们朝窗口拥挤，希望在自己之前，不要落下三扣。换到了流通券的工人，就转到朝横街的铺门去买粮。除了换支票这家铺子外，街上再没有粮铺。所谓"粮"，就是老豆饼面和糠秕、小米皮。铺子门口，围满了人，像蜜蜂围住蜂房一样。只听见铺子里大嚷大吵："他买完就我买，手挨手的，怎就涨价？""你是人就得讲出三分理来。""你说个子午卯酉，为什么涨价？"答复道："一时有一时的行市。""一百单八行，你是什么行？"卖主威胁道："愿者上钩，不买请出门，你再回头怕更涨。"接着有人往外挤，原来是石宝树。他嚷道："嗐，屁股要挤两半啦。"这个年轻吊车工扛着一块老豆饼挤出来，瞅瞅饭盒子（他是从飞机场上跑回来的），看是不是还在手里。他宣布道："老豆饼又涨啦，打九千二涨到两万六，快趁船吧，还准得往上涨！"人们又骚动起来，有人把饭盒子挤扁了，有的把粮袋挤破了，糠秕滚落满地。粮价越上涨，换支票的人们就越着急，可是"支票"又落价了。拥挤的窗口下，有人大叫："又落了一扣，三扣啦三扣啦。"石宝树咒骂："张大帅的红朱笔，他爱怎么画圈就怎么画圈。"人们越吵越来火："阎王爷吃人骨带皮。""啥支票？勾魂票！""这些鳖蛋该炼出油来点灯！""他妈的，真熊人，鬼画符，顶工资，拿纸媒火当香烧，这就算敬了神啦！"排在后尾的一些老工人，跺着冻麻了的双腿，叹息道："轮到咱们，也许给个鸡蛋。""鸡蛋？给你一根洋火，叫你自个把鬼画符烧掉。""那就省得再往粮铺挤。"挤来拥去，换支票的和买粮的都混在一堆了。粮价又上涨了，鬼画符又落到二扣五。有人说道："又怕涨又怕落。""白菜剥心，一层一层剥哪。"有一个老妇人，一边往回走，一边叹气："脑壳梁都等迷糊了，换了这截陈年百辈的老豆饼。"有一个工人朝窗口挤，愤怒地说道："放火烧掉这狗窝铺。"有的人把支票撕碎，扔在地上，恨恨地走掉。石宝树爱趁热闹，捏着老豆饼，这边挤挤，那边钻钻，逢人说话，他说："如今是王八当权大三代。八路军进来，这号人可就矮八辈。磕虱子，该磕个溜干二净！"

石宝树的一厚叠"鬼画符"，两个多月工资的结果，换到一块老豆饼，就像手巴掌那么大。以他的话来说："送给叫花子都嫌少。"但他兴致勃勃，可是也饿极了，一跑进闻长山家里，就打开饭盒子。冲出一股酸臭味，原来是臭花生饼掺老豆饼拉成面做的窝窝头，石宝树还夸耀是带馅的。因为是把马兰草晒干碾碎做的馅，他起名叫"马兰草馅"。他咬着硬得像石头似的窝窝头，笑道："哎，你们瞅咱换来的这块老豆饼。是乾隆皇帝年代的，少也有一百岁，没有鞍山就有它了。"

石宝树把脚蹬到煤炉盖上，烤起火来。他穿着从前卖破烂没卖掉的长筒水胶鞋，已经漏底了。他说："穷人穿鞋不分冬夏，露底嘛，雪正好润润脚板。吃喝也是小事，有福怕喝不着人参汤？"

惹得娴静的闻大嫂笑了："你就是没愁的。"

"谁像你们见天沉眉瞌眼的。天塌有高汉，还有过不去的独木桥？水再大也漫不了船，天狗吃不了日头。"

小恩惠躺在他那麻袋被里，露出一个脑袋，小石说像个瓶塞子。小孩像不倒翁似的颠坐起来："幸亏还没有石婶婶，要是有呀，准不乐意跟石叔叔吃马兰草馅窝窝头，要另走道。"

"工人就是好人，红松里不会有坏心木。这年头，女人就是肠子短，有眼不识荆山玉。"石宝树侃侃而谈。

他讲了一些某某工人的媳妇跑了的事情。接着，小石就讲述起今天换支票的事情来。闻长山沉思了一会："你们真是绿豆眼。依我看，他们是叫商人出面，少则也是跟商人勾搭连环。克扣了你们的，他们小鬼一半，阎王一半。他们又换支票，又收支票，还不明摆着吗！"

"包子里装的是这个馅呀？酱锅里煮元宵，浑蛋！明儿修飞机场时，我要在大伙跟前，揭这批混鳖驴的老底。"石宝树大嚷起来。

"咱们不能吃哑巴亏，该逢人便说，骗子就靠大伙来拆他西洋镜。”闻长山说。“他料想八路军要来了，大伙二扣也甘心换，就趁火打劫，他们收到你们的票子，跑到沈阳，就十足兑现钱。”

“又说一半天飞机就要来投钱。已经派了人站到大白楼平台上，给飞机打旗号。投了钱就给大伙发全工资。又说你们什么时候到沈阳去，什么时候给兑现，一子不差。老孙头就把鬼画符全当真符存了起来。”

“要是真心给咱们工资，就不会给工人发鬼画符。空投？不是空投过两次了？谁领到一张票子？这还不是一碗清水瞅到底？扁担上睡觉，你们想得真宽。”闻长山绝不相信国民党会给工资，就像不相信骗子会还债一样。

“你的支票不也留下来了？”

“我的？卷了花牌烟。”闻长山笑了。

“传言沈阳资源委员会，好几十麻袋中国银行票子，堆到机场要起飞。”小石又报告。

闻长山摇头：“等柏叶落了吧，高低没咱们的份。净是谣言。”

石宝树单纯，没有主见，什么都能听进去，什么都能相信。幼稚和没有经验，使他缺乏判断力。他消息灵通，自号“顺风耳”。消息使他糊涂，也使他想入非非。石宝树还没有看见过八路军。他像好多工人一样，“八一五”之后就回盖平县农村去了。国民党来了之后才又回到工厂来的。然而他很相信闻长山，就像闻长山尊敬和信任解年魁一样。尽管石宝树有这些“缺点”，但闻长山喜欢他，喜欢他爽直、单纯、纯洁而乐观，无忧无虑，快快乐乐。在可怕的生活中，从来没有看他愁眉苦脸。闻大嫂子说他“天塌下来，也当作被子盖上的”。石宝树把饭盒子盖，猛地盖上：“饿得只剩下衣裳架了。人不死总有救。等八路军来了，另敲鼓新开张吧。”他神秘地问道：“八路军能冲进来吗？”

“门扇也挡不住！”老闻没敢透露小赵的风。“你是顺风耳，还听见什么新闻？”

“咳，新闻可是遍天飞，要张网收。哎呀，我那包玩意儿莫非给偷走了。”

小石倏地跳到门口，搬开遮门的瓦垅板，抱进一包东西来。恩惠叫道：“准是狗肉！秀珠说你打狗去啦，明儿还去吗？叫我。”

石叔抬起他那狼狈的长筒水胶鞋：“你满脑门就记得打狗。大年初一，可馋了，打狗没打着，闹个大伤风。那条黑野狗真凶，要没穿这长筒鞋，腿杆子准给咬去大半截。”

闻大嫂打开破灰布包着的东西，是羊肉！石宝树神秘地笑道：“这羊肉是靠新闻得来的。二一添作五，分给你们一半。咳，大半年没见油水肉腥了。”

“哪来的？”老闻也很奇怪。

“财主送我的。”

闻大嫂拒绝了羊肉，把赵同志送的白面，倒了一部分盛在罐里：“这白面也带回去，好好过个年吧。”

看见白面，小石大为吃惊，天下竟然还能存在跟羊肉同样好的东西，他大叫“奇事奇事”。闻大嫂开玩笑道：“也是财主给的。羊肉真是从哪儿来的呀？”

国民党、流亡地主、算卦的冷瞎子、跳大神的黄半仙以及捕风捉影的人，散布着大量的谣言。这些谣言，像瘟疫一样，迅速地传播，无孔不入，缠绕着人们。连有些地主们自己，也给谣言弄迷糊了：白面超过一袋，大米超过一斗的要斗争。凡吃猪羊牛肉的，都是有钱人，一律杀头。于是，他们迅速地大吃，或者把肉类埋在雪堆里，埋在地下，或者悄悄送给附近的工人们。石宝树从大西转盘换支票回来，就碰上这样的地主，把他拉进屋里去，给他那包羊肉，问道：“你敢吃吗？”“可不要说是我给你的。”石宝树津津有味地叙述自己的“奇遇”。说道：“吃了再说。挨杀头也要吃个肥脑袋。”

“瞎扯！”老闻斥责道。“还听说啥？”

石宝树相信闻长山讲的关于八路军的真相。当然也憎恨国民党。

但当受到谣言的包围和袭击的时候，他就又没有底，甚至完全糊涂起来。他叙述着在修飞机场工地上的各种谣言。然后又有声有色地说道："听说国民党有美国送的猴子队，穿着铁衣铁甲，一式美国自动枪。不管你多少人，猴子队放出来就不得了！——恩惠惊奇地张着嘴——还说大劫难逃都割头。说酆都城开了，放出三千恶鬼，见人就砍杀……"

恩惠害怕了，张开嘴巴："小孩也砍杀吗？你尽瞎说神！"

"一律砍杀！"石叔正经地说。"还说八路军占了灵山后，抓住工人，浑身缠上白布，绑在电线杆上。用火烧，点天灯。说工人都是给国民党干活的。"

闻长山没有笑，严肃地说道："你逢人鼓捣，泼风点雨，像个铁公鸡转圈唱，闹得八公山上草木皆兵。国民党会给你赏钱哩。"他越说脸色越严峻起来。"国民党净煽风，你就稳不住架，抓住旋风就是鬼。"

小石羞怯地笑了，又谈起飞机场上的形形色色。他说有个不三不四的家伙叫老任，因为没吃的，走屯子给农民理发。他只能推光头。这几天，这人在长甸铺飞机场上，迷迷荡荡，四处游磨。像过街的理发匠，用长铁钉划着"换头"（音叉）的夹嘴，响着嘶嘶的金属声。说道："谁乐意推头，赶紧推，八路军认准梳分头的是大员，抓住就杀。三两豆饼一个头，豆饼事小，脑袋事大。"于是，有些梳分头的工人，就坐在丁字镐的木把上，坐在土堆上，让他推起头来。

闻长山听着听着，脸色铁青，发火道："老曹老沈他们不也在修飞机场吗？明儿那个家伙还这么四处瞎叫，就把他赶走！跟他说：'你再这么替国民党放毒气炮，人家的脑袋丢不了，八路军一进来，你自个的脑袋可要丢掉。'"

"对。"石宝树响亮地说。可是他心神不安，老在摸自己的帽子，好像帽子上爬着什么虫子。

敏锐的恩惠，跳过去，摘下石叔的日本战斗帽。在暗暗的油灯光下，露出了光头。小孩笑道："哼，大亮光头！抓虱子可便当。咳，八路军可专下你这样的大萝卜哪。"

小石的光头，可不是老任那个家伙推的。今天早上，石宝树就借了剃刀，叫邻居给他剃起头来。他又听说，八路军来了，头一件事，就抓青年工人去当兵。于是，他对准小镜片，聚精会神，端详自己的清秀脸面，暗自揣摩道："我算不算青年工人呢？小日本，二十五岁就不算了，我属猪的，二十六了！谁知道八路军的规矩怎么算？"其实他不相信这些传言，但"无风不起浪"，所以又有些疑虑。深思之后，最后决定：以保险为妙。于是，他又安全地留起胡楂子。头一剃光，胡楂子就显得更突出了。

闻长山额上，三条延伸到眼角边的皱纹，全皱在一起："不定有根没根，人家说风你就说雨。尽听闲言淡语，随帮唱影。"

"他才不瞎子过河，撞这个险哪。"小恩惠乐极了。"石叔叔是南山猴托生的，见啥学啥，跟着巫婆会跳神。"小孩抖抖破麻袋被："八路给咱们粮，还赔上这麻袋给装好。咳，你脑袋瓜净想狗肉羊肉啦。"

"跟着巫婆……"自然不对，石宝树没跟坏人走。所以闻长山吆喝儿子道："瞎帮腔！"

闻长山批评了小石"随风飘"，"遭人愚弄"，"一起哄就没定见"，"黄半仙的便当主顾"，甚至说"把灯亮当鬼火"。说得很厉害，可是很恳切。

小石一扬手："一时糊涂迷了心。"

"八路军共产党倚重咱们，国民党倚重像石炮台、刘恕武这号人。"闻长山瞟瞟时钟。"这是定理。解大哥可没半丝谎言，他说他不信老君爷，单信八路军。人朝亮处走，人有人道，贼有贼道。国民党是贼，穿上蟒袍，坐上龙庭也还是贼。咱们跟他们，是钢水钢渣，两经，混不在一起。"

小石高兴了："他们熏鸡不是熏鸡，窝脖子一个。这回可压他们上了杠，慌神啦。"

石宝树又想起“砍头”的谣言。他差点漏掉一件重要新闻！那很可惜，因为他是以经常拥有广泛而难得的新闻而自豪的：“提起砍头，咳，咋黑对炉山脚下枪崩了一个人。是个老头。他没犯罗永年布告上的十杀罪。就是听见八路军响了炮，他乐得大笑了一阵，就把他崩了。”

“他们临死还要抓两个垫背的，”闻长山说，“他们要哭，咱们还能不笑。”

“老闻，明儿你再去修飞机场吧！咱们先揍那个推头的老任。”

“他害你当了千山和尚。”小恩惠有趣地瞅着石叔叔的秃头，不还给他战斗帽。

“你不说我也得去。”老闻干脆得很。

在回家的道上，石宝树寻思道：“……到家第一码事，把胡楂子一刀割光。”他又不自觉地摸摸光头，“光头嘛，早晚开春了。一闪眼就夏天，还凉快，随它长吧。”他想起炖羊肉，真正的白面馒头，脚步就加快起来。

小石走后，闻长山心里很不平静，那被枪杀的老头，又使他很担心解年魁和赵同志。谁都知道解年魁是和八路军亲密合作过的人。幸好这两年，人家把他遗忘了，好像这老头已经从地面上消失了。他站起来，低声说道：“我得去找赵同志谈谈。”

闻大嫂看他心神不定，打岔道：“怎又想起去修飞机场了？”

“你没听小石说吗？飞机场上乱头，坏人死造谣言，往八路军脸上抹黑，好叫大伙反对八路军。赵同志跟咱说过：真刀真枪打仗是斗争，反对谣言，打通工人思想，也是斗争。”

闻长山踏着冰冻的积雪，走过空寂的街巷，向解年魁家走去，一边低头在想什么。

五

第一次修补飞机场，是在新地号屯西南角，那是伪满留下来的。

八路军占领了那一带乡村之后，就又在鞍山南沿长甸铺修起飞机场来。长甸铺又落到八路军的大炮射程中了。最后，竟然在市内对炉山一带的电车道上，修起飞机场来。美丽的花杆灯柱被翻倒了。工人讥笑道："八路军越挤越近。再过一天，要在房里走廊上修飞机场啦。"

修飞机场的目的，原是准备国民党军从沈阳空降增援的，后来却准备坐飞机逃跑。因为时间仓促，确定在电车道上修一条潦草的跑道便罢。这条幻想中的滑稽的跑道，也是由鞍钢负责的。炼钢工人曹宗荣、沈福泰等，在工地上十分活跃，几乎没人再推光头了。闻长山又去参加了修飞机场之后，那个老任便把"换头"藏了起来，后悔为了三两豆饼，给国民党做了广播。接着，流传开了一种新闻，这是闻长山从赵同志那里知道的："在刘二堡、海城，在七岭子的山谷里，已堆着发给工人的救济粮。运粮的胶皮大车都准备好了，八路军一进来，粮车队就往鞍山开……"这个振奋人心的好消息，代替了各色谣言。在飞机跑道上，工人们活跃起来了，充满着希望："八路军快进来吧，不然，鞍山的工人要饿绝种了。"溜号的工人，越来越多了。

飞机跑道修到最后两天，形势越来越严峻。午前，作为五家的代表，闻长山到街长家去开会。在会上，街长奉命宣布："要修军用铁道，从市内电车道北头修起，跟中长路衔接起来。晚上就动工，五十岁以下一律参加。"

因为这件事情，在宣布散会后，人们又咒骂起国民党来了。街长就是失业的铆工匠万德才，他心里早就希望国民党滚蛋。所以在他家里，是什么话都可以说的。电锤工孙永恩也在。他就是石宝树说的，把"鬼画符"支票留起来准备十足兑换九省流通券的人。他还幻想着国民党。谬论很多，其实多半是从黄半仙那儿听来的。比如："八路军先动刀兵搅乱天下。""八路军不知足，怎老打？哈尔滨给了他们也就够了，越打越乱套。""他们够吃就算了，怨命，还打什么。"闻长山曾认真地驳斥老孙头，弄得见面都不讲话。现在，孙永恩又大发议论，又在街长屋里争论起来了。老孙头说：

“鞍山要不是给八路军围困住，道也给扒了，能来矿石能来煤，工厂还能荒了？在早鞍山沈阳火车连珠转，国民党可没欠过咱们半个子。说个九九八十一，八路军要不围困，不扒道，铁道都给破坏了，还能给咱们‘支票’？”

不是没有人附和的。有人说：“八路军是扒道军，胡搅蛮缠。”

“你们尽咬歪理，癞蛤蟆瞎叫。打仗还能不扒道！”铆工匠万德才火了。

“吃不上饭怨灶王爷，”平炉工沈福泰支持街长。“你们短眼睛。”

“八路军打十月才困辽阳鞍山，火车道才不通。可是八月份就发了一半鬼画符支票。耐火厂工人九月份就一个子也没领到。”吉乐山大声道。

“给运输部的工资，从七月份起，发的就净是空头支票了。”李均贵说。

人们跟老孙头算起细账来。老孙头眼看输了。闻长山抽着花牌炳，浮上微笑。由于八路军快进来了吧，他情绪不错，安静地说：“是嘛，这怎能怪着八路军？从打八路军扒了道困住鞍山，国民党飞机就空投过两次流通券，大伙也没摊着，这跟八路军有啥关联？滚珠不好还能怪着铜套？工厂可别提了，前年下半截，可没个八路军影儿吧？南满一条线，转圈尽是国民党兵马，工厂又开了啥？有几条烟筒冒烟？日本人片岗说高炉要炼高粱，可没说错。这也怪着八路军？”

“工厂可是开工啦，张群不是到初轧厂主持剪彩开工吗？没人不笑破肚子哩。”曹宗荣悠然笑起来。

提起初轧开工的滑稽剧，大伙儿都大笑起来。闻长山的使人信服的驳斥，弄得孙永恩哑口无言，他被孤立起来了。可是却又说道：“老闻，你不要说两岔去，乱套。依我看，高低八路军进不来，胳膊拧不过大腿。拴两个捣蒜锤顶啥用？”

“咳，难怪石宝树说你把鬼画符空头支票当宝贝留起来哩。”曹宗荣说。

闻长山单刀直入地问道：“你说这回八路军进鞍山对咱们好不好吧？”

“这可说对了主轴。”李均贵大声说。

“那还有啥说的？八路军再不来，咱们眼瞅要进酆都城过春。”掌钳王德普大声说。

“再不来，鞍山就变大炼人炉了。”万德才拍腿大嚷。

“传言七岭子山沟里都堆满了救济粮。拉粮的大车都准备好了。”吉乐山宣传起来。

“假不了。”闻长山坦然地证实道。

老孙头简直插不上嘴。可是他愤怒了，使劲地吸烟锅。最后他嚷道：“大伙还是实心修军用火车道吧。国民党走了，工厂就莫想再开工。救济粮？做梦！八路军是打游击的……我未卜先知。”

“你卜了什么？”

“老孙头不到南墙不回头。”

闻长山末了说道：“国民党说啥你都相信。国民党怎么说，你就怎么宣传，你是他们的烟囱。”

老孙头是“国民党的烟囱”，比得真恰当。工人们简直是在斗争他了。大家都批评老孙头“尽咬死扣”。固执的孙永恩悻悻地走了，来个回马枪：“老闻，咱们走着瞧。”

“你把你的空头支票，趁早二扣去换了吧，别空想了。”老闻的话又像讽刺又像劝告。

闻长山打算到解年魁家去向赵同志谈修军用火车道的事情，人们也正要散去。快正午了，这时，突然响炮了！开头是咚咚咚单响，接着就山崩地裂地轰鸣成一片，城市像地震似的颤动起来。炮弹带着骇人的爆炸，好像都正落到自己头上。闻长山立刻上楼，接着大伙都从楼下跑到二楼平台上去。有些工人也在附近房屋的平台上瞭望。久保田工厂高耸的水楼子上，也趴着大胆观看的工人们。炮弹在头上吓人地呼啸。国民党在市内南山和神社山上的榴弹炮也发疯地叫起来。八路军的大炮怒吼了！炮弹像骤雨一般落到两个山头上炸裂开来，泥土像黄色的喷泉，沸腾涌起，变成许多根泥柱，然后，像披发似的，从两边披散下来，浓烟成团成团地卷起，像深褐色的棉絮，笼罩住敌军炮兵阵地。闻长山浮着微笑喝彩道："真准，就像孙永恩的电锤锤头。"

"这回可是士叫炮打啦。"街长万德才说。

"八路军可真有两下子。"老曹说。

"你们瞅，"闻长山说，"工厂区和工人住宅区可没落一个炮弹。"

"八路军真看顾咱们。"李均贵和王德普同声称赞道。

这时，铸锭工曹宗荣大笑起来："你们瞅石宝树，也没去修飞机场。提个大猪头可带劲啦。"朝平台下一看，果然，他石宝树提了个沉重的大猪头。他早就从飞机"跑道"上溜回来了。他仰脸朝着平台，大声劝大伙到地主家去拿猪肉。又告诉闻长山："我给你家送去半个猪头。"然后又大声说，"地主不敢藏好吃的，怕杀头。咱们怕啥！得吃个全身饱，今黑还得修火车道呀。你们街长也召你们开会了吧？嗯，老孙头准钻进自个挖的防空洞里去了。哈哈，牌九军这回可是没咒念，真打得他们狼鹤齐鸣。"

石宝树晃摇晃摇手上的大猪头，扬长而去。人们陆续散去了。闻长山满面笑容，站在平台的雨搭下，瞅着炮弹密集地爆炸在神社山上。哑巴了的山头，已给浓褐色的炮烟蒙盖住了。

六

一辆不开头灯的铁甲列车，从南向北驶来，停在大白楼东边中长铁路线上。附近装载枕木的火车车灯冒亮了一下，显出装甲的车头和圆顶的炮塔。敌人企图把中长路跟市内电车道北端衔接起来。这样，铁甲车可以不经过在炮火下的四方台，而从电车道南行，径直开到长甸铺前线，轰击猛攻的八路军。从对炉山东边脚下，到三角楼（检验室）和三孔桥北面约三里长的衔接线上，驱逼几百工人，在严寒的黑夜中抢修。

扛枕木和抬铁轨的工人们，在黑道上影影糊糊，络绎不绝。诅咒，吆喝，响起杂沓的脚步和戏谑的笑声。时常听到警告：“躲开。”“小心。”“瞎挤混撞个啥！”一不小心，就会踏到蹲在地上休息的工人们身上。迈不上三步，工人就成股成堆地拦在道上歇息下来了。闻长山和曹宗荣，抬上一根枕木，左闪右躲朝前挨，后面跟上成串扛枕木的工人们。看见铁甲车后，大伙才深信抢修铁道的用意。曹宗荣说：“机修厂还修着一架铁甲车。”

“雨后送蓑衣。”闻长山说。

“他们白费神，不赶趟啦。”老曹说。

“他们净打糊牌，铁甲车也救不了他们。”老闻补充道。“可是咱们还得在意，这股铁道怎么也不能实心给他们修。”

“对，虚虚假假混。”

在钢铁工会门前一段马路上，有一群工人在铺枕木。搁在地上的马灯，星星散散，闪着朦胧的亮光。王德普被分派去铺枕木。他看了一下抬来的枕木，悄悄问道：“这枕木是火车上卸下来的？”

“火车上的扛完了，”老曹答道，“这是鞍钢线路附近抬来的。”

“尽是这号老得没牙的？”老王笑道。

“有两大堆硬棒的，咱们没扛。”老曹说。

闻长山笑着补充道：“咱们是特意挑选的。”

“这废枕木该进化铁炉当‘底火’烧了。”大炉工李佩芳鉴定道。

老闻浮着笑意：“这些枕木少也有十八九年工龄。”

“铁甲车一上道，保险翻个。”曹宗荣说。

工人们低声笑了。老闻说道：“那不正好吗！”

“正好。”

“他们不检查？”李均贵有些担心。

“检查也不怕，这是老牌枕木。”

“他们慌神蹚河，还顾得上水深浅？”闻长山说，又幽默地笑道："他们信着咱们工人，还能摆弄错嘛。"

下半夜，又黑又冷，冷得骨头都发麻了，工人们张开嘴，朝手心呵热气。修铁甲车道是由军队负责的，但都作战去了。监工的士兵本来很少，天这么冷，都躲到钢铁工会大门洞里去。闻长山这一组人，抬了一会枕木，就休息了起来。马路旁有一间高粱秸编的泥棚，原先是一家小店，他们钻进里面去。月亮从云层后面落下去了。一过半夜，枪炮声就稀疏起来。是黝黑的冷得凝固了的深夜。他们互相挤挨在泥棚里，觉得暖和了一些，谈话也就多了起来。有人报告道："大西转盘那间换支票的铺子，烧溜干了。"

大伙乐了，猜测是谁干的；并且说要发给他们奖金。有人问道："人烧死了？"

"他们不傻，还不跑脱了？"

"这班人该侍候老君爷。"

在暗黑的泥棚里，人们吸着一种奇特的"烟"。那是用羊奶子草的叶子焙制成的，散发着一种难闻的气味。有人不断咳嗽。在暗角里有人说道："听小石说罗永年上前线亲自督战。胡晋生拿手枪顶着当兵的背脊梁，叫'前进前进！'富大队长也带上国民党工矿队百来号人马，上了长甸铺前线了。"

这消息大快人心。曹宗荣说道："骡马能上阵，蚂蚁也能上阵啦。"

闻长山笑道："可没跟他们拆房顶这么便当。这回他们可是拿人命去撞大运。"

"准要遭八路军吃光。"

"工矿队都上了前线，富大队长当良将用，可见国民党翻了底，没啥兵马啦。听说站岗的一天才换一次岗。"李均贵说。

"就等八路军来救咱们穷命了。"老曹说。

他们又谈起了关于八路军的谣言。闻长山说："这真是八竿子打不着的笑话。"这时，在北面响了两三下枪声。接着，五十二军的机关枪，打破了静寂，朝深黑的夜里，哒哒哒乱响。躲到钢铁工会监工的士兵，从大门中冲到马路上，慌慌张张巡逻起来。他们套着红袖圈，像宪兵一样，戴着狗皮帽子，脑袋缩进大衣领子中，双手拢进袖筒里，走来走去。有时，闪亮电棒，催促挡在道上歇息的工人们。闻长山这组人马，跳出了泥棚，听见坐在钢轨和枕木上的工人们说道："老总，咱们饿得头大脖细，浑身稀软，走道打晃，真抬不动。"

"老总，咱们半辈子没闻过肉味。肚皮贴着背脊梁，肠子都饿青了。再歇会吧。"

"老总，才八个人抬一根钢轨，实在受不了，又走两个人拉大便去啦，剩下六个人，哪能扛动！"

"拉肚子的真不少。"李均贵说道。

"准少不了石宝树，他一气吃下半个猪头。"曹宗荣补充道。

工人们大笑起来。的确，石宝树蹲在路旁空地上，几乎整整一夜，没有离开那块空地。虽然正好不干活，但也是很艰苦的。他那一组的人，称赞他们道："你们真个因祸得福，省得干活。使劲拉吧，咱们也沾光，歇着。"

监工的电棒照亮了。在空地上，星星散散，蹲着好些黑影。兵士挨个检查。拉得全身稀软的石宝树，这时，却跟另一个拉肚子的工人，背朝北，靠着一堆破砖头，舒舒服服，打起盹来。手电筒一亮，小石扬声道："蛤蟆鼓肚，胀死我了。"

士兵逼迫他们赶快去做工。小石顶道："管天管地，还管得着拉屎放屁。"

工人们大笑了。枕木扛完了。闻长山这一组人，摸摸索索，走过中长路上面的洋灰大桥，抬铁轨去。在宽阔的桥上，闻长山看见：就在选矿厂西南方，离久保田的通天炉不远，在深黑的夜空中，倏地亮起了红色信号弹，灭了，新的又闪亮了。他觉得自己和信号弹之间，有着多么亲切的联系呵！不禁洋溢起幸福的情感，满心明亮。他暗自想道："赵同志放的信号弹。"他又想起了解年魁告诉他的话，"过了几天，就能看见阳光了。”

然而，到底还没有解放，闻长山总替解年魁担心。在沉思中，听见伙伴说道：“叫天亮回家吃罢饭还得来。”

“我是不来了。”闻长山说。

“请龙来叫唤，咱也不来。”曹宗荣附和道。

“两天不修好，要杀头呀？”

“稳住架，别听咋呼。”老闻鼓励他们。

“他们自身难保，没工夫杀咱们的头。”掌钳老王笑笑。

“咱们猫起来，他们往哪儿找？”万德才说。

他们走到指定地点，国民党工矿大队部附近，在鞍钢的线路上堆着重轨。他们亮了几根洋火，原来还有两堆轻便铁轨。这原是大员们打算盗卖到天津的，因为火车不通，就卸到这里了。后来富大队长又偷卖了一些。闻长山走近轻轨堆，正正经经说：“咱们就抬轻轨。”

“对，省劲，饿得心窝直发颤。”老曹首先响应。

吉乐山问道：“勾死鬼认出来怎办？”

“监工的？他们四六不懂。”万德才一挥手。

“等他们懂了，八路军早进来了。”

“对，就抬轻轨，应应景。”

另外两组工人，也跟着抬起轻轨来。有人叹息道：“说真的，八个人抬一根轻轨也费劲。哼，咱们还要人抬呀。”

“电线柱子比咱们还胖。”

不知怎的，石宝树他们也被赶来抬重轨了。小石大声说道：“要有电线柱子，就抬电线柱子。轻轨咱也不抬。”

闻长山嘲笑道：“铺上轻轨，铁甲车道就变成轱辘马道。”

人们悄悄笑起来。天冷极了，工人们，有的戴上破布手套，有的用破布缠住手，有的还用破麻袋包着身子……他们抬起轻轨，向有马灯光的亮处走去。王德普嘟哝道：“真死冷寒天，钢轨都冻啦。”

曹宗荣低声跟闻长山说道：“咱们这么胡摆弄，要是咱们人堆里有三心二意的人，咱们就都犯第十一杀大罪。”

“不要心虚。该怎么做就怎么做。人就怕认不定道。认定了就不胆怯了。”

一提到“三心二意”，闻长山想起了老孙头和高国权，想起在街长家里开会时老孙头的态度。他又想道：“老孙头来开了会，怎不修铁甲车道？小石说他和高国权见天都上班，到厂子里去。还有什么班好上？”这时，他又看见在东南边瓦斯罐附近，升起一个信号弹。一会儿，在西南边的天空中，又闪亮了一个信号弹。他觉得这颗信号弹是从解年魁住的破楼楼顶上飞起来的……老曹又说道：“快天亮了。瞅这苗头，八路军便衣队早进来了。”

“嗯。”闻长山想着解年魁家。

七

二月十六、十七、十八——激烈的最后战斗，逐渐转移到市内。密集的机关枪声、步枪声，掷弹筒的轰鸣及手榴弹的爆炸，越响越近了。五十二军二十五师最后的炮队，全力支援长甸铺第六次反冲锋。可是炮弹却大量炸落到自己阵地上，死了整连整连的士兵。有一部分敌人，从南穿进北厂子，企图从西北角耐火厂方向逃跑，然而这唯一的缺口给堵死了。结果，却落到扼守矿渣山的八路军袋子里。二月十八日黎明，细雪静静飘落，光秃的白杨树枝，开满了白花。在朦胧的晨光中，八路军披着白布，踏着夜来松薄的雪地，首先从西面和南面，进入了市街。久保田工厂院子里的敌军炮手，把炮筒还发热的六〇炮送给了看门人。步枪射手们，让枪筒搁在墙壁间挖的枪孔里，逃走了；有的把枪扔到井里，穿上早已准备好了的便衣。军官们的太太，从床上跳起来，有些背着孩子，有些穿着花衬裤，在街上狼狈奔跑，找寻自己的丈夫。神社山、对炉山和选矿南山的炮兵阵地，被彻底摧毁了。国民党是崩溃了，然而战斗还没有结束。在伪市政府门前的地堡群里，选矿厂南边的碉楼中，以及三角楼等要冲防线，还固守着二十五师的部队。炼铁厂的防空壕变成了弹药库。敌人利用各种火力，构成了一条巷战的防线。

大概是前天午后，工人们有的在修铁甲车道，有的在电车道上修飞机场。突然从北面飞来三架飞机，在他们上空回旋，然后空投了。听说投下了五十亿九省流通券，和许许多多的弹药。虽然在大白楼小白楼平台上打起了信号旗，但很多都落到八路军的阵地上去。此外，还有白面、菲力浦香烟、罐头等。工人们闹腾起来了，向投落处四散拥去，希望能拾到香烟和白面。他们一面跑一面说："要工资去！要工资去！鬼画符许能换了。"从此，大白楼门前，总是拥满了工人。

雪偶然停了，透出淡淡的阳光。好些工人还不知道八路军已进入了市区。有些挨近立山的工人，还跑去修飞机场。在鞍钢总办公室：大白楼门前，还是挤满了要工资的工人们。谣言说，因为工人给国民党干过活，所以八路军的下马威，就是抓工人。因此有些胆小的工人化装成商人的样子。空投后，大员们起初说："发，正在计算。"以后又说："如果不是八路军捣蛋，早就发放，现在来不及了。"

"那怎么办？"工人们质问道。

"到沈阳来领，连支票一起兑换。"

今天，愤怒的工人们，准备做最后的进攻了。他们喊叫、咒骂，并且有人说：如果今天再不给工资，就要放火烧掉大白楼，人们立刻赞同起来。一部分工人拥进大白楼里，从楼下冲到三楼，又窜到平台上。他们憋了满肚子气，冲来撞去，搜索管理财政和工资的人。鞍山的官员们不穿呢子衣服了，穿上了长袍大褂。据说每人都带着一大包票子，他们都逃到工厂去躲起来了。甚至有的已猫到烟囱底下，躺到均热炉里，听说还有钻到了洗煤塔上。在大白楼，许多乱七八糟的办公室里，还有好些不知什么官员的女人们、小姐们，在忙忙碌碌；其中也有从市南逃来的军官，政府官员的太太和奶奶。在打开的皮箱周围的地上，散乱成一片：高跟鞋，小孩玩的花皮球，唱片，没有纸盒的胶卷，花旗袍，烫过发用的带孔的夹子，照相簿，男人的礼帽，打破的小圆镜，梳妆盒，收音机上用的小电流器，照相机的支架，石膏的女人裸体像，小电风扇，薄绒的台布……她们把夏天的好衣裳，经过挑选，穿进里面，然后，把冬天的料子衣裳和皮大衣，一层一层的，胡乱穿上去，这样，就十分臃肿庞大了。她们喘气、哆嗦，由于穿得肥大而互相挨挤、碰撞。她们卸脱手上的戒指和金臂圈，藏进大衣里和棉被里，然后缝死拆口。有一个穿得拖拖沓沓的小女人，瞅着窗台上一只照相机，和一支双筒猎枪，流着泪骂她男人："早叫你卖你不卖，张口铁打的鞍山，闭口死守钢都，现在他可跑掉了，叫我怎么办！咳，八路军……"一个只穿件红衬衣的女人，冻得发抖，把戒指缝进小皮球里，两端系上丝线搓的绳绳，然后把皮球绑在自己乳房上。当工人们踢开门，大步撞进来搜索的时候，女人们就慌乱和尖叫起来。

昨天闻长山去看小赵的时候，小赵已经走了，他已完成了任务。解年魁告诉闻长山：小赵说，国民党军准备死守。鞍山市内定会打得厉害，所以这两天不要出去，免得出危险，可是今天一大清早，老闻还是出去了。因为他听说八路军的炮弹，落到北厂子，崩塌了炼钢厂的烟囱。这个炼钢工人，不相信八路军的炮弹，会落到工人住宅和工厂区，但总是情绪不安，一则他是喜欢凡事都弄清楚的人，二则他可以有根据来抢白这个谣传。他向工厂走去。自从富大队长的工矿队拉上前线之后，北厂子正大门，也没人把守了。他看见炮手们，坐在炮座和炮弹上，士兵们在大门附近一带挖工事，准备"死守"，便微微冷笑了一下。一制钢的九根烟囱，还是安然成排地耸立在空中。他安心了，嘲笑自己竟然也听人瞎说。他又到炼钢厂四处走了一遍。造块车间肮脏的地坑里，已经爬了些化装的官员们和华服的太太。然后他离开了工厂，要走回家去。经过大白楼门前时，看见还是挤满了工人，其势越来越多。有一部分工人，原打算到大西转盘去换支票的。听说发工资，并且大西转盘给八路军占了，就冲到这里来。也有羁困在北厂子的部分工人，冲出正门，奔来大白楼。这些人大概还不知道，那间换支票的鬼铺子，不知给谁放火烧了。他看见孙永恩已化装，戴起破礼帽，穿着夹袍，噙着长烟袋。闻长山想道：“他一定也是光头。”这时，他看见石宝树也闪在人群外面。他毫无主张，傻头傻脑，沿着人圈，蹋蹓蹋蹓，一下钻进人堆里，一下又挤出来，茫然四顾。他戴着破布手套，擦着剃光了胡楂子的下巴。现在小石正又后悔，没有听闻长山的话，在西大转盘换支票时，通通换掉。幻想空投使他留下了一部分。他右手探进袋子里，装作温暖寒冷的手，其实是捏着一把倒霉的支票。但他是一个性情温和而老实的人，也就只是站着，不叫喊也不咒骂，像旁观者，并且，高高兴兴看起热闹来了。闻长山跑过去，想拉他往家走，说道：“八路军过午就会朝市里压，走，再晚就回不了家。”

“瞅瞅热闹吧，看这戏文怎落尾。”

“你还存有支票吗？”

“嗯，不知怎的，又摸出两张。”石宝树支支吾吾，不好意思了，岔开道，“投好几十麻袋流通券，瞅八路军来了，就借由子不发。乘虚偷兵营。说得天官赐福，见钱就麻爪，往腰里揣。他们都跑了，钱也没影了。他们是八卦沟的臭虫，肥得尾巴都涨红啦。”

“还能给你们？”闻长山奇怪地说，“他们是无底皮包，滚装也不满。”

“他们眼瞅挨抓了，还混抓这么多钱干啥！真是半夜梦见做皇帝，快活一时是一时。他们是大粪车儿，走到哪儿臭到哪儿。”

“趁早烧了你的支票吧。”

只要是在闻长山跟前，小石凡事都显得勇敢起来。为了表示自己不是糊涂人，他掏出鬼画符，撕成两半，丢到空中。人们惋惜地瞅着散落下来的纸片。小石说道：“有人要放火烧楼。”

“你又瞎扯。”

“说真格的，他们嚷得可凶狠啦。都窜进楼里，楼里可真热火，咱早先死往里挤，也没蹓蹓进去瞅瞅光景。”

“咱们得去看看。”闻长山说。

有些工人们，看闹不出结果来，渐渐走散了。孙永恩跟几个也已化装成商人的工人在一起，蹬在大白楼前面的防空洞顶上，窃窃私语。他时时摸摸自己的破礼帽，好像怕风吹走的样子。他眼神不定，老瞅着工矿国民党党部的小楼。他抽着长烟袋，慢悠悠地插嘴道：“到沈阳资源委员会去换，准十足兑现。”

“太子河桥炸了，不通车呀。”

“不能走道去吗？揣上豆饼就上道。”

“依我看，”老孙头又细声说道。高国权的老鼠脸又可恶地浮在跟前。他模模糊糊觉得，他说的话，是高国权叫他这样说的呢？还是他自己的意思呢？他弄不清楚。“到沈阳去换嘛，行，不到沈阳去，也行。八路军一阵风卷来，一阵风又滚没影了。中央军能不回来？还不能慢哩，回来工资就保妥。工厂又要开工。”

石宝树在大门台阶上，回头又瞅了一眼老孙头的怪装束，觉得很有趣：“工人不是工人，商人不是商人，算啥玩意儿？像侦探，挨八路军抓住就有戏看了。”

他跟定闻长山上了二楼。有许多工人，边骂边往下走。二楼长廊上，他们先朝右一拐弯。小石随便在廊南第一套门上，狠狠捶了一拳。门闩紧，一会儿，从挨着正门的侧门里，探出一个老头的脸来，好像过七十岁了，又憔悴，又难看，他们认出是协理封一梁。他阴沉地问：“做什么？”

“没在意敲敲。”小石说。

“你们不知道禁令：工人不许进大白楼吗？”

封一梁因激怒而声调发颤。闻长山那冷峻的目光，凝视着他：“朝代变了，该着咱们进大白楼了。”接着又变成嘲笑的口吻，“鞍钢不是你们的了，你也该挪个地点了。”

“去年这时景，柳宗敏叫我去他家修澡堂子。我穿着这双漏底长靴雨胶鞋，给你们修滑冰场。”小石把雨胶鞋脚抬到协理的眼皮下。“如今你们还敢吗？你们大员猫哪去啦？禁令？华振的章子不好使啦。”

老头怒目注视了这两个工人一下，然后狠狠关上门，进去了。这个权威的鞍钢主宰者之一，昨天写了一个电报稿子，请求资源委员会邓少风马上派飞机来撤退他们。否则，作落网之囚，万世为后人笑。被指定负责此事的，是电修厂的副厂长房今非。他是东北人。眼见旦夕城破，他胆大了。接过电报稿子，当面就讽刺道：

“我是副厂长的职位，做厂长的工作；我是机电工程师，拿技术员的工资。现在又做发报员了。”

这简直是“抗议”。要是在平常，老头可不客气了。现在，他低声说道：“且不要提往事，大难迫眉，同舟共济。”

真是糟糕得很。正要发报，出了大乱子。但房今非无动于衷。他报告道：“真空管破了，不能发报了。”

封一梁默然无语，凝神端详房今非，是否有意捣鬼？有顷，他两目无光，低声道：“祸不单行，可以亡羊补牢吗？施恩今日，容后必奉重谢。”

封一梁为人不错，又都是工程师。所以房今非温和地答道：“封协理，真空管没备品。实在无能为力。”

从此，这个忽然衰老的老头，就闭紧门，躺在长沙发上。他与华振不同。平素无欺压工人之事，人缘还好，为人正直。所以无人去伤害他。他盖着皮大衣，绝望、颓唐、空虚。闭上眼睛，双手掩住他那阴暗的脸面。喃喃说道：“与鞍钢同归于尽！”

在二楼右边，长廊尽头一带，果然有一群工人闹闹嚷嚷：“总经理华振，跑得真带劲。要能抓住他，三千两黄金也不叫赎。”

“封一梁怎不跑？”

“他相信铁打的钢都呀。”大家笑了。

“这老头粘住沙发死躺，干脆等挨抓。”

“会计处长不知躲哪去？有人说半夜走小道蹓沈阳去啦。”

“咱们的工资，给他凑在一堆，他就白手变财神，能起一幢洋房。”

“他一时还不能起洋房。他还要做买卖，跟沈阳办事处长，什么少将？勾结连环，鸦片、黄金，可真生大利。”

“都说会计处长的小老婆还在四平。拿着咱们的工资倒把，作粮食买卖。”

“传言四平也给八路军包围了。抓住了她，得卖窑子里去，钱财归公。”

“嗯，他们往哪找汽油去？没油，一堆柴火就够喂饱这座白楼。”

“仓库里有汽油。”

“一把火可就跟大西转盘的支票铺一条命，烧得剩了灰堆。”

有些工人不赞成烧大白楼，停下步来劝解，就吵了起来。真是闹闹哄哄，乱成一片。又有人跑去找燃料去了。闻长山问道：“你们烧白楼为啥？”

“出这口气。”

“烧了大白楼，也一样拿不着工资。”闻长山劝解道。

反对烧楼的人，立刻就大声热烈支持他。一个愤怒得说话都结巴的人，横蛮地说：“留它干啥！能当豆饼吃还是能当裤子穿？”

“怎搜也搜不着。剩下的流通券，保准在这楼里，一把火烧了它。咱们不要了，也不能让国民党这堆破败星捞着。”

“烧了它，烧了它！”一个卷起了胳膊的大个子工人说。

“八路军待鞍山一辈子，工厂认准荒一辈子。唉，八路军保险咱们有吃有喝就成了，不要做工了，要大白楼干啥？莫如趁早烧它溜干二净，出口怨气。”

“八路军这回来了，说不准也要炸这白楼。鞍钢定数散架了，烧掉又有啥！”

闻长山说道：“大白楼也不是国民党的。你们击天撞地要烧它干什么？会烧出流通券来了？八路军还没进来，你们就瞎猜这么长远。

你们怎认准他们来了，就要崩大白楼，百辈子散架？咱瞅早晚总得开工。要打天下，这么大鞍钢，八路军哪能不开。”

“那是驴年马年。”有人反驳道。

“要想开工，除非国民党回来。”

闻长山迅速地看了那人一眼，原来正是孙永恩。一股火从心上升起。可是没等他说话，就有人斥责道：“烧楼是烧楼，是恨国民党。你怎惦着国民党回来？你是什么种？”

老孙头不言语了。有人说道：“你们说两岔去啦。”

“闻师傅说对了主轴，不能烧大白楼。”

闻长山断然说道：“烧大白楼不跟烧厂子一样吗？怎么说也不能烧！”

胁从分子跑了，几个主要的粗暴而愤怒的工人，也有些平静了下来。听说要烧大白楼，人来多了，都吵二八火地责备他们，甚至咒骂起来，骂他们糊涂。这时，有几个工人，真的扛来一桶汽油。嚷着：“来了来了！”“有木柴吗？”“拖几条桌子板凳来！”

闻长山招呼了小石、曹宗荣等几个熟人，一言不发，先走去占住了汽油桶，对小石他们说道：“来，倒便所去。”

这时，从南面办公室里，臃肿的女人们，冲了出来。尖叫着：八路军来了！她们号号啕啕，跌跌撞撞，争先恐后奔下楼去。工人们也挤撞起来，践踏着女人们掉下来的满走廊的东西，撞倒了女人，蜂拥抢下楼去。当闻长山这些人最后离开时，大白楼是一座空楼了。

鞍钢总办公厅——大白楼东侧，有一幢两层小楼，那是工矿党（在工厂中的国民党组织）党部。这两天，在二楼上，这群阴暗的人们，在开紧急秘密会议，讨论共产党占了鞍山，应如何对付。他们相信自己不久要卷土重来。他们成立了八路军占领期间的秘密组织——秘密护厂队。现在，这幢党部的小楼也空无一人了。

邵仲明、徐崇智和高国权三人，悄悄蹓出来，朝大马路上张望，后面跟着一伙人。其中有鲍耀良、李志材和商人打扮的孙永恩，他紧紧捏住头上的破礼帽，免得被风吹掉。另外有几个人，是刚推的光头，有一个是老金，外号叫作“瘦兔子”的，戴着一顶马车夫戴的无边毡帽。刚才在大白楼前要工资的时候，石宝树把他的毡帽摘下来，露出了有刀痕的光头。小石哈哈大笑道：“原来你也进了新兵营哪。”

从前，国民党抓到了新兵，推进营门的第一件事情，就是剃头。这伙人站了一会，就绕过大白楼后面一条静僻的马路，蹓进北厂子去了。这群神秘的人物，白天黑夜，在工厂区深处，秘密地但是大规模地活动了起来。

阴谋正在工厂区悄悄进行……

二月十九。在大白楼门前，融雪而水湿的柏油大马路上，溃退的五十二军的官兵们，狼狈、凌乱，从南边窜涌上来。他们形容憔悴，有的没有帽子，有的打赤脚，有的空手，有的穿上棉袍，有的换上工人服装。有许多士兵，一边走一边把枪支和子弹袋，扔到积雪的杨树丛中。这已经不是一支队伍了，但却比队伍更紧张。他们很疲劳，却朝前疾走。长官命令他们“前进”到北厂子去“严阵以待”，准备反击。但他们已经没有什么抵抗的思想了。有些女人们，披头散发，夹在这些溃兵中间，连跑带颠。逃亡地主的胶皮轱辘车，左一架右一架，有时成队地，在这些乱糟糟的败兵和人流中，挤撞前进。车上坐着翻起水獭大领子的地主和男男女女，车里堆放着冻猪肉、羊肉、包裹和成袋的白面。有一驾马车上，坐着法院院长。在他旁边，带雀斑的肥胖太太，捏着那柄曾在除夕宴会上被称赞过的明末琥珀镶边的烟枪。一个斜眼睛的少校军官，怕她跑掉，皮带上扣着一根麻绳，拴住他那镶金牙的年轻太太，在后面跌跌撞撞跟着走。一匹红洋马，跟着一匹三个蹄子雪白的小黑马，一定是没有主人了，闲闲散散，在人流的道旁踱步，垂头寻觅食物，金属的脚镫，摇来摆去。高大的骡子，拉着没有大炮的炮车，在人丛中踯躅，拦挡在道上。有一匹栗色的光背马，马鞍子没有了，拖拉着缰绳，在人群中乱跑，惊恐地嘶叫。散兵们，一股一股地，有的从东经过三孔桥洞子，有的从西经过石板桥和选矿山脚的大门，在三岔口上会合在一起，涌上直通大白楼的大柏油马路。固守在小白楼和大白楼上的士兵们，朝空开机关枪扫射起来，企图阻止他们逃窜。然而，溃退常常也是不可抵抗的力量。他们像被飓风卷起和追逐的沙石，成群结队，拥拥挤挤，经过大白楼西侧，向北厂子流去。

午后。五十二军军长陈瞎子，抛弃了他的部队，携带着重要证件和印信，打扮成了马车夫，逃往沈阳。伪市长罗永年，这位至死不悟的少将，从长甸铺前线归来，还亲自指挥市街巷战。当伪市政府的堡群被消灭了的时候，人们说他坐镇在大白楼。检验室三角大楼的敌人，被我军征服了，小白楼还在进行血战。这时，罗永年在大白楼的一个办公室里。他仍穿着在除夕宴会上那套黄哔叽军服，瘦小的长脸干枯了。不断催促增援的“十万火急”密码电报，成一叠废纸。为时太晚了！陈诚罪该万死，逃之夭夭。卫立煌在沈阳闭门不出，不敢派一兵一卒……他最后倾听了一下十分迫近的枪声。他觉得，这是斧子敲棺材钉的沉闷音响……于是，他从容地坐到一张转椅上。低声说道：“定局了！”然后，从衣袋里掏出了几张照片，排列在写字台上。他一张一张凝神观看。又想起了老婆，瞅着照片上的“将军之子”，想道：“如果他不死，子可成人，继父之志……”然后，在万枪之中，多了一枪，他把自己打死了。

因为要工资，住在道西的工人们，回不去了，就顺着人流进了北厂子。但还有成群的人，站在大白楼门口，看败兵经过。他们谈谈笑笑，兴致很好，好像看什么节日的盛大游行。石宝树看得聚精会神，又吹嘘又评论：“咳，去年过了重阳，大员就收拾文件装箱，咱就瞅透鞍山国民党没大志。陈瞎子军旗一倒，咱想，五十二军这盏灯该熄灭了。哦，这批鳖蛋，可给打趴趴打麻腿了，土盖眉了。心里像翻了五味瓶。”

“尽朝北厂子窜，八路军能撵上吗？”

“撵啥，八路军转圈都堵死了。”

“八路军也真是鼓小声音大。”

“这回国民党可真散花了。”

“他们散花，咱们就开花了，”闻长山说。“头尾足两年。”

不知谁问闻长山：“大员能跑脱吗？”

闻长山说：“我看没跑的。”

石宝树哈哈大笑：“那都变俘虏了，妙事妙事。这回国民党可是活神仙也没辙啦。”

午后，市内巷战开始了。从市政府到北厂子的巷战防御线上，敌人节节防御，疯狂抵抗。在检验室大楼、小白楼、大白楼以及北厂子正门，在四纵、六纵的总攻下，展开了凶恶的血战。机关枪声像成千个铆钉机在钉铆钉似的，疯狂地响成一片。末了，从南向北前进的军队，和从北南下的军队，像一把铁钳，歼灭了压缩在北部的残余敌人，在北厂子工厂区会师了。

二月十九日夜里，鞍山和平了。在工厂区四处，八路军烧起了篝火。从农村来送夜饭的人们，扁担上挂着马灯，闪闪烁烁。翌日清晨，满天春雪。在市府大楼，在处处山头上，在大白楼和高炉顶上，红旗升了起来。

长河汹涌澎湃，激扬飞溅，一往无前地流向大海。

亿万颗水滴组成了这支激流，激流推拥、带动每颗水滴，有时把它们抛掷起来，于是我们看到了晶莹炫目的浪花，这是水滴在运动中生命的闪光。

浪花欢笑着，跳跃着；浪花唱着歌儿前进。突然，它们碰上了河床中突兀的礁石，刹那间被击得粉碎……

在滔滔的煤海上，有两朵浪花，命运曾经把它们抛掷在一起，后来……

黑纹

（节选）

周梅森

作品简介

《黑坟》是当代作家周梅森创作的一部描写我国近代一场矿井瓦斯大爆炸后地上、地下所发生的冲突和争斗的长篇小说。最早刊载于《中国作家》1986年第3、4期。1987年，由浙江文艺出版社出版。

故事以1920年北洋军阀统治下的中国北方宁阳县田家铺煤矿为背景，在一次重大井下瓦斯爆炸中，千余名矿工被困地下。火势快速蔓延，矿工生命危在旦夕，整个优质煤田也毁灭在即。北洋政府为保住煤田，下令封闭矿井。最后，田家铺人为井下的死难者建造了一座巨大的黑坟，让后人铭记这段惨烈的历史。

作者在描写这场毁灭性的大悲剧时，以“地上”“地下”两条线索分别描述：地下矿工面临灾难，无助而又无奈；地上统治阶级为维护自己的利益，凶残而暴戾。在“地上”“地下”两种对比描述中，作者深层次揭示出不同人的本性，对矿工们的同情与怜悯，对统治阶级的憎恶与痛恨。

小说震撼心灵，触及灵魂。

根据周梅森《黑坟》(浙江文艺出版社，1987年初版)节选。

正文节选:《黑坟》第三、四、五章

第三章

小兔子从昏迷中醒来时，发现自己几乎整个身子都浸泡在漂着朽木、煤灰的水沟里。水沟里的水很大，已从料石砌就的沟体中漫了出来，漫到了他的肚子、他的胸脯。他的上半身伏在水沟一侧的小铁道上，冰凉的黑水便顺着小铁道、贴着他的肚皮，悄无声息地流到煤壁的另一侧，然后，又沿着煤壁，穿过两架塌落的棚子流向一个低洼的老塘。

小兔子醒了，被浸泡着他的冰凉的地下水激醒了。他那没穿鞋的脚板，他那像蛤蟆一样整日鼓胀的肚皮，他那瘦骨嶙峋的胸脯都感到了水的流动、水的撩拨。坠入水沟中的腿有点发颤，压在铁道上的瘦胸脯有点发痛，继而，这痛感又迅速传播到他那裸露在水面上的肩头和后背。

他想把两条腿从水沟里抽出来，可仅仅试着扭动了一下身体，就感到一阵阵头晕目眩。他喘息了一下，咬了咬牙，狠命一挣，使自己的上身从小铁道上移开，两只手抱住了黑暗中的一块巨大的矸石，顺势将两条腿从水沟里抽了出来。

这使他消耗了很大的精力。他听到了自己胸腔里那颗弱小的心在“怦怦”跳动，他喘得很厉害，脑袋像要炸开似的，昏沉而疼痛；前胸和后背仿佛被人割了几刀，有一种火辣辣的感觉。

他摸了摸自己的头，发现头上戴的柳条帽不见了，而且，整个头部好像还糊着层黏糊糊的液体。他将沾着液体的手放在鼻子下嗅了嗅，立即嗅到了一股夹杂着毛发焦煳味的血腥味。这难闻的气味刺激了他的嗅觉，使他在这被黑暗笼罩的地层下嗅到了另一种枯木燃烧的气味。

他坐了起来。

在他挣扎着坐起的时候，穿在身上的对襟粗布小褂从他的两只干瘦的手臂上脱落下来。他感到很奇怪，想把小褂扯扯正；一扯，却把左边胳膊上的一截袖子扯了下来。这时，他才知道，他身上的那件小褂的后背已被随风掠过的大火烧掉了，他那露出水面的身体也被大火烧伤了。

他觉着有点怪。

他弄不清这是怎么回事。

他得想想。

他是怎么到这里来的？这是什么地方？这地方发生了什么事情？怎么又是水、又是火？那团把他烧伤的火现在在哪里？怎么看不见火的燃烧？莫不是窑神爷到这里来过？

弄不明白。

无论如何也弄不明白。

他不是一直在追他的大白马么？怎么会睡在这个脏水沟里？怎么会被大火烧伤？

是的，大白马！他想起了他的大白马！大白马将他的思路沟通了，使他的记忆恢复了，灾难发生前的一些事情重新展现在他眼前。

大白马是在东平巷十二号柜煤楼附近挣脱缰绳跑掉的，这一点他记得很清楚。

当时，十二号柜煤楼里的煤已经放空了，煤楼簸箕口下停着一排溜空车皮，他便将他心爱的大白马从车挂钩上解下来，扯着缰绳把马从排满空车皮的铁道上牵到了煤楼底下，想趁着等车的空儿，给他的大白马喂一把豆子。他把豆子放在手心上，让大白马吃。大白马吃得很香，吃完之后，还用热烫而粗糙的舌头舔舔他的手。他又从上衣口袋里掏出几粒豆子，准备再喂一回，可就在这时候，放煤楼里的黑大个和赶车工“杀人刀”从大巷一侧的洞子里出来了，他们一见到小兔子，便硬扯着他胡闹。

那黑大个他不熟悉，往日也很少开玩笑，如果不是“杀人刀”硬挑着黑大个上，那黑大个无论如何也不会和他开这种玩笑的。归根结底怪“杀人刀”。

“杀人刀”并不姓“杀”，可姓什么、叫什么，他也不知道。恍惚大伙儿都不知道。东平巷的老少爷儿们都喊他“杀人刀”，他也跟着喊了，就这么回事。他原以为“杀人刀”杀过人，或者是有一把可以杀人的刀。后来才知道，并不是这么回事。大伙儿说的“杀人刀”是指他身上的那个家伙特别大，据说，新婚入洞房的那夜，就把他老婆吓得叫了起来。他按住老婆说：“怕什么，这又不是杀人刀！”这话被听房的小伙子们听到了，传了出去，于是便有了这么一个外号。

“杀人刀”大名鼎鼎哩!

大名鼎鼎的“杀人刀”将他抓住了，三把两下扯掉他那补丁叠补丁的破裤子，那时，他手里还抓着缰绳。

“马，我的马！别放跑了我的马呀！”他喊。

“杀人刀”一只手扭住他的两只小腕子，一手夺过了缰绳，顺手抛给了身边的黑大个：

“伙计，你给兔子牵着马，老哥我来教教这只小公鸡怎么使刀！”

黑大个笑呵呵地抓住了缰绳。

那时，大白马还没跑。

“杀人刀”开始用那只空下来的、沾满煤灰的黑手摸他的那个东西，边摸边骂：

“妈的，像粒花生米！”

“不，像粒黄豆！”

黑大个戏谑道：

“像黄豆的也是刀么？”

“哈！哈！哈！”

两个大汉同时爆发出一阵大笑。

这种典型的不见天日的玩笑，粗野而放荡，小兔子经得多了。他十四岁做童工，下窑快两年了，被人用这种玩笑的方式捉弄已不是第一次。

他被“杀人刀”拉到了煤楼簸箕口下的那节煤车皮跟前，煤车皮的车帮上有一个比大拇指稍粗一点的圆孔，“杀人刀”便逼着他把那东西往圆孔里放。他不干。他将干瘦的小屁股扭来扭去，怎么也不答应。

黑大个过来帮忙了，他抓住他的那东西硬往圆洞里塞。就在这时，大白马挣脱缰绳跑了，它先是跑出十几步，站在一盏巷灯下嘶叫了两声；而后，自由自在地顺着它跑熟了的小铁道向外蹓去。

看到大白马挣脱缰绳跑了，他急了，卡在煤车孔里的那东西自然软了下来，他慌忙提起褪到脚踝上的破裤子，大骂了一声：

“‘杀人刀’，我日你姨！”

他顺手拽过一盏油灯，甩开脚板上的两只破布鞋，像只机灵的兔子似的，一路朝巷道里急追过去。

大白马在前面撒欢儿跑，他在后面拼命地追。大白马显然知道了主人在追他，有几次似乎是有意放慢了步子，眼看小主人快要追上了，又“吧嗒、吧嗒”地扬蹄飞奔。

在东西平巷分岔的岔道口，大白马稍停了一会儿，管岔道的三大爷赶紧上前去拾缰绳，不料，手刚碰到缰绳的梢儿，大白马又甩开蹄儿向前跑去。

大白马跑进了西平巷，他跟着跑进了西平巷。

大白马钻进了一条支巷，他也跟着钻进了一条支巷。

一路上，很多工友帮他抓马，可谁也没抓到。这时候，他有些着急起来，按照规定，他还要拉一趟重车到大井口，如果不能立即抓住马，十二号柜煤楼里放满了煤运不出去，他就要吃车头子的鞭子了。

大白马又从一条支巷，跑进了另一条支巷。这条支巷里没有灯。

他不敢跑了。

他也累了。

他开始唤马，他希望能用衣袋里残存的黄豆诱惑马停住脚步……

然而，什么声音也没有。

不知大白马跑到什么地方去了。

他把大白马丢了！

他吓坏了，急得几乎哭出来，他点亮了自己手中的油灯，大步向支巷里跑着，带着哭腔喊：

“白白！白白！”

支巷里很静，除了他自己的声音、自己的脚步声，再也听不到任何其他声音。

他又开始拼足力气，用最快的速度奔跑，他要跑到这条支巷的尽头，找到他的马。

就在这时候，支巷里的空气骤然动荡起来。一股来自大巷深处的强大气浪，带着火、带着烟、带着飞舞的煤尘岩粉，甚至带着斗大的矸石，顺着大巷的风道呼啸而来，当小兔子听到那隆隆巨响，还未及明白过来是怎么回事时，急速而又猛烈的气浪已扑进了支巷，他仿佛被一双巨大的手猛然推倒了……

他倒在脚下的这条黑水沟里。

黑水沟和沟里缓缓流动的黑水救了他的命，骤然掠过的烟火仅仅烧着了他的半边头发，将他的脊背和肩头烧伤了。他倒地时，脸紧贴在地下，鼻孔和嘴几乎紧挨着地面。他没把致命的烟火吸进肚里，否则，他就完球了！他听年长的老窑工说过，如果吸进烟火，整个口腔、食道和胃都会被烧伤，而这种内烧伤是无法医治的。

艰难的回忆，使小兔子的神志彻底清醒了，他判断出：他置身的这座矿井里发生了一场脏气爆炸！

他又想起了他的大白马。

他的大白马会烧死么？

他要继续寻找他的大白马！

他扶着身下的那块巨大的矸石慢慢站了起来，不料，腰刚刚直起，他尖削的小脑袋便碰到了一块硬硬的东西。他用手摸了摸，发现那是一架塌下来的棚梁。

他突然惶恐起来，他想到了爆炸会造成严重冒顶！

他重新贴着那块矸石躺下了，他不敢动。他知道，在包围着他的黑暗中，四处都是危机、四处都是陷阱，只要他稍微不慎，马上就有可能被冒落的矸石或倒塌的煤帮砸死。

他想起了自己原先拎在手上的油灯，想起了嵌在灯盏底座旁的那一包洋火。他得立即找到他的灯，找到他的火，找到他的光明！这是他生命的依托，此刻这灯、这火比大白马要宝贵十倍、百倍！

他暂且忘掉了大白马。

他也暂且忘掉了疼痛，忘掉了危险，竟不顾一切地离开那块矸石，手贴着地面到处乱摸。他摸到了一片片木楔子，摸到了一块块矸石，摸到了他的破柳条帽，唯独没摸到他的那盏灯！

他累了，伏在地上大口大口地喘息着。在喘息的时候，他绝望了，觉着在黑暗中找到他的灯几乎是不可能的。这盏灯可能被压在哪一块冒落的矸石下，可能被埋进了哪一堆倒塌的碎煤堆里，也有可能掉到身下的水沟里。

水沟。

他想起了水沟。他认真回忆了一下他伏卧在水沟旁的位置，开始沿着他上身倒下的方向去摸索，他推测，他的灯一定是顺着上身倒下的方向跌落的。

然而，一无所得。

他绝望地哭了，像一只落进陷阱的狼一样，哭得十分凄厉。他知道，他是孤身一人，没有人能听见。而他多么希望有人听见啊！只要有人听见了他的哭声，就会赶来救他。他又想起了黑大个和“杀人刀”，他相信他们一定会来找他的，他们亲眼看见他跑进东平巷找马的，他们一定会来找的，一定！

可是……

可是，如果黑大个和“杀人刀”也死了呢？

小兔子不敢想下去了，他拼足全身力气，用变了腔的声音大喊：

“来人啊！来人啊！”

“救命！救命啊！”

……

没有任何回声。他的呼喊声没有传出多远，便被撞了回来，像一团团驱赶不走的幽灵，固执地在他身边转悠……

力气耗尽了，他不喊了。喊也没有用。这条支巷里不会有人，他的生命现在已不再属于他，而属于万能的窑神！窑神爷叫他死，他随时得死；而窑神爷要他活，他必定能活下去！窑神爷或许是想让他活下去的，灾难发生时，他没被烧死，没有被气浪推到煤帮上撞死，便足以说明窑神爷对他的厚爱了。他才十六岁呵！

黑暗中，窑神爷的面孔在他眼前出现了。窑神爷满面金光，眯着眼在笑，大大的耳朵几乎坠到肩上。须臾，这面孔似乎变了，变成了一个活生生的人，这人脑袋硕大，眼睛小小的，鼻子歪到一边，额上嵌着疤痕。他看到了那疤痕在扭动，那歪到一边的鼻子在抽颤，他甚至感到，那老头儿正用鸡爪一般无法伸屈的手在抚摩他的脑袋哩！

他打了个激灵，幻影消失了。他将信将疑地把刚才见到的幻影又重新回忆了一遍，证实这是确凿的！他确凿地看见了这么一个面容丑陋、他从未见过的老人！

他真想和他谈几句什么。

他虔诚地闭上了眼睛，但那陌生的丑老人的面孔却没有出现。

他有些失望。

他又开始进行求生的努力。他认定，有这么一个确凿存在的活窑神的保护，他是能够凭借自己的力量走出这座地狱、回到充满阳光的地面上的。

他不再寻找那盏失落的灯，他要尝试着靠自己的摸索，走出这段冒落地带。他大致判定了一下方位，便自信地沿着自己伏卧的方向摸过去。他机灵地穿过两架冒落的棚梁，在顶板上的一块矸石即将跌落下来之前，迅速地越了过去。

就在这时，他赤裸的脚板无意中踏到了一个硬硬的、冷冷的、圆乎乎的铁东西上，他弯下腰，用颤抖的手一摸，天哪，他简直不相信，这竟是他的灯！

他找到了他的灯！

他把灯抱在怀里，像抱着自己的生命，他用满是泪水的瘦脸亲它、用尖尖的舌头舔它，当他的舌尖触到油灯时，他嗅到他早已闻惯了的那种生豆油的气味。

油灯的提把摔坏了，但整个灯是完好无损的，灯壶里的半壶油还在，卡在灯盏底座旁的洋火还在；而且，这灯躺在一堆干煤渣上，没受到水的浸泡。

窑神！他的活窑神呵！

他的手哆嗦着，将那卡在灯盏底座旁的洋火取了出来，而后，又将一块半个巴掌大的磷纸取出来展开。

他擦火了。

第一根洋火擦着了，不料，因为灯头上的灯芯缩到了铁皮卷成的灯管里，油灯没点着。

他拨了拨灯芯，又擦着了第二根洋火，极顺利地点着了灯。

黑暗的地下重现了光明，重现了一星微弱而可怜的光明。

小兔子激动得浑身颤抖，呆呆望着那黄豆粒大小的灯光愣了良久、良久！在那微弱的灯光中，他仿佛看到了大地上那早晨和傍晚的太阳，看到了母亲凄苦的笑脸。

他开始打量他栖身的这个地方。

这地方的冒顶是严重的，灯光所及之处，至少有三架棚梁冒落了，有些冒落的棚腿和棚梁的表面已被烧焦了。他头上的两架棚梁还没冒落，架在两架棚梁之间的顶板安全而稳妥地保护着他头上的一方天地。煤帮边上的水沟已被冒落的煤块、矸石堵住，沟里的水溢到了地面上，有一段地方的水淹没了走马车的小铁道。

他决定立即离开这里，寻找上窑的道路。他揣摩，只要沿着找马的道路退回到西平巷的大巷口，就可以得救了。他记得他在这条黑暗的支巷里没走多远，充其量不过半里路。这条支巷的一端连着一条装有照明灯的、斜插过来的支巷，他要先走到那里，然后，朝西平巷的大巷口摸。

他没有把握，不知该向哪个方向走。

这时，他无意中看到了一个他所熟悉的带箭头标志的小木牌，那小木牌吊在一架歪斜的棚梁上，那个红红的、标志着通向西平巷道路的箭头，坚定地指着他刚刚摸过来的那个方向。

他有了一丝疑惑，不是对那木牌，是对自己。他不能怀疑那木牌，尽管他不认识那木牌上的字，可他知道：红色箭头指的是上窑的道路！他下窑的头一天，柜上的工头就向他郑重交代过：下窑不能乱跑，迷了路就看木牌，红箭头指通向井口的路，白箭头指通往各个迎头，各个窝子的路。这一点，他记得清清楚楚。

他怀疑自己从昏迷中醒来时搞错了，在黑暗中朝大巷的深处摸了几步。

他不再犹豫，端着灯，按照红色箭头指示的方向，一步步摸过去。他重新穿过那两架塌落的棚梁，机灵地越过正在往下掉渣的冒顶区，然后，脚蹚着溢满地面的黑水，顺利地向前走了十余丈。

再往前，道路不通了，横七竖八的支柱、棚梁、冒落的矸石几乎将整个巷道堵死了。

他用灯照着堵在面前的障碍物，最终发现：这些障碍物当中有许多空隙。他试着往里钻，没钻进去。于是，他一跃爬上了几乎连着棚顶的废木乱石堆，硬是贴着棚顶的木梁爬了过去。

又走了不过丈余，整个巷道完全被冒落下来的矸石渣堵住了，这堆矸石渣堆得严严实实的，像山一样挡在面前，根本没有任何缝隙。

他只好用手去扒。他将灯火拨得更小了一些，把那半截挂在胸前的湿漉漉的褂子脱下了，和灯一起，摆在一根打断了的棚腿上。

冒落的矸石很松，他扒得不算太吃力。几块大矸石被掀掉后，他发现了一根圆圆的、光滑的木头柄。他不知道这是一把镐，还是一把锹，他拽了几次没拽动，只好又伏下身去扒。

这时，他扒出了一个人的脑袋，一个已经血肉模糊、无法辨认的脑袋。一股浓重的血腥气直往他鼻子里灌，他简直吓坏了，猛然转过脸去，继而，便是一阵痛苦的呕吐……

这是他碰到的第一具尸体。

二牲口年轻时据说是很英俊的，腰杆决不像如今这么弯驼，脸上也没有这么多的伤疤、皱纹，两只眼睛大而有神，曾使田家铺的很多女人为之倾倒。那时，民国尚未开元，大清皇上还在北京坐着龙庭。皇上热衷洋务，要自强求富，于是乎，便钦命直隶总督李鸿章操办此事。李大人派了一个年轻的候补知县到邻县青泉开办官窑局，二牲口在那时就下了窑，地地道道是个老窑工。那时节，这地方上的风气尚没有沦落到今日这个地步，但已世风日下，男女之间的事也已无法防范。二牲口就是在开窑的第四年春上，被一个在野地里挖野菜的年轻女人勾上的。那时节，他刚刚二十出头，正是迫切需要体验人生的时候，在年轻的女人面前，是无论如何不能保持冷静的。

他脱了那女人的裤子……

他和那女人结了婚。

似乎为了报答他，又仿佛是为了惩罚他，那女人开始卖力地替他生孩子，一年一个，十二年中生了八个；其中，一个儿子，一个女儿，没满月便死了，活着的六个孩子像六只狼羔子，一睁眼就要吃。他只得没黑没白地干，累弯了腰，累驼了背，累得只剩下一张松弛的老皮和一把僵硬的骨头……

那六只狼羔子把他从一个英俊的男子汉变成了一个只知道干活的牲口。

灾难发生的时候，二牲口正往五号柜的窝子里送木料。运木料的马车通过西平巷，通过有灯的西一支巷到达无灯的西三支巷后，脚下没有铁道了，马和车都进不去了，车头子便叫大家扛，一人一次扛两根。他扛了两根木料没走多远，肚子便一阵阵隐隐作痛。他想忍着，想把肩上的料送进窝子后再找个地方去方便。然而，他忍不住。他把木料往大巷边一竖，便猫腰钻进了一个不通风的老塘。

车头子在身后看见了，吹胡子瞪眼地骂；一边骂，一边还用赶车的马鞭“叭叭”敲着料车的车帮：

“二牲口，我操你娘！你他妈的哪来的这么多屎？这么多尿？能干就干，不能干明儿个就给我滚熊！”

他不搭茬儿，又猫着腰向那不通风的老塘里跑了几步，然后，急急忙忙脱下了裤子。为了怕车头子看见，也为了不招来那些肮脏的屎苍蝇，他把手中的灯熄掉了火。

就在这时，他觉着发生了点什么事！他蹲着的那个地方恍惚颤动起来，继而，他面前的整个巷道也颤动起来，一阵轰隆隆、咯啦啦的可怕声音从支巷的一端排山倒海般地压过来。在那可怕的声音压过来的同时，一阵强大的、乳白色的、夹杂着火光的气浪，在他面前的老塘口呼啸而过……

他当时是吓蒙了，竟慌忙提起裤子往老塘外面跑，结果，刚刚跑到老塘边上，一阵带着岩粉、煤尘的气浪便把他掀翻了。

醒来时，他发现自己大半个身子都被碎煤屑、矸石渣埋住了；额头上冒出了血，那腥湿的血已经凝固了，一些像孑孓般细小的屎苍蝇在叮他的脸，他感到一阵阵难忍的奇痒。

他抖落压在身上的煤屑、矸子，倚着一根长满绿苔的、潮湿的木柱坐了起来，叮在他脸上的屎苍蝇便在黑暗中四处散开去。

倚着木柱不知坐了多久，他才木然想起他的破裤子后面的一个小口袋里装着一包洋火，他从那口袋里掏出了洋火。洋火是包在一块黄油布里的，总共只有七根。他知道。他太穷了，连下窑必备的洋火都买不起，只要别人的灯亮着，他决不会浪费自己的洋火。有时候，他能连着三五天不用一根洋火哩！这口袋里装的七根洋火，是他前些日子一根根数着放进去的，下窑后就一直没用过。

他展开磷纸，擦着了第一根洋火。

骤然爆出的炽黄色的火苗照亮了他面前的一切，他意外地看到：他置身的这个老塘依然和以前一样，长满白白绿绿霉毛的一根根支撑顶板的木柱安然无损，无数屎苍蝇仍像往日那样迎着火光上下乱飞。他还发现一只活着的老鼠，那只老鼠正趴在一块尖尖的矸石后面探头探脑地向他张望着。

第一根洋火烧完了。

他凭着第一根洋火留下的记忆，向老塘深处摸了三五步，又划着了第二根洋火。

屎苍蝇又嗡嗡飞过来了，那只老鼠已窜到矸石前面的一块朽木旁，正用牙齿飞快地咬着那块朽木，发出轻微的咯咯声。他看见，老鼠的长尾巴拖在地上不停地动，像一根被刨出了土的蚯蚓。

第二根洋火烧疼了他的手。

他划着了第三根洋火。

不知咋的，他竟觉着那只老鼠有点像他。洋火擦着的一瞬间，他看到了老鼠绿幽幽的眼睛，那眼睛里闪动着一种警觉的光亮。他突然产生了一种奇想，想把这只可怜的老鼠带回地面；他觉着，它不应该像他一样，整日生活在这危险而阴森的地层下。

他捏着那根燃烧的洋火，试探着向那只老鼠走了几步。

老鼠逃走了，闪电一般消失在老塘深处的黑暗中……

第三根洋火眼看要燃尽时，他看到潮湿的地上有一盏灯。

他划着第四根洋火，将拿到手的灯点亮了。

他提着灯向外走，仿佛这里根本没发生过什么灾难似的，他还记挂着他竖在大巷边上的那两根木料，还准备着用自己的皮肉去领教车头子的马鞭。然而，一走出不通风的老塘，他惊讶了，他觉着自己仿佛在做着一场可怕的梦，在梦中来到了一个完全陌生的地方。

巷道里，几架棚子正在燃烧；火光一明一暗，火光照亮的地方，许多棚梁塌了下来，倒塌的棚梁下压着一具具焦煳的尸体。运料的铁皮车不见了，车上的料也不见了。那匹拉车的枣红马已像一堆烂肉，倒在巷道一侧的煤帮上，它的两只白色的前蹄别到了支架的棚腿里，身上的皮肉有一大半被烧焦了。整个巷道里散发着木头、人肉、马肉燃烧后发出的腥焦的气味。

他的整个身体不由自主地颤动起来，两条腿一下子竟不能支撑住身体的重量。他像中了什么魔法似的，软绵绵地跌坐在地上。

他怕，怕得不行；他挣扎着要站起来，要走出去！他不能死在这座地狱里，他有六个未成年的孩子。他的生命不是属于他个人，而是属于那六个孩子的！

费了很大的劲，他才挪到一架倾斜的棚腿旁，扶着棚腿站了起来。

他四处打量着，准备寻找逃生的路。

这时，他再一次注意到那匹死马。他极为聪明地想到，得充分利用这匹死马。直到眼下，他还不知道这场灾难到底有多严重，他要在这深深的地下挣扎多长时间，他得为自己的生存，做好长期准备。

他决定割一些马肉带走。却没有任何刀具。

他急切地四处寻觅。先找到了一块尖削的石块，割了很长的时间，花了很大的力气，也未能将死马的厚皮割破。他扔了石块，又找到了一块木楔子进行新的试验，结果还是失败了。

他气急了，像饿狼一样扑向死马的臀部，用黑黄的牙齿去咬，用僵硬发直的大手去撕，用穿着破布鞋的脚去踢。他的喉咙里发出一种原始的、野兽般的低沉而可怕的吼声，鼻孔里流出了鼻涕，流出了血。

马皮终于被他啃破了，他用脚蹬着马的腹部，硬是连皮带肉、带血地咬下一大块来。他迫不及待地试着将马肉放在嘴里咀嚼起来，嚼得满嘴流涎，腮肌发酸……他还是未能将那块马皮、马肉嚼烂，便一使劲将它吞了下去……“呜哇”一声，他又整个儿将它吐了出来。

他又呕吐了半天。

人类长期的进化，已使二牲口无法消受他的祖先们可以消受的东西了……

呕吐之后，他清醒了些；他想了想，还是决定割下一块肉带走。

他想起了死去的工友，他记得他们当中有人带着一把砍料用的斧头！他们人死了，这把斧头不应该死！

他翻动着一具具尸体，像翻动一截截没有生命的木料。最初的一阵恐惧过后，他变得麻木了。最后，他在车头子孙胖子的尸体下找到了那把斧子。

他顺利地砍下了整整一只马腿，把它背在背上，然后，嘴里咬着油灯的提把，手提着那把斧子，踏上了逃生的路。

马腿太大了，他背不动，仅仅穿过两架燃烧的棚子，他就气喘吁吁的了。沉重的马腿顺着他弯驼的背脊使劲往下滑，每前进一步，都要付出一身热汗。而且，巷道损坏严重，每一架棚子、每一寸空间几乎都潜伏着危险，他无论如何也不能久留。

于是，他将马腿一截两半，然后背起那小半截马腿向前走去。大约走了二三十丈，穿过了残火燃烧的区段。在一大堆冒落的矸石面前，他停住了。

二牲口开始凭借手中的斧头和面前这堆矸石拼搏，他不知道他是否能成功，但他还是要拼拼看……

小兔子只要昏昏沉沉睡过去，便能看见他慈爱的母亲。母亲永远穿着件整洁的蓝底白花对襟褂子，褂子的前襟、后背上打了几个同样是蓝底白花的补丁，使人一下子看不出是补过的。母亲的针线活很好，据说在娘家做姑娘时就很好。她还会绣花。父亲在世的时候，她绣过，小兔子记得，他儿时的肚兜上就有母亲绣的花，他的小鞋子上也有母亲绣的虎头。在朝夕相处的儿子眼里，母亲总是这么年轻、温柔、美丽。他刚记事时是这样，现在，母亲还一点没变，依然是这样。

小兔子爱他的母亲，从小，他就和母亲睡在一起。每天夜里，都是在母亲温暖的怀里、在母亲亲昵的抚摩中入睡的。下窑做工之后，母亲给他在外间屋搭了一块铺板。他开始还不习惯，还和母亲闹了几天——直到后来他发现了母亲的一个秘密……

知晓了那个秘密之后，他很震惊，他觉得不可思议，他不敢问母亲，也不敢问任何人，他觉着自己受了欺骗。他曾经想过，要像父亲一样，像个真正的男人一样，杀掉那个既侮辱了父亲，又夺走了他母亲的人！

他真的动过手。

那是一个雷雨夜，他从睡梦中醒来，发现一个高个男人披着一件水淋淋的蓑衣，轻手轻脚地绕过他的床沿，撩开母亲房间的破布帘子……他听到了母亲和那男人的喃喃细语声，听到了破木床有节奏的摇晃声，他那男子汉的热血一下子全涌到了脑门，他顺手抄起锅台上的一把切菜刀，踉跄着要往母亲房间里闯，就在这时，他听到了母亲惊恐而严厉的声音：

“别进来，兔子！”

为了不使他母亲难堪，为了他这唯一的亲人，他没有掀开那条破布帘，只是握着切菜刀守候在外头。

他默默地哭了。

许久，许久，母亲才穿着衣服从里间屋里出来，流着羞愧的泪，给他讲了许多：关于那个男人，关于他们母子俩以往的生活来源，关于生活的艰难。

那夜，那个男人是从母亲屋子的窗户逃出去的……

他梦见母亲又在向他哭诉。他清楚地看见母亲睫毛很长的大眼睛里聚着泪，甚至感觉到了母亲眼里滴出的泪，在他的瘦脸颊上缓缓地流，泪水流过的地方痒痒的……

睁开眼时，母亲不见了，他面前依然是一片无边无际，没完没了的黑暗，他依然像狗一样地蜷曲在这片冒顶区段的矸石堆里，他的两只手被镐把磨得血淋淋的，衣袋里最后一粒黄豆已经吃完，油灯里的油也耗掉了大半，而前面的路还没打通……

他干活时已不敢点灯。

在黑暗中，人变得十分渺小；他有时甚至觉着自己的肉体已经不存在了，已经被这地层深处无所不在的黑暗融化了，他自己也变成了黑暗的一个组成部分。

黑暗能使人发疯。

从睡梦中醒来后，他又一次点亮了灯。当他端着灯转过身子时，他意外地发现，自己已把矸石堆扒开了好大一段，他用脚量了一下，竟有三大步。他兴奋极了，他固执地认定，堵住这段巷口的矸石，不会再有一个三大步，因为他知道，巷道冒顶，一般来说规模不会太大。

然而，就在他准备抡起煤镐继续开拓道路时，他看到了一块画着白箭头的木牌。这块木牌是用大钉钉死在一架棚子的棚腿上方的，棚腿没倒，木牌也是完好无缺的，木牌上的箭头明确地指着他为之努力的那个方向。

他怔住了，几乎不相信自己的眼睛！这怎么可能？怎么可能呢？两块木牌上的箭头，怎么会指向同一个方向呢？红箭头所指的方向，是上井的通道；白箭头所指的方向，是大井的纵深部位，它们无论如何也不该如此一致！

他拨亮灯火，睁大眼睛，又将那木牌看了一下：没错，他的眼睛没有欺骗他。

他又试着用手上的煤镐去打那木牌。

木牌发出“砰砰”的响声，纹丝不动。

他还不相信，又手忙脚乱地退回去，想到那块红木牌跟前去看个究竟，然而，向后跑了没几步，脑子马上就转开了，他想起来：那块画着红箭头的木牌不是钉在棚梁上的，而是用铁丝松松地吊在棚梁上的，爆炸的气浪完全可以把它打得翻几个身。

他上当了！

明白这一切以后，他几乎来不及哭，便像被人当头打了一棒似的颓然倒下了。他戴着破柳条帽的小脑袋撞到了身后的棚腿上，手中的油灯跌落到矸石堆上，灯盏上的火苗蹿了几蹿便熄灭了……

他昏了过去。

还有什么比这更残忍的呢？

命运总爱欺骗那些陷入绝境的人们！

当意识重新恢复的时候，他再一次绝望地认识到：他以往的一切努力都是无效的。这就是说，他用尽了力气，非但没有向着生路走近一步，反而向着死亡、向着坟墓逼近了许多；他被命运出卖了。他完蛋了。

他的精神和肉体同时垮了下来。他像一堆可怜的、任人宰割的肉一样软软地瘫在了他自己挖掘出来的矸子窝里。他大睁着眼睛望着黑暗中的棚梁，大口大口地喘息着，等待着命运判决。他再也没有力气和命运抗争了，他甚至连站起来的力气都没有了……

不知过了多长时间，不知做了多少荒唐而可怕的梦，不知昏过去、醒过来重复了多少次——他早已丧失了时间的概念，当他最后一次醒来时，他听到了一种异样的声音，那声音亲切而沉重，不停地、有节奏地响着，并夹杂着松垮的矸石倒塌的声音，他判断出：他身边有人！

他几乎不相信自己的耳朵，觉着自己是在做梦。他使劲掐了掐自己的大腿，大腿上竟没有多少痛感；他又将手臂放在嘴边咬了一下，这才分明地觉出了疼痛。他眼里一下子涌出许多泪，他激动得想喊，可张了张嘴，胸腔里却没有足够的可使他喊出声来的力气。

他只好支起耳朵听，他听到了一个什么东西撞击矸石堆的“砰砰”声，听到了“哗啦、哗啦”的矸石倒塌声，甚至听到了一个人发自胸腔的粗重的喘息声。这些声响，不是来自他身后通向井口的方向，而是来自那堆矸石后面，这确凿地说明，矸石后面还有人！

他想：他要告诉那人，他的努力是成功的，他的身边还有活着的生命存在着。他觉着，传递这个信息是至关紧要的。

只要那人知道了身边有活着的伙伴，生命之火就或许会发出灿烂的异彩！

再也没有比孤独更可怕的了！

他抓起一块拳头大小的矸石，在身边的一根棚腿上敲出了“砰砰”的声响。

那边的刨击声停了下来，停了有三五秒钟，传来了同样敲击棚腿的声音。

他竟一下子坐了起来，疯狂地扑到矸石堆前，用鲜血淋淋的双手继续去扒面前的那堆矸石。他觉着，他不是在拯救另一个人的性命，而是拯救自己的性命！他的性命，是和那个人的性命紧紧联系在一起的，他想，凭着自己的力量，他是无法走出这座地狱的，只有救出那个人，他自己才能得救，那人在开拓自己求生道路的同时，势必会将他带出去的。

扒了没有多大工夫，矸石上方便出现了一个斗大的洞。他感到一股清凉的风从那洞口里一阵阵吹来，使他的头脑多少清醒了些。这时，他听到洞口那边的黑暗中传来了一个苍老而阴沉的声音：

“伙计，有洋火么？”

他带着哭腔慌忙答：

“有！有！我……我还有灯！”

“快！伙计，快、点上灯！”

“哎，我就点！就点！”

他在黑暗中摸索了一下，没费多少力气，便摸到了他的灯——他已习惯于在黑暗中生活了，记忆力和方位感都出奇的好。

他划根洋火，将灯点着了。

借着灯光，他看清了那人的面孔，那人竟是本家二哥二牲口：

“二哥！”

“兔子！”

“二哥，快，快爬过来！”

“好！好！兔子，你先把这块肉接过去！”

二牲口费力地将那块黑乌乌的、沾满了煤灰岩粉的腥湿的马肉递到了洞口上，小兔子站起身子去接。二牲口一松手，马肉从洞口上滑落下来，小兔子一下被击倒了，倒在矸子窝里。搂着肮脏的马肉，小兔子的脸上挂满了泪水，突然，他不可抑制地发出一阵疯狂的大笑：

“二哥，肉！肉！肉！哈哈、哈哈……我们有肉吃啦！哈哈哈哈……我们饿……饿不死了！哈……”

二牲口费力地从洞口爬过来时，小兔子还在那里笑：

“哈哈，肉！肉！肉！哈哈哈哈……”

小兔子笑得浑身直抖，笑得眼睛发直。

二牲口害怕了，抡起手来对准小兔子的脸就是一巴掌。

这一巴掌打得很重，小兔子被打愣了，他松开了紧抱在怀里的马肉，呆呆地看着二牲口。二牲口一下子把他紧紧搂在怀里，用刚才打他的那只手轻轻抚摩着他的脸蛋说：

“别怕，兔子，别怕，咱们不会死的！不会！窑上的伙计们会救我们的！公司的人也会想办法的！别怕，兔子！”

小兔子伏在二牲口怀里呜呜地哭了：

“二哥，有你……有你我就不怕！”

二牲口又道：

“来，咱们吃点肉，再往前走吧，说不准前面的巷道就有人在救我们哩！”

望着二牲口木然中透着自信的脸孔，小兔子安心了，他觉着他有了依靠，他也和二牲口一样相信：地面上的人决不会见死不救的，此时此刻，一定在为寻找他们、搭救他们而千方百计地动脑子，或许他们就在这条支巷的外头挖掘那些冒落的矸石哩！

他又一次想起了他的母亲，仿佛看见母亲穿着那件蓝底白花的对襟褂子，正守在大井口等着他上窑。

他默默在心里对她说：

“娘！我会爬上窑的，我不会死！有二哥和我在一起哩！”

第四章

少将旅长张贵新将还在冒烟的手枪插到腰间的枪套里，抹了抹短唇上那两撇漂亮的八字胡，正了正额上崭新的军帽，一只手扶着挎在腰间的指挥刀刀柄，一只手前后甩动着，抬腿跨进了大华公司公事大楼的门厅。他脚下的皮靴乌黑油亮、一尘不染，沉重的靴底和门厅里的地板不断地、有节奏地撞击着，发出一阵阵“咔咔”的响声。他很胖，走起路来屁股摆得很厉害，仿佛一只肥胖的、被人追赶的鹅，尽管走得很卖力，短而粗的腿迈得很快，还是给人一种拖泥带水慢吞吞的感觉。

他走到门厅内的楼梯口，扶着涂着红漆的木头扶手上了几级楼梯，然后，一转身站住了，瞅瞅身后一帮或西装革履或长袍马褂的先生们，粗暴地将跟在身后的宁阳县知事公署的一位瘦参事拨到一边，而后，用沙哑的嗓门喊道：

“王团长，叫弟兄们守住门口，任何人不得入楼！谁他妈的敢聚众滋事，就给我抓起来！”

一个年轻军官应了一声，从门厅里跑了出去。

“手枪队跟我来，先给我把楼内的闲人赶走，然后在走廊和楼梯口警戒！”

门厅里又一阵忙乱，几个呆站在门厅里的窑工们被赶走了，与此同时，楼外的空场上又响起了对空鸣放的枪声。

旅长大人继续抖动着一身好肉往楼梯口上爬，爬到楼梯拐弯处时，几个寸步不离的手枪队员已先他一步冲上了二楼，他听到了手枪队队长郑傻子蛮横的声音：

“滚开！都滚开！镇守使张旅长到！”

楼上一阵骚动，十几个窑工装束的人被手枪队的枪口逼着仓皇走下楼来；他们走过张贵新身边时，张贵新威严而庄重地哼了一声，吓得他们远远躲着他的身体，三脚两步便冲到了楼下。

旅长大人有了点小小的满足，他用胖得发圆的手掌拍了拍楼梯扶手，扭动着短脖上的那颗大而肥的脑袋，漫不经心地向身后看了一眼，而后，又挺着肚子，踏着木头楼梯，“咔嚓咔嚓”有声有色地向上爬。

爬了没两步，楼梯上方便跌跌撞撞地滚下几个人来——李士诚、胡贡爷、田二老爷都慌慌张张扑下楼梯迎接，杂乱的脚步声踏得楼梯咚咚响：

“呀！呀！张旅长！”

“哦！哦！张将军！”

“镇守使大人！”

“哦，你们都在这儿！好！好！很好！”旅长大人一边喘着粗气，一边敷衍着，擦着李士诚、胡贡爷、田二老爷的身子，走到了二楼上。紧紧跟在旅长大人身后的宁阳县知事公署官员、省府实业厅特派专办官员们也一个接一个上了楼。

“请，张旅长、诸位先生，请到议事厅坐！”公司协理陈向宇早已将刚才的凶险忘掉了，彬彬有礼地推开了议事厅的门。

旅长大人当仁不让，率先走进了议事厅，在正对着门的一张宽大的沙发上坐下了。随行的知事公署和实业厅的官员们也鱼贯而入，各自选定位置坐下。

旅长大人坐在沙发上也仍然显示着一种军人的威武和气度，上身笔直地挺立着，宽厚如墙的腰背决不向沙发的靠背上倚一倚，挎在腰间的指挥刀移到了两腿中间的空隙处，指挥刀的一端触着地。他双手扶着刀柄，宽大肥胖的脸上没有一丝笑意，两只凸凸的蛤蟆一般的眼睛里放射出一股阴冷可怕的光亮，那蒜头似的红得发亮的鼻子不停地微微抽动着，连带短唇上的两撇自然翘起的黑胡子也不时地舞动起来。他的眉头是紧皱着的，眉心和前额上堆起了几道不规则的连绵的肉堤，肉堤里隐隐浸着湿漉漉的汗水。

旅长大人庄严而镇静，一举一动都无可挑剔，他坐在大厅正面的沙发上简直像一尊辉煌的神像，从走进大厅的那一瞬间开始，便把大厅里所有的人都镇住了。一切反叛的念头、一切躁动不安的情绪，都在旅长大人神威震慑之下悄然隐退了，连那不可一世的胡贡爷，也老老实实地坐在大厅一侧的沙发上喝起了香茶，仿佛在此之前，一切灾难都没有发生过，胡贡爷也从未被人用刀顶着喉咙威逼过。

旅长大人也开始喝茶，喝得很文雅，喝茶时，他已把指挥刀解了下来，斜放在沙发一侧的扶手上。旅长大人喝茶时像个真正的、有教养的绅士，一手轻托着描金的细瓷茶盅，一手捏着茶盅盖上的瓷疙瘩，那手上的无名指和小手指便高高翘起。他用茶盅盖不停地撩动着浮在水面上的茶叶，时不时地呷上一口。

在旅长大人开口之前，没人敢说话，这使得旅长大人有了几分得意，他对控制田家铺局势、施加自己的影响有了一些信心。开赴田家铺之前，他心里有些发慌，不知道该怎么处理这场严重的灾难、如何制止这即将爆发的民变——自光绪三十三年他接受清廷改编，当上巡防队管带以来，这类事情还是第一次遇到，他委实没有处理这类事情的经验。

张贵新也是穷苦人出身，下过小窑，贩过私盐，光绪三十年被朝廷逼得无路可走，率着一帮贩盐的弟兄揭竿而起，捣毁了宁阳县厘卡，上山当了土匪，专事杀富济贫。闹腾不到两年的时间，他就拥有了近二百匹好马，上百条快枪，竟然打败了官兵们的三次清剿，迫使官军不得不对他进行招安，给了他一个管带的名分。自那开始，他吃上了军粮。闹到民国，他混上了少将的阶级，坐上宁阳镇守使的交椅。

张贵新在宁阳境内是大名鼎鼎的，不论是贩私盐、当土匪时，还是做管带、当旅长时，他的威风都使人闻之丧胆。从光绪三十年到民国九年这段时间，宁阳历史几乎是他一手制造的。宁阳境内的一切骚乱、变动，均与他有密切关系；揭竿而起之后，他三次攻破宁阳县城，掳走大量肉票；接受了官兵改编，他又拒不移防，坚持留守宁阳，当了宁阳巡防队管带；由土匪而官兵，害得当地绅耆名流无不叫苦连天。宣统二年，宁阳绅耆三十八人联名上书省抚宪衙门，要求“立诛张逆，以靖地方”；抚宪衙门不敢贸然生事，只派员巡查了一番，便不了了之。却不料，这位“张逆”并不省事。一年之后，辛亥革命爆发，武昌起义，革命党派人联络，他又在一夜之间攻占县衙，宣布革命；借革命之机，将联名上书的三十八位绅耆一一抓捕，吊打了三日，最后，竟将一个商会会长活活打死了。

也就是从民国元年开始，他在宁阳建立了自己的绝对权威，没有他的应允，谁也别想在这块土地上办事。他拥有一支以拉杆子土匪为班底的强大武装，这支武装民国二年前后为三百余人，至民国四年已扩充到千余号人。他带着这支武装依附各路军阀南征北战，待到民国七年拉回宁阳时，已是一支装备齐全、挺有个模样的队伍了。回到宁阳后，他再也不愿离开了，他要积蓄力量，以宁阳为基地，逐渐扩充自己的地盘和实力，借以和各路军阀抗衡。他觉得凭自己的本事，弄个总长、总统什么的当当是不算过分的。这年头，办什么事情都得有点胆量和气魄，他觉着他这两样都不缺，唯一缺少的便是实力和地盘。

当了宁阳镇守使驻守宁阳之后，他开始整顿军纪，力求自己的军队能和宁阳民众保持和睦关系，提出了“不扰民、不损民、不害民”的三不主义。同时，他也竭力调整了和地方绅耆的关系，逢年过节，他时常到各大户人家走走，在某种程度上改变了他的那种土匪形象。两年来，地面上倒也相对平静了一些，各路占山为王的土匪，归附的归附、离境的离境，再没生出大的事端。宁阳民众对他以及他的军队，也颇有了一些亲善的意思，捐银纳粮从不违抗。这使得他的镇守使的交椅越坐越稳当了。

却不料，偏偏在这时，大华公司发生了瓦斯爆炸。一接到公司的告急电报，他就呆了，他马上意识到：如此严重的矿井灾难，势必要造成窑民暴乱，而一发生暴乱，他占据的这个地盘就不牢靠了，一些同样掌握着武装的别有用心的家伙就会借口弹压暴乱，闯进宁阳！这种危机不是不存在，和吴佩孚勾勾搭搭的李四麻子就近在身边，他窥视宁阳，已非一日；还有那个暗地里依附李四麻子的土匪张黑脸，也不是好东西。这帮家伙明里拥护北京政府，拥护徐世昌大总统，对权可倾国的段祺瑞段合肥毕恭毕敬；暗地里，巴不得北京政府立即垮台，巴不得把老段碎尸万段。更可惧的是：去年，曹锟、吴佩孚控制下的直、苏、鄂、赣和奉系控制下的东三省，正式组成了七省反皖联盟，前不久，河南督军赵倜竟也声称加入联盟，这就是说，他所置身的这个宁阳县几乎是四面受敌！既有明敌，又有暗敌；搞得不好，他将输个精光！

自然，他对老段和北京政府也没有感情。他也准备在直皖战端爆发之后重新做出选择，设若老段垮台，曹、吴入主北京，执掌朝政，他也照样纳贡称臣，然而，这前提条件必须是：让他继续驻守宁阳，不侵犯他的地盘，不削弱他的实力。在战争没有开始，政局不明朗时，他是不能表态的，他只能以守代攻、以退代进，按住自己屁股下面那块肉，不让别人抢去。现在他还没有实力参加这种决定民国政治的武装角逐，只能在夹缝中求生存、图发展，因此，他决不能容忍在这种时候出现什么动乱！他不能给任何人以可乘之机。

他毫不犹豫，立即带兵亲赴田家铺。恰在这时，省实业厅也派了矿务专办李炳池和几个官员连夜赶到了宁阳镇守使署。宁阳县知事张赫然自知事情重大，也亲自随军前往。赶到田家铺镇上一看，事情果然极为严重，几千窑民已把大华公司公事大楼团团围定，只差用土炮轰击了，民变一触即发。

他下令对空鸣枪，以示警告；同时，严令部下，不准随便向窑民开枪。他不是那种只会蛮干的傻瓜，他知道“官逼民反”的道理，当年，他不就是被清朝的官兵逼着起来造反的么？今日，他张贵新做了官兵的首领，决不能把治下的民众逼上梁山，不到万不得已，他决不能向窑工们开枪！他一贯认为，可以得罪朝廷、可以得罪民国、可以得罪各路军阀，独独不可得罪当地的穷人！穷人一无所有，不怕失去什么，只要有一柄刀、有一杆枪，甚至有一根棍，就敢群起拼命！你挡都挡不住！更何况，这次灾难非同小可。“轰隆”一声，千把号人埋到井下去了，这千把号人，至少也有上万名沾亲带故的族里亲眷，如果这万把人一起反叛，他这镇守使就做不成了！有道是“哀兵难敌”“众怒难犯”，他不能引火烧身，自找麻烦。

他得公正，得绝对公正；不公正，必然要导致骚乱！他现在是顾不得李士诚了——尽管李士诚对他不薄，每年交纳煤炭出井捐不下十万，可他不能偏袒他，决不能！公是公，私是私，这含糊不得！

茶盅里的香茶下去了一半，大厅里的庄严气氛已制造得差不多了，张贵新郑重其事地抹了抹八字胡，干咳一声，缓缓开口了：

“李总经理，你们公司的负责人都来齐了么？”

“都来齐了！来齐了！张旅长，我来介绍一下：这位是副总经理赵德震赵公，这位是总矿师王天俊王先生，这位是公司协理陈向宇陈先生……”满头大汗的李士诚忙不迭地逐一介绍。

张贵新认真打量着属于大华公司的一个个倒霉蛋，频频点动着大脑袋：

“嗯！嗯！好！好！很好！”

“张旅长，您能亲自带兵赶到田家铺，救民于水火，我们大华公司职员、窑工真正是万分感动！张将军，您来得太及时了！下面，我是否简单地把田家铺煤矿的概况和这次灾变的过程向您和诸位先生禀告一下……”

张贵新摆了摆手：

“别忙！别忙！我先把一些新朋友给你们介绍一下。”

“是的！是的！”

张贵新站了起来，指着一位戴眼镜的中年人道：

“这位是省府实业厅特派专办李……李……”

戴眼镜的中年人站了起来。他身着黑色西装，脖子上打着一个紫红色绣花领带，面部毫无表情：

“鄙人李炳池，省实业厅一科科长。此次奉省府并实业厅之命，查处大华灾变，日后，还请诸位多多指教。谢谢！”李炳池冷漠地坐了下来。

张贵新继续介绍：

“这位是省实业厅的池铭历先生。哦，这位张赫然张知事就不用我介绍了吧！”

长袍马褂的张赫然笑容可掬地站了起来，连连点头道：

“认识！认识！我们都认识！老熟人了！哈哈哈……”

“好吧！下面，我们言归正题，先请公司的李总经理介绍一个灾变情形！”

“好的！好的！”

李士诚站了起来，正欲开口讲话，无意中却看到了被冷落在一旁的胡贡爷和田二老爷，马上觉出了严重的失误，遂改口道：

“在介绍情况之前，我还要给诸位介绍两位德高望重的老先生，一位是田家铺镇议事会副议长胡德龙胡贡爷。”

胡贡爷欠了欠身子，充满敌意地看了看众人，马上将脑袋扭向了一边。

“一位是田家铺镇董事会会长田东阳田老先生！”

田二老爷抱了抱拳，微微一笑：

“鄙人不才，请诸位多多指教！”

张贵新望了望胡贡爷，又望了望田二老爷，颇有些不解地问：

“这二位老先生是代表地方的么？”

李士诚不知该怎么回答。

胡贡爷却冷冷答话了：

“我们代表窑工！我们胡家、田家的族中弟兄有几百口子被埋在地下了！我们不代表他们，谁代表他们？”

张贵新对胡贡爷那火药味很深的回答颇有些不快，但嘴上却敷衍道：

“嗯，好！好！很好！李公，开始吧！”

李士诚看看身边的赵德震和王天俊，见他们都没有开口说话的意思，只得硬着头皮介绍情况：

“张旅长、李科长、池先生、张知事，这次灾变，鄙人是万万想不到的！灾变发生之前，也绝无任何征兆。鄙公司开办以来，从未碰到过今天这种情况！一切委实太突然！太突然了！”

李士诚眼里聚满了泪，面部肌肉微微抽颤着：

“灾难是昨日夜间十一点三十五分左右发生的，其时，我田家铺井下正有一千余名窑工、机匠当班生产。”

特派专办李炳池开口问道：

“究竟井下有多少人？”

“一千多人。”

“一千多多少？”

李士诚窘迫地摇了摇头：

“确切数字还没有查实。”

“这个数字必须马上查实！”

“是的！”

“灾难来得既突然，又严重。整个矿区简直像闹了一场地震，从地下冲出的火焰，蹿出了深达一百六十余米的井口，将主井井楼完全毁坏了。事变发生后，我们立即组织矿警队赶赴主井井口，准备下井救人。但，鉴于大火未熄，烈焰冲天，无法实施！”

“胡说！”胡贡爷怒目圆睁，愤然立起，“你们公司矿警队何时准备下窑救人？汽笛拉响之后，窑民们悲痛万分，涌至井口，你们的矿警队竟用枪口对着我们！这还不算，当我胡某找你们商谈救人之事时，你们竟敢对我胡某施以武力，若不是张镇守使带兵赶来，我们这几条人命也葬送在你们手里了！”

田二老爷频频点头：

“是的！是的！不错！”

“你们大华公司也他妈的欺人太甚了！”

“好了！好了！先别吵！听李公继续讲！”张贵新顿了一下指挥刀。

李士诚脸色苍白，他擦了擦额上、脸上的冷汗，又道：

“后来，从斜井里，陆续有八十余人逃了上来。据逃上来的人讲，井下情况十分悲惨，遍地横尸，且大火不熄，整个地下巷道布满浓烟，许多煤壁业已燃着……”

“只上来八十多人么？”张贵新关切地问。

“是的，是八十多人！”

“那上千号人现在还在井下？”

“是的！”

张贵新脸上变了些颜色，似乎要讲些什么，但，终于没讲：

“好，你接着谈！”

“我和赵副总经理、陈协理、王总矿师马上进行了商议，拟定紧急措施，准备在火势稍熄之后，组织地面人力，下窑抢险；同时，给省府、省实业厅，给镇守使署、县知事公署发了数份急电……”

张贵新听不下去了，厉声骂道：

“混账！你们他妈的通通是混账！窑下埋着千余号人呵！是人，不是畜生！你们至今没有拿出任何救援行动，只知道商讨、商讨！只会发电报！你就不想想，你们是干什么吃的！你们除了喝窑工的血、发煤炭的财，还能干什么？”

李炳池也不动声色地开口了：

“张镇守使问得不错，爆炸发生之后，你们除了拍电报之外，还拿出些什么有效措施？公司有关技术人员是否到井下勘察过？”

王天俊慌忙站了起来：

“李科长，这……这是很危险的！爆炸发生后，胡贡爷曾让一些人下去，结果，下面又发生了一次爆炸，下去的人几乎全没上来！”

李炳池不容辩驳地道：

“就是死，你们也要死在井下！难道一千多人的性命不如你们一两个矿师的性命值钱么？不了解井下爆炸现场情况，如何制定紧急措施？你们在骗谁！你们是在办实业么？你们是在祸国殃民！”

王天俊吓呆了，大气都不敢多喘一口，连连点头道：

“是的！是的！我们有罪！有罪！确乎！”

这时，一直冷眼旁观的公司协理陈向宇却站了起来，他眯缝着两只近视得很厉害的眼睛，冷冷道：

“李科长言之过重了吧？祸国而又殃民，其罪非轻；兄弟倒要请教，祸国从何讲起？殃民又从何讲起？工业灾难自有工业之后便接连不断，决非人的意旨所为，李科长身为政府特派专办，以此种态度查处大华灾变，兄弟认为是失之偏颇了。”

李炳池毫不退让地道：

“我讲话是有根据的！说你们祸国并非冤枉！你们作业不慎，酿发爆炸与火灾。灾难发生后，又不采取有效措施，势必要造成地火蔓延，造成这块丰厚煤田的焚毁。我这不是危言耸听，一八八四年，美利坚合众国俄亥俄州霍金克魏列伊煤矿采矿不慎，酿发爆炸，导致火灾，该矿矿主惊慌失措，措施不力，造成地火蔓延，一直燃烧到今天！这场地火的蔓延面积超过了三千公顷，焚毁优质煤近五千万吨！一个煤田被彻底毁坏了！如果田家铺地下的大火无法扑灭，毁掉了国家的这块煤田，你们不是祸国吗？！说到殃民，那就更简单了，一千多人因为你们的无能、无知，被困在地层之下，不叫殃民，还叫什么呢？”

陈向宇一时无言可对，他再也不敢轻视这位坚硬的对手了。他觉着，这人比胡贡爷一类的地头蛇更难对付！胡贡爷尽管蛮横，但对办矿却狗屁不通，这位李炳池据说曾留洋美国，专攻矿科，又在实业厅操着实权，什么都懂，不是可以随便糊弄的。

李炳池没把陈向宇看在眼里，他滔滔不绝地对着陈向宇讲了一通之后，又以一副钦差大臣的口吻，对王天俊命令道：

“王先生，现在情况是十分危急的，多耽误一分钟，井下就多一分危险，请你把有关田家铺煤矿的各种技术数据拿来，包括通风排水、瓦斯含量方面的详细数据和图表！”

“好的！好的！”王天俊应着，屁股却坐在椅子上没动。

“我现在就要！”

“是的！是的！”

王天俊慌慌张张站起来，跑了出去。

李炳池冲着王天俊的背影又喊了两句：

“现在不要关闭风井，如果关了，立即开动！还有，马上请几个有关方面的矿师到我这儿来！”

“好的！好的！”

转过身来，李炳池又对张贵新和李士诚道：

“必须马上组织人力下井抢险，最好跟探测人员一起下去，事不宜迟，越快越好！你们看看，如何组织救援人员吧？”

胡贡爷和田二老爷早已看出，事态的变化对他们有利，于是乎，马上表态：

“我们可以去组织人！”

张贵新亦道：

“我立即派两个连的弟兄下去参加救援！”

“张镇守使！”田二老爷很感动地握住张贵新的手，连连抖了两下，声音哽咽地道，“张镇守使，我田某代表田家铺窑民百姓向您致谢了！您真是心明如镜，恩德如山啊！”

胡贡爷也说道：

“张旅长真正是田家铺小民百姓的大恩人啊！”

旅长大人也被感动了，愈加慷慨激昂起来：

“我张贵新虽为一介武夫，但深知保民救国之宗旨，兵源于民，兵离不开民；故而，做一个好的兵士，必得不伤民、不损民、不害民，得为民众做些好事。今日田家铺灾变，兄弟我有义不容辞的抢救之责，你们二老无须称谢。现在，我只求你们把围在这座大楼外面的窑工民众劝导回家，千万不要闹出乱子！你们二位可以告诉他们，有我张贵新、有省实业厅的矿务专家、有政府，这场灾变一定能得到公正而圆满的解决！我张某决不会偏袒大华公司，我要秉公办事！请大家放心！放心！”

胡贡爷连忙道：

“有您这番话，我们还有什么不放心的呢？我们可以先把大家伙儿劝回家，不过，处理这场灾变，我们还是要参加的。”

田二老爷也道：

“是的，我们不能让大华公司的一面之词蒙骗将军！”

“好！好！很好！这是可以的！你们可以留在这里。但，楼下的人必须先回家！否则闹出乱子，大家都不好看！我是本地镇守使，我得对本地治安负责任！”

胡贡爷和田二老爷点头哈腰，退出了议事厅。

胡贡爷和田二老爷退出议事厅之后，旅长大人威风抖擞地向手枪队队长郑傻子发布一道道命令：

“郑队长，传达我的命令，令一团二营营长王一丁亲率两连弟兄到主井附近集合待命，听候李专办的指挥，准备下井救人！”

“是！”

“令三营营长速带一些弟兄接管大华公司的岗楼、哨卡，以防不测。”

“是！”

“令一营弟兄驻守田家铺分界街附近，制止一切可能发生的骚乱！聚众滋事者，一律先抓起来再说！”

“是！”

发布完命令之后，旅长大人自信得很，他认为他已完全控制了田家铺的动乱局势……

胡贡爷毕竟老了，体力和精力都大不如以往年轻的时候，大半夜的嘶喊、号召，加上这快一天的折腾、惊吓，把他的体力消耗得差不多了。下楼梯时，贡爷就感到脚脖子发软，浑身骨头发酸，一口气老是接不上来。尽管如此，贡爷还是想说话，他认为很有说话的必要。他得向田二老爷表示他的英明：

“二爷，情况看来不错！咱们现刻儿不能硬来了，一硬来，就输理，是不是？”

“唔！得耐着性子等一等。看来，张镇守使深明大义，省里李专办也能秉公办事，咱们得看看他们如何发落大华公司的这帮奸臣贼党……”

“二爷，那个李专办就是与众不同哩！也他妈的奇怪，一进门，我就发现他穿洋服还就不难看，不显得酸。”

胡贡爷一贯信仰“长袍马褂主义”，一贯认为穿洋服便带有洋鬼子的酸气。今天一时高兴，竟发现李专办穿了洋服而不酸，这委实是个了不起的开化。

“不过，那脖子上的布带有点扎眼。偌大个男人，为啥要扎个红布带呢？我咋看咋不舒服，倘若是那布带换成和洋服一样的黑色，或许就好看一些！”贡爷自作主张地设计着。

田二老爷马上参与了设计，田二老爷也信奉“长袍马褂主义”：

“其实，李专办穿上长袍马褂更会风流倜傥。你想想，冲着他那身段、他那脸膛儿，穿上一件合体的长袍而又加上紧身的马褂，难道会比洋服逊色么？”

贡爷马上应道：

“这倒也是。不过么，他穿洋服比那个陈向宇要好看。陈向宇算他妈的什么东西，竟敢用匕首对着老子的脖子！”

“他是吃了虎心豹子胆了！”

“二爷，您信不信？要不是张旅长他们恰好赶来，我是准备和他拼一下的，我就不相信陈向宇敢杀我！”

讲到这里，胡贡爷脸上不禁一阵绯红，觉出了面子上的难堪：堂堂贡爷，竟被一个乳臭未干的小子用匕首抵着脖子，而且是当着田二老爷的面，这无论如何是说不过去的！就冲着“政治影响”一条，也得把他干掉！

“哼！等着瞧吧，我姓胡的要不把这小子的狗头割下来，就他妈的算在田家铺栽了！”

说话之间，二位老爷已下了两层楼梯，穿过了楼下的门厅，走到了大楼门口的台阶上。台阶两旁，一直到台阶下的路面上，都站满了持枪的大兵，台阶一侧竟然支起了一挺机枪。这使得胡贡爷和田二老爷都很不舒服，都隐隐有了一种受辱的感觉。贡爷和二老爷却又都没说话，只是彼此对望了一眼，在台阶上站住了。

被大兵的枪刺挡在十几米外的人群中爆发出一阵热烈的呼叫，涌在最前面的人们不顾一切地往前挤，大楼门前的小广场上一片蠕动的人头，一片乱纷纷的喊叫：

“贡爷！”

“贡爷！”

“二老爷！”

“二老爷！”

“贡爷出来了！”

“还有二老爷！二老爷！”

“贡爷，事情谈得怎么样了！”

“贡爷、二老爷快给我们说说！”

人群迅速而坚定地向台阶前面涌。担当警戒任务的大兵们被迫向后退，一直退到了大楼的青石墙根，有的甚至跳上了台阶。

一个军官慌了，拔出手枪，对空放了几枪，而后，又大喊大叫道：

“散开！散开！统统散开！”

没人买账。现在谁还买账呢！他们不是乌合之众了，他们的头领出来了！贡爷和二老爷是他们的主心骨，是他们的擎天柱，有贡爷和二老爷和他们同在，他们便什么也不怕了！几个大兵算他妈的什么东西？！只要贡爷、二老爷一声令下，他们马上就能缴了这些兵痞的械，重新占领这座大楼！

贡爷和二老爷都没有这个意思。

二老爷对贡爷道：

“得劝兄弟爷儿们回家！”

贡爷连连点头道：

“对，眼下不能闹！可他妈的这些大兵也太神气！”

“那也不能闹，不到闹的时候哩！”

“那咱们和兄弟爷儿们说说！”

“说说！您就说说吧！”

贡爷向前跨了一步，两只手高高举起，而后，又猛然下压，示意大家静下来。这时，那个军官和几个大兵又对空放了一阵枪，人群中的骚乱才渐渐平息下来。

“兄弟爷儿们，大家不要吵！现在情况不错，李士诚和公司的那帮王八蛋被我们从老鼠洞里掏出来了！他们没跑掉！镇守使张旅长、县知事公署张知事、省实业厅李专办也都赶来了，他们正准备下窑抢险救人，我们现在不能闹了！尤其不能和当兵的弟兄们发生冲突，我们也要先救人！张旅长派两个连的弟兄和我们一起下去！你们现在先回去，全部从这里退回去！有什么交涉，全由田二老爷和我胡某来办！嗯，全回去吧！”

胡贡爷讲完之后，已上气不接下气了，遂转身对田二老爷道：

“二爷，您再说两句吧！”

田二老爷点点头，应允了。

“兄弟爷儿们，贡爷说得对，现在不是硬干的时候。窑下还埋着千余口人，咱们得和张镇守使、大华公司、李专办他们一起，协力救人！待窑下的人救上来之后，再作道理！你们各柜工友，可以自选两名代表，组成窑工代表团，和我们一起和公司交涉。但是，现在要退出矿去，不能胡闹！”

贡爷和二老爷的话就是指令，是不容置疑、不容反驳的。人们安静了。人们在贡爷和二老爷的一再敦促下，渐渐散开去。

傍晚六时左右，聚集在田家铺矿内的窑工们大部退出。当晚，由二百余名精悍窑工和两连大兵组成的抢险队，从中央风井、主立井、西斜井分三路同时下井抢险，同行的还有以实业厅专办李炳池为首的灾情勘测队。

却不料，由于大火猛烈，各入口巷道全被烈焰、浓烟封闭，人员无法进入，第一次抢险宣告失败。

嗣后，特派专办李炳池撰写了一份灾情报告，呈报省府。在灾情报告中，李炳池写道：

> 中华民国九年五月二十二日夜十一时二十五分许，职等组织有经验之矿务专家十八人深入田家铺井下探测灾情，同时，组织宁阳镇守使张贵新部兵士及当地窑夫四百余人前往抢险。职等分三路深入田矿井下，现将所见所闻的情景呈报

如左：

一、中央风井

中央风井一路，带队者为大华公司总矿师王天俊。王带人由风井倾斜风道攀缘下行，几经挣扎，勉强抵达风道底部，即无法再行深入。据王某描述，风道之中充满烟尘，愈深愈烈，浓烟如云，灯火全无。但，整个风道无燃烧迹象，亦无任何冒顶与塌落。由此可以判定，燃烧区域距离中央风井较远，中央风井一带尚未遭到严重破坏。嗣后，王某带人沿风道底部冒险前行数十丈，其时，抢险探测者手中灯火如豆如萤，对面不见人影。张部兵士十三人被烟尘熏倒，王被迫带队撤回地面。当夜，五名兵士因窒息过久，无法挽救，丧失性命。同时殉难者，尚有该公司窑夫二名。

二、主立井

此路带队者为大华公司协理陈向宇。陈一行六十余人由主立井四周之盘旋自救铁梯深入地下。日前爆炸毁坏了主井井楼并部分地面设施，但，固定于井壁之上的铁梯大致完好。据陈某述说，他们沿铁梯下行时，即发现被烈火烧焦之尸身数具。下到主立井底部后，仅在井底主巷道口，又发现数十具烧焦之尸。他们沿主巷道向矿之纵深前行约二百五十米，尚在燃烧的烈火即将巷道完全封住，巷道两侧之煤壁已经燃着，空气炽热，无法逼近，他们所到之处，无一幸存者。

三、西斜井

职亲自率队前往。该斜井长千余米，道路泥泞，顶板处时有漏水，整个斜井工程质量之差令人震惊。由于支架不牢，斜井中间部位已有部分棚梁倒塌。倒塌之处，风化页岩大量冒落，阻住道路。职等疏通道路，实施简单之顶板保护，至下夜三时许，方深入井底，施行探测。斜井底部有一巷道通向大井主巷，采矿图上标明长度为一千八百米。职等行至七百米处，即感觉空气温度骤然升高，巷道木质支架并两旁煤壁尽数燃着，各种有害气体充斥巷内，尤其是一氧化碳大量生成，使人无法呼吸。同行者中，十二人中毒，内有大华公司职员二人，兵士三人及窑夫七人。途中，横尸遍地，职等未遇到一个幸存者。

综合三路情况之分析，田矿井下千余工人生还之希望已属渺茫。田矿井下几乎全是木支架巷道，石砌巷道除主井周围之百十米外，一般没有，故而，其危险性也就更大。以理论上说，一立方干燥木料的平均成分为：碳 40%，化学性结合水、吸湿性水分别占 40% 和 20%，按重量说就是：12 个单位的碳加上 16 个单位的氧构成 28 个单位的一氧化碳。也就是说，一架木棚燃烧后，即可形成九十立方米左右的一氧化碳。在不通风之情况下，这些一氧化碳可在两千米巷道里灭绝一切动物的生命。目前，田矿井下大部巷道在燃烧，由于冒顶堵塞风路，毒气无法散开，窒息而亡之人数将占相当大的比例，乃至超过爆炸和烈火造成的直接死亡。

职等拟请有关方面火速调集矿用消防及救护器材，以便二次入矿，再行探测。

目前，该矿起火原因，矿井纵深地带的火势情形尚不明了，职等认为：如火势严重，无法扑灭，且矿井之下又无幸存者，政府应责令大华公司封闭矿井，借以制止火势蔓延……

是日，《民国日报》《申报》《时报》《民心报》《大中华晨报》等十二家报馆，纷纷予以报道，并致电大华公司，询问灾变情况，声称：将派员探访。

当晚，由十八家包工大柜推举出二十八名窑工组成的“窑工代表团”成立，并举行第一次会议。

第五章

田家铺小镇沉浸在深深的悲哀之中，田家铺人的不朽精神在一日之间彻底崩溃了。他们的光荣与梦想，他们的骄傲与自信，他们的幸福与欢乐全随着一声爆炸而烟消云散了。一千多个活生生的男人骤然之间消失了、不见了，这对田家铺的女人们来说，不亚于天塌地陷！男人是女人头上的天，尽管这块天上有风暴、有雷电、有乌云，尽管这块天上不存在永久的明净，可这是她们的天呀，她们不能没有这块天！她们要在各自的天空下生息繁衍，这块天空是其他任何东西都不能取代的！她们知道，属于她们的这些活生生的男人们是小镇存在的基础，是维持田家铺生活秩序的支柱。男人们的消失，意味着田家铺的没落！

田家铺的男人们是属于她们的，同时，也是属于矿井的。大华公司在这里开矿以后，这里的男人们都或多或少，或直接或间接地和矿井发生了联系。镇上胡、田两姓家族中的无地乡民最先投入了矿井的怀抱，他们像外来的客籍窑民一样，腋下挟着煤镐，头上戴着柳条帽，手里提着矿灯，到深深的地层下寻找他们的红高粱、金玉米去了。他们的眼睛发亮，心里发狂，他们都做着热辣辣的梦，都梦想着有朝一日能从深深的地下扒出一堆堆老洋，用来置田买地。后来，有地的乡民们也陆陆续续下窑了——农闲时无事可干，总不能在家白吃饭呀，下了窑，好歹能扒拉两个现钱花花，这又何乐而不为呢？还有一些有钱有势、有办法的人，自己不敢下窑玩命，又想变着法儿捞点钱，便也和大华公司的矿师、技师们拉起了近乎，包起了一个个大柜……

开初，下窑的人是被人家瞧不起的，有田有地的老辈田家铺人一概把窑工们称为“窑花子”。他们固执地认为：人生在世若要往高处走，则做官；往富处走，则经商；往实处走，则种地；下窑刨煤绝非正道。田二老爷就是这样认为的，他一贯不主张田姓乡民下窑刨煤，然而，田二老爷却管不起田姓乡民们饥饿的肚皮，乡民们为了肚皮，偏要下窑刨煤，二老爷也拦不住。

拦不住，二老爷也就不拦了。后来，二老爷自己的远房兄弟田东勤也在公司包了个大柜，专招田姓乡民下窑哩！

下窑的乡民们也没离开他们脚下的土地。他们下窑刨煤，说到底还是为了土地。自打镇上的几个爷儿们在窑下干了几年，置了几亩薄地之后，他们就觉着自己有奔头了！他们也认定自己会成功——哪怕三年、五年，十年、八年，他们总能刨出他们的土地来！人生一世，不能没地呵！那些从山东、河南、皖北过来的客籍窑民似乎也根本没打算在田家铺打万年桩。别的不说，光瞅瞅他们的破草棚、烂茅屋就可以明白个大概了。他们也想从田家铺矿井下的煤层里扒拉几个钱，然后回老家盖屋买地！

在田家铺镇子的分界街上，窑工和乡民是分不清的，街头踅足的男人们既是窑民，又都是乡民。农忙时，他们都属于土地——属于自己的或别人的土地；农闲时，他们又一概属于矿井。土地和矿井，是田家铺男人们的依托之物：土地是根本，矿井是希望，希望是为了根本而存在的。他们并不热爱矿井，并不把下窑当作自己的终身职业，只是想借矿井这个怪物来谋求他们想得到的东西。他们一日日、一月月、一年年被拴在井架上，被埋在井坑里，他们总是把希望寄托在明天：明天想必会比今天更好。

一个个明天过去了，一个个希望破灭了。他们的精神渐渐麻木了，像磨道上的驴一样，周而复始，一圈圈走着，把他们最初的梦想一点点忘光了……

突然来了一声爆炸，突然一千多名伙伴被矿井吞噬，田家铺的男人们这才警醒，这才觉着发生了点什么不合理的事情。他们有了一种受骗上当的感觉，他们倔强的生命一下子变得躁动不安起来，他们极一致地认为：得和面前这个罪恶的矿井算算账了！

他们想好好闹一场，好好地出一口气！

他们要亮开嗓门喊、张大嘴巴叫，把他们的仇恨、怨气和他们的不平，统统发泄出来——为那些死难的窑工，也为他们自己悲惨的命运和无可挽回的绝望！

在公事大楼广场上，田家铺的男人们就准备闹事了，他们不怕那些大兵，他们往日也打过仗哩！可田二老爷和胡贡爷却不让他们闹，无奈，他们只好回去。他们等着田二老爷和胡贡爷与公司的那帮王八蛋们办交涉，一旦交涉也办不成，他们就非打不可，非把这个该死的公司捣毁不可！

悲哀而绝望的哭声从五月二十一日的那个灾难之夜开始，便充斥了田家铺镇分界街两旁的每一间茅屋、草棚。田家铺的女人们哭哑了嗓门，哭肿了眼睛，哭到了欲哭无泪的地步。五月二十二日几乎整整一天，田家铺镇炊烟全无，悲痛欲绝的田家铺人大都忘记了自己饥饿的肚皮，忘记了时间的流逝，忘记了不该忘记的许多许多事情。二十二日下午，整个田家铺矿区下了一场大雨，仿佛老天爷也为田家铺的巨大灾变伤了心，把倾盆的泪水从天上洒到了人间。

孩子们也在哭。孩子们的哭声是由女人们的哭声诱导出来的，断断续续。他们还太小，还不能完全弄明白，这场灾变对他们今后的生活将意味着什么。他们的哭声，只是对母亲们哭声的一种响应，他们眼神中充满了疑问，哭声中透着一种迷惘。

田家铺镇幸免于难的男人们在女人面前表现了他们极大的克制与镇静。他们绝大多数人没有哭——他们来不及哭，他们也不能哭，他们有好多、好多的事要做！他们要为挽救遇难的工友们竭尽自己的全力，要凭自己的力量、凭自己的努力，稳定住一个个被炸毁了的家庭，维持住田家铺镇的基本生活秩序。

然而，当公司和官方组织的第一次抢险宣告失败后，他们当中的许多人也沉不住气了。分界街和分界街两旁的雨巷里开始出现他们蹒跚身影；一声声闷雷般的、发自肺腑深处的叹息，充斥了田家铺的每一条街巷，在叹息的同时，他们的脸膛上也滚下了泪珠……

翌日，开到田家铺镇上的张贵新的大兵们介入了田家铺人的生活。奉命驻扎在镇上的大兵为一个营，约有五百人。镇议事会议长张大头把镇里的一所公事房让了出来，安置了一个营部和百十个大兵，剩下的一部分，就分散住在各窑户区里。

大兵们出现在窑户区后，或多或少给人们带来了一点精神上的安慰，同时也给死气沉沉的田家铺带来了一线生机。大兵们要吃饭，田家铺的女人们只好忍着悲痛，烧起炉灶——这些女人们认为，大兵们是来拯救他们的男人的。她们自己吃不下任何东西，也得像个真正的主妇那样，好好款待大兵们。尤其是听说在下井救人时，五名当兵的弟兄丢了性命，她们愈加感动了。

就这样，由于大兵们的介入，五月二十三日上午，田家铺窑户区上空出现了生命的炊烟。

大洋马的面前站着一个兵，这个兵高高的，瘦瘦的，看样子有二十七八岁；长方脸，大眼睛，鼻子高而且直，模样挺招人爱。他不住大洋马家，是住在对门田老八家的院里，可他偏偏跑到这儿来，一来，便用那双漂亮的眼睛盯着她看，要给她挑水。

她不知道自家的水缸里有没有水，可她估计没有。她从来不挑水，挑水的事历来是那个死老头子干的，那死老头如今埋在井下了，这一天一夜，水缸里的水也许快用完了。

那就让他挑吧！

她将一根油光锃亮的竹挑子和两只黄锈斑斑的铁桶提到那大兵跟前，嘴儿一努，慷慨地赏赐给他一个效劳的机会。

“谢谢大嫂！”

她的嘴角挂上一个嘲讽的笑。这些男人们的心理，她摸得透透的。

她长得不赖，大眼睛，长睫毛，面皮白嫩，而且，身体很高，奶子很大，颇有些毛子相。因此，田家铺的人便叫她大洋马。她的真实姓名叫什么，除了她自己和那个死老头子外，田家铺没人知道。她和她那个死老头子，都是外来户，是从北面的一个什么地方跑到这里来的。有人说他们是犯了什么案子，跑到这儿来避风的；也有人说，她当过婊子，是被那死老头子拐到这里来的。谁知道呢！

但是，有一点是知道的，她不喜欢她那死老头子。她还挺骚、挺泼，敢伙着一帮娘儿们给男人扒裤子，一般男人不是她的对手。大名鼎鼎的“杀人刀”就被扒过……后来，风传她和“杀人刀”好上了。

这事是真的。她为此十分骄傲，娘儿们因此和她开玩笑，她也毫不在乎。她曾私下和人讲：

“你们也来勾勾试试，人家是田家铺第一刀！”

她不喜欢她那死老头子。这一点，她也毫不隐瞒，她说那死老头子的家伙没有用，把她养儿子都给耽误了。可也有人讲，不养儿子，责任在她——她不是和“杀人刀”常在一起厮混吗？咋也没续上香火哩？！

这事谁也说不清。她老头子怕她，不敢说；外边的人不摸实情，不能说，日子就这么一天一天过去了，眼下，她已是三十八岁的娘儿们了。

她却不像三十八岁的样子。在窑户区肮脏而窝囊的娘儿们中间，她显得出奇的年轻、漂亮。她一贯打扮得干净、利索，时不时地还穿上一件绸布碎花的旗袍。这件旗袍也许是窑户区中唯一的一件，曾使窑户区的年轻女人们羡慕了好几年。

五月二十一日的灾难给她的打击并不是致命的，她没有窑户区娘儿们的那种刻骨铭心的痛苦和悲哀。一开始，她甚至有一种轻松的解脱感，她觉着那个死老头子一去不回，对她来说倒是一种命运的恩赐，从此以后，她可以自由自在地生活了。可是听说“杀人刀”也被埋在窑下，她难受了，开始在心里一遍遍为“杀人刀”祷告。

她忘不了“杀人刀”，不能没有“杀人刀”。这个强悍而高大的男人给了她想得到的一切。她常常在大白天便回忆起他身上散发出来的那种烟草味很浓的男人气息，想着他给她带来的强烈而持久的愉快。她不能没有他。她是从他那里才体验到了真正的生活乐趣，这种乐趣是那个死老头子和其他男人无法带给她的，只有他行！

在为“杀人刀”祷告时，她的脑海里也时常闪过一个个自责的念头，她也骂自己是个恶毒的坏女人，也觉着对不起那个死老头子，不管咋讲，那死老头子还是她的丈夫，她的天！

可不知为什么，一见到那个大兵，她就产生了一种异样的感觉，她觉着这大兵的脸很熟，恍惚是在什么地方见过似的，可她却又没见过。这大兵的个子挺高，长得不赖，尤其是眼睛和鼻子，充满着一种异性诱惑力，还有那一脸的络腮胡子，也显示了一种蓬勃的男性的魅力。

她从他的脸上也看出了一些什么……

她想，假如他……

不，不行！这不行！她的男人还埋在窑下死活不知，在这种时候，她不能，无论如何也不能干这种事！

然而，她又能为她的男人干些什么呢？她什么也不能干。下窑的男人们的命运不是由女人们安排的，而是由窑神爷安排的。女人们的泪水、哀号根本帮不了他们的忙。那么，她为什么不可以借这个大兵暂时把这场灾难，暂时把“杀人刀”和那个死老头子忘一忘呢？

她倚在低矮的门框上，垂着眼皮，沉入了一种迷乱的幻想中。恰在这时，她听到了那个大兵沉重的脚步声，那脚步声和着她心房的激烈跳动，一下下近了，继而，她眼前闪过一团黄光，她听到了他的喘息，听到了水倒进缸中的“哗哗”声响。

“兄弟，歇一歇，擦把汗！”

声音软而细，带着娇情，仿佛不是从她嘴里发出来的。她把掖在自己褂子里的一方布绢取了出来，轻轻地、娇柔地捏在两节手指中间，递到了大兵的面前。

那兵受宠若惊地去接布绢时，手向前多探了半尺，顺势在她白皙的膀子上捏了一下。

她佯装不知，身体微微向后一倾，两只兜在布里的大奶子一颤，脸儿别了过去。

那兵马上明白了这其中的深刻含义，一望四周无人，将擦过脸的布绢径自往大洋马的怀里掖，顺手摸到了她的奶子上。

她抿嘴一笑，意味深长地看了他一眼，身子一扭，卖力地摆动着诱人的臀部，闪身走进了半地穴式的屋内。

他马上跟着进去了，一进去，便反身将两扇门板关严，紧接着，又手忙脚乱地插上了门闩。

“咦，兄弟，这是干什么？”她正正经经地问。

“嫂子，好嫂子，你……你还不知道吗？！”

他极勇猛地向前一扑，将她拦腰抱住，抱得她几乎透不过气来。她感到有一股热乎乎的气喷到了她的脸上，感到他那脸上的胡子扎着她的脸颊、她的鼻子、她的前额，她感到了一个滚烫的、湿润的嘴唇紧紧贴在了她的嘴唇上，使她吐不出气来……她突然感到害怕，突然挣扎起来，用手推他，身子尽可能地往后面的炕上退……

“别……别……兄弟……别……”

他不说话。他仿佛不会说话，他紧紧搂住她，任她怎么推也不松手。她别过脸去，他便在她的耳朵和脖子上长久而热烈地亲吻，后来又用嘴去吮她的耳垂。

终于，女人在男人面前那道本能的防线崩溃了。她停止了无力的反抗，任凭他亲吻她的脸、她的脖子、她的乳房。她闭起了眼睛，她觉着这个解她衣服的男人不是大兵，而是她所熟悉的男人，她愿意让他干他所乐意干的一切。

她被剥了个精光，被抱到了大炕上。

他忙乱了好一阵子。结果，她的肚子上、大腿上黏糊糊湿了一片……

她明白了。她睁开了眼睛。

她看见大兵正在满脸绯红地穿裤子。

“对不起大嫂，对不起！”

她突然觉着受了侮辱，泪水一下子涌上了眼眶。听到灾变发生的消息时，她没流泪，现在却流泪了。她任凭泪水在脸颊上流，自己不用手去擦。

“大嫂，我……我下次再来……下次……”大兵的羞惭是显而易见的，他说话的声音像一个犯了错误的孩子。

她愤怒地从炕上蹦到地下，一手抓过一件上衣，一手操起一把扫帚疙瘩，朝他没头没脸地打去，边打边骂道：

“滚你娘的蛋！滚！”

她赤裸的脚板粗暴地踢到了他的屁股上、大腿上，踢得他没有招架之力，已提到腰眼的裤子又掉了下来。

他重新去提裤子，拉开门便往外跑，在门口，又被摔在地上的竹挑子绊了一下，险些栽个跟头。快冲出院子的时候，他才突然想起，他的上身还是赤裸的。他重新回到屋门口，对着紧紧关闭的屋门哀求：

“大嫂，我的褂子！还……还我的褂子！我……我求你老人家了！”

门，支开了一道缝，揉成一团的褂子摔了出来，和褂子一起摔出来的，还有她那恶毒的咒骂：

“滚远一点儿，你这个大闺女养的！”

他套上褂子，慌忙逃走了。

这时，夜幕降临了。分界街两旁的街灯亮了，一队威风抖擞的大兵正在街上巡逻，路灯的灯光，将他们的身影拉得变了形。

这一晚，大洋马很忧伤，很孤寂，她胡乱吃了点东西，对着灰暗的豆油灯呆坐了一会儿，便找西院小兔子妈聊天去了。

小兔子妈比大洋马小两岁，只有三十六，个子也比大洋马矮半头，身材娇小。她长得不算美，可也并不丑，脸上的颧骨微微突出，面皮白中泛红，总像抹了胭脂似的；两道黑黑的柳叶眉下一对杏眼晶亮明澈，仿佛两颗诱人的星；鼻子、嘴都很小，却又不难看，一口碎玉般的牙齿整齐漂亮。她十八岁结婚，三十岁便开始守寡——六年前，她丈夫在窑下被放大滑的煤车撞死了。守寡之后，她便和大洋马成了知心姐妹，常在一起谈论关于她们女人的诸多事情，她脑海中那许多大胆而热烈的念头都是大洋马传授给她的。

大洋马“吱呀”一声，推开她家的院门时，她正半掩着屋门，坐在炕沿上低首垂泪。她从半开着的门扇中看到了大洋马晃动的身影。她没有像往日那样，起身去迎，只欠了欠身子，便又在炕沿上坐下了。

她的精神完全垮了——从那夜报警的汽笛拉响之后，便完全垮了。两天两夜，她没梳过头，没洗过脸，没吃过一口东西。

大洋马进门之前，她不知道自己呆呆地在炕沿上坐了多久，她眼前总是不时朦胧地出现儿子的形象，一会儿，儿子在她面前撒娇；一会儿，儿子在她面前大模大样地发号施令——活像他的老子！她甚至想起那个难堪的雷雨夜，儿子握着菜刀站在布帘外的情形……

泪水接连不断地从她那青黑的眼窝里溢出，一滴滴顺着脸颊、鼻根，滚落到她穿着藏青洋布裤子的大腿上，把裤子打湿了一片。

大洋马闪身进来了。

她只抬了抬头，嘴角蠕动了一下，便别过脸去，呜哇一声，哭了：

“嫂子，我……我……我的命好苦哟！”

大洋马走过来，搂住她抽颤的肩头说：

“大妹子，甭哭了，眼下，事情还没有个结果，老哭个啥子呀？！说不准他们全都没事哩！”

“我不信！不信！这么大的火，这么厉害的爆炸……”

“那也不能把千把人都烧死、都炸死！这会儿公司和大兵们不还是在设法救他们么？”

兔子妈将一把和着泪水的鼻涕甩在地下，又呜呜咽咽地道：

“可我家兔子才十六岁，他太小了，太小了，他还不懂事！”

大洋马却道：

“你就不能往好处想一想么？如果他不在爆炸地方呢？如果他只是一下子被堵在哪里了呢！大妹子，小兔子的命好，你也得往好处想！”

大洋马说着站起身，走到灶边，从洋铁壶里倒了碗凉开水，递给小兔子妈：

“兔子妈，你想开一些，我家那个死老头子，不也和你家小兔子一样，被窝在窑下了？难过，我也难过——自家的男人，咋能不难过呢！是不是！我也哭了一个下午。”

大洋马的那双大眼睛确也是红红的。

“可我揣摩着，光哭有什么用呢？难道咱们做女人的除了哭，就没有别的本事了么？咱们得和窑上的男人们一起，想法儿救他们才是！所以，我不哭了！咱们女人的心也得硬一点，该干啥，咱们还得干啥！是不是……”

大洋马极想把刚才和那个傻大兵演出的一幕，说给兔子妈听听，出出心里的这口窝囊气——直到现在，她还没能原谅那个大兵。她和兔子妈往日是无话不谈的，包括和“杀人刀”干过的一切，都和她谈。如果没有大洋马的开导，怯弱无能的兔子妈绝不敢和外来窑工郑富暗中相好。她注意地看了兔子妈一眼，见她脸上的泪还时时不断地往下落，连忙将已到嘴边的话压回了肚里，复又劝道：

“大妹子，说到底，咱们女人一生都是苦命。一生下来，只因裆下少把茶壶，父母便不把咱们当人看，残汤剩饭养到十五六岁，十七八岁便打发出门，找个男人嫁了——这男人你喜欢不喜欢，父母是不管的。接着，就替男人生孩子，那苦楚，也是男人们不知道的——七年前，我亲眼看见一个十六岁的小媳妇生孩子生不出，活活疼死了。再说呢，咱们又是窑户的女人，女人苦，窑户的女人更苦！男人活着还好！设若窑下一出事，男人死了，咱们的日子就更没法过了，就像大妹子你……所以说，咱们女人自己得硬着点，得想开点，那女人的福分，能偷点就偷点，能占点就占点，就比如说今个儿吧……"

却又没能说下去。

大洋马的一番话触到了兔子妈的痛处。这个已失去了丈夫的女人马上想到了自己往日的苦难，想到了遭到不测的儿子，竟一把搂住大洋马，放声号啕起来：

"嫂子，我的好嫂子！日后我可怎么活哟！走了！兔子爹走了！兔子也走了！这孤零零的就剩下我一个，我靠谁去呀！呜！呜……"

大洋马多少也有点心酸。她再次将要说的话咽了回去，抚着兔子妈瘦削的肩头道：

"大妹子，别说这话，别说！你还年轻，才三十五六岁，小模样又不丑，还愁没人管你饭吃？郑富呢？他和小兔子不在一个班上，该没事吧？"

兔子妈这才想起了郑富，苦苦一笑道：

"嫂子，先别说这个！只要兔子没事，哪怕我日后和郑富断了都没啥……"

大洋马叹了口气，摇摇头道：

"妹子，你的心肠也太好了！"

接下去，两个女人又拉拉杂杂谈了一会儿。谈到后来，兔子妈突然想起要到窑神庙烧一炷香，于是，锁上屋门，硬扯着大洋马到分界街尽头的窑神庙去了。

大洋马原不想去，她从心里不信什么神呀鬼呀的，可碍着兔子妈的面子，还是去了。那夜，她终于没有把她想讲的话讲出来，为此，她颇有些郁郁不欢。

小八子不明白身边的大人们在忙些什么，他只是觉得很好玩。他从来没有看到过这么辉煌、这么隆重、这么热闹的夜。这窑神庙他是来过的，不算娘带他来过的三次，光他自己就来过两次。有一次，他还在庙宇正中的那个窑神爷的泥像后面撒过一泡尿，被看管庙宇的老瘸子打过两巴掌。

现在，小八子被娘领着，来到了庙门口。庙门口的人很多，人碰人、人挨人的。娘扯着他，使劲向前挤，挤了好长、好长时间，才挤进了庙门，才把手里的那炷香插进了神像前的香火炉里。小八子看到那炉里横七竖八插满了香，烧锅一般的白烟直往上冒，熏得窑神爷和它身边的几座泥像脸上发黑。娘插到香火炉里的香没扎牢，转眼间就倒伏下来，他踮起脚尖，想用手去扶，一触到炉沿，手就被烫了一下。

庙里进香的人太多，前面的人刚进完香，后面的人便拥了上来；娘只好扯着他的手从左边的门洞里退了出来，退到了庙前的草地上。草地上四处跪满了人，几乎没有插脚的空子。他知道娘是想找个地方跪下，可总是找不到。

这真好玩。跪倒的大人们都比他矮。他看到一个老奶奶头上沾了一块枯叶，他便想去帮她摘下来，却没来得及，他刚要转身时，娘便把他扯走了。

他们从草地一直走到分界街上，又在街上走了二三十步，娘才找到一个清静少人的地方跪下了。

他也学着娘的样子跪下了。

天不黑，恍惚就像白天——不，比白天还好。往日，即便是白天，这里也没有这么多人、这么多灯火、这么多的白烟。

他跪下了，脸正对着一个妇人的脊背，他看到那妇人裤子的屁股上补了两块花布补丁，像窑神爷的两只眼睛。那妇人身边也跪着一个孩子，这个孩子瘦得像个猫，个子倒比他高。他揣摩：他也许能打过他。他左边还跪着一个白发苍苍的老头儿，这老头儿挺怪，脑瓜儿是尖的，像一个正放在地上的葫芦。

娘开始对着窑神庙的大门频频磕头，他也装模作样地跟着磕，暗中在和娘进行着比赛。他想，他一定要比娘磕得快。娘磕一个，他就磕两个；娘磕两个，他就磕四个；娘磕四个呢？他算不出来了……反正，他就磕好多好多，反正娘比不过他。

他磕得糊里糊涂。

他不知道为什么要磕头，为什么这么多人都给窑神爷磕头。他想：他长大以后，也要当窑神爷，也要坐在窑神庙的大门正中，让许许多多人给他磕头、给他烧香——当然，他不能让他娘来磕头，娘时常头痛；一磕头，头会更痛。

既然头痛，为什么还要磕头呢？大人们真傻！这么多大人竟然给一个泥像磕头。他知道窑神爷是泥像，他在窑神爷的肩头上抠下过一小块带金粉的泥巴。

磕过头之后，他看到，娘像许多人一样，双掌合十，低垂着脑袋，紧闭着眼睛，虔诚地向窑神爷述说着什么。娘过去告诉过他，说这叫作“祷告”；只要诚心祷告，窑神爷就能听见，你的愿望就能达到。

他也开始祷告，可他祷告什么呢？他突然想起看守庙宇的老瘸子，这老头打过他的耳光，他就祷告：让这老瘸子出门被西瓜皮滑倒！这挺有意思！

他祷告完了，没事干了，可娘和周围这黑压压的一片人头还在那里嗡嗡叽叽地和窑神爷说话。他不耐烦了，抬起头四处看了看，便从地下抓起一根肮脏的干树棍，用树棍去捅前面那个瘦猫的屁股。

瘦猫仿佛不知道似的，根本没动。

他又用力捅了一下。

瘦猫转过了脸，狠狠盯了他一眼。

他马上将脸转向一边，把树棍藏到身后，假装没看见。

瘦猫把一只手掌握成拳，咬牙切齿地在他面前晃了晃。

他觉得出那拳头的分量，眼皮向下一垂，头一低，做出了一副安分守己的样子。

膝头渐渐跪得有点疼了，而且，总这么跪着也实在无聊。他悄悄站了起来，从娘身后挪了过去，一转眼的工夫，便离开娘有好几十步远了。那儿有一棵树，他在那儿蹲了下来，见娘依然没有发现他的行踪，他得意地咧着小嘴笑了。

就在这时，他在地上拾到了一扎红锡纸包着的洋火——显然是大人们点香时遗落的，他自己玩了起来。他开始擦洋火，擦着之后，便用手指弹将出去，看着燃烧的洋火在朦胧的夜空中划出一道黄光。

不幸的事却因此发生了。一根烧着的洋火落到了他身子左前方的鸡窝上，那鸡窝的窝顶偏偏又是草苫的，洋火落上去便烧着了。开始，只烧着一点点，大人们也没注意；后来，却烧大了，整个鸡窝都着了起来，连着鸡窝的茅棚也着了火。

小八子慌了，忙扑过去，抓住一把竹扫帚去打，一边打，一边哭喊道：

"着火了！着火了！"

窑神庙前庄严的气氛被破坏了，跪在分界街边的大人们惊慌地从地上爬起来，赶来对付这场意外的火灾。这时，小八子听到了娘的呼唤，娘在喊他，仿佛在很远、很远的地方喊他，他想答应她，可不知咋的，被烟火熏着，喊不出声来……

没多大工夫，火便被大人们扑灭了，他也被一个中年男人抓住了。那男人的手很大、很有力气，抓得他胳膊疼——不是一般的疼，而是从骨头里疼。他大喊大叫起来。

"啪！"重重的一掌击到了他脸上，他吓得不敢叫了。

他听到了一片乱哄哄的声音，听到那男人和人们谈到了火，谈到了什么“吉利”“不吉利”的，他们还谈到了窑神爷……他听到有人在喊：

“掐死他！掐死这个不敬神灵的小王八！”

他突然明白了点什么，恍惚意识到：今日这个热闹的夜，于自己、于发自地下的那场大火有点什么关系，自己显然是闯下了什么大祸。他像大人一样，感觉到了一种真正的恐惧，他拼命挣扎，要摆脱那男人的大手，可怎么挣也挣不开。

这时，一个女人挤到了他身边，一把将他揽在怀里，他听到那女人在和那男人说：

“放开孩子！放开！”

他认出：这女人是兔子妈。

“这是你的孩子吗？”

“不是！这是二牲口家的小八子，我家儿子和他家老子都在窑下！”

男人放开了手，他扑到了兔子妈的怀里，紧紧抓住兔子妈的裤带，再也不敢松手了。

兔子妈和那男人又讲了些什么，间或还带着些骂人的粗话，最后，兔子妈终于扯着他冲出了大人们的包围。

他在分界街的一根电线杆下找到了娘，娘几乎吓呆了。他听见娘感激地对兔子妈说：

“大妹子，难为你了！难为你了！”

兔子妈却哭了：

“看见你家小八子，我就想起我家小兔子！我的兔子的命真苦哇！”

命？什么叫命！命有苦的，是不是也有甜的？是不是也像甘蔗那么甜！兔子哥的命为什么苦呢？他横竖弄不明白。不过，从那夜开始，他对窑神爷越发仇恨了！他断定供奉在庙里的这个金粉泥胎不是个好东西！他骗了人们的香火，骗了人们的眼泪，却没给人们造什么福，今天，他还差一点把命送掉！

他想：总有一天，他要把这窑神爷的泥脑袋拧下来当球儿踢。

这世界真坏。

这大人们也真傻。

太阳雪

（节选）

胡小胡

作品简介

当代工业题材长篇小说。胡小胡著。1996年，由华夏出版社出版。

《太阳雪》讲述了我国北方某都市大型国有建筑企业东北建设总公司，在社会经济体制转型期的历史背景下，改革处处举步维艰，障碍重重。工程竞标败北、期货投资失利、承建中的金山大厦着火等一系列重大事件，让企业几乎濒临破产，数万工人陷入了生存的困境。

作为一位有民族良知、社会责任感和使命感的作家，胡小胡在《太阳雪》中不仅就国企在体制转轨中的现状提供了一幅幅形象的、客观的画面，而且也在此基础上对国有企业在改革大潮中的命运以及当代工人的生存困境给予了理性的探究，这在作品中的表现非常明显。

根据胡小胡《太阳雪》(华夏出版社，1996年版）节选。

正文节选：16—23章节

16

初云小姐的家，在外人看来，是完美幸福之家。一家之主是全国著名大企业的领导人，“一把手”。家庭主妇是这家企业的会计师，年轻时以美艳闻名于学校、单位、社区。两个女儿，待字闺中，一个是出手不凡的青年建筑师，一个是学业未满却已琴弦初试的青年演员。两个女儿的美貌更是名闻遐迩，羡煞多少男子。有一次，陶兴本到中华剧场参加晚会，回来大乐。有人介绍陶兴本，不说东建的总经理，却说是陶初云、陶末雨的爸爸。当然那些人不是企业界中人，但是堂堂总经理以女儿而名，叫陶兴本愕然而事后乐不可支。初云从小听惯了这样的夸赞：“原来是陶兴本的女儿，怪不得聪明！”“原来是钱芳芳的女儿，怪不得漂亮！”这个家有舒适的房子，地点又是S市最少污染最有文化氛围的街区。爸爸出门是一部奔驰汽车，妈妈出门是一台大路易坤式摩托车。一家四口都有合意的可以实现自我的令人羡慕的职业、地位。家里的经济条件一年好似一年。六七年前初云刚上大学的时候，家里并不宽裕。那时候一家四口人，只靠两个人的工资。爸爸是东建的计划处长，一个月200多块钱，妈妈则100多块钱。现在呢，初云毕业有了工作，末雨虽在艺术学院读书，也有了演出收入。爸爸的工资涨到1000块。同物价的涨幅相比，这个工资不算高，但是无形的收入很难计算。爸爸第一次去马来西亚，带回一台录放机；第二次去德国，带回一台先锋音响；第三次去美国，带回一台大屏幕电视机。这是出国的外快，平时有的，则更不必说。就说春节前后送来的食品，半年吃不完！不知道谁送来的，不知道什么时候送来的。家里除了一台三门冰箱，还要准备一台冷柜。啤酒、饮料，经常是打开了倒在马桶里，然后等收破烂的把空瓶子纸箱子拿走。因为家里没有人喝酒，因为喝了饮料发胖。这些东西成了负担！水果成筐地烂掉，鱼肉时间长了发黄只好扔掉。爸爸一半时间在外吃饭，末雨住学校，剩下母女俩能吃多少？爸爸不喝酒，抽烟很厉害，一天两盒，当然也是送来的。还有纪念品，衬衣啦，领带啦，打火机啦，挂钟啦，公文包啦，洗发精啦，长筒袜啦，餐具啦，水具啦，讨厌的数也数不过来。家里挂钟十多台，公文包几十个。都是送人拿不出手扔又舍不得的破玩意儿！舍不得是妈舍不得，照初云的脾气，早扔进垃圾箱了。当官的好处初云是说不清的，她也没当过官，她只不过有个正厅局级的爸爸。难怪有的人削尖了脑袋往上爬，踩着别人肩膀往上爬！难怪有的人以封官许愿的办法网罗效命的奴才！爸是廉洁奉公的人，妈在东建干了二十六七年，有大专文凭，有会计师职称，财务处提她当科长，爸不同意，后来财务处改提她当副科长，爸还是不同意。再说汽车，爸那台小奔驰是前任留下的旧车，跑了 20 万公里了。去年市里批了一台凌志 400，爸不要，退回去了。金钱和贵重礼品，爸绝对不收。一次有人趁爸不在，送一块雷达表给妈。爸回来大发雷霆，叫人立即送回去。初云看出来妈很不高兴，借别的事头发了好几天脾气。如果爸算不得廉洁，那么当今廉洁的标准是什么样的呢？还有呢，那些亲戚朋友借爸的地位调转啦升官啦搞点施工项目啦爸一律不办，他甚至做得不近人情，得罪不少人。送点烟酒食品算不得什么，“官不打送礼的”，这是老百姓的话。爸说过这样的话：“按‘文革’前‘四清’的标准，现在恐怕没有廉洁的干部了！”不知道“四清”是个啥标准，爸是感慨而言。不管怎么说，陶家的生活水平与过去大不相同，社会在进步嘛！初云自己当然是意想不到的满意，除了在家吃饭，一切花销都不用家里管，她还有了六万块存款。去年她的莱茵河大厦方案设计，一次挣了两万五。那次她给爸买了一套西装，给妈买了一件大衣，给妹妹买了一件羊皮夹克，刚好花掉了零头。买好看的衣服、好吃的食品，请客作个人情，她不在乎了。末雨也阔了，她在《槐花城》以前上了两个小戏，导演给她六千块，这次她是主角，说能得两万呢。她下个月去大连排外景。社会的进步，经济的繁荣，生活水平都提高了。现在有钱人家多了，好像钱是地上长的，天上掉的。照《红楼梦》里贾母的说法，初云的家只能算个中等人家。

其实初云的家并不是十全十美的，天底下哪有十全十美的家，十全十美的人，十全十美的事儿？陶家的事，糟就糟在妈身上——这个妈呀！怎么说呢？总之她越来越不正常了。是不是漂亮女人到老了都会变得不正常？就像那个伊丽莎白·泰勒，嫁了八次人，六十来岁浓妆艳抹，像个老妖精。观众对她年轻时候的好印象全没啦！还不如像玛丽莲·梦露，三十几岁死了，芳颜永驻。伊丽莎白最近又嫁给了 CNN 的老板特纳。CNN 就是美国有线电视网，布什就是看 CNN 来指挥海湾战争的。真了不得！谁风头足就往谁那儿凑。妈倒没有那么大，妈才 48 岁。可是这个年龄更糟，到更年期啦！真可怕。妈年轻时候真是漂亮！妈的照片挂在太原街生生照相馆的大橱窗里。后来爸知道了，叫照相馆取下来。那时候还没有肖像权的说法。妈爱带初云和末雨上公园，一个少妇带两个漂亮女儿，会得到多少羡慕赞许的目光！初云那时候没有这种体验，她还小呢。陌生人喜欢拉拉她的手，摸摸她的脸蛋儿，借机会和妈说句话。那时候还是“文化大革命”，没啥穿的。那时候留下的照片，妈是小翻领的涤卡上衣，初云是长到脚面的尼龙裙。真怪！连小孩子都不穿短裙。那时候女人不化妆，等到女人可以化妆，妈也过了 40 岁。过了 40 的妈再也不肯化妆，大概她的心理那时候就发生了变化。外国女人到了 40 岁就去找个心理医生。现在 S 市也有心理医生，从北京学来的，天知道医术咋样！再说妈那个人绝不肯看心理医生，她不承认有任何心理异常。她已同爸分居一年，一人一个房间。一年以前，他们已经安排各自的房间，但是有时候仍在一起。而这一年，他们没有一天是在一起的。妈很早睡觉，八点多钟上床。爸爸在家，总是在客厅里同客人谈话。过去来了客人，妈总要出来见见，倒杯茶，拿点水果，说几句客气话。现在根本不露面。听见门铃响，妈就躲进自己房里，把门关得严严的。客人太多，多数是东建的人，赶到家来谈工作，实在讨厌。客人走了或者偶尔没有客人，爸爸就看看电视，在他自己房间里看看书报，十一点钟睡觉。初云睡得更晚，要到十一点以后。如果她同男孩子（不管多大，她都叫“男孩子”）在一起，回来晚了，便悄悄开了房门，溜进自己的房间。第二天，妈都不会问一句，她根本不知道女儿啥时候回来。爸爸想起来会问，可是他太忙了，顾不上。开始初云很高兴，她长大了，妈不管了，解放了，自由了。时间长了又觉得沮丧——妈太不关心了！哪像个妈！哪有这样的妈！但是难怪她，她心理异常。她在三年前就有这样的征兆。那次初云带一个男孩子（是真正的男孩子，她的大学同学）回家。妈盯着那个男孩子看。等他走了，妈忽然说道：

“这是坏孩子，将来是个凶手！”

哎呀我的妈呀，怎么这样说话？这孩子好好的嘛！从哪儿来的幻觉？妈的口气非常肯定。她过去就是这样，心里怎么想嘴上就怎么说。妈看出来了，感觉出来了。妈有特异功能，有特异功能就是心理异常。后来那个男孩子对初云说：“你妈怎么直着眼睛看人？”三年以后，妈的话应验了：那个男孩子因为失恋把一个女孩子毁了容，被判无期徒刑。可是从那以后，初云感觉妈说话颠三倒四，莫名其妙地发火。到了去年，她不能正常上班了。但是她没法请假，因为她没有病，因为她除了心理异常之外没有其他的病，而她又不肯去神经科看病，因此她得不到病假单。好在她是陶总的太太，而在职务上连个副科长也不是，三天打鱼，两天晒网，稀里糊涂过去了。

去年冬天，初云和妈真的吵了一架。

那阵子妈牙痛。初云认识铁路医院的牙科大夫，医术很高明。妈问是男的还是女的，初云说是女的。妈不准许男医生为她看病，看牙也不行。这样说好了，第二天十点钟在铁路医院门口等妈。初云错就错在这里，她应该回家陪妈一起去。可是她要先赶到班上，怕时间来不及。问题就出在这里了。

那天下午鸣放来了电话，说有急事到设计院找她。鸣放急三火四地来了，说："走，跟我去大连！"原来他在大连马桥子开发区找到一个项目，就是莱茵河大厦。鸣放要搞工程总承包，包括设计在内。鸣放在那边有个同学当中间人，第二天就和建设单位谈，半个月要拿出方案图。"你去这事就成了，你不去这事就黄了。"鸣放是急切的恳求的信任的灼热的，似乎只有初云的方案能力攻关能力初云的魅力威慑力才能拿到这个项目。初云和室主任说一声出来，钻进桑塔纳汽车。她说要回家拿个旅行包，鸣放说不用拿，明天就回来。因此初云没回家就上路了。那天是冰雪路面，从S市到大石桥一段路很难走。他们两点多钟出来，到大连开发区已是晚上九点。走在路上初云忽然想起妈看牙的事，说是到大连给妈打个电话。到了开发区，她忘了。

他们在开发区的五彩街吃饭，吃完饭住进一家旅馆，鸣放和小范住一个房间，初云自己一个房间。鸣放送她进了房间，就说"别锁门"。可是还没等初云洗完澡，鸣放已经坐在沙发上。他不想瞒过小范。那一晚当然没有睡好，鸣放是狂热的粗暴的孩子气的，而她也特别有情绪。她和他上过床却是第一次一起过夜。他就像有了这一夜死而无怨似的。第二天他们起来晚了，她忽然想起妈的事，连忙拨电话，却已打不通。只要爸上班一走，妈就把电话关掉。妈不接电话，不愿意任何人给她打电话。为这事爸和她吵了一通，还是无可奈何。但是她没有想一想妈会不会去铁路医院等她。

那天和建设单位的谈判很顺利。开始，那些人用异样的眼光看她，就你？就你这毛孩子？等莱茵河大厦建好了来当时装模特吧。那些人心里就是这么说的。轮到初云开口，气氛变了。初云先对甲方手里的几个方案作了一番评论。你们不是起名叫"莱茵河"吗？你们不是想要西洋古典风格吗？听我讲吧！西洋古典派应是什么样，怎么和功能结合，怎么和现代建筑材料结合。你们是要罗马风格、哥特风格还是要巴洛克风格？不光是西洋古典，还要有德国味道，莱茵河是德国的河呀！废话，中北欧风格和地中海风格当然有区别呀！东拼西凑杂乱无章只知其表不知其里的方案怎么能叫人满意呢？接着初云表演了拿手好戏，用铅笔随手在纸上勾出几个图样，几个细部，用以说明各种风格的不同。她的漂亮的富有表现力的线条叫她自己都觉得满意。那些人瞪大眼睛，鸣放也瞪大眼睛。15 天拿出方案图吗？可以，完全可以。还有什么要求？地形测绘图呢？设计委托书呢？好的，好的，都交给我。两个小时事情定下来了。那些人情绪高涨，在银帆酒店请他们吃饭，饭后陪他们去看地形、看环境，好像不是他们求人，而是人家求他们。她的表现出乎鸣放的预料，他们的汽车刚一开动，鸣放就紧紧握住她的手说："我的妞儿，你把他们说傻啦！我服了你啦！"在情人面前露一手也是惬意的事情。而鸣放的感动感激感慨感叹的结果就是当天没有回家。鸣放不愿意走，赖着不走。初云拗不过他孩子气的不管不顾的劲头。

那天晚上他们仍住原来的房间，她要在妈打开电话机尚未睡觉的这一段时间硬着头皮打电话。她挣开鸣放的双手，拿起话筒，拨了家里的号码。是爸爸接的电话。

"爸，我在大连呢。"

"云云，你怎么不说一声就走？"

她当然理亏。

"爸，对不起，事儿太急了。"

"你去干什么？"

听见爸爸的声音，鸣放好紧张，眉毛拧起来。她离开鸣放的怀抱，坐到沙发上。鸣放侧着耳朵听，他最害怕的两个人正在通电话。

"爸，我来搞设计。我在开发区呢，明天就回去。"

"我打电话问刘院长，他不知道你去哪儿。"

"是朋友给找的活儿，不是设计院的。"

"你妈上午在铁路医院等你……"

爸爸是声调委婉的，他对女儿从来是委婉的。

“对不起……”

“今天S市下大雪，你妈在雪天里等了你一个小时。”

“我给妈赔不是——妈感冒了吗？”

“还好。小潘也去马桥子了，你看见他了吗？”

小潘说过，东建的基层公司经理离开S市，是要向陶总请假的。他管得太细了！

“爸，你说哪个小潘？”

“就是潘鸣放，你不是认识他吗？”

“见过。”

“他去谈什么莱茵河工程。你找找他，坐他的车回来——你是坐火车去的吗？”

“是的，爸。”

“我叫调度室找小潘，叫他找你吧。你住哪个旅馆？”

“不用，爸，不用！”

“你要穿好衣服，当心天气冷！”

“爸，我知道。”

初云只有一口一个“爸”，对付着。她等着接下来跟妈说话。她不怕跟爸说，而是怕跟妈说。但是妈没有接电话。妈这一头还没完，爸那一头又来事儿了。他还要叫东建的调度室来找！以后做莱茵河项目，东建一公司总承包，早晚不要露馅吗？

这个倒霉的电话并没有影响鸣放的情绪，他的目的达到了，留住了初云。他们的小而舒适的旅馆不会使人感到冬天的寒冷。她喜欢他的疯狂，她喜欢他身上的气味。她有灵敏的嗅觉，能够分辨出男人身上不同的气味。她喜欢的气味是新鲜的稳定的带一点刺激的和暖烘烘的，这气味使你在做爱之前兴奋欢愉活泼柔顺，使你在做爱以后安详惬意松弛自在。她甚至能够分辨出那气味的颜色，它是高贵的还是低贱的，是聪明的还是愚蠢的，是爱的还是本能的。男人的气味是她选择的重要标准，她以为这是任何一个自由的独立的有鲜明个性的女人都不能忽视的标准。

那天夜里完事以后鸣放就睡着了，也许头一个晚上他太累了。但是初云推醒了他，趴在他脸上说道：

“我还要！”

鸣放只有努力。早晨，他使劲抱住初云，不停地吻她，不让她起床。她便摩挲着他的脸，说道：

“起来吧，我们该回家了！”

他忽然哭起来，伤心地哭起来。他真是个孩子！他抽动着宽大的肩膀，泪水横流。她还没有见过哪一个男人这么伤心地哭。他接不上气地抽噎。她替他揩泪，他却推开她的手，咬牙切齿地说道：

“我发誓要你！”

他哭得她心乱如麻。他以前从没有提起这事情。她不知道该怎样回答他。是的，她也没有想过。她已经24岁了，她是不是过于自信？但是她怎么会想到嫁给已婚的有孩子的男人？在这件事上，她有很大的权力，很大的自由，很大的选择余地。鸣放对于她来说，只是个情人，她只想到情人。她喜欢他的男人味，他的傻气，他在床上的那股劲儿，喜欢他对自己的欣赏、崇拜，喜欢他把她当作他的唯一。他要娶她，要她嫁给他。他可能一直是这样想的，从他们的第一天开始。他是要找一个时机找一个方式来表白自己。但是她不能永远属于他，她现在不能永远属于哪一个男人。她只有拍拍他的头，重复地说：

“我们该回家了！”

17

晚上八点钟初云才回到家。她是做错事的孩子，她要等看妈的脸子。

妈坐在沙发上，看她的爱情小说。她老了，鬓角已经斑白，一双大眼睛的周围布满皱纹。但是她看爱情小说，看琼瑶、三毛、岑凯伦，看中学女生入迷的那些书。看那些书是她主要的消遣。

“妈，我回来了。”

“你还知道回来！”

妈总要这样说的。

“妈，我错了！”

“你心里还有我这个妈吗？”初云的认错并不能平息妈的怒气。“你就是故意的！”

妈现在就爱说噎人的话，初云只有忍着。

“我不是故意的。”

“你从不跟我说心里话！”

妈的态度越来越坏。初云觉得委屈，不能忍受。她不是受到训斥就不能忍受，她不能忍受的是训斥的方式。妈不管你怎么想，不管你能不能接受，不仅如此，她还要把你说成多么没有良心，多么不通人情！好长时间，初云不和妈说心里话，她甚至怕和妈说话。她怕听妈絮叨，更怕被妈训斥。她觉得母女之间很难沟通，很难彼此理解。

“你是和潘鸣放一起去的吗？”

和爸爸打电话的时候妈在旁边，她听见说潘鸣放，但是她听错了。她经常听错话，不是她耳朵不好，而是她的精神总是集中在自己的思路上。这次是她听错了谎话。

“对。”

初云心里有气。

“人家有老婆有孩子。”

这是当妈的说出的话吗？你对你女儿的了解等于零！你对她根本不关心！

“我的事不用你管！”

“好呀，不用我管！我是管不了你！”妈几乎跳起来。“我从小就管不了你！我在这个家里也待不下去了，你们是串通一气整我！现在把我扔在铁路医院，以后不知道把我扔到哪儿呢！等我哪天离家出走，你们都不会去找！我死了才好呢，你们才高兴呢！陶初云，我养你算是白养！我就要告诉你：你本来就不是我生的！我没你这个女儿！”

妈开始疯话连篇了，一句比一句刺人。初云脸上发烧，脑袋也胀大了。她不能再听下去！她跑回自己房间，坐在床上哭起来。她想起小时候妈的偏心，妈就向着末雨，什么事儿都向着末雨。爸是更喜欢初云的，但是爸不偏心。她经常受到妈的伤害，经常偷偷地哭。她哭的时候就觉得她是天下最不幸的女孩儿，觉得自己怎么会生在这样一个家里。那些伤害妈是感觉不到的，妈并不是心地不好，应该说妈是个好人，但是妈太狭隘，她最大的弱点就是不能体会别人的心情。你就是说也说不通，妈理解不了。上高中以后，妈好一些，初云的感觉也好一些。这两年又坏了，比以前更糟。她觉得她应该躲开，从家里搬出去。借一套房子或者租一套房子。她只要一间带厨房卫生间的房子，地点无所谓。但是她想到爸爸，他现在已经很孤独了，她走了他会更孤独。妈是有病，不是别的。她还不能离开他们。初云想到妈的病态，心情平静一些，也不觉得那么委屈了。她感觉到妈的可怜。

过了一会儿，妈走过来。

“饭给你留在锅里，你自己热吧。”

“我不想吃。”

她朝妈点点头。

“怎么也得吃点——我去睡了。”

初云坐着不动，她就想这么待一会儿。

十点钟，爸回来了。

“爸！”

“见到你妈了？”爸说。

初云点点头。

“你跟她认个错就是了。”

“我跟她吵了一架。”

爸抬头看她。他的表情是说：你不用解释，我已经理解。

“我妈现在心理异常。”

初云从来没有和爸讨论过这个问题，有几次她话到嘴边收回去了。爸的感触肯定更深。

“是的。”爸说。

“应该叫她看心理医生。”

爸没有回答。

“你们就这样分居下去吗？”

她是长大了的孩子，她觉得现在可以这样提问题。爸眯起眼睛，不回答。他确实累了，他把全部精力投入岗位上，而对家中的恼人的事情麻木了，想都不愿意想。

“你妈跟你说什么？”

“我妈说我不是她生的。”

初云一直站着，她看见爸爸忽然抖了一下，眯着的眼睛忽然睁大了，但是他坚定地说道：

“疯话！”

与其说他是表示愤怒，还不如说他是表示痛苦。是的，是痛苦。她体谅爸的痛苦。过去，他的妻子光彩照人，令他骄傲，就像现在他的女儿令他骄傲一样。

“云云，来，过来！坐下！”爸爸拉她坐在身边，抚摸着她的头发。“你妈病了，你们也都看出来。问题不在有病，而是她不肯看病。现在只能这样挺着，也许只有时间能治好她的病。我们都不要惹她吧！”

这是去年冬天发生的一幕，这一幕给初云的印象太深了。

半个月之后初云又去了大连。她交了图，得到两万五千元。她想分一些给鸣放，鸣放坚决不要。于是她到青泥洼桥给爸买了西装，给妈买了大衣，给妹妹买了羊皮夹克。

18

初云做过流产手术之后，不想再见鸣放。倒不是她把伤害和痛苦归罪于鸣放，而是她体谅到鸣放的痛苦。红旗告诉鸣放，使他痛苦不堪。他是感情如火燃烧自己感情如海淹没自己的那种人，他陷得太深了。初云当初没想到，他的可贵的强烈的古典主义的中世纪骑士般的情怀是一种伤害，不但伤害他自己，也伤害初云。

初云是富有同情心的，她对感情和性有开放的观念，但绝不想伤害别人，伤害别人同时也就伤害了自己。情人就是情人，他们彼此亲近，彼此需要，他们是朋友，但是不能干涉对方，不能把对方据为己有。这种观念也许是新潮。年轻人总会追逐新潮。衣着打扮，家居摆设，风俗礼仪，流行小说，流行歌曲，电影电视，种种新潮都是让年轻人去追逐的，只有观念难以追逐。观念是历史的文化的时代的环境的影响作用于每个人的素质而形成的。就如鸣放的对于爱情的观念，最陈腐最狭隘最自私，同时又最真诚最浪漫最勇敢，如痴如怨，如火如荼，悲歌慷慨，剑拔弩张。初云不能接受这种观念，顶多可以说欣赏吧。她不想陷鸣放于灾难。她已经让红旗劝说他。初云承认自己对于性的不严肃的态度，但是她想将来会改变，她对于婚姻是严肃的，不能把结婚离婚当儿戏。鸣放不是她理想中的丈夫。

潘廷俊老先生庆寿那天，鸣放一直想和她说话，却找不到机会。初云故意躲着他。她看见他的急切的焦灼的抱怨的和恶狠狠的目光。最后，当她准备和爸爸、末雨一同离开东海鱼村的时候，他终于冷冷地说了一句话：

“你泡人。”

初云瞪他一眼，上了爸的汽车。卫东扑到前面，双手扶着车窗道别，而鸣放留在后面，双手插兜。“泡人”，S 市流行语，新潮。现在流行在“人”的前头加个动词，诸如泡人熊人要人讹人宰人卯人，总之做“人”太倒霉啦！初云并没有“泡”他呀！她没有任何承诺，她不欠鸣放任何债、任何情。她也没有玩弄他的感情，她甚至怕伤害他。她怀了孕流了产也没有责怪他，没有告诉他！天底下还有这么够意思够哥们通情达理心怀宽广的女人吗？

星期一，初云在班上接到鸣放的电话。

“你怎么着？”

她第一句话这么说。

“我要见你！”

“我说过不许给我打电话！”

呀，错了！她是对卫东说的，不是对鸣放说的！

“我一直没打。”

“对不起。”

“你啥时候能见我？”

是的，是要和他见面说一说。

“你说吧。”初云说。

“现在。”

他当然着急。

“明天吧。”

她和他约好，星期二下午一点在马路弯路口等他。和平路西侧有一家名为“伯爵”的西餐厅，人不多，全天开业，可以喝杯咖啡坐一坐。三年前 S 市找一家坐一坐的地方都不容易。

第二天初云按时去了。初云穿一套蓝色毛混纺粗花呢小格套裙，头上是撅起的马尾辫齐额的刘海。初云可以穿色彩强烈式样怪诞的衣服，也可以穿文静淡雅老成朴素的衣服。她不买价格昂贵的名牌，更不买时髦女孩子争着穿的衣服。她是建筑师，她要设计自己独特的形象。她的衣着总是在设计院引起注意甚至引起小小的震动。看初云穿的，就是和别人不一样！没花多少钱，这么漂亮！年轻人不用说了，三十多岁四十岁的女人，也学初云穿。初云只好把被人学去的衣服收起，再换新的式样。这是必要的损失，这是领导潮流满足虚荣的代价，好在她收起的衣服都不是太贵的。

六月下旬的天气是S市最好的天气，春末夏初，空气湿润，槐树花香。只是设计院周围地方太喧闹，车水马龙，一刻不停。初云还没走到路口，就看见鸣放的汽车，小范站在车旁招手。她想跑两步，一使劲刚好撞在别人怀里。不是别人正是鸣放，他过来迎她，她却没有看见。鸣放穿着东建的土黄色工作服，衬衣的领子也是脏兮兮的。他从工地过来。他拉住她向前走。

“我有事！”鸣放说。“上午给你打电话，没找到你。”

“那我回去了。”初云站住。

“不，是银河大厦发标书。在大项办，你二姨那儿。走！”

“我去干啥？”

“给我帮忙。走吧，上车。”

他即使心里惧怕初云，表面仍是命令的口吻。当经理当惯了。初云只有上车。鸣放说他在陶总那儿立了“军令状”，一定要拿下银河大厦。他和钱主任不熟，请初云说句话。鸣放就是拿她能干的事爱干的事干得好的事来勾她，拿她的虚荣心表现欲成就感来勾她。卫东是滑蛋一个，鸣放是使暗劲儿，蔫坏。

“叫我和二姨说啥？”初云说。

“叫你二姨把标底透透。”

鸣放诡秘地一笑。

“哎，你们堂堂的东建，尽干违法的事！”初云瞪了他一眼。

“这算啥违法，”鸣放悄悄拉住初云的手，“这是小菜一碟！”

“小菜一碟？我不干！”初云甩开鸣放的手，“叫你们陶总去问吧，二姨是他小姨子。”

“违法的事，哪能叫陶总去问！”

说着车开到市政府“大项办”。初云随鸣放上楼，走进会议室。会议室很大，开会的有五六十人，坐了一半地方。前面是主持人的长条桌，坐了五六个人，二姨坐在那儿。一位官员在读文件，照本宣科。他们在后排坐下。

“你好大胆子，”初云小声说道，“敢带我上这儿来！”

“这有啥！带你来为党国效力。别吱声！”

果然有人回头看他俩，于是他们不说话，听会。那个官儿读起来没完，也不知道读的啥，还用大拇指舔了吐沫一篇一篇翻！初云不耐烦了，她凭什么来听无聊的官儿读无聊的文件！她朝二姨招招手。

“你干啥？”鸣放拉她一把。

“叫二姨过来！”

“这是开会！”

二姨没有看见她招手。

“你不就叫我和二姨说情吗？”初云在鸣放的手背上拍一拍，“快点说完好走。”

初云又招招手，鸣放拿她没办法。这一回二姨看见了，笑一笑，站起身，文雅地拉拉裙子，走过来。

“到我办公室！”

二姨继续向前走，身子挺得直直的，就像时装模特儿走上演示台。初云跟上去，示意鸣放跟上来。二姨惊动了会场，不少人回过头来看，初云赶紧溜出会议室。

他们进了二姨的办公室。初云第一次进二姨这间办公室，以前的办公室去过，那是处长的办公室。这间好漂亮，老板台、老板椅、皮沙发、玻璃柜，还有一盆绿萝爬在窗台。二姨是有美感的人。初云进了门坐到沙发上，蹿一蹿。好舒服的沙发！这个铁红色进口软牛皮沙发面子裁了做件大衣蛮不错。还有老板台上的台灯，紫梨木嵌铜圈，有味儿。二姨穿海蓝色西装套裙，尖尖领的白衬衣，不化妆，像个一本正经的官员。她总爱摇一摇年轻人也比不了的浓密的头发。二姨年轻的时候没有妈漂亮，可是人到中年反而漂亮了，透明了，发出特别的光彩！二姨脸上一点皱纹也没有，比她年龄起码小五六岁。

“云云穿啥都漂亮！”

二姨过来摸一摸初云的小格裙。二姨在初云面前不是当官的架势。

“漂亮吗？”

“没说的！云云，今天怎么来了？”

初云没有回答二姨的问话，却指着一面空白的墙壁说道：

“二姨，这儿挂一张马蒂斯的剪贴画就好了！”

二姨当然不知道什么叫“马蒂斯的剪贴画”。

“下回我给你带来！”初云站起来。

“太好了！云云是艺术家，会布置。”二姨又摇一摇头发。“这墙上是少点东西，我也不管啥马蹄不马蹄的，云云，把你画的拿一张给我挂上吧！你画得最好！”

“我的赶不上马蹄的！”

初云开心地坐回沙发，二姨站着。鸣放也站着，不敢坐。初云把鸣放扔到一边去了。

“这是潘鸣放，东建一公司经理。”初云说。

“潘老的大公子嘛！见过见过。请坐请坐！”

二姨不管对谁都是这么热情，满脸堆笑。

“小潘，你是剜门盗洞来摸底的吧！还把云云弄来了。”

二姨会用亲切的口吻来把你揭穿。初云看着鸣放，看他怎么回答。

“钱主任，看您把咱们说的！”鸣放坐下了。

“我说得不对吗？”

“哪能呢！东建是大企业……”

“我还不知道东建吗？”二姨打断鸣放的话。“来投标的大企业十几个，三冶公司、中建四局、水电一局，不比你东建小！”

“钱主任，这个项目肯定得给东建！”

“看你说的！”二姨拿两听杧果汁，两只玻璃杯，放在茶几上。“招标投标，公平竞争，谁家有实力谁能拿到手。来，喝点饮料！”

“钱主任，这个项目我在陶总那儿立了军令状，拿不下来就完了！”

看他又把“军令状”抬出来了！你完不完和二姨有啥关系？这个鸣放，到节骨眼就递不上话，一点潇洒的劲头都没有！二姨也笑了。二姨笑他的愚态。

“小潘，你说叫我怎么办？”

“您就把银河给一公司吧！”

“说得好轻巧！这事儿我说了算？我是副主任，招标办有一帮人，上面有主任，主任上面有新鸿基的老板，还有市长。我不过是具体工作人员。”

“这我知道，但是您有很大发言权。”

鸣放看看初云，看她这个救兵。也是的，二姨的委婉巧妙的官腔继续打下去，鸣放就傻眼了。初云打开杧果汁，吱的一声响。

“二姨呀，我说银河大厦就得给东建！那些大公司，都是外地来的，这个项目不给S市的，还能给外地的？再说S市那几个建筑公司，都赶不上东建实力强。还有九建，蹦得挺欢，他算个啥公司？给别的单位二姨你放心吗？喂，鸣放，你喝呀！”

“九建连施工等级都不够！”鸣放光叼叼吸管不喝饮料。

“小潘，我告诉你，韦家昌最近办了手续，一级施工能力，二级取费。”二姨坐到她的老板椅上。“建委不给他办，他把个副省长搬出来了。小潘，我就说你们这些人，都是计划经济老一套！两眼一抹黑，循规蹈矩，翻了车，都不知道毛病出在哪儿！”

二姨是向着东建的。表面上数落东建，心里向着东建。二姨怎么能不向着东建呢？

“二姨，咱们这回按你说的，不循规蹈矩——你把标底告诉小潘！”

初云嘴里蹦出这句话。她看二姨有什么反应。

“问题不在标底不标底！”二姨是看透一切的表情。“一个大项目是一个系统工程。我不是说你们施工那个系统，投标过程就是系统工程。商务标、技术标，报价，答辩，接受考察，这是一方面。更重要的是攻关。现在的社会，现在的市场，你们还不清楚？多复杂！哪有规范化的招标！大家玩一个游戏，没有游戏规则，有规则不遵守，犯了规也得不到惩罚，这个游戏怎么玩？这种游戏你们不会玩，你们向韦家昌学学怎么玩！好了，我要到会上去讲话。”

二姨说完站起来。

“标底呢？”初云在二姨面前敢说话。

“我会告诉你爸的。”

二姨说完这句话，就把他们两个让出办公室，然后笑一笑，噔噔噔向会议室走去。

鸣放也要去会议室，可是初云拉住他。

“你还叫我陪你开会？”

“听听钱主任说啥，一会儿就完。”

“废话！钱主任在会上打官腔，有啥好听？你们好几个人在那儿听呢！”

初云扭头下楼，鸣放跟在后边。小范看见初云，把车调过来。

“回设计院！”初云对小范说。

“不行。”鸣放就爱来倔的。

“你这个大经理，快回去研究投标吧！”

“今天不研究了。”

“小范，听我的！”

“是，我听陶小姐的。”

小范也开上玩笑了。鸣放在初云手上狠狠捏了一把。

“呀——那就到马路弯吧。”

初云不想拗着他，她本来准备和他谈谈。

19

汽车开到马路弯，鸣放把小范打发走了。他们走进伯爵西餐厅。这家餐厅不大，倒是西洋古典式装修，爱奥尼柱头。餐厅小姐看来了一男一女，便把他们让进单间。初云伸头一看，那单间只有两个平方，灯光暗悠悠的，门上挂一块布帘儿。初云连忙缩回身。

“坐外边！”

他们在大厅坐。说是大厅，只有四五张西餐桌，墙上的石膏浮雕不是惯常的裸女，而是仿米开朗琪罗的《被缚的奴隶》，只是仿制的工艺太粗糙。这儿比“鸽子笼”好多了。

他们要了两杯咖啡，一碟炸薯条。

“我今天是不是够意思？”初云觉得挺开心。

“想让我夸夸你？”

鸣放一口喝掉大半杯咖啡。他也不嫌烫！脏衬衣领子托着他的结实的黑里透红的面庞。他长得黑，像他妈，而卫东长得白，像潘老。红旗也长得白，颜色比初云还好。一家姊妹就是不同。鸣放今天情绪特别好，也许是好容易能和初云约会，也许是二姨答应给他标底。刚才二姨训了他半天，他好像无所谓，好像没听明白。

“不想听你夸。我觉得你——不行。”

初云一句话把鸣放的情绪打掉了。

“你说你在二姨面前那几句话！”初云继续说道。“闷头瘪棒的，哪像个大经理？一句有劲儿的话也没有！我要是二姨，看你这个样子，绝不能给你活儿，拜拜吧！”

“到二姨面前能装英雄？”鸣放这会儿来词儿了，一口喝掉剩下的咖啡。“我不得认个小辈？我不得装傻充愣，让二姨指点迷津？”

说着变成他二姨了。

“其实二姨说的我都清楚。”鸣放继续说。“现在的建筑市场叫啥市场，黑得很！”

“你清楚啥？韦家昌办一级你都不知道！”

“陶小姐，听我说！现在的建筑市场，上市买不着货，交易都在黑市里。甲方卖的是项目，有权的拿国家的项目为自己捞；中间人卖信息，卖关系，卖手腕；乙方就买项目，贿赂官员。多少人当掮客！坑蒙拐骗，买空卖空，行贿送礼，多少人发了财！别说这么大项目，就是百八十万的项目，也是明里来，暗里去。东建是国营大企业，是正规军、国军，能像韦家昌那么干吗？东建靠实力，靠几十年的资信，靠国营大企业的牌子。我们至今是建筑市场上的正人君子。”

“照你这么说，东建别干活儿了！”初云吃着炸薯片。“人家游击队，专门对付你正规军！”

“云云，你说得对，东建不定哪天就叫游击队打垮了！”

“你对银河没信心了？”

“不，有信心。银河这么大的项目，小队伍不行，拿不下来。现在东建就靠大项目。今天看二姨的态度，我放心了。”

“我还替你担心呢！小姐，能不能放点音乐？”

正是下午时间，餐厅里没有别的客人。两个小姐靠在吧台上聊天，听见初云招呼，放出音乐。是理查德的钢琴，叫人腻歪。初云看看表，三点半钟，该说说正题了。初云觉得这个地方挺好，既清静，还有小姐做伴。如果换一个环境，如果在没人的地方，鸣放就不老实：第一步，抱你坐在他腿上；第二步，亲你；第三步，摸你身上。鸣放一有机会就动手动脚的。初云不喜欢这样。这是不文明，没教养。这是她不满意鸣放的地方。中国的男人都是这样吗？似乎他和你上过床，他就随时随地可以和你亲热，不管你愿不愿意。初云骂过他，但是他改不了。他还是高级知识分子家庭，他还受过高等教育！这和他的爱情观念是一致的，中世纪的骑士，表面的尊重和内心的劫夺，没有现代意识！世界上的男人，可能最糟糕的就是中国的男人了！行了，她也不想说这些，她没想嫁给他，她没有理由没有权利没有必要挑剔他。现在放的这首曲子叫《瓦妮莎的微笑》，听红旗弹过。

小姐又去聊天了。这两个小姐像是S市的，不像乡下的。许多餐馆雇的是乡下女孩。

“红旗和我说了。”鸣放指的是怀孕的事，“你想瞒我。”

“过去了。”初云淡淡的。

“你为啥瞒我？”

“废话！你想叫我给你生下来吗？”

“生下来我就要着！”

“行了行了，不说这个好不？”

他们沉默了一刻。

“你想说啥，”初云看着鸣放，“说吧。”

鸣放垂下眼。他要想一想怎么说。

“我想……离婚。”

“你就要告诉我这个？”

“对。”

“你想听我的意见？”

“对。”

“然后再作决定？”

“对。”

“如果没有我，你也想离婚吗？”

“我没想过。你是现实。”

初云换一个姿势，侧过身。正对着鸣放似乎太严肃了。

“你和马缨啥时候不好了？从有我开始？”

“不，原来就不好。”

她知道，他原来说过，但是她觉得没有严重到离婚的程度。她见过马缨两次，第一次是去年，记不得在哪儿，第二次在潘老的宴席上。马缨的长相太普通，是S市到处可以见到的那种女人，忍耐谦让寡言少语。那天吃饭，马缨没怎么说话，人多的时候，大家很容易把她忘掉。

“你太太是贤惠女人。”

“那是表面的。”

“她在家厉害？不会吧？”

“不要说这些！我不爱她，不喜欢她，烦她，嫌她，恨她，恨不得没有她——这就可以了！”

鸣放激动起来，惊动了吧台前的小姐。

“小姐，换一首曲子好吗？”初云用眼神叫鸣放平静，“你觉得你的婚姻非常痛苦，如果没有我，你也要离婚，是吗？”

初云的话并不能使鸣放平静，他的脸涨红了。乐曲换了，是红旗喜欢的那种古典音乐。

“为啥这么说？为啥？”鸣放是痛苦的。“我爱你，爱你！不能没你！”

“别说傻话了。”

“嫁给我！”

“不能嫁给你，真的，是真的！我觉得你应该厘清自己的想法，现实是什么，应该怎么做。你觉得过不下去，离婚也可以。但是不要为了我。你不应该用离婚来逼我。鸣放，你身上有很多我喜欢的东西，不然我怎么会和你好，会做你的情人？也有我不喜欢的地方。不管喜欢不喜欢，和婚姻无关。我不会嫁你。从一开始我就想让你明白这一点。我没有说，我只是觉得这个问题不太严重。没想到这么严重。”

很快找到男人的弱点，看破男人，实在是一种悲哀。

“你想嫁给谁？”鸣放阴沉地问道。

“你怎么这样！”初云不满意了。

“你如果没有谁，我是不会死心的。”

“咳，跟你这种死心眼儿的人，讲不清楚！”

“好了，我不逼你——逼你也没用。我们继续做情人。”

“不行了，我承受不了。”

进来几位吃晚饭的客人，两位小姐连忙招呼。

“我也承受不了。”

“早知道这样，一开始就不该理你！”

“晚了。”

该走了，今天只能这样。

“走吧，”初云站起来，“打个的，先把我送回家。”

“我不走。”鸣放坐着不动。

初云一扭头出了西餐厅。

20

窗台上落了两只麻雀。

陶兴本的位子靠在窗口，他听见悦耳的叽喳声，回头看见那两只麻雀。

经理办公室侯主任正在读一份材料，给东建公司的领导班子读。大家坐在固定的位子上，陶兴本在正中间，他的旁边是金帅邦的位子，孔达人的位子，于满江的位子，其他副经理、总会计师、总经济师、纪委书记、工会主席的位子，刚好围了一圈。

侯主任读的材料名为“东建公司1993—1994企业改革设想”。这不是一般的材料，不是应付党代会职代会干部大会誓师动员大会总结表彰大会的官样文章，而是陶兴本认真调查精心组织亲拟提纲由写作班子成稿交领导班子讨论打字复印送基层单位讨论经职工代表大会通过然后组织实施的大设想大计划大方案大纲领。今天则是领导班子讨论的一步。

两只麻雀飞走了，叽喳声留在耳际。成绩说多了。陶兴本删掉一些，还是觉得多。一种莫名其妙的乐观情绪，从写作者的笔端，从侯主任的声调，从与会者的懒洋洋的姿势上都表现出来。天气热了，容易使人变懒。窗户正对着铁路中学的操场，孩子们在操场上踢足球，有男孩子也有女孩子，扎成堆。没有什么人有忧患意识，有的只是满足现状，固步自封。一年完成八亿产值（号称十亿），产值利润率仅百分之一！你当经理三年，产值从四亿变成八亿，利润从八百万变成一千万，产值利润率大大降低。这种增长算是成绩？你点上一支万宝路。你最近喜欢万宝路，比555更有劲儿。万宝路是辛辣的浓烈的生涩的，可以快速充满气管充满肺叶。万宝路的广告也是强烈的，马上奔驰的牛仔，翻滚的赛车，飞翔的滑雪板。你现在需要大的刺激。你烟抽得太多，而且抽烟的速度奇快，别人一支烟抽到一半，你已经接上第二支。你在猛吸的一瞬，听到膨化的烟丝迅速燃烧的吱啦啦的声响。烟抽得太凶经常觉得憋闷难受，好像无可救药的肺叶已经腐败如酒糟如豆腐渣令你不敢去想。杯中的茶叶也放得多，酽到绿茶变成酱色。这酱色和红茶花茶乌龙茶普洱茶沏浓了的酱色还是不同，这酱色带一点黄，褐中带黄，就像你家门前松花江水夏天的颜色。歌功颂德的词句太多！为东建歌功颂德为领导班子歌功颂德为你陶兴本歌功颂德。歌功颂德是几千年封建大一统皇权至尊至上的中央帝国的文明之一种。

侯主任读到问题这一部分。什么叫“问题”？问题就是疑问、疑难，问题就是问题。错误、弱点、缺陷、痼疾是明摆着的毫无疑问的，却说是“存在的问题”！这是作用于歌功颂德的心态之上的流行用语。

“老侯，这句话说得重了。”

金帅邦说道。金帅邦长了一张大方脸外号叫“大腮帮子”和他的大名一致——“帅帮”。他喜欢称“老”，比他年龄小的人也称“老”。金帅邦指的是“面临困境”这个词。这个词是陶兴本加的，有点儿不通。你原来想写“陷入困境”。二公司、三公司、土方公司是亏损的，可以说“陷入困境”，东建有13个基层公司，大多数不亏损。还不能说“陷入困境”。

“把金书记的意见记下来！”

你的话是不必说的，无论经理办公会党委常委会党政工联席会，都有详细记录。纪委书记王嘉谋睡着了。这人好福气，做个闲官，无所事事，工资奖金各种待遇一样不少。这人好福相，方面大耳，头发染得黑黑的，戴紫阳镜穿耀邦衫脚蹬尖口布鞋。这人是“三朝元老”明年要退休。他是离休干部，1948年辽沈战役黑山阻击战被俘的廖耀湘治下的国民党新一军的小兵。他的一张履历表写的是1931年出生，另一张履历表写的是1933年出生。因此他可以在官位上多坐两年。总经理没有决定副职的权力。

两只麻雀飞回来了。两只麻雀依恋背阴的窗台和窗台前的柳树。孩子们还在踢球，一个女孩子抓住一个男孩子把他拉倒。男孩子爬起来追那个女孩子。

你那时候也觉得别人从背后把你拉倒。

金帅邦是“老五届”，在学校经历文化革命比“文化大革命”前老大学生有政治经验。他当了六年机装公司党委书记。他和市委省委的组织部门建设部的人事司都拉上了关系。他过去对你毕恭毕敬唯唯诺诺好像老老实实勤勤恳恳没有魄力没有野心与人无害与世无争。老书记退了王嘉谋也快退了，从外面派一个人，不如在东建提拔一个。但是这样的大事对你连个招呼也不打。

青年时代既是遥远的事又好像近在眼前。现在你的小女儿也比操场上踢球的孩子大。你那时候也踢足球。那时候是上小学，是在哈尔滨道里区。那时候只有男孩子踢而女孩子不踢。你闯了大祸。

王嘉谋打起鼾。这种老帮子，谁能拿他怎么样？

陶兴本只能说，江山易改，本性难移。你不是在说王嘉谋，而是说自己。你从小就是有理不让人的，不管是谁，你都要争一争。小学二年级，老师说你上课吃东西。你没吃，是别的孩子吃的。你坚决不承认。据理力争的结果，是受到严厉惩罚。你和另外三个吃东西的孩子举起一张课桌，一人举一条桌腿，举了整整一堂课。可惜幼年的壮举并没有打掉你的毛病，你始终还是得理不让人忤倔抗上。你越来越相信先天的条件遗传的基因对人的决定力量。

陶兴本示意于满江推推王嘉谋将他推醒。口水从王嘉谋嘴角淌出挂在衬衣领子上。天气还没有热到令人昏昏欲睡不能开会的程度，但是对王嘉谋这种人只能说“春困秋乏夏打盹，睡不醒的冬三月”。他不可能出什么良策佳谋。这人虽说不干事，还算个正派人。他在公司一级的高位上待了将近 20 年，有他的关系有他的力量。前些时他的小儿子结婚，据说摆了七八十桌，去了几十个处级干部。这次金帅邦上台，还要赢得他的支持。王嘉谋有六个儿子，两个女儿，这次是最小的一个。养了这么多崽儿又要对每一个尽心尽力，真是称职的老头子！陶兴本自己的大女儿还没有嫁出去。你应该关心女儿的婚事，像王嘉谋和千千万万的人那样把它当作大事来抓。

侯主任还在读。

那次闯祸你才十岁。你没有想到会闯祸。你不过是跑起来玩命踢起来玩命赢了球玩命输了球更玩命。“玩命”是说勇猛好胜，不是不要自己的命更不是不要别人的命。你那时候就有“豹子头”的绰号，那时候上小学三年级大家都在看《水浒》的小人书。那天你和一个五年级的孩子撞在一起，可是发生了想不到的事情——大孩子的腿折了。

读到哪儿了？方案、设想、规划、措施，叫什么都可以，问题在于内容，在于你们同不同意下大决心动大手术消除东建的隐患。你们只承认“隐患”，我也只能说是“隐患”，把痼疾说成隐患，把昭昭然彰彰然和尚脑瓜顶上的虱子——明摆着的事说成看不见的必须用 X 光红外线超声波激光扫描才能查出的隐患。对于歌功颂德的文化遗传不管是孟德尔、摩尔根学说还是米丘林学说李森科学派不管如何解释不管染色体如何结合总之没有发生变异总之是融化在血液中落实在行动上。“文化大革命”抄家游街戴高帽，喷气式牛鬼蛇神大翻个儿打翻在地踩上一只脚永世不得翻身，学校停课商店停业工厂停工中央委员会停摆，国家主席停职又有大刀长矛机关枪迫击炮S市大街小巷街垒工事，还要说“辽河两岸尽朝晖”“全国山河一片红”。那时候你从哈尔滨建筑工程学院毕业，在东建工作了两年。那时候你是一公司二队的技术员，在S市钢铁公司炼钢厂150吨转炉工地。那时候你刚刚见到钱芳芳被她吸引她还不认识自己。

两只麻雀还在树上。它们为什么不飞走？它们是相依相伴的情侣，还是嬉戏耍闹的伙伴，还是争斗不止的仇敌？孩子们不再踢球，操场空荡荡反射着夏日耀眼的阳光。

你二年级举桌子三年级把人家腿撞折了。你没犯错老师却叫你举桌子。人家腿折了该是你的错儿。你把大个儿背到医院大个儿真行不哭也不叫。可是大夫说小腿迎面骨骨折大个儿就大哭起来。你想是你的双膝跪在大个儿的迎面骨上。大个儿的小腿肿得像不红不白的大萝卜。后来爸爸到人家家送钱。后来爸爸妈妈带你到医院去看那孩子。你当然挨了一顿打。多少年以后，你上了中学上了大学毕业了工作了还梦到过那孩子。你梦见那孩子变成残疾人不能工作没有生活来源。你想方设法找到那孩子想要帮助他。你也许是多余之想，那孩子也许好好的上了大学有很好的工作，也许还在哈尔滨说不定哪天会碰到他。

“一业为主，多种经营”，即建筑业，工业生产，第三产业将成为东建的三根支柱。调整领导班子，将亏损的基层公司作彻底的调整。精减机关人员，将总公司机关人员从现有的800人减至500人，各基层公司机关也要作相应的精简。严格禁止分包转包工程。实行开发项目奖励办法。主要是以上措施，辅以若干具体规定。

“大家讨论一下吧。小李，做好记录！”

秘书小李一直坐在旁边，把记录本放在牛仔布裙子上。这条裙子和云云的裙子一样。小李的年龄也和云云差不多，可是已经结了婚有了孩子。文件早已发给在座的每一个人，谁认真看，谁大致看，谁不看，你心中有数。金帅邦态度暧昧，不说行不说不行。你两次同他商量这件事。你弄不清他葫芦里装的什么药。你的弱点就是缺乏对人的了解。你了解的只是人的表面。越是当官的越是身居要职的，真实面目越要掩盖，掩盖一小部分掩盖大部分或者掩盖全部。你不也是这些人中间的一个吗？你不也装腔作势说违心的话办违心的事吗？比如你知道人满为患，你上台之初下决心严格控制进人。可是你当了一年代经理两年经理却进来327人！（三天前干部处人事处交来统计数字，不包括每年按国家计划分配的一百名大中专毕业生）计划外的327人，百分之九十几是没用的人，是负担是累赘是垃圾甚至是惹是生非违法乱纪败坏东建声誉的臭虫屎壳郎害群之马。前任老书记要办而你是代经理不好说不好顶睁一眼闭一眼，部里某个司长局长处长科长干事到S市“顺便”说或打电话特意说的以及市里某个副市长副书记人大副主任政协副主席关照的，还有银行保险公司建委建工局建材局、城建局、房产局、环保局、规划局、工商局、税务局、财政局、土地局、大项办、统建办、人事局、司法局、审计局、国有资产局、技术监督局、公安局、交通队的头头说了话的，他们的老婆孩子孙子外孙子兄弟姐妹小姨子小舅子堂兄弟堂姐妹表兄弟表姐妹一担挑侄子侄女外甥外甥女还有转弯抹角八竿子打不着不知是真是假，还有哥们相好情人小姘说不清道不明总之进来了坐住了农转非乡进城集体工变成全民工，还有工人变干部干事变科长科长变处长涨了两级工资弄到一套房子。你大伤脑筋大发雷霆，你把副经理人事处长找来大光其火大加训斥。你把所有进人的审批权统统归于你的一支笔。你顶住了几百人上千人，但是仍有人你顶了一下没顶住，或者你不想顶觉得厌烦觉得惹气觉得徒劳，或者你听信下属的话说这人有用而后来证明屁用也没有。也有你讨好上司要人觉得和你感情不错，你讨厌逢迎拍马但是也会作顺水人情。这就使你的决心你的政策破产了一大半。你做到的只是不许你的亲戚进东建，以维持你的形象你的尊严你的廉洁。你今天又拿出了大方案大计划，又有了比以往更大的决心，只有拼死一搏才能保住东建才能恪尽职守对得起三万职工。

你们开始发表看法说方向正确有胆略有气魄但是转弯抹角说来说去还是太快了太急了饭要一口一口吃路要一步一步走摸着石头过河看菜吃饭量体裁衣不能一口吃个胖子不能一步走完两万五千里长征。纪委书记王嘉谋这样说：

“今天讨论的方案很重要，很重要。陶总，你别看我闭着眼，每句都听清了。东建的问题，大家都明白。这里写的嘛，是一针见血，击中要害。东建改革也不是简单的。就说机关精简，这件事就不简单！方案上说从800人减到500人，我看300人就够用！‘文化大革命’成立革委会，那时候多少人？68个人！那时候东建也有两万人，68个人管两万人不也管了好几年吗？到了1979年，机关才恢复到‘文革’前的250人。以后人越来越多，精简几次，就是简不下去。1983年一次，1986年一次，1989年一次，三年搞一次！今年是1993年，又是三年，越精减人越多！就说你陶总上来，也搞精简，减了几十人。这是小精简。三年前是700人，现在成了800人。这也不是东建一家的事，哪家不是如此？你就说政府，赵紫阳那时候喊得最响，北京的官越来越多。建设部减了吗？原来一个建设部一个建材部，砍掉了建材部，现在比原来两个部的人加在一起还多！企业办社会不解决，机关的人少不了！一个行政福利处，120多人；一个公安保卫处，40多人；还有房产处、卫生处、司法处、计划生育办、退管办，都是企业办社会。再说精简下来的叫他干啥？叫他到一线干活？现在是能上不能下，那些‘以工代干’脱离现场两三年，回去干活还不行呢！”

王嘉谋说了一大篇，说是屁话真是屁话，说有道理真有道理。他是“文革”上来的，当了几天“造反派”，“四人帮”垮台他下去几天又上来。他今天睡足了觉开始发言。他不是挖苦却把你驳得体无完肤。你并不认为你的方案多么精彩多么高明多么合理，不过是企业管理ABC，不过是明知眼漏做不到就不能保持自尊不能维持现状就有垮台的危险。

“照你的看法，精简办不到？”

“要办也能办，看有没有决心。”

“你说。”

王嘉谋摘下眼镜揉揉眼睛，表示他完全彻底睡醒。

“下决心就是来真格的，方案下去，定多少就是多少，谁说话也不好使，市长亲自来找也不行，天王老子下圣旨也不行！这才叫下决心，该死该活屌朝上！”

王嘉谋竟在会上说粗话。小李当然也不会把粗话写在记录本上。

“陶总，大伙儿要有决心，咱们就干！有一条，领导带头。陶总，你看能办到吗？”

“办得到。”

王嘉谋是说钱芳芳。他敢冲着你来，他敢点你老婆。你老婆在财务处，三天打鱼，两天晒网。王嘉谋倚老卖老，说着嘿嘿一笑。王嘉谋不是将你的军，而是对你的支持，他有三个孩子在机关。可是在座的，还有谁和你的想法一致？还有谁像王嘉谋这样支持你？你要下决心干，你就要得罪很多人。有的人表面不反对你，背地里恨你骂你。你会遇到重重阻力。为官之道有千条万条，不得罪人是眼下最时兴的一条。不得罪上司，不得罪同级，不得罪下属。你如果是私营企业老板，你如果是资本家，尚且不能得罪人，何况你是给公家干！为了公事去得罪人，不是得罪一个两个，而是得罪很多人，会被看作无知的蠢货，天大的傻瓜！就是最不会做官的官，最不会做人的人！要想当英雄，还不如做几件不得罪人的好事，然后写在日记里拿去发表。你从王嘉谋的支持中没有得到鼓励反而感到沮丧。

窗外的麻雀又飞回来，不是两只，而是好几只，叽叽喳喳不停。

许多心理负担是自己加的，因为你经常想到责任。你活得太累。你时时感到危机以及你在危机中的位置。你把产值的直线上升东建声誉日隆看得一钱不值。你也向往辉煌，但那是真正的辉煌，是无愧于国家人民无愧于东建三万职工的实实在在的成绩，是企业真正的兴旺发达。你知道离开这个目标很远很远。不但是很远，而且是背道而驰。你驾驶着一艘大船，风狂雨骤随时有沉船的危险，海难的惨景浮在你的眼前。万一发生，你也不能弃船逃生，只有与船共存亡。你已经52岁，没有事业的选择人生的设计前途的估量。你的正常的合理的工作时间只有八年，也许你在总经理的岗位上干不了多久。你已是人生的最后拼搏。

我要告诉你们，我是下了决心的。只有大胆改革，才能拼出一条活路来。大家提了很好的意见。我们今天的讨论不算完。大家是拴在一根绳上的蚂蚱，东建垮台了，谁也甭想好。

21

韦家昌参加了潘老先生的生日晚宴。他就是要去会一会东建的人。他在和陶兴本斗法，去年的“鲁班奖”是公开的挑战，今年的银河大厦是平起平坐的竞争。他和陶兴本是平起平坐的吗？他的小小的九建正式员工只有38人，而东建有3万人！东建，庞然大物也！他站在东建面前就像一只小耗子立在一头大象脚下就像米老鼠般滑稽可笑。东建去年产值九亿，人均3万,九建去年的产值1.2亿，可是人均达到300万！也就是说，以一当百。还有，东建那么大产值去年的利润只报了500万，谁都心里明白，这300万也是假的，东建已是亏损企业。不仅亏损，欠了几亿元贷款资产负债率相当高。韦家昌去年的利润是1300万元，这是货真价实的。这样的效率这样的利润你陶兴本能比吗？九建不是小耗子而是小老虎。一头老虎和一头大象完全可以平起平坐！过去九建的名声和东建没法比，去年得了“鲁班奖”名声大振一时成了明星企业，“鲁班奖”是国家级质量大奖，S市几百家建筑企业，得奖的只有一家！今年的目标是产值超过两亿元，利润超过2000万元，更重要的是把银河大厦夺到手，在大项目上彻底击垮陶兴本。鲁曼普也参加了宴会，市长大人又给他长了志气。市长用手指点着陶兴本说：

“东建要向小老弟学学！”

东建的人至今不认识“鲁班奖”的意义，也就是说，他们根本没有市场意识。占领市场只有走质量效益型的路子。

韦家昌春风得意，没承想在沈抚高速公路上翻了车。

他到抚顺去买一台150米塔吊，为银河大厦做准备。塔吊是抚顺一家破产建筑公司拍卖的，韦家昌派人到抚顺，上下打点包括建委建工局国有资产管理局会计师事务所一共花了8万元谈好28万5千元成交。塔吊只用了一年完好无损买新的要160万。那天他去签合同破产企业照样吃喝，那个经理长了一只疤瘌眼儿要10万元好处费不点票子不签字。他搞垮一个厂子不算完还想发国难财厂难财。韦家昌扭头就走。走到半路他忽然喊道：

“调头！调头！”

他决定再掏10万元。银河是最重要的，何必和那玩意儿置气？不到50万元买下塔吊大便宜在自己手里。开车的是他的表弟。这条公路是把老路封闭起来改为高速公路，建了跨线立交桥安了护栏可是中间的隔离带仍有多处开口。凯迪拉克在一个开口处调头，被对面一辆公爵车撞翻了。他眼见着公爵飞也似的撞上来心想完了两眼一闭脑袋立即撞上了挡风玻璃。凯迪拉克翻在隔离带上，车的一侧从后到前拉开一条大口子。幸亏不是正面只是在侧面擦了一下。公爵车惨了！它当时有120迈翻过护栏撞上大树滚到沟里大半个车头撞没了那大树拦腰截断。两辆车各有三个人，这边韦家昌撞破了头撞断了一根肋骨那两个没伤毫毛，那边当场死了俩另一个半死不活。公爵车是电缆厂的，是个亏损的大企业，S市这样的大企业遍地皆是。死的是财务处长和司机，受伤的是会计师。他们到抚顺去催款，没想到遇到惨祸。真是太惨了！你们是百分之百的责任，那儿明明竖着禁止调头标志。

幸亏是大企业的车大企业的人，你没破多少财把事情处理了：车有保险公司拿钱，工亡工伤有大企业拿钱。你只给死者家属拿了 4 万元。你另外花的钱是为了表弟。表弟判了两年你要使钱买个监外执行。你要把事情摆平。摆平摆不平是一个钱字。钱钱钱钱钱，有钱能使鬼推磨这是啥世道人心！你最讨厌被人当作财大气粗的人。钱来得容易吗？不容易。你不是高官显贵不是驸马不是衙内连个七品芝麻官也不是，你是布衣是平头百姓。你爹是小学教师 45 岁瘫在床上，52 岁就病死了。你是白手起家土里刨食干起来的。现在是有钱了。感谢党感谢社会主义，哪里有了共产党呼儿嗨哟哪里人民得解放。没钱是没钱的苦，有钱是有钱的难。你不是有钱吗？砸的就是你！卯的就是你！那个疤瘌眼儿就要打你的主意。你不想和他置气，可是出了车祸。在高速公路调头不就是财大气粗无法无天吗？妈的，有口难辩。韦家昌躺在医院里口述一个状子，写给抚顺建委告那破产经理。他叫他的副经理拿状子去抚顺，疤瘌眼儿不签合同就告他。最后 10 万元没花把塔吊买下来而那塔吊上的全套钢绳一夜之间不见了。

韦家昌在医院住了五天。他脑袋撞破缝了七针，有一根肋骨裂纹隐隐作痛并不影响行动。他想趁这个机会把身上各个部件检查一回。他四十有三人到中年，从小家境贫寒先天不足有几年在农村糠菜半年粮有几年瓜菜代没过啥好日子。所幸他的部件都还健全。肺部有两个黄豆大的结核钙化点，医生说是多年前得了结核自己不知道。消化不好的毛病这次查明不是溃疡，只是一种慢性肠炎，没有大妨碍。翻车事故这两天成了 S 市的新闻。电视台以重大交通事故作了报道，当然没提他的名字。有人打电话到九建，问何时开追悼会，花圈送到哪儿。他要是命归黄泉有人如丧考妣有人拍手称快。医院到了探视时间来人不断，从市政府的局长主任一直到税务员户籍警一直到八竿子打不着的“亲戚”。还有更大的官即 S 市的一市之长鲁曼普差他的秘书送来的花篮，上面有市长亲笔卡片“韦家昌先生 康泰 鲁曼普 一九九三年六月二十一日”。鲁曼普是有气魄之人，他不在乎人们议论他和大款之间的交往，他公开宣称要扶植 S 市的个体企业。

韦家昌住院的第三天晚上，已是九点多钟，病房里进来一位客人，探头探脑，逡巡四顾。

“呃，韦老板，你在这儿！”

来人是东建二公司的经理吕寄生。吕寄生四十七八，细马长条脸庞黑又亮一双小而圆的眼睛炯炯发光。

“是吕经理啊，这么晚！”韦家昌此时躺着。

“我来给韦老板送点补品。”

吕寄生拎了一包东西是蛇胆鳖精牛黄狗宝之类。他放下塑料兜悄悄坐在椅子上。这个二公司的经理，东建的一方诸侯，如今竟是猥琐不堪！韦家昌虽是一公司出来的人，却同二公司打了多年交道。韦家昌是靠了二公司起家的。六年前韦家昌只有二十几万资产，靠着分包二公司的小项目过活。那时候吕寄生在他面前是何等威风！韦家昌跟他屁股要他在预算上签字，他说没工夫签字他要去给丈母娘做寿。他就这样敲诈叫韦家昌拿了三千元。四年前吕寄生把一万七千平方米的南平大厦转包给韦家昌，结构预算 2300 万元。这是韦家昌接手第一个高层建筑。和吕寄生谈好的价码是给二公司 200 万元给吕寄生本人 20 万元。这东西黑得厉害一肚子坏水可是没有他的黑就拿不到项目找不到机会。韦家昌提 20 万元现金晚上送到吕寄生家才签了转包合同。韦家昌没干过大活，他要在南平大厦一逞雄心。他把几年的积累和 100 万元贷款全部投到南平，买了 80 吨米吊车和施工电梯，钱不够又在朋友之间拆借了 40 万元。等到工程开工，他已负债累累。可是南平甲方拨付的 200 万元预付款到了二公司账上被吕寄生全数扣下，一分钱也不给！那天晚上韦家昌拉吕寄生到翠华酒楼，韦家昌端着茅台酒百般央求，就是给一半也好开工。可是吕寄生死不答应。吕寄生说“这 200 万元是我的，剩下才是你的”，二公司啥事不干坐拿 200 万元却要把预付款一笔扣下，要把人逼上绝路吗？两人唇枪舌剑越说越掰，韦家昌怒不可遏抄起酒瓶向吕寄生甩去。吕寄生头一偏那瓶酒砸在门上哗啦一声响碎玻璃满屋飞。这边闹得不可开交，那边又出了事，不知是谁把翠华酒楼的事告到东建，当时管计划的副总经理陶兴本把吕寄生叫去臭骂一顿，下令二公司把南平大厦交给一公司。这下吕寄生傻了眼韦家昌也傻了眼。韦家昌恨陶兴本恨得牙根痒却无可奈何。吕寄生拿了 20 万元当然心虚，两个月后拿个 1000 万元的项目给韦家昌做补偿。那时候东建威风八面找项目不费难。韦家昌虽说损失不小，总算渡过了难关。最近两年，韦家昌翅膀硬了不再仰人鼻息寄人篱下，但是有的事还找吕寄生办。吕寄生自然越发恭敬越发努力。吕寄生是啥？他就是一条狗，到时候丢块骨头就是了。

“韦老板，大难不死，必有后福啊！”吕寄生咂咂嘴。“我听说断了一根肋骨别的没啥事。”

“没事。要死还没到日子，阎王爷不收。”韦家昌说道。

“是啊，有替死鬼去报到。”

狗嘴里吐不出象牙来。于是韦家昌问起东建的情况，新任党委书记金帅邦此人如何。吕寄生说起东建来自然没好话，可是说起金帅邦却是大加称赞，哎呀呀这个人有本事，这个人和我吕寄生是铁哥们儿，没说的。说到后来，吕寄生才露出来意。

“韦老板，我最近做了个小买卖。”

“你做啥买卖？”

“我办了个建筑材料商行，小本经营，小打小闹，和韦老板没法比啦！”

这就是东建的基层公司经理，不干正事自己做买卖。他们都是用亲戚朋友的名义，做的又是建筑材料，这不是明摆着在东建身上捞吗？东建养了这些人还有好吗？

吕寄生拿出香烟。

“病房里不准抽。”韦家昌说。

“没事没事！”吕寄生还是点上烟。“韦老板，我最近钱紧。”

“原来你是来借钱的。”

“不是借钱！韦老板从来是说话算数的！”

韦家昌知道是富华大楼的事。富华大楼地基抽水把旁边的住宅抽塌了。大楼是九建的工程总承包，这事非同小可。这事不能摆平，银河的投标也就泡汤了。韦家昌想了一条瞒天过海的毒招儿。他找富华的早有深交的朱经理重填一份地基合同，朱经理立即照办言听计从。韦家昌又找到吕寄生。“这个合同由你同二公司盖章，一天之内办完，给你十万。”吕寄生接了合同想方设法替韦家昌办了。

“你说的是那十万吗？”韦家昌坐起身。“你没按我说的办。我叫你一天办完……”

“三天，我用了三天！三天够快了。”

“幸亏政府效率低，这三天之内把我查出来，不就完了吗？”

“不是没查出来嘛。”吕寄生笑一笑。

“还有，我叫你盖章，你却找了个灯塔县的！”

吕寄生站起来半截烟叼在嘴皮上。

“哎呀我的韦老板，我有多大胆儿？现在不像头两年，现在二公司有不少和我作对的，成天拿眼睛盯着你。这么大的事儿，是好瞒的吗？叫陶兴本查出来，乌纱帽就保不住啦！啥？你说这官顶啥？这鸡巴官丢了，饭碗就打了。韦老板，我能和你比吗？你如今是有钱有势，财大气粗。你的心思我明白。你是无毒不丈夫，你就想栽赃到东建头上。坑了东建银河大厦不就手拿把掐了吗？东建碰上你算没好了。”

“我不跟你论那个！”韦家昌摆摆手，“这十万不能给你。”

“我这不也效了犬马之力。”

“给你两万。”

吕寄生翻翻眼。

“凭韦老板赏，两万就两万吧。等法院裁决了，倒了的居民楼和死的人还要包赔损失呐！”

“那是我的事，不用你管。”

富华大楼的事故，韦家昌准备赔出160万，可是银河大厦拿到手，就是结构工程他就能赚进1000万。

吕寄生走到窗前看见花篮。他拿起市长的亲笔题签。

“哟呵！这不是鲁曼普写的吗？”

“是鲁曼普。鲁曼普就是我养的一头驴！”

韦家昌的话叫吕寄生呆住了。

22

陶兴本在S市生活了将近三十个年头。他是1964年从哈尔滨建筑工程学院毕业的，到S市就在东建，干了大半辈子。中国人总是在一个地方一个单位待着不动不爱动不能动动不了。小农经济恋土重迁尚有一句老话叫“人挪活树挪死”，这其中的经验性实践性哲理性并不能鼓励人们改变居住的城市工作的单位，只是人们被迫改变怨天尤人之时的自我解脱自我安慰。陶兴本如果年轻，他会到深圳海南胶东浦东去闯一闯。他欣赏潘廷俊小儿子的劲头，自己干独树一帜独当一面。只能在东建干，这一辈子离不开S市。在S市生活的年头超过在家乡的年头，一个29年，一个24年，加起来超过50已知天命。很难说清对S市的看法。这里是北方重镇，全国头五名大城市，重工业基地，中国最后一个封建王朝的发祥地，地域之大，人口之多，交通之繁忙，市井之繁华，是东北任何一个城市不能比的。他初到S市正年轻，心怀大志希望在东建显露才华英雄有用武之地，又要牢记党的教导与工人相结合加强改造刻苦锻炼甘当普通螺丝钉。他对S市的印象并不好，城市太大太脏太陈旧。20世纪60年代S市的污染在全国是数得着的，冶金工厂、军械工厂、化工厂、发电厂、重型机械加工厂数千个大小工厂无数烟囱林立一年到头浓烟滚滚。工业污染加上人的污染到处是废纸烟蒂痰迹，在最繁华的太原街上居然有新鲜的大便使你永生不忘。东北的气候一年有半年是冬季，因此形成特有的景观：积雪在街头在屋顶在河滩在湖面变成黑灰的一片，好像天上下的不是白雪本来就是黑雪。S 市人不如哈尔滨人长得好，S 市人的地区性相貌是被大气的污染生活的重担历史的负载熏黑了压扁了扭弯了。S 市人的口音不如哈尔滨好听，那种下沉的尾音让你想起这个城市几百年的沧桑：异族入侵，军阀混战，土匪当朝，鬼子横行。城市是历史的结合：旧城是中国式的井字形布局，东市西关南街北巷；新城是西式的放射型布局，又有经街纬路穿插其间。所谓新城，也已有了上百年的历史。旧时代建筑留给人灰暗残破混杂零乱的印象，皇城低矮狭小，毫无至尊的轩昂，同堂皇气派的北京紫禁城相比，如微缩景观一般令人哑然失笑。新城的代表建筑是 20 世纪二三十年代兴建的西洋楼，遍布于要道街口，大多颜色灰暗型制古怪驳然杂陈了无情趣，同上海天津那个时代的洋房相比，一如猥琐的车夫马弁之于傲慢的绅士大佬。“文化大革命”中，城市面貌更是惨不忍睹。直到最近十年才有了根本的改变，这是经济发展社会进步最直接的表现，其中有作为建设者的陶兴本的一份功劳。宽展的沈大高速公路、沈本高速公路、沈抚高速公路、环城高速公路和现代化的桃仙国际机场、新建北火车站突出了城市的东北交通枢纽地位，无数高层建筑拔地而起，电视塔、五里河体育场、夏宫、带状公园增加了城市的色彩。姑娘变漂亮了，女人变娇媚了，小伙子变潇洒了。在改革开放的年代，S 市向现代化的东方大都会迈进。陶兴本已经习惯了这个城市，已经把青春年华半生心血贡献给这个城市，在这里安身立命生儿育女，这个城市已经是他生命的一部分。

七月的一个星期六，陶兴本下班回家。一进门就感受到新鲜的气息。

“爸，我回来了！”

末雨跳过来抓住爸爸的手臂。

陶兴本见到小女儿很高兴。末雨到大连拍戏，一去一个月。她没有过这么长时间离开家。她在海滨城市晒黑了，长发散在肩头，穿一件白色和尚领短袖衫，上面写着“槐花城剧组”五个大字。她的惯常的纤弱忧郁的表情换成了带有阳光和海水气息的笑容。

末雨拉着爸爸走到客厅。钱芳芳和初云在厨房做晚饭。陶家这套房子是两年前搬进的，是东建为领导干部买的一批商品房。这套房子三室一厅，一间客厅兼起居室25平方米，其余三间不大，厨房卫生间倒也齐全。本来行政处要为他买四室一厅的房子，他没有要，因此只买了一套四室一厅给了老书记，他则同副职住同样的房子。三个房间，一间是他和钱芳芳的卧室，一间是书房，一间是初云的闺房。末雨上艺术学院星期六回来在书房里支行军床。后来钱芳芳搬进书房住，末雨回来住初云屋里。这房子没搞什么装修，房间布置家具选择是初云操办，素雅大方毫无奢华之气。

陶兴本坐到沙发上就拿起香烟。

“雨雨，去大连怎么样？讲讲你的明星生活！”

“爸，看你说的，我还没成明星呢！”

末雨挤在陶兴本身上。

“拍完戏不就是明星了吗？”

“爸，拍戏可遭罪呢！吃不好睡不好，没日没夜地干，这么热的天，大灯烤着，肉皮都烤焦了！下半夜两三点钟，好容易躺下，蚊子又来了。你看，你看！”

末雨翻转胳膊给陶兴本看。

“说啥好玩的？我也听听！”

初云走过来，用扎在腰间的花布围裙擦着手。

“爸问我拍戏的事儿呢。”末雨说道。“爸，我给你带来一件礼物！”

末雨从地上的手提包里翻出一条领带。

“还给我买领带！领带几十条了！”

“那是啥破领带！都该扔了。这是登喜路，300多呢！”

这条真丝碎花领带太秀气了。

“好，好！挣了钱存起来，别乱花！”

“给她们一人买个手袋。”

“好，好。今天有什么好吃的？”陶兴本问初云。

“今天是周末，雨雨也回来了，当然有好吃的！”初云稳稳当当的，在末雨面前像个姐姐。“听说你和翟乃社配戏呢！”

“听谁说？”末雨说道。

“还用听谁说，晚报都登了！雨雨这回真是明星了！我好忌妒你！”初云说着就现了原形。

“谁是翟乃社？”陶兴本问道。

“翟乃社是大明星呀！爸，你真是孤陋寡闻！”初云筋筋鼻子。“雨雨，有没有剧照呀？给咱们看看。”

末雨拿出一沓照片，好家伙，有一百多张！陶兴本揿灭香烟接过照片。有末雨的，也有别人的，也有许多人的；有剧照，也有生活照、洋相照。

“我照得好吗？”末雨是求人夸奖的语气。

“好极了！”陶兴本不抬头地看。“演员都会照相，照出来就和别人不一样！”

“爸，你看这张，够上《大众电影》封面了！比赵明明强！”

初云递过来一张末雨的特写照。末雨化了妆，穿着戏中角色的纱裙，和她妈年轻时候简直一模一样。陶兴本不看电视剧，更不看国产电视剧，不知道翟乃社、赵明明。

“姐，人家说我和赵明明各有千秋！”末雨露出了狂劲儿。

“看把你美的！”初云说。

“谁说的？”陶兴本问。

“导演呗。”

“导演当然说自己的好，”初云歪着头翻着照片。“自卖自夸嘛！我也说雨雨好，我也是自卖自夸。我就看赵明明眼睛里没戏。”

末雨讲剧组的事，讲导演如何严厉，不苟言笑，制片人如何精细，摄像师如何卖力，演员之间如何开玩笑，搞恶作剧。末雨说话慢慢悠悠娓娓动听。

“雨雨，剧组尽是漂亮小伙，”初云拿起打火机给陶兴本点烟，“你在剧组这么长时间，说不定带回一个呢！”

“爸，你看我姐，尽欺负人！”

“我帮你挑吧，”初云越说越来劲儿，放下打火机又拿照片。“真有不错的！”

末雨上去抢照片，初云举起一只手挡着。姐俩一阵打闹，照片在地毯上散作一片。

陶兴本看两个女儿闹，甚觉有趣。两个女儿，云云矮一点，雨雨高一点，云云胖一点，雨雨瘦一点。他本来就是喜欢女孩的，谁知养了两个女儿。养儿子要聪明养女儿要漂亮是每一家父母的愿望，有没有这个福分，要看上帝的安排了。

等她们闹完了拾起照片，陶兴本笑着说道：

“雨雨，姐姐的话有道理——你别等云云这么大，才给我领回一个！”

“爸，你要着急，我明天就领回来！”初云的反应特别快。

“爸说得对！姐，你也该着着急了！”末雨得到支持，反守为攻。“你看上剧组哪个小伙，我给你牵线儿！我告诉他，我姐比我漂亮，比我能耐，全市挑不出来！姐，你那张自画像不是有照片吗？我拿去给他们看看，显摆显摆。长得又好，画得又好，哪个小伙能不上钩？”

陶兴本笑了。末雨打嘴架打不过姐姐，到剧组几天变得伶牙俐齿了。

“我看上的肯定是最好的，最聪明，最潇洒，也是雨雨看上的，咱们俩不是又打起来了？”

还是云云厉害。正说着，钱芳芳在厨房里喊道：

“云云，该你炒菜啦！”

云云回到厨房，只听那边吱吱啦啦的响声，不一会儿饭菜端上桌。陶家的晚饭开在厨房里，厨房有十平方米，放一张餐桌绰绰有余。云云上班以后，只要她在家，总是她做晚饭，她妈则买菜和打下手。云云做菜的本事越来越大，她对这事情有兴趣，人又聪明，现在不仅会做东北菜，江浙菜、四川菜、广东菜都会来两个。在外面餐馆吃过什么菜，回来看看书，就来一个。转眼之间，S 市的饭店餐厅成了粤菜的一统天下，老字号的东北菜馆也要开出一张粤菜菜谱，否则就不叫餐馆，没有档次。中国人有趋时的风气，20 世纪 50 年代是苏联歌曲中山装，60 年代是领袖像章忠字舞，现在花样更多。陶兴本看桌上四菜一汤，虽是家常菜，但色泽鲜亮，香气扑鼻，顿觉胃口大开。云云的菜比那应酬的宴席山珍海味七盘八碗好吃多了。

“爸，咱们喝酒！”

云云打开两瓶雪花啤酒。陶兴本轻易不喝酒，今天高兴来杯啤酒。云云能喝酒，雨雨只要半杯。好久没有一家人吃团圆饭了。上星期六他不在家，而雨雨走了一个月。忙碌而恼人的工作，使他回家享受天伦之乐分外舒心。但是有钱芳芳在场，不像刚才爷儿三个那样欢快，大家话也少了。

“爸，二姨的事咋样了？”

云云找出一个话题，她指的是楼房坍塌的事。

“正在打官司。”陶兴本说道。

“打啥官司？就让韦家昌包赔嘛！”

“整来整去，变成不是韦家昌的事——这小子又让他溜了！”

“为啥？”

“那幢楼的合同，地上部分是韦家昌的，基础部分是灯塔一家公司的！”

陶兴本说着把筷子往桌上一拍，叭的一声，大碗里的汤漾了出来。提起韦家昌他恨得牙根痒痒，这个活儿本来是东建三公司的，被韦家昌撬走了。出事以后，陶兴本暗自高兴，没想到这么个结果。

“到底是谁的责任呀？”初云稳一稳桌子说。

“不是打官司嘛！”

陶兴本自知不该在老婆孩子面前发火，慢慢拿起筷子，夹起一块红烧肉。

“行啦行啦，东建西建的，回家也没完没了！”末雨说道。“我说点好玩的，你们听不听？”

“对，听雨雨的！”初云最能维护气氛，和她妈相反。

“我发一个邀请，请你们参加。”末雨欢快异常。“明天在泰山宾馆拍内景，有我的戏！我跟导演说了，你们可以去看。爸，你明天行吗？”

“去，有没有事也去！”

23

第二天，陶兴本先到钢铁公司冷轧厂的罩式炉工地看看，又到金山大厦工地转转。金山这些天进度不错，小潘抓得紧，主楼干到第五层，质量也说得过去。陶兴本对潘鸣放说了几句鼓励的话。中午陶兴本回到家。

“你回来啦！”

钱芳芳扎着围裙从厨房走出来，满脸笑容。陶兴本好久没有听到她的这种问候，似乎是回到了从前，回到了年轻时候。15 年前他们去看“文革”后初次上映的日本电影，她学着日本女人说“你回来啦”。她今天心情好，因为要去看雨雨的表演，而一家人的集体活动好久没有了。云云去逛中街新开的协和商城。钱芳芳煮了面条，于是夫妻二人吃面条。正吃着，云云回来了。

“吃饭了吗？”钱芳芳问。

“嗨，吃零嘴就饱了！”

这个云云，就喜欢逛商店。据说有两种人最爱逛商店，一种是女人，一种是艺术家，让云云占全了。

吃完饭陶兴本看报，母女二人着装打扮。云云看妈高兴，也就来了劲儿，给妈妈梳头，选衣服，配鞋子，又拿出项链叫妈妈戴上。陶兴本坐在沙发上，听见母女二人谈话。

“妈，你这头发去染染吧！”

“我不染。”

“染了年轻。”

“你看于蓝、田华，一头银发，不是挺好？”

钱芳芳说的是两个老电影明星。

“哎，人家是老太太，人家都六七十了！”

“你妈也是老太太了！”

“妈，你去做做面膜吧，我领你去！”

“我还做面膜？吓死人了！”

“你看人家夏梦，皮肤养得多好，就是做的面膜。”

又是一个老明星，香港的老明星。

“你妈还能和夏梦比？”钱芳芳这样说。

云云忙完了妈妈忙爸爸。她给陶兴本选了一件乌克兰花纹饰边的白色半袖衫，扎上雨雨带回来的真丝碎花领带。半袖衫不知道从哪儿冒出来的，陶兴本从未见过。而且他穿半袖衫从未打过领带，这样子太年轻了。

“就是要年轻嘛！”云云总要有个道理。

一家三口走出家门。钱芳芳穿韩国绒三件套装，云云穿印花呢圆领套裙。天气变热了，中午的阳光十分耀眼。北陵大街和崇山路交叉路口要建立交桥，马路圈起来，挖掘机、推土机也开了进来。泰山宾馆在北陵公园的西侧，走过去不用十分钟。一路上云云向爸爸介绍《槐花城》这部小说，陶兴本说他哪里有工夫看小说。云云说，小说写的是企业家的事，你不能整天忙于事务，看小说是休息，又能了解社会。陶兴本说，我还用了解社会？了解社会是对你们年轻人的教诲。钱芳芳跟在一边，并不插话。说着到了泰山宾馆，可是雨雨没在门外等。他们走进大堂，冷气开着，四处灰白色的大理石更使人感到凉意。大堂里也没有雨雨。初云打听到剧组在五楼拍戏，也许雨雨正在镜头上。他们乘电梯到五楼，走到拐角就有人拦。云云说明来意，那人领他们过去。走廊的一头站了五六个人，都穿着雨雨昨天的背心，地上是横七竖八的电线和陶兴本不认识的机器。

“陶末雨在哪儿？”

领路人问一个年轻人，年轻人指指一个开着门的房间。他们走到房门口，雨雨坐在床上，一个二十六七岁的女人搂着雨雨。她们两人是在排练吧。

“雨雨！”

云云叫了一声。只见雨雨满脸泪花，抽泣不止。好家伙，排戏竟是如此伤神！雨雨看见他们，也不说话，反而哭得更厉害。那女演员诧异地睁大眼睛。

“这是末雨的爸爸妈妈，我是她姐姐。”云云自我介绍。“雨雨，这是咋的啦？”

“让导演训了——你们请坐吧！”

女演员谦和地让座，然后走出房间。陶兴本正想说话，只见雨雨用手背抹一下眼睛，忽地站了起来：

“爸，妈，咱们回家吧，我不干了！”

雨雨真是孩子！从小叫她妈惯坏了，脾气也和她妈一样。导演说两句有啥关系？干工程就要听经理的，排戏就要听导演的。上个30集的戏不容易，又是主角，排到一半不干了，这还了得！这孩子学的是表演，不是临时客串，将来要吃这碗饭的。刚出道就给人留下不好的印象，以后哪个导演敢用？雨雨脸上的妆一塌糊涂，成了小花脸。

云云扶雨雨坐下，拉住雨雨的手：

“哎呀我的大明星，你可演得真像！”

云云的话把陶兴本钱芳芳逗乐了，雨雨也扑哧地笑出一声。这时候女演员领进一位梳着披肩发的矮个子男人，一脸杂乱的络腮胡子，穿一件毛边齐腰牛仔背心，露出汗渍渍的肩膀胳膊。陶兴本知道是导演了。这个模样，骂起人来肯定如凶神恶煞一般，难怪雨雨受不了。

“陶总，夫人，欢迎欢迎！”

“这是王导。”女演员说。

“我这个人顾头不顾腚，批评末雨也没选个时候！”王导在末雨的头上拍拍。“末雨呀，这样子多难看！爸爸妈妈姐姐来了，要看你的戏！不然咱们将就这样子，改排一场哭戏，怎么样？哈哈哈哈！田欣，快领她去化妆！陶总，请到我屋里坐！”

叫田欣的女演员和云云一起拉着雨雨走了，昨天雨雨说起这个女演员，外号叫“糖包”，田欣就是“甜心”的谐音。陶兴本钱芳芳跟着王导进了另一个房间。

这间客房是导演室，对面的客房就是摄影棚了。导演室里又有副导演、摄像师、美工师、灯光师、服装师、化妆师、制片主任、场记员等，王导向陶兴本一一介绍。原来他们正在开会。王导请陶兴本钱芳芳坐临时拿来的折叠椅，又简单说了几句，散了会。陶兴本从未看过排戏，觉得新鲜。王导递一支香烟给他。他半天没抽烟，以为这里不让抽。王导也是不离烟的，手指熏得焦黄。

“王导，排到第几集？”陶兴本抽上烟很惬意。

“电视剧不是按集拍的。”王导说起话来温文尔雅，“我预计拍摄时间是四个月，现在两个半月。”

“再有两个月差不多了。”

“还有后期制作，剪接、配音、配乐，还要三个月。”

陶兴本尽说外行话。隔行如隔山，一个外行人，怎么能弄清大型项目的招标投标、施工程序、技术措施呢？还是少说为佳。

“下面拍末雨的戏，”王导耐心地介绍，“女主角住在宾馆里，她的画家朋友来看她。”

好，好，一男一女在宾馆里，怎么叫当爸爸的来看这场戏！

过了一会儿，雨雨回来了，重新化妆进到对面的房间。演画家的来了，也是披肩长发，怪模怪样。雨雨会看上这种男人吗？不知导演怎么设计的。

导演过去给两个演员说戏，陶兴本钱芳芳坐在这边屋里，通过监视器看得清楚。云云也过来挤在一边。

“那个翟乃社呢？”陶兴本问云云。

“今天没他的戏——我还想见见他呢！”

只见雨雨穿一件黄色挎篮背心，一条黑色紧身裤。导演总是让女孩子穿得越少越好。雨雨穿这衣服确实好看，可以当时装模特上演示台。导演说完戏，那屋里灯光通明。导演打一个榧子，大声喊：“开始！”只见监视器里雨雨和画家开始表演。画家手持相机给雨雨拍照，雨雨说：“坐在哪儿？”画家说：“坐地上！袜子脱了！”咔嚓！咔嚓！画家说：“这张最棒！最性感！”雨雨说：“谢谢！”画家说：“可可进步了，夸你性感知道谢了。”雨雨说：“人总要进步嘛！”画家说：“你想拍裸照吗？”雨雨急了大声说：“不，不！”

“停！”

导演喊了一声，又跑过去说戏。这戏好紧张！陶兴本看看云云，有点坐不住了。

“爸，你别害怕！”云云笑道，“还能真的拍裸照吗？”

“这些导演还有准儿？”

钱芳芳一句话吓了陶兴本一跳。她这个人口没遮拦，这屋里制片主任美工师场记员都在，就差没有当着导演的面说了。

导演又跑回来，重新拍。这样反反复复拍了几遍。

“咱们回去吧。”

陶兴本觉得再看下去没有多大意思，站起来告辞。云云不走，她要陪陪雨雨。于是导演客气地将他们送到电梯口。

中国制造

（节选）

周梅森

作品简介

当代长篇工业小说。周梅森著。最初刊发于《收获》1999年第1、2期。2017年，由江苏凤凰出版社出版。

《中国制造》讲述了经济发达的平阳市新旧领导班子交接十几天内发生的故事。省委书记刘华波力排众议，推荐高长河担任平阳市委书记。上任伊始，高长河就面临阳轧钢厂12亿项目失败、职工集资款拖欠以及列山县腐败案等重大事件。在此错综复杂的局面下，高长河表现出卓越的领导能力和果断的处理问题能力，力主改革，渡过难关。小说还讲述田立业、何卓孝、立婷、李堡垒等人物的拼搏奋斗、无私奉献以及情感纠结等交汇而成的新世纪改革交响曲。

周梅森坚守直面人生的态度，不仅深刻揭露腐败分子给改革事业带来的危害，也不回避社会大变革中人民内部、政治体制内部、人的灵魂深处的矛盾和斗争，展示了人物的思想、道德、理念在改革大潮中的变化，真诚地呼唤社会公平、正义和真情，从而使得每一个人物具有独特的典型意义。

根据周梅森《中国制造》(江苏凤凰出版社，2017年版)节选。

正文节选:《中国制造》第一、二章

第一章　闪电划过星空

1

省委常委会结束后，天已经黑透了，省委副秘书长高长河离开办公室，急急忙忙往家赶。老岳父前几天又住院了，高长河和夫人梁丽约好今晚要去探视，下午梁丽还打电话提醒过，高长河不敢有误。不料在一号楼门口正要上车，偏见着一脸倦容的省委书记刘华波站在台阶上向他招手。

高长河知道刘华波前不久代表省委向中央表过态，要为经济欠发达的边远省区干点实事，正让他们筹备一个对口扶贫工作会议，便以为刘华波想询问会议的准备情况，遂走过去主动汇报说："刘书记，对口扶贫会议的准备，我们已按您的要求搞完了，正想抽空向您具体汇报一次。您看安排在哪一天比较好？"

刘华波摆摆手说："这事常委分工陈省长负责，你们向陈省长汇报好了，明天我和你谈点其他的事。你八点整到我办公室来谈好不好？手上的事先放一放！"

高长河很想问问刘华波要和他谈啥事，可刘华波不主动说，自己也不好问。却又于心不甘，便没话找话地说："哦，刘书记，还有一个事，明天下午平阳市跨海大桥通车，平阳市委非常希望您能去一下平阳，您看……"

这时，刘华波的车已驶上了门厅，刘华波一边向车前走，一边说："长河，这事不是说定了嘛，程秘书长和吴副省长去，我就不去了。我事太多，日程排得满满的，走不开嘛。"

高长河跟着刘华波走到车前："可这一下午平阳那边又打了三个电话过来。"

刘华波笑了，指点着高长河的额头道："你这个高长河，咋对平阳这么情有独钟呀？该不是吃了人家的回扣吧！好，好，我看你这省委秘书长也别干了，就到平阳市委去做秘书长吧！"开罢玩笑，又严肃地强调了一下，"记住，明天八点整到我办公室来，十点后我还要会见欧洲的一位国家元首。"

高长河连声应着，眼见着刘华波的车开出去，自己才恍恍惚惚上了车。坐在车上，越想越觉得明天的谈话有些蹊跷。这位省委书记要和他谈什么？该不是谁又告自己的黑状了吧？一年前做省城市委副书记时，他曾写过两篇从法制角度谈经济的文章，不清不楚地得罪了一些人，这些人就含义不明地称他为"高指导"。可这一年多过去了，他又离开了省城工作岗位，这些人总不至于再和他没完没了地纠缠了吧？而在省委副秘书长的岗位上，他想做"高指导"也做不了，事事处处必须听从首长们的"指导"，引起争议的概率几乎等于零。这么一想，心里便安了，坐在车里，竟有了些欣赏夜色的情绪。

省城的亮化工作这几年搞得不错，力度大，效果也就比较好，一座座摩天大楼通体发光了，霓虹灯和广告牌全都亮了起来，万家灯火和满天繁星把面前这座八朝古都装点得一片辉煌。

然而，车过中山广场时，高长河注意到，这个自己曾主持建设过的广场亮化得不太好，四周的地坪灯坏了不少，且有不少市民三五成群地聚在草坪上。

高长河的脸不由得沉了下来，对司机说："这么好的环境，这些人竟一点也不知道爱惜，真是不像话！哪天见到市委靳书记我得给他提个建议，加大立法和执法的力度，对不讲文明公德的人要罚，得罚得他心惊肉跳，看他还敢不敢！"

司机不以为然："秘书长，你又不是省城市委书记了，还管这些闲事干啥？"

高长河说："哎，我不是市委书记，还是省城的市民嘛，这建议权我总还有吧！"说罢，看了看手表，"开快点，到家接上梁丽，我们就去人民医院，我们家那位老八路又住院了，情况不太好哩……"

不承想，医院却没去成。

车到上海路七十四号自家院门口，高长河意外地发现了一辆挂着平阳市小号牌照的奥迪停在路边，一进院子大门便远远看见自己中央党校的同学，现任平阳市委副书记兼纪委书记孙亚东在客厅里坐着，夫人梁丽正和孙亚东说着什么。

高长河先没在意，以为孙亚东是为明天平阳跨海大桥剪彩来请省里领导的。可转而一想，又觉得不对头：孙亚东分管纪检，跨海大桥和他一点关系没有，而且近来一直有传闻，说他和平阳市长文春明斗得厉害，他这时来干什么？

高长河这才敏感地想到了平阳市的班子问题。平阳市委书记姜超林年龄到了，要到人大去，现任市长文春明很有可能出任新一届平阳市委书记，而这肯定是孙亚东不愿看到的。因此高长河认定，孙亚东此行必是来打探消息，顺便给文春明上点"眼药"，心里不由得暗暗叫起苦来。

然而，高长河脸面上却没动声色，一进家门就笑呵呵地招呼孙亚东道："亚东呀，你可真是稀客！咋突然想起来看我了，啊？"

孙亚东也笑："看你？我是来蹭饭吃的！梁丽，长河回来了，快开饭吧！"

梁丽说："开什么饭呀，孙书记？你说来就来了，我可没啥好东西给你吃！"

孙亚东嚷道："梁丽，你客气啥呀？冰箱里有啥吃啥，我还带了点平阳的土特产，喏，还有酒，你炒两个菜，我和高书记一起喝两盅！"

碰到孙亚东这样的主，高长河也只好陪着一起喝两盅了。

端起酒杯时，高长河便把话说在前面："亚东，你可别想腐蚀拉拢我，我和你说清楚，你们平阳班子省委咋定的，我可真不知道，你要想打听这事，最好去找组织部，找我你可真是找错人了。"

孙亚东诡秘地一笑说："我谁也不找，今天就找你喝酒，顺便也向你汇报一下工作。平阳这个地方不简单哪，GDP全省第一，财政收入全省第一，可干部队伍也比较复杂呀，据我所知潜在的腐败问题比较严重……"

高长河预感到孙亚东要给他们的市长文春明上"眼药"了，便应付说："知道腐败问题比较严重，你好好查处嘛，和我说干什么？来，喝酒！"

孙亚东却不喝，反倒把手中一杯酒拍放到了桌子上："好，高书记，有你这话，我心里就有底了！现在我就向你汇报一下平阳干部群众反映比较强烈的烈山县的经济问题和平阳轧钢厂的问题。对平阳轧钢厂的问题，身为市长的文春明负有不可推卸的责任。这样的人还想当市委书记？幸亏省委英明，没让文春明爬上去。所以我建议你上任后，就以平阳轧钢厂做反腐倡廉的突破口，看看国家这十二个亿是咋扔到水里去的……"

高长河这才觉得哪里不对头，忙拦下孙亚东的话头道："哎，哎，孙书记，你等等，等等，你还真向我汇报了，啊？我既不是省纪委的书记，又不是你们平阳市委书记，只是个听喝的省委副秘书长，我到哪儿上任？"

孙亚东用筷头指着高长河直乐："高书记，不够意思了吧？马上要到我们平阳当市委书记了，对我这个老朋友加新同事还要瞒，你呀，你呀！当然，你老兄讲组织原则我也能理解！来，干一杯，我代表我们纪检政法口的同志们，也代表九百万平阳人民，欢迎你来平阳主持工作！"

直到这时，高长河才恍然悟到：明天早上八点和省委书记刘华波的谈话内容，很可能是平阳的班子问题和自己工作的调动。现在的事情往往就是那么奇怪，作为当事人的他尚不知道自己的工作调动，倒是下面先知道了，而经验证明，这来自下面的小道消息有时还就是惊人的准确。

然而，这毕竟是小道消息，省委书记刘华波毕竟还没和他谈话。

于是，高长河仍是不动声色，笑道："孙书记，你这耳朵也太长了吧？这我的事，我都不知道，你咋就知道了？难道刘华波的省委书记让给你当了？"

孙亚东有些惊讶："高书记，你是真不知道？"

高长河摇摇头："我只知道省委考虑让文春明接姜超林的书记，听说姜超林极力推荐，和省委组织部的同志谈了九个多小时哩。"

孙亚东摆摆手："这是旧闻了，文春明没通过，各方面反应很大，姜超林谈十九个小时也没有用！别的不说，凭文春明抓的平阳轧钢厂，就不配进上这一步！所以马万里副书记点了你的将，说你在省城做市委副书记时就干得不错，有水平，有魄力，又懂经济，还在省委做了一年多副秘书长，经验比较丰富，在这种争议比较大的时候去平阳主持工作对大局是有利的！刘书记、陈省长一致赞同，都说你是冷不丁冒出的一匹黑马哩！"

仿佛是为了证实孙亚东的话，偏在这时，省委书记刘华波的电话打过来了。

刘华波在电话里说："长河呀，知道明天我要和你谈些什么吗？"

高长河极力镇定着情绪："不知道，一点都不知道。"

刘华波说："猜猜看嘛。"

高长河笑道："您大老板的心思，我哪敢乱猜？"

刘华波也笑了，笑罢才说："那我先和你打个招呼吧，你的工作要动一动了，年富力强嘛，总不能老在省委机关当大服务员。你要有个思想准备，到平阳去主持工作，具体问题我们面谈，马书记和陈省长参加。"

高长河机械地应着，放下电话后，呆了好半天才回过神来。

梁丽端着菜从厨房里走出来，问："谁来的电话？"

孙亚东抢上来道："是省委刘书记的电话！"继而，又对高长河说，"高书记，不说我耳朵长了吧？事实又一次证明，小道消息就是比大道消息来得快！"

高长河摇摇头："这不正常！"

孙亚东道："不正常的事多呢，你管得了？现在要听我的汇报了吧？"

高长河叹了口气说："好吧，我听着就是。"

梁丽看看表："长河，我们还去不去医院看老爷子了？"

高长河抱歉地看了梁丽一眼，手一摊："我这还没到任，人家孙书记就非要汇报工作，改天吧。"

孙亚东忙说："别，别，我这汇报很短，讲清问题就走！"

高长河脸一沉："你哪里走？老实给我待在这里，把平阳的情况都给我好好说说，要知无不言，言无不尽，但是，一定要实事求是，不能带个人情绪！"

孙亚东乐了："嘿，高大书记，你还真来劲了？好，给我倒满酒！"

2

姜超林注意到，文春明一进门神色就不太对头，脸阴着，眼神中透着明白无误的失望和哀怨。似乎为了掩饰这种失望和哀怨，文春明在沙发上坐下后，先把市委副秘书长田立业埋怨了一通，说是田立业太不负责任，跨海大桥的剪彩筹备工作安排得很不妥当，省里的领导竟没派专车去接，还阴阳怪气尽说风凉话。

文春明气呼呼地看着姜超林："老书记，你猜田立业能说出什么话来？他说，能替平阳省点就省点，哪怕省下点汽油钱也好，还口口声声说是你的指示！"

姜超林呵呵笑了："这甩子，生就一张臭嘴，真没办法！不过，这次倒也真不能怪田立业，派车的事他是请示过我的，是我让他不要派专车了。程秘书长和吴省长都有专车嘛，我们到平阳界前接一下也就可以了。但省汽油啥的，可不是我说的哦！”

文春明不满地看了姜超林一眼，说：“还是得派专车嘛！跨海大桥剪彩是咱这届班子的最后一桩大型活动，又是这么大个标志性工程，怎么着也得搞出点声势来，别让人家以为我们平阳没人了！”这话已明显带上了情绪。

姜超林想，文春明可能已经知道省委副秘书长高长河要到平阳做市委书记了，有点情绪也正常，便说：“春明啊，话也不要这么讲嘛，啊？我们这届班子干得怎么样，省委和华波书记是有评价的嘛，平阳九百万市民也是有评价的嘛。”摆了摆手，“好了，不说这些题外的话了，还是说说明天的安排吧。”

文春明这才汇报说：“明天的剪彩活动全落实好了，我的想法是，这活动既然是咱这届班子的告别演出，就一定要搞得红红火火，也算是欢送你老书记吧。这回呢，就算我抗旨了，省城的领导还是要接，我已经让接待处派人派车连夜去了，王市长亲自带队。为北京的客人和有关部门首长包了架波音 757 飞机，上午九点准时从首都机场起飞，决不会耽误下午三点的剪彩仪式。”

姜超林询问道：“首都和省城的新闻单位安排得怎么样了？”

文春明说：“也都安排好了，有专人接待，中央电视台、新华社和《人民日报》的同志由宣传部沈部长和两个副部长全程陪同，配合采访。”

姜超林想了想，说：“让田立业也去协助接待新闻单位吧，咱田秘书长是大秀才呀，就喜欢往秀才堆里扎，缠着我热情洋溢要去协助哩！”

文春明一怔：“哎，老书记，新闻单位你也敢让田立业去协助？就不怕他那张臭嘴里冷不丁吐出个大象牙来，吓人家一跳？我看不能让他去，明天就派他在机关值班打机动。”

姜超林笑道："这种时候田立业不会这么糊涂嘛，他真敢吐象牙我收拾他！"

文春明不满地看了姜超林一眼："老书记，你就是护着他！"

姜超林摆摆手："这事不说了。春明，你可要注意一下轧钢厂，明天这种关键时刻千万不能出乱子！前几天不是说又借了点钱吗？工人的工资发了没有？你得过问一下，没发赶快发，别让他们再到市里找了，尤其是明天。"

文春明心里也有点发毛，说："这阵子一直忙着跨海大桥的收尾工程，轧钢厂工人的工资发没发我也不太清楚。要不，我马上去一趟轧钢厂吧，连夜给他们的干部开个会！"

姜超林说："也好。"

文春明叹着气，站了起来："那我现在就去吧，反正轧钢厂这张狗皮膏药粘到我身上是揭不下来了，我……我认倒霉了！"这话说完，眼圈竟有些红。

姜超林看了文春明一眼，和气地道："春明，看你，这说的叫什么话呀？轧钢厂的事谁怪你了？走到哪里，不管是对谁，我都要说，轧钢厂的责任不在你身上，也不在我身上，那是计划经济的旧体制和条块结构的矛盾造成的，你有什么办法？我们平阳市委、市政府有什么办法？"

文春明看着姜超林："你这么看，咱孙亚东副书记也这么看吗？省委也这么看吗？我知道为我的事，你老书记和组织部的同志，和省委谈了好多次，可又有什么用？高长河不还是过来了么！"

姜超林苦笑着问："这么说，你都知道了？"

文春明点点头："吃晚饭时才知道的，还听说孙亚东又到省城去了，高长河和孙亚东关系很不一般……"

姜超林马上打断了文春明的话头："哎，哎，春明呀，这位高书记和我的关系也不一般哩，他在省城做市委副书记时我们就熟悉了，在许多问题上的认识和想法都不谋而合，前一阵子我还想过要把他挖到咱平阳来呢！春明呀，对高长河你可不要瞎猜疑呀！”

文春明却说：“老书记，我这不是瞎猜疑，说心里话，我还真希望高长河到平阳后能把轧钢厂这些年的事都查查清楚！我还就不信这世上没有公道了！不过有一条，问题查清后，就请高长河或者孙亚东把轧钢厂这个点接过去，我倒要看看他们有什么高招。”

姜超林沉下了脸：“春明，你这么说就不好了，有情绪嘛！你一进门我就看出来了。同志，你得记住：你老文是一市之长，还是市委副书记，在任何时候、任何情况下，都要以平阳的大局为重，就算我这个老同志去二线之前给你的最后忠告吧，你生气不生气我都要说。我还要说的是，今后你这个市长和我这个人大主任都要支持高长河的工作，我可不愿看到谁在新班子里闹别扭！”

文春明知道面前这位老书记的脾气，叹了口气，啥也不说了。

姜超林却还在说，不过，口气缓和了许多：“春明，既然你都知道了，我也就不瞒你了。向省委推荐你做市委书记时，我完全是出于公心，绝不是因为我们之间的个人感情。现在省委定下了高长河，我看省委也是出于公心，目的都是把平阳的事情做得更好。所以我们不能对省委的决定心怀不满，更不能因此就和高长河过不去。春明啊，你头脑千万不要发热，别以为平阳是咱省名列第一的经济大市，就把尾巴翘起来当旗摇，让人家说我们排外。”

文春明点点头，哭也似的笑了笑：“好吧，老书记，我听你的，你老领导都能忍辱负重，我也就认了。在这里，我表个态：只要高长河来平阳干大事，干实事，我一定会像支持你老书记一样支持高长河。”

姜超林道：“这就对了嘛，心底无私天地宽嘛！”

然而，将文春明送出门，姜超林看着窗外平阳的万家灯火，却陷入了深思。

省委的决定委实是太突然了！他多么希望省委能接受他的建议，让文春明来接他的班呀，可文春明偏被大家都议论纷纷的一个平轧厂套住了。于是就来了一个和平阳没有任何关系的高长河。这事实像闪电划过星空一样，让姜超林惊异不安。姜超林吃不准，这个陌生人物的到来，对平阳来说究竟是机遇，还是一场权力游戏？尽管他曾在省委的一些会议上，在一些场合见过高长河几面，却实在不知道这位“高指导”内心深处究竟想的是什么，只是有一点可以肯定，高长河绝不会是知根知底的老战友文春明。他可以违心地坚持组织原则，按省委和刘华波书记的要求去做文春明的工作，却根本无法说服自己。

3

借着酒劲，孙亚东一口气汇报了一个多小时，一些县级领导班子的腐败问题，地方主义和排外问题，原市委书记姜超林的家长制作风问题等。

当然，这其中最主要的还是市长文春明抓的平阳轧钢厂的问题。

据孙亚东说，平阳轧钢厂的问题十分严重，从八亿元的预算，搞成十二亿元的规模，这么多年了，竟然一寸钢板没轧出来，至今仍靠贷款借债糊弄着发工资。而厂里的干部却三天两头在宾馆大吃大喝，连工人的四百多万集资款都吃完了，有时竟有市长文春明参与。轧钢厂的工人们年内曾两次到市政府请愿，最后仍是不了了之。今年二月，他到平阳一上任，就顶着各方面的压力查了轧钢厂，一查就查出了问题：光请客送礼一项就是六十七万三千多元，可姜超林却不让再查下去了！

孙亚东反映的情况令高长河十分吃惊。

原以为孙亚东调到平阳时间较短，是外派干部，和文春明及班子里的平阳同志是闹不团结，现在看来不太像。基于他对孙亚东的了解，这位同志还是比较正派的，疾恶如仇，一年前在昌江市做纪委书记时，曾顶着各种压力，把以昌江市副市长为首的一批腐败分子送上了法庭，相信他对平阳的问题也不会信口开河。

然而，高长河仍只是听，对孙亚东反映的任何问题都没表态。

孙亚东看出来了，问："哎，高书记，我说了这么多，你咋一声不吭？"

高长河笑道："别忘了，到现在为止，我还不是你们平阳的市委书记，你要我表什么态？我怎么表？就算我到任了，也不能光听了你的汇报就表态，总还得听听其他同志的说法吧？总还得搞调查研究吧？"

孙亚东说："好，好，高书记，你说得有道理，我呢，现在先不说你滑头，你上任后就好好搞搞调查研究吧，我建议你从平阳轧钢厂和烈山县搞起。如果搞完调查研究，发现了问题，你老兄还是这个态度，我可真要骂你滑头了。"

高长河说："孙书记，你放心，这种事，我想滑也滑不过去。"

临别，孙亚东又说："还有一点，高书记，你要注意，平阳在姜超林家长作风的统治下积重难返，加上经济上又名列全省第一，排外情绪相当严重，你一定要做好和地方主义做斗争的思想准备！"

高长河皱了皱眉头："孙书记，你这话说得过分了吧，啊？斗什么呀？和谁斗呀？谁是地方主义呀？你说人家是地方主义，人家没准还说你有钦差意识哩！这样四处讲人家平阳的同志排外，我看并不好。至少你自己就把自己当成了外人嘛。"

孙亚东愣住了，有些茫然地看着高长河，似乎觉得高长河很陌生。

高长河拍拍孙亚东的肩头，又和和气气地说："老朋友，纪检工作不但是查问题呀，也要爱护干部。给你派个任务：研究一下，平阳干部都有什么特点，这种经济发达市的干部，在精神面貌上、领导作风上，和经济欠发达市相比，比如你待过的昌江市，有什么不同。我总觉得平阳这些年的飞跃式发展是个谜，怎么在这二十年里，平阳就一步步上来了？经济从全省第三、第四的位置，一举上到了全省第一，而且连续五年第一，这可不单是搞地方主义搞出来的吧？”

孙亚东马上听出，高长河话里有话，是在婉转地批评他看问题太偏激，没有全面正确评价平阳的工作。可想想，觉得高长河这话说得也不无道理，便点点头，郁郁不乐地告辞了。

高长河也没再留，陪着他走到院门口时，才说了一句孙亚东喜欢听的话：“孙书记，你放心，只要平阳市真存在你所说的这种腐败问题，你该怎么查就怎么查，我会全力支持你。”

孙亚东一把握住高长河的手：“高书记，这算不算你的表态？”

高长河迟疑了一下，还是点了点头。

送走孙亚东，没来得及到卫生间小一下便，门铃又响了。

高长河无奈地摇摇头，对夫人梁丽说：“从今晚开始，平阳地区的不少小号车要车轮滚滚进省城了，我们肯定是安静不了了，你干脆就来个院门大开吧，反正我们不是贪官污吏，也没什么东西怕人偷！”

梁丽笑问：“长河，你就这么肯定？”

高长河一边往卫生间走，一边说：“我就这么肯定，你去开门吧，我敢保证，又是平阳的同志来了！”

从卫生间出来一看，果然又是平阳的同志，是个县长或者县委书记，是哪个县的同志，高长河忘记了，脸很熟，反正是陪省委领导下去时见过面的，好像还在一起吃过饭。

那位平阳的同志口口声声叫着“高书记”，小心翼翼地坐在沙发上问：“高书记，您还记得我么？”

高长河努力回忆着此人的姓名，呵呵笑着说：“怎么会不记得？你在平阳接待过我嘛，还灌过我的酒，对不对？那次你可把我害苦了，回省城时，我可是睡了一路，让刘华波书记好批了一顿哩。”

来自平阳的同志笑道：“高书记，那酒可不是我灌的，是我们耿书记灌的，你忘了？我还替你喝了两杯呢！”

耿书记？平阳哪个县有位姓耿的书记？高长河努力回忆着，想以那位“耿书记”为线索，激活昔日的记忆，然而脑子里茫然得很，仍是想不起此人是谁。

倒是来人无意中自报了家门：“高书记，一听说您要到我们平阳做市委书记，我们烈山县的干部可高兴了！”

烈山县？就是刚才被孙亚东提起过的那个腐败县！高长河心里不由一惊。

然而，这位腐败县的县长赵成全却没有一点腐败的样子，空着手，连土特产都没带一点来，衣着朴素得很，苍白的瘦脸上浮着憨厚的笑。更不像是跑官，几乎没谈自己，也没企图送什么个人简历。

赵成全客气话说了只几句，便简明扼要地汇报起了烈山县的经济工作。

高长河保持着应有的警惕，只是听，时不时地点一下头。

赵成全汇报到最后，才有些不太好意思地提出来：“高书记，您马上要到平阳主持工作了，能不能先帮烈山一个忙？替我们到冶金厅做做工作，把我们的电解铝项目批下来？这么晚了，我……我还冒昧来打扰您，就是急着这事哩！其实，我七点就来了，可见您院门口停着孙书记的车，就没敢进来，怕影响你们谈话。”

高长河心头一热，马上说：“好，这事我可以答应。”

赵成全乐了：“那明天晚上，我们就以您的名义宴请冶金厅涂厅长。”

高长河手一摆：“这就不必了，冶金厅我很熟，用不着的。”

赵成全说：“高书记，那我们以烈山县的名义请，再备些礼品！”

高长河不高兴了：“备什么礼品？还是公事公办好！”

赵成全显然很失望，挺没趣地站起来告辞了。

看着赵成全离去的背影，高长河心里不由得又有些犯嘀咕，觉得自己似乎做得过分了些，如果不是孙亚东明确说到烈山县班子腐败问题严重，他一定会去吃这顿饭的，为下面的同志办实事是他的一贯作风，他从来不会在这种事上摆架子。

4

平阳市委办公室主任刘意如的目光扫过桌面，看到桌上的钞票和礼品，就像看到了一堆正燃着的火炭，燎得她不敢正视，身为烈山县委常委兼常务副县长的女儿金华默默在一旁坐着，也是一副心烦意乱的样子。

愣了好半天，刘意如才用指节轻轻地敲着桌子，叹着气说："金华呀金华，我算服你们烈山县了！上任接风一接就是两个月，这回一次小病住院又收了人家三万七千元，加上这些实物，恐怕要过五万了吧，啊？你说说看，这是正常的人情往来吗？你这副县长到底还想不想干了呀，啊？"

金华抱怨说："妈，我要不想干这副县长，也不会从医院跑来和你商量了。我刚才不是说过了嘛，这不是我要收，是下面人硬要送，推都推不掉！有些钱是装在水果包里的，人家走了我才发现，我都记了账。"说罢，眼光在母亲脸上扫了下，又说了句，"听说我们县委书记耿子敬为他母亲办丧事，收了人家十几万哩。"

刘意如一惊："他耿子敬怎么就敢！"

金华哼了一声："我们烈山的干部啥不敢？风气如此嘛！我不把这些钱先收下来，就脱离了我们这个领导集体，日后我的工作就难做了，甚至在烈山站不住脚。妈，你是老同志了，又做了这么多年市委办公室主任，也知道和领导集体保持一致的重要性嘛！"

刘意如默然了，过了好一阵子，才又问："可收下来，你又怎么办？再像上次一样，以送钱者的名义捐给希望工程？"

金华试探着说："妈，我看这一次就不一定捐了吧？"

刘意如怔了一下，定定地看着女儿："你什么意思？"

金华想了想，说："是不是交给姜超林书记，让市委来处理呢？"

刘意如断然道："不行，姜书记已经定下来要退二线了，你这时把钱交给他，他怎么办？还有没有时间处理？怎么处理？别忘了，这不是你一个人的事，很可能涉及你们烈山县整个班子，搞不好要出大乱子！"

金华点点头，这才说出了自己的打算："是啊，妈，正因为市委班子要变动，这个钱我才不想一捐了之，免得日后弄个不清不楚！妈，现在下面都在传，说是文春明可能要做平阳市委书记，你看我是不是把钱悄悄交给文市长呢？"

刘意如仍是摇头："你这不是将文市长的军吗？文市长现在的麻烦还少呀？光一个平阳轧钢厂就够他头疼的了，更甭说孙亚东还给他上'眼药'！再说，我看文市长也做不了市委书记，省里恐怕通不过。退一万步说，就算文春明真当了市委书记，你也不能这么做。你想吧，文春明和姜超林是什么关系？"

金华又说："要不，就交给孙亚东？他不是主管纪委么？这事也该他管！"

刘意如哼了一声："金副县长，我看你真是疯了！孙亚东这种愣头青调来才几天？平阳是谁的天下？也不想想，他在平阳能站住脚么？！"

金华不作声了。

刘意如想，女儿碰到的问题实在棘手，如果不是女儿从平阳人民医院跑来，把这些被迫收下的钱摆到她面前，她都不敢相信这是事实。这事实说明，烈山县的腐败问题可能比较严重，甚至十分严重。从原则上讲，她应该鼓励女儿挺身而出，把这些钱物送到市委去，并由此揭开烈山腐败问题的盖子。可真这样做了，后果难以预料，烈山县的干部几乎都是姜超林、文春明二人一手提拔的，烈山的经济又搞上来了，现市委对烈山的问题十有八九不会认真查处，甚至根本不查处。女儿将在得到几句空头表扬之后，被人家孤立起来，最后被排挤出烈山班子，对此，连女儿都意识到了，她这个市委办公室的老主任不会意识不到。

想了好半天，刘意如也没拿出什么好主意，只好说："金华，我看这些钱你还是以那些送钱者的名义捐给希望工程吧，收据存好，烈山日后就是出了问题，也与你没关系！"说罢，苦恼地笑笑，问女儿，"金华，你不会笑话妈胆太小吧？"

金华摇摇头，认真地道："妈，您不是胆小，是政治上成熟。"

刘意如搂着女儿的肩头说："对，政治上一定要成熟起来，要知道，是恶疮总有一天会溃烂，我们作为领导干部起码有一点可以做到，那就是洁身自好，这样才能长久地立于不败之地。"

金华点点头："妈，我明白。"然而，对把钱捐出去，金华还是有想法，便又说："妈，这平阳的班子既然要动了，我们是不是就再等等看呢？如果省里派来一个敢碰硬的新书记，烈山县的盖子不就可以揭开了么？"

刘意如仍是摇头："人家新书记恐怕也不愿多这种事呀！"

金华固执地问："如果……如果新书记恰恰需要这种腐败典型呢？"

刘意如眼睛骤然亮了一下，注意地看了女儿一眼，不作声了。

金华受到了鼓励，又热烈地说："妈，你看这样好不好？这笔钱先不捐，就留在手上看几天，如果新书记有气魄，敢揭烈山这个盖子，我就把钱交给他；如果他和姜超林、文春明打得一团火热，四处和稀泥，我再把钱捐掉也不迟嘛。"

刘意如觉得女儿说得也有些道理，这才点了点头："这也行，不过金华，我可提醒你一下，千万不能见钱眼开呀！"

金华笑道："妈，你可真小看我了！我要见钱眼开，就啥也不和你说了！"

刘意如问起了女儿的病情，得知女儿病情好转，便劝女儿早点回烈山去，不要老待在平阳医院里。说是年纪轻轻，给别人留下一个老病号的印象就不好了，尤其是在这种市委班子要变动的敏感时期留在平阳就更不好了。

说这番话时，刘意如不像是金华的母亲，倒更像是金华的上级。

5

文春明坐在自己的奥迪车上昏昏沉沉去平阳轧钢厂时，经过了平阳宾馆。

平阳宾馆是市政府的招待所，跨海大桥通车剪彩活动接待处就设在这里。接待工作三天前进入了倒计时，会务工作人员按照市委、市政府的指示全部进驻了，今天值班负责人是市委副秘书长田立业。文春明实在不放心这位田副秘书长，怕他溜号，便让司机在平阳宾馆门前停了车，急匆匆上楼去找田立业。

田立业这次倒挺老实，没溜号，也没和谁凑在一起偷偷打麻将，而是待在作为票务组的套间里写文章。文春明从田立业身后看到了文章标题，标题似乎还是和麻将有关，叫作“从幺鸡吃大饼说开去”。

文春明拍拍田立业的肩头，开玩笑说：“幺鸡吃什么大饼呀？幺鸡吃米嘛！”

田立业回头一看，是文春明，乐了，自以为遇到了知音，马上和文春明神侃起来：“文市长，你以为我不知道幺鸡吃米呀？！幺鸡吃米，在麻将桌上，幺鸡就是最小的条子，做条子只能吃条子。可过去有个军阀和手下的人打麻将，做了一手条子，单吊幺鸡，老是和不成。后来一个部下打出一张一饼，军阀突然一声高喝：‘和了！’部下们都说，长官，您老是和一条呀，咋能和一饼？军阀理直气壮地说：‘我这只幺鸡饿了这么久，见了大饼能不吃么？’得，军阀赢了！”

文春明笑道：“这军阀既不讲游戏规则，也不讲道理！”

田立业问：“现在这种既不讲游戏规则，又不讲道理的长官还有没有呢？”

文春明警觉了："你这文章又想讥讽谁？"

田立业说："我敢讥讽谁？也就是混俩稿费买烟抽呗！"

文春明警告道："立业，我可给你提个醒，姜书记要下了，知道不？以后可没人再明里暗里护着你了，你小心了就是！"

说这话时，文春明踱着步，四处看着，这一看才发现，市里包下的六个房间里竟都空空荡荡，接待处的十几个人全不见了。

文春明一下子火了，再没心思说什么幺鸡和大饼，指着鼻子问田立业："田秘书长，人呢？啊？我交给你的那些人呢？你都给我派到哪去了，啊？"

田立业漫不经心地说："哦，文市长，是这么回事，大家手头的事干完后，都想回家过一夜，我就给他们放了假，说清楚了，明天七点整来报到，您别急，我保证误不了明天的接待工作。"说罢，竟还笑呵呵地递了个橘子给文春明。

文春明把橘子往地下一扔，问："谁让你放的假？是我，还是姜书记？你田立业吃了豹子胆了，这么大的事也敢自作主张？我问你，万一误了事怎么办？你担得起吗？你给我听着，现在就给我一一打电话，把派给你的人全给我叫回来！"

田立业为难地说："人家可能都睡了吧？"

文春明说："睡了，你就给我到被窝里一个个去拖！"

田立业咕噜道："这么点家都当不了，也太影响我副秘书长的威信了吧？"

文春明讥讽道："你田副秘书长还有威信？快去给我叫人！"

田立业只好舍下他的幺鸡和大饼，去打电话叫人。

文春明还不放心，故意说："我现在去平阳轧钢厂，回头还要给你们开会！"

田立业这才有些高兴，连连说："这就好，这就好，既然是你文市长要给我们开会，我的威信也就保住一点了……"

文春明不再理睬田立业，径自出了门，出门后才想起来，自己让这不负责任的副秘书长气糊涂了，竟忘了把姜超林书记的新安排告诉他，便又回到房间，对田立业说：“哦，还有个事忘记和你说了，姜书记指示，明天让你去陪北京的记者！不过，姜书记也要我提醒你：狗嘴里别再冒出个大象来！”

田立业一听，乐了，放下电话，满脸堆笑对文春明道：“您和姜书记既然这么信任我，我这回一定上天言好事，下界保平安，死活也得宣传好咱这跨海工程，宣传好您和姜书记两位英明领导，报答两位领导对我的信任和关怀！”

文春明没好气地道：“是姜书记信任你，不是我信任你，这话你别和我说！”

重新上了车往轧钢厂赶时，文春明的心情又渐渐沉重起来。

车进轧钢厂，远远就看见了办公楼上通明的灯火，而偌大的厂区却是一片黑暗，越来越近的办公楼就像耸立于黑暗中的一座孤岛。车上孤岛后又发现，他熟悉的那帮厂长书记们已和先一步来到的秘书一起，在门厅里等着了。

文春明下车后，黑着脸，一句话不说，轻车熟路径直上了二楼会议室。

在二楼会议室一坐下，厂长兼党委书记何卓孝马上开始汇报，照例地叫苦：北京又跑了，省城又跑了，一点办法没有，一分钱流动资金也搞不到了。国家部委和省里都要求平阳方面负起责任来。对平阳方面抛出去的继续投入一部分启动资金，联合平阳钢铁厂，组建成立平阳钢铁集团公司的建议，谁都没兴趣。

何卓孝哭丧着脸说：“文市长，咱这新方案，人家看都不愿看呀！”

文春明心烦意乱，摆摆手说：“好了，好了，成立集团公司的事，再从长计议吧，最近有很多工作要做，也不是三天两天就能解决的。说心里话，我想是他们也不想再往这无底洞里扔钱了！先说点现实的，厂里这千把号工人的工资发了没有？我不是批条子帮你们又借了点钱吗？你们发没发？工人半年没发工资了吧？”

何卓孝说：“这点钱哪够工人半年的工资？厂里研究了一下，给大家补发了两个月的工资，其余的还是欠着。”

文春明放了点心，又问：“同志们的情绪怎么样呀？”

何卓孝支吾道：“还好吧。”

副厂长牛千里眼皮一翻：“好什么？文市长，工人们都在议论哩，说是与其这么不死不活地拖着，爹不疼娘不爱的，倒不如把咱的轧钢设备都当废铁卖掉，来个白茫茫大地真干净！”

文春明气了，呼地站了起来：“这话是什么意思，啊？国家部委、省里和我们平阳三方十年累计投资十二个亿，进口了这么多先进的设备，一寸钢板没轧出来，就卖废铁？就落个白茫茫大地真干净？当真我们是一帮疯子？一群败家子！”

何卓孝说：“文市长，您也别动气，工人么，发两句牢骚也正常。可我们的干部也这么说就不好了，起码是没良心！咱平阳轧钢厂的干部群众谁不知道，文市长抓了咱平轧这个点，那可真是为咱操碎了心！”

牛千里听出了何卓孝话里有话，当即反驳道：“老何，我看你这话有问题呀，好像是对着文市长来的嘛！咱们平轧的现状与文市长有什么关系？你咋啥都赖文市长？噢，文市长操碎了心，厂子却搞成了这个样子，你什么意思？”

文春明知道何卓孝和牛千里一直不和，便说：“行了，行了，你们别吵了！我已经够头疼的了！今天这么晚来，是想和你们打个招呼，明天下午跨海大桥通车剪彩是个大活动，你们平轧厂不能出乱子！绝对不能出现群访事件！我建议你们一层层往下抓，明天下午把厂里的干部职工都组织起来开会学习，可以先讨论一下，在这种企业困难的情况下如何进行生产自救。”

牛千里当即汇报说：“文市长，我已经着手搞了一个生活服务公司方案，准备把大家先组织起来做点力所能及的事……”

何卓孝马上说：“文市长，牛千里的这个方案，我们厂办公会还没讨论。”

文春明却表态说：“明天下午可以让工人同志先讨论嘛！”

何卓孝眼巴巴地看着文春明：“可守着这么好的轧钢设备，咱却带着工人摆地摊，文市长，这好么？有没有负面影响？”

文春明脸一沉：“让工人半年发不上工资就好？四处借钱发工资就好？就没有负面影响？落到这地步了，还放不下县团级大厂的臭架子，这叫啥？我看这叫没有自知之明！”

何卓孝愣愣地看着文春明，不敢作声了。

文春明口气益发严厉：“我再强调一下，明天平轧厂无论如何不能给我出乱子，只要市委、市政府门前出现一个上访人员，我就拿你们是问！”

精疲力竭回到家时，已是深夜零点二十分了，文春明倒在床上就睡着了，省委最新决定给他带来的失望和失落已于这一夜的紧张忙碌中忘得一干二净……

6

梁丽的哥哥梁兵简直是个活宝贝，快五十岁的人了，且在省政府机关做了副处长，可还像个长不大的孩子，自说自话带了个白白胖胖的平阳干部来，对高长河介绍说，是自己最要好的同学，工作能力很强，到哪个县干县长最合适。

明明是那胖子的意思，梁兵却说是自己的意思：“……长河，你不知道，王局长在大学里做过我的支部书记，我入党还是他介绍的哩！今天一听说你要到平阳当市委书记，我就和王局长说了，动动吧，别窝在部委办局那种‘条条’里了，有能力的同志一定要去市县这种‘块块’干一番事业。长河，你说是不是？”

高长河哭笑不得，讥讽地看了梁兵一眼，问：“哎，你们这是从哪来的小道消息？谁说我要去平阳？我在省委机关干得好好的，到平阳干什么？我说梁兵，咱省委组织部长现在好像还不是你吧？！”

梁丽插上来说：“我看他要当组织部长，这组织部只怕就会变成忠义堂。”

梁兵白了梁丽一眼：“你瞎掺和什么？我今天可是和长河说正事！”遂又把脸转向高长河，“如果你去平阳主持工作，能不能让王局长动一动？调他到哪个县里当县长？他原来在旧城县当过县长的，后来得罪了封建家长姜超林，才被弄到轻工局当局长。”

高长河敲敲桌面道：“哎，哎，我说梁兵，在我这儿说话你可要注意，谁说姜超林是封建家长？你怎么知道人家是封建家长？有事说事，别给人家乱扣帽子。再说，县长、局长都是处级，因为工作需要调动一下也很正常嘛！”

王局长马上贴上来，伸着短且粗的脖子，赔着笑脸说：“是，是，高书记，很正常。可我一直在地方基层工作，从乡镇长干到县长，很适应，经验也比较丰富，更能发挥我的特长，高书记，您看？”

梁兵又逼了上来：“长河，你好歹也得给我一点面子吧？”

高长河心里烦透了，可又不愿当面得罪梁兵和这位王局长，只好应付说：“这事我知道了，等我真去平阳主持工作再说吧！”

王局长一听这话，马上把一份事先打印好的简历递给了高长河。

送走这一对宝贝，高长河沉下脸，对梁丽说：“你看看这事闹的！我这还没到任，跑官的人就来了，这叫什么风气！这样下去怎么得了！”

梁丽不无讥讽地说：“这叫密切联系领导嘛，据说是新三大作风之一。”

高长河说：“谁要密切联系我这个领导，谁就要倒霉了！”

梁丽会心地笑了：“哦，高书记，你真不给我哥哥留点面子呀？”

“留点面子？”高长河定定地看着梁丽，“梁丽，我问你，你家老爷子在位时，如果你哥也敢带着这位王局长跑官，老爷子会咋对付他？”

梁丽说：“肯定当面给他一个大耳光！”停了一下，又说，“不过，老爷子在位时可没这种跑官的风气。”

高长河冷冷一笑：“现在也不能有这种风气，至少在我管辖范围内不能有这种风气！我看这事主要还不怪梁兵，而怪那位王局长，那位王局长脸皮太厚，比省城的城墙都厚！头一次和我见面，竟敢当面要官！他要真到哪个县当了县长，哪个县的地皮只怕要浅三分！”说着，拿起桌上那位王局长留下的简历，“这份简历我一到平阳就交给市委组织部，告诉他们，此人就是不能重用！”

梁丽故意问：“这么讲原则的话你咋不当着王局长的面说？”

高长河挥挥手：“你不懂，这叫领导艺术！”

梁丽哼了一声，毫不客气地道：“高书记，这种圆滑的领导艺术，我劝你们这些领导同志都少讲！你们讲领导艺术，拉不下面子，跑官的人就会越跑越凶！如果跑官都跑不成，反都当面碰得一鼻子灰，就没人会跑官了！我看这一年多，你在省委机关可是待出了不少毛病，就那么点锐气也快磨没了，我真担心你到平阳后怎么打开局面！能不能镇得住？你不是不知道，姜超林干了两届市委书记，平阳在他手上起来了，他和他手下的那帮干部可一个个都能干得很呀！”

这话意味深长，让高长河暗自吃了一惊。

是的，梁丽说得不错，仅仅做了一年多的省委副秘书长，他身上的锐气就消磨了不少，连写起文章来都小心多了，再不敢做什么多管闲事的“高指导”。这种情况是从什么时候开始出现的？他不知道，也回忆不起来。能记住的是省委书记刘华波在他刚走进省委大院时给他讲过的一席话。

刘华波说：“你们这些秘书长嘛，要我看就是省委的大管家，对外代表省委，对内搞好服务，是省委的嘴，是省委的腿。因此嘴不能乱说，腿不能乱跑，对你高长河来说，还有一条，文章不能乱写。你要还想做‘高指导’，咱们就换换位置，我去做秘书长，你做省委书记，我来为你服务。”

这话虽说是玩笑，可当时真把高长河吓出了一头冷汗。

类似的话，从省委副书记岗位上退下来的老岳父梁清平也说过。

梁清平说：“长河，你是重点培养的跨世纪干部，省委把你调到省委副秘书长的位置上来，我看是个重要的培养步骤，在省委领导身边，可以更好地学习省委领导同志的工作作风，同时，接触面更广了，眼界也更开阔了，对你今后的发展很有好处。所以，我送你八个字，‘多看多学，谨言慎行’。”

于是，一年多来，高长河不论是陪同省委领导外出，还是在家处理日常工作；不论是代表省委协调关系，还是接待下面各个市委的负责同志，他都勤勤恳恳，小心谨慎，不该说的话不说，不该表的态不表，大家都认为他成熟多了。也许正是因为这种成熟，省委才在决定平阳市委班子的最后时刻选择了他。

其实，梁丽和那些不了解他的同志都错了，看到的都是表面现象。他高长河就是高长河，他在什么样的岗位上就得干什么样的事。当省委副秘书长，他就是不能有什么锐气，而主持一个大市的工作，他仍将是过去那个高长河。

当然，从明天开始，这种在省委机关形成的工作惯性必须刹住，他将不断地提醒自己记住：他已经不是省委副秘书长了，而是平阳这个大市的市委书记，是一个大市的领导者和决策者。

确实是个大市呀，九百万人口，一万七千平方公里土地，下辖三个县级市和三个县，每个县和县级市的产值都超过边远地区一个省的产值。姜超林在那里苦心经营建设了十年。这十年可不简单呀，年年有人告状，可姜超林硬是没被告倒，反而把一桩桩事情干成了，获得了省委、省政府的高度评价。

所以，他这班很不好接，一座辉煌的城市摆在那里，省委的评价摆在那里，那是一个已经树起来的标杆，其高度近乎炫目，经验告诉他，超越这个高度困难重重——除非姜超林和他的同志们用自己的肩头扛起他的起点！

然而，这可能吗？姜超林向省委推荐的是自己的老部下文春明，而省委却选择了他，而且是马万里副书记点的将，姜超林这位老同志会不会有抵触情绪？更要命的是，孙亚东又一直盯着市长文春明和平阳的腐败问题不放，他又该怎么办？文春明和那个平轧厂到底是怎么回事？平阳一些县市的腐败问题到底有没有孙亚东反映得那么严重？如果真是那么严重，他又该怎么去查处？

第二章　最长的一天

7

省委书记刘华波一进小会议室的门就说："老天爷又捣乱了嘛，啊？这几天西部地区大雨不断，昨夜又下了一夜，估计昌江、北川这几个市又要闹水灾了！"

刚刚在沙发上坐下的女省长陈红河接过话头说："今天早上的天气预报说，这个降雨过程还在继续，我更担心平阳呀。刚才省防汛指挥部汇报说，昌江的下游水位升高了二点五米，离警戒水位只有不到一米了。万一淹了平阳就麻烦了，平阳一个县的家当可比西部地区一个市都多。"

刘华波指了指高长河："陈省长的话你听到了没有？你一到平阳，就得过问一下抗洪防汛工作，要立足于抗大洪水，不能掉以轻心哦！"

高长河站起来点点头："刘书记，陈省长，你们的指示我一定认真落实。"

刘华波挥挥手让高长河坐下，自己也坐下了："好，这事先不说了，还是谈平阳的班子。长河同志，昨夜我的电话一打，你恐怕就睡不着了吧，啊？”

高长河老实承认说：“是的，刘书记，几乎一夜没睡着。越想越觉得责任重大，就怕辜负您和省委对我的信任和期望。”

省委副书记马万里笑道：“恐怕想的还不止这些吧？”

高长河也笑了：“当着你们这些领导，我得说实话，我也有些私心杂念，怕自己到平阳站不住脚哩。平阳在省委和老书记姜超林的领导下搞得这么好，我高长河何德何能，伸手就摘了这么个大桃子？”

刘华波笑着说：“长河，这话就说错了，不是你伸手摘了个大桃子，是省委派你去平阳主持工作嘛。省委这样决定，是经过非常慎重考虑的，可以说是几经反复，慎而又慎。这种情况是过去决定任何一个地方班子时都没有过的，从某种意义上说，也算史无前例了吧！是不是呀，马书记，陈省长？”

马万里点头说：“刘书记说得不错，为此我们还征求了中组部的意见。”

陈红河也说：“平阳不仅仅是我们省的平阳，中央一直十分关注。作为改革开放以后崛起的一座重要中心城市，平阳的经济辐射范围现在越来越大了。平阳的经济发展，不但关系到我们一个省的经济发展，也关系到其辐射地区的经济发展。所以，在决定平阳班子时，我们就不能不慎重。”

刘华波打开笔记本，开始了和高长河的正式谈话：“长河同志，下面，我们就代表省委和你谈谈。谈什么呢？首先是班子。班子问题是个大问题，决定性的问题。十年前的老省委用好了一个姜超林，用好了以姜超林为班长的班子，我们就有了一个飞跃发展、举世瞩目的新平阳。所以我一直说，姜超林这位市委书记很了不起，是我们党的英雄，也是民族英雄。有些同志不太同意我的看法，对平阳不时地有些这样那样的议论和争论，我总劝他们，不要争了嘛，什么姓社还是姓资呀？什么姓公还是姓私呀？都不要争了。改革就是摸着石头过河嘛，只要他过了河，把一座城市搞上去了，你管他摸的是什么石头？！”

高长河马上想到了这几年让省内同志议论纷纷的几桩大事：平阳规模宏大的民营工业园，面积达二十六平方公里的国际开发区，和马上就要剪彩的公私合股私营为主的跨海大桥。

刘华波也讲到了这些问题：“……比如说，平阳那个民营工业园搞得好不好？事实证明，好得很！我省好多工业园上不去下不来，吊在半空中，平阳这个民营工业园却一片红火嘛！不少产品打到欧美市场上去了嘛！尤其是那个生产中央空调的宏大集团，业务遍及全世界，连公务飞机都用上了！还有那个国际开发区，吸引了二十七个国家和地区的几百亿投资，占了我省实际利用外资总额的四分之一，发展势头很好。至于说跨海大桥，又是一个创举，三十二家民营企业集资贷款几个亿，和平阳交通局联建大桥，在全国没有先例，可平阳硬是搞成了，今天就剪彩通车。我要不是因为和大家开这个会，另外还有外事活动，一定会到平阳好好看看。所以，长河同志，请你记住，我要讲的第一点，也是最重要的一点就是，必须紧紧抓住经济建设这个中心不动摇，保住平阳目前良好发展势头，争取在你的任期内，在下个世纪的前五年再上一个新台阶！”

高长河的心一下子热了，冲着刘华波点点头，飞快地做起了笔记。

刘华波喝了口水，继续说：“我要讲的第二点是，新老同志的团结问题。长河同志，省委首先要求你这个新任市委书记带头搞好团结。有一点已经定了，你这次到平阳工作一个人不带，连司机都不准带。在这方面，我们过去是有教训的，新官上任，老部下带了一大群，干什么？当真去摘人家的桃子呀？人家能服气呀？好，不服气，那就闹吧，一闹就是几年，好端端的局面就闹坏掉了，元气大伤。所以，要团结，要尊重老同志，不是表面尊重，是发自内心的尊重，决不能搞一朝天子一朝臣，更不能搞一人得道鸡犬升天。当然，这个问题也不是绝对的，原班子中的个别同志真有不适应的，省委也可以考虑重新安排，所以目前省委只任命一位市委书记，对平阳班子的进一步调整，要等你实际工作一段时间后再讨论。长河同志，你的意见呢？”

高长河想了想，说：“我没什么意见，省委的考虑很周到。”

女省长陈红河插话说：“这样做，说到底还是为了稳定。长河同志，我不瞒你说，决定平阳的班子，我们常委们真有一种如履薄冰的心情啊！”

高长河的心一下子沉重起来，再次意识到了身上的责任。这责任太重大了。不是因为责任重大，省委三个主要领导不会同时出面和他进行这场谈话。

省委领导们都如履薄冰，他又岂能掉以轻心，岂敢掉以轻心呢？

刘华波又讲了起来：“……第三点，我要重点讲讲反腐倡廉问题了。反腐倡廉从中央到省委一直在努力抓，可以说从不手软，也从没放松。事情也是巧得很哪，就在我们省委决定平阳班子的时候，纪委收到了一笔来自平阳的匿名汇款，多少钱呢？十四万。数目不小。同时还收到了这位汇款者的一封信，是打字机打出来的。信中讲，这都是他作为一个共产党员和县处级干部不该得的钱，所以他交了，以证明自己的清白。这位同志还说了，到他能够把一切讲出来的时候，他一定会协助我们把一帮腐败分子送上法庭的。”

马万里插话说：“那么，长河同志，我们就要想一想了，是什么原因促使这位平阳同志不敢举报呢？这位同志所了解到的平阳的腐败问题到底会有多严重呢？这个问题，我和省纪委的同志回头还要跟你专门谈。”

高长河冲着马万里点点头：“好吧，马书记。”脊背上禁不住直冒冷汗。

刘华波仍在谈这第三个问题：“……当然了，腐败问题不是平阳特有的问题，也不是改革开放必然要产生的问题，这是任何国家，任何地方都可能产生的问题，日本、韩国，还有意大利，不是都刮过廉政风暴么！因此，对这个问题，省委的原则是：既要查清问题，对那些贪官污吏绳之以法；又不能以偏概全，否定平阳改革开放的成就。在这一点上，省委的态度是一致的，也是一贯的！”

马万里补充说：“华波同志的这一指示很重要。反腐倡廉和坚持改革开放并不矛盾，而且只有坚持反腐倡廉，抓好反腐倡廉，才能更好地促进改革开放。平阳成就归成就，局部腐败归局部腐败，这是性质完全不同的两回事，决不能因此否定平阳，否定姜超林同志。”

这时，高长河已明显发现了省委书记刘华波和省委副书记马万里的微妙分歧，而陈红河的态度一时还看不出来，对这个敏感问题，女省长一言未发。

高长河事后回忆起这场谈话，仍有一种惊涛拍岸的感觉，并因此认定，就是从这场谈话开始，他不可避免地走进了暴风雨，几乎没有任何躲闪的余地了。

8

得知田立业经姜超林的批准参加接待记者工作，刘意如便想，姜超林算是把田立业捧上天了，也不怕闹笑话。见田立业兔子似的在楼上楼下窜来窜去，刘意如便不无讥讽地笑道：“田秀才，瞧你这欢实劲，今天该不是过大年了吧，啊？”

田立业一脸庄严：“过什么大年？刘大姐，这是市委、市政府的重要活动！”

刘意如拍拍田立业的肩头：“知道是重要活动就好，可别给记者乱吐象牙！”

田立业脸上庄严依旧：“哎，刘大姐，你可别变相侮辱我的人格，我活生生一个人，哪来的象牙呀？就两颗门牙不小心还摔断了半个，真是的！”

正说着，办公室里的电话响了。

田立业忙跑去接电话，边跑边回头对刘意如说：“可能是北京的记者到了。”

果然是北京新华社的一个女记者。是田立业大学同学“班花”白玲介绍来的，自报大名李馨香。据这位满口京腔的李馨香说，她是白玲的铁姐们儿，此行还顺便给田立业带来了白玲的一个“勿”。

田立业心情愉快，对着电话直乐：“李小姐，不是‘勿’，是吻。”

李馨香一副自来熟的样子，在电话里咯咯笑了起来：“白玲没来嘛，那个‘口’留在北京了，也就只能‘勿’了。”继而又说，“哎，你田秘书长是怎么回事呀？白玲说你要开着你们市委的奔驰到机场接我们的，咋到现在连鬼影都不见？太不够意思了吧？”

田立业信口胡说道：“李小姐，你还要怎么个意思，啊？我连专机都给你们派过去了，还不知足呀？是波音757吧，我们平阳市委专为你派的，我的提议！多高的规格啊，平生头一次吧？！”

李馨香说：“怪不得白玲说你会吹，领教，领教！好了，快过来吧，我们已经在你们平阳宾馆住下来了，房号2335，等你请客！快手脚并用，奋勇前进！”

田立业连连应着：“好，好，你们在房间等我，我马上带着奔驰接你们！”

然而，就在田立业打电话向市委小车班点名要那辆接待外宾的大奔驰时，刘意如进来了，说：“田立业，你可别胡闹，咱市委这边就这一台大奔驰，今天来宾又多，万一姜书记有重要客人要用，你又要挨骂了。”

田立业眼皮一翻：“姜书记说了，北京的记者就是重要客人！”

刘意如担心田立业闯祸，正经劝道：“田秀才，您哪，和你的记者姐们儿哥们儿用哪台车都行，最好还是不要动那台奔驰。我真是为你好。”

田立业根本不理：“刘大姐，这事你别管，我负责就是了！”

刘意如退一步说：“你今天真想动奔驰，就先和姜书记打个招呼吧！”

田立业不以为然："刘大姐，你真是的，把姜书记当啥了？当小车班班长呀！"

这时，田立业已从走廊窗前看到了那辆他所熟悉的大奔驰，不愿和刘意如再啰唆了，一边向楼下走，一边说："姜书记真有客人要用奔驰，你就打我的手机，我让司机送去，不会误事的！"

刘意如追了两步说："那你可快点把车送回来！"

田立业连声应着，一路小跑下了楼，风也似的消失了。

站在楼梯口，望着田立业下楼的背影，刘意如想，真难想象，就是这种自由散漫的同志，当年仅仅因为是个中文系的研究生，就飞快地得到提升，一年提正科，三年提副处，第四年就到烈山县做了县委副书记，嗣后又在堂堂市委以副秘书长的资格一混六年，而且竟被以严厉出名的市委书记姜超林当成个宝贝。

刘意如和市委、市政府机关的同志都知道，姜超林确实宠着田立业的，田立业不是在烈山干好了调市委当副秘书长的，而是在烈山闹得待不下去了，才调任市委副秘书长的，据姜超林说，是要"爱护人才"。

田立业也真是个"人才"，正事不干，尽写些带刺的文章，在《平阳日报》和《平阳晚报》上发表，还出了两本卖不掉的书。这两本卖不掉的书，姜超林让市委接待处买了不少，见人就送，四处宣传平阳市委有这么个能写"大作"的田秀才。许多干部对号入座，找姜超林告状骂娘。姜超林却说："我看咱们田秀才的文章写得都还不错嘛，讽刺的都是社会上的腐败现象，这有什么不好？你真认为写的就是你，那我可得让有关部门好好查查了！"这一来，再没人敢找姜超林告状了，姜超林也就稀里糊涂得罪了不少人。

这其实很不值得，作为一贯对领导认真负责的老资格市委办公室主任，刘意如曾婉转而诚恳地提醒过姜超林，不要这么护着田立业，甚至明确建议把田立业调离市委副秘书长的岗位。

姜超林却说："刘主任，你想想，这田秀才往哪里摆？摆到下面去，你就不怕他三天两头给你闹点小麻烦？我看，还是摆在我眼皮底下吧，这样总还能让他多少安分点！反正就养着他写文章呗，咱就权当多了个纪委宣传部长，对端正党风、社会风气总还有点好处。”

刘意如嘴上不说，心里却想，靠田立业这种人端正党风，只怕党风会越来越糟。

后来又发现，田立业实际上并不像一些同志想的那样胆大包天，他讥讽这个，讥讽那个，就没敢讥讽过姜超林，见了姜超林就像老鼠见了猫似的。

有一次刘意如故意问田立业：“你咋不刺刺咱姜书记？”

田立业反问道：“姜书记有什么地方该刺？你给我提供一下素材。”

刘意如一下子慌了，“田秘，我这可是和你开玩笑，你别当真！”

田立业偏紧追不舍：“刘大姐，你别怕嘛，文章是我写，文责自负，只要你提供的素材真实准确，我就不卖你！”

刘意如自此不敢再和田立业说这个话题，此后还三番五次向田立业解释，怕田立业在姜超林面前乱说一通，给领导造成不好的印象。

现在，这甩子走了，她也能忙点自己的事了，想着昨夜女儿金华遇到的麻烦，心里总有点不踏实，便想往医院挂个电话，看看女儿走没走。没走的话，就让女儿过来，再商量一下那笔烫手的钱该咋处理。现在情况已经清楚了，省里马上要派个姓高的新书记过来，这个高书记还是省委马万里副书记提的名，这其中意味深长，平阳也许要发生一些变化了。

然而，正要打电话时，姜超林的电话偏先一步来了，点名调那辆奔驰，说：“刘主任，那台奔驰在家吗？马上给我派到国际酒店来！”

刘意如当即给田立业上起了眼药，汇报说：“姜书记，奔驰刚被田立业要走，我反复对田立业说，要他换台车，他就是不听；我明确告诉他，是您不让动奔驰，他就和我吵，说你是市委书记，不是小车班班长。”

姜超林气坏了："这甩子，开着奔驰去抖什么威风呀，啊？是不是以为我要下了，就不把我的话当回事了，啊？刘主任，你给我转告田立业，我就是要下了，也会在下之前的最后一分钟撤了他！"说罢，摔下了电话。

刘意如也放下了电话。放下电话后便想：田秀才，这回你可又闯祸了！也不想想，这是什么时候，老书记马上要下了，能不敏感么？你敢在这时候惹他，也是太没政治头脑了，就冲着这一点，就不配在市委当什么副秘书长！

9

和省委主要领导同志的集体谈话结束后，刘华波又单独和高长河交代了一些情况，嗣后，高长河便轻车熟路来到了省委二号楼，走进了省纪委办公室。省委副书记马万里和省纪委的有关同志已经在等着他了。高长河一进门就感到办公室的气氛沉闷。主持工作的省纪委副书记龙飞没怎么客套，待高长河一坐下便说，先和高长河通通气，看看怎么查处平阳这个"6·15"案件。

龙飞解释说："……寄自平阳的这十四万汇款，我们省纪委是六月十五号收到的，所以，这案子就叫'6·15'案。"又拿出一封信递给高长河，"这是汇款干部寄来的信，也是六月十五号收到的，原件已经存档，这份复印件你先看看。"

高长河马上看起了信，看罢便说："看来不是捕风捉影呀！"

龙飞点点头："可能会涉及一批腐败分子。如果这位干部没讲假话，那么他所处的那个具体环境的班子肯定是烂掉了。现在的问题是，这个班子是个什么班子？是在平阳部委局办这些条条里，还是在县乡镇这些块块里？姜超林和平阳市委怎么就一点都没有察觉？联想到孙亚东反映的一些情况，就益发令我们深思了。"

高长河警觉地问："孙亚东反映的是不是有关平轧厂的情况？"

龙飞点点头："是的，还有不少群众来信，有些信是直接寄给马书记的。”

高长河不作声了，这事涉及市长文春明，他现在不便说话。

龙飞又说：“长河，我知道现在你也不好表态，还没去上任，情况不了解，当然不好说什么。所以我们今天也不要你表什么态，就是和你这个新书记通通气。希望你和平阳市委能全力配合我们的工作。”说罢，把日光转向了马万里。

马万里这才缓缓开了口：“长河，该说的，我们集体谈话时大都说了，现在我还想说的是，对平阳的腐败问题，平阳市委是负有失察之责的。你想想看，平轧厂十二个亿扔到水里去了，连响声都没听到，姜超林、文春明这些负责同志没有责任吗？当然，对平轧厂的问题，我们现在还不敢断定就是腐败造成的。可这十四万是不是腐败呢？是确凿无疑的腐败嘛！而且腐败形成了气候，连正派的同志也被逼着不能不腐败，这种严重情况触目惊心呀，我的同志！”

马万里在办公室里踱起了步，情绪有些激动。

高长河能理解马万里的激动，这位省委副书记的清廉是出了名的。

“所以，在决定平阳班子时，我点了你的将，得到了华波书记、红河省长和同志们的一致赞同。为什么大家都赞同你呢？我个人认为，就是因为你高长河和平阳地区没有任何关系，可以无所顾忌地开展工作。”

高长河小心地插话说：“马书记，也不是一点关系没有，我岳父梁清平一九八三年以前在平阳工作过，做过平阳地委书记，一九八三年三月，刘华波书记接他的班……”

马万里挥挥手：“那都是很久前的历史了，和这次定班子没什么关系，顺便说一下，定这个班子时，我们也征求过梁老的意见，你猜梁老提的是谁？”

高长河笑道：“肯定不会是我吧？他可不会内举不避亲。”

马万里点点头：“当然不会是你，是文春明。”停顿了一下，又说下去，“无所顾忌地开展工作，并不是说就不讲策略。设身处地替你想想，也知道你很难，一上任就要查处一些干部，哪个干部都会有三亲六故，得罪人呀！可不得罪人又怎么办呢？不得罪这些腐败干部，就要得罪人民，得罪党！所以我们既要做事，又要讲策略，查处可以外松内紧，对姜超林先不要说，以免他误解，一定要拿到事实根据后再和他通气……”

高长河忙说：“马书记，这……这我……我得先汇报一下，在此之前，我并不知道您的指示精神，所以，我已就和姜超林通气的问题向华波书记作了请示。”

马万里显然有点意外，愣了一下，问：“哦？华波同志是什么意见？”

高长河说：“华波书记的指示是，还是要事先和姜超林通气，这样更有利于案件的查处工作，更有利于新班子的团结，不至于造成一些不必要的误解。”

马万里想了想，平静地点点头：“那我收回我说过的话，你就按华波同志的指示办。华波同志的指示有道理，通气也有通气的好处嘛，这个问题我原来也是要讲的。我看今天先这样吧，啊？”

高长河如释重负，忙站起来说：“马书记，那我就走了。谢谢您对我的关心和支持，您的指示我一定记住，不管得罪多少腐败干部，决不得罪人民，得罪党！”

马万里握着高长河的手，轻轻拍打着说：“那就好，那就好啊！”

就在这时，手机响了。

高长河暗想：糟糕，今天真是忙糊涂了，和领导谈话竟忘了关手机！

马万里却和气地说：“接电话嘛，我们的事情已经谈完了。”

高长河这才挺不好意思地接起了电话。

是省冶金厅涂厅长，谈烈山县电解铝厂的项目。涂厅长说，烈山那位赵成全县长真操蛋，下午一到，谈了没多会儿，竟昏倒在他办公室里，现在已送往省人民医院。

高长河忙问："是怎么回事？危险么？"

涂厅长说："我怎么知道？我按你老兄的电话指示，把有关处长、专家都喊来了，联合办公，想给你们平阳来个特事特办，也算以实际行动支持你老兄上任，谁想到能闹出这一幕呀！"

高长河说："好，好，我知道了。"

涂厅长又说："高书记，我得说一句，你们平阳的干部真不错呀，赵县长都病成了这个样子，还坚持在第一线跑项目，怪不得平阳能有今天！"

高长河说："那好，就看在这个分上，把项目给我批了吧！"

马万里得知这一情况，很感慨地说："长河同志啊，对这样的好干部，你们市委一定要大力表彰，多树这样的典型，以正压邪！"

高长河想说，对烈山县班子可是有不少人盯着呢，包括孙亚东。可话到嘴边还是没说。真不好说啊，烈山到底发生了什么，他至今还是一无所知！

10

田立业坐着奔驰赶到平阳宾馆，怕撞上姜超林，没敢下车，用手机打了个电话给2335房间的李馨香，要她马上带着她的"名记"朋友们下来。李馨香便带着《人民日报》和首都另外两家大报的记者下来了，一共五个人，只能挤挤了。

上车时，李馨香就问："田秘书长，咱们不会被罚款吧？"

田立业说："也不看看这是什么地方，平阳谁敢罚咱的款！"

司机小刘跟田立业出车不是一次了，知道怎么迎合这位散漫的秘书长，奔驰刚离开平阳宾馆大门口，根本没让田立业打声招呼，就拉起警灯、警笛，一路呜呜叫着冲上了繁华的上海路。

李馨香便感慨："当官和不当官可就是不一样！"

田立业一本正经："不要这么说嘛，你们当记者，我当公务员，我们都是为人民服务！”

李馨香直笑：“这话我咋觉得不大对味？”

田立业也笑了：“对味就被你们当菜吃了！”

一路说笑着，来到了香港食府，田立业招待李馨香和她的记者朋友吃海鲜，说是白玲的姐们儿弟兄，全是他的姐们儿弟兄，要姐们儿弟兄好好喝。热情劝酒时，田立业便大谈平阳改革开放的伟大成就，大谈跨海大桥的雄伟壮丽，还建议记者们联合采访一下姜超林，为这个干实事的市委书记喝喝彩。

没想到，李馨香却很不够朋友，当场将了田立业的军，拿出一份校样递给田立业，问：“田秘书长，你看，我能请你们姜书记就平轧厂的问题发表点高见吗？”

田立业接过校样一看，吓了一大跳，标题赫然醒目：“这十二个亿扔到哪里去了？”副标题是：“关于平阳轧钢厂投资黑洞问题的报告”。

年轻漂亮的李馨香明确地说，这篇稿子想顺便核实一下发内参。

田立业匆匆看了一下稿子，脸沉了下来：“李记者，这篇稿子我劝你先不要急于发。你是白玲的朋友，也算是我的朋友，我得和你说实话，平轧厂问题比较敏感，是我们市长亲自抓的点。”

李馨香说：“是呀，你们市长当年立下过军令状的，三年出钢板，可至今没出一寸钢板，对不对？国家的十二个亿扔到水里去了，对不对？这里面能没有问题？能没有黑洞？我看给我们写这篇文章的同志还是比较了解内情的。”

田立业说：“这个同志了解什么内情？就算吃吃喝喝，也不能把十二个亿都吃到肚子里去吧？那么多进口设备摆在那里呢！平轧厂的事据我所知，是三方扯皮，条块矛盾造成的。”

李馨香说：“那你们平阳也有责任嘛！为什么要扯皮？你们那位文市长当真不把人民的血汗当回事呀？”

另一个记者也说：“真是哩，对这种官僚就得揭露！”又说，“田秘书长，你甭怕，这事与你无关，文章既不是你写的，又不是你发的，你就装不知道嘛。”

田立业没理那个记者，只对李馨香说：“李小姐，你要真不怕惹事，我建议你就从北京到省城，再到我们平阳，把事情的全过程都好好采访了解一下！”

李馨香似乎觉得这里面有什么大文章，点点头说：“我是不怕惹事的，我只对事实负责。”又问，“剪彩活动结束后，我能不能见见文市长，和他谈谈？”

田立业说：“我先向我们姜书记、文市长汇报一下再说，好不好？”

李馨香同意了。

饭后，田立业把记者们全送到了平阳宾馆，马上找了姜超林。

这时，姜超林正在平阳宾馆五楼套房里向来参加剪彩活动的省委秘书长程义之和常务副省长吴柱国汇报工作。田立业赶到时，正见着姜超林从套房里出来，姜超林看到田立业愣了一下，黑着脸说了句：“到我房间来一下！”说罢，头都不回上了电梯。

到了四楼姜超林的房间，门一关，姜超林没容田立业说一句话，劈头盖脸就是一顿训：“田立业，你好威风呀，开着奔驰满世界转！转够了是不是？你还敢来见我，啊？我以为你要等到我下台后才见我呢！一天到晚写文章讥讽这个，讥讽那个，你咋就不讥讽讥讽你自己？你看看你还像不像一个副秘书长？我容忍了你六年，你别逼着我下台前最后一分钟撤你！”

田立业笑道：“老书记，你不会。谁会在下台前得罪人呀！”

这话更把姜超林惹火了：“田立业，我告诉你，我还非撤你不可！”

田立业这才收起笑容：“老书记，你先听完我的汇报再撤我好不好？”

听完田立业的汇报，再看完那份校样，姜超林的火气全没了，再不谈撤不撤的事了，拍打着手上的校样思索着，问田立业：“新华社这个记者住哪个房间？”

田立业答道：“2335房间。”

姜超林沉默了片刻，说：“田秀才，你代表我，请她多留几天，到平轧厂好好看看，什么都能看，什么都能讲，实事求是！既然有些人就是看不到平阳的改革成就，光看到问题，而且老是拿平轧厂做文章，我们就只好陪他做了，光明正大一切公开！无官一身轻嘛，反正我现在也不怕再得罪哪个条条块块的人了！”

田立业又说：“首都各大报的这些记者要联合采访你。”

姜超林手一挥说：“可以。叫上文市长，工作是大家一起干的。”

临走，田立业本想再和老书记开个玩笑，问问老书记，还撤不撤他了，可看到姜超林一脸沉重，便没敢，悄悄掩上门走了。

11

一步步往望海岩观礼台上走时，姜超林又想起了市长文春明的话：这是一次告别演出。告别什么呢？告别权力，告别欢呼，也告别作为一座城市的领导责任。是的，不做市委书记了，他仍然是市人大主任，从理论上说人大才是最高权力机关。可中国的现实是共产党执政，任何一级人大都要体现党的意志，那么，离开了市委书记的岗位，离开了市委常委会，他就不是过去那个姜超林了。

职业性的微笑仍恰到好处地写在脸上，任何人也休想从这位政治强人的神情中发现一丝一毫的失落和沮丧。姜超林威严不减地跟在省委常委兼秘书长程义之和常务副省长吴柱国身后，向鲜花、彩旗和聚在跨海大桥东端的人群挥手致意。

这景象真是激动人心。姜超林当年一上任，就在全市党政干部大会上公开宣布，他最喜欢的就是两件事：开工奠基和竣工剪彩，只要有可能，平阳任何重大工程的开工，他都去参加奠基；任何重大工程的竣工，他都去剪彩。十年来，该有多少次红红火火的奠基和剪彩呀！数都数不清，也正是在这数都数不清的奠基和剪彩中，平阳飞起来了，一飞冲天。

就说面前这座跨海大桥吧，多么壮观，多么辉煌！像一条腾飞的巨龙，横跨南湾海峡，一举把繁华的中心区和处于半岛位置的国际开发区及民营工业园连为一体了。使得原属偏远地区的半岛新区变成了中心区的重要组成部分。两年前，跨海大桥的规划一公布，半岛新区的房价和地价就不断地飞速上升，据文春明说，至今整体升幅已达153%，民营工业园内的工业用地转让价竟翻了两番还多。

这完全在姜超林的预料之中，决定公私合作，动员那些民营企业家们集股投资时，姜超林就代表市委、市政府说过："在商言商，现在我不是作为一个市委书记在向你们下指示，而是作为一个代表政府的商人和你们这些商人谈合作。你们要赚钱，政府也要赚钱。我敢保证跨海大桥这个大买卖能让我们双方都赚到钱。第一，有十五年的过桥费可收；第二，新区地价、房价的升值。"

当时有人问："姜书记，那咋不让国际开发区的外资企业也参加入股投资？国际开发区不是也在半岛上吗？二十七个国家和地区四百多家企业，能集多少资啊！"

姜超林说："我们当然可以让外资入股，可我不愿这么做。为什么呢？因为要保护和扶植民族资本，你们虽然是民营企业，可都是民族资本，有钱可赚的好事，我当然要先考虑你们，各国政府都是这么干的嘛。"

于是，就有了这座在全国尚无先例的公私合作的跨海大桥，就有了今天这最后的告别演出。两年前在民营企业家协会和那帮民营企业家们谈合作时，姜超林绝没想到自己的告别演出会是为这座跨海大桥剪彩。

在观礼台上站定后，主持仪式的市长文春明开始介绍参加剪彩活动的领导和来宾，接下来，领导和来宾们一一讲话。交通部一位副部长、省委秘书长程义之和常务副省长吴柱国都表示，平阳公私合作联建跨海大桥是个创举，为深化改革、加快基础建设的规模和速度，闯出了一条新路。事实证明，基础建设完全可以动员社会资金和社会力量一起参加，这是利国利民、于公于私都有利的大好事。因此，这座跨海大桥不但是跨过了南湾海峡，也跨过了一些在计划经济条件下形成的落后的陈规俗见，使平阳的改革开放具有了更强的说服力。

领导和来宾们讲话时，姜超林心里颇不平静，心想，不管程义之和吴柱国代表省委、省政府讲得多么好，事实是省委书记刘华波和省长陈红河都没来。兼任省人大主任的刘华波有外事活动来不了，省长陈红河没啥大事可也没来。而据说明天送高长河上任，这两位领导却都要来。这无论如何都让姜超林从感情上难以接受，上午接到程义之和吴柱国，听他们一说，姜超林就不悦了。

脸面上却没露出来。面对电视台记者和摄影记者的镜头，姜超林仍一如既往地微笑着，直到文春明宣布请他代表平阳市委、市政府讲话，他才收敛笑容，走到了话筒前。

这场景太熟悉了，又是人山人海，又是彩旗如林！

也就在这时，东桥头的人群中突然打出了一条醒目的红布横幅——也不知道是什么人打出来的，上书十五个大字：“姜超林书记，九百万平阳人民感谢你！”

姜超林的眼睛一下子湿润了，甩开事先准备好的稿子，情绪激动地开始了自己最后一次直接面对平阳市民的讲话：“市民们，同志们，是我要感谢你们，是平阳市委、市政府要感谢你们啊，深深地感谢你们啊，没有你们的支持和流血流汗的拼搏，就没有我们面前这座跨海大桥，就没有平阳改革开放的今天……”

12

主治医生对高长河说：“你们这位赵县长实际上早就是肝癌患者了，半年前就在我们这里确诊了，他能活到今天都是个奇迹！”

高长河被惊呆了。竟有这种事！一个涉嫌腐败的县委班子的县长，竟是个晚期肝癌患者，竟带病支撑了半年，以至于昏倒在冶金厅谈项目的办公会上！那个烈山县究竟发生了什么？

见到赵成全时，赵成全却很平静，仍在谈那个电解铝项目。

高长河真不忍心再听下去，握着赵成全的手说："好了，好了，赵县长，这事你别操心了，涂厅长已经说了，他们特事特办，尽快批，你就好好养病吧！真是的，病成这样还不休息，你不要命了！"

赵成全凄哀地笑着说："高书记，我还要什么命呀？半年前就被判了死刑，医生说我活不了三个月，可我又活了半年，又干成了不少事。"

高长河难过地问："你这个情况，平阳市委和姜超林书记知道不知道？县委班子里的同志知道不知道？"

赵成全摇摇头："不知道，都不知道，要是知道，啥也不会让我干了。"

高长河默然了。

赵成全又说："高书记，你能不能也装不知道？就让我可着心再干几天？反正是不治之症，与其让我死在医院里，不如让我死在工作中。真的，有工作干反而好，什么病不病的，就全忘了。"

高长河语气坚决地道："不行，赵成全同志，你必须住院治疗！"

离开赵成全的病房，高长河马上找了值班院长，对那位院长说，对这位来自平阳的县长要尽一切力量抢救，有什么药用什么药，不要考虑经济代价。院长说，只怕困难呢，根据这位病人的情况看，用什么药也无济于事，最多就是延长个把月的寿命。高长河说，就算是个把月也好，我们不能抗天命，也还能尽人意。

从院长室出来，高长河看看表，才四点多，想着明天一早就要到平阳上任，咋说也得去看望一下老岳父了，便到了五楼高干特护病房。

夫人梁丽已在病房里坐着了，见了高长河便讥讽说："高书记，你这封疆大吏现在还能想到老爷子呀？真是难得。"

高长河笑笑说："这封疆大吏可不好当，还没上任头就大了。"

梁丽还想说什么，梁清平却用严厉的目光将梁丽制止了，随后又抬起手向外面的客厅指了指，示意梁丽出去。

高长河知道，老人家必是想和他谈平阳的工作，不愿梁丽在一边旁听。老人家算得上真正的布尔什维克，善于保守党的秘密，几十年来形成的规矩就是，谈工作时，家属亲人一律回避。

果然，梁丽一走，老人家便开口了：“长河，你去平阳主持工作，很好！”

高长河苦笑着说：“可能不太好，省委主要领导之间好像有分歧，很微妙，平阳的情况也比较复杂。”

梁清平挥挥手：“说说看。”

高长河说：“刘华波书记反复强调肯定平阳改革开放的成就，对姜超林评价很高，甚至说他是党的英雄，民族英雄；可马万里副书记则更侧重于反平阳的腐败，认为平阳的腐败问题很严重，是我省有史以来没有过的，认为姜超林对平阳的腐败负有责任。”

梁清平点点头：“不奇怪。”

高长河定定地看着梁清平：“哦？”

梁清平语调平和地说了起来：“说点历史。可能你知道，也可能你不知道。一九八三年以前，平阳的书记是我。刘华波接我的班，从一九八三年到一九八八年，在平阳干了五年零八个月，调到省委做了副书记。姜超林接的刘华波，从一九八八年到今天，十年。这样，我们三个书记在平阳的工作经历，就构成了平阳近二十年的改革历史。我们三人这二十年干了些什么呢？我五年多主要搞拨乱反正，把土地包下去了；华波同志五年多把乡镇企业抓上去了，使乡镇企业占了平阳经济的半壁江山，当然也搞了不少基础设施；姜超林干得最长，应该说，也干得最好，几乎是重建了整个平阳，使平阳的经济全面起飞了。这就是历史。”

高长河意味深长地说：“所以华波同志就充分肯定平阳的改革成就……”

梁清平抬起手，示意高长河先不要说，自己又说了下去："再说点历史。一九八六年前后，在刘华波任平阳市委书记、姜超林任平阳市长时，马万里正在做昌江市市委书记。昌江当然不能和平阳比，在历史上就是经济欠发达地区，不能希望它一下子就搞上去。可马万里在任七年，循规蹈矩，也确实没有什么大动作，以至于搞到市委接待处几个月无人可接待的地步。却还不服气别人，认为平阳是走过了头。当时的省委为了尽快打开昌江的改革局面，果断调整了昌江的班子。具体说，是在我的提议下，调马万里为省委组织部常务副部长，让马万里离开了昌江市。后来的事你就知道了，在组织部的岗位上，马万里倒是胜任的，事实证明，这位同志适合在条条工作，后来就做了部长、省委副书记。"

高长河会意地道："那您的意思是？"

梁清平笑笑："我没有什么意思，就是讲点历史嘛。"

高长河知道，老人的风格是点到为止，也就不好再多问什么了。

沉思了一下，梁清平却又说："腐败必须反，不反不得了啊，会丧失党心民心啊！平阳有没有腐败呢？肯定有嘛，局部地方可能还很严重。但是，切记：当有人试图打着反腐败的旗号否定改革时，你高长河一定要给我硬着头皮顶住！另外，腐败现象也很复杂，是是非非纵横交错，不要把它看得太简单！"

高长河说："是的，平阳有个县长被纪委盯着，涉嫌腐败，可得了癌症还顶岗工作，倒在了省城，现在就住在这里。我真说不清哪个形象是真实的。"

梁清平颇有意味地道："说不清时就先不要说嘛！"

高长河又说起了日后和姜超林、文春明的合作问题，明确地提出了自己对平阳班子团结问题的忧虑。

梁清平略一沉思，说："一年多前，你去做省委副秘书长时，我送你八个字'多学多看，谨言慎行'；今天，我再送你八个字吧。哪八个字呢？'有容乃大，无欲则刚'。"

高长河明白了："爸，你放心，这八个字，我一定牢牢记住。"

梁清平点点头说："去吧，好好工作，没事少往省城跑，平阳二十年改革开放的成果现在都交给你了，你要带着九百万人和一座城跨世纪哩，希望你能干得更好，超过我们这些老同志！"

高长河心里一热，"爸，等我干出了点新模样，请您和华波同志来视察！"

梁清平欣慰地笑着说："好，好，长河呀，我等着哩！明天上任，先代我向超林、春明同志和平阳认真干事的同志们致以一个老同志的敬意和谢意！"

13

仅仅一天，新书记高长河即将到平阳上任的消息就四处传开了，因此下午跨海大桥的剪彩仪式上出现了让姜超林意想不到的横幅。与此同时，姜超林也敏感地发现了办公室主任刘意如的微妙变化。刘意如过去从没在姜超林面前说过"不"字，可这晚姜超林要国际开发区的最新引进外资数据时，刘意如竟说时间太晚了，国开办有关人员都下了班，恐怕很难办。

姜超林心里很火，却又不能不压抑着，只好说："好，好，刘主任，你就明早报给我吧，这些最新数据，我向新书记高长河交班时要用的。希望你不要误事。"放下电话时，姜超林说了句："我们有些同志的眼头可是活络得很哟！"

田立业当时就在姜超林办公室，正向姜超林汇报如何安排新华社记者李馨香的采访调查工作，一听这话，马上说："那是，老书记，权力崇拜嘛，谁有权力就崇拜谁。所以人家才说，有权不用，过期作废嘛！"

姜超林感叹着："是啊，是啊，有权不用，过期作废，所以呀，下台前就突击提干，就安排亲朋好友，就拿原则四处大送人情，好像这日子从此不过了似的！"

田立业揶揄地说："就是嘛，那日子是人家的日子了，关你什么事？"

姜超林虎起了脸："你这是什么意思？像不像副秘书长说的话？"

田立业笑了："不像你撤我，只怕来不及了吧？"

姜超林也笑了："你这人看来是改造不好了，我六年的改造工作宣告失败。"想了想，表情认真起来，"哎，说点正经的，前一阵子那么多人往我面前凑，想在我手上最后进一步，你咋没动这心思？"

田立业说："我敢吗？你没撤我，我就感激不尽了。"

姜超林点点头："你这同志还不错，有点自知之明。"

田立业却又来了劲："不是我有自知之明，是您和组织部门缺乏伯乐的慧眼。其实按我这水平到哪个市县做一把手不是好样的？没有伯乐，像我这种千里马只好卧槽了。"

姜超林佯怒道："你千里马？千里牛吧！你自己想想，早先组织上是咋培养你的，啊？就因为你是第一个分到平阳市委的研究生，让你下去锻炼，镇党委副书记、书记，县委副书记还兼纪委书记，你倒好，牵着不走，打着倒退，在烈山和耿子敬吵成了一锅粥！你还说什么说？别人卧槽还情有可原，你叫活该！"

田立业不满地道："你就是袒护耿子敬！"

姜超林道："袒护耿子敬？你有耿子敬那本事？能把烈山搞成今天这样子？"

田立业不服气："当初你要是把耿子敬调走，让我当烈山县委书记，没准我干得比耿子敬还好！"又咕噜道，"说真的，我也实在是讨厌官场上台上握手台下踢脚那一套，总也不习惯，所以总吃亏！"

姜超林说："高长河书记来了，你就会渐渐习惯的，我相信他比我本事大，一般说来，会对你加大改造力度，我交班时，也会向他这样建议。"

田立业说："让他改造好了，了不起我挪挪窝，副处级还得给我。"

姜超林说："是呀，铁交椅嘛，上去了就下不来，你算把干部政策吃透了。"

田立业却认真说："哎，老书记，我跟你去人大怎么样？不要你提我，平调，还做副秘书长——人大副秘书长好不好？我就喜欢跟你干！"

姜超林愣了一下，马上说："我到人大搞家天下呀？你是我的亲兵呀？"

田立业真诚地说："不是，老书记，是我服你，从心眼里服你！我还想为你写本书哩，书名都起好了：《一个人和一座城》！"

姜超林摆摆手道："秀才，这种为我个人评功摆好的书我劝你别写。什么《一个人和一座城》？工作都是我一人干的？二十年改革开放，三届市委书记，更重要的还是九百万人民的支持，没有平阳广大干部群众二十年的拼搏进取，现在这座城就不存在，所以你就是真写这本书也应该是《九百万人民和一座城》。"

田立业说："好，我就这么写。"

姜超林却说："先不要写，新书记马上到了，你还是要安心工作，一定要记住，你田立业毕竟是平阳市委的副秘书长，不是作家。"这才想起了正题，"哎，秀才，你继续说，那位新华社的李记者想怎么逐级采访？具体怎么安排？"

田立业也回到了正题上："哦，老书记，是这样的，李记者在平阳准备待一周左右，就住平轧厂招待所。然后我陪她到省城和北京。在平阳期间，有些关于当初平轧厂上马的重要决策情况可能还要问到你和文市长。"汇报完后，又说，"李记者现在也服你了，说你接受他们联合采访时，简直像赵忠祥播新闻！"

姜超林呵呵笑着说："秀才，你别捧我了。这个事，我看这样办：一，不一定住平轧厂招待所，条件艰苦了点；二，在平阳你陪同，省城、北京你不要去，其他同志也不要去，以免给人家造成误会；三，此后这事不要再向我汇报了，可以向新书记高长河直接汇报。”

田立业明白了：“好，老书记，我全按你的指示办。”临走，再次认真地道，“老书记，我不是开玩笑，我是真想到人大去，您看能不能考虑一下？”

姜超林心里隐隐发热，拍拍田立业的肩头说：“先在市委好好干，高长河和你一样也是研究生，没准也会很看重你呢。当然喽，真弄到待不下去的程度，我也不会看着你做待岗干部的，反正我是被你赖上了嘛。”

田立业又说：“要不，你向新书记推荐一下，让我到下面干个正职怎么样？只要是正职就行，哪怕是个乡，是个镇都行，我这辈子非得干出点模样给您老书记看看，别以为我只能在机关分苹果！”

姜超林没把田立业的话当回事，挥挥手说：“走吧，走吧，我还有事。”

田立业自觉没趣，悻悻走了。走后没几分钟，市长文春明便来了。

文春明一进门就说，刚把交通部副部长一帮人送走了，明天走的客人也安排好了，剪彩活动大致可以算善始善终了。说着说着，就发起了牢骚，先怪省委书记刘华波和省长陈红河不来，后来又谈起平轧厂的事，说是忍辱负重也得有个限度，这回真该借新华社李记者的手好好反击一下了。

姜超林说：“春明呀，你看你，又带情绪了吧？反击什么？谁要反击呀？是有人往新华社递了材料嘛，我们只好实事求是地把平轧厂的问题公之于众！这样一来可能会得罪那些条条块块中的一些人，以后平阳有些工作可能会受到一些影响，可有什么办法呢？不是我们不愿忍辱负重了，是有人非要把它当个大问题来抓嘛！”

文春明问：“这事要不要向高长河汇报呢？”

姜超林说：“当然要和他通气了，交接时，我就把那份原准备发表的内参复印件交给高长河，光明磊落嘛！”

正说着，文春明的秘书拿着手机进来了，向文春明和姜超林汇报说，市防汛指挥部来电话，说是由于昌江上游广大地区连降暴雨，昌江平阳段水位已接近历史最高位，如果上游地区暴雨不停，新的洪峰再下来，县级市滨海和平阳部分城区可能会出问题。

文春明一听就急了，起身要走："我得赶快到防汛指挥部去。"

姜超林嘱咐说："还得向省防汛指挥部报告。"

文春明走后，姜超林想想仍觉得不安，叫起已上床休息的司机和秘书，也驱车赶往位于城乡接合部的昌江江堤，突击检查防汛工作。

根据市里的安排，昌江沿线十几个乡镇已组织了几万人马上了江防第一线。

然而，0001号奥迪一路往江堤赶时，平阳的夜空却明月高悬，满天群星灿烂异常，不说看不到电闪雷鸣，月边连一丝乌云都见不到。

这时已是一九九八年六月二十四日子夜时分，直至这时，姜超林作为平阳市委书记的最后一天还没过完，他仍对平阳这座城市，对生活在这座城市和生息在这块土地上的九百万人民负有一份不可推卸的沉重责任。

坐在车里，目视着扑面涌来的满城灯火，姜超林想，这真是最长的一天。

红煤

（节选）

刘庆邦

作品简介

《红煤》是当代作家刘庆邦创作的一部长篇煤矿工业小说。2006 年，由北京十月文艺出版社出版。

小说讲述了一家国有煤矿的轮换工宋长玉，处心积虑地以“爱情”为阶梯，实现其由农民转成正式工的故事。20 世纪 80 年代初，宋长玉因为追求矿长的女儿而被开除。失去工作的他，又致力追求到当地农村村支书的女儿，并成为村办煤矿的矿长。随着宋长玉财富的增加与社会地位的提升，不仅为自己和妻子买到了城市户口，从农民转变为城市人，而且他的内心也发生变化，开始对他认为以前为难过他的人进行报复，并肆意放纵自己的各种欲望，灵魂极度扭曲与变异。

刘庆邦将创作的视角触及宋长玉的内心深处，展现其复杂多变的性格特征，在卑劣欲望的促使下人性急趋异化。同时，也可清晰地感受到作者的人文情怀，表现出对改革开放初期的肆意砍伐森林、过度开采矿山、随意污染水源等现象的隐忧，具有强烈的终极人文意识。

根据刘庆邦《红煤》(《小说月报（原创版）》2005 年第 6 期、2006 年第 1 期）节选。

正文节选:《红煤》第一部分

第一部分　洗澡（1）

宋长玉上的是夜班，人们睡觉时，他正在井下用火药和铁器采伐煤炭。他不是夸父，却追赶着太阳，跟太阳走的是同一条路线。傍晚，当太阳落入地下，他便披挂整齐，下井去了。清晨，太阳刚从东边的山梁冒出来，他也乘坐罐笼从井口升了出来。在井下干活，宋长玉是个惜命不惜力的人。身体发肤，受之父母，不敢毁伤，孝之始也。至于力气，一个二十来岁的年轻人，最不缺的就是力气，最不怕挥霍的也是力气。太阳落下还会出，年轻人的力气，头天用出去的越多，第二天生出来的也会越多。把力气藏着掖着，会被工友看不起，对自己的力气资源也是一种浪费。力气不用白不用，别的东西用多了可能会造成浪费，力气不用才是浪费。每天从井下出来，宋长玉习惯性地朝东边的天空仰望，看太阳出来没有。因在煤层洒下了足够多的汗水，他是带着繁重劳动后的轻松和大量付出后的满足仰望太阳的。在朝霞的烘托下，一轮红日冉冉升起，使以黑色格调为主的矿山霎时间变得亮堂起来。那一刻，宋长玉的愉悦心情不言而喻，他在心里念着太阳的名字，几乎对太阳伸出了双臂。时令到了初春，徐徐拂来的是万物复苏散发出的清新气息。气息扑入鼻腔里，还涌进自动张开的毛孔里。气息是湿润的，还有那么一点儿甜蜜。这时他的心情不只是愉悦，还升华为呼之欲出的诗意。在没当煤矿工人之前，他对阳光和空气并不怎么在意，你有我有他也有，有什么可稀罕的呢！等到每日下进深深的地底之后再出来，他对温煦的阳光和清新的空气才敏感和亲切起来。

他没有过多地与太阳对视，也没有做深呼吸运动，匆匆到灯房的窗口，交上用乏了的矿灯，就转入更衣室去了。井口的工业广场老是有人在走动，那些人有男工也有女工。而他，脸是黑的，脖子是黑的，手是黑的，脏污的工作服上充满刺鼻的汗酸味儿，他不愿以这样的面貌示人。特别是那些在地面上班的女工，不管是车工还是电工，不管是描图员还是炊事员，她们不是戴着有檐的蓝工作帽，就是戴着无檐的白工作帽，一个个干净得很，也骄傲得很。在尚未洗澡和更衣的情况下，宋长玉在女工面前有些自惭形秽，不知不觉就有所躲避。往灯房交灯时也是一样。因在灯房发灯的都是女工，有的矿工趁交灯时，愿意以煤面子遮脸，将目光探进小小窗口，把里面的女工满鼻子满眼地看一看，喂一喂又饥又渴的眼睛。还有的矿工，把矿灯的充电盒交进去了，却把灯线另一端的灯头还拿在手里，女工在里面把线拉一拉，他在外面也把线拉一拉，做成男女之间一线牵的意思。直到女工恼下脸子，说了难听话，他才嘻嘻笑着，把灯头放开手，要人家别生气，一语双关地说："拉什么拉，你要我给你还不行嘛！"宋长玉从不干这样的事，也不占这样的小便宜，他交灯时都是站在灯房窗口一侧，并侧过身子，把矿灯送进去，换回錾有号码的金属灯牌就走了。

矿工大都爱抽口烟，可井下绝对不许抽烟。一种叫瓦斯的透明气体，作为原煤的伴生物，无色无味地在井下各处潜伏着，超过一定浓度，见火就炸。瓦斯一爆炸就不得了，那种灾难是毁灭性的。矿上在井口专门设了检身工，对每一个下井的人都要从头到脚严格检查，一旦从哪个人身上搜出烟卷或打火机来，处罚相当严厉。一个班捞不到烟抽，他们馋坏了，也憋坏了。来到更衣室，他们要做的第一件事就是从更衣箱里拿出烟来抽。第一口他们总是吸得很深，差不多能吸去一支烟卷的三分之一。又香又甜的烟雾吸下去，仿佛直达肛门。他们怕把香气放跑似的，都把后门关紧。结果烟雾在体内兜了个圈子，还是从两个鼻孔呼呼冒出。烟雾一冒出来，他们终于出了一口气似的，全身才通泰了。有的矿工嘴角还叼着点燃的烟卷，就下进澡堂的热水里去了。吸一支烟尚不过瘾，这叼在嘴上的往往是升井后的第二支烟。他们背靠着池壁，慢慢往热水里缩，一直让热水淹到脖子那里，只露出抽烟的嘴巴和不抽烟的耳朵。在热腾腾的略带尿臊味的水汽中，他们眼睛微微眯着，双手在前胸后背来回抚摩。他们不着急洗澡，还要泡一会儿，在享受香烟的同时，还要享受一下热水。池里的水一点儿都不清，黑中泛白，已稠糊糊的。按矿上的要求，每个洗澡的矿工必须先淋浴，后池浴。澡堂周边的墙上确实也安装了淋浴器。可那些淋浴器不是不出水，就是莲蓬头被人拧掉了，形同虚设。矿工们只得把身上的煤粉子仍洗在大池子里，只得仍在大池子里往头上身上打肥皂。好在习以为常的矿工对水的清浑从不挑剔，好像水越稠，越显得有质量，越能保持水温似的。只要水的温度够了，初下进去稍稍有点儿烫皮，他们就洗得很满意。泡着泡着，他们会禁不住摇摇头。摇头是痉挛式的。他们摇头不是否定什么，谁都明白是下面刚排泄出一泡尿液。小头排了尿，必定会在大头上表现出来，谁都不会例外。热水一激，尿液在膀胱里膨胀，排泄是不可遏止的。澡堂四周的墙根有浅浅的排水沟，也是排尿沟，他们有尿，或许应该尿到沟里去。然而他们正泡得舒服着，谁愿意中断舒服，跨到池子外面去撒尿呢！池子里的水是热的，尿液也是温热的，权当向池子里再续进一股活水吧。池子外面靠墙的地方滑腻得很，像是洒了一层新鲜的精液，踩上去一不小心就会滑上一跤。倘若因为到池子外面撒尿而摔倒，并把屁股摔成两瓣，只会给工友们徒添笑料。把长尿射进热乎处，他们才彻底舒服了。

第一部分　洗澡（2）

宋长玉不抽烟，也从不往洗澡池里撒尿。他是有一定文化水准的人，也是胸中怀有大目标的人，自觉应当与普通矿工有所区别，并与普通矿工的行为适当拉开一点儿距离。他打听过了，和他同一批被招进矿的二百多个农民轮换工当中，绝大多数是初中毕业生，也混进个别小学毕业生和个别文盲。而持有高中毕业证书的只有两三个，他就是其中一个。高中毕业意味着离跨进大学门槛只有一步之遥，或许再有那么几分十几分，他们就是一名大学生了，毕业之后就可以进机关，当干部，吃皇粮。然而他们毕竟被无情地挡在了大学门外。他们是一个特殊群体，有着特殊的心态。他们既有落榜后的失落、幽怨和沧桑之感，因有文化底子垫着，又有准大学生的自信、清高和矜持。如同实行科举制度时的读书人，他们虽然没有中举，但差不多具备了秀才的资格。一个“秀才”，远离故土来到井下挖煤，本来就是低就，甚至有些自暴自弃，如果日常生活中的表现再不斯文一些，所作所为再不检点一些，立在矿工堆里不显得高出一点儿，十多年的寒窗之苦岂不是白受了！如果再动不动就与那些把尿水撒在洗澡池子里的人同流合污呢，那不仅是糟蹋了自己，简直还糟蹋了圣人。宋长玉目前瞄准的目标是一个姑娘，一个在矿医院上班整天穿一身漂白衣服的护士。护士的身量不高，也不胖，属于那种小巧型的姑娘。从单位体积来看，这个目标不算大。但从宋长玉现在所处的地位和他的角度来看，并联系到姑娘的家庭背景，以及宋长玉的前程，这个目标就显得大了，很大很大。从某种意义上说，目标之所以显得大，是因为他离目标距离远，他与目标的差距大。这么说吧，在宋长玉看来，姑娘好比是天上飞过的天鹅，又好比是天上的星星和月亮，而他，连待在地面都不算，只是一个在地层深处的掏煤人。他对姑娘只能是仰望，起码在目前情况下，是可望而不可即。

仰望也是望，不可即没关系，作为一种愿望和希望总可以吧。人为希望活着，如果连希望都不敢有，人一生还有什么意思呢！宋长玉一旦把护士作为追求目标，一旦把希望寄托在大目标身上，仿佛自己的精神境界得到扩展，人生意义得到提升，果然有些不一样。跟别人不一样，跟半年前刚来煤矿时的他也不一样。那时他洗澡也很潦草，跳进水池里，头发上打一遍肥皂，身上自上而下打一遍肥皂，把头埋进水里，站起来；再埋进水里，再站起来，利用猛起猛站的摩擦力，冲上两遍就完了。每每回到宿舍拿起镜子一照，眼圈儿是黑的，耳郭后面是黑的，手指往鼻孔里一挖，手指上也沾了黑的。黑就黑吧，他觉得无所谓。在矿上与在农村老家不同，在老家他有时会到镇上赶集，偶尔会碰到熟人和女同学，干净的脸面总要保持一下。在矿上人生地不熟，天下的窑哥儿一般黑，谁会笑话谁呢！再者，从井下出来，除了吃饭，就是睡觉，一觉睡到天黑，脸洗得再白给谁看呢！特别是轮到上白天班，有时两头不见太阳，在井上睡觉时是黑夜，到井下挖煤时，是比黑夜还黑的黑夜。从黑夜到黑夜，如果不怕睡觉时弄脏了被子，连洗澡都可以省略，至于洗得潦草还是仔细，似乎更可以忽略不计。现在宋长玉变了，洗澡洗得相当仔细。既然他心中装了一个姑娘，那个姑娘又是从事卫生工作的，他就得按姑娘的眼光要求自己，首先在洗澡方面要达到卫生的标准。

洗澡也是有学问的。根据自己的观察，实践，以及向老师傅请教，宋长玉已初步掌握了煤矿工人洗澡的程序和技术要领。他不是先洗头，而是先洗手和脚。手上和脚上纹路最多，最深，缝隙也最多。劳动靠的是手和脚，手和脚上沾的煤尘也最厚。他把手脚蘸了水，把毛巾也蘸湿；把手脚打上肥皂，毛巾上也打上一遍肥皂，然后用毛巾在手上脚上使劲搓，前前后后，上上下下，缝缝隙隙都搓到，搓去黑沫儿，再搓出白沫儿，手脚就算洗干净了。手脚在搓洗之前，不能放进热水里泡。据老矿工讲，这里也有个火候问题，火候掌握得好，就能洗出一双白手和两只嫩脚。手脚在热水里泡久了呢，油性很大的煤尘有可能会浸到肉皮里去，再想洗干净就难了。宋长玉的皮肤比较白，他用分段洗澡法把手脚洗干净后，就显得黑白分明，手上像戴了一双白手套，脚上像穿了一双白袜子。

下一步，宋长玉开始洗鼻孔、鼻窝、耳郭、耳后、眼睑等容易藏污纳垢的重点部位。别的部位还好洗一些，最难洗的是眼睑。拿鼻孔来说，虽说有两个黑洞，虽说不能把鼻孔翻过来清洗，但他用小拇指探进鼻孔里挖一挖，把吸附在鼻孔内壁的黏煤挖出来，再用小拇指顶着带有肥皂水的毛巾，沿鼻孔里侧周围像擦酒盅似的擦一擦，鼻孔里一般来说就不再存煤了。眼睑的难洗之处，在于它本身就很娇气，又离宝贵的眼珠子太近，轻了不是，重了不是。若洗轻了，藏于睫毛根部的黑煤油儿就洗不去。洗重了呢，有可能伤及眼睛。若闭着眼睛洗，等于把睫毛根部也封闭起来了，根本洗不到。睁着眼睛洗呢，肥皂水刺激得人的眼泪哗啦啦流，谁受得了！常见一些年轻矿工从澡堂里出来，眼睛红肿着，眼睑处几乎出了血，但眼圈还是黑的。一些下井多年的老矿工，眼圈也常常是黑的，不好洗，就不洗，他们干脆把洗眼睑放弃了。宋长玉的体会，洗眼睑既要有技术，又要有耐心。他的做法是，左手把眼睑扒着，扒得半睁半闭，右手用湿毛巾轻轻擦，一只眼睛来回擦上两遍，眼圈上的黑煤油儿转移到毛巾上，眼圈就不黑了。

第一部分　洗澡（3）

轮到洗头发的程序时，宋长玉不用肥皂了，改用洗头膏。当时是20世纪80年代中期，矿上发给矿工的劳保用品是每人每月一条毛巾，两块肥皂，矿工洗衣洗头都是用肥皂，很少有人用洗头膏。洗头膏在透明的小塑料袋里装着，是粉红色。宋长玉把塑料袋剪开一角，挤牙膏似的挤出一点儿，在手心化开，双手往头上搓。洗头膏在头上搓出的泡沫比较多，宋长玉头上像是开了一朵白花。“白花”在澡堂里散发出阵阵香气。宋长玉第一次用洗头膏洗头发时，池子里的矿工都朝宋长玉头上看着，不知宋长玉往头上涂了什么东西。宋长玉的师傅杨新声代表大家，问宋长玉洗头用的是什么。宋长玉说是洗头膏。杨新声问他为什么不用肥皂。他说肥皂碱性大，太烧头发。宋长玉的回答让光着身子的矿工们乱撇嘴，有人小声说："鸡巴毛，又不是娘们儿，要那么好的头发干什么！"宋长玉才不这么看，头发又不是女人的专利，难道男人就不需要爱护头发吗！宋长玉洗头发时之所以起的泡沫多，不只是因为用了洗头膏，还有一个原因，他的胶壳帽不是直接扣在头发上，而是在安全帽下面还戴了一层布帽。布帽是一顶从老家带来的军帽，他把军帽的帽檐扯去了，只用帽兜儿罩住头发，这样，煤尘就不会钻到头发棵子里去了，洗起来就省事得多，只洗一遍就干净了。

在热水池里全身上下洗干净后，按说宋长玉可以回到更衣室换上干净衣服了，可他还有最后一道程序没有完成，还要到凉水池边，把毛巾放进凉水里漂一漂，用毛巾把全身再擦一遍。全澡堂一共六池水，两池剩水，两池热水，两池凉水。矿工一天二十四小时三班倒，每个班矿上只供应两池热水。热水是用热气管子打热的。到一定时间，看管澡堂的工人把热气阀门打开，管道里咕咕咚咚一阵乱响，很隆重似的，热气就从水池底部一角打进凉水池里去了。热气催得池水翻涌着，像一下子放进许多条鲤鱼。水刚温乎一点儿，那些提前升井的矿工急不可耐，就纷纷下进水池里去了。他们称新水为处女水，谁都愿意在处女水里扑腾一气。随着水温不断升高，他们的感觉像是达到了某种高潮，喊着"我操，我操"，兴奋得乱搅水。有人嚷着"行了"，让澡堂工停止打气。澡堂工是一位老矿工，额角有一块明显的蓝色煤瘢。他走到池边，以手指作温度计试试水温，没有说话，也没有关进气阀门。直到一些矿工受烫不过，纷纷从水里逃出来，像一群光屁股猴子一样只蹲在池沿用手捞水，并把澡堂工喊成老家伙，问老家伙是不是想煮人肉吃，澡堂工才手持扳手，不紧不慢踱过去把阀门关闭了。其实刚打的热水也不是什么处女水，还是凉水时就有人进去涮过了。澡堂用水都是从几百米深的矿井深部抽上来的，冰凉冰凉，几近零摄氏度。如果刚放进池子里的凉水算处女水的话，"处女"还处在冰凉期就被不怕冰凉的人使用过了。宋长玉也是不怕水凉的一个。他倒不在意水是否具有处女的性质，只不过凉水毕竟清一些，干净一些。

宋长玉洗澡洗得细致，所用的时间就多一些。这天他正用凉水擦身，杨新声已到更衣室去了。杨新声临出澡堂时跟宋长玉打了招呼："小宋，我在外面等你。"生产区离生活区有三四里路，杨新声有一辆飞鸽牌加重自行车，每天下班往生活区走，他们师徒都同骑一辆自行车。

宋长玉觉得每天都让杨师傅等他不太好，就让杨师傅先走，不用等他了。

两池子剩水还没放掉，有人在利用剩水洗工作服。矿工的工作服都是用所谓劳动布制成的，加上上面沾了不少煤和泥，又厚又硬又重，像铁叶子一样，非常难洗。他们洗工作服的办法，就是往池子里蘸蘸水，抓住衣领子往池沿上摔，一下一下，摔得啪啪的。剩水迅速变质，稠嘟嘟的，上面像漂浮着一层黄油。这样的水有着混合型的浓重臭味，难闻至极。倘没人在池子里洗工作服，臭味的散布还是有限的。而沾满臭味的工作服如大鸟扇动的翅膀，啪啪的响声到哪里，臭味就随之飞翔到哪里。不一会儿，整个澡堂的空气质量就相当好了，好得人们几乎喘不过气来。宋长玉这才结束洗澡，到更衣室去了。身上洗干净了，如果再沾染一身臭味，就划不来了。还有一个原因，使宋长玉不愿意在凉水池外耽搁太久，这就是他身上太白了，白得隐隐可见脖子里和腿上的蓝筋。有工友跟他开玩笑，说他长得怎么跟女人一样。这样的皮肤让宋长玉多多少少有些惭愧。

杨新声没有走，扶着自行车在门口等宋长玉。生活区在生产区北面，南低北高，通向北面的一条柏油路一路上坡。两人合骑杨师傅的自行车，宋长玉就不能让杨师傅再出力，由他带着杨师傅往上骑。路两边都是农村的麦地，麦苗已经起身，在阵阵春风里荡漾开去。麦地远处的农舍边，有一株桃树的花朵尚未开尽，可见一团模糊的白晕。

骑到一个坡陡处，杨师傅和往常一样要跳下来，帮助宋长玉推一把。这天宋长玉没让杨师傅下车，他塌下腰，左拐一下，右拐一下，骑了一个“之”字，就冲上去了。

第一部分　写信（1）

一间宿舍放四张床，住四个人，每人把一个角。宿舍里除了杨师傅和宋长玉，还住着孔令安和孟东辉。在外人看来，这四人同属一个阶级，即工人阶级。只有他们自己才知道，大阶级里还套着小阶级，同宿舍的四个人还分为两个阶级。杨新声和孔令安为国家正式工；宋长玉和孟东辉为农民轮换工。虽然后面都带一个工字，可工字前面的规定词和限制词却有着天壤之别。一个是国家，正式；另一个是农民，轮换，也就是非国家，非正式。国家正式工优越之处的一个显著标志，是可以一直干到六十岁退休，退休之后仍可以拿退休工资。而农民轮换工呢，他们的主要名义还是农民，而不是工人。他们到煤矿挖煤是临时性的。煤矿招他们来，先与他们签一纸合同，第一个合同期为五年。如果他们干得好，合同期可以续签五年，加起来一共是十年。十年是合同用工的最长期限，一般来说，干够十年，合同就解除了，农民轮换工就可以走人。由于采煤劳动繁重，井下自然条件恶劣，危险，国家正式工干过一段时间就不好好干了。有的受了伤，有的得了矽肺病，确实情有可原。但一些身体好好的人，也说头疼脚疼，筋疼蛋疼，千方百计开病假，泡病号。煤矿有一些夫妻都是在矿上工作的双职工，他们生的子女被称为矿工子女。那些子女当中，女孩子还愿意在矿上谋一份工作干，因为她们不必下井。男孩子就不行了，他们要么跳出煤矿，到别的行业去干。跳不出去的，他们宁可在家闲着给狗挠蛋，也不愿下井。如果再像过去一样，到农村招进大批国家正式工，势必造成恶性循环，使煤矿的工资包袱越背越重。在改革用工制度的呼声中，上面不知是谁想出了这么一个主意，只招收农民轮换工，让青年农民轮流到矿上挖煤，五年轮换一批。反正农村的剩余劳动力多的是，他们正愁没地方去挣钱，给他们提供一个挣钱的舞台，他们不挤破脑袋争着上台才怪。农民轮换工和国家正式工的一个本质性的区别在于，农民轮换工不往矿上迁户口，不改变原来的户籍关系，干满五年或十年，从哪里来还要回到哪里去。也就是说，矿方利用的是农民工的青春和力量。一根甘蔗能有几节甜呢，不过是中间的三五节。一个人的最好年华也是一样，一般来说在二十岁与三十岁之间。矿上好比只把甘蔗中段最甜的那几节吃掉，就变成渣子吐出来。当然，当农民轮换工也不是没有一点儿希望，在干满十年的所有农民轮换工中，矿上有权把其中百分之五的优秀人才转为国家正式工。宋长玉牢牢记住了这个百分之五，如光芒般照耀他的也是这个百分比。一百个只能转五个，被挑中的概率是很低，如果没有权力机构的背景和过硬的关系，恐怕再优秀的人才干得再好也没用。如果干得不好，就更没希望。宋长玉打定的主意是双管齐下，既要好好干，给人们留下一个好印象，又要赶紧拉关系。

正式工和轮换工的区别，在床铺的摆放位置上也看得出来。杨新声和孔令安的床铺靠里靠窗，床上能照到阳光。宋长玉和孟东辉的床铺靠外靠门，冬夏都是阴面。另外，正式工床上的铺盖是牡丹花被子，太平洋单子，轮换工的床上铺的是粗布单子，盖的是粗布印花被子。两个正式工的床头都有一只木板箱，而两个轮换工还没置下箱子，每人只有一只帆布提包，在床下放着。四个床位通常只有三个人在宿舍里住。孔令安的精神出了点儿问题，他手里提着提兜，兜里装着笔记本，每天人五人六，做出的是干部的样子，开会的样子，视察的样子，不一定游荡到哪里去。他偶尔回来睡一觉，睡上一天两天，起来胡噜胡噜头发，端起干部的架子又出发了。杨新声把孔令安发生精神分裂的原因对宋长玉讲了，宋长玉嘴上说可笑，心里却吃惊不小。

宋长玉又该给唐丽华写信了。从大食堂吃完饭回来，他没有马上就写。杨师傅和孟东辉上床睡觉，他也装作先上床睡觉。干了一整夜从井下出来，瞌睡多的年轻人往往一沾枕头就会进入梦乡。可宋长玉用自己的意志提醒着自己，不许自己睡着。他的眼皮乱跳，那是在肚子里给要写的信打腹稿。听到杨师傅和孟东辉都睡熟了，他才悄悄爬起来，准备写信。宿舍里没有桌子，也没有椅子。只有一只矮脚小凳子，是杨师傅的。他只能借用杨师傅的小凳子，趴在床铺边写信。他把帆布提包从床下拉出来，打开小锁，轻轻抽出放在里面的信纸。他已经给唐丽华写过两封信了。每次写信，他都是先打草稿，然后再工工整整抄写一遍，所以前面两封信都留有底稿。他把两封信的底稿重新浏览一遍，仿佛找到了情绪和感觉，第三封信可以开始写了。把信纸在床铺上展开，他禁不住回过头，又把杨师傅和孟东辉看了看，像是生怕二人此时醒来，发现他在写信。他写信一不是做贼，二不是偷情，三不是杀人放火，按说没什么可怕的。可不知为何，他心虚得很，紧张得很，简直像做贼、偷情和杀人放火一样害怕。这是他的私密行为，也是重大行动，人生成败在此一举，他不能不慎之又慎。

第一部分　写信（2）

信的起首，他不写抬头。每封信的草稿都不写抬头。往干净信纸上抄写时，他也是先把抬头空着，等抄写完了，并确信不会被别人看见，才在抬头处填上唐丽华的名字。为郑重起见，他不能称唐丽华为小唐，或丽华，只能写全名全姓。他本来想写唐丽华大夫，想想恭维太过也不好，不如直书唐丽华好一些，后面顶多再加上同志二字。第一封信，他称赞的是唐丽华所从事的护士工作。他搜肠刮肚，把所知道的有关护士的词汇都用上了，比如救死扶伤、人道主义、白衣天使等。他把矿工的黑与护士的白相比，把护士说成黑色中的洁白，说成矿工心头的一道亮光。他用诗化的语言，说护士为矿工抚平的是创伤，留下的是安慰；迎来的是痛苦的呻吟，送走的是快乐的笑声。他不惜采用夸张的手法，把护士穿的白大褂，戴的白帽子，以及护士走路的姿态，和脸上的笑容等，都做足了文章。在他笔下，白大褂是白云，白帽子是白莲花，走路是春风般轻盈，笑容如阳光般明媚。他甚至把护士为病人打针也涉及了。把空心的钢针往人的肉里扎，怎么也免不了疼吧，有什么值得赞美的呢？你听他怎么写的，疼在身上，暖在心上。这封信表面上是泛指，是普遍撒网，实际上他锁定的目标是唐丽华一个人。要不因为唐丽华是一名护士，他才不会把护士写得那么好呢。第二封信，他就不绕弯子了，由赞美护士的职业变成直接赞美唐丽华本人。赞美一个具体的人，光用抽象的语言空对空是不管用的，是挠不到痒处的，也不能打动人心。如同一个写通讯报道的人，他必须先搜集素材，有了素材和细节，他的报道才能成立，报道出去才有说服力。写信也需要素材，如果没有素材作依据，作载体，就算你有满腔的感情，拿什么表达呢，往哪里使劲呢！在搜集有关唐丽华的素材方面，宋长玉的确下了一番功夫。连着两天，他装作到矿医院看病或找人，从唐丽华上班的那间屋门口走过来走过去，对唐丽华进行观察。趁唐丽华给一个哭闹的小男孩打针时，他站在门外，着实把唐丽华看了好几眼。后来他转到矿上办公大楼门前，又获得了一个让他有些惊喜的意外发现。那里有一个镶嵌着玻璃的面积不小的光荣榜，唐丽华作为矿上的先进工作者之一，半身的照片正贴在上面。照片是大幅的，彩色的。唐丽华穿的还是护士特有的服装，脸上是职业化的微笑。唐丽华胸前戴着一朵硕大的红花，红花下面缀有同是红色的燕尾型布条，布条上面写着先进工作者字样。既然是光荣榜，就是让人们参观的。既然树为榜样，就是让全矿职工向先进学习的。宋长玉以恭敬的姿态，学习的名义，在光荣榜前站的时间比较长些。他几乎不看别人，目光只停留在唐丽华脸上。直到看得有些走神儿，唐丽华仿佛传说中的画中人似的从光荣榜上走下来，问他老看人家干什么，他才不好意思地离开了。刚走了几步，他又转回来。他只顾看人了，忘了看照片下方有没有事迹简介，要是有事迹简介的话，他写信的素材就更多了。照片下面没有事迹简介，只有一行打印的文字，写的是唐丽华的姓名、工作单位和职务。不过这就很好了，以此为发挥基础，他就写满了两三页信纸，相当于高考时写一篇命题作文的字数。

前两封信的落款处，宋长玉都没有署自己的名字。第一封信署的是“一个向您致敬的人”；第二封信署的是“您的崇拜者”。之所以没有署真实姓名，他觉得事情刚开始，时机还不成熟。也是引而不发，留有悬念的意思。在信封下面，他写的是“内详”。可在内里，他并没有写自己的地址和单位。这一方面是出于自卑，另一方面，他不指望唐丽华给他回信。他心里明白，就算他写上他所在的采煤三队的详细地址，白衣天使唐丽华也不会给他任何回音。一上来就表明他的身份，只会把高贵的唐丽华小姐吓着。他必须先做铺垫的工作，让唐丽华知道他是一个有思想、有感情、有文才的人，再让唐丽华知道他是一个采煤工也不迟。说得不好听一点儿，他是把信里的甜言蜜语当诱饵，等唐丽华尝到了甜头，他再收钩，效果可能会更好些。

宋长玉把第三封信刚写了几句，孟东辉突然坐起身来，说梦话似的问他：“你怎么还不睡觉，写什么呢？”

沉浸在遣词造句中的宋长玉被孟东辉的猛不丁问话吓了一跳，他不由得用胳膊压住信纸，把所写的内容盖住了。他的床与孟东辉的床间距离很小，孟东辉就在他背后，似乎一伸手就把他的脖领子抓住了，这让他觉得有些别扭，好像自己的隐私被别人抓到了。他不高兴地说：“没写什么，给家里写封信。”

孟东辉说：“我也该给家里写信了，你替我也写一封吧。”

“谁知道你跟家里说什么，还是你自己写吧，你又不是不会写。”

“我识那几个字都就着馒头吃下去了，又拉出去了，提笔忘字，连不成句。没啥可说的，就是跟家里报报平安呗。”

宋长玉还是没有答应替老乡孟东辉写信。孟东辉是在老家娶了老婆有了孩子的人，但他跟招工的人说自己未婚。孟东辉是小学毕业，去年二十七岁。但他在招工表上填上的是初中毕业，二十二岁。据说他给前去招收农民轮换工的人送了礼，人家睁一只眼闭一只眼，就让他蒙混过关了。宋长玉认为孟东辉是撒谎到煤矿参加工作的，素质上跟他不在一个层次，他对孟东辉多少有点儿看不起。他对孟东辉说，好好睡吧，别说话了。

孟东辉才又躺下了，没再说话。

第一部分　写信（3）

孟东辉这一打岔，宋长玉一时找不到思路走到了哪里，不知在信纸上，还是在脑子里。他跟孟东辉说的是给家里写信，脑子里一闪，思路竟闪到家里去了。他在老家没有结婚，连未婚妻也没有，给家里写信只能是给父母写。来到乔集矿七八个月了，他只给父母写过两封信。刚到矿上写一封，春节前写一封。他给父母写的信都很短，很简单，无非说他在矿上一切都很好，要父母不必挂念他。真的，他不知道跟父母说什么。父母生了他是不错，可父母的能耐也仅仅限于生他养他。他长大成人后，父母在他面前显得畏首畏尾，缩手缩脚，好像一点儿办法都没有了。他小时候，父母成天盼着他长大。他真的长大了，父母却发愁了。父母看不到他的前程在哪里，不能给他指出一条路，不能改变他的命运。父母生身，自己生心，今后的人生之路只能靠他自己去走，去开拓。他选择给唐丽华写信，就是拿笔头子作工具，看看能不能为自己开辟出一条路来。唐丽华不是他的父母，目前也不能代表他家里的任何人，可如果弄得好，如果能得到唐丽华的认可，并赢得唐丽华的芳心，情况就大大不一样了。至于不一样到什么程度，他还不好估计，也不愿意提前做出过多过高的估计。起码有一点可以肯定，他将彻底告别农村、农民、农身，摇身一变，变成一个和现在的宋长玉完全不一样的新的宋长玉。从这个意义上讲，唐丽华将是位于他老家西北方向的福星，将是给他的命运带来转折的贵人。把唐丽华说成再生父母，也不是不可以。

他把眼睛盯着信纸上的那几句话，反复念了几遍，才重新把思路接续上了。在这封信里，他开始介绍自己。他把信的调子定得很低，把自己说成是一个命运不济的人。他提到自己曾参加过高考，只差几分未被大学录取。在整个高中阶段，他的学习成绩一直不错，在全校没下过前三名。但在高考那几天，他得了感冒，临场发挥不是很好。结果有两三个平时学习成绩排在他后面的同学都考中了，他却名落孙山。他本打算复习一年再考，老师也说他来年一定会考上。可就在那一年，父亲重病一场，把家里的积蓄都花光了，连粮食也几乎卖光了，实在没办法为他支付数目不小的复习费，他只得放弃复习。从学校回来的那天，他觉得自己一辈子都没什么前途了，伤心得痛哭一场，哭得非常绝望。在整个第三封信里，他酝酿和调动的都是伤感的情绪，使用的是天涯沦落人无可奈何的语气。宋长玉并没有什么谈恋爱的经验，对女性的接受心理也没有研究，但他毕竟读过一些书，也看过一些戏，知道真正动人情肠的从来都不是喜事，而是悲事；从来都是受过伤害的感情，而不是一帆风顺无波无澜的感情。一些有眼光的大家闺秀在戏中爱上的也多是落难的才子。也许是出于本能，他不知不觉就把自己摆在一种弱者的位置。在两性对比上，人们通常以为，男人是强者，女人是弱者。也是因为性质决定的，女人似乎有着更多的同情心。女人所同情的，是比她更弱的弱者。宋长玉要得到唐丽华的同情，必须不惜向唐丽华示弱。举例来说，谁会同情一只狼呢！一只受伤的绵羊，或一只折翅的鸽子，才有可能得到人们的同情。在这封信的结尾处，宋长玉还把耐心保持着，仍没有署上自己的真实姓名，他写的是“一个自卑的人”。

矿上没有邮政所，也没有设置邮筒。在离矿六里远的一个农村集镇上，才有一个小小的邮政所。宋长玉把信抄好，反复读过，步行向邮政所走去。他想借杨师傅的自行车骑一骑，觉得把杨师傅叫醒不合适，就没有开口。来到镇上邮政所，他才临时买了信封，临时在邮政所的柜台上往信封上写字，然后贴上邮票，把信投到信箱里去了。每次投信他都小心翼翼，像是怕把他的宝贝信件摔疼似的。当听见信件落入邮箱啪的一声响，他心头似乎也响了一下。每天在邮政所上班的只有一位看上去五十来岁、戴老花镜的邮政员，把邮票贴好后，他本来可以把信直接交给邮政员。邮政员在邮票一角砸上一个邮戳，信件随即就可以进入分拣投递程序。他之所以舍近求远地投进钉在门外一侧墙上的铁皮邮箱里，是他实在不忍心看着邮政员当着他的面，用铁质木柄的邮戳在信封的脸上重重砸那么一下。还有，他担心养成职业习惯的邮政员在砸下邮戳的同时，会顺便朝信封上面的发送地址和收信人看一眼，那样的话，邮政员说不定会怀疑他的动机：这里离乔集矿这么近，干吗还要写信呢？他的信是匿名的，他想把自己本身也隐藏起来，不想让任何人知道写信发信的人是哪一个，包括素昧平生的邮政员在内。

第一部分　接触（1）

第三封信寄走第五天，宋长玉给唐丽华写了第四封信。不多也不少，每封信之间相隔的时间都是五天。这个时间是宋长玉计算过的，除去信在路上走的时间和矿上通信员收发信件用的时间，他留给唐丽华看信的时间大约是三天。三天之后，下一封信又到了唐丽华手里。如信件太密，唐丽华看信不会太仔细。信件太稀呢，让唐丽华等得时间太长也不好。这样不稀不稠，像机器齿轮上的等距离的齿子，齿齿相扣，两个齿轮才会一同转起来。

在第四封信里，宋长玉郑重地写上了自己的名字，还注明了他所在的采煤三队。等唐丽华看罢这封信，他觉得自己可以浮出水面，可以与唐丽华正面接触一下了。

也是宋长玉设计好的，每封信的内容各有侧重。这封信他着重写的是对煤炭工业重要性的认识，表的是当一名新时代合格矿工的决心。信的调子也得激烈高昂起来。仿佛唐丽华是他面前的一面旗帜，他在举着手对着“旗帜”庄严宣誓。

宋长玉这样以书信作武器，一次又一次向唐丽华发起进攻，是他看重信的功能，也相信信的力量。古往今来，人们之间的交往靠什么，一是说话；二是文字。两者相比，他以为使用文字显得更高雅，更含蓄，更美好，也更富有魅力。每一个字都经过几千年的风雨，几千年的修炼。一笔一画里，都浸透着前人丰富的情感，和高超的智慧。按宋长玉的想象，前人定是为了传递爱意，才创造了文字。不把文字接过来在书信中好好使用，岂不是辜负了前人，也辜负了文字！由于语言和文字的长期使用，人类不仅生活在语言和文字里，在人类的遗传基因里，似乎也继承了语言文字接受和传递信息的本能。试想想，谁不为接到异性的书信而欣喜，谁不为阅读求爱的书信而欢愉呢！恐怕唐丽华也不会例外吧。宋长玉听说过，有的小伙子在马路上就可以拦住一个姑娘，要求跟姑娘谈一谈，或者邀请姑娘一块儿看电影。对于这样的求爱方式，宋长玉觉得也不是不可以。但他只愿意承认小伙子够勇敢的，要是换了他，他决不会那么干。那样是不是太鲁莽了，方式也显得过于原始。宋长玉对自己的写信能力和水平比较自信。在初中和高中，他一直偏科，文科好，理科差。他参加高考，并不像他在给唐丽华的信里说的那样，只差几分没跨进大学的门槛，实际上，他差了三十多分没达到大学录取的分数线。他输分就输在数理化上。现在无所谓了，高中一毕业，数理化基本上用不上了，而文科却可以大大地派上用场。在给唐丽华写信的过程中，他把所学的语文知识差不多都调动起来了。他把书本理论联系实际，联系情感，等于单独向唐丽华进行了一系列的集中演示。至于演示的效果如何，就等着听唐丽华的评判了。

决定在信上署名时，宋长玉想换一种信纸。写前几封信，他用的都是从文具商店买来的信纸。这一次，他想使用矿上的专用稿纸，也叫信笺。他见过那种稿纸，每张稿纸的天头都印有红色的“夏观矿务局乔集煤矿”字样。他还见过矿上的专用信封，信封是用很结实的牛皮纸做的，信封下方的单位名称也是大红的仿宋印刷体。他对那样的稿纸和信封羡慕已久。他们村有一个在外省某个矿务局宣传部耍笔杆子的人，那人每次往家里写信，都是用那样的以显赫字样标明单位名称的稿纸和信封。宋长玉那时就想，他什么时候能用专用稿纸和专用信封给家里写信就好了，也能给父母争点儿光，不枉父母生他养他一场。他自己也算没有在人世上白走一遭。在宋长玉心目中，用那样的稿纸和信封写信寄信，代表着一个人的身份和地位，有着先声夺人的效果。

他选择到矿上的宣传科要那种稿纸和信封。宣传科科长在矿上的广播里说过，欢迎大家给矿广播站写稿，给局里的《夏观矿工报》写稿。倘是要到稿纸和信封，除了给唐丽华写信寄信时用，他还要马上给家里写一封信，通过信封信纸让村里人知道，他宋长玉现在也是国家的人了。不过他心里一点儿底都没有，不知能否要到他想要的东西。宣传科的办公室在四楼，楼道宽敞明亮，与井下狭窄黑暗的巷道判若两个世界。走在这样的楼道里，他似乎受到一种莫名的威压，心虚得很，也紧张得很。他两腿发硬，脚上沉重得像是穿了两只下井用的深筒胶靴。他身上发热，后背似乎要浸出汗来。来到科长办公室，科长问他找谁。他说找宣传科。科长问他有什么事儿。他说：“我想写稿子，没有稿纸。”

“你是哪个队的？叫什么名字？”

“我是采煤三队的，叫宋长玉。”

科长把宋长玉的名字念了一下，又问：“你是新来的农轮工吧？”

农轮工是农民轮换工的简称，不管是简称还是全称，宋长玉都不喜欢。但不喜欢归不喜欢，他还得承认：“是。”

“你以前写过稿子吗？”

“写过。”宋长玉额头上冒出了汗。

“给哪儿写的？”

“局里的《矿工报》。”

“《矿工报》采用了吗？”

第一部分　接触（2）

“我刚把稿子写完，想抄写一遍，才想起来没有稿纸，也没有信封。”宋长玉头上的汗流下来了，他装作挠头发，顺便用手掌把汗擦了一下，擦得满手都是湿的。他没想到科长会审问一般问他这么多话，他有些顶不住了。科长若继续问下去，他恐怕就编不圆了。

科长在椅子上坐着，屁股始终没有离开椅子。办公室里本来还有一把空椅子，科长没有让宋长玉坐。科长甚至没让宋长玉走近他，只把身子稍微侧了侧，向站在门口里边水泥地板上的宋长玉接连发问。科长总算笑了一下，说：“我看这样吧，你把稿子拿来给我们看一下，如果我们觉得可以，会给你发稿纸的。不是我们不相信你的写稿水平，凡是向上级新闻单位发送的稿件，都要通过宣传科的审查，这是矿上的规定。”

宋长玉知道，想要到稿纸和信封是没戏了，他的情绪迅速低落下来。他在井下多次听工友们说过，矿上那些当官的都是老爷，各个架子端得比井架还大，跟他们打交道难得很。都是因为他心存侥幸，一时冲动，才厚着脸皮来跟当官的张口要东西。一跟当官的打交道，他果然受到了质疑，心理上受到了打击。这使他再次意识到作为一个农民轮换工的临时性身份，并意识到自己所处的地位是多么卑微。你以为你是谁，你不就是一个受矿上雇佣临时到矿上挖煤的嘛，还想使用矿上带红字的信纸信封，你做梦去吧！受到打击的宋长玉，自尊心有所反弹，有所抵抗，他心里说，你不就是一个科长嘛，有什么了不起的！他什么话都不愿再跟科长说，也没说礼貌性的告辞话，脸一扭就走了。

科长大概看出了他的不高兴，在背后对他说："我们等着看你的稿子，欢迎你以后多写稿儿。"

宋长玉没回头，心说，写个屁！

他还是用买来的信纸和白皮子的薄信封把信给唐丽华寄走了。

宋长玉设想过一些和唐丽华接触的机会。比如说他要是生病了，去医院打针，打针的事就可能由唐丽华操作。再比如他要是在井下受了伤，到医院包扎，也可能会碰上唐丽华。在打针或包扎期间，他争取和唐丽华说上几句话，问唐丽华喜欢不喜欢读信。他相信，只要他提到信，唐丽华就会猜出写信的人是他。那样，唐丽华就算把他对上号了，他们两个就算接上头了，二人就可以就信的内容进行交谈。可是，宋长玉的身体不错，没有生病。他在井下干活比较注意安全，也没有受伤。他听说过，有的矿工为了能到医院把某个女医生或某个护士近距离多看几眼，竟不惜把自己的手指或脚趾弄伤。宋长玉觉得自残的办法太拙笨了，也太拙劣了，只有智商低下的人，才会使用那种动物性的办法。就是八年见不到一个女人，他也不会那么干。他采取的办法，是在通向大食堂的路上等唐丽华。

他所住的宿舍在一座单身矿工宿舍楼的一楼，楼前面不远，就是矿上的大食堂。宿舍楼和食堂之间有一个通道，去食堂吃饭的人大都要从那里走。这就是说，宋长玉不必出楼门，只站在自己宿舍的玻璃窗内，就把去食堂吃饭的人看到了。谁不吃饭呢？只要是人，不是仙，就得吃饭。雪白大褂穿得像仙女的唐丽华，也免不了要吃饭。在窗子后面，宋长玉只要有耐心，只要不怕把腿站酸，把玻璃望穿，几乎每天都能看见唐丽华。去食堂吃饭时，唐丽华就把白大褂脱下来了，只穿平常的衣服。唐丽华穿的衣服一点儿都不奇异，花色淡雅，不争不叫，浑身上下透着凡人般的自然朴素。宋长玉不必担心唐丽华会发现站在窗后的他，因为唐丽华走路从不左顾右盼，仿佛她要去吃饭，心里只想着米饭白菜，便直奔食堂的卖饭窗口而去。这天中午，宋长玉穿好了衣服，抿好了头发，准备好了碗筷和饭票，不一会儿就把唐丽华等来了。他冲出楼门，紧走几步追上唐丽华，让心跳平稳一下，尽量以平静的口气跟唐丽华打招呼："唐丽华你好！"

唐丽华站下了，转身回敬了一句"你好"，把宋长玉打量了一下，仿佛在问，你是谁？你怎么知道我的名字？

宋长玉说："对不起，我叫宋长玉。"

唐丽华像是想了想，笑了，说："你就是宋长玉呀！你写的信我都收到了，写得挺好的，语句挺通顺的。"

宋长玉说："写得不好，瞎写，让您见笑了。"他把和唐丽华第一次搭话想象得比较困难，原以为唐丽华会装作想不起他是谁，更不一定会承认收到了他写的信，没想到唐丽华承认得这样爽快，笑得如此自然，姿态这么大方。相比之下，他倒是显得有些小气，有些拘谨，有些猥琐。他满脸发热，不用照镜子，就知道自己的脸一定红得厉害。在随着唐丽华一块儿往食堂走时，他的手足也有些无措，好像不知道先迈哪条腿更合适。

唐丽华指出他可不是瞎写，说："我看你写得挺认真的，一定下了不少功夫吧？"

第一部分　接触（3）

宋长玉没有回答自己下功夫没有，只说："谢谢，不敢当，不敢当，请多多批评。我心里有一些想法，不知道跟谁说，就冒昧给您写了信。您是矿上的先进工作者，写作水平一定比我高。"

唐丽华说："这回你可说错了，我最怕写文章，在学校时就怕，老师一让写作文我就头疼。”

“不会吧，您太谦虚了。”宋长玉也笑了一下。一笑，他放松多了。

唐丽华说：“我说的是真话，不是谦虚。我对会写文章的人都很羡慕。”

矿上的大食堂分为里外两部分，里边是操作间和卖饭的地方；外边是职工们就餐的大厅。里外由一面长墙隔开，墙上开有十几个卖饭的窗口，需要买饭的人都在窗口外面排队。既然是二人一块儿走进餐厅的，宋长玉就和唐丽华排在一个队。排队时，唐丽华礼让了一下，示意让宋长玉排在她前面。宋长玉受惊似的往后退，说：“哪能呢，女士优先。”坚持让唐丽华排在他前面。宋长玉注意到，唐丽华拿的是一对小号的鸭蛋青色搪瓷碗，碗里放着一只不锈钢的饭勺，勺柄上錾着细花儿。而他拿的是两只大号的土烧瓦碗和一双木头筷子，筷子一根粗些，一根细些，还不一般齐。他不知不觉地把拿碗的手垂在下面，想到该换两只新碗和一双新筷子了。餐厅面积颇大，里面摆着上百张餐桌。餐桌都是用钢筋水泥预制而成，桌面呈圆形，下面是一根粗重的独腿。为防止就餐者移动桌子或搬走椅子，餐厅里所有座位也都用钢筋水泥制成了仿古的石鼓形。以前，宋长玉在餐厅里也多次看见过唐丽华，唐丽华往往买了饭就走了，大概是把饭菜端到自己宿舍里吃去了。唐丽华偶尔也会在餐厅用餐。她只要在哪张餐桌前坐下，在那里正吃饭的矿工就再也不敢抬头，把饭匆匆吃完就离开了，饭不热也会出一头汗。唐丽华使用的餐桌倘是事前没有别人呢，那一直是她一个人占一张桌，矿工们谁都不敢往她跟前凑。他们宁可在旁边的餐桌前挤得乱扛膀子，甚至互相骂，谁也没勇气跟唐丽华同桌就餐。这就是煤矿工人的可怜处境，越是女人缺乏的地方，他们偶尔看见一个女人就像老鼠看见猫一样害怕啊！宋长玉想好了，唐丽华今天要是在餐厅用餐的话，他就跟唐丽华坐一个桌。他有这个自信，也有这个实力，可以与唐丽华对话。既然和唐丽华已经互相认识了，已经对上话了，一张桌吃饭也是顺理成章的，他不能错过这个时机。

在排队等候买饭时，唐丽华又跟宋长玉说了几句话，唐丽华说："我建议你不要再浪费自己的才华。"

宋长玉听得一惊，明白唐丽华话里的意思，是不让他再给她写信了。浪费？这怎么能是浪费呢？他一时语塞，不知道说什么好。

"有这个才华，还不如给局里的《矿工报》写稿子呢！"

噢，原来是这个意思！宋长玉转惊为喜地问："你看我能给《矿工报》写稿子吗？"

"当然可以了，我看你的文字表达能力，写稿子一点儿没问题。"

"我不认识《矿工报》的人，写了稿子，他们会登吗？"

"编辑对稿子不对人，只要你写的稿子达到质量要求，我想他们会登的。我哥就在《矿工报》当编辑，你把稿子寄给他也可以。我哥的名字叫唐胜利。"

宋长玉只有感激的分儿了，他说："太谢谢您了！"

在和唐丽华说话的当儿，宋长玉看见有个排在前面的人回头看他。他用眼角的余光把左右扫了扫，发现也有不少排在两边队里的同行在注意他。他不禁把胸膛挺了挺，赶紧把眼角的余光收回来，装作谁也没看见，什么也没发现，只重视眼前的唐丽华。唐丽华比他矮得多，他看到的是唐丽华的头顶、脖颈和小小的肩膀。唐丽华剪的是短发，头发梳得一丝不乱。唐丽华的脖颈白皙得令他不敢多看，仿佛多看一眼就显得不够尊重似的。唐丽华的肩膀窄窄的，窄得让人怜惜。唐丽华身上散发的是医院特有的消毒药水和来苏水的味儿，以前他不大喜欢闻这种味儿，但从唐丽华身上散发出来就不一样了，好像变成了五月里鲜花的芳香。其实，宋长玉不怕别人注意他，相反，他愿意让更多的人注意到他和唐丽华交谈。看看吧，唐丽华就是这么平易近人，和蔼可亲，一点儿矿长小姐的架子都没有。听听吧，是我，宋长玉，在和唐丽华说话。唐丽华看得起我，欣赏我的才华，愿意跟我说话。唐丽华把她哥哥的名字都告诉我了，这对我是何等的信任！想想吧，鱼找鱼，虾找虾，俗找俗，雅找雅，不是谁想跟唐丽华说话就能说得上的。贾宝玉可以跟林黛玉说话，焦大跟林黛玉恐怕就说不上话。我现在还是个农民轮换工是不假，但将相无种，天下风水十年河东十年河西，谁知道怎么轮换呢！

眼看他和唐丽华快要排到卖饭窗口，他正盘算这顿是否买份肉菜，改善一下生活，这时孔令安向他走过来。孔令安像一个幽灵，谁也不知道他会在什么时候出现，什么时候离去。孔令安又像一阵风，或一片树叶，风往哪里刮，树叶往哪里飘，恐怕他自己都把握不住自己。孔令安没有带碗筷，两手都斜插在两边的裤子口袋里，还是一副领导干部的派头。他的不离身的道具，那只灰色的塑料仿革提兜还在一只手腕上垂着。他径直走到宋长玉身边，双手并不掏出来，对宋长玉说："你过来一下，我跟你说句话。"孔令安的表情相当严肃。

第一部分　接触（4）

宋长玉排队已排了一会儿，不想半途而废。更重要的是，他不想在此时离开唐丽华，他还要和唐丽华同桌就餐呢！这个孔令安，真是讨厌！但宋长玉不能过于违背孔令安的意志，不敢生硬拒绝孔令安，他隐隐觉得，一个人的精神一旦脱离了正常人的轨道，似乎具有了某种神秘的力量，或超人的力量。精神病人看似弱者，从某个方面看，又成了强者。这从矿上对孔令安的态度上就看得出来，孔令安不再下井，矿上每天给他记下井工，每月照发工资。一个正常人，哪会有这样的特殊待遇！宋长玉把孔令安叫孔师傅，笑着说："您什么时候回来的？还没吃饭吧？先吃饭吧，我这儿有饭票。"

孔令安不吃饭，还是坚持让宋长玉跟他出去，到外面说话。

宋长玉想起应该跟孔令安开一个玩笑，气氛也许就缓和了。他知道，孔令安最喜欢听人喊他孔书记，就说："孔书记，您一点儿都不关心群众，有事让群众先吃完饭不行吗？有什么话在这儿说不行吗？”

听见宋长玉喊他孔书记，孔令安果然咧嘴笑了一下，但他没有放弃让宋长玉跟他出去。他把右手从裤兜儿里掏出来了，去抓宋长玉的手腕子。宋长玉手往后一背，躲开了。那么孔令安就抓住了他的胳膊，瞎子一样抓得很有力。宋长玉怎么办？他知道此时不能挣扎，更不能反抗，一反抗不知会闹出什么不愉快的事呢！而不管出什么样的事，丢人现眼的只能是他，谁让他是一个正常人呢！宋长玉看见了，餐厅里几乎所有的人都朝他和孔令安这里看着，把这里当成了一个焦点。刚才他和唐丽华说话时，虽然也有人往这里看，但那些人的目光不够大胆，有点儿偷偷摸摸，里面藏着嫉妒。这会儿众人的目光要热烈得多，也露骨得多，所流露的是幸灾乐祸。大家都知道孔令安是一个精神病患者，不管他盯上谁，谁一般都会闹出一些笑话，就会成为被别人看笑话的对象。连唐丽华此时也转过身来，躲开一点儿，看看孔令安，又看看他。宋长玉不会闹出笑话，他说：“好好好，听孔书记的，孔书记说去哪儿咱就去哪儿，行了吧！”临离开时，他装作无可奈何似的摇摇头，颇有意味地看了唐丽华一眼。

来到食堂外的一个墙角后面，宋长玉再也不能容忍似的把胳膊猛地一甩，甩开了孔令安的拉扯，皱紧眉头说：“你他妈的连饭都不让人吃，太过分了！什么话？说吧！”

见宋长玉一生气，一厉害，孔令安就不厉害了。他模仿宋长玉的表情也厉害了一下，转瞬就咧开嘴笑了。他笑得有些窘迫，像一个做错了事的孩子一样。实在说来，孔令安长得不难看。他是大脸盘，如相书所说，天庭饱满，地阁方圆，属于富态相、官相那一类。孔令安的牙齿也很整齐，只是由于他老不刷牙，牙面上有些污垢。由于他牙面上有污垢，嘴里就有一股子污浊之气。他问宋长玉：“你是不是在和唐丽华谈恋爱？”

可笑，难道说几句话就算谈恋爱吗？定是孔令安躲在餐厅的某个角落，看见他和唐丽华说话，就以为是和唐丽华谈恋爱，执意把他从唐丽华身边拉开。这个神经病，真是神经过敏。不过，孔令安这么认为他也不反对，别人都这么认为才好呢，煤矿上需要宣传科，谈恋爱也需要舆论上的支持。于是他说："谈不谈恋爱关你什么事，你管不着！"

"我怎么管不着，唐丽华是我的女朋友，我跟她谈恋爱谈了好几年了，你知道不知道！"

真他娘的胡说八道，唐丽华才多大，他竟说跟唐丽华谈了好几年了，这在逻辑上就站不住脚。想到逻辑，宋长玉觉得自己也有些可笑。精神病人的一个突出特点就是思维混乱，说话不讲逻辑，你跟一个精神病人讲逻辑，本身就不符合逻辑。他看出来了，孔令安不仅要在虚拟中当矿上的团委书记，还要在幻想中当矿长的女婿；孔令安不光是官迷心窍，还是色迷心窍。他想逗一逗孔令安，说："你谈你的，我谈我的，谁谈成算谁的，你看怎么样？"

孔令安的脸子恼下来了，说："那不行，你要是再敢和唐丽华谈，我就取消你的农民轮换工资格，把你打回老家去！"

宋长玉最不愿听这个，那一刻，他简直怀疑孔令安的精神病是装出来的，不然的话，孔令安下嘴为何这样狠呢，怎么一下嘴就咬到了他的疼处呢？他冷笑了一下，反唇相讥说："孔令安，你不就是没当上团委书记嘛，何至于疯成这样，见谁咬谁，太丢人了！"

"谁说我没当上团委书记，我现在就是团委书记！"

宋长玉不愿意被孔令安继续纠缠，骂了一句去你妈的，丢下孔令安，又到食堂去了。

孔令安追上一步，说："小宋，你吃完饭，给我捎回来两个馒头，一份滑熘肉片。我在宿舍等你，咱俩好好谈谈。"

宋长玉有些哭笑不得。

一进餐厅，宋长玉就把目光撒开，想搜索一下唐丽华在没在餐厅用餐。唐丽华没在餐厅，可能买完饭就走了。

第一部分　雨中送伞（1）

下雨了，哗哗的，下得很大。雨点打在黑色的柏油路面上，溅起一层白色的水雾。清明节还没到，按说春天的雨应该是细雨，应该是随风潜入夜，润物细无声。这场雨有点儿像夏天的雨。这里是浅山地带，常年的雨量不是很充沛。据当地的志书中记载，此地多次出现大面积严重旱灾，极少出现洪涝灾害。哪里缺什么，人们就喜欢什么。如同矿山缺女人矿工就格外喜欢女人一样，这里雨水少，人们就特别喜欢下雨。雨刚开始下，人们就不禁互相转告，“下雨啦，下雨啦”。其实下雨的普遍性使雨点人人有份，互相转告纯属多余。可人们的喜悦心情还是要通过互相转告来表达，来分享。路两边的麦苗上落了一些煤尘，使绿麦苗几乎变成了黑麦苗。雨水一冲洗，煤尘就洗去了，麦苗重新显出碧绿的本色。一些蒲公英的小黄花，在不下雨的情况下，花朵上面也蒙了尘，路过的人们往往对花朵有所忽略。一下雨就不一样了，人们走路时觉得地边有点点亮眼的东西，禁不住扭脸一看，原来是一朵朵金灿灿的小黄花。谁说雨水只会浇灭东西，不能点燃东西？谁说点亮的东西只能是火，而不能是水？给人的感觉，恰恰是春天的雨水仿佛把一枝枝花朵点亮了。所谓漂亮，原来从此而来。井口的储煤场堆有一些原煤，雨水虽然不能使黑煤改变颜色，但雨中的煤堆也有所变化，它不仅不再起尘，不再冒烟，还黑上加黑，黑得明丽，黑得润泽，整个煤堆像泼了油一样。

下雨也带来了一个小问题，就是矿工们上班下班不那么方便了。看来矿工们不是人人都有雨伞，在生活区通往生产区的路上，一个人打一把伞的不是很多，有的穿胶面雨衣，有的穿透明塑料雨衣，有的是两人合打一把雨伞，有的只戴一顶旧草帽。一个骑自行车的骑过去了，那人穿的是军用绿色胶面雨衣，雨衣后面的衣架上鼓着一个大包。那个大包里兜的不是风，而是一个人。还有一个年轻矿工，什么雨具也没有，只把一件上衣双手举着遮在头上，踏着雨水呱唧呱唧往井口跑。他跑一会儿，慢下来紧走几步，再接着跑。衣服毕竟不能代替雨伞，遮雨的效果有限，他跑了一半路不到，浑身的衣服就被雨淋湿了。

矿长唐洪涛这天要到矿务局去开会，他习惯坐在轿车的前排，就是副驾驶的位置，较为开阔的视野使他把雨中路上的情况都看到了。他是一个目光敏锐、思路敏捷的人，也是一个容易闪现灵感并善于抓住灵感不放的领导者。前面的路分为两岔，一岔通向矿务局机关所在地，一岔通向矿上的生产区。职工们习惯把生产区叫南井，把生活区叫北山。唐洪涛定是又来了灵感，手往右一指，让司机先往南井拐一下。他几步跨进二楼的生产调度室，给分管后勤工作的副矿长打电话，说雨现在下得很大，好多工人没有伞，在淋着雨上下班，这怎么能行呢！他要求副矿长，马上购进一批雨伞，全矿职工人手一把，尽快发到大家手里，做到雪中送炭，雨中送伞。副矿长在扩音电话里说，全矿的职工将近四千人，一下子买那么多伞恐怕有困难，哪个商店也不会存四千把伞。唐洪涛的两道长眉扑闪了两下，说："你们想想办法嘛，没困难要我们干什么！流泪眼观流泪人，我们要设身处地替没伞的职工想一想。一个商店没有那么多雨伞，多跑几个商店。还买不够，直接到市里的制伞厂去买，我不信这么一个小问题就解决不了。我的意思，你们不要都买成黑伞，尽量多买花伞。在别的行业的人看来，我们煤矿本来就是黑的，色彩本来就很单调，如果人人再打一把黑伞，人家就会笑话我们只认得黑色。我们就是要通过花伞把色彩改变一下，把矿山雨中的世界变成一个五彩缤纷的世界。"

类似这样把灵感变成想法，把想法变成现实的事，唐洪涛已干了好多件。有一件事在全矿务局都有影响，并被别的矿所效法。刚到乔集矿当矿长时，矿上的锅炉房每天都在鸣笛。所谓鸣笛，就像蒸汽火车一样，通过释放强有力的气流，把铁笛吹响。不过矿上的鸣笛时间比火车鸣笛时间更长一些，声响更雄壮一些，鸣笛的同时，一股白气呼呼往上滋，有些“气冲霄汉”的意思。自从这里开始开煤矿，就有了按时鸣笛的做法。矿工不把鸣笛叫鸣笛，叫“拉栬”，取听其信号之意。矿工一天二十四小时三班倒，每天拉栬六次，预备上班拉一次，正式上班再拉一次。唐洪涛对拉栬并不反感，还觉得拉栬声颇有些大工业的气势。有一天半夜，他被拉栬声惊醒了，才对拉栬有了些想法。过去的中国钟表很少，煤矿工人更是买不起表，所以才用拉栬为信号，代替钟表提醒和催促工人们起床上班。现在人人都有了手表，还拉栬干什么！由己推人，自己半夜会被惊醒，别的职工也会被惊醒，对于一些没轮到上夜班的职工来说，半夜醒来毫无意义，只会影响休息。当天晚上他就做出决定，乔集矿从此取消拉栬。应当说唐矿长的这一决定是历史性的，乔集矿因此结束了拉栬的历史。局属别的矿听说乔集矿取消了拉栬，觉得很有道理，也纷纷拆除了铁笛。为此，《矿工报》还作了一篇报道，题目是《矿工上班看手表，从此不闻拉栬声》。

第二天雨还在下，只是下得小了一些。中午时分，一辆大卡车把满车雨伞从市里制伞厂拉回来了。为了留有余地，他们多买了三百把，总数超过了四千把。唐洪涛没让把伞卸车，工作人员也暂缓吃午饭，由后勤科马上通知各采煤队、掘进队、开拓队、机运队及矿属各单位，派出代表，到机关办公楼前的大卡车那里，按在册人数领伞。有人向唐洪涛请示，给农民轮换工发不发？唐洪涛答：“当然要发，一视同仁嘛！”为了及时把发伞的消息报告给全矿职工，矿广播站提前把广播打开了，女播音员通过安在办公楼顶的大喇叭，以欣喜的声调一遍一遍播送“报告大家一个好消息……”

第一部分　雨中送伞（2）

雨伞很快发到职工手里，全矿职工皆大欢喜。一把雨伞值不了多少钱，矿上的职工谁都买得起。可因为矿上是白给，是意想不到的工资以外的福利，大家还是很高兴。东西不在多少，也不在贵贱，它说明矿上的领导在为职工着想，关心着职工的冷暖，没忘了职工的疾苦。让人有些感动的是，伞是雨天发下来的。渴了给你倒杯茶，瞌睡时有人给你塞个枕头，天正下着雨伞就发下来了，难得的是及时二字。对正在起身的麦苗而言，天上的春雨为及时雨。对职工而言，矿上发的伞是及时伞。开了心花开伞花，不少人随即把伞打了起来。负责买伞的人领会了矿长的意图，一把黑伞都没买，买的都是花伞。有红伞，必有绿伞；有黄色的，必有蓝色的；有大花的，也有细花的；有花色鲜艳的，也有花色淡雅的，赤橙黄绿青蓝紫，称得上五颜六色。在生活区的大门口，在生产区的工业广场，那些伞花在流动，在汇合，一时间，喜人的伞花无处不在。登上楼顶往连接南井北山的那条柏油路上看，如烟的雨雾中，只见花伞不见人，仿佛每一把伞都是雨中盛开的花朵。“花朵”是流动的，加之两岸是墨绿的麦田，仿佛使那条路变成了一条花儿的河流，而且是桃花汛期花儿的河流。

作为乔集矿的一员，宋长玉虽然不是正式工，虽然他的在册是临时性的，但他也领到了一把雨伞。雨伞外面的包装是一个透明的塑料筒，他没舍得把包装撕破，而是把伞从塑料筒里抽出来，才把伞撑开。他不像孟东辉，砰地就把伞撑圆了。他是慢慢试着撑的，撑得相当谨慎，像是一不小心就会把伞撑破似的。伞篷是尼龙布的，浅粉色，上面分布着一些细细的蓝叶黄花。他很喜欢伞的颜色和伞面上的小花。伞杆是不锈钢的，支撑伞的骨架也是不锈钢的，闪耀着金属的光泽。伞顶那里露出一截长尖，枪刺一般。伞柄那里窝了一个弯，很像手杖的手柄。这样把伞收拢，把伞布抿卷，并用上面带的扣环把整个伞扣起来，既可以当防身用的武器，冰天时又可以当防滑的拐杖用。宋长玉没有把伞拿到雨地里去试雨。孟东辉的伞试过雨了。伞都是一样的，他看别人试过，等于自己也试过了。他把伞按原样收好，仍套进塑料筒里，靠墙放在床里边。犹觉得不够保险，他把床单拉了拉，把伞盖在下面。孟东辉笑话他了，说："不就是一把伞嘛，又不是一个老婆，那么爱惜干什么！怎么，你准备搂着伞睡觉呀！"

宋长玉说："不提老婆，怕别人不知道你有老婆是不是？除了老婆，你脑子里还有什么！"

孟东辉说："你说对了，老婆就是一切，我天天想我老婆。"

"你不是说你未婚嘛，老婆是从哪儿出来的？"

孟东辉笑了："那是蒙他们的。我说我没老婆，矿上也不会给我发一个。"

杨新声也问宋长玉："小宋，你以前是不是没用过伞？"

宋长玉承认："是没用过。"

长这么大，宋长玉第一次拥有了一把雨伞，一把新雨伞。天每年都下雨。天不管谁家有伞，谁家没伞，只管下它的。宋长玉出生一二十年，没用过雨伞为自己遮过雨。如果把雨伞算作全家的财产，这也是他们家的第一把雨伞。他在家上学时下雨怎么办呢？下小雨，他什么都不带，跟同学们一起在上学路上跑来跑去。下大雨，他就戴上斗笠，披上父亲为他勒制的蓑衣。父亲手里没钱买雨伞，可父亲手很巧，能把河坡里的蓑子草采来，勒成防雨的蓑衣。父亲每年秋后都勒制一两件新蓑衣。后来他嫌蓑衣太难看，同学们说他像刺猬，他就不披蓑衣了，下大雨时顶一块剪开的盛化肥的塑料袋子去上学。在他的记忆里，一个堂叔家有伞，先是一把红纸伞，后是一把黄油布伞。红纸伞是堂婶子作为嫁妆从娘家带来的，堂婶子珍惜得很。堂婶子去走娘家，不管是阴天，还是出着太阳，她都是先把红纸伞抱在怀里。

红纸伞好像不单是遮雨用的，还象征着一种财富，一种地位，一种荣誉。下雨的同时，风稍大一点儿，堂婶子就舍不得打伞了，怕风把纸伞刮坏。她宁可把头发淋湿，把衣服淋湿，也要保护她的伞。堂叔有时晚间出门，也愿意把红纸伞带上。他带红纸伞是预备派更大的用场。据堂叔说，红纸伞是避邪的，夜里若碰见小鬼儿挡道，只需把红纸伞拿出来，冲小鬼儿那么一开一合，一合一开，小鬼儿就会吓得退避三舍。这么说来，红纸伞又成为一种神物了。既然视为神物，堂叔在雨后把伞拿出来在院子里撑开晾晒时，就不许小孩子碰。宋长玉他们刚要近距离看看红纸伞，堂叔就喝令他们离远点儿，还说“兴瞧不兴着，一着把手烧”。红纸伞用坏了，堂叔家又添置了一把黄油布伞，黄油布伞要比纸伞结实得多。每年秋后，堂叔都要在伞面上刷一遍桐油，弄得满院子都是桐油的香味。不管是纸伞还是布伞，堂叔堂婶子从不借给别人用，谁张口借也是白张。宋长玉记得很清楚，一个秋雨天，母亲听说姥娘生病了，要去看姥娘，就去找堂婶子借伞。堂婶子正支吾着，没找到理由拒绝，这时堂叔说话了，堂叔说他一会儿也要出门，也要用伞。伞不借也罢了，母亲还听见堂叔在她背后说：“想用伞自己买，没见过下雨天借伞的”。母亲因此很生气，说一辈子不打伞，看看能过不能过。由伞想到母亲，又由母亲想到伞，他想这把伞他干脆别用了，等什么时候回家探亲时把伞捎给母亲，母亲一定会很高兴。这把伞用了也没关系，他可以另外给母亲买一把新伞，要买大红伞面、红彤彤的那一种。反正他现在是每个月都能领到工资的人，买一把伞花不了多少钱，连一个月工资的十分之一都花不完。

第一部分　雨中送伞（3）

看来还是有工作好啊！要是还在老家，别说下雨，就是下冰雹，下刀子，谁会给老百姓发伞呢！就冲这一点，他也要在矿上留下来，再也不能回老家去了。这么一对比，宋长玉心里一动，似乎也来了灵感，他的灵感虽说不像唐矿长的灵感那么宏大，那么带有全面性，但他的灵感也是灵感，也有类似灵光的东西在脑子里倏地一闪，也是血液的浪花飞溅的结果，也让他激动不已。好多人都不相信灵感的存在，不知道灵感是个什么鬼东西。宋长玉或许也没听说过灵感这个专业性很强很虚幻的词语，但一种由感而生的意念的确使他有了激动的表现。他脸色涨红，手微微发抖，很想大喊一声："太好了，就这么办！"他不会喊出来，能够克制自己。他顶多在床前原地转两个圈子，或仰躺在自己床上，把身体折叠起来，双腿代替双臂举过双肩，举过头顶，做出一种类似振臂欢呼的举动。稍事平静，他就拿出纸和笔，把"就这么办"往纸上落实。他这次不是给唐丽华写信，而是要给《矿工报》写稿子。

唐丽华承认他有才华，为他明确指出了一条路，让他给《矿工报》写稿子。他得听唐丽华的话，尽快写出一篇稿子来。唐丽华让他写稿子，是对他的期望，他不能辜负唐丽华的期望。也可以说是唐丽华对他的考验，他得向唐丽华交上答卷。上次和唐丽华交谈之后，他心头春风鼓荡，怎么也睡不着，爬起来又给唐丽华写了一封信，也就是第五封信。唐丽华是说过不让他再浪费才华，可如果因此就不再给唐丽华写信，未免显得过于老实，甚至有些傻了。正因为接连写信，唐丽华才知道了他是一个有才华的人，他才有理由和资格与唐丽华交谈。要是不写信，唐丽华哪里会知道他是何许人呢！信是他精心设计、搭建的通向唐丽华的桥梁，通过这座桥梁，他才能由此岸到彼岸，实现与唐丽华的相会。唐丽华各方面的条件是比较优越，但再优越她也是一个姑娘家。对于一个姑娘家的心理，宋长玉还是能理解一些的，这就是，哪个姑娘不怀有春心呢！不希望小伙子追求她呢！不喜欢收到多多的求爱信呢！唐丽华对他的信又不反感，他没有理由不继续给唐丽华写信。在这封信里，他把与唐丽华交谈的过程重新描述了一遍，也就是以文字的形式重现当时的情景。他写到了唐丽华的微笑和声音，称唐丽华具有大家闺秀的风度。他把自己写得很紧张，说由于当时太激动了，以致连话都不会说了，该表达的感激之情都没有好好表达。借写信的机会，他一再感谢唐丽华对他的鼓励，感谢唐丽华为他指出了前进的方向和奋斗的道路。他说，在此之前，他眼前茫然一片，没有一个人给他指过路，包括他的父母似乎也对他爱莫能助。现在老天终于开眼了，终于有人给他指路了，指路人就是唐丽华。他提到了唐丽华把哥哥唐胜利的名字告诉他，说这对他来说是莫大的信任！写到这里，他有些自我谴责似的："你不过是个小小的采煤工，要什么没什么，而人家是矿长的千金小姐，凭什么让人家给你这么大的信任呢！"他使用抒情的笔调，接着把笔头子一转，转到自然界去了。他写到徐徐的春风，明媚的阳光，和绿色大地的一派盎然生机。他说对他来说，唐丽华的话语就是春风，目光就是明媚的阳光，唐丽华为他指出的道路就是洒进他心田的雨露。信的最后，他向唐丽华表示了决心，一定要写出稿子来。这封信他没有再到镇上的邮政所去寄，而是到医院直接交到唐丽华手里去了。因屋里还有一个护士，唐丽华问他："稿子写完了？够快的呀！"他也不能否认是稿子，说："写完了，请您批评指正。"唐丽华当时没有拆信封，把信装进护士服的口袋里去了。宋长玉注意到，唐丽华往口袋里装信时脸上红了一下。这个信号非常重要，表明他们之间似乎已经有了秘密，并对秘密达成了某种默契。

宋长玉所写的稿子内容是有关雨中送伞的，他觉得这个题材很好，简直像是天上掉下来的。他听人说了，给全矿职工发伞是唐矿长的主意，那么他写矿上给工人送伞，就等于写唐矿长给工人送伞。而唐矿长是唐丽华的爸爸，若稿子能发表，唐矿长会喜欢，唐丽华也会喜欢。一稿能讨两个好，既讨了唐矿长的好，也讨了唐丽华的好。真正开始写稿子了，他才知道写稿子不是那么容易。写稿子不像写信，写信时，他脑子里装着一个具体的对象，这个对象就是唐丽华，他拣好听的话说给唐丽华就行了。写稿子他不知道对象是谁，低头是白纸，抬头是墙壁，他脑子里仿佛是虚空的。在学校里，老师教过他们如何写信，他懂得写信的格式。可老师从来没教过他们如何写稿子，他不知道写稿子的格式是什么。在使用语言方面，写稿子与写信恐怕也不一样。写信有点儿像说悄悄话，有着私密的性质。写的稿子得能上广播，能登报纸，有着可以广泛宣传的功能。稿子外面像裹着一层坚硬的外壳，他没有钻进外壳的钻头，也没有砸烂外壳的榔头，看来很难搞进去。他曾看见过《矿工报》，那是孟东辉从外面买回一只酱猪蹄，《矿工报》是作为酱猪蹄的包装纸被孟东辉带回宿舍来的。《矿工报》被揉得皱皱巴巴，弄得油腻麻花，两面的黑字胳膊腿儿像是重叠在一起，几乎分不清字迹。不过报头处“夏观矿工报”几个大字还是很醒目。那是他第一次看见那张小报，并知道了矿务局不光出煤，还出报纸。别看报纸不大，在矿上的知名度却很高，很多人都看过《矿工报》。他们对一些全国性全省性的大报不怎么重视，见到《矿工报》却要看一看。和尚不亲帽子亲，难得的是报上说的都是煤矿的事。弄得巧了，他们有可能在报上看到一个熟人的照片，或一个工友的名字。宋长玉想拿份《矿工报》参照一下，看看稿子应当怎么写。他往孟东辉床下瞅，希望那张报纸还在。孟东辉床下乱七八糟的，有木板，有钢筋，却没有那团报纸。孟东辉是一个善于利用废品的人，报纸包了猪蹄不算完，他或许又用它擦屁股了。没有可模仿的稿子，宋长玉只能按自己对稿子的理解，硬着头皮写。他结合自己的体会，是从自己的角度写的。他说他从小就喜欢伞，做梦都想有一把自己的雨伞，只是节省惯了，迟迟舍不得花钱买雨伞。淋雨的时候，他对自己说该买把伞了。天一晴，他就把买伞的事放下了。写到这里，他虚构了一个情节。说有一次因为淋雨着了凉，他感冒了好几天，虽然还有点儿发烧，但他一天都没有影响上班。现在好了，矿上给每个职工都发了一把伞，他再也不用淋着雨上班了。怎样称赞矿领导的善举呢？他想起听到过的两句歌词，叫“爹亲娘亲不如毛主席亲，千好万好不如社会主义好”，把这两句歌词写上了。想想，觉得不妥，这两句词人们唱得太多了，不新鲜了，加上毛主席也已经逝世了，再把送伞的事归功于毛主席，恐怕也不大合适。得，那就写上感谢矿长唐洪涛，唐矿长真是我们贫下中农，不，真是我们矿工的贴心人哪！

第一部分雨中送伞（4）

稿子写完，宋长玉看了一遍，觉得很生涩。唐丽华夸他写的信语句通顺，可他一写成稿子就不太通顺了，显得疙里疙瘩的。然而再疙瘩也是稿子，不是信，有了稿子，在唐丽华面前就可以交代了。

为了明白无误地显示他这次写的是稿子，而不是信，宋长玉只把稿子稍微折叠一下，没有装信封，就给唐丽华送去了。这次屋里没有别的护士，只有唐丽华一个人。唐丽华那会儿也没做什么事，坐在椅子上，扭脸看着窗外，像是在出神。宋长玉心跳加快，觉得这是一个和唐丽华单独交谈的好机会。他向唐丽华问好时，声音似乎也有些发颤。

唐丽华扭过脸来，没从椅子上站起来，也没有像他想象的那样热情。唐丽华问：“你怎么又来了？没伤没病的老往医院里跑什么！”

宋长玉说：“我把稿子写出来了。”

“是吗？那好呀！”

“我以前没写过稿子，请您给看看，提提意见。”说着把稿子展开，双手捧着往唐丽华面前递。

唐丽华不接，说：“你让我看处方还可以，让我看稿子净是瞎耽误工夫，我提不出什么意见。”

“哪能呢，您看得报纸多，您的哥哥又是报社的编辑，您看稿子的水平一定很高。”他把稿子摊在唐丽华面前的桌子上，坚持让唐丽华看，“在您的鼓励下，我才开始写稿子。我现在需要您的鼓励。”

“我的鼓励有那么重要吗？”唐丽华质疑似的笑了一下。

“当然重要了，反正对我来说非常重要。没有您的鼓励，我根本没勇气写稿子。”

“那我以后别打针了，开个鼓励店，天天鼓励人算了。”

唐丽华还是把稿子拿起来了，她看得不是很仔细，一翻两翻就把稿子看完了。唐丽华的评价是：“我看挺好的，你挺会拍马屁的。”

听唐丽华说他会拍马屁，那马自然指的是唐丽华的爸爸唐洪涛，宋长玉禁不住笑了，说：“唐丽华，您太幽默了！”

唐丽华还有话说：“真的，我提不出什么意见，你还是拿到宣传科，让杜科长他们看看吧，写稿子他们才是行家。”她把稿子还给了宋长玉。

宋长玉想起上次跟杜科长要稿纸而未得的事，对去不去宣传科有些犹豫。

唐丽华看出了他犹豫，说：“我听我哥说过，他们收到的稿子都要经过各单位宣传科盖章，没有经过审查盖章的稿子，他们一般都不发。”

既然如此，宋长玉只得再去宣传科。这次有稿子作为交换条件，也许可以向杜科长要到稿纸和信封了。

第一部分　投稿儿（1）

《夏观矿工报》只在矿务局内部，以赠阅的形式发行，每周一期，发到全局科、队一级。宋长玉刚把稿子寄走两天，就到队长那里找《矿工报》看。队里没有专门的办公室，康队长的宿舍就算是办公室。康队长不识几个字，大约只认得自己的名字。他认出康骆驼那三个字是代表他，不是那个四条腿的、背上长肉疙瘩的家伙。他认识自己，让他把自己写下来就难了，照葫芦画瓢都不会。需要在某个单子上签字，康队长扯住拴在裤腰带上的一根小拇指粗细的麦绿色尼龙绳，从裤子口袋里哗地扯住一串钥匙。他用以签字的玩意儿就在那串钥匙里。那是一枚扁扁的小小的名章，上面刻着“康骆驼”三个字。他把名章探在口腔里哈哈热气，待把残存在字面上的印泥弄湿，就把章子盖在人家指定的地方了。章子的颜色有些发黄，康队长说，他的章子是用猴子的骨头刻制的，猴子的骨头比较接近人的骨头，人死后，人的骨头也发黄。别的采煤队的队长跟康队长开玩笑，坚持说他的章子是用骆驼的骨头制成的。这样的说法一多，有时连康队长自己也认可，他说：“你们谁都别惹我，我早就变成小鬼儿了，连我自己的骨头上都刻上字了。”有时矿上开会找不到他，找到后，矿长拉下脸子，正要在会场上严肃批评他，他跟矿长也敢开玩笑，说：“我哪儿都没去，我一直在自己裤子兜里待着嘛！”说着就把自己的名章掏出来了。有人把裤兜儿与裤裆联系起来，不少人都笑了。谁都看出来了，康队长的脑袋瓜儿很好使，恐怕比一些识字很多的人脑袋瓜儿都好使，不然的话，矿上不会把一个采煤队二百多号人都交给他管，让他书记队长一肩挑。别看康队长不识字，他对有文化的人却不排斥。他从队里挑了一个初中毕业的小马，当队里的材料员，也是他的秘书。上面来了文件，他就眯着眼躺在床上，让小马给他念。小马把文件念完了，他才从床上坐起来，说：“啥都没说，空的。”别看他认为是“空的”，各班开班前会，他又让小马到会上去念。念完了他必讲话，说这个文件很重要，我们一定要牢记在脑海中，融化在血液中，不折不扣，认真贯彻执行。有人指出他说的是老话，只有在活学活用毛主席著作时才说这样一套嘴巴挂子。他立起眼来说：“关于这个问题，谁认为我说的是老话，我跟谁急，怎么，难道光焰万丈、战无不胜、攻无不克的毛泽东思想过时了吗？”他对小马的待遇很优厚，也可以说是特殊待遇。他还要经常下井，却不让小马再下井。小马不下井，他让记工员给小马记的是井下工，发的是井下工的工资。有一段毛主席语录他背得很熟，枪杆子笔杆子，夺取政权靠这两杆子，巩固政权也靠这两杆子。结合采煤工作，他把这两杆子引申为钻杆子笔杆子，说挖煤也离不开笔杆子呀！刚见到宋长玉时，康队长已经知道了宋长玉是个高中毕业生，他说："哎呀，你是个秀才呀，来挖煤可惜了，屈才了。跟你爹说说，让你爹花点儿钱，你再接着复习呀。再复习一年，说不定就考上了。考上大学，等于把大拇指翘起来了，那是什么劲头。要不这样吧，我掏钱给你赞助，你去接着复习怎么样？"还没等宋长玉回过闷儿来，康队长就笑了，说："开玩笑，开玩笑，我们队里正需要高中毕业生来补充新生力量呢！好，欢迎欢迎！"把宋长玉的手握住了。

来到康队长办公室，宋长玉说他想看看最近的《矿工报》。康队长往桌上看看，说《矿工报》没有了，可能让谁拿走包东西去了。又说他屋里跟骡马市场一样，这个来那个去，根本放不住东西。康队长还是把宋长玉称作秀才，说秀才这一段干得不错。康队长还问宋长玉家里的情况怎样，要宋长玉经常给家里写信，说儿走千里母担忧，常给家里报平安好一些。康队长对宋长玉找报纸看很赞成，说年轻人就是要经常学习，不能因为自己的文化水平高就不看书不看报，蒸熟的馒头放时间长了也会凉，吃的时候还要馏一馏。康队长一边说，宋长玉一边点头，宋长玉说康队长语言丰富，说话特别生动形象。康队长说："小宋你不是笑话我吧，我一个大老粗，哪里讲什么形象不形象。哎，你怎么想起来看《矿工报》，不是要写稿子吧？"

宋长玉低了一下眉，不好意思地笑了一下，承认自己是写了一篇。

康队长的眼神马上欣喜起来："看看怎样，我没说错吧！就我这眼睛，虽说赶不上孙猴子那两下子，跟火眼金睛也差不离儿。口袋里藏不住针尖子，是尖子谁也挡不住，迟早一天会露出来。"

宋长玉说，他原来并没打算写。他说到这里就不说了，说半截儿留半截儿。既然康队长会猜，是"火眼金睛"，那就让康队长继续猜好了，看看康队长能不能猜出他的后半截儿话。他对康队长也有猜测，猜康队长会问他后来为什么又写了。让宋长玉小有得意的是，一向精明无比的康队长果然中了他的猜测，康队长问：“那后来呢，怎么又写了？”

这个问题怎么回答，宋长玉犹豫了一会儿，犹豫期间，他还用手抿了抿头发。这一次宋长玉不是在玩策略，不是故意引而不发，他真的在犹豫，该不该把唐丽华说出来，这时候把唐丽华说出来好不好，是不是有点儿早。最终他没有克制住自己，还是把唐丽华说了出来。那一刻，仿佛有一个特写镜头，一直把唐丽华往他脸前推，推，先是推唐丽华的整个身体，后来只推唐丽华的脸，把唐丽华的脸放大得比他的脸大好几倍，他想装看不见都不行。又仿佛有个声音在他耳边催促他，你快说嘛，说嘛，反正又不是说瞎话，说出来怕什么！不说白不说。宋长玉的犹豫歪打正着，使他说出的话的效果得到了加强，使得康队长觉得他有涵养，不张扬，不得不对他刮目相看。他说：“那次在食堂排队买饭，我和唐丽华站在一起，是唐丽华让我写稿子的。”不知为何，一把唐丽华说出来，他像是被掏空了一样，心里有些发虚，还有那么一点儿紧张。康队长的欣喜更大些，近乎惊喜，他问：“哪个唐丽华？是不是唐洪涛唐矿长的千金？”

第一部分　投稿儿（2）

宋长玉装作不知道的样子，摇摇头说：“我不知道，我只知道她是医院的护士。她还告诉我，她哥哥叫唐胜利，在《矿工报》当编辑。”

康队长常年剃光头，兴奋时喜欢用手抹拉自己的光头皮，他把光头皮抹拉两个来回，说：“没错儿，就是她，她就是咱矿唐矿长的千金。”康队长故意歪了头，对宋长玉做出刮目相看的样子，“小宋你小子行呀，不吭不哈的，什么时候跟矿长的千金搭搁上了。唐丽华可是咱们乔集矿的公主，你宋长玉是不是要当驸马呀！”

宋长玉连连摆手，说："康队长，您可不能开这样的玩笑，这玩笑太大了。人家是谁，我是谁，两下里差着十万八千里呢！"

康队长仍笑得挤着眼睛说："十万八千里怕什么，不过一个跟头的距离，你学学孙大圣，一个跟头翻过去就解决了。"

"咱可没有孙大圣那本事。康队长我求求您，开玩笑到您这里为止。您知道，我们当个轮换工不容易。"

康队长这才不笑了，说："没关系，你的意思我明白，这个事情谨慎点儿也好。要想当驸马，先得当状元，只有当了状元，才能娶公主当老婆。状元都是写文章写出来的，你好好写吧，等当了状元再说。这样吧，《矿工报》你不用来找了，等来了新的，我让小马给你拿过去。"

"不用，还是我自己来看吧。"

"别客气，今后有什么事你只管来找我。要不，我跟矿上后勤科的人说说，让他们给你配张桌子吧，写稿子方便些。"

"用不着，真的用不着。我们屋里也没有放桌子的地方。"

"地方好说，把孔神经调到别的屋不就结了。孔神经占着茅坑不拉屎，早该挪挪窝了。"

宋长玉还是说用不着，不能因为写稿子影响他和工友之间的团结。再说，他写的稿子能不能登报还不一定呢。

稿子是宋长玉自己寄走的，直接寄给唐胜利编辑收。那天，他把稿子送给杜科长看，杜科长了不得，一下子就叫出了他的名字。杜科长这次从座位上站起来了，说："来来来，我一直等着看你的稿子呢！"宋长玉说他刚把稿子写完，遂把稿子递给杜科长。杜科长说他现在就看，指了一个凳子，让宋长玉坐下等一会儿。杜科长戴上眼镜，看稿子看得比较仔细，看完一遍，又看一遍。在杜科长看稿子时，宋长玉也在看，他看的是杜科长的表情和杜科长的嘴。杜科长的表情，是没有表情的表情，他看不出什么。倒是杜科长的嘴唇微微有些动，像是念念有词。宋长玉觉得不太自在，他像是一个病人，杜科长像是一个医生，杜科长正通过他的稿子给他号脉。他不知道他的“脉搏”在杜科长手下是怎么样的，是浮还是沉，是迟还是数，有没有什么毛病。这样联想的结果，脉搏他感觉不到，心跳却明显加快。杜科长把眼镜摘下来了，眼皮眨巴着，笑了一下，说：“小宋可以呀，挺有文采的嘛！”“医生”得出这样的“诊断”，宋长玉的心跳才平缓些，他说：“我是第一次写稿了，请杜科长多提宝贵意见。”

杜科长说：“你第一次写稿子就写成这样，已经相当不错了。不过呢，这个送伞的内容宣传科的新闻干事已经写过了，稿子已经送到报社去了，我估计很快就会登出来。你选择了同样的内容，说明你有一定的新闻敏感性。可是小宋我跟你说实话，如果用新闻报道的几个要素来衡量，你写的这篇稿子还不能算是新闻，更像是一篇文学作品。你看这样行不行，稿子留下，我们替你寄去，看报社能不能按文学作品登。按说不同的体裁可以写同一个内容，因为角度不同。来，你把你的名字署上，联系地址也要写清楚。记住，你今后写稿子一定不要忘了写上姓名和联系地址，这样报社的编辑才能和你取得联系，稿子发表后才便于给你寄样报。”宋长玉在往稿子后面写名字和地址时，还没忘了向杜科长要稿纸和信封的事，他想，要是让杜科长他们替他寄稿子，杜科长也许不给他稿纸和信封了，他说：“还是我自己寄吧，我想把稿子再抄一遍。”杜科长说：“你自己寄也可以。抄完后别忘了到宣传科来盖个章。”杜科长把一本稿纸分开，给了他一半，还给了他三个信封。杜科长要他用完再来拿。

杜科长给他的稿纸是方格纸，上面没有印大红的乔集煤矿的名字。在稿纸最下方的两个角，宋长玉才找到了几个和方格的浅绿颜色一样的小字，左下角标的是多少行乘多少格等于一篇稿纸的总格数，右下角才是夏观矿务局乔集矿的名字。名字印得很浅淡，不仔细看，几乎找不见。杜科长给他的牛皮纸制成的信封总算不错，上面印刷体的乔集矿的名字很红，很打眼。宋长玉把稿纸和信封拿回宿舍后，就开始趴在床边抄稿子，信封也放在床上，暂时没有收起来。他想把信封压在枕头底下，压了一下，又拿了出来。他知道，眼睛很好使的孟东辉会看见他的信封。他想让孟东辉看见，又不想让孟东辉看见。既想让孟东辉知道，他用上公家的信封了，已经和孟东辉拉开距离了，又怕孟东辉看见便宜走不动，张口跟他借信封。果真，孟东辉把信封看见了，问着哪儿来的信封，伸手把信封捏起一个。宋长玉说："别动，这是矿上宣传科的杜科长发给我的，是让我寄稿子用的，不许寄别的东西！"他站起来，伸手跟孟东辉要信封。孟东辉不还给他，说："我看看还不行吗？""信封上又没有美人头儿，有什么好看的，你没见过信封怎么着，拿来！"宋长玉的做法很像一个小孩子，愿意把自己独有的玩具在小伙伴们面前炫耀，赢人家的眼。人家一旦把他的玩具摸到手里，他立马翻脸不干，要把玩具从小伙伴手里夺回来。孟东辉没有把信封还到他手里，一甩，甩到床上。宋长玉对孟东辉这样甩他很不满，瞪了他一眼，说："干什么！"孟东辉不服地哼了一声，说："你牛皮，行了吧！"

长门芳草

（节选）

李　铁

作品简介

《长门芳草》是当代作家李铁创作的讲述中国工业历史和中国工人精神风貌的长篇小说。最初发表于《小说月报》（原创版）第 5 期。2018 年 1 月，更名为《热流》，由大连出版社出版。

故事开始于 20 世纪五六十年代，讲述了长门厂的一位普通女工乔芳草从入厂一直到退休的工作、生活历程。乔芳草通过努力学习，勤奋钻研，成为厂里的技术骨干，见证了企业的发展、衰退与再度兴盛，尤其进入新世纪，看到企业通过重组，抓技术创新，使老厂焕发了生机，成为东北老工业基地著名企业的发展历程。

小说具有较强的社会现实意义，对人性的解剖深刻真实，处处呈现出老一代中国工人满腔的爱国激情和无私奉献精神。

根据李铁《长门芳草》(《小说月报（原创版）》2009 年第 5 期）节选。

正文节选：第一、二章

第一章

1 烤土豆

开始于上世纪六十年代初。

对于自己的故事，乔芳草总会这样界定它的开始。多年来，她一直认为开始是可以选择的，而结束则由天定。她把自己的开始从变了颜色的陈年老账中分拣出来，如同从装满旧衣服的箱子里翻找一件她也许并不怎么喜欢，但却对她有着某种特殊意义的衣服，她的心情是复杂的，她把它在阳光里抖一抖、晒一晒，在纷飞的尘埃中，她会与许多不想忘的或者想忘的事情不期而遇。

乔芳草少女时代常用一把木制的木梳梳头，木梳很精致，虽然掉了几个齿，并且还有几个齿已经松动，但对于那个时代的一个乡下女孩来说，拥有这样一把木梳已经是件很奢侈的事了。闲着的时候，乔芳草就搬个小凳坐在院子里梳头，乔芳草的发质极好，头发又黑又粗，不像其他乡下女孩子那样，头发是枯黄的，如秋后的干草。乔芳草的发质与她的营养状况反差甚大，吃粗米野菜，平时难见荤腥，身体已瘦如柳枝，可她的头发却异常茁壮，像吸饱了足够养料和雨露，尤其用木梳蘸了水梳头，头发显得又黑又粗又滑又亮。在一群女孩子中十分扎眼。没有特别的事情要做，乔芳草一般是不蘸水梳头的，蘸水梳头了，就预示着她将刻意去做一件事情。把自己的优势尽显出来。是一种心机，也是一种隆重。

开始不在村子，而是在厂子的单身宿舍，拥有四张床位的房间此时只有乔芳草一个人在。阳光很盛的时候，乔芳草就开始梳头了，她把一盆清水撂在镜子前的小木桌上，面对镜子，用心爱的木梳在盆里蘸一下水，然后梳一下头。长长的头发被她梳得根根如丝。如水线般倾泻而下，阳光一耀，能成功地返出光来。当然她的头发是不能披散在肩上的，那个年代不时兴披肩发，时兴的是齐耳短发，城市、农村，大姑娘、小媳妇大都剪成这种发式。乔芳草没赶时髦剪短发。她梳头的最终形式是两条乌黑锃亮的大辫子，辫子编得整齐而繁复，如一件艺术品。

然后，乔芳草换上了那件她钟爱的缀满小碎花的红棉袄。这件棉袄是母亲为她缝制的，面料是土改时分到的一块花布，质地极好。据说是地主的儿子从某个大城市买回来给自己媳妇用的。厂子里的女职工大都穿蓝黑色调的衣服，远看分不清谁是谁，尽管时髦，可乔芳草还是不喜欢，她觉得女孩子就应该穿得醒目，红棉袄虽然有些土气，但与劳动布的工装裤搭配，就土洋结合，不同凡响了。红棉袄长及髋部，布制的花形长纽，立领，乔芳草穿在身上觉得自己瞬间就亮堂起来。这是一种奇特的感觉，就像在一间漆黑的屋子里，你突然点燃了一盏灯，在渐渐清晰的视觉里，你看见自己的影子并不像自己似的，在亮光中很漂亮地摇曳。

乔芳草走出单身宿舍。从身边经过的人都用一种好奇的目光看她，她全然不顾，只管往前走。乔芳草要去的地方是厂院后面的大田地，从宿舍走到那里需要二十几分钟。她穿过高高矮矮的建筑和熟悉不熟悉的厂人，踏上刚刚苏醒，或者说尚未完全苏醒的地头。地上还铺着一层薄薄的积雪，由于出现融化的迹象，积雪已是百孔千疮，似乎有许多混浊的液体正在努力渗透，颜色也没有冬天的白。即便如此，穿红棉袄的乔芳草还是很显眼。回头望，她好像能看见自己踩过的雪地上有一道若有若无的红色的划痕。

在这一大片雪地的尽头是一座土丘似的村庄，叫长门村，乔芳草的家就在那里。刚落成不久的发电厂占了长门村的田地，每家每户便有了一个进厂的指标。乔芳草的指标是与哥哥竞争而得到的，父亲本来已经决定把指标给儿子，但乔芳草坚持不懈的哭声起了扭转乾坤的作用，最终父亲还是把指标给了她。农民进厂，和原有的厂人待遇是不一样的，他们大都被分配干一些边缘性的工作，比如乔芳草，就只能在清扫队里做一个毫无技术含量的清洁工。乔芳草一直固执地认为，做清洁工算不得真正的工人，只有能接触到发电用的机器。那才算真正的工人呢！

乔芳草的身后是发电厂，对于这一大片陌生而又奇怪的建筑物，乔芳草很长时间都没有找到一个恰当的比喻，直到后来她有了女儿，女儿有了一副积木玩具，她才蓦然觉得用积木来形容这些建筑，还是比较贴切的。如果大地就是一张偌大的桌子，那些高的矮的粗的细的圆的方的等形状的东西组成的建筑物，不就是如同堆起的积木吗？

乔芳草在一棵大槐树下停住了脚步，然后回身，这样，她的背部就是长门村了，前方则是发电厂。没进厂的时候，乔芳草总爱在傍晚跑到地头来，眺望那些建筑，眺望的过程其实就是光线转暗的过程，夕阳西下，一种几乎无法克制的躁动，在黑暗来临之前盈满了她的身体。

对于这一天的乔芳草，光线转暗的过程也是等待的过程，等待一个人隆重出场。这个人叫施其山，是厂里的一个技术员，年龄比乔芳草大不了几岁。人精瘦，脸苍白，肩膀很突兀地支撑着衣服，好像只有骨头没有肉，用力一推，就能散架一般。乔芳草是在厂房里打扫卫生时认识他的，他在检查一个阀门时晕倒了，乔芳草赶上前去扶他坐起来，掐了他的人中穴，他才慢慢缓过来。乔芳草问他为什么会晕倒，他说是饿的，每天的定量只够吃饱一顿饭，分开三顿吃，吃的就都是没多少米粒的稀粥，间歇性晕倒也就是常有的事了。乔芳草一般每天在厂里的食堂吃两顿饭，实在饿得不行，就回家再去补上一顿饭。长门村和长门厂近如一家，从宿舍到厂房和从宿舍到村子，距离不相上下，家里虽然已经吃上了用秫秸磨成的面粉，但毕竟还能填饱肚子。乔芳草心软，想帮他，又不知怎么帮他。两个人熟悉以后，乔芳草还真帮过他多次，在食堂吃午饭时，乔芳草悄悄挨近他，不管他同意还是不同意，硬把自己饭盒里的饭拨给他一半。周围的人起哄似的笑，施其山红了脸，吃也不是，不吃也不是。

这次约会是乔芳草发起的，没下班的时候，乔芳草找到施其山，说晚上请他一起吃好东西。施其山问是什么好东西，乔芳草没告诉他，说你去了自然就知道了。当时施其山瞅她的眼神很特别，应该属于含情脉脉的那种，当时乔芳草没觉得什么，若干年后回忆，才觉得这眼神日渐珍贵起来。

乔芳草蹲下身，用手扒开树下的浮雪，露出一米见方的地皮后，又找来一些干树枝，手脚并用地折断，堆起一个柴堆。用火柴点燃了，柴堆便发出噼噼啪啪的响声，冒出了一朵朵令人欢欣鼓舞的火苗。一缕浓烟像竿子一样竖立起来，慢慢扭过头，朝着电厂的方向飘过去。这个时候，施其山像被这缕浓烟牵着，一点点地从电厂那边晃过来。走到近前，冲着火堆对乔芳草说，你是在搞篝火晚会吧！

乔芳草说，就算是吧。

施其山说，你说过要请我吃好东西？

乔芳草说，当然了。

乔芳草说罢，从身后拽出一个小布包，撂在地上，小小心心地打开，呈现在眼前的居然是十几个黑不溜秋的土豆，土豆有小孩拳头那么大，但每一个都有着令人眼睛一亮的吸引力。乔芳草看见施其山的眼睛睁得又大又亮，饥荒年月，土豆抵得上金子。她还看见施其山使劲地吸了吸鼻子，脸上浮现出灿烂的表情，好像成功地吸到了土豆的香味，可生土豆是不会有任何味道的。

施其山说，果然是好东西！

施其山像乔芳草一样蹲下身，拿起两个土豆就要往火堆里扔，被乔芳草给挡住了。乔芳草说，时候没到，你把土豆扔进去，土豆就不是土豆了，会变成硬邦邦的焦炭。施其山不好意思地笑了笑，说你从哪儿弄来这么多土豆，现在这可是金贵的东西。乔芳草说是从家里拿来的，平时舍不得吃，是藏着的。施其山说那今天为什么舍得拿出来，乔芳草没吭声，施其山隔着火苗看着乔芳草被映红的脸，似乎明白了什么，脸也一下子红了起来。

火渐渐熄了，熄火的过程中两个人都耐心地沉默着，火堆变成灰堆时，乔芳草才把土豆倒进灰堆。用一根木棍一个一个把它们捅进灰堆的深处。做完了，乔芳草朝施其山笑了笑，说我们要耐心等一阵，等焖熟了，我们就可以吃了。乔芳草说到这发现施其山的注意力似乎并没有在灰堆上，而是在她的身上，他盯着她，他的眼神是虚的，近乎迷离了。这种眼神令乔芳草十分受用，她觉得这种眼神就像味道一样，既可以品尝又可以笼罩。如果不是出于礼貌，她真想闭上眼睛，全身放松，至少在这一刻什么都不想。

但很快还是乔芳草自己打破了沉默，她说，还是说点话吧。施其山说，说什么呢，是说心里话还是说客气话？乔芳草说，话还分两种，你们城里人真复杂。

施其山说，我先说客气话吧，感谢你多次帮我，我真的很感谢，我都不知道该怎么感谢了。

乔芳草说，这些话我不想听，还是说别的吧。

施其山说，那就说心里话，从我认识你那天起，我就觉得我们之间会发生什么。

乔芳草说，发生什么？

施其山说，你说能发生什么？

乔芳草说，你说什么呀！

乔芳草的脸热辣起来，她虽然阅历浅，又没读过多少书，但敏感的悟性是与生俱来的，施其山的话令她有些猝不及防，她的第一反应就是伸出手去，冲着烟雾中施其山的胸脯狠狠捅了一下。

蹲着的施其山被捅坐在地上，他龇牙咧嘴，用一种并不擅长的油腔滑调说，我问过你的，是你让我说我才说的，你怎么还打我？乔芳草有些不好意思，就红着脸向施其山伸过手去。

你还要打我。施其山说。

谁还要打你，我是要拉你起来。乔芳草说。

面对伸到眼前的一只女孩的手，施其山犹豫了一下。但还是把它握住了。乔芳草第一次用力，没有把他拉起来，就有些慌神。第二次用力，觉得施其山的力量比她大得多，就愈加心慌，一股异常的感觉瞬间漫过全身，令她几乎头晕目眩。第三次用力，她已经相当虚弱了，非但没有拉起施其山，反而被施其山拉坐下来。两个人握着手，面对面坐了足有一分钟，乔芳草终于被羞耻心艰难地战胜，用猛劲推开施其山，砰的一声跳起来。

施其山讪讪地从地上爬起，四目相对，两个人都有些羞赧。乔芳草躬身用木棍拨灰，找出已经焖熟的土豆。她伸手拿起一个，闭上眼睛，鼓起腮帮吹土豆上的灰，当土豆露出本色，她才把它递给施其山。施其山说你先吃，乔芳草说还是你先吃。施其山迟疑片刻，还是接过土豆，皮都不剥张嘴就吃。还很烫的土豆在他的嘴里冒着热气，一股强大的香味以迅雷不及掩耳之势覆盖了他们，并且像灰堆冒出的余烟，经久不散。

乔芳草只吃了三个土豆，其余的土豆全被施其山吃了。吃完了以后，施其山的脸沾满了黑灰，笑起来一口白牙。显得十分生动。乔芳草问他好吃吗，施其山说好吃，只是吃了你这么些好东西，亏欠你太多了。乔芳草说，互相帮助嘛，谈什么亏欠。施其山面露难色，说我们之间总是你在帮我，我却什么也帮不了你，惭愧。乔芳草低下头说，你想帮我的话，就帮我当工人吧。

你已经是工人了。施其山说。

清扫工算不得真正的工人，我想当像你一样的，能拿着锤子、扳子在厂房里干活的工人。乔芳草说。

我也只是个工人，我哪有能力给你调工作呀？施其山说。

你是真正的工人，总有办法接近能调工作的人吧？乔芳草说。

让我好好想一想。施其山说。

此时天色已经暗下来了，灰堆里的烟气好像都变成了墨汁，都抹到了天空上，灰堆反而冒不出一丁点儿的烟气了。施其山想了好一阵，似乎想出了人选又不想说，也就像没想出人选一样。不过乔芳草并不沮丧，她对眼前这个年轻人充满了信心。往回走的时候，乔芳草的心是鼓胀的，毫无不着边际的失落感。

2 木梳

乔芳草长着一张小圆脸，年纪大了的时候变成一张大圆脸。长小圆脸的时候，乔芳草的面相应该说是相当可人的，配上一双圆溜溜会说话的眼睛，给人一种聪明伶俐的感觉。乔芳草最初进厂时两腮还有两片高粱红，但不到一年光景，乔芳草就成功地褪去了脸上这两片乡下痕迹，和其他城里来的女工没什么两样了。乔芳草很在乎脸上的东西，褪红成功的背后其实暗含着许多旁人无法知道的努力和恒心。一年来，她一直尽量避开外面超强的阳光，大多时间都在厂房或者宿舍里待着。她也说不上是个太爱美的女孩，她之所以这样做，其实是潜意识里有一股力量在作祟，别的方面还比不上其他的女工，但至少在脸上，她先要向厂里的先进水平看齐。

乔芳草的身材不高，但在那个年代，她这种身材也并不怎么显矮。她当然很瘦，但因为有大框架的髋部，肥大的工装裤在臀部也紧绷绷的，使其透出一股鲜活的健康的饱满的气息。乔芳草的眸子和头发一样，都很亮，是引人注目的部分，与人交谈时两眼定定地看着你，一定会使你断定她是个精明执着，无意间便能给你以压力的那种女性。

乔芳草能够住上单身宿舍，也是经过了一番努力的。同室的其他三个女性都是城里人，而且家都离得很远，其中有两个是外地人，另一个虽家住本地的城市，但距长门仍有着四十余里的路程。起初，管宿舍的人坚决不同意乔芳草入住，说她家住长门村，与厂子太近了，宿舍房间又这么紧张，怎么能让你来住！乔芳草说，我要住宿舍是有充足理由的，我不是为自己，而是为了厂子，我是打扫卫生的，住在厂里就可以随时打扫，永葆厂子清洁，因此，我住宿舍就比谁住宿舍都更为重要。管宿舍的说她强词夺理，不予理会。她急了，提高嗓门儿和人争吵，把人家也惹急了，斥责道，你不就是一个清扫工嘛，有什么可重要的？乔芳草抓住他这句话不依不饶，说清扫工怎么了，革命工作，人人平等，没有高低贵贱之分，你这么说不是在侮辱我，而是在侮辱革命工作。就在那个人的办公室，乔芳草一把拽住那人的胳膊，硬要拉他去找厂长理论。那人自知理亏，又怕惹厂长不高兴，只好无奈地点头同意。乔芳草变厉色为笑脸，冲那个人调皮地一笑，胜利而归。

乔芳草入住的是四人间，虽然室内简陋得不能再简陋，但对乔芳草来说，这就是天堂了。室内的设施、面积对她都不是重要的，重要的是她住进了厂子，离开了村子，至少在形式上她是真正脱离了村子的厂人了。她对铺着草垫子的木床感到十分新鲜，热炕躺惯了，这冰凉的木床并没有给她带来丝毫的不适。

乔芳草对同寝室的三位女工是敬畏的，虽然她们也大不了她几岁，但她们都是生产一线的职工，工作是与发电联系在一起的，这就足够令她羡慕的了。床是上下铺，乔芳草住在东铺的下面，住在她对面下铺的是一个叫章玉闻的女孩子，梳时髦的短发，鬓角的头发顺在耳后，腮帮和脖子都特别的白，看上去显得十分干净。章玉闻是大连人，说话语速快，又很爱说话，每晚睡前便总是跟人一顿痛说，然后便夸张地笑。在长门厂，似乎只有乔芳草的笑能与她匹敌，她的笑声永远是高音区的、连续的，哈哈……颇富感染力，乔芳草的笑则是突发式的，笑前往往没有预兆，突然爆发，哈哈……极具震撼力。住在章玉闻上铺的是一个叫王丽华的女孩，她来自东北最北的牡丹江，人长得短小粗壮，说话声音却相当好听，吐字清楚，音调又是标准的普通话。她平常话不多，但话匣子打开也是个人来疯，她喜欢和章玉闻抬杠，说急了，还会和章玉闻你一把我一把地扭成一团。乔芳草也喜欢和她们俩抬杠，她认为争论是一种幸福，任何不佳的情绪，在互不相让的争论中都会不由自主地化为灰烬。

只有睡乔芳草上铺的女孩子莫静是个异类，她是个文静的女孩子，话不多，语音是柔柔的，有点儿像她家附近太湖的流水，她是厂里少有的江南人，是标准的秦淮美女，人生得白皙清秀自不必说，乔芳草最诧异的是她打扮自己的能力，一件很肥大的工作装，经她用剪子和针线那么一改，就变得合体秀气了，同是短发，但她把刘海弄成了小弯，味道就与众不同了，在一群同是短发的女性当中就显得很华丽与时髦。莫静当然也说普通话，是那种南方的普通话，很好听也很好笑。

莫静的梳子是用牛角做的，做工精巧，打磨得光可鉴人，据她自己讲，她这把梳子是从上海买的。按理说，乔芳草的木梳是没法和人相比的，但乔芳草梳头的时候，她的木梳还是令莫静眼睛一亮。顺着那道亮光，乔芳草不失时机地问，你看我的木梳怎么样？莫静用极少用的惊叹语气啊了一声，说你的木梳的确很高级，用料是一种特殊的木头，非常稀有，它虽然旧了，但你看它的纹理却更清晰了，而且它摸着硬，梳在头上的感觉却是软软的、滑滑的，你说是不是？乔芳草说一点儿没错，梳在头上的感觉还真像你说的一样。

出于好奇，乔芳草曾建议两个人分别用对方的梳子梳一回头。莫静的牛角梳好是好，可乔芳草用起来还是觉得有些别扭，怎么梳怎么不如自己的木梳顺手。莫静也是，她虽然对乔芳草的木梳赞不绝口。可用起来也显得不是那么回事，彼此都有点儿像穿别人的衣服。

莫静很羡慕乔芳草的发质，说它又粗又亮几乎不像是真的，莫静的发质有些发黄，要不是抹了头油，又在额头处烫了小弯，她的发质就有可能影响到自己形象的整体效果。乔芳草很在意莫静的品评，这对于提高自己的自信心有利，女孩子嘛，都是善于比较的，与同寝室的三个女孩相比，出身、工种等几个重要指标乔芳草都明显处于劣势，说一点儿不自卑那是骗人。莫静的夸奖使她至少意识到，自己在某个方面也是拥有一定优势的，这优势来自不可改变的自然条件，与工种等可以改变的条件相比，这优势应该是更珍贵的。当然，仅仅发质好是算不得什么的，发质不过是一个引子、一个启发，只要她敢于寻找，善于寻找，比发质重要的优势便会突破司空见惯的外壳，勇敢而又生动地显现出来。

我还有什么优势呢？乔芳草暗问自己。一时答不出她也不急，她想只要有意识地寻找，就可以了。

对于调工种，乔芳草用了一番苦心，同寝室的三个人也曾被她纳入目标，但很快又被她给否掉了。都是女孩子，一个求字，就把自己的位置降低了，她想和她们平等相处，就断然不能求她们。她曾一度认为男性和女性是两条互不相干的河流，她不想惊扰自己所处的河流，而在另一条河流掀些波澜是无所谓的，正因为如此，她才把目标锁定在施其山身上。

当然，还有一个最重要的原因，那就是施其山的哥哥施玄山是汽机分厂的主任。

这一天，施其山来宿舍找乔芳草，此时天已经晚了，宿舍里已经亮起了灯光，乔芳草脱了裤子，把大腿捂在被里正和几个女孩子闲聊。开门的是王丽华，她和章玉闻与施其山都在一个班组，见了施其山，还以为是来找她。王丽华故意板起脸，说，有什么话不能班里讲，还到宿舍找我？施其山说，我不是来找你的，我是来找乔芳草。王丽华的脸唰地一下红了，尴尬地用鼻子哼了一声，歪过头来冲乔芳草说，找你的。

乔芳草急忙穿上裤子，走出房间来见施其山。两个人离开房间的门远了一些，乔芳草才开口问道，找到能帮我的人了吗？

施其山摇了摇头。

乔芳草脱口而出，那么你哥呢？施其山愣了一下，问，你也知道我哥？乔芳草自觉失言，不好意思地咧了咧嘴，说，我也是才听说。施其山沉默了一会儿，才又说，我的确找过我哥，把你的情况跟他都讲了，可他说清扫工都是当地农民，学技术悟性慢，是当不好检修工的。

他小瞧人。乔芳草说。

你也别生气，咱慢慢再想办法。施其山说。

冲他这句话，我也一定要找他论论理，明天我就找他。乔芳草说。

施其山劝她别莽撞。她说这不是调不调工作的问题，工作可以不调，但我不想让人瞧不起，我明天一定要找他。施其山说明天他哪有工夫见你，他要主持全分厂的手锤比赛呢，乔芳草说我到赛场找他那不更方便嘛。施其山苦着脸说，你这么一找他，他一定以为是我让你找的，你不知道，他对我可凶了。乔芳草斜了施其山一眼，嗔道，瞧你那点儿出息，连自己的哥哥都怕，好了，我不找就是了。

第二天上班后，乔芳草以最快的速度打扫完她分管的地段，然后放下拖布，从裤兜里摸出木梳梳了梳头，就径奔赛场去了。所谓的赛场就设在主厂房外的侧面，几百人围成了一个半圆形的圈，直线的一面就是厂房的一面墙，墙上悬挂着一条巨大的横幅，上书几个大字：汽机分厂手锤比赛。下面的空地上摆放着一溜儿长桌，桌上每隔一米就安置着一把老虎钳，桌子下面堆放着一捆粗粗细细的钢筋。技术比赛是那个时代的热门活动，乔芳草进厂还不到一年，就已经旁观了好几次类似的比赛。她喜欢这种比赛，看着新奇、刺激，对比赛的赢家更是羡慕得不得了，觉得那才是出人头地了。本来乔芳草是想躲开施其山的。但一进赛场，还是很快就被施其山看见了，他从人堆里挤过来，紧张地问你怎么来了。乔芳草仰着脸说，谁规定不准我来了？施其山压低声音说，别给我难堪就行。乔芳草扑哧一笑，说我只是来看比赛，不是来找你哥的。施其山还是有些不放心，他就站在乔芳草身边，做出一副随时拉住她的架势。

比赛的主持人就是汽机分厂主任，也就是施其山的哥哥施玄山，这是一个年轻干部，有着一张和施其山一样俊秀白净的脸膛，虽然也穿着工作服，但他的工作服干净得几乎过分了，好像是刚刚洗过，没有一点儿污渍，手都没摸过似的。他讲起话来严肃认真，声音和他的形象有些不对称。是老练成熟的那一种，很容易就能营造出一种不怒自威的氛围来。他一声令下，比赛就开始了。上场参赛的选手每五位为一组，这五个人打完了，另外的五个人再上。打手锤是钳工的基本功，也是以钳工为基础的电厂检修工的基本功，手锤泛指小型的锤子，是与十八磅或二十磅大锤相对而言的。打手锤就是用手锤打钢筋，把八号或十号的钢筋卡在老虎钳上，用左手握住扁铲将其顶住，右手挥舞手锤，使劲地打。这种钢筋，高手只需五六锤便可把它打断，但一般的钳工，则需打到十锤左右才可能把它打断。上场参赛的选手水平有高有低，高手打得漂亮，能赢得一阵阵掌声；差手表现得五花八门，更具观赏性，往往能引起一阵又一阵的欢笑。乔芳草觉得最有意思的还是看那些女工比赛，别看她们一个个穿着像模像样的工作服，剪着飒爽而又时髦的短发，打起手锤来却大都显得格外笨拙，女性的弱点都暴露出来了。有的锤头打到握着扁铲的左手，疼得她一跳三尺高，一迭声地惨叫；有的用力过猛手锤脱手，差点儿砸着一边的观战者。与乔芳草同寝室的章玉闻和王丽华也参赛了，两个人虽没太大的失误，但十多锤也打不断钢筋，就成绩平平。看得眼热的乔芳草一颗心一点儿一点儿地膨胀起来，一种跃跃欲试的冲动几乎冲破了躯壳。乔芳草想，打手锤需要力气，但作用于手锤上的力气毕竟有限，女性的力气也应该是够用的，也就是说，打手锤更需要的是技巧和灵性。乔芳草觉得自己天生就不缺少这两样东西。

乔芳草想往前再挤一挤，刚一用劲，就被施其山给拽住了胳膊。由于这只手是插在裤兜里，而且握在木梳上，经施其山这么一拽，手从裤兜里被拽出来，木梳也就被带了出来，啪的一声掉到地上。乔芳草赶紧俯首拾起，见木梳又折断了一个齿，就怒目圆睁，冲施其山发火道，你赔我木梳！施其山说，那我下班就给你买一把去。乔芳草转念就改变了主意，她说我不要你赔我木梳了，我要你赔我别的东西。

施其山说，什么东西？

乔芳草说，手锤，你给我弄一把手锤吧。

施其山说，你要手锤干什么？

乔芳草说，你别管我干什么，给弄还是不给弄？

施其山犹豫了一下，还是答应了。

3 选秀

那是个崇尚技术的时代，各类技术比赛在工厂里是家常便饭，隔不了多少日子，就会有一场比赛闪亮出现。每一场比赛，几乎都能造就出几个惹人瞩目的角色，这些角色就是厂里的明星。后来缺乏作为的，这明星就成流星了，光彩不了多久就会暗淡下去。只有屡次在不同的比赛上创造佳绩，并且能够在生产中起大作用的人，才有可能成为恒星，长时间受到人们的瞩目和追捧。

技术比赛很像现在流行的选秀节目，既吸引观众，更吸引想一夜成名的年轻人。

当年的乔芳草就是那种充满激情的年轻人，单薄的身体里总是有一股很难控制的东西在蠢蠢欲动。对于技术比赛，乔芳草十分上心，只要听到厂里有比赛的消息，她宁可不去看难得一见的电影。也要跑到厂子里凑这份热闹。她对那些披红戴花的技术状元羡慕至极，众目睽睽，众星捧月，那是何等的荣耀，乔芳草潜藏的激情就像是锅里煮沸的水，随时都有可能突破锅盖冲出去。

对于那些大大小小的比赛状元，厂里并没有给予什么物质奖励，所给予的更多是精神上的东西，比如披红戴花，比如纸做的奖状，还比如人们的口碑传颂，等等，但这丝毫不影响人们对比赛的重视和对状元的羡慕。

又一次比赛开始了。对其他人来说，这可能就是一次很平常的比赛，但对乔芳草来说，却是一次至关重要的比赛，她是初出茅庐，她是石破天惊，她将是一个传奇故事的开始。

比赛场地依然是在厂房的侧面，依然是几百号人围成一个半圆形，依然有夸张的条幅悬挂在墙上。乔芳草还是抓紧时间，提前完成了清扫任务，然后便快速赶到比赛现场。这一次是男女分开赛的，先是男工比赛，男工完事，女工再上场。当一些女工丑态百出时，乔芳草实在按捺不住自己了。她挤出人群，在一大片惊讶好奇的目光中，走到主持人的跟前，轻声说了一句，让我也打几锤吧。

主持人还是施其山的哥哥施玄山，他歪着头打量乔芳草，目光特别在她的那两条辫子上停留了一会儿。他的确听弟弟施其山提起过乔芳草，但却对不上号，他在厂房里也与乔芳草碰过面，印象也不是太深，只恍惚记得她是个清扫工。施玄山觉得挺有意思，顺嘴问道，你说什么？

让我也打几锤吧。乔芳草又说。

乔芳草的声音提高了许多，说第一次时她还有些胆怯和害羞，但说第二次时胆怯与害羞已经不翼而飞。其实乔芳草心里明白，她本能地提高声音纯粹是焦虑使然，她真怕人家不让她打，如果那样的话，她的良苦用心也就白费了。

你是清扫工？施玄山说。

乔芳草点了点头，施玄山突然想起了什么，问，其山提的那个人就是你吧？乔芳草又点了点头。施玄山的目光往人群中一扫，一下子罩住了施其山。乔芳草这时也看到了人群中的施其山，她很心疼施其山的窘迫，就把自己的声音又放大了一些，冲着施玄山的耳朵嚷道，你到底让不让我打？

我们这是分厂内比赛，外单位的人是不许参加的。施玄山说到这里还撇了撇嘴，又说，这打手锤可不比扫地，是技术活，是手艺，你能行吗？

不行我就不要求打了。乔芳草说。

手艺不是吹的，是练的，既然你非要打，就让你打几下吧。施玄山说。

施玄山说罢，顺手摸了一把手锤递给乔芳草。乔芳草接锤在手，走到案子边自己选了把扁铲，然后就在一大片好奇的目光中走近了一把老虎钳，用扁铲顶住钢筋，右手在空中甩出一道半圆形的弧线，锤头结结实实地打在了扁铲上。一下、两下……八下，十号的钢筋被打断了。上过场的女工打钢筋的最好成绩不过十二下，而她只打了八下。静场片刻，四周爆发出一片欢呼声。

施玄山也被震惊了，张了好一会儿嘴，才说出话来。他说好样的，真是好样的。乔芳草丢下手锤。冲着施玄山说，既然你说我是好样的，就别让我干清扫工了，调我到汽机分厂干检修工吧？施玄山摇着头说，你打锤虽然很厉害，但你可能不知道，一个检修工要掌握的技术多着呢，光会打手锤是不行的。乔芳草说，我可以学嘛。施玄山又摇着头说，我只管汽机分厂，从清扫队调人，得经过人事科，我没办法的。说完硬让乔芳草回到了人堆里。比赛继续进行，再上场的几个女工依然成绩平平，没有一个是在十锤之内把钢筋打断的。因为乔芳草不是本分厂职工，女工手锤状元的称号当然也就不能颁给她了。

散场的时候，章玉闻和王丽华一人抓住乔芳草的一只胳膊，问她是什么时候学会打手锤的。乔芳草说是干清扫的活后，一个人偷偷躲在厂房没人处练的。章玉闻说，我们都参加过钳工训练班，也没练成这么厉害，你到底是怎么练的？乔芳草说很简单，牙一咬，不怕往手上打，就练成了。两个女孩都吐出舌头，啧啧称奇。

当天下班的路上，施其山赶上往宿舍走的乔芳草，埋怨道，你怎么这样大胆呀，说上场就上场了，瞧我哥哥一下就把你给猜出来了。乔芳草斜了他一眼说，你既然跟你哥哥推荐了我，就别怕你哥哥认出我来。施其山说，当那么多人的面，我多难为情呀！乔芳草笑道，你这人真有意思，你是男的我是女的，男的总该比女的脸皮厚吧，我都不怕难为情你怕什么？施其山想了想，也觉得乔芳草说得不无道理，就不吭声了。

乔芳草转守为攻，要施其山再给她弄一把锉刀来。施其山说你学会了打手锤，又惦着学锉刀了？乔芳草说钳工的基本功嘛，我当然想学一学了。施其山说，用锉刀可不比打手锤，打手锤有股狠劲，不怕皮肉之苦就学得快，用锉刀使的是巧劲，要守规则，得言传身教才行，自己不得要领，很难学成的。乔芳草说，那你就来教我嘛。施其山说，我虽在班组里，但我是技术员，很少干活儿，所以只会一点点。乔芳草说，那就教一点点。施其山笑道，不拜师就学艺，便宜死你了。乔芳草噘起嘴巴说，你还想叫我拜你为师呀。施其山连忙说不敢，他的眼珠转了转，又说，不过，你总得给我点儿好处吧，烤土豆的味道真是不错！乔芳草出手打了他一下，说，你还真贪心。好，咱们一言为定，你教我学锉刀，我还请你吃土豆。

说归说，后来乔芳草又要请施其山吃烤土豆的时候，被施其山坚定地拒绝了，困难时期，土豆是金贵的东西，他一个男子汉，怎能总是去占人家的便宜呢！不吃土豆，但锉刀还是要教的，一把一尺来长的锉刀，左手握住其前尖，右手握住刀柄，锉刀面摆得越平越好。锉东西的时候，要前腿弓后腿蹬，锉刀面保持水平往前推。其实，施其山所能教给乔芳草的也只有这些，半个小时就够了，半个小时以后，全是乔芳草自己在悟。乔芳草一直认为自己在学手艺上有过人的天赋，比如学锉刀，她按照施其山教给她的要领去练，一个小时后就已经像模像样了。考核钳工时有一道作业，就是做四方套练习，考验的就是你使用锉刀的能力和水平。乔芳草练锉刀，其实就是在反复地做着一个四方套。在厂房里清扫时她曾见过别人做四方套，把其程序默记下来，照葫芦画瓢就是了。看着别人做容易，自己做就有了意想不到的难度，同是一把锉刀，锉出来的平面差距大了。乔芳草也遇到了这样的问题，施其山没有能力帮助她解决，她就撑起胆子去找一些老师傅请教，往往人家一两句话就点醒了她，而她自己做时则又会陷入一团云雾之中。

一天晚上，躺在床上的章玉闻提起了手锤比赛的事，她说芳草你这人做事真是出人意料，我们分厂比赛，你居然敢去参赛，我们从没见你打过手锤，你却一出手打得比谁都好，我真不敢想，你以后还会做出多少出人意料的事。同样躺在床上的王丽华接茬儿说，下周分厂还要搞锉锉和刮瓦比赛，芳草你还去参加吗？乔芳草精神一振，她练锉刀就是为了参赛的，她当然会去了。她参加比赛可不单单是为了出名，而是想通过出名引起某些人的关注，答应她调进生产班组去。

你到底敢不敢去呀？王丽华又问。

我也说不准。乔芳草用很平静的口气说，赶上了，我兴许就上去比画比画。

你这一比画，保准又会出人意料。章玉闻说。

乔芳草没吭声，她用被子把头蒙住，她知道自己得好好想一想这件事情。

几天以后。汽机分厂果然又举行了锉刀比赛，但乔芳草并没有上场，没有把握夺魁，她怎么能轻易上场呢？

4　泥鳅钻豆腐

有个星期天，汽机分厂组织义务劳动，乔芳草也参加了。她那天穿了一件肥大的毫不起眼的工作服，但她的出现还是很快吸引了众多的眼睛，施玄山一半好奇一半无奈地对她说，你这个丫头真缠人，怎么就盯住了我们分厂？

因为你们分厂太有吸引力了。乔芳草说。

是吗，我们怎么没觉得呢？有个工人说。

那是因为你们身在福中不知福。乔芳草说。

施玄山用一只手指着乔芳草，跟身边的人说，瞧瞧，人家在教育你们呢！周围的人都好奇地看乔芳草，然后配合施玄山哈哈地笑。乔芳草尽量不去理会他们，她也不必听从施玄山的指挥，看哪些活儿适合自己，就挑哪些活儿干。

关于义务劳动，有过工厂经验的上了些年纪的人，大都会有一些深刻的记忆。上世纪五六十年代，劳动光荣，不要报酬的劳动当然也就更光荣。没有谁不想光荣，就没有谁不愿意参加义务劳动。那个时期，正是吃不饱饭的日子，消耗体力就会更饿肚子，但大家似乎都顾不上这些，都十分踊跃地参加义务劳动。义务劳动也不是自发的，是有组织的，组织者大都是各个单位的党团组织，时间大都选在周末下班以后，或是周日的上午。干活儿虽然不可能不累，但大家都是从心里往外想干活儿，再累的活儿也就不怎么觉得累了。那时候年轻人不喜欢谈钱，谈钱可耻，谈奉献才是光荣的，干起活儿来你争我赶，气氛相当火爆。

这一次是为厂里的附属砖厂干活儿，干的活儿是脱坯，砖厂生产出的红砖是为扩建电厂用的，厂子建得越大，厂人越光荣，就没理由不特别地卖力气。男工们大都选择用铁锹和泥，这一带土质黏度大，搅拌起来十分费力，一锹插进黄泥里，力气小的都难拔出来。女工们大都蹲在地上脱坯，把坯模子搁在地上，把和好的泥填进去，抹平，再把模子提起来，再搁到地上，再填泥脱下一块。章玉闻招呼乔芳草和她一起蹲下来脱坯，乔芳草没过去，而是凑向男工们聚集的地方。和泥需要力气大，但也并非只有男人才能胜任，女人只要豁出力气，也是可以胜任的，毛主席都说妇女能顶半边天，男工能干的女工也一定能干。乔芳草坚定地这样认为，所以摆出的架势也十分坚定。

乔芳草没带铁锹，她在偌大的场地上找了一圈也没找到，就走到施其山跟前，伸手把他的铁锹抢了过来。施其山本想再抢回来，但有那么多人在场，又不好意思抢了，就显得十分尴尬。周围的人一齐起哄，说施其山怕老婆。施其山红了脸，争辩道，你们瞎说什么，我们又不是夫妻，何谈怕老婆？有人说，现在不是夫妻，不证明以后不是夫妻，怕未来的老婆，更没出息！

乔芳草不理会他们，只顾奔一个最大的泥堆走去。以一种不可阻挡之势插入了男工们的中间。一锹插进泥堆，她本想把一满锹的黄泥翻过来，可黄泥又黏又沉，第一锹没有成功。身边的男工就笑，说男女有别，男的就该干男的该干的活儿，女的就该干女的该干的活儿，这满锹黄泥你是翻不过来的。乔芳草不服气，瞪了那人一眼说，我翻不起来，你翻翻试试。那人一锹下去，本也想翻满满一锹泥以显示自己的力量，可铁锹被黄泥粘住，怎么翻也翻不起来，无奈只好求其次，翻了半锹黄泥。乔芳草不屑地笑道，看见了吧。这不是性别的问题，而是黄泥太黏的问题，这样用锹和，费力不讨好。那人抬杠道，不用锹和用什么和，总不能用人和吧？乔芳草说，你说对了，这样的泥就是得用人和。

乔芳草说罢撂下铁锹，蹲下身脱了自己的一双布鞋，又脱袜子，露出一双白嫩嫩的大姑娘脚来。在一大片惊讶的目光中，她又挽了裤脚，然后一大步跨进了泥堆，又跺又跳，开始用脚和泥。虽然是春天，积雪已经融化，但脚踩在泥里还是跟针扎一样凉。乔芳草不管不顾，跺脚的速度越来越快，有人喊她出来她也不理。时间久了脚也不觉凉了，反而有一种火烧火燎的灼热感，挺舒服的。乔芳草是长门土著，对当地的土质十分了解，她家盖房子时她的父亲和哥哥就是用这种办法和泥。这种办法显然比用锹和泥效率要高得多，连施玄山都看直眼了，连说好办法。在乔芳草的带动下，很多男工脱了鞋和袜子向泥里迈。大家在泥堆里又蹦又跳，场面十分壮观。

用脚和泥加快了脱坯的速度，也使乔芳草顺理成章地成了焦点人物。间歇的时候，施玄山不无感慨地说，如果咱们分厂的女工都像乔芳草这样，我这个主任就好当了。乔芳草在不远处听到了这句话，她本想凑过去接茬儿，说既然如此，何不把我调过来。她还没来得及说，话题就被别人给岔过去了。那个人说，要是这些黄泥都是肥肉就好了，立即就有人接过这个话题说，别说是肥肉，就是肥猪趴在这，让咱看看摸摸，也够解馋的。饥荒年月，吃的诱惑是胜过一切的，大家七嘴八舌扯起吃来，乔芳草就是再有本事，也不会引起大家注意了。

有个叫尤大海的人话不多，但只要一开口，总会有很多人给吸引过来。尤大海说，要讲吃肉，猪肉是不入流的，驴肉才真正好吃。有句话不是这样说么，天上的龙肉，地上的驴肉，下酒菜呀，酱驴肉是最好的。

有人发表不同意见，说吃肉下酒，最好的不是地上跑的，而是天上飞的，宁吃飞禽一两，不吃走兽半斤嘛。天鹅肉没吃过，不知好吃不好吃，麻雀可好似吃过的，那么一个不起眼的小家伙，烤熟了吃起来真是要多香有多香呀！又有人发表不同意见，说最好吃的肉不是天上飞的，而是水里游的，鱼的肉才真正好吃，不是有句古诗说，江上往来人，但爱鲈鱼美吗？那红烧鲈鱼才是世上最美的食物。

周围的人都瞪大了眼睛听，说话的人声音是兴奋的，喜气洋洋的，肉呀鸟呀鱼呀真是美好得不能再美好的词汇了，它在一群被饥饿围困的人之中焕发出诱人的遐想。想象中的香味由大脑直抵舌头、鼻尖，有一些人甚至流出了涎水。

好一阵没说话的施玄山又开口了，他说要讲吃鱼，我看不是那些有名的大鱼好吃，而是一种很小的很不起眼的鱼才算得上真正好吃，这种鱼叫泥鳅，专门生活在河边的淤泥里。

这种黑不溜秋的浑身都是泥的鱼怎么能好吃呢？有人说。

炖着吃。施玄山很认真地说，把抓来的泥鳅放在水盆里养上两天，泥鳅就会吐尽肚子里的泥，再把它洗干净候着，锅里放上水，把切成块的豆腐下锅，然后倒入泥鳅，等水一热，那泥鳅就会乱钻一气，结果都会钻进豆腐里。这道菜就叫泥鳅钻豆腐，吃起来豆腐里有鱼，鱼里有豆腐，味道美极了。

就在大家都听得直了眼的时候，施玄山突然站了起来，刚才脸上的憧憬一扫而光，他很用力气地大吼了一声，别精神会餐了，都干活儿吧。众人这才从云雾中无奈而出，带着一脸的失落干活儿去了。乔芳草本想跟施玄山再提一提调工种的事，但想了想，却什么话也没说。

话虽然没讲，但行动上却是紧锣密鼓的。第二天晚上，施玄山刚刚下班回家，就见乔芳草和一个乡下小伙子走进院子。乔芳草说，施主任，这是我哥哥石头。石头没有说话，将一桶欢蹦乱跳的泥鳅往地上一撂，转身就走了。施玄山瞪大了眼睛惊呼道，这么多的泥鳅你是从哪弄来的，这是什么岁月呀，莫非你是大富翁不成？乔芳草笑道，我不是富翁，我只是一名想当真正工人的清扫工，如果施主任你调我进汽机分厂，我保管你天天有泥鳅吃。施玄山连连摆手，说不成不成，我是党员干部，不能收受贿赂。乔芳草敛起笑容说，施主任你怎么能这样讲话，照你这么说，我不成了行贿者。告诉你吧，长门村西边有一条小河，叫夹板河，虽然水不多，里面也没什么大鱼，但河边的淤泥里却生长着数不清的泥鳅。我们这一带村人不吃泥鳅，宁可吃树皮树叶，秫秸都磨成粉吃了，也没人敢吃泥鳅。施玄山的眼睛渐渐地亮起来，在这样的日子里，这样的消息无疑是天上掉馅饼，自己家的粮道通了不说，简直就要过上资产阶级的日子了。

也许是泥鳅太诱人了，施玄山没有再提贿赂的事，而是一个劲儿地表示感谢，并留乔芳草一起吃晚饭。施玄山还把弟弟施其山叫来一起吃，泥鳅钻豆腐是由他亲自下厨做的，一桌人都说好吃，施玄山和弟弟施其山还喝了酒。正是从这一天开始，每天黄昏施玄山便举家出动，来到夹板河边捕泥鳅。也正是从这一天开始，施家的餐桌上发生了翻天覆地的变化，不单多了泥鳅钻豆腐，还多了许多以泥鳅为原料的菜肴，比如炸泥鳅、炒泥鳅、酱泥鳅和咸泥鳅等。只是这样的日子太短暂了，施玄山捕泥鳅的事很快被其他厂人察觉了，一传十,十传百，捕泥鳅的队伍日益壮大，没用多长时间，因干旱而越来越干涸的夹板河里，就再难觅见泥鳅鱼的踪影了。

5　第一代厂长

泥鳅虽然吃光了，但乔芳草的情还是要领的。施玄山为此专门去了一趟人事科，可是人事科长老罗没给他面子，说让被占了地的农民进厂，就已经算很照顾他们了，当初定的原则，就是只能让他们干二、三线的活儿，怎么能打破规矩说让他们进一线就进一线呢，口子一开，他们不都得要求进一线呀？施玄山赔着笑脸说，具体事情具体对待嘛，这乔芳草的确是非常适合做检修工，不然我也不会亲自来找你。见老罗还不开面，施玄山也火了，收起笑脸嚷道，你这是歧视人家是农民出身，弄不好，要影响工农关系的。再说了，谁不是农民出身呀，难道你天生就是一个城市人，就是工厂里的干部吗？老罗也不让步，他说我不跟你吵，你吵得再欢，这个口子也是不能开的。

那个年代不像现在，同级别的干部都是嘻嘻哈哈的关系，那个年代就是那个年代，人家不开面你什么办法都没有。施玄山无奈，只好悻悻地离开人事科。他原本是想回汽机分厂的，可在办公楼的走廊里迎面碰见了厂长邵振军。施玄山心中一动，何不把这事跟厂长说一说呢？于是他抢步上前，拦住了邵振军。

邵厂长，我有事跟您请示。施玄山说。

有事到办公室讲。邵振军说。

施玄山发现邵振军的神情阴郁，眉头拧成了个疙瘩，心里就咯噔一下，觉得自己可能没遇到讲事情的好时机。但话既已出口，是无法收回的，只能硬着头皮跟在他身后走。邵振军是四川人，身材不高，但胸脯拔得挺挺的，施玄山虽然身材高大，但在邵振军身后走，他总觉得自己还没有人家高。

上了一层楼，就来到了邵振军的办公室。进屋后，邵振军自己坐到办公桌后面，也不管施玄山，自己点了一支烟就狠狠地吸。施玄山怯怯地站在门口。觉得这种姿势不合适，就又向前迈了两步，试探着说。是这样的，有一个清扫工姑娘，叫乔芳草，思想过硬，检修工的基本功比我们真正的检修工还好，我们分厂现在就缺这样的人才，能不能把她调到我们分厂呢？

那有什么不能，调过来就是了。邵振军说。

施玄山愣在那里，他没想到事情竟会如此顺利。连第二句话都没费，事情已经办完了。他有些感激地看着邵振军，几乎不知说什么才好。邵振军也不容他再说什么，说没别的事你就走吧。施玄山迟疑着转过身去，有些不情愿的样子，心想就这么一句话，还不如在走廊说了，何苦还叫他进办公室呢？走到外面，施玄山苦笑了一下，想这就是邵振军的风格，如果不是这样，他也就不是邵振军了。

施玄山出去后，邵振军吸烟的频率更快了。片刻就吸光了一支烟，他扔掉烟头，又点了一支，依然狠狠地吸。他虽然是个少言寡语的人，但也不至于对部下如此吝啬语言，这一次，施玄山的确是撞到了枪口上，正赶上他心里不爽，当然也就公事公办，不想多费口舌。邵振军刚刚在楼下总务科的办公室里开了个小会，议题是职工的生活问题，灾荒年月，全国已有饿死人的事情发生。长门厂虽然还没有被饿死的。但病倒的却不断出现，电厂是国家建设的重点项目，职工都病倒了可怎么能行！邵振军曾授意总务科出去搞些粮食，可出去了两拨人，都无功而返。粮食是国家统购统销，弄不来也在情理之中，问题是总务科长对职工的情况并不十分了解，回答他提出的问题时总是支支吾吾，这是他绝对不能容忍的。他很严厉地对总务科长说，如果我下次再问你类似情况，你还是这样回答，这个科长你就别当了。散会后，办公室主任刘斌又给他添了一次堵，刘斌凑到他跟前，压低声音对他说，邵厂长，机关党支部委托我在全厂女职工中给您物色一个对象，也就是帮您找一个爱人，我初步已经把目标锁定，这个人是……话没说完，邵振军就翻脸了，他说现在是什么时候了，大家都在勒紧裤带过日子，我还选什么爱人，选妃呀？你这不是叫我犯错误吗？简直是变着法在整我！看着刘斌一脸无辜的表情，他拂袖就走，就在走廊里遇见了施玄山。

邵振军是长门厂的头号人物，对于他的履历，厂里很多人都津津乐道，以讲他的故事为荣。都知道他是四川梅县人，军人出身，转业的时候已官至师政委。邵振军不是那种大老粗的军人，参军之前是读过书的，也正因为有些文化，才被派到科技含量很高的发电企业来。

当时，东北的工业正蓬勃发展，缺电的问题十分严重，国家提出的口号是，要在东北建一座具有世界先进水平的大型火力发电厂，它的装机容量最初是全国第一，五年后将达到亚洲第一。就国家那时的经济状况看，能定下如此宏伟的目标，是需要何等的雄心壮志呀！邵振军是主动要求到这个厂来的，当时上级有关部门可考虑的人选肯定不止一个，但最终被确定的人选还是邵振军。对此，邵振军的自豪感是不用说的，这种自豪感绝不亚于战争年代接受一项艰巨的战斗任务。初来乍到时，这里还是长门村的一大片农田，他的职务不过是筹委会副主任，他是目睹着高高矮矮粗粗细细的建筑群一点点地多了起来，直到建设电厂的电建单位撤离，电厂真正投产起，他才被正式任命为长门厂的党委书记、厂长。虽然长门厂已经是全国最大，但要成为亚洲最大，乃至世界最大，还有相当艰难的路要走。邵振军知道自己任重道远，也知道这个目标很可能是海市蜃楼，但他表面上从来没有露出过哪怕是一丝丝的不自信，他在人面前永远是挺着胸脯，一副胸有成竹的样子。

事实上，邵振军也的确是个乐观主义者，对于海市蜃楼的比喻，他很快在内心里做出了相当真诚的自我批评，做什么事，首先得自信，才能够放开手脚大胆去做，这种怀疑态度是要不得的。邵振军虽然是电力生产的门外汉，但内行们哪一个敢轻视他，这绝不仅因为他是大权在握的第一把手，而是源于对他人格、能力和工作作风的尊重和信赖。厂里人都认为他是个知人善任的好官，只要是被他发现并认可的有能力者，他都能够委以重任。比如对孟良林的重用，就是一个具有说服力的例子。孟良林原是东北一个著名的资本家的儿子，他留过洋，归国后曾在日本人的电厂里做过技术人员，后来又在自己家的电厂里主管技术工作。解放前夕，父母和他的兄长都去了国外，只有他没有走，有人说他是自愿留下参加新中国建设的，也有人说他是因事迟走一步，等要走时已经晚了，解放军已经包围了那座城市，他走不脱了，他的留下是无奈之举。不管哪种说法是真的，邵振军并不在乎，他只在乎他此时是不是想为国家效力，孟良林的表态是肯定的，这就够了，就可以重用了。孟良林也没有辜负邵振军的信任，建厂时配合苏联专家解决了不少技术上的难题。中苏交恶，苏联专家撤走后，孟良林被任命为长门厂的总工程师，承担起指挥全厂生产的任务，干得相当出色。厂里人都知道，没有邵振军。就没有新的孟良林，也就没有长门厂稳步发展的局面。

邵振军是在部队里成的亲，爱人是师卫生队的护士，结婚十多年一直没有生育。战争年代，行房和吃饭一样没规律，有一顿没一顿的，都以为不怀孩子是很正常的事，可解放了，安稳了，可以有规律地行房了，老婆的肚子却依然没有动静。于是寻医问药，弄来很多偏方来吃，几年过去，依然没见结果。一日，老婆突然眼一黑，什么也看不见了，几天过去才恢复了视力，但人却一病不起，得的是肾衰竭，没几个月就去了。有人说这是吃了太多偏方的缘故，药的毒性大，伤了肾脏。邵振军悔断了肠子，要知如此，干什么非得要孩子，没有孩子不一样过得很快乐吗?

邵振军就这样过上了鳏夫的日子，大家都很关心他的再婚问题，他正值盛年，说不寂寞那显然是骗人，但谈及再婚，他却还是没有做好准备。他的工作忙得几乎日理万机了，这种忙是可以与那种寂寞相抗衡的。

不知吸了多少支烟，邵振军的情绪才算稳定下来。谈了刚才开会的事，施玄山刚才说的事就又想了起来。一个普通工人调个工种是小菜一碟，是不需要他这个厂长拍板的，杀鸡用牛刀，有点儿小看他这个全国最大的电力企业的第一把手了。但换句话说，既然用了牛刀，就说明了这只鸡的分量。邵振军觉得自己正面临两个重要的问题：一个是生产技术问题；一个是人才问题。在他看来，人才问题是应该在技术问题之上的，有了人才，人才就会去解决技术问题，技术问题也就不算问题了。现在再有水平的工人也算不上人才了，但在邵振军当厂长的年代，工人也是人才的，工人中的技术尖子则是大人才，怀揣某些绝技的工人技术权威是企业的宝贝，待遇不会比工程师低的。邵振军突然就有了一种想进一步过问这件事的冲动。

第二天一上班，邵振军就换上工作服，戴上安全帽，去了汽机分厂。他推开施玄山办公室的门时，把正在换工作服的施玄山吓了一跳，他一边继续把剩下的一只胳膊伸进袖子里，一边冲着邵振军说，邵厂长你来怎么也不先打个招呼，我好去迎接你呀。邵振军用鼻子哼了一声，摆摆手说，我又不是不知道路，用得着你接吗？施玄山穿好衣服，连忙抓暖壶去给邵振军倒水；邵振军又摆摆手说，算了，大清早的，谁喝水呀，有事说事，别整没用的。

施玄山放下暖壶，显得有些不知所措。看着他这个样子，邵振军就笑了，本来是自己来找人家的，事情应该由自己讲，怎么反倒叫人家先讲了。邵振军一笑，施玄山也就跟着他笑，气氛变得轻松起来。

邵振军说，你昨天讲的那个清扫工叫什么名字？

施玄山说，叫乔芳草。

邵振军说，你说她的技术比一些检修工都过硬？

施玄山说，是的，有一次手锤比赛，她轻轻松松就把我们那些女工都给赢了。

邵振军说，这样的人才早该调到一线岗位去，以后我们的用人制度要再灵活一些，要让我们所有的职工都人尽其才。

施玄山点头称是。邵振军又说，我想见一见这个乔芳草。施玄山说，她还在清扫队呢！邵振军埋怨道，怎么还不叫她过来。施玄山说，还没来得及嘛。邵振军说，你们这些人，就是缺少雷厉风行的精神，赶紧叫她过来。施玄山摸起电话就要清扫队，郑重地向清扫队的头儿传达邵振军的指示，并叫乔芳草立即赶到这里来报到。邵振军又问他打算分乔芳草到哪个班组，施玄山说，这样的人才当然是要到本体班了。邵振军说好，以后类似的事情就这么办。

没用多长时间，乔芳草就风风火火地赶到了。她的外表似乎与其他女工并没有什么区别，都是肥肥大大的工作服，头发全部压在工作帽里。邵振军是个粗中有细的人，他还是很容易地察觉了乔芳草的与众不同之处，这就是她的神态。乔芳草的皮肤虽然已不像乡下女孩那般粗糙，但神态中流露出的气息却依然是乡村的，是没有经过修饰和过滤的，属于纯天然的那种。邵振军一直觉得这种气息是值得珍惜的，越是工业化城市化了，这种气息就越珍贵。

邵厂长很重视你呀！施玄山说。

听说你的手艺不错？邵振军问。

粗的会一点儿，细的还得学习。乔芳草说。

什么叫粗的细的？邵振军说。

粗的就是打手锤、锉锉，细的我也说不明白。乔芳草说。

我看看你打手锤好不好？邵振军说。

乔芳草说好，回答得十分爽快。邵振军叫施玄山找个地方，施玄山就走在前面，把两个人带到外面的一个装有老虎钳的案子跟前。施玄山亲自在老虎钳上卡了一根钢筋，然后将一把手锤递到乔芳草的手里，加重语气说，你能调到汽机分厂，全靠邵厂长的英明决策，你可要拿出真本事，别让领导失望呀！乔芳草很认真地点了点头，用相配套的凝重的神色走近案子，左手用扁铲顶住钢筋，右手抡出了漂亮的弧形。乔芳草不是一个爱怯场的人，相反，她天生就有一种表演才能，越是人多的场合，越是有重要人物在场，她的情绪就越亢奋，发挥也就越出色。乔芳草舞动手锤，身边带起一股风来，她只用了六下，就把钢筋打断了，这个成绩在男工中也算上乘，邵振军和施玄山齐声喝彩。接着是用锉刀，乔芳草把一块方形铁卡在老虎钳上，右腿弓左腿蹬，一把大锉平推了一阵，然后收了架势让人看。邵振军和施玄山探过脑袋，看过之后都不住地点头，连声说好。

第二章

6 长门

长门村的名字由来已久，没有人能讲出它的出处，长门这个词很容易令人想起东汉时期的长门宫，或者司马相如的《长门赋》，但谁都知道，它们是与长门村没有任何关系的，长门村就是长门村，长门村的人是没有人细究这个问题的。从外地潮水般涌来的几千电厂人也没有谁细究这个问题，长门嘛，一个地名而已。

建厂之初，因为厂名邵振军曾和一些人有过争论。发电厂虽然是部属企业，但按惯例，一般厂名都会与所在地的城市名连在一起，比如沈阳发电厂、抚顺发电厂等。起厂名的时候，很多人建议，把发电厂的前面冠以本市的名字，这样做顺理成章嘛。邵振军说，冠什么市名，我看就叫长门发电厂好了。有人反对道，这长门只是个村子，用一个村子的名字命名我们的厂子，岂不小瞧了我们？邵振军说，用市名命名，就不小瞧我们了？有人赶紧接茬儿说，那就用省名来冠。邵振军说，我们是全国最大的电力企业，我们的理想将来是全亚洲最大，甚至是世界最大，用省名命名难道就不是小瞧我们了？我看叫长门厂就没有什么市呀省呀的限制，长门是什么？除了这方圆百里，谁还知道有个长门村呀？长门发电厂要多大有多大。这才是大名字。争论来争论去，最终连有关部门都妥协了。

完全是邵振军的坚持，才使长门发电厂的名字确定下来。

发电厂占地方圆数里，是个真正的庞然大物。能够带这样一个厂，绝不比带一个整编师逊色。邵振军对生产是外行，但他好学。经常领上一个内行在厂里走来走去，让这个内行为他讲解厂里的生产流程。那是一个外行领导内行的时代，计划经济，用不着闯市场，也用不着搞营销，大家一门心思把生产搞好就行了。邵振军是党派来的领导，一般这种领导抓一抓政治，管一管人头就可以了，但他显然不满足于此，他要管的事具体着呢！不懂怎么办？就得不耻下问。邵振军请教最多的人就是总工程师孟良林，有一次，两个人走遍了厂子的各个角落，一路上邵振军的问题不断，这些问题在孟良林看来，几乎都是些小儿科的问题，不回答不行，回答吧，又觉得简直是在作践自己的智商，于是，脸上就难免有所流露。邵振军当然有所察觉，他并没有生孟良林的气，而是直言不讳地把话说穿了，他说你别不耐烦，跟我走，你就要像跟一个前来参观的小学生一样，要用最通俗的话把事情讲清楚，别怕掉价。经他这么一说，孟良林反倒不好意思了，于是也就端正心态，讲解得越发认真了。

电是这样发出来的，煤矿把煤运到咱厂的煤场，也就是燃料分厂，再由燃料分厂把煤细加工，通过输送皮带把煤运至锅炉分厂的炉膛里，煤燃烧后把从供水分厂抽来的水加热，加热成高温高压的蒸汽，再把这些蒸汽输送到汽机分厂的汽轮机里，推动汽轮机转子转动，从而带动发电机转动……孟良林说。

电力生产的原料主要是煤和水，咱们厂现有容量为五万千瓦的发电机十台，每天耗煤是七千吨左右，如果以后装机容量能达到一百二十万千瓦，那么每天耗煤就将达到一万五千吨。孟良林又说。

数量惊人呀！邵振军说。

这是没有办法的事，能量转化嘛！孟良林说。

什么叫没有办法。我看以后一定会有办法。邵振军不服气地说，难道没有煤没有水就不能发电了，总有一天用空气也能发电。

孟良林苦笑着，没有吭声。

邵振军说这句话的时候是真诚的，是充满了革命的乐观主义精神的，在他看来，只要横下一条心，艰苦奋斗，就没有不能实现的理想。看着一火车又一火车的煤转眼之间变成熊熊烈焰，他是心疼的，他总想不明白，为什么能量是需要转换的，难道就没有一种能量不是用另一种能力转换的吗？想到这，邵振军情不自禁地对孟良林说，你们要多动脑筋，多想办法，想一想是否能用别的办法发电。

这怎么动脑筋？这是不需要动脑筋的问题。孟良林说。

邵振军自觉失言，不禁哑然失笑。

当前的问题是怎么样平稳运行，安全生产，多发电。孟良林愁着脸说，东北工业的规模越来越大，缺电的问题已经很严重了，说心里话，我还真担心咱们的能力。

是设备的能力还是人的能力？邵振军说。

都有。孟良林说。

长门厂的设备主要是从苏联引进的，有些设备存在着先天不足，刚刚安装时全靠苏联专家撑着，一些欠缺被合理地掩盖了。专家撤走后，问题渐渐暴露出来。对于这些设备，越是明白人就越是信心不足，反而是不太明白的人，才会充满信心地面对。此时，孟良林和邵振军恰好代表了这两种人。

还有一个人，经常陪着邵振军在厂里走，他就是厂办主任刘斌。刘斌也是从部队转业的，在部队一直在师部机关里工作，很会配合领导，往往领导想做还没有做的事，他抢先一步就给做了，所以深得领导的信任和好评。邵振军也不例外地信任刘斌，觉得他是个人才。刘斌也不负重托，把他该办的事情办得井井有条，办公室主任杂事多，刘斌每天风风火火，小旋风似的，他想领导之所想，急领导之所急。领导满意了，他也就开心了。对邵振军的婚姻问题，刘斌非常上心，觉得这是他分内的事。

有一天，刘斌主动要求陪着邵振军走一走。以往两个人走，总是刘斌跟在邵振军的身后，邵振军往哪里走，他就跟着往哪里走。但这一次刘斌变得很主动，他一路在前，有意把邵振军引到了化学分厂的附近。

邵厂长，咱们进去讨口水喝吧？刘斌说。

好吧，我正好嗓子有些干了。邵振军说。

两个人没有去分厂办公室，而是去了化验室。看见他们在走廊里走，所有房间里的化验员都探出脑袋。好奇地朝他们望着，叽叽喳喳地议论。有个头儿模样的年龄稍大一些的女化验员一溜儿小跑迎出来，带着一脸的热情说，欢迎厂领导来视察。邵振军知道她是化验班的班长，就冲她摆摆手说，不是来视察的，是来讨口水喝的。那女班长赶紧把他们往一间屋子里让，这是一间大化验室，满屋都是瓶瓶罐罐的，里面只有一个穿白大褂的年轻女化验员。刘斌冲女班长使了个眼色，那女班长便拉过那个年轻的化验员，给邵振军介绍道，她叫莫静，江苏人，是刚刚毕业的大学生呢！

莫静冲着邵振军微笑了一下，一句话也没说。但邵振军却意外地有了一种被电击的感觉。这个莫静身材修长，不像一般的南方女孩那样矮小，她的皮肤是纯江南的，又白嫩又细腻，她的五官也是纯江南的，清秀得不得了，虽然举止端庄，但眉眼之间的一股妩媚之气却欲盖弥彰。邵振军愣怔片刻，一种男人猝然见了漂亮女孩的那种麻酥酥的感觉，瞬间涌遍全身。

入厂多长时间了？邵振军问。

不到一年。莫静说。

习惯东北的气候吗？邵振军又问。

不习惯也得习惯。莫静说。

东北的气候，她当然是不习惯的，不过为了国家建设，她可一点儿怨言都没有呀！刘斌说。

邵振军点了点头，他发现莫静并不是一个善于言谈的女孩，除了问一句答一句，她似乎就不会再讲什么。她的目光也似乎一直在躲闪，而且额头上那一缕弯曲的刘海儿湿漉漉的，鼻子上也沁出了一层细细的汗珠，看来的确是紧张了。邵振军不禁也摸了把自己的脸，自己的脸上也是湿漉漉的，居然也出了汗。

那班长递上了两杯清茶，邵振军也没落座，站着把一杯茶喝光了，撂了茶杯就告辞。刘斌匆匆跟出来，走到外面没人处时，做出一副特殊的表情，轻声问道，邵厂长，您看怎么样？

什么怎么样？邵振军说。

莫静这女孩子呀。刘斌说。

漂亮，我真没想到咱厂还有这么漂亮的女孩子。邵振军说。

我们给您物色的那个对象，就是她。刘斌说。

邵振军停住脚步，他瞪大眼睛发了一阵呆，然后摇摇头说，乱弹琴，你看我这模样，和她在一起般配吗？刘斌笑道，怎么不般配？自古就是英雄配美女嘛！邵振军狠狠瞪了他一眼，说，那是封建思想，我们不讲那个，现在形势严峻，怎么能只顾着自己幸福，你说是不是？刘斌迟疑了一下，还是说，是。

7　芳草

汽机分厂是发电厂最重要的分厂之一，本体班则是汽机分厂最重要的班组。乔芳草被分到本体班，也就是进入了长门厂最重要的部门。那是个重视生产一线的年代，在生产一线工作是很光荣的，来自乡村的乔芳草一下子觉得自己高大了许多，再看昨天还在一起的那些清扫队的伙伴，就觉得和他们不是一个档次了。

到底是生产一线，连氛围也是不同的，人们的说话声显得底气十足，几句话过后，就都人来疯了。吵吵嚷嚷，嬉笑怒骂，说出口的是荤的素的都有。喧嚣声几乎敢和厂房里的噪声比高下。最初，乔芳草也有些许的不适应，有的男工把话说得太露骨时，她的脸就会热会红，不由自主地扭过脸去。但她并不反感，相反觉得这才是大工人的气派，不适应也就成了幸福的不适应。

班组里男多女少，在这里做女工，时时会有一种众星捧月的感觉。当然，女工们更愿意和同性扎一堆聊天，东家长西家短的，更随意更舒适。加上乔芳草，本体班一共才六个女工，这六个人中有三个是三十岁以上的妇女，只有章玉闻、王丽华和乔芳草是姑娘，而且又住在同一寝室，自然接触得多一些。章玉闻和王丽华偏爱织毛衣，章玉闻喜欢用竹针，王丽华喜欢用钩针，只要没活儿干的时候，两个人就会跑回休息室，一边聊天一边编织。乔芳草对编织不感兴趣，和她们待在一起的时间就很有限，也就很难把关系发展到如她俩一样好的程度。

和男工的关系发展得却很迅速，不出几日，乔芳草就和男工们熟络起来。见了面嘻嘻哈哈地打招呼，人家在一起说话，她也能见缝插针地掺和，人家说荤话，她也逐渐适应了，坦然地附和人家笑。对于乔芳草的到来，大家都是持欢迎态度的，尤其是男工们，都喜欢她这种自来熟的性格，没有谁给她生脸子吃。班长崔大力不止一次当众夸她，说她才是真正检修工的性格。王丽华抬杠道，班长你真喜新厌旧，难道我们就不是检修工的性格了？众人大笑。有个叫洪天良的小伙子更是直言不讳，他说我就喜欢乔芳草这种性格，不单适合做检修工，还适合做老婆。立即有人警告他道，别瞎说，人家可是施其山的对象呀！一大片目光横扫施其山，施其山的脸立即红了。

对于乔芳草的到来，施其山的表现是个例外，大概所有男工中，表现得最不热情的就是他了。乔芳草能到本体班，是有他的努力在里面的，可不知为什么，一旦和乔芳草同在一个班组了，低头不见抬头见，反而觉得有些别扭。举手投足都添了一份拘谨，反倒没有偶尔见一面自在。乔芳草虽然没感觉到有什么别扭，但在众人面前，和他讲话也会相当的节制，反不如和其他的男工说的话多。乔芳草想，这也许是特殊关系才有的特殊表现吧。

施其山是汽机分厂的技术员，在班组里的排位仅次于班长，但权力却比班长小得多。班长是班组的行政首脑，什么都管的，技术员却只能管技术方面的事情。这技术方面也是有限制的，不是什么技术都能管，比如工人的技术，即俗话说的手艺，技术员就管不着。技术员只负责画画图纸，填填表格，管设备方面的技术，位列第二，完全是对技术工作者的重视。想把自己当官看，那就摆错了位置。施其山把自己的位置摆得很正，他处处尊重班长，尊重所有的检修工，把自己是施玄山弟弟这个优势隐藏得很深。因为他年轻，就几乎叫所有的人为师傅，什么张师傅李师傅的，叫得别人舒服，他也就落得一个好人缘。

乔芳草是在调入本体班后，才认识到施其山的了不起，排行第二，怎么说也应该算作一个人物。以往和他交往，乔芳草只是把他看作一个真正的工人，或者说把他看作分厂主任的弟弟而已，并没有把他自己看得太高，更不清楚技术员职位的高低，甚至连他是读过大学的都不知道。此时，一想到自己和一个大学生有着特殊的关系，乔芳草就觉得自己也是了不起的。有一次，王丽华在宿舍里疑惑不解地问她，是不是真的在和施其山搞对象。乔芳草以嗯作答，态度是肯定的。王丽华说，他那么好的条件，你和他搞对象，不觉得有压力吗？乔芳草眉毛紧蹙，反问道，你是说我配不上他吗？王丽华说，我不是这个意思，只是随便问问。看着王丽华窘迫了，乔芳草暗自好笑，撇了撇嘴说，和我搞对象，他应该有压力才对。

嘴上这么说，完全是在抵抗王丽华，她觉得王丽华问这句话时绝对是不怀好意的。乔芳草看似大大咧咧，其实心是细的，感觉是敏感的，王丽华的话中之话她岂能听不出来。她是受不得委屈的那种人，有了想法总是不吐不快。但是，王丽华的问话对她还是起到了一种提醒作用，她知道自己必须以客观的眼光，开始审视与施其山的关系了。

这之前，乔芳草和施其山的关系是模糊的，最多算是暧昧的，从最初的同情、好感，过渡到求助、利用，她一直没敢把自己与施其山定位为对象关系。当别人开始以这种定位来看待他们时，她才不得不也这么看待。这么一看待，王丽华所提过的那个问题就真的成了一个问题，开始困扰她了。

乔芳草想找一个人商量一下，她并不是一个拿不定主意的女孩，相反，她是一个太能拿定主意的女孩了。只要主意打定，是十头牛也拉不动的。可是，就这件事而言，找人商量一下还是必要的，最起码能给自己一个交代。可是找谁呢？父母和哥哥都是一些循规蹈矩的人，他们的想法不用问都猜得出来。在厂里她的接触面狭窄，几乎没有几个真正能说心里话的人。乔芳草思来想去，最后把目标锁定在同寝室的莫静身上。

那天晚上，章玉闻和王丽华都出去了，房间里只剩下乔芳草和莫静两个人。当时刚刚吃过饭不久，莫静正用一把大号的搪瓷缸烫裤子，那时候还没有电熨斗，宿舍里又没有火炉，传统的烙铁用不了，这种用茶缸作熨斗的办法就显得极为聪明和实用。把裤子展开铺在床上，再往茶缸里倒上开水，推着茶缸在裤子上游走，走过之处便平展得十分理想。莫静干这件事的时候，身上披着细碎的光斑，因为灯泡安得太高，屋子里又拉了一根绳子，绳子上挂满了几个姑娘洗过的衣服，灯光透过这些长长短短的衣服照下来，本很刺眼的光线反而给人一种意外的柔和和舒适。

由于莫静住的是上铺，就只能借乔芳草的床熨衣服，乔芳草则坐在对面章玉闻的床上梳头。晚上虽然不出去，但解开辫子后梳梳头，对乔芳草来说还是十分必要的，这种毫无功利心理的梳头是有一搭没一搭的，占着手就行，梳好梳赖都无所谓。梳着梳着，乔芳草就把脑袋朝前一探，轻声说，莫静，我想问你一个事？

说呗。莫静说。

文化程度有差异，对一对男女来说重要吗？乔芳草说。

你为什么问这个问题？莫静说。

我搞对象了。乔芳草说到这脸似乎红了一下，但瞬间就恢复了常态，接着说，可他是大学毕业，我才是初中生。你说我该怎么办？

你想怎么办呢？莫静说。

我不知道该怎么办，所以才问你呀。乔芳草说。

要我看，文化差异太重要了，这关系到你们是否有共同语言。一对没有共同语言的夫妻，是很难和谐相处的。莫静说。

你这么说的意思，是我们俩不能搞对象了？乔芳草说。

我可没这么说，我只是说，文化差异很重要。莫静说。

这还不是一个意思嘛！乔芳草说。

这不是一个意思。莫静一本正经地说，重要是重要，如果两个人真的相爱，外在条件是可以转化的。

这么说，是我们俩可以搞对象了？乔芳草说。

你说话怎么总是这么绝对？我既没说你们可以搞，也没说你们不可以搞，我只是说一说自己的看法而已。莫静说。

这就是你们文化人说话的方式，两头堵。乔芳草说。

莫静又埋头熨起裤子，不多说话了。乔芳草也没有过多地问她，有她这几句话，足够了，尽管她没有给出肯定的回答，但和她聊过了，也就算对自己有了一个交代。与其说她是在问莫静，不如说是在问自己更贴切，她的肯定或否定都不重要，重要的是问过了，接下来所做的决定就是慎重的了，都和贴心的人商量过了，这决定怎么能是不慎重的呢！

乔芳草缩回脑袋，继续默默地梳头。在这个宿舍里，她最羡慕的人就是莫静，莫静的容貌、身材、文化、时髦，甚至特有的那种忧郁气质，都是她羡慕的原因。乔芳草最初也是羡慕过章玉闻和王丽华的，后来同在一个班组，肩膀一般齐了，也就没了羡慕。等看到她俩糟糕的手艺，简直就是瞧不起她俩了。越是瞧不起她俩，莫静的分量越在心里重上一些。

第二天，乔芳草主动约了施其山，还是晚饭后，还是厂房后面的大地里。此时的大地已经完全苏醒，被村人翻过的黄土又松又软，有的垄沟已经长出了嫩绿而孱弱的小苗。都说这一年会云开雾散，一改灾年颓势，可是整个春季，也没下一场像样的预兆丰年的喜雨。当然，这并不是乔芳草此时最关心的问题，她虽然也吃不饱肚子，但强大的精神力量已经把吃饭问题挤到了次要位置。主要问题反而是看不见摸不着的，纯精神上的问题了。

施其山说，还请我吃烤土豆吗?

乔芳草说，美得你，我可没土豆烤了。

施其山蹲在地上抓了一把土，捧到鼻子前闻了闻，说，好像有股香味。乔芳草问你是不是饿急了，连土都觉得香。施其山说，今晚我没少吃饭，我不饿，只是到了这个地方，就忍不住想起那烤土豆的香味。他说到这调皮地一笑，问，你家今年还种土豆吗? 乔芳草说，当然种了。施其山说，种就好，到了秋天咱还在这烤着吃。乔芳草觉得他孩子气十足，忍不住嘎的一声笑了，把施其山吓了一跳。

乔芳草收住笑，凑近了施其山，压低声音问道，我到本体班，你到底高兴不高兴? 施其山将身体挪开一点儿说，也高兴也不高兴。乔芳草问，什么意思? 施其山低下头说，没别的意思，就是有点儿不好意思。乔芳草拍了一下他的肩头，放开声音说，我们又没干什么出格的事情，有什么不好意思呀? 说到这蓦然想起了这次约会的主题，就又放低声音说，周末晚上我们一起去看一场电影，你好意思去吗?

施其山凝视着乔芳草的脸，想了想后，很认真地点了点头。

8　俱乐部

那个年代，每一家有一定规模的工厂都会建有自己的俱乐部。长门厂也不例外。活跃职工文化生活，没有俱乐部是不行的。

在厂区的一大片建筑中，俱乐部应该算是出类拔萃的，因为它的娱乐功能，建设它的时候就顺理成章地加入了一些艺术想象。建筑风格总体上是俄式的，规划它时，中苏还没有交恶，据说是有苏联专家参加设计的。外墙是清一色的天然大理石的颜色，这颜色就带着一种高贵，正门有高大的门柱，从门柱下经过，使人不由自主会有一种进入殿堂的感觉。为了能在门前站一站，常有乡下人跋涉数公里赶来，冲着大门惊呼，这就是宫殿吧? 俱乐部也叫礼堂，其实主体就是一个电影院。平日开大会就成了会场，有新片子来，演电影了就成了电影院。

一般情况下，周末的晚上总会演电影的，一有新电影要演，俱乐部门前便成了十分热闹的场所。看电影是需要门票的，长门厂有那么多职工，都来看是容不下的。于是，弄票就成了一件可以彰显才能的事情。某某亲朋好友来访，弄几张电影票来招待，会显得格外热情和隆重。附近的村人若想弄一张电影票，则更是一件难得没边的事情，不托厂里的人办，你永远也没办法弄到这张电影票。

施其山是托哥哥施玄山弄到了两张电影票，施玄山是分厂主任，面子当然是比一般人大的。电影是周末晚七点开演，票子却已早早就拿到手了。在班组里，趁着没人注意的时候，施其山偷偷把一张票塞给了乔芳草，然后两个人意味深长地对了一下眼神，许多话就都不用说了。

在那个年代，一对未婚男女一起去看一场电影，几乎就是在进行一个仪式，一个确定恋爱关系的仪式。不是这种关系的男女，是断然不能一起结伴去看电影的，那要是让人看见，绝对会解释不清的。乔芳草和施其山要一起去看电影，其实就是在承认并且宣布他们的关系，尽管在这之前，关于他们的关系已经有了一些舆论，但那都是捕风捉影，算不得真的，真的是需要一点隆重的，乔芳草需要的正是这种隆重。

周末终于到了，吃罢晚饭，乔芳草回宿舍很认真地梳了头发，她对着镜子打开辫子，然后把心爱的木梳蘸了水，用湿木梳梳头。快梳完的时候，木梳又掉了一个齿，乔芳草心疼地轻呼了一声，把这个齿顺着窗户扔了出去。然后又把辫子编好，这才穿上衣服。别有一番感觉地走出宿舍。

到了俱乐部门口，离电影开演还有将近一个小时呢，俱乐部的大门紧闭，门前却已经聚了许多人，有的是手里拿着票想迫不及待入场的，有的是还没有电影票，等着买退票的。这些想买退票的，见有人过来就会探过脑袋问上一句，卖票吗？大多数人的回答会令他们失望。一票难求，谁会轻易卖掉好不容易弄到手的电影票呢？

乔芳草独自在俱乐部的门口闲转，来这里的人虽大都是厂里的，但厂太大，认识的人还是少数。面对陌生的面孔，乔芳草觉得很自在，觉得自己的恋爱真的成了一件隐秘的事情，这种感觉助长了心里的甜蜜，脸上就不自觉地旋出了一丝微笑。也是凑巧，这丝笑容刚好被从身边经过的一个人给逮住了，那个人对乔芳草说，什么事这么高兴，一个人偷着乐呀？

乔芳草扭过头，发现和她说话的竟然是厂长邵振军，她免不了会兴奋一下子，赶紧作答，等着看电影，当然高兴了。邵振军的身后还跟着厂办主任刘斌，走到大门口时，他抢步上前，叫过看门人耳语了几句，看门人就把门开了一条缝，邵振军向乔芳草挥挥手说，一起进去吧。乔芳草迟疑了一下，还是跟在他们身后入了场。

里面亮着灯，台子上的白色屏幕使礼堂显得十分肃穆，由于座位还是空的，几个人的脚步声显得十分夸张。邵振军和刘斌坐在十排中间的位置，乔芳草的座号是十五排，位置也不错，也是中间，这样，邵振军和刘斌的后脑勺便有意无意地成了她的目标。过不多久，就开始正式入场了，人们一拨一拨地拥进来。裹挟着一股热浪，礼堂里温度顿时就升高，有些烤人的脸。这股热浪把施其山也裹了进来，他找到座位，很惊讶地看着乔芳草说，你怎么进来得这么早？乔芳草用下巴向前一扬，低声说，借邵厂长的光了。施其山吐了一下舌头，敛了声息坐下来。乔芳草这时才发现刘斌离开了邵振军，坐到别处去了。此时整个礼堂差不多快被坐满了，只有邵振军身边的座位还空着。

灯光熄灭。电影开演。在微弱的光线里，乔芳草依然看得见那个空着的座位，这个座位会是谁呢？电影票这么金贵，他怎么会姗姗来迟？由于空座位的困扰，乔芳草由此而分神，直到施其山用胳膊轻轻地碰她一下，她才注意到身边的施其山，进而意识到这场电影对于他们俩的特殊意义。于是，她立即把注意力撤回，集中到施其山的身上。

乔芳草说，你知道吗，我没多少文化。

施其山说，我知道。

乔芳草说，你不嫌弃？

施其山说，我凭什么嫌弃，你也是工人了。

乔芳草说，可你是知识分子。

施其山说，知识分子怎么了，高工人一头呀？

乔芳草说，那我倒不觉得，不过就是把这两者联在一起，有点儿不搭配。

施其山说，这我倒不觉得了。

沉默了一会儿，施其山把一只手搭在了乔芳草的手上，乔芳草本能地想躲开，但不知为什么，这只手经由施其山一握，她就一点儿力气也没有了，手是软软的，任由施其山摆布。手也成了一个按钮，施其山一按，一股电流一样的东西经由这只手涌向了全身，使她的身体产生了痉挛。她想闭上眼睛，但还是努力没有闭上，而是把眼睛睁得愈加大，直直地盯着屏幕。就在这个时候，前面有人穿过一排座位，坐到了邵振军旁边的空位上。这是个女的，是个年轻俊俏的身影，怎么看怎么都十分熟悉，是她，怎么会是她呢？乔芳草身上的电流突然中断，尽管手还被施其山紧紧握着，但她的注意力已经完全与之分离。她的眼睛都瞪圆了，因为坐在邵振军身边的人不是别人，正是同寝室的莫静。

接下来，乔芳草发现邵振军扭过头和莫静说话，莫静目不斜视，那颗头始终没有向邵振军这边歪一歪。这真是一件蹊跷的事情，莫静怎么会和邵振军一起看电影呢？莫非他们的关系也是……乔芳草突然觉得这是一件不容置疑的事情了，一男一女一起看电影，这只能是在宣布一件事情。可是，莫静才二十出头。邵振军已经四十多岁了呀！

乔芳草把自己的发现告诉了施其山，施其山也很吃惊，他居然收回自己的手，和乔芳草一样，全神贯注地盯住前面的两个脑袋。

电影散场后，乔芳草和莫静脚前脚后回到宿舍。莫静要往上铺爬的时候，乔芳草轻声问道，你也去看电影了？莫静怔了一下，瞪大眼睛看了看乔芳草，没有吭声，继续往上爬。等她坐到铺上，乔芳草又说，我也看电影去了。是和施其山一起去的。另外两张铺上的章玉闻和王丽华就齐声嚷道，芳草搞对象了，你比我们都小，真是后来居上呀！乔芳草没有理她俩，还是问莫静，你和谁去的，是不是也搞对象了？莫静拉下脸来，气呼呼说，你别瞎说好不好，我是自己去的。乔芳草见状不好再问下去，笑了笑，也就不多想这件事了。

事实上，乔芳草也没有时间多想这件事情，她还有很多牵扯切身利益的事情要去做。对乔芳草来说，恋爱是一件大事，工作更是一件大事。刚进检修班组，要跟师傅学徒的，班长崔大力给她指派的师傅是一个中年汉子，叫柳非，因为人太瘦，大家都叫他柳腰儿。柳非是六级检修工，手艺应该算上乘，更重要的是人老实，人品让人放心，据说把他推进女澡堂，他也不会东张西望的。女徒弟跟他学徒，省心，免得闹出绯闻来。乔芳草暗自征求施其山的意见，施其山说，你跟他学徒是最佳选择，从目前看，咱班还没有一个人比他的人品还好。乔芳草听了觉得十分别扭，学徒是学技术学手艺，怎么能和人品挂钩呢？

在那个年代，师徒关系是很亲密的一种关系，一日为师，终身为父，过年过节，徒弟是要提着礼物到师傅家问安的。乔芳草拜过师后，赶上的第一个节日就是五一劳动节，这是个工人阶级的节日，工厂里都重视得了不得，劳动模范们在俱乐部里披红戴花。受到厂里的表彰。柳非不是劳模，汽机分厂的劳模是崔大力，崔大力虽然才三十岁出头，却已经是本体班的班长，并且还是个八级工。工人的技术等级共分八级，八级工，到头儿了，是最高级别的工人。乔芳草有心拜崔大力这样的人为师，但既然安排了柳非，乔芳草也不好推辞。节日前夕，厂里给每个职工发一张电影票，有些徒弟把自己的票送给了师傅，以表尊敬，好让师傅师母一道去看场电影。施其山也劝乔芳草把票送给柳非。乔芳草捏着电影票，颠颠儿地去检修现场找柳非，可找了一圈也没找到，却看见施玄山陪着一个人这走走那看看。那个人的派头比施玄山还大，他虽然也穿着工作服，但扣子却没扣，敞着怀，露出并不怎么白的白衬衣，走路背着手，嘴里不住地说着什么。乔芳草知道他叫尤大海，也是个八级工，本来关系在本体班，但却从来不到本体班上班，而是到分厂去上班。分厂专门给他配了一间屋子，说办公室不像办公室，因为屋子里有一张单人床和一些乱七八糟的东西。说休息室也不像休息室，休息室里哪还有干活儿的案子和各种工具呢？尤大海是工人中真正的高手，崔大力厉害吧，见了尤大海就像见了爹，因为尤大海就是他的师傅。

俩人走到对面了，尤大海停住脚步盯住乔芳草，乔芳草也盯住了尤大海。就在这时候，一个令乔芳草自己都意想不到的主意突然出现了，乔芳草递过自己手里的电影票，对尤大海说，尤师傅，“五一”节，送您一张电影票。

尤大海接过电影票，毫不客气地塞进自己的口袋。

无碑

（节选）

王十月

作品简介

记述当代打工群体生活的长篇小说。王十月著。最早刊发于《中国作家》2009年第9期。同年，由花城出版社出版。

小说主人公老乌（李保云）是改革开放后普通打工群体中的一员，在他二十多年的生活经历中，他有梦想、希望与理想，但也有失落、懊恼与悲伤。他是南中国经济发展的参与者、见证者与历经者，亲身体验着当代中国由农业文明向工业文明转变中的一代国人的生命历程。

《无碑》被誉为王十月的“自传体”小说，与他的真切人生体验密切相关，他把这种生命体验有机地融入到了小说的创作之中，真实地再现了当代中国打工工人的生存困境与精神挣扎，呈现社会矛盾，反思社会现实。

根据王十月《无碑》(《长篇小说选刊》2009年第6期)节选。

正文节选：第1章

这个人很平常，很普通，没有什么雄心壮志，也未做出过惊人之举。他是个微不足道的小人物，也有梦，但他的梦，和你的梦、我的梦、他的梦，和每一个普通中国人在这时代的梦，都差不多。他生活的阶层，他认识的人，也和他相似，无大奸大恶之徒，也不干那杀人越货、伤天害理之事，有点小私心，耍耍小心眼儿，顶多如此。作者在外漂泊二十载，所见所闻，却多是这些人，被他们感动，亦为他们感动，便想，他们既然能感动作者，或许也能感动读者。又或者，当今中国，尚有那有闲之人，于无聊之际，会愿意去了解这一阶层真实的生活，了解他们的过去、现在与将来，他们的欢乐、悲伤与梦想，又或许，未来之中国，有人在研究前人生活时，能从中窥得一鳞半爪，因此就铺排了笔墨，演绎出这样一段故事。其中人物，大抵都有原型，有些人，甚至连姓名都未更改，不过事情却未免虚构，或将张三李四王五之事，合为一人，或将广州深圳佛山东莞各地，化为一处，因此，若有读者诸君，欲对号入座，或索隐求证，自然徒劳。此书既成，先取名为《人间词话》，盖因此书结构暗分三层，其一，“昨夜西风凋碧树，独上高楼，望尽天涯路”；其二，“衣带渐宽终不悔，为伊消得人憔悴”；其三，“众里寻他千百度，蓦然回首，那人却在灯火阑珊处”。此名虽佳，毕竟从他处借来，终是不满，又拟名数种，如《一个人的中国梦》《老乌的瑶台》等，直到修正完毕，定名为《无碑》。

说的这人，人称老乌。他的姓名与乌没有丝毫关系，他姓李，叫保云。李保云，也就是老乌，来到瑶台村那年，二十有五岁。那时的瑶台，尚是个典型的珠三角小渔村。村口石桥两侧各一株古榕，榕树叶子密得连阳光也筛不下。树下，横七竖八散落十五块条石，年深月久，条石被磨得乌黑里泛着青光。一个石香炉，积着满满一炉香灰，还有一炷香未燃尽，空气中飘浮着香火的味道。一条机耕道，蜿蜒向林荫深处。机耕道的一边是河涌，一边是民居。河涌的“涌”字，在这里读作“冲”。河涌是广东本地人的叫法。在老乌家乡，这样宽不过百米的小河，一律被称为沟。老乌的家，紧邻长江，江河涨水，一眼望不到对岸。见过大江之人，眼界自然阔大，见到有人把宽不过十数米的沟称为河，总觉有几分可笑，老乌觉得，流经瑶台的这条河涌，充其量算得上一条大沟，可瑶台人称之为河涌，还取了个好听的名字——云涌。

那时，老乌尚未想到，他生命中一段漫长的时光将离不开瑶台。当时老乌想，水是家乡美，月是故乡明，此处千般好，终非吾家乡。老老实实打几年工，存点钱，回家盖三间房，娶媳妇，开小店，搞点种植养殖。这就是老乌的中国梦。

多年以后，已成为老打工的老乌，对那些初来者，很深情地讲述他第一次来到瑶台时的印象，讲到那两株硕大的古榕，讲到傍晚时分落在榕树上的鸟，讲到云涌的水。老乌会陷入怀旧的情绪中，用了另外的一种语调，说：“那时的云涌可真绿，那种绿，是说不出来的。”

故事开始的四年前，也就是公元一九八八年，那一年，南方有家工厂到老乌的家乡调弦镇招工，招走的全部是十七八岁的女子。村里于是有人谣传，说那招工是骗局，那些女子被骗后，将卖给人家当老婆。吓得好些报了名的临时放弃，以至于许多年后，她们想起来还后悔不已：第一批出来打工的，许多人后来都混得风生水起。比如老乌的邻居李美华，多年以后，已然是成功的企业家；又比如老乌的同乡李小翠，和老乌是没出五服的本家，出来打工后，边打工边自考，现在是个大律师……如此之类的典范，不胜枚举。对于她们的成功，后来者说：也不是她们有甚本事，那年头，遍地都是机遇，走路都踢到狗头金。又说：那年头，撑死胆大的，饿死胆小的，只要你有胆，就能发财，后来一切都走上正轨，发财就难了。老乌听到此类说法，只是笑笑。俗语云，万事开头难。越是早出来，创业越发艰苦，机遇多，挑战也大。当然，这些，依然是后话。那些招走的姑娘，开始陆续往家寄钱，一百、二百的。其时，村里的高音喇叭就会呜里哇啦："某某某，某某某，到村部，有你的汇款单。"被叫上名字的，一路上春风得意，步子变得轻而快，嗓门变得高且大，逢人是大嘴未启笑先闻了。没办法，在当时，一百、二百的汇款，可不是一笔小数目。那会儿，县城国营厂的工人，一个月才挣几十块。老乌的邻居有个能人，花钱走后门，托人找关系，求爷爷告奶奶，钻窟眼打洞，好容易把闺女送进县棉纺厂当挡车工，一个月挣六十块。此女回到家里，穿健美裤，烫爆炸头，描眉毛，涂口红，连说话腔调都变成了城里腔，那一份自得与荣耀，曾经让多少人羡慕，只恨自己的父母没有这通天的能耐。如今，人家不用送一分礼，就进厂当工人，一月能挣一二百，就把那县棉纺厂的气势给压下去了。第一批去南方打工的女子，纷纷寄回她们在外面的照片，穿统一工衣，戴厂牌，洋气得很。然而没过多久，村里又有谣传，说：有什么好得意的呢？女儿在外面卖呢。两条腿一叉，就有钱进来，挣钱可不容易么。传这话的人言之凿凿：一个姑娘家家，一没手艺二没文化，凭什么挣这么多？第二年，再有招工的车开到，终有一些父母，还是要把女儿们挡在家里。那年还招男工，老乌初中毕业后，念过两年高中，成绩不错，后来听说，像他这样的，就算是考上大学，也没有大学会录取他，老乌也去打听了，还真有这样的说法，这才冷了上学的心，回到村里老老实实当农民。听说招工，他的心，早就活泛起来。

招工大员见到老乌，眉头皱成几字，露出厌恶的表情，冲他挥手，像赶一只鸡："去去去，一边去。"同来报名的，也发出了古怪的笑声。有人小声嘀咕："这样的人还想去打工？真是，也不拿镜子照照。"这样的话，自然伤老乌的心。当时听说他这样的长相不让上大学，考上了也不要，就伤心得跑到湖边痛哭过一场。从小到大，他不知哭过多少回，因此，他性格内向，有事都在心里，却又自尊自强。

从招工处回家，老乌拿了镜子照，镜中那人，左脸一块巴掌大的乌青胎记，狰狞可憎。老乌又哭一场。哭过后，向现实低头，老老实实当农民。

那时，农村流行万元户的说法，老乌的家乡烟村，有一个叫李伯元的，靠做米粉做成了万元户。县报记者来采访，县广播站也播过，米粉大王李伯元的名字因此传遍了四邻八乡。那时候，每个村都有一个两个大王。老乌喜欢听收音机，收音机里每天有致富广告。比如泡无根豆芽，广告里说“一斤豆子十斤芽，无根无须放银霞”。老乌算了一笔账，一斤豆子五毛钱，一斤豆芽两毛钱，十斤就是两块，刨除成本，一斤豆子可赚一块多。广告里还说种植中药材能快速致富，比种水稻强得多，等等。这些信息，每一条都弄得老乌心痒难耐。父亲认为老乌的想法不切实际：“农民嘛，就得老老实实种地，冬闲了做点副业，去柴山砍柴，去岩石场抬石头，争取早点盖起红砖房。”

父亲大人用他的人生经验断定：“一旦家里盖上了红砖房，还愁娶不上老婆？脸上有块胎记怕什么？看得久了就习惯了。”老乌想：父亲的话也许有道理。他实在找不出更好的路子来，就听从父亲的安排，平时忙农田，种苎麻，种棉花，种水稻；养鸡，养猪，养蚕；冬天了就做副业，帮人盖房子，到采石场抬石头。然而，新房一直没能盖起来，老乌的心情压抑可想而知。他想离开农村，到外面闯荡。

时间一晃到了一九九二年。村里的人好像突然醒悟过来，要想发财，只有去南方打工。于是年轻人都往外跑。不独老乌的家乡，全国好多省份都迅速掀起了一股打工潮，这就是后来的研究者所谓的“民工潮”。而当时，外出打工者，被普遍称为“盲流”。

老乌也成了这汹涌盲流大潮中的一滴水。而这滴水，将要散落到一个叫瑶台的南方村庄。这些，可以算得是本篇人物的前史，不再详述。那时他的名字是：“捞仔”“盲流”“三无人员”“社会不稳定因素”。至于被称为“农民工”“弱势群体”，并被划入“底层”，则要到遥远的二十一世纪。

叙罢闲话，让我们回到老乌来到瑶台村的那个下午，时间是一九九二年夏天。老乌的记忆里，那年夏天，南方的雨水格外多，他每天到各工业区去找工作，早出晚归，经常要遇到突如其来的暴雨，一会儿将他淋成落汤鸡，一会儿又把他晒干。本来就黑的老乌，变得更黑，黑得连左脸上那块巴掌大的乌青胎记都不怎么显眼了。终于，疲惫的老乌，看到了一张招工启事，启事上写着新厂招工出粮准、生活好之类的话，并写了详细的见工地址，还画了一张路线图。老乌按图索骥，找到了瑶台村。

走到瑶台，他实在太累，就在村口的大榕树下坐了一会儿，听榕树上的蝉鸣，望着河涌的水发呆。南方的蝉鸣不似老乌家乡那样，家乡的蝉声高远，中气十足，南方的蝉鸣，断断续续、奶声奶气，老乌想，只说广东话不好懂，原来连广东的知了也是说粤语的。那会儿，老乌想到了那句老话：“在家千般好，出门事事难。”不过他不想回家，他想，总会有一家工厂不嫌恶他脸上的胎记，总会有一份工作在等着他的。

老乌到河涌边，捧着水喝了一气，洗了把脸。然后他顺着那条机耕道往里走。机耕道顺着河涌的曲折而曲折，机耕道的另一边，全是青灰色的民居，房屋低矮，盖着清一色的燕子瓦，檐头有着高高的翘角，屋脊上蹲着琉璃的小兽。老乌沿机耕道往里走，大约一里来路，眼前就开阔了，右手边再没了人家，呈现在眼前的，是一大片鱼塘，鱼塘边种着齐腰深的鱼草，几间零星的小木棚散落在鱼塘边，一望便知是看塘人家。走到机耕道尽头，按照招工广告的指示：往右拐，五十米即见。

老乌并未抱太大希望，这些天来，见工面试不下十次，看见工厂门口挤一大群人，便挤进去抢到一张招工表，工工整整地填写了。老乌的字写得不坏，内行看了，是能看出师承的。每次填表之后，过不多久，总能听到保安出来喊："李保云，李保云进来面试。"然而，只要一进到写字楼，他的希望就会随之破灭。他从那些人事主管的脸上看到了惊慌、嫌恶、躲闪、推诿。最让他受伤的，是在溪头一家玩具厂见工，玩具厂的人事主管，一个看上去蛮漂亮的女孩，见了他，居然尖叫了起来，直往后躲，指着他喊："出去，你出去，再不出去我叫保安了。"仿佛老乌是史前怪兽。老乌没说什么，长这么大，受到的冷眼太多，他已经习惯了用一种平和的心看待这一切。那一刻，他只是害怕，两腿发软，害怕保安真把他揪住揍一顿，他灰溜溜地离开那家工厂，听见身后那女孩在骂保安："你们是干什么的？没长眼吗，什么怪物都往厂里放。"

"怪物。"老乌苦笑，"我是怪物。可这能怪我吗？打娘肚子里出来就带上的记号。"出门这么久，老乌第一次想哭，但是，他有效地把泪水控制在眼眶里。经过此番折腾，老乌对见工有了一种奇怪心理，他渴望着有机会见工，可真要面试时又害怕，害怕再遇上那样的尖叫，害怕人家叫他怪物。

现在，我们的老乌来到了瑶台，他当时的心情，正是这样的复杂。只要往前再走五十米，就到了招工的地方，然而越是接近，脚步越发沉重了。他看到了那间办事处的招牌，办事处门口围着一群人。老乌转过身，走到云涌边，蹲在水边，从清亮的水里看到了自己，看到左脸上的那块胎记，胎记从左额斜着往下长了一大片，把眼从中间分成了两半，老乌抚摩着那块胎记，长叹一声……再次喝了两捧水，洗了一把脸，直起腰，深吸一口气，平息了越发快的心跳，这才又有了一些勇气。

招工处门关着，招工处的工作人员在午休。招工处的牌子下，围了不下二三十人。

两点钟，招工办开了门，出来一个男的，长得精瘦，上穿格子衬衣，下穿牛仔裤，操着典型的广东普通话，大声喊："见工的，拿表交报名费啦。”人群像见到一堆臭肉的苍蝇：嗡的一声叮了上去。这个比喻，是老乌后来对人说起这事时使用的。“我们就是一群没头脑的苍蝇，那个招工处就是一堆臭肉。”

“不要挤，不要挤啦，排好队，一个一个来，都有的啦。”精瘦的广东仔操着广普，连笑带骂。每人领到一张表，表上除了要填上自己姓名、年龄之外，下面列出了从主管到普工的十多个岗位，每个岗位后面，有需要缴纳的报名费标准。多年后，老乌还记得，应聘主管要交八十，应聘仓管、文员、储干、司机、拉长，要交五十，应聘普工要交三十。精瘦的广东仔说：“大家填好表，然后去屋里交钱，交了钱，到三点钟统一安排考试，明天早晨出考试结果，考上的退还报名费，没考上的报名费不退。你们想清楚要不要报名，别到时考不上又叽叽歪歪的。”

老乌仔细看了一下表，他是读过两年高中的，写得一手漂亮书法，毛笔硬笔俱佳，因此他不想选择做普工，而希望能选一份可以发挥他才能的工作。老乌分析了一下，在仓管后面打了勾。仓库管理员，也算是文职工作，整天坐在仓库里，又不用怎么见人。老乌选好之后，就去交了报名费。五十块钱，掏出来有点肉痛，但还是得掏，舍不得孩子套不着狼。有好几个人没有填表报名，他们认为这个招工处有问题：“新厂招工为什么不在厂里招？偏要到这里专门弄两间办公室招工。”招工处的人说：“新厂还在安装机器，现在先把工人招好，做好前期培训。”退出的人毕竟是少数，多数人都交了钱，老乌也随了大流。

三点钟时，那块“臭肉”又出现在了门口，大家再次哄的一声叮了上去。精瘦的广东仔把大家招呼进一个房间，房间里有十几张桌子，众人坐好后，广东仔发下了试卷。老乌一看试卷就傻了眼，很大一张试卷，只有两道题，正面一道，汉译英，一篇不知从哪里抄来的文字，要求翻译成英语；背面一道题，英译汉，密密麻麻一张纸的英文，要求译成汉语。老乌读书时英语成绩还不错，但那会儿，初中一年级才开始学英语的，再不错，也仅限于记得百十个单词而已，离英汉互译的水平相差何止十万八千里？老乌看到考题，开始还以为发错了试卷，他叫来了那个精瘦的广东仔，问："是不是发错试卷了，这可是英汉互译。"广东仔说："系啊，冇错的啦，就系英汉互译啦。"老乌说："我应聘的是仓管，考英汉互译干吗？"广东仔说："丢！我们厂是外资企业，产品都出口的，上面标的全是英文，你不懂英文，怎么管仓库？怎么发货？"老乌说："那我不考仓管了，我考普工。"广东仔说："考普工可以啦，你先去财务处交三十块钱。"老乌说："为什么又要交钱？我不是交了五十的么。"广东仔说："那五十是考仓管的。"老乌还想说什么，广东仔说："有话出来说，别影响大家考试。"老乌一想，反正这题目他是一句也译不来，就交卷出了考场。广东仔笑道："要不要再考普工？交三十块进去接着考普工。"老乌想，都到这个份儿上了，如果不考，那五十是白交了，如果再考，又得交三十，权衡再三，觉得还是考一考，不为别的，只为，这是他见工以来，唯一没有因为他脸上的胎记而拒绝他的工厂。

交钱时，老乌还专门问了，像他这样脸上有胎记的能不能考？那收钱的笑着说："我们这里是招工，又不是选美，人不可貌相，海水不可斗量的啦。"这话说得老乌心里很温暖，他再次交了三十块钱，还是那精瘦的广东仔把他带进考场，走进考场时，老乌惊讶地发现，刚才一屋子的应试者都不见了，只听见外面乱哄哄的。老乌疑惑地问："刚才那些人呢？"广东仔没好脸地说："都交卷了。"老乌也没多想，待广东仔把试卷再发给他，老乌又傻了眼，还是刚才那张试卷，一道汉译英，一道英译汉。老乌急了："怎么还是这张卷，有没有搞错？！"广东仔一脸坏笑："冇错啦，我们厂系外资厂，做的产品上面都标着英文，不懂英文，连普工都做不了的啦。怎么样，能翻吗？能翻就快点翻。"

许多年以后，老乌对画家刘泽说起这段往事时，刘泽笑出了眼泪。老乌也笑。老乌说他还真是有点佩服那些骗子的才华："这样的骗局，亏他们想得出来。”事隔多年，老乌的心情自然平和了下来，在当时，他恨不得拿刀把那些骗子剁了。尤其是那个精瘦的广东仔，那小子一脸坏笑，让他受不了。当时，愤怒的不止老乌一个，而是一群。所有的见工者都被骗了，他们试图讨回公道，然而从巷子里一下子冒出五六个烂仔，手里挥舞着木棒，威胁他们，让他们快点滚：“不然有你们好看。”于是大家就这样散了。

不过，老乌却因此，与瑶台结下了缘。

后来，老乌想，一个人与一个地方，冥冥中是有缘分的。缘分到了，绕都绕不过；缘分未到，求都求不来。老乌想，他和瑶台这个地方，就有这样的缘分。

老乌和瑶台，当真是有缘分的。他人生中许多的第一次，都与瑶台有关，比如第一次受骗，第一份工作，第一次恋爱，第一次失恋……第一次……

这些，往后再说吧。

老乌的第一份工作，可以说是踏破铁鞋无觅处，得来全不费工夫。也许，这就是他和瑶台缘分的一个佐证。

自打上次受骗后，老乌找工作都绕着瑶台走。也是，瑶台那时尚未开发，瑶台的村民们，虽说洗脚上田了，但他们最先干的，还只是把农田挖成鱼塘养鱼。瑶台离县城尚有一段距离，还没有工厂建到这儿来。老乌在离县城近一些的溪头村、溪尾村找工作，这样一晃就找了小半月，父亲卖掉的两头大肥猪，眼看就花得剩下两只猪蹄子了，老乌还没有找到工作。开始还睡旅店，后来，睡溪头工业区前的树林，可那里不安全，治安晚上爱搞突袭，更有久未找到工作的，三五纠结，晚上打劫落单儿的找工者。老乌被治安追鸭子样追了一次，好在他身体还算强壮，走路快，但那次之后，也是吓破了胆，他听说，被治安抓了，要送到收容所，然后遣送回家。好不容易才出门打工，他可不想连工作都没找到就回家。

于是老乌就想到了瑶台，想到了瑶台村口的两株大榕树，想到了大榕树下的那些青条石，老乌想，虽说远一点，得走二里地，但在那里睡觉是个好地方。于是，老乌白天在工业区找工作，晚上就回到瑶台睡觉，他把瑶台当成自己的家了。

瑶台村的夜晚，安静、安全，没有治安队来袭，没有烂仔打劫。老乌在瑶台住得很安逸。结束了一天的找工苦旅，南方的日头开始变得温和起来，那时老乌就开始往瑶台走，远远地，就能看到瑶台村口的那两株大榕树，好多长脚杆的白鹭在天上盘旋着，盘旋着，探出长脚杆，落到树梢。老乌记得，上小学时学过一篇课文，叫《鸟的天堂》。老乌想，也许，这大榕树，就是鸟的天堂。

老乌像那些倦鸟，也在傍晚时归林，他走得极慢。白天走得太累，没了力气，他也不舍得走快，他要好好享受这南国水乡的傍晚。太阳把西边的天空燃成了火烧云。“朝霞不出门，晚霞行千里。”未来一段日子，看来多是大晴天。老乌就这样慢慢走，左顾右盼。老乌是多么喜欢这些珠三角的植物呀，它们的叶子都极肥硕，极绿，那种绿，仿佛可以往下滴，让老乌想到了一个词：滴翠。许多的植物，都是老乌未曾见过的。榕树可以独木成林，木瓜树有两层楼那么高……

老乌走到榕树下时，天往往就黑了，村子里已安静下来，老乌藏好行李，然后跳进云涌，好好地游个痛快，他喜欢把身子浮在水上，思绪是飘浮着的，他多么喜欢这个地方啊，他想，要是能有一份工作，在这里，那就好了。

很快，老乌就如愿以偿了。

他手中的钱花光了，这个白天，他决定不出去找工作，他没有力气再走，就在榕树下睡着了。多日来，他每天晚上睡在榕树下，已经引起瑶台村民的注意了，不过没有谁来过问，现在的瑶台村民，早长了见识，他们知道，这肯定是一个来捞世界的捞仔，这样的人，近来他们见得多了。这天他从早晨困到中午，又从中午困到了下午，困得时间太久了，终是引起了村民的注意：“这个捞仔，可不能让他死在大榕树下。”“死在大榕树下，会坏了村里的风水。”于是有人过来，叫："喂，衰仔，醒醒。"手一推，老乌就软软地，四仰八叉瘫在地上。人们惊呼："死着啦！""没死，还有气呢，是晕着了。"很快就围过来一群人，有人说是中暑了，要给他拔痧。有人说要拿凉水泼。几番折腾，老乌居然醒了过来。醒过来的老乌，眼前一片白光，白光中，晃动着一些虚影。虚影渐渐清晰了起来，变成了一个个的人。老乌看着围住他的一大群人，不知发生了什么事。从大家叽里呱啦的言说中，他猜到，自己这是昏迷了。可不是吗，睡着的时候，还是上午，这会儿，太阳都要落土了。这时的老乌，做梦都没有想到，他会因此而获得一份工作。给他这份工作的人，人称黄叔。老乌更未想到，他未来的人生，与黄叔，从此有了千丝万缕的联系。

"黄叔，你不是说要找个看鱼塘的工仔么，这个北佬看上去是个老实人。"有人这样说。那叫黄叔的，为人厚道，粗识文墨，在这一方村民中，颇有威信。见有人提起让他收留这北佬，就问老乌姓什么，叫什么，哪里人，来这里多长时间了，又说他有个鱼塘要找人看，每天晚上得睡在鱼塘边的木棚里，事不多，工资也不高，管吃，一个月五十块，问老乌干不干？别说一个月五十，就是白干，只要管吃管住，那都是求之不得的事。因此老乌连声说："干，干。"黄叔说："要干，那就拎起东西跟我去鱼塘。"老乌站了起来，两条腿直打战。黄叔说："饿了？"老乌说："饿了。"黄叔就去士多店，给老乌买了一袋鸡蛋糕，老乌狼吞虎咽，三下五除二，半袋蛋糕下肚。黄叔笑着说："慢滴慢滴，小心噎着。又有人抢着你的。"老乌见黄叔爱笑，一笑，眼就眯成一道缝，想，爱笑，且笑得这样慈祥的人，心地定是善良的。也放了心，把余下的半袋拎在手上，背起行李随黄叔而去。

鱼塘就在机耕道尽头。一大片鱼塘，一间木板拼成的屋，就是老乌未来工作的地方。老乌对黄叔自然是千恩万谢。黄叔说："不用谢，我正在想着要找个看塘的。你给我做事，我付你工钱，谢什么呢？"老乌心说："受人滴水之恩，当涌泉相报。"

三年前，黄叔承包了村头这片地，挖鱼塘养福寿鱼、养塘虱。但近两年，养鱼显然已落伍，离县城近些的村子，都建了厂房出租。手头活、脑子灵的，开起了小小的工厂，三五个人，七八条枪，接一些工厂外发的单来加工。黄叔不甘落后，买了两台注塑机，就在瑶台租了民房，成立了他的工厂，半个月前才招了俩工人，给街上的玩具厂加工塑料产品，鱼塘自然是没工夫照看了。老乌的工作极简单，照看好鱼塘，不让人偷鱼、下毒。种好塘埂上的鱼草，早晚割了丢进鱼塘里，早晚开了增氧器给鱼塘增氧。到吃饭时就回去村里，和塑料厂的工人一起吃。黄叔说："鱼塘填掉是迟早的事，如果你表现好，到时就到塑料厂打工。"

老乌当真是做梦都没想到，天上真的会掉馅饼，且这馅饼正好砸在他的头上。所谓运气来了门板都挡不住。这一晚，老乌做梦笑醒三次。第一次从梦中笑醒，老乌翻了个身，又睡着了；第二次从梦中笑醒，他灵醒过来，知道晚上是不能睡的，打了手电筒，把鱼塘察看一遍；回到棚里，说是不睡的，可能是太倦，这些天一直绷着的那根弦终于松下来，不一会，又睡着了，他梦见黄叔的工厂，工厂有几百层楼高，像一根柱子，直入云层，成千上万的工人，在这柱子里忙碌。老乌梦见自己成了黄叔工厂里的头儿，西装革履，工人见了他，都点头说厂长好，他就说，好。还了一个躬。工人慌得给他再一躬，他又还一躬。老乌觉得很好玩，不禁笑了起来，再次从梦中笑醒。醒来之后，细数梦中之事，觉得此梦颇有深意，是个好彩。想，下次见到黄叔，定要对他讲说此梦。然而，下次见到黄叔，已是半月以后。

这半个月，老乌每天照看鱼塘，不敢有丝毫马虎。黄叔所谓的塑料厂，原来只有黑乎乎的两间民房，两台机器，厂里加上黄叔和老伴，一共四个人。黄叔是总经理兼厂长兼业务员兼搬运工，每天骑了辆摩托车，拿货、送货："日——"驮着产品去了街上。"日——"驮着原材料回到瑶台。每天风风火火，忙得不亦乐乎，平时很少在家吃饭，因此老乌难得遇见一回。黄叔的老婆，工人叫她老板娘，老乌也跟着叫老板娘——一个小个子的农妇，比黄叔显老，极勤劳，每天坐在注塑机前，拿一把小刀，削那些注塑产品接口处的胶，此项工作被称为“批锋”。一个打工妹阿霞，来自湖北，皮肤微黑，透着农家少女的健康质朴，她开的那台机器，主要生产塑料瓶，阿霞话不多，低头只顾做事。老乌见到她，就觉得稳重、踏实，又是老乡，更觉出几分亲近。另一个打工妹叫阿湘，湖南妹子，她开的那台机器，主要生产梳子、瓶盖之类。阿湘比阿霞漂亮，话也多，一张小嘴叽叽喳喳，好像停不下来，一派天真无邪。老乌觉得，生活中有了她，日子总是阳光灿烂。小小的车间，搁下两台注塑机就没有什么空间了，另外的一间屋，堆着她们做好的产品、原材料。

老板娘每天除了帮忙批锋，还负责一天两顿饭。老板娘和打工妹一起吃，没有什么分别。老板娘很节省，空心菜是每餐不可少的。此地原来极为贫苦，农人多养蚝、种地维生，村里最为艰苦时，许多青壮逃港，有成功者，有被追回后再逃者，亦有逃港溺毙者，被枪击毙者。老板娘这一代人是苦水中泡大的，对于浪费深恶痛绝，她不喜欢阿湘，因阿湘浪费，总把没吃完的饭菜倒掉。为此，老板娘能用白话唠叨半天。老板娘不会说普通话，也听不大懂普通话，她愤怒地说了半天，两个打工妹也没听懂她说些什么。老板娘比较看好阿霞，但最为看好的是老乌，觉得老乌这人老实、可靠，话又少，不像偷奸耍滑之人。最难得的是，老乌的长相让人同情，让人觉着不容易。老板娘似乎对穷苦之人有着特别的感情，对现在生活的新风尚颇多看不惯。老板娘觉得，老乌身上的旧传统多些，阿湘这妹仔，学新东西太快了。偶尔开荤，老板娘会给老乌夹上几箸。她不掩饰对三个工人的好恶，也不会注意要一碗水端平，喜欢的就是喜欢，不喜欢的就是不喜欢，没那么多弯弯肠子。也许是太久没有吃上肉，加上天天加班，加上正是长身体的年龄，阿湘馋得不行，见老板娘如此厚待丑八怪老乌，颇有微词。阿湘因此对老乌没什么好脸色。老乌倒是颇有风度，要把老板娘夹给他的肉让给两个女孩，阿湘撇着嘴，嫌老乌碗里的不干净。老乌其实连筷子都没动，心里清楚，阿湘是嫌恶他脸上的胎记。不知为何，在阿湘这样长得好看的女孩面前，老乌有种天生的自卑感，想巴结，却又害怕适得其反。但对长相普通的阿霞，老乌却觉得亲切，觉得她是多年的老友、前世的熟人。阿霞话少，心事也重，不易看透她的心，阿湘虽说有许多让老板娘看不惯的地方，但她这人浅，像一汪清水，心里想什么，一眼就看到底。

第一眼看到老乌，见到他脸上的胎记，阿霞的眼神里略微露出了一丝不安，但很快，她掩饰了这不安，后来再也没有表露出什么。阿湘却很直接地表达了她对老乌脸上胎记的嫌恶。每到吃饭时，阿湘都要坐在老乌的右手边，她说坐在老乌左手边一抬眼就看到那块乌青的胎记，就恶心，吃不下饭。

也许是打工生涯最初的两位工友，很多年后，生活中的每一个细节，都那样深深地刻在老乌心上。老乌甚至无法记恨阿湘给他取了“老乌”这个绰号。后来，人们都叫他老乌，甚至忘了他的本名李保云。

半个月后，一日午饭，老板娘破天荒烧了六个菜，四荤两素，还有啤酒。老板娘说：“一会老板要来吃饭。”果然，等了一会儿，就听见摩托车响，“突突”地熄了火，黄叔抱着个头盔就进来了。半月未见，黄叔有了些变化，让人眼前一亮的是，黄叔手里还拿了个大哥大。老板娘忙把头盔接了，黄叔把大哥大很气派地竖在桌上，为三个工人倒上酒，给老板娘也倒上一杯，说：“今天是我们瑶台厂第一次出粮，托各位的福，开厂这一个多月，生意很好。”黄叔说着，从口袋里掏出三个红包，一个给阿霞，一个给阿湘，还有一个给了老乌。老乌把红包揣进口袋，心里莫名地扑扑直跳。阿霞拿到红包后放进了口袋，阿湘当时就把红包打开，抽出两张崭新的百元钞票，兴奋得尖叫起来，举起了杯中酒，对黄叔说：“老板，我敬你一杯，祝你的生意芝麻开花节节高。”黄叔哈哈大笑，说：“好，好，我也敬你们，来，大家一齐干。”

阿湘说：“老板，第一杯是你敬我们，第二杯，该让我单独敬你了。”说着单独敬了黄叔，两人碰杯，一饮而尽。黄叔说：“你们别看我们厂子小，用不了几年，我就要盖自己的厂房，有自己的模具佬、配料师傅，到时不光接二手单做，还要做一手单，到那时，你们都是我的开厂元老。那个，阿李，到时鱼塘填了，你就到我的厂里做工，做得好了，将来当个厂长也是没问题的。”

阿湘笑着拿筷子指老乌说：“他？老乌？他都能做厂长，那我做什么？”

老板没有回答阿湘将来做什么的问题，却说：“老乌？你叫他老乌？”

阿湘拿手指了一下自己的左脸，吐吐舌头。黄叔皱了下眉，说：“这样叫不太好。”老乌倒是慌着说：“没什么没什么，叫什么都无所谓，只要你们叫得顺口。真的无所谓的。”后来，黄叔也叫他老乌了，慢慢地，老板娘也叫他老乌。只有阿霞，一直叫他李保云。

老乌也敬了黄叔一杯酒，并说了他做的那个梦，说他住进鱼塘的第一晚，梦见了黄叔的工厂，几百层高，成千上万的工人。老乌并未言及梦见自己当厂长之事。听了老乌的梦，黄叔连声道：“吉兆，吉兆，你这梦做得好。”正说着，黄叔的大哥大响了起来，黄叔接完电话，兴奋地说：“你这梦果然是吉兆，有生意来了。对不起，我不陪你们吃了。”端起饭碗，夹了几箸菜，三口两口吃毕，一抹嘴说：“走了。”黄叔做事就是这样，风风火火，干劲十足。用老乌家乡人的话说，好像屁股后面有把火在烧。人才走出门，就听见了摩托车的突突声，“日——”的一下，声音就远去了。

老乌走出塑料厂后，把口袋里的红包拿出来看，五十块，心里升起淡淡的失落。想阿湘、阿霞这样的小女孩一月尚能挣二百，自己堂堂七尺男儿，月挣五十，难怪被阿湘小觑。回到鱼棚，倒在铺上，双手枕头，想心事，想黄叔何时能扩大生产，然后把他弄到工厂里上班。想，黄叔说话是否算数，真的当厂长，那就更好了。

不过，老乌终究是个脚踏实地之人，虽有满脑子梦想，但他清楚，现在要紧的，是把这鱼塘看好。看鱼塘实在太闲，闲得无聊，又无人可说话，整天坐在鱼塘边，望着远处那些一天天长高的楼群发呆。老乌有时也想，出门打工，居然落到在这里看鱼塘，不免有点喟叹怀才不遇。那些枯寂无聊的日子，能让老乌打发时光的，除了看远处一日日高起的楼房，就是想想他另外的一桩心思。

那些日子，他的心里开始有了一个女子，睁开眼是，闭上眼还是，那女子的一个微笑，一句不经意的问候与关心，扰得他心里既甜蜜又苦涩。老乌想："这就是爱情吗？我是爱上阿霞了。"他每天就渴望着中午和晚饭时间的到来，只有这时，他才能短暂地离开鱼塘，才能见着阿霞。他又害怕这时间的到来，害怕阿霞看穿他的心思。他想对阿霞说出他心底里日益浓烈的爱，又害怕这个爱字一说出口，从此就失去了阿霞，连做朋友的机会都没有。他知道，自己的尊容，是不配爱着阿霞的。这样的心思，折磨着老乌，把他的心弄得鸡飞狗跳。见到阿霞时，老乌变得没有一开始那样自然了，坐在一张桌子上吃饭也不敢抬头看阿霞一眼，更不敢主动和阿霞说话，阿霞问他一句，他就答一句。

一日，阿霞问老乌："喂，李保云，我有话对你说。"老乌脸上的胎记刷地变红了，说："你，有什么事？""我得罪你了吗？"阿霞玩着衣角，露出少有的调皮。老乌一双手慌得乱摇。阿霞说："那，这段时间你为什么不理我？"老乌脸上的胎记更红。在一边的阿湘突然醒悟过来，指着老乌笑，说："哇，不会吧，老乌，你喜欢上阿霞了。"老乌说："你瞎说，没有的事，没有的事。"恨不得找个地缝钻进去。阿霞说："死鬼阿湘，你瞎说什么呢？李保云是老实人，你别欺负他。"阿湘说："不会吧，这么快就护着他了？"

此番说笑，却让老乌和阿霞间，更加失去了自然。阿霞似乎也在有意和老乌保持距离，见了面，总之是，没法再像从前那样自在了。老乌觉得是他不好，是他害得阿霞丢了脸，阿霞呢，似乎也觉得她欠了老乌什么。毕竟，一个人爱上另一个人是无罪的，不能因为他的脸上长了难看的胎记，就剥夺他爱别人的权利。

可老乌感觉得到，阿霞还是关心着他的。比如阿霞去街上，就会问老乌："李保云，有没有什么东西要带？"或是问："李保云，有没有信？我上邮局，帮忙寄。"老乌说没有。老乌一直没给家里写过信，老乌说："混得不好，没脸给家里写信。"阿霞说："还是写一封吧，儿行千里母担忧呢，给父母报个平安也是好的。"老乌就借了阿霞的纸和笔，给父母写了一封信。阿霞见了老乌的字，说："呀，你的字写得可真好看，一个一个，像印出来的。"老乌很得意自己的字，就说他是练过毛笔字的，那些年在家里苦闷，想打工又出不来，想做点事业又没本钱，天天得闲了就练毛笔字打发时间。阿霞问老乌是不是高中毕业。老乌说："读了两年县一中，后来退学了。"老乌又说："进了县一中，半只脚就进了大学门槛。"阿霞不解："那为什么不读书了呢？"老乌苦笑了一下，指着自己的脸："我这个样子，听说考上了，也不会录取的。"阿霞说："有这样的事？"老乌问阿霞："我看你平时不怎么说话，可说出来的话很有水平。"阿霞说："哪里？"阿霞说她读过初中，没有毕业。

阿霞和阿湘去街上逛，阿霞帮老乌寄了信，还买了纸、墨、一个笔记本、一支圆珠笔。这都是老乌交代的。他的毛笔和字帖，是出门时随身带了的。从此，得了空，老乌就练字。听到阿霞夸他的字好看，老乌就觉得，现在练字不只是打发时间，还是为了爱情。阿湘有了钱就买衣服，上街买了两套，一套仿真丝连衣裙，上面印着大朵的花，另一套，倒像是职业白领的装束。阿湘虽个子中等，但五官长得标致，又白，什么衣服穿在身上都好看。连老乌都忍不住夸她。黄叔也夸阿湘，说："我要是有仔，就让仔追你。"黄叔没有儿子，只有三个女儿，大女儿上了大学，二女儿读高二，三女儿也读初中了。

阿霞的关心，把老乌的心弄得七上八下，他真的不知道，阿霞对他是什么样的感情。是爱他，还是怜他？老乌把阿霞说过的话想了一遍又一遍，想找出答案来，然而老乌对女人的了解差不多是一片空白，他实在猜不透阿霞的心思。有一点，老乌可以肯定，那就是，阿霞并不讨厌他。不讨厌他，这就让老乌很知足了。阿霞是这一生，第一个不歧视他的女孩。

说话间，春节就到了。这是老乌在外过的第一个春节。放假前尚有半个月，阿霞问老乌过年回不回家，老乌摇了摇头，说："不回。"阿霞说："是不是没钱？没钱我借你。"老乌说："谢谢，不用了。"老乌没有想过回家，他早就想好今年在外过年。他听人说过，每年过年的那些天，工比较好找，他想趁着春节，骑驴找马，再出去找找看。

在黄叔的鱼塘都待半年了，半年来，黄叔的工厂里还是俩工人，黄叔根本没有扩大生产的意思。阿霞和阿湘每天都加班到十一二点，冬月、腊月每晚更是加到凌晨一两点。老乌建议老板娘再招两个工人，两班倒。老板娘说这是老板的事。黄叔天天忙得很，偶尔一次吃饭碰到，老乌提了建议，黄叔盯着老乌，笑眯眯地问："不想看鱼塘了？"老乌忙说："不是这个意思，我是看阿霞和阿湘两个太累了。"黄叔说："干得多挣得多，她们还愿意加班呢。不信你问她们愿不愿意加班？"阿霞不说话。阿湘说："谁愿意了，一天到晚除了吃饭睡觉就是上班，一点自己的时间都没有。"黄叔说："小姑娘又不拍拖，要自己的时间干吗？"阿湘说："你怎么晓得我不拍拖？"不过饭后，阿霞对老乌说，她还是愿意加班的。阿霞说这两个月，她都拿到了三百多。看着阿霞近来消瘦不少，老乌又怜又痛，恨不能变了身来帮阿霞加班。

年说来就来了，腊月二十五，厂里终于放了假。阿霞背着大包小包，到街上去坐汽车，她要坐汽车到广州，再从广州坐火车回家。多年以后，老乌还记得阿霞回家的那个清晨，老乌到村口送阿霞，阿霞瘦小的身子埋在包里。老乌说："这么沉的包，我帮你背。"阿霞有些伤感，说："不用了，黄叔知道你不看鱼塘来送我，该要说你了。"阿霞说着就走了。老乌陪阿霞走了一段。阿霞停下来，说："李保云，你回去吧。”老乌就停了下来，看着阿霞走远，阿霞回过身，朝还傻站在榕树下的老乌挥挥手，老乌的泪水就下来了，丝丝缕缕的痛漫上心头，像蚕在啃噬，而他的心，是一片桑叶，转眼间已是千疮百孔，再看阿霞时，只看得见那硕大的牛仔背包在晨光里移动。

老乌回到鱼棚，扑在床铺上，泪落将枕浮。他问过阿霞，过了年回不回来，阿霞说说不准，说家里给她说了个对象，是街上吃商品粮的，要是看中了，可能就要结婚，就不出来打工了；要是没说成，还出来。老乌说：“希望你找个好人家。”阿霞望着老乌，说：“真的？”老乌低下头，说：“真的。”

腊月二十八，起完最后一批鱼，鱼塘就放干水，撒上石灰清塘。老乌无事可做。黄叔说：“过年了，你就别睡鱼棚了，把铺盖搬到厂里来，睡仓库吧。”黄叔给老乌发了一百块钱的奖金，又给了一百块钱的过年费，让老乌自己去采购一些过年吃的东西。过年了，老板娘也不再给他们做饭。阿湘没有回家。老乌问阿湘过年怎么过，阿湘说：“怎么过？就那样过呗。”说得颇有些恓惶。

年关的时候，榕树下的拐角处，新开张了一家录像厅，阿湘就在录像厅里过了一个年。老乌去看过一回，录像厅里人还蛮多，都是年轻人，天天放武打片。老乌受不了录像厅里的烟味，也嫌录像厅里太嘈杂。老乌去街上，买了一箱方便面，外加两袋火腿肠，就是他的全部年货，然后在街上瞎转。自从给黄叔看鱼塘，他很少到街上。街上变化可真快，老乌都认不出来了，首先是街中的那条路修好了，宽阔、气派。但是，街上也变得冷清了。半年前，他来找工作时，觉得街上到处是人，是灰尘，是摩托车，现在，一放年假，街上的人好像突然间都消失了，冷冷清清，偶尔可以看到三两个打工妹在逛街。老乌想找个地方吃顿快餐，余下的几天，天天吃方便面。然而老乌找了一条街，没有一家店开门。老乌想，真是过年了。出门打工的，不管挣到钱没挣到钱，都回家过年了，心境如这街道一样凄清。

年三十，老乌以为自己会格外想家的，然而这天他没怎么想家。

他的耳朵快被爆竹声给震聋了。这个年，算是让他见识了广东人放鞭炮的疯狂。从清晨始，就有爆竹声远远近近传来；到了年三十晚上，就没有停过；初一的凌晨，爆竹声更是炸开了锅，似要把个安静的瑶台，炸飞到天上去。老乌睡不着，跑到村口，远处的房屋，笼罩在一片红光中，到处在放烟花。

烟花在南方的夜空中盛开，在那一瞬，怒放着美丽。那一刻，老乌没有想他的爹妈，却想起了阿霞：不知阿霞顺利到家没有？不知阿霞现在在干什么？是在看春节联欢晚会吗？不知阿霞对象说好没有？这一晚，老乌没有睡着，也根本无法入睡，爆竹声一直炸到天亮，才渐渐停息下来。老乌想，广东人真他妈有钱。

这个正月，老乌算是开了眼。这些天来，他无事就在瑶台村转悠，不转不知道，这一转，他才发现，瑶台村颇大，那些普通的民居虽破破旧旧，屋脊上那石雕的兽或琉璃的兽，却生动传神，颇为耐看。特别是黄氏宗祠，高大的乌木门，钉着带了绿锈的铜泡钉，门上一石匾，浮雕着四个大字：黄氏宗祠。字是颜体，苍劲浑厚，想来是一方鸿儒的手笔，不知有几百年历史。老乌素喜书法，手指随着那一笔一画，心临了两遍。在家过年时，老乌不但写自家的对联，周围人家的，也多是请他来写。因了这爱好，老乌每到一处，总是格外留意对联，遇上好字，必要在心里临写一番。来到黄氏宗祠，最留心的，还是门联书法。因此就去看那大门两边的对联，字是石刻，阴文，刻得极深，刚描了朱红的漆，给这古朴的宗祠平添几分喜气。上联：颍川德政，下联：江夏贤声。颜体，写得雍容大度，内劲十足。这对联，大抵是黄氏宗祠的通用联，几乎所有大姓都有这样的通用联，说的是一姓一族的荣耀与根基，本族后人看到此联，自然会生出自豪与责任。老乌早听说过，瑶台村的原住民皆姓黄，也听黄叔说过有这么一处宗祠，一直没时间来看，也是想，一个小村的宗祠，谅也没有什么值得看的。没想到，黄氏宗祠修得如此气派。跨过高过一尺的门槛，两边是回廊，正前一堵青灰影壁，绕过影壁，又是一进，高大的木柱上，依然镌了对联。这一联的字，却是地道的王铎笔法，笔走龙蛇，如刀砍斧劈。看那上联写道：湘水绍家声位叶乾坤钟地脉，下联写道：颍川传世泽序分昭穆振人文。老乌依然是一个字一个字心临了两遍，抬头望顶上粗可环抱的大梁，梁上阳文镌了一行字，依稀是“大清康熙十二年造”。康熙十二年，公元1673年，距今已然三百余年。老乌感叹了一回，又走马观花地看完了宗祠。出得宗祠，旁边有一间古朴的房子，想来原是和宗祠一体的，门楣上也有一阳文石刻：黄氏私塾。门两边，却挂了耀眼醒目的白底红字木牌，上书：中国共产党某某县某某镇瑶台村党支部，另一块白底黑字的木牌，上书：瑶台村招商引资办公室。

日子过得极慢，好容易挨到正月十五，阿霞还没有来。刚过完年，黄叔也没接到订单，只在正月初八那天来开动机器、烧香、放炮、敬神，给老乌和阿湘每人一个二十元的红包，后几天再没见到他人影。鱼塘还没到放苗时，那些天，老乌就四处开始找工作。自正月初九始，就有工厂开始招工，街上也渐渐恢复了往日的热闹，每天都有好多外省人，背着蛇皮袋装着的行李，拥向这个南方县城。老乌不难从他们的眼里看出谁是新来的，谁是返厂的。返厂的人眼里会多一些笃定，反正有工作在候着。新来的，眼神就复杂了，希望、兴奋、迷茫，什么内容都有。不过，有一点是相同的，他们和他们，脸上皆写着疲倦与憔悴。老乌知道，正月间坐火车、汽车来到南方，那是万般的艰苦，不死也会脱层皮，因此又为阿霞担起了心。

这年的见工形势比去年还严峻，来打工的人越来越多，常常是招一个工位，围上去见工的不下百人。老乌找了几天，连见工的机会都没有，倒把脚走出了两个大水泡。这样跑一跑，心情倒平复了，开始珍惜起眼下这份看鱼塘的工作。只是阿霞没来，老乌的心就一直悬着。每天在外面找工，回来第一件事就是去敲阿湘的宿舍。十次有八次，阿湘都不在宿舍，偶尔遇上，不用老乌开口，阿湘先说：“又来找阿霞吧，你的阿霞没有来。”

黄叔终于又接到了新的订单，工厂开工了。阿霞没有来，黄叔就让老乌来顶阿霞的位。开注塑机没什么技术含量，一按开关，机器就开动了，把黄叔驮回来的，调好了色、配好了比例的塑料粒倒进注塑机顶上的斗里，然后就是等着成型的产品出来，批去锋口，就是成品。黄叔的工厂总是有订单，老乌和阿湘，每天都要加班到一两点，黄叔没有马上扩大生产的意思，一台注塑机要不少的钱，黄叔现在还没有这个实力扩大生产。不过老乌听黄叔说，村里把鱼塘收了回去，要把它填平盖厂房出租。黄叔说，到那时，村里有了自己的工业区，他们就可以拿到分红。黄叔是和老板娘在吃饭时用白话说这些的。来南方快一年了，老乌还是听不太懂粤语，更别说开口讲了。黄叔为此批评过老乌，劝老乌花点心思学粤语。黄叔说："你看阿湘，只比你早来几天，粤语说得这么好了。"老乌为他不学粤语找到了一个借口，说："以这样的发展趋势来看，用不了几年，本地人都要学说普通话，到那时，广东通行的语言就不再是粤语，而是普通话了。"老乌当时为自己找的借口，却准确地预言了一个不争的未来。

到了这年五月，阿霞依然没来。老乌差不多快把她的样子给忘记了。天天加班加点，忙得没有白天黑夜，连撒尿的时间都没。每天吃饭时，老板娘像催魂样叫他们"快滴吃快滴吃"。老乌已经没有时间去想阿霞了。只有在加班不那么晚的夜晚，睡觉前，老乌会回想阿霞离开的那个清晨，回想她背着牛仔包消逝在村头的样子。老乌反复想，觉得当时阿霞是有话想对他说的，阿霞似乎并不太想回去相亲。老乌想："如果我当时说出我爱她，她会不会就留下来了？"这样一想，老乌就有些后悔，恨自己太胆小。但更多的时候，老乌是想一会儿阿霞，就枕着她的名字入睡了。他甚至从来没有梦见过阿霞。老乌又想：打工的生活，就是这样，人聚聚散散，没有定性，昨天还在一起，明天就天各一方。哪里还会再见呢？

这个月，老乌天天加班，拿了将近四百块的工资。出粮那天，黄叔不再和他们一起吃饭，也不再敬他们喝酒，黄叔放了他们一天假，让他们去街上买东西，顺便给家里寄钱。老乌没有去街上，他在瑶台转悠了半天，顺着机耕道往前走。他第一次来瑶台时，就走的这条路。走到机耕道尽头，眼前的景象让他惊呆了。一段时间不见，瑶台是大变了模样，他曾经看守的鱼塘没了，那成片的香蕉林已经远去，一些推土机正在作业，眼前出现了一大片平整的土地。竖了几米高的大牌子，写着瑶台第一工业区的字样。老乌的心里又升腾起希望。他知道，只要他坚持在黄叔的工厂做下去，将来瑶台工业区建成了，这里将会有大片的工厂，有了工厂就有了机会。现在需要做的，就是做好准备，机会总是留给有准备的人。老乌远远看了一会儿尘土飞扬热火朝天的工地，感觉一股热流在血管里涌动，一些希望让他的心跳加速。

老乌就这样信马由缰走着，突然间看到了阿湘，和阿湘走在一起的，是个精瘦的男仔，显然，两人是在拍拖。老乌忙转过身折了回来。他觉得那个男仔有些眼熟，一时间却想不起在哪里见过。又过了几天，老乌在黄叔的厂门口见到了那精瘦的男仔，男仔抽着烟，在门口蹲着，长发把眼睛遮住。老乌知道他是在等阿湘下班。这次，老乌仔细打量了几眼，越看越断定，这人在哪里见过，实在回忆不起来，心里却隐隐升起一丝不安。虽说阿湘平时对他不怎么样，还给他取了老乌这个诨名，可他并不恼阿湘。他在心里，把阿湘当作了自己未谙世事的妹子，他隐约觉得，阿湘和那男仔交往会吃亏。可是他又不知该如何提醒阿湘。

老乌后来听过那男仔说话，知道是本地人，于是瞅着那男仔又来门口等阿湘，便问老板娘认不认得。老板娘对那男仔很是不屑，说："你可别招这个烂仔，他叫阿昌，没爹没妈，不打工，也不种地养鱼，一天到晚不干正经事，伙同几个人一起搞假招工骗人，后来被人告，现在又不知在干什么。"这样一说，老乌才蓦地想起，心说："我说呢，看上去那么眼熟，原来是去年骗我的那小子。"他一直记得那小子的坏笑。老乌想："也不知阿湘知不知阿昌的底细。"思来想去，终是寻了个时机，把阿湘叫住了，说："阿湘，你不要和阿昌来往了，他不是好人。”阿湘一愣，脸色变得极为难看，尖声说：“你在调查我？”老乌说：“阿湘，我把你当自家妹子，你还小，才十八岁呢，看不出好人坏人。阿昌不是好人，去年还骗过我的。你跟了他没得好。”阿湘冷笑一声：“我愿意，你管得着吗？你是我什么人？真是天大的笑话。”老乌碰了一鼻子灰，可他不死心，说：“再说了，你别看他是本地人，他家里其实穷得叮当响。”阿湘说：“他再穷我也喜欢，关你什么事。”

老乌知道，自己是没资格管阿湘的。想找个时间，让黄叔说说阿湘，也许黄叔的话，阿湘尚能上心。老乌真对黄叔说了，孰料黄叔反倒提醒老乌，说：“村长都管不住阿昌，还是少管为妙。”老乌越发为阿湘操心。操心归操心，他再没有时间，也没有机会去管阿湘的事。黄叔接到的订单日多，老乌每晚加班到三点，老板娘也跟着一起加班。阿湘却在此时提出辞工，炒了黄叔鱿鱼。黄叔气恼阿湘在赶货紧张时辞工，就扣了阿湘一月工资。不想，次日阿昌带来两个烂仔，来黄叔厂子里闹事，把配好的塑料粒踢翻在地，又把那些生产好了的瓶子、盖子扔得满屋都是。黄叔气得骂娘，无奈之下，只好答应阿昌，补发了阿湘的工资，再赔了一个月工资，这才了事。

这事倒让黄叔下定了决心扩大生产，把自家的几间旧屋拆了，原地建了一间铁皮厂房，里面一溜排开三台注塑机，另外从别的厂里挖了个调色师傅，又新招两个女工，一个叫李彩凤，四川人，另一个叫韦细妹，广西人。黄叔封调色师傅当了厂长，负责生产安排，老乌还是工人。这让老乌心里多少有些失落。想自己可是建厂元老，而且黄叔也曾经许诺，将来工厂发展了让他当厂长，现如今却让新招来的调色师傅当了厂长，脸上不免有些挂不住。黄叔何等精明，在宣布调色师傅当厂长时，就察觉到老乌的脸色。次日，黄叔瞅个单独的机会，找老乌谈心，说：“老乌，没让你当厂长，生我气了吧？”老乌低下头，被黄叔看穿了心事，倒觉自己小气了，拿脚尖踢着地下的一粒塑料母，脸烧得不行。黄叔说：“本来呢，我是考虑让你干这厂长的，我知道你有文化，有能力，但我有长远的考虑，你想听么？”老乌说：“黄叔您这样说，让我无地自容了。您有什么吩咐只管说。”黄叔说：“你看我们瑶台厂，现在才这么几个工人，我花八百块一个月请来调色师傅，如果只让他调色不划算，其实我还有别的想法，我想稳住调色师傅，让你跟他学习调色。我们开塑料厂，几个位置是很重要的，”黄叔屈指一一数来，“首先是业务员，现在我就是业务员；二个就是调色师；再有就是机修，模具佬，这些工种有了得力人手，生产就能顺，产品质量也就有保障，我希望你对这些工种都能有所了解，现在厂小，谁当厂长无所谓，生产扩大了，一个好的生产厂长，必得满锅爬，样样熟，才能服人，我对你，是寄了厚望的。”黄叔这样一说，老乌感动得不行，说：“黄叔您想得远，我是鼠目寸光了……我相信，黄叔您的厂将来会越做越大。我要好好跟着师傅学调色、配料。”老乌想，学会了调色，就算将来离开黄叔去别的厂打工，一个月也能挣不少钱。

老乌仿佛看到了未来的幸福生活在向他招手。

瑶台村几百户人家，人有富有贫，房有好有坏，好者青砖琉璃屋顶，差的却是夯土筑成，还有一种特殊的建筑，却是用蚝壳当砖，拿泥砌了，糊上泥，倒是坚固耐用，但年月一久，雨水斑驳了墙泥，那房子，就显得颇为怪异了。这两年来，瑶台变化迅速，就连老乌这样一天到晚待在瑶台的人，都感觉到了这变化。首先是，瑶台日渐热闹起来，外地人多，本地人却渐少了。本地人多搬到街上的新居，房子就空了出来，街上的一些工厂，便租了这里的民居来当员工宿舍。于是，每日清晨和傍晚，能看到两道亮丽的风景。清晨，那些青春年少的打工妹，穿着红黄蓝灰白各色工衣，胸戴厂牌，陆续南去上班。她们像鸟儿一样，顺着中间的那条公路散落到玩具厂、服装厂、鞋厂、电子厂里，到晚上，像倦鸟归林一样回到瑶台。

打工妹多了，瑶台的士多店就多了起来，仿佛一眨眼间，临着云涌这一面的民居，家家在门前扩大了窗子，改成士多店。房子实在不能改的，就推倒重建红砖房。家家士多店门前都摆着三两张桌子，一台彩色电视机。天黑后，士多店门口挤满了打工妹，如花上两块钱买点红泥花生、瓜子之类，便可以堂而皇之坐下来，边吃边看。若舍不得花钱，只有站着看电视。不加班的晚上，老乌偶尔也会去挤着看电视。多年以后，老乌还记得站在小店门前看《北京人在纽约》时的情形。后来，只要一听到那首歌的旋律，听到刘欢那华丽的嗓音，眼前就会闪现九三年的夜色。老乌会感叹，北京人在纽约，老乌在瑶台，其间的况味，未身在其中的人，恐是难以感同身受的。就像多年以后，他只要听到电视剧《外来妹》的主题曲，就会想到那些在家里渴望外出打工的时光。老乌有时会想，当一切已成往事，生命中的许多细节，许多在当时让人大悲大喜的往事，都已渐渐不再记得了，记忆深处留下的，可能只是那一年的某一首最有代表性的歌曲，而只要听到那首歌的旋律，某段生活就会在一瞬间复苏。

现在，让大家随我的叙事，回到一九九三年底。回到我们可爱的老乌打工的工厂。其时，黄叔已然在厂门口竖了一块牌子，牌子上拿油漆写了“瑶台塑胶制品公司”。但黄叔也好，老乌也罢，还是习惯称公司为瑶台厂。公司有了三台注塑机，还是加班加点忙不过来。黎建群厂长，也就是调色师傅，对黄叔说：“老板，再招三个工人吧，这样，三台注塑机可以两班倒，人停机不停。三台机就可以干六台机的活。”黄叔采纳了黎厂长的建议，便又招了三个打工妹。另外租一间房当宿舍。这样，厂子还真的有了一些模样。在黎厂长来到瑶台厂之前，老乌总是叫老板为黄叔，厂长来后，称黄叔为黄总，只有老乌没改口，还是随了习惯，叫他黄叔。黄叔也没有意见，倒说：“老乌就该叫我黄叔的，你是瑶台厂里的元老，要和其他人有区别。”因此，让老乌叫他黄叔，成了一项恩赐。在工人中，也成了老乌的特权，别人叫黄总，他叫黄叔，自然而然，却透着不一样，这不一样，是黄叔对老乌的厚爱，是信任，也是身份与资历的体现。

黄叔每次来到车间，在另外两个打工妹的背后站一会，拿起她们做出来的产品看看，多是一言不发，如果看见她们不小心把产品扔在地上，或是批锋没有批好，会轻说她们几句，但黄叔从来不训老乌，每次只是站在老乌的身后，亲昵地拍拍老乌的肩膀，一句话都不说。这轻轻一拍，老乌的心里会生出许多感动，觉得黄叔待自己，终究是不一样的。有时，黄叔也会问老乌："调色学得怎么样了？"黄叔这样问时，老乌就有些委屈，跟黎厂长这么久，根本学不到一丁点儿技术。黎厂长防他防得很紧，每次要配料时，都躲在配料间，自己鼓捣半天，把该用的色粉比例都称好了，然后才喊："老乌，过来一下。"老乌就过去，在厂长的指挥下，将塑料粒倒在一张大的塑胶纸上，然后倒上配好的色粉，把它们拌匀。拌料是个体力活，在其他工厂，这样的活就是调色师自己的事，可是现在，调色师还身兼厂长之职，就有权指挥老乌代干这体力活了。因此老乌拌了几个月的料，一点技术都没有学到手。这让老乌对黎厂长多少有些不满，当黄叔问他时，他也就有些牢骚，说："黎厂长防贼一样防着我呢。"黄叔笑着说："你要学聪明一点，教会徒弟饿死师傅嘛，他防着你，也可以理解，你要多想想办法。"

老乌想，想什么办法呢。在农村，学个手艺，都要给师傅交钱。孔子带学生，也还找学生收一点干肉，作为束脩之礼，看来是自己不开窍，得打点一下才行。于是老乌请黎厂长吃饭，就在榕树下那家新开的"胖子川菜馆"，菜点了不少，加上走的时候给厂长拿了一条烟，花了近二百，差不多是老乌半个多月的工资。厂长是明白人，说："老乌你无缘无故是不会请我喝酒的，想学调色、配料吧。"老乌实话实说，说自己是有这个想法。老乌还说黄叔也想让他学会调色。后来老乌想，就是后面这句话坏的事，本来黎厂长答应了吃老乌的请，就有教老乌的意思，吃人的嘴短，拿人的手短，他是连吃带拿了，再不教老乌一点技术，也说不过去。可是老乌说这不仅是他个人的意思，也是黄叔的意思，就引起了黎厂长的警惕。黎厂长当时也没多说什么，只说："学配料是个细致活，下次配料时，我叫上你。"果然，往后配料时，黎厂长都叫上老乌，从头到尾，倒没瞒他什么，但黎厂长却不加以解说，因此老乌也就看得云里雾里。这样学了两月有余，有一次，他正和厂长配料，黄叔进来，笑眯眯地，问老乌学得怎么样？老乌不知该如何回答。黎厂长却说："老乌嘛，不适合学配料，配料是个细致活，还要有美术基础，您看我都教他这么久了，还是不能上手。"老乌想反驳一下厂长，不过老乌这嘴不灵光，一时也不知说什么是好，只把那胎记气得发红，脸憋得发乌。

这件事，让老乌看透了厂长对他抱有戒心，不可能真教他技术。因此厂长再叫他来配料拌料，就找借口不听厂长的指挥。厂长又到黄叔面前告老乌状，要黄叔一定得炒掉老乌，说："老乌这人，自恃是老员工，是曾经和老板一口锅里吃过饭的，不听指挥。"这方面，厂长倒不是在背后玩阴招，他是当着老乌的面在老板面前整老乌，老乌自然更加受不了。可是他却有口难辩，因为厂长说的每件事，都是实情。只是厂长略去了他老乌之所以这样做的原因。好在黄叔还是念旧的，说："……老乌嘛，不容易，当初一个月五十块，给我看鱼塘，冬天那么冻，一个人住在鱼棚里，我现在厂子做起来了，哪里能炒掉他？做人，得讲良心，做生意，更是如此。"黄叔的话，让老乌简直感激涕零。老乌说："黄叔，当初要是没有您，也许我这条命都没了。"见老板和老乌这样说，厂长知道，想要挤走老乌，暂时没有可能。黄叔拍着厂长和老乌的肩膀，说："你们就是我的左膀右臂，你们两个，要团结。有一曲老戏怎么唱的，将相和。你们两个就是我的将和相。"

老乌无法和厂长团结。不仅仅是因为厂长不教他技术，也不仅仅因为厂长在黄叔面前告他的状。他是看不惯厂长玩弄手中小小的权术。现在，厂子里有六个工人，安排生产由黎厂长负责，哪台机做什么产品，他说了算。而工人拿计件工资，有些货好做，有些货不好做。因此，同样是一天十二小时的班，工资相差却颇大。黎厂长是广西人，和广西妹韦细妹关系处得好，每次韦细妹的班，都能做到性价比高的产品，最受气的却是川妹子李彩凤。不知何故，黎厂长每次总是派最难做，性价比最低的货给李彩凤，这样一个月下来，韦细妹可以拿四百多，而李彩凤只能拿三百不到。

因为同样是受黎厂长排挤的人，老乌和李彩凤自然就亲近一些。忽一日，李彩凤对老乌说她不想在这间厂干了。老乌一惊，问李彩凤："好好的，为什么不想干？黄叔的厂子里总是有货做，工价也还可以，老板人又好，为何要辞工？"李彩凤眼圈一红，说："不是我想辞工，是这厂里，我实在做不下去了。"老乌说："出什么事了？"李彩凤不肯说。老乌说："你说呀，别说个半截话，你要急死我。"李彩凤才说黎厂长约她一起出去看电影，她没有答应，黎厂长才这样对她的。李彩凤又说："我也想着和黎厂长把关系搞好，前天，黎厂长又约我看电影，我就去了。没想到，没想到……"李彩凤说着，又不往下说了。老乌气得不行，说："黎厂长……非礼……你了？"李彩凤在老乌的反复追问下，才说出实情，说黎厂长一进电影院，就拉住她的手不放。

老乌沉默许久，说："我去找黄叔说这事。"李彩凤说："算了，找了老板也没有用的。像我这样的打工妹，满街都是，可是调色师傅却不好找。"老乌说："那就让他这样嚣张！再说，现在是下半年，不太好找工作的。还是好好想一想，千万不要一时冲动出厂。"李彩凤说："我想过了，只有你能帮我。"老乌说："我，我怎么帮你，你说，只要能帮得上。"李彩凤说："我们假装在拍拖，你是工厂的元老，老板对你这么好，黎厂长现在不敢把你怎么样，我成了你的……女朋友，他就不敢对我动手动脚了。"老乌没想到李彩凤提出这样的建议来，不过想一想，这倒是个不错的办法。李彩凤有了男友，他黎厂长大约还是得有所顾虑。老乌说："这办法好是好，只是，委屈你了，我长得这么难看。"李彩凤正色道："老乌你可别想太多，我们说好，只是假装的。"

李彩凤当时大约没有意识到，她这话，是多么伤老乌的自尊。不过，老乌并不计较。再说，他的心里还牵挂着阿霞，因此也没把李彩凤的话往深里想。只想，反正自己也没有付出什么，如果能帮上李彩凤，何乐而不为？

这天吃饭时，李彩凤就宣布她和老乌在拍拖。其他工友就起哄，要让老乌请客，问老乌使了什么诡计，把漂亮的川妹子李彩凤骗到手的。老乌的脸红到脖子根，那胎记，更是变成奇怪的猩红。他看见厂长的眼里闪过一丝复杂的光。老乌说："请客就请客。"给每个工人买了一根雪糕。晚上，李彩凤和老乌一起出去拍拖，做给其他人看。

李彩凤说："难为你了，老乌。这是你请客的雪糕钱，给你。"老乌脸上的笑容顿时凝固了。李彩凤说："老乌，我没有别的意思，我只是想，不能让你为了我，又得罪人，还贴钱。"老乌勉强调整出一丝笑，却是苦涩的。果然，从此黎厂长再没骚扰李彩凤。

为了把这假拍拖演得像真的，李彩凤会牵着老乌的手，故意从厂里走到云涌边，然后沿着云涌，走到桥头的那两株榕树下。走到榕树下，老乌就自觉地把手松开。他从来不会多拉一会儿。然后，两人就分手，李彩凤去干自己的事，老乌便沿云涌，继续往前走，去看瑶台工业区的工地，做他梦想的逍遥游。

瑶台工业区的厂房，以著名的深圳速度在崛起，老乌走近去看过，工业区一共有两排厂房，每排十间，共二十间。中间一条宽阔的街道。老乌听说，到今年国庆，工业区就有第一间工厂正式入驻了。想到瑶台附近有了工厂，老乌的心里莫名其妙地生出自豪，好像瑶台与他有什么关联似的。老乌看一会工业区，天黑下来了。抬头望天，月亮依然清亮，只是星星似乎不多，仔细寻找，尚能找见北斗。不由想起一年多前，他在鱼塘边看塘的时光，那时的天空，似乎比现在星星要多，能看见天河。要是想游泳，便脱光衣服，扎进身边的云涌，仰面浮于水上，看一天星斗，看一闪一闪从头顶飞过的飞机。想到此处，老乌突然想起，已经好久没下云涌游泳了。老乌又想起，许久没有看见那些长脚杆的白鹭了。

白鹭都到哪儿去了呢？这样想时，老乌心里泛起一丝怅然。他是多么爱那些鸟啊！

车头爹　车厢娘

（节选）

刘　华

作品简介

当代以铁路事业发展为题材的长篇小说。刘华著。2010年12月，由长江文艺出版社出版。

《车头爹车厢娘》主要讲述了枣庄奶奶和她的子孙们别样的人生世界与生命历程，他们出身铁路世家，几代人见证了半个世纪中国铁路由蒸汽机时代走向内燃机时代的发展历程，他们是中国铁路史和中国工业化史的建设者，亲历了一个为铁路而热血沸腾的时代，并为中国铁路的发展做出无私奉献。

根据刘华《车头爹车厢娘》（长江文艺出版社，2010年12月初版）节选。

正文节选：引子、1、2节

引子

奶奶是在九十岁上走的。也没什么病痛，头天夜里还好好的，美美地烫完小脚，松开后脑勺那一疙瘩发髻，蘸着水抹平满头银发，一觉到天亮，竟起不来了。

此时，头枕东站、脚抵西站、用丰腴的大腿偎着铁路的宿舍区已经听不到蒸汽机车奔放的汽笛声了，列车通过时的震颤也被壅塞在楼层间的违章建筑所阻隔。穿梭在浙赣线上的是内燃机车，而鹰厦线已经实现电气化，内燃机车和电力机车牵引的列车悄悄地来去，它们的风笛则是嗲声嗲气的。

奶奶的孙子们急得跑到窗外，一起扯着嗓子学老式火车头的鸣叫，并把窗户拍得咣咣响，像列车震的。接着，他们又摁下双卡收录机的放音键，放出录制的汽笛声，呜呜啾啾地大呼小叫。可是，他们没能够唤醒奶奶。

半年前，奶奶的儿子病故。奶奶哭得死过去，医生都说人不行了。那的三角线，在东站和西站之间撒欢儿跑起来。它们憋闷了许久，所以，声声汽笛显得特别亢奋。听说是拍电影。奶奶却在蒸汽机车的汽笛声中复活了，奇迹似的，不仅如此，到了晚上，恍若回光返照，她已经萎黄的记忆吐绿了，孙辈使劲摇晃也抖不下一片叶子的听觉陡然间满枝繁花，极不利索的舌头奇迹般地变成明亮的风，悠悠地从岁月的枝丫间拂过。她不理睬任何劝慰，撞头捶胸地进入历史。历史是一座迷宫。她颠着三寸金莲步入其间，立刻就成了挽着包袱儿甩着大辫儿的北方大姑娘。她从渤海之滨黄河岸边那白花花的盐碱地走向铁路。念着她的小脚，卸了磨的驴送了她一程，随后尾追她的，便是入海口咸腥的风和铅云般涌动的蝗虫。她走过被扒了皮的榆树、被掐了叶的香椿、被撸去花的槐树以及只剩下一截截树桩的金丝小枣树林子，她在灰灰菜、马兰头、荠菜等许多野菜旁都歇过脚。1960 年的时候，刚读小学的大孙子认为黑不溜秋的糠菜团子是牛屎做的，这成了奶奶全家人和邻居回忆饥饿年代的辛酸笑料，但奶奶不曾笑话他，她饱经风霜地裁判道：牛屎干净着呢。她抡着一对三角粽似的妙龄小脚，小心翼翼地踩着干旱的大地，一路上尘土飞扬。沿着缠缠绵绵的地瓜藤、蓬蓬勃勃的玉米缨和昂首远眺的高粱穗子，她由植物的叶脉一直走进钢铁的动脉血管。她和荡气回肠的汽笛成了亲，火车头喷吐出来的滚滚浓烟成了她新婚的盖头，打窗前来来去去的车辆，便是一群群闹洞房听墙根儿的宾客。

然而，她的记忆一刻也未在那个看得见煤台、水鹤和票房顶端膏药旗的小院里逗留，尽管檐下吊着的柳条篮里盛着几棵洗净的大葱正等着丈夫回来蘸酱裹煎饼，窗下晾着的打了糨子的鞋面布、慌乱中弃于地上的捻轴线团顶针和衣物等着她收拾，如漫空飘洒的煤灰一样撒落一地的凶讯也需要她打扫。她绕过了灾祸和苦难，说说笑笑走进一群拾煤核的大闺女小媳妇中间。在她自说自话的絮叨中，用盐碱地上的棉花纺成线，把针脚缝得像铁轨一样平直严密的提心吊胆的日子被忽略了；撩起裤腿搓麻绳，把大腿搓得鲜血淋淋的悲痛时刻也被忽略了。她碎步尾随着那群青年女子穿月台跨股道。她们的脚各有千秋：同样的小脚，未裹足的大脚丫子，裹了又放开的程度不同的“蹄子”。她尽情讥讽那样的“蹄子”，泪盈盈的眼里竟泛起丰富而生动的波光，此刻，一个小脚的年轻寡妇的坚韧、好强、泼辣和守旧、尖刻、固执融汇得澄明透彻，这样的神采奕奕出现在她一片混沌的暮年，实在是令人吃惊的生命现象。因了这嘲笑，她印堂灿灿有光，原本就白净的脸色透出些许红润，下巴和脖颈处松弛的皮肉也被自豪所抻平了。她落在那些“蹄子”的后面，眼睁睁地看着她们扑扇红红绿绿的翅膀去争食一样，冲向火车头刚刚吐出的热气腾腾的煤核，她心里盛满了嘲笑。“蹄子”中有一位是她的妯娌。她和那个女人为图卖个好价钱，曾几次结伴扒车去济南卖煤核。瑟缩在车厢的角落，那个女人的“蹄子”永远不安地躲避着犀利的目光，恨不能塞进炭筐里。生命将抵达终点的时候，她不顾整理自己的行李，不去回忆沿途的一个个月台和匆匆上下的亲人，而是挑剔地打量着对座的旅客。她以令孙辈担心的激动，讲述着那个女人的故事，其间连带提到其他人。她以小脚为肉拳咚咚地叩着历史的边沿，回来时嘴角边仍带着自豪而痛恨的嘲笑。

也许，她只是在长长的裹脚布上走去又走来。

奶奶的丈夫是火车司机，是威风八面的“大车”，人称孙大车。上车开车，停车走人，一双白手套一杯茶，坐在被“大烧”擦干净的位子上，拉开气门，握着手把，在称作“大烧”“小烧”的副司机和司炉面前很是高傲。然而，他开的是被日本人奴役的火车。那火车始终是一支著名的游击队的袭击目标，他们装扮成商人、农民、矿工、铁路员工，在车站及沿线神出鬼没，打票车劫货车扒铁路炸桥梁，他们能打平地里飞身扒上奔驰着的火车，撬开车门将运送的武器布匹粮食抛下去，以武装自己的队伍，但有时候他们觉得这样不过瘾，干脆就设法让火车乖乖停下来，然后从容地收拾。也就是说，孙大车其实是驾着车行进在枪刺和导火索上。

抗日的地雷让孙大车撞上了。这枚地雷很可能就是他的亲人埋下的。他的妹夫以及别的一些亲戚都在游击队里。

那天本该他歇班。可是，头天夜里张大车的媳妇求上门来，说张大车病了能不能代个班。孙大车其实也着了凉正发着烧，奶奶拽着张家媳妇的手往丈夫脑门上搁，接着尖锐地戳穿了她：这阵子尽出事，你当家的别是怕了吧？

张家媳妇红着脸支支吾吾，意思是说孙大车即使碰上游击队也是走亲戚，自己的丈夫和游击队却是不沾亲不带故，头几天还叫他们截了车吓唬了一顿，他们说你再替鬼子卖命可别怪枪子不长眼。

孙大车豪爽地笑了：咋叫卖命呢，不开车俺喝西北风？行，俺代。奶奶个熊！俺正想向俺家妹夫讨个地雷当酒葫芦呢。

奶奶怒喝一声，抓起脏抹布去擦丈夫的臭嘴。

然而，一言既出，驷马难追。很平易的一个应允，却决定孰生孰死，决定了孙家和张家后来的命运。可孙大车根本就没往远处想，他只冲张家媳妇的背影骂了声：熊!

别说是张大车，就是日本司机来求，他也没二话。他的同事里有两个日本人，毫无疑问，在他们头痛脑热的时候，他也帮过他们。

他出门时，天还没大亮，车站下沿的街上一片死寂，被媳妇灌姜汤弄得一夜汗淋淋的他身子发虚，心也虚了，竟对自己的脚步声感到恐惧，转身回去看了看熟睡的孩子。见媳妇惶惶的，便对她讲了一个讽刺南方人的笑话。

他说一个南方女人在河沿上惊呼“我的孩子落水啦”，北方大老爷们听见扑通扑通都往水里扎，下饺子似的，都见义勇为呢，北方人就是实在，可忙了一阵子只捞起一只鞋，他们对女人说你的孩子冲走了，南方女人说你别逗了你手里攥着的就是呀。这个笑话预示着孙家将举家南迁。

奶奶笑出了泪，揉着眼猛然一惊：孩子他爹咋啦，怪怪的。

她想他心里有事。该不是落下么吧，就往他上班用的提篮里又塞进一包纸烟和几个窝窝头。恍惚之间，她很可能把刚从新鞋中取出的一对鞋楦也当窝窝头塞了进去。那一整天她就捧着黑洋布面、千层底的新鞋，忐忑不安地琢磨着笑话的内涵和外延。

那天她揣着新鞋又熬了两斤面的糨子，怕孩子当面糊喝了，她总忘不了往糨子里撒把芦花或从锅底刮下的烟灰，她用那糨子粘了能做六双鞋的鞋面布，然后坐在院门口纳鞋底。那天的锥子很不好使，一再断针，半截针尖扎在厚实的鞋底里还拔不出来；那天的顶针极不安分，一不留神就挣脱手指蹦到地上；那天的麻绳锋利如刃，刺得她掌上一道道血痕。

落日时分，关于笑话的思考有了结果。南边传来连声炸雷，随即便见黑烟如柱腾空耸起又漫卷残霞，把白瘆瘆的落日囫囵吞去。站上的机车对灾祸有一种本能的敏锐，瞬间便没命地拉响了汽笛，恐怖的警报声提溜着大人孩子男人女人的心，也裹挟着他们的身体，把他们统统掳掠到了月台上。他们聚作一团，引颈南眺，都在瑟瑟发抖，抖得汽笛声也如打摆子。有个女人不问青红皂白一马当先立即号丧，接着，众多女人争先恐后纷纷呼天抢地。奶奶是唯一的明白人，她没有在月台上的哭声中停留，她揣着新鞋穿过月台一直往站外走，走过最远处的扳道房，走过扬旗，暮霭笼罩的一马平川上，沉沉一线，渺渺一人。那时刻，她的小脚出奇地利索，在枕木和道砟间高高低低地起落，如腾云驾雾，如驱电追风。出事的地点在十里地外。十里，正是她婚姻生活的长度。后来孙家南徙达上千公里。

地雷在桥头的线路上炸了个豁口，火车冲出轨道从桥上栽了下去，车头砸在坚固的河床上引起锅炉爆炸。列车垂挂着，像一条被击中七寸又砸碎了脑袋的黑蟒。奶奶从临河的护坡哧溜滑下去，挥舞着那双新鞋在干涸的河床上搜索自己的丈夫，满地是钢铁的碎片和火焰，满地是血肉和煤炭。附近的庄户人家连续三天在现场流连忘返，乐乐呵呵地收获着燃料和材料。奶奶在一片狼藉的河床找到丈夫的饭盒、怀表、检点锤，甚至那包纸烟，却是未能找到被她精密测量过的大脚。最为出奇的是，她拾到了用黄河岸边某种硬木制成的那对鞋楦。

她厉声喝天：天哪，这是咋的，你上班掖着这个为么？这个问题成了她的人生悬案，让她一辈子为此耿耿于怀。

所以，她把悲痛、怀念和安慰都集中在那双脚上了。她没完没了地做鞋，把女红操练得炉火纯青。当时站上的人都说她做的鞋样子好又结实，鞋底纳得细密均匀，鞋帮平整熨帖，鞋口开得大大方方，尤其是鞋底与鞋帮缝合处露一道秀秀气气的白边，再难看的大脚也精神了。他们说：嫂子，俺家媳妇笨呢，卖了吧？奶奶答以白眼。

那你做了这么多，咋办？

攒着，给俺孩子穿，俺小子和闺女赶明儿就长大了！

她先是靠捡煤核过活，后来则不得不利用针线手艺养家糊口了。

第一次出门捡煤核那天，张家媳妇端了一盆面送过来，卷起的袖口里还掖着一些钱。奶奶见了这颗扫帚星，将手里的篮子狠狠砸向落在墙根边觅食的家雀。张家媳妇泪花花地将面盆往奶奶怀里塞，奶奶接过来眼也不眨就没头没脸地朝她扣去。一身黑的女人顿时成了雪人儿，惊吓之间一个趔趄仰八叉摔倒，只见一对小脚乱蹬乱刨却是爬不起来。

面人儿哀戚戚地说：嫂子，虽说俺家那口子逃过了这一劫，指不定小命还在谁手里攥着呢。

这句话让奶奶百感交集。两个年轻的小脚女人抱头痛哭，泪水和着雪白的面粉把她们炸成了两条面鱼。接着，奶奶用笤帚疙瘩把剩余在地上的面扫拢了胡噜起来。她说这还能打糨子。

她带着对“蹄子”们的嘲笑走向正在清渣加煤上水的火车头。腿脚利索的女人无疑是她生存的最大威胁。她们是一群饥饿的家雀在股道间呼啦啦乱飞，刚掏出炉膛的煤渣总是先被她们占去，她们跪在煤渣堆旁打一道箍，让别人难以楔入。她和那些小脚女人常落得只有收拾残余的份儿。

也有司机格外关照小脚女人的。比如那两个日本人，他们大概念着孙大车的好处，驾着机车在三角线掉头的时候，常会冷不丁在奶奶面前停下，扒开车头的肚皮掏出没烧透的二煤，还帮着从股道里铲出来。渐渐，他们落下了见到小脚女人就想开膛剖肚掏出五脏六腑的毛病，他们播下的驴蛋似的煤核在那群女人心里燃得红红火火。每逢此刻，小脚女人便扬眉吐气地瞟着远处那些嫉妒得眼红的“蹄子”，幸福地围着煤渣堆齐刷刷跪下，跪在脏兮兮的蒲团上，一个个圆鼓鼓的臀压着一对对三寸金莲，腰臀之间露出晃眼的肉。日本司机昂昂然从火车头上探出半个身子，馋馋地盯住她们的脚和肉。他们还喜欢看小脚女人跑起来的模样，如劲风中的垂柳，如柳枝上的鸣蝉。他们要欣赏这情景很容易，只需冲着埋头捡煤核的女人放汽，一声尖啸，憋足了的蒸汽怒射出来弥漫开去，顷刻间把惊乍着弹起身的女人包裹了。开始几次，奶奶她们很是恼怒，站在汽雾中不言不语只是悻悻地盯着日本人，听任那股尖锐而灼烫的声音淋湿自己，她们复杂的表情布满了细密的雾珠。随后她们懂得了那眼神属于男人而不属于日本，再遇上放汽，她们就夸张地尖叫，疯疯癫癫地撕开汽雾往外跑，边跑边咯咯笑，这时她们只剩下弱柳扶风般的腰肢和羞答答的小脚，她们搬不动的奶子和屁股都留在那两个日本男人的眼里了。止住放汽，她们又怯生生地推推搡搡折返。她们以和平的游戏方式，把那奔放有力热烈燎人的喷射调教成了轻得能随风飘散的雾团。

因为煤核丰收，铁路边悄然形成了市场，街上人家都烧它。现捡现卖，极大地方便了小脚女人，奶奶也就不稀罕与妯娌结伴上济南了。煤核火旺又经烧，只是引火时，大家爱就地取材，捡来擦车的棉纱和废枕木的劈柴，都是油浸的，沾火就着，油烟腾腾，黑色的絮状物漫空飘荡。这使得那个依傍铁路的县城终日浓烟翻卷，呛出来的黑鼻涕黑泪铺得街巷的路面漆黑锃亮。那里的女人长年累月烟熏灰染，几乎失去了颜色，黑袄黑裤黑鞋黑脸黑手黑黢黢的表情和声音。

奶奶却例外，她爱干净。她在卖煤核之前必先到水鹤下面洗洗手抹抹脸，她喜欢一清二白光鲜可鉴地讨价还价。她以又大又黑的煤核和白净俊俏的脸蛋叫人格外豪爽地成交。她的白净透出一股富贵气，因此，在花甲之年，铁路家属连曾怀疑她是地主婆，开批斗会时常安排她坐在最前排，就有几分陪斗的意思。女人们最终放过了奶奶，是因为她们都以谋得她的针线活为骄傲。她做的便装棉袄一度成了小城女人的流行时装。尤其是婴儿衣，精致方便舒适，温暖了两代人，最后成了值得珍藏的民间工艺品，尽管被两代人的屎尿浸渍过。翘屁股的家属连连长说过一句精辟的话：地主婆能创造艺术吗？能有这双巧手吗？

孙大车罹难后，张大车成了见不得光亮的鬼魂儿，每每路遇奶奶，他就立刻化作了一缕轻烟往铁路边的煤堆间飘，因为奶奶目光如炬如钩。即使驾着车打小脚女人身边经过，他也是瑟瑟缩缩，凶猛如虎的机车在他手里便成了蠕动的肉蛆。由于他紧张得屏声敛息，竟不敢鸣笛，机车在三角线掉头时把一个买煤核的主儿轧着了，轧掉一只脚。伤者有一个庞大的家族，上百号人哭天抢地去站上索赔，两个站长一个是日本人，一个是和事佬般的中国人。日本站长大光其火，骂他们良民的不是，便调来了机枪。那时，铁路工人也有置房子买地的，节骨眼上亏了张大车夹着一裤裆屎尿站出来，表示愿将自家的几亩地赔给伤者，这才避免了情势的恶化。本来，机车耗煤量的增长已让站上很不乐意了，再加上这把火，烧得站上怒气冲天，派了兵端着枪去取缔煤核市场，捡煤核的大闺女小媳妇更是被追撵得如惊弓之鸟。最严厉的那阵子，他们干脆拿她们当游击队，见人就搂火。

游击队与她们有着千丝万缕的联系，比如孙大车一家，游击队当然得两肋插刀，游击队把严正警告贴到了车站调度室的门上。游击队说你们胆敢伤俺工人弟兄媳妇的一根毫毛，当心抽你的筋剔你的骨头把你管的区间钢轨都扒了。饱尝了抽筋剔骨滋味的日本人对那些女人只好睁一只眼闭一只眼。

日本兵虽没撤，却只在车站周围游游荡荡。日本兵也喜欢看小脚女人走路。他们忽发奇想，某一天把小脚女人招呼到一起，提议道：你们的，统统的那边的干活，明白？

女人们一点也不明白。他们就踏上钢轨伸开双臂东倒西歪地走了一程。他们的意思是让小脚女人学习走钢丝的杂技演员，在钢轨上行走二百米，若不掉下来，就可获得继续捡煤核的资格。奶奶的大孙子小时候常和伙伴们在铁路上玩耍，他走钢轨的最好纪录是一千米，跑的纪录是二百米，为了打破这两项个人纪录，他曾摔得鼻青脸肿。

那些女人都不动弹。日本兵就叫趴在前面的机车放渣，并亲自动手把煤渣一锹锹地从机车底下铲出来，在铁路边堆得高高的，很是叫人眼馋手痒。有人跃跃欲试了，她们伸出小脚握牢钢轨，不待站直，身子一歪就掉下来。练了几个回合，自觉掌握了平衡技巧，胆大的便投入了由日本兵监考的技能测试。小脚打横了落在窄窄的钢轨上，很是不得力，才挪了几步，一条条腿都在筛糠了，抖得脸成了歪瓜裂枣，奶子成了乱晃的大铃铛，仿佛两旁是万丈深渊。日本兵兴致陡涨，呜哇呜哇地手舞足蹈。在他们粗野的狂笑声中走钢轨的小脚女人纷纷落马，有踏空崴着脚脖子的，有摔得四脚朝天的，她们抱着玉足坐在路基上揉揉搓搓，仍是不甘心。在日本兵的催促下，一咬牙爬起来再走。经过锲而不舍的努力，虽无人圆满抵达终点，但也让日本兵基本尽兴。他们瞅着一瘸一拐的小脚女人煞是开心。

你的。他们用刺刀挑起奶奶挎着的篮子，示意该她了。她是少数几个宁可舍弃那堆煤渣的女人之一。

俺不敢。俺不捡不行吗？俺去做针线活养活俺孩子不行吗？

奶奶吓得面如土色。奶奶后来告诉大孙子说，当时不肯走的几个大闺女都尿了裤子。

日本人狼嚎了一声。这时，奶奶的妯娌赶了过来，她护着奶奶，并劝道：走呗，人行你也行。出事那天，你走了十里地，走得那么快，那比这难呢。

奶奶劈手呼了她一个大嘴巴子。耳光之脆之响亮之坚决，让日本兵吓了一跳，他们端着枪连连退了好几步。他们大约也觉得脸皮子不好受，复又蹿上前，踩烂了那只篮子，还给了奶奶一枪托。奶奶就势一屁股坐下就再不肯起来了。

她盯着那双“蹄子”骂道：你说的是人话？你的蹄子倒是行呢，去给人当猴耍吧，反正你不要脸！

那个女人凑上前来，就是图日本兵放她一马。她果然捂着脸踏上钢轨，袅袅娜娜地走完了二百米，论成绩她该得满分该当冠军，没垫脚没闪失，顺顺溜溜不折不扣。日本兵很是疑惑地审查着她的脚。

她说：俺不是大脚，你们看俺鞋大，可真是小脚呢。不信，脱了鞋验验。

说着，她就脱了鞋，连袜子也扒了，亮出了有些畸形的裸足。日本兵眼里放着光，弓着身子仔细研究起来。他们觉得中国女人的小脚大有学问，于是便喝令走过钢轨的小脚女人统统地把鞋脱掉。大家不敢不依，大眼瞪小眼犹豫了一会儿还是照办了。这些蓬头垢面的年轻女人，脚虽都走样变形，却是一样的白生生。日本兵对满地剥了壳的嫩笋深有感触，就凑作一堆叽里呱啦地开起讨论会来。

不要脸的蹄子！奶奶将切齿之骂声盛在踩扁的篮子里狠狠砸向她的妯娌。这声臭骂，持持续续贯穿了半个世纪。

你这蹄子咋不叫日本人剁了去呢？奶奶补充道。

回到家，奶奶把蒲团扔了。张大车媳妇常过来看看，那个女人始终担心孙大车的冤魂会来逮她丈夫垫背，日日唠叨着自己的担心，弄得张大车那些年掉了魂儿似的，老是病病歪歪的。

张家媳妇劝道：光靠针线活养家糊口难呢，隔天去捡捡煤核，日本人咋能认出你来？

其实，日本兵只是一时兴起戏弄小脚女人，过后他们根本管不了，他们得聚精会神地对付游击队。

但奶奶拗着一股劲，从此洗手不干。她相信凭着手艺更能尊严地生活。那时候的女人都能做针线，但靠薪水过活的铁路人家和县城的有钱人家却看中了她手艺的出色。男人们以穿上她做的鞋为荣耀，他们的媳妇闺女喜欢她的大襟褂子和棉袄，婴儿穿上她做的衣裳则安静得多。许多婴儿爱哭，与衣裳有关，他们觉得扎得慌。他们的肉嫩呢，对针眼都有讲究。张大车也对她做的鞋心存渴望，嘱媳妇隔些时日端盆面粉送过来，委委婉婉地道出一双汗脚的心情。奶奶却是给他媳妇做了一件棉袄。他媳妇扒去鼓鼓囊囊疙疙瘩瘩油渍麻花的旧棉袄，穿上它陡然精神起来，美得她满世界招摇，逢人就夸奶奶铺的棉花如何均匀，扣眼锁得如何精致，绗针如何仔细。女人眉飞色舞时便女人味十足，于是，日本站长开始频频光顾她家，趁张大车出车的时候。张大车发现后，在外面表现得忍气吞声，回到家却拿媳妇报仇雪耻，他用烟头烧得那个女人遍体鳞伤，大把大把地薅她的头发，一根一根地拔她的眉毛和睫毛，他说你不是俊吗俺让你变成秃毛鸡。他迁怒于奶奶给她做的棉袄，强行替她扒了要找剪子铰碎它。光溜溜的女人奋不顾身去夺，她的反抗更是一丝不挂：有种的大爷你躲在炕洞里，等他来了你劈了他！剐了俺的皮俺都不怨你，穿戴上谁也见不着，你不能让俺不见人吧？

奶奶挺感动。但是这感动并不能冲销她打心眼里往外涌的鄙夷。她冷冷瞟瞟张家媳妇展览着的上身，说：你觉得裹严实能见人？袄子脏了拆开洗洗缝上再穿。人要脸树要皮，你是人呢。把袄子还给俺吧，你不配穿，别让人觉着是俺的针线害了人，俺还指望靠做活糊口呢。

咔嚓咔嚓，随着一枚枚布扣子铰落在地上，如豆灯花惊悸地跳荡。接着便是令人窒息的寂静，张家媳妇止住了抽泣，奶奶也不言不语，只听见剪刀在庄严地运行，刀尖非常准确地刺向针脚，挑起线头再把连缀着里子面子的线铰断。她精工缝制的棉袄，顷刻被拆掉了，她把瓤子披在张家媳妇身上，毫不犹豫地将黑布面子铺在炕上，照着鞋样，铰了两双鞋面。奶奶在忙活的时候，站上也出了鬼似的安静。该到达的票车没进站，该通过的货车没过去，趴在夜色中的火车头一律止住了叹息。已经没有睫毛和眉毛的张家媳妇，痛苦地揪着自己的头发，后来，奶奶煮的粥里、蒸的窝窝头里不断发现头发，这让奶奶一阵阵腻歪。

那时，孙大车的妹夫已经是游击队的连长了。孙大车出事后，他带人三次深更半夜造访奶奶，一概被拒之门外。连长便隔着院墙往里扔从火车上截获的战利品，比如洋布粮食和日用品。奶奶把那些东西视为炸弹惊慌得不行，当即坚决地扔了出来。第四次，她把来人放了进来。她的泪夺眶而出，她用枣木的擀面杖抽得骁勇善战的连长抱头啜泣，她说埋了雷你不能告诉俺一声吗，你不能把雷埋在日本人的裤裆里吗，你杀日本人能拉你兄弟垫背吗？

那根坚硬的擀面杖至今还沾着她当时的横劲和连长的窘态，刮都刮不掉。奶奶揪住他问：你说，是哪个鳖羔子埋的雷？

连长不吭声。在她的再三追问下，连长说：外边去，俺指给你。

奶奶出了院门觉着不对劲：黑灯瞎火的，你俩大男人把俺一个小寡妇往哪带？

连长不由分说地驮起了她，那个兵则捂住她的嘴。他们一直把她驮到野地里。

告诉你，是俺，是俺亲自埋的。俺来偿命吧，让你解解恨。

连长说着，掏出一颗手榴弹交给她，转身就往前面的坟地走。

炸你个鳖羔子！

随着一声厉喝，手榴弹果然就追着他的背影飞去。砸在他厚实的肩胛上弹出老远，惊得他迅速卧倒，好一会儿不敢爬起来。那绝对是真家伙，只是没有拉弦。

奶奶居然真的下手，这是他始料未及的。几十年后，奶奶的大孙子去看望他，他忆起往事仍然背脊发凉头皮发奓。他说那次去找奶奶，目的有二：一是通过奶奶接近张大车媳妇，企图激起张大车的复仇欲望使之配合游击队搞军火，他们已通过耳目知道他媳妇的事；二是弄一批布来换奶奶做的鞋，因为队伍需要，更因为他满怀歉疚想帮衬她一把。但那个手榴弹把他砸蒙了，他爬起来悻悻然撒腿而去，把一个女人撂在了漆黑的野地里。所以，迁居南方后，哪怕含辛茹苦，奶奶再也不愿和老家的亲戚往来，更不稀罕那位响当当的老革命。

坐在惊惊乍乍的汽笛声中，奶奶剪裁着寡居的漫长岁月，缝补着自己的一生。她对自己的手艺充满自信。她从老家带出来的鞋楦，赋予艰辛生活以平整端庄的形态，因此被日子打磨得油光锃亮。她所做的每一双新鞋，都听到了她苍凉的发问：那死鬼上班咋揣着鞋楦？

九十岁的银发辉映着奶奶最后的嘲笑和追问。这时，即便那些老式火车头一起拉响汽笛，也唤不醒她了。她的嘲笑凝固在嘴角边，她的追问却融化成了一滴清泪。

1

到了人生地不熟的南方，奶奶被叫作枣庄奶奶。操着南腔北调的那些个陌生人刚刚面熟，都以何方人氏为称谓。叫杭州妈妈、上海阿姨、南京外婆、广州叔叔，或者叫东北棒子、福建地瓜、湖南辣椒。还有个柳州人，大号柳州棺材，他乐呵呵地应道：棺材好啊，想当官的想发财的，搂着我睡一觉就有啦。

而枣庄奶奶在一天晚上忽然成了整个临管处的奶奶。包括前来支援新线的铁路员工，以及大功告成、正在陆续撤离的铁道兵部队。

那天晚上蒸汽机车吼得汪洋恣肆。揪心的汽笛声先是一呼百应，随后便是此起彼伏。报丧的呼号自西站发端，顷刻感染了新建的东站，待鹰厦铁路正式运营，西站便是客站，而东站则是货车的到发场和编组场，远远近近所有的火车头都歇斯底里地号啕起来。虽然汽笛音质不同，枣庄奶奶却能很容易地分辨出来。蒸汽机车有几种型号，苏联笨熊似的“友谊”，叫“建设”的美国佬“克得拐”，还有战士般英姿飒爽的“前进”和“胜利”，“胜利”是日本战败后留下的，枣庄奶奶的丈夫把它的型号 MK—1 喊作“墨克妖”。那是害得枣庄奶奶守寡一生的魔妖。

最初报丧的，就是墨克妖。随后，各种音质的尾笛交融在一起，像无数只蝙蝠遮天盖地飞来，撞在铁道兵医院大楼的墙上，扑簌簌地落在医院对面的食堂屋顶上。铁道兵食堂是一座大大的草棚子，毛竹当梁柱，稻草编的草扇子是墙，也是屋顶。隔三岔五的，部队在这里放一场电影。那天晚上放的是新片子《铁道卫士》。紧张的汽笛惊醒了藏在草扇子里的家雀，一群群的家雀，有些直接从屋顶上起飞，呼啦啦地扑进夜色中，更多的则慌不择路，在食堂里横冲直撞，飞进了银幕里，成了美国鬼子的轰炸机。秋后的家雀很肥，所以，它们比电影里的轰炸机更真实。尾笛和家雀叽叽喳喳的叫声淹没了嘿啦啦啦嘿啦啦啦的歌声。

警觉着的枣庄奶奶放下坐在自己腿上的孙子，猛然从观众席中站起来，身影投映在幕布上，她头上落满了稻草和家雀的羽毛。她喊道：秀，出事啦！安路咋还没下班呢？

她身边奶着孩子的媳妇说：车进站才多会儿呀，火车头还要入库呢。他奶奶，你看这哪是闺女呀是个大肚汉。

你听听这笛鸣的！刚才我还听到爆炸声。

不能吧？是电影里飞机扔炸弹。

枣庄奶奶嘟哝着我的孩子我的孩子，把五岁的孙子塞给了媳妇，便抬起小脚往人缝里插，硬是从人堆里挤了出去。观众以铁道兵居多，其他就是来自五湖四海的工人和家属。就像西站的汽笛惊醒了东站的火车头一样，枣庄奶奶的惶恐立即感染了他们。

出了食堂，枣庄奶奶嗓子眼里的呼喊一下子迸发出来。她喊的是儿子的名字。安路。俺的孩子。不该你出事吧？你可别吓唬娘呀。今儿这右眼皮咋啦，出鬼啦。

随着那凄厉的呼喊，食堂里炸了锅，好像美帝的轰炸机从鸭绿江飞到鹰厦线来了。观众和家雀一起涌了出去。

浓黑的凶兆把夜色染得更黑。可是，人们都准确判断出了灾祸发生的地点。不明真相的人流，却是不约而同朝着一个方向奔跑，穿过一排排营房，穿过营房与铁路之间的菜地和水塘，直扑道口，那里竖着西站的扬旗。乱纷纷的手电筒光柱，把夜色撕碎了。

跑到道口，一切都明白了。往东看去，东站一片灯火，随着尾笛声消歇下来，远处隐约可见的车辆也安静了。距离道口二百米的轨道间聚着一些人，那里该是事故现场了。他们中有人躬身把个黑乎乎的物件拖下路基，有人则晃着手电前前后后地查勘着。

扛着十字镐的巡道工拦住枣庄奶奶，说：别去看啦，是个老表，港背村的菜农。惨呀，差不多给碾碎了，线路上尽是血肉。你说你一个小脚女人，黑灯瞎火的瞅么热闹！

真是老表？

是呢。还挑着一担粪桶。大概是丢了么宝贝，刚才被俺从道心里拽下来，撵得远远的。明明看着他回到那边菜地里去了，谁知道，他还是掉头把命丢在那儿。俺寻思，他活够了。可为么要死在俺眼皮子底下呢？

枣庄奶奶仍然疑疑惑惑：俺咋听到爆炸？

巡道工笑了：么爆炸？要爆炸，车还不躺在这里晒尸啦？我估摸着，看见进站信号，司机没注意到趴在道心里的人。看见也刹不住车。你听到的是响雷吧？

明儿就过中秋节了，咋能响雷呢？

继而，她喃喃道：那也是一条命啊，你说说，他为么好路不走，走到火车道上去！火车不长眼呢。唉，说没长眼嘛，它的灯能照见二里地。可看见也不管用呀，它停不住呀。它不如个牲畜呢。你别说，牲畜也有不听使唤的时候，俺娘家的驴还刨过俺一蹄子呢。

枣庄奶奶一边数落，一边替火车开脱，就像疼爱着娘家的那头犟驴似的。

先后赶到铁路边的男男女女在道口会合了。他们搓着裤腿跺着脚，弄掉粘在身上鞋上的烂泥和菜帮子。看样子，那片菜地全被这些大脚糟蹋了。接着，好些手电筒忽然瞄准了奶奶那对出奇的小脚。它不仅快步如飞，不落人后，而且，穿过菜地又绕过鱼塘，居然干干净净的，不能不叫人惊讶。小个子的铁道兵放映员操着山东腔问：嫂子，你是飞过来的？

枣庄奶奶一听这乡音，眼神里便闪着亲切的光：俺是家雀。这孩子！得喊奶奶。

你一路上吆喝你孙子吧，孙子多大啦？

俺儿子。开火车的。

大家都乐了：多大的人，还要你操心啊！

巡道工对他们说：再大也是儿子呀。大娘常常牵着孙子抱着孙女在那口塘边迎着儿子，这条路上的蛤蟆、蚂蚱都认识她。

这些个毛孩子！懂么。接着，枣庄奶奶瞪了巡道工一眼：那你也是蚂蚱了。见着俺儿子回来吗？

巡道工说：是呀，每次跑这趟车他早该打这回去了。

众多的火车头好像是自觉地为一个平凡的生命鸣笛志哀，却让一颗始终在担惊受怕的心提到了嗓子眼里。枣庄奶奶虽然不过半百，却也饱经风霜，她见过各种事故的现场。火车出轨，火车追尾，机车正面冲突，溜放车翻车。眼前是火车轧死人，可以确信无疑。可是，早该下班的儿子此时还没有打道口经过，她心里就不能踏实。她的右眼皮仍在跳。

枣庄奶奶要顺着铁路去西站。巡道工劝不住，便给放映员使了个眼色。放映员便喊：奶奶，回去吧，俺接着放电影！

聚在道口的小伙子齐声喊道：奶奶！

枣庄奶奶暗暗笑了：俺有那么老吗，俺不就是小脚吗？

道口离西站有两里地，铁路边就像一个大工地，堆放着钢轨、枕木和座座小山似的道砟。枣庄奶奶磕磕碰碰地穿行其间，经过三角线、龙头房，一直走到煤台那儿。她闯进机务段，逢人就问见着俺儿子吗。人说，孙大车今天不是歇班吗？

枣庄奶奶更急了：昨儿就跑车去了，还没回呢！

有个领导模样的去翻了翻派班记录，便说：他是替班。这两天忙，派班派不过来。大娘，你儿子还是南下的呢，枪林弹雨都过来了，你还能把他吊在裤腰带上？

枣庄奶奶便恼了：你说的这叫人话？你是从石头缝里蹦出来的？你就没娘疼？

那人顿时就不像领导了，憋着火，也不吭气，顺手抓起桌上的一团油棉纱，悻悻地往脸上抹，把脸涂得乌黑油亮。他拿它当毛巾了。

轧死了人的那趟列车，早已下了客卸了行李，被调到紧挨着救援列车的那股道上去歇着了。牵引它的火车头，在三角线掉了头，趴在煤台那儿卸了渣，等着上煤上水，一会儿呼哧呼哧地直喘气，一会儿很急促地叹气，好像饿坏了渴极了。没事人似的。枣庄奶奶经过它身边时，剜了它一眼，说：鳖羔子，你闯祸啦。叫俺说，就该饿你几天，别给你喂煤喂水，让你长长记性。

枣庄奶奶走向月台上的一团灯光。那团昏黄的灯光里，有一堆她眼熟的行李。几个侉里侉气的大包袱，高粱秸的针线笸、菜篮子和簸箕，一串扫炕用的笤帚疙瘩，还有几个鼓鼓囊囊的面口袋，八成里面盛的是山东煎饼。这些正是她天天念叨着的枣庄。

再定睛一看，她傻眼了。她在嗓子眼里喊了一声：天啊，八辈子的冤家啊！

她扭头就走。张大车和媳妇也认出她了，追上去，很亲热地一个劲喊嫂子。他媳妇用双手拽住枣庄奶奶不断往外挣的胳臂，说：知道嫂子在这里，俺才跟着来的，要不，俺可不稀罕到南方来。南方热，南方吃不着面，南方都是小个子，要不咋叫南蛮子呢？

张大车说：安路那孩子可好？往后就是一个单位了，俺还干机务，俺家卫国在上海参加司机培训呢，完了也过来。有次在南京开会，碰到范站长，听说嫂子都做奶奶了。把你兄弟媳妇急的！

枣庄奶奶冷冷地笑：俺孩子可好呢，早就升司机啦。俺媳妇又俊又能干，针线活儿做得那叫巧，再说那身子，腰是腰，腚是腚，一看就知道能生养，先生了个儿子叫庄，又生了个闺女叫枣，这个小姐姐再带来十个八个弟弟，不算事。俺闺女在电话所，铁道兵的么首长托人做媒，她还看不上呢。

张家媳妇一听这番话，眼里就湿了。旧怨化不开呢。也是，一二十年了，一个寡妇拉扯大俩孩子，遭的是么罪？她说：嫂子，这些年俺不能想你，想到你俺心里就疼得慌。

张大车抢过话去，很真诚地说：谁说不是呢？嫂子，往后有么事，你就吱声。俺亏欠你的太多，怎么着都补偿不了。南方人生地不熟的，你就把俺当自家人吧。

俺可不敢。看你嘴甜了，口气大了，说话也利索了，当干部了吧？俺家从济南搬到南京，你跟着就到了南京。俺再走，你也去了上海。你还追到这儿来。你知不道俺是惹不起躲得起呀！你还想把俺娘儿往台湾撵呀！

张大车尴尬地苦笑了：嫂子，干铁路就是这样，四海为家。解放了，到处搞建设，一个命令就要搬家。俺俩家到了这些地方，不都没碰上面吗？就像两股道上跑的车，擦身就过去了。今儿个鹰厦线建成，总算交会了。

枣庄奶奶依然嘴不饶人：谁沾着你不倒霉，你说说！

张家媳妇暗暗掐了丈夫一把，示意他去照看行李，自己则抚弄着枣庄奶奶的大襟褂子，啧啧有声地赞赏着。

枣庄奶奶冲着张大车的背影又给了一句：别怪俺嫌你。你看看，你坐着票车，咋就能把好好的一个大活人给轧了呢？你不让人走道啦，你怪横的！

铁道兵的大部队说撤就撤。在走之前，枣庄奶奶成了一大帮山东籍战士的奶奶，他们学着庄儿和牙牙学语的枣儿，一口一个奶奶，喊得很是亲热。而奶奶的孙子孙女则喊他们作叔叔，辈分乱了。受山东战士的影响，铁路职工和家属也都省略了来历，直呼她奶奶。

奶奶喜欢山东口音。那口音就是她做闺女的童年和青年，就是她在新中国成立第二年跟着儿子远离的家乡。奶奶见到他们就眉开眼笑的。奶奶其实是通过张大车媳妇送的一袋煎饼，认识他们的。她告诉放映员，老家捎煎饼来啦，你把那些馋煎饼的孩子都叫家来吧。放映员带来了一个排。放映员说，怕吃得不够，要不，我能带来一个团。

后来的日子，奶奶就不断地给他们缝缝补补。一边做着针线，一边念叨着乐陵小枣、山东大葱、青皮萝卜及其他。在她的描述中，家乡的土特产是疗伤的良药，治病的秘方，强身的仙丹。好些战士身上都有伤，那个放映员更是浑身窟窿。奶奶是坐在工棚门口强逼着他脱下贴身的卫生衣，要缝补领口和袖口时，看见那哑炮突然爆炸的后果的。奶奶惊叫道：这孩子都成焦炭啦！焦炭见过吗？你还没好利索呢！

奶奶把媳妇唤出来，交给她一只搪瓷茶缸。那是住上海时机务段为国庆五周年发的纪念品。

秀，你奶水旺，你挤些，俺给这孩子抹抹。

放映员满脸通红。媳妇则咯咯地笑：多稀罕人呀，这能管用，医生该喝西北风啦。

咋没用，奶比药灵，俺安路那会儿磕着碰着了，哪去弄药呀？不就是用奶给抹抹揉揉。没听说那个蒋该死的老婆，还用牛奶洗澡吗？奶水养人呢。抹抹，好肉就长出来啦。

秀拖过开大会用的折叠凳坐下，也不避人，就撩开了怀。她怀里揣着两只可爱的大白兔，活蹦乱跳的。奶水哧哧地射进茶缸里。秀的奶水就是旺。

秀挤出来的半茶缸奶水，被奶奶涂抹到了放映员身上。奶奶还把潮乎乎的一双手，放在他的头发上擦了擦。浑身奶腥味的放映员，就在那天萌生了要留守材料场的主意。

奶水击打茶缸的声音，刚跑车回来的孙安路也听到了。孙安路正在工棚里的一道布帘子后面打呼噜。他的呼噜能把糊着黄泥巴的篱笆墙震裂了，震得黄泥巴一块块往下掉。住在这座工棚里的，都是单身汉，所以，他们抢着做孙家的隔壁邻居，想在累了一天后娱乐娱乐。可是，跑车的能有几天沾家？回家来就是为了打呼噜。他们集体偷听、偷窥到的都是呼噜。孙安路的呼噜很像呼啸行进的火车，有时咣咣咣风驰电掣，有时吭哧吭哧爬坡似的，有时是在轰隆隆的疾驶中突然鸣响尖锐的汽笛。放映员说，搁在音乐里那叫复调。

听着丈夫的呼噜断了，秀进了工棚，钻过帘子。秀贴着孙安路的耳朵说：远看是要饭的，近看像捡破烂的，仔细一看原来是机务段的。你看看，脖子黢黑，煤灰又没洗干净。还念着穿白衬衣，你有那命吗？新做的白衬衣垫箱底，都搁黄啦。

孙安路说：从前俺像娘，怪白净的。现在也不黑，穿上白衬衣一衬就显出来啦。

秀笑道：剐了三层皮，你兴许能变白。机务段的，信不，人家要做你娘的小女婿啦。安芯能看上他吗？

孙安路撩起她的衣裳，把个胡子拉碴的脸栽在她的乳沟里，一个劲地蹭。蹭得媳妇不知是疼呢还是痒，身子直发抖，眼睛睁不开，嘴也哆嗦了。她说的其实是一个日子，是上次的日期。

那个日子让孙安路激动不已。他的嘴顾自忙着，只好让眼睛替嘴当班了。他眼睛瞄向帘子，秀就明白了。她轻声说：俺可支不走他奶奶！再说，枣儿醒了咋办？大白天的，没羞没臊！今天夜里不行吗？这两天该你歇班。

孙安路把她搂得更紧了。能听见两个人的骨头在兴奋地叫唤。隔着帘子，听见奶奶进了门。奶奶对孙女说：真乖，醒了也不闹，就知道笑。笑么呢，想弟弟盼弟弟了吧？行，这回俺家该长住下啦，让你妈给你生十个八个弟弟！看看，笑得更欢了。好，奶奶带你去打洋油，再买块糖甜甜你这爱笑的嘴。这妮子，心疼死人啦。

门被带拢了。这会儿，工棚里里外外只有家雀，一群群的，飞去又飞来，呼呼生风。孙安路说：张叔，就是俺娘说的张大车，他派我今天夜里替班。上行。要后天才回来。

你多久没歇班啦，受得了吗？

人家是刚调来的副段长，第一次派班，能推脱吗？

他奶奶说得对，人老实被人欺，马老实被人骑。往后俺真要是养了十个八个，都叫一个名字！也省得取名费事。

孙安路说：别是叫白天吧？

一阵放肆的笑声被捂在被窝里了。

奶奶在中午开饭号响了才回来。她把孙女交给秀后，对儿子说，想吃山东大葱了，看到煎饼就馋大葱蘸酱。

孙安路说：行啊，跑了这趟车回来给你开张免票，回老家吃去。带上秀吧，也该让秀去老家看看啦。

奶奶却生气了：俺想娘家人想得慌，可俺就不兴见那蹄子！你说咋能那么不要脸呢。俺都悔死了。你爹去世的第三年，俺去济南当保姆，真不该把你妹妹留下给她带。安芯这闺女不是病着吗？你看看这些年让她带的，大闺女家的，站没个站相，坐没个坐相，还好零嘴，就是跟那蹄子学的。

秀是个伶俐女子。秀逗着女儿：小枣子，姑姑好吗？对，好！好在哪儿呢？漂亮，聪明，会唱歌，会画画，还疼枣哪。赶明儿，让姑姑给家里带个解放军叔叔回来行吗？

奶奶白了她一眼：漂亮能管饭？就你能！

奶奶即使生着气，见了秀，气也能消去一半。秀是奶奶在从浦口到南京的轮渡上拾来的。济南解放那年，奶奶仍在给人做保姆，主人家有个儿子是地下党，和奶奶小姑子的丈夫、铁道游击队的那个连长曾是战友。济南解放后，他成了政委，专门负责动员、组织年轻的铁路员工参加南下工作团。政委见一个寡妇靠做保姆、替人缝补浆洗居然能让儿子读到初中，很是感动，执意要带走十七岁的孙安路。他把孙安路留在自己身边做通信员。算起来，孙安路当兵不过半年时间，大军打下南京，南下工作团一部分官兵便转到铁路工作。政委本来安排孙安路去学报务，可孙安路偷偷在政委写的条子上改了一个字，去学机务了。一当上司炉，他就写信要母亲来南京。奶奶乘坐的列车上了轮渡，扒着车窗，她看见下面有个脏兮兮、泪汪汪的闺女痴痴地望着自己。奶奶抹抹脸，又用双手小心地理理常被篦子篦得熨熨帖帖的头发，最后，正正后脑勺上的发髻。奶奶不禁疑惑了，问：闺女，看么呢？秀说：大娘，你带上俺吧！奶奶几乎是毫不犹豫，马上探身把手伸给了她。秀通过车窗爬上车。秀比孙安路小两岁，自懂事起再没见过父亲，只知道父亲在枣庄挖煤，年年托人往家里捎几回钱。可是，日本人走后，他不但没有回来，连音信也没有了，传说被国民党抓了壮丁。两个月前，母亲突然病故时，有个和她父亲一道被抓走的亲戚逃回村里，说秀父亲指不定做了解放军的俘虏，就在南京，要么成了解放战士，进军大西南去了。孤苦伶仃的秀为找父亲，沿着津浦铁路走了两个月。奶奶却认定，这闺女上辈子曾是她女儿，这辈子投错了胎，觉着错了，就来认门了。要不，咋说有缘修得同船渡呢；要不，咋见了就欢喜呢？

有乖巧的秀护着安芯，奶奶就不说女儿的事了。奶奶想念的，还是山东大葱：安路，你就不能托人捎来？

能行。可一程一程的，麻烦呢。得托济南的列车员带到上海，再托跑上海的，带回来。等以后有了直达车，让你天天大葱蘸酱！又不是么好东西，费这事，还不让人笑掉大牙？

奶奶不满儿子的方式，就是扭过头去，嘟嘟哝哝地唠叨：咋就不是好东西啦？你忘本啦。没有大葱，你能长得这么壮实吗，当司炉那会儿就把你累趴下啦。你起小不生病，就是爱吃大葱。有一年，多少孩子闹病呀，打摆子，老张的老二就是打摆子死的。那阵子担心死俺了，可你好好的。一顿能吃几棵葱，放的屁都是大葱味，咋还能闹病呢。你妹妹起小就病病歪歪，怨谁呢？不沾葱姜，做碗面放点葱花姜末，她都扔筷子摔碗的……

孙安路有些不耐烦了：好好，给你捎，给你捎个一麻袋来！让部队下次放电影的时候，食堂里尽是臭屁！

奶奶却笑了：俺就是想让那些山东小老乡记着这大葱。部队不是要走吗，指不定离山东更远啦。等台湾解放，还不都去了台湾？隔着大海，捎也捎不过去啦。

铁道兵医院那栋两层的红石楼房，上面有两条刚刚用石灰水刷下的长长的标语。一条是：高举总路线、大跃进、人民公社三面伟大红旗！另一条是：我们一定要解放台湾、金门、马祖、澎湖列岛！奶奶几乎每天都要牵着孙子、抱着孙女去食堂门口蹓蹓，她常在那儿指着对面医院的标语，一个字一个字地教孩子。离开了那儿，她就一个大字不识了。

见儿子答应了她的要求，奶奶竟递去纸和笔。说：你忘性大。记着，顺带给俺捎上篦子、顶针，纳鞋底的锥子、捻轴、鞋楦、针，大小号都要，还有擀面杖，擀面条的、擀饺子皮的，都要，要枣木的。再带几个笤帚疙瘩，老张家的小气，只给俺一个，俺不稀罕，俺拿它扫脏鞋，俺自个儿买扫炕的扫面的！

当天晚上，孙安路就是把这张纸条掖进帆布工具袋走的。工具袋里还有三节的电筒、检点锤、腰形饭盒和司机手册。包乘组得提前两小时接班，接受调度命令，并在司机手册上抄下值班员交代的注意事项。然后，在车库上机车，司机进行制动机正常试验，副司机钻进地沟检查油润、补油，司炉则检查炉床和煤水柜的存量。趁着等机车出库命令的空闲，孙安路把纸条托给了同样来自枣庄的范站长。白白胖胖的范站长说：好家伙，干脆俺调二三十个车皮，你让老张派个车头，俺几个齐心协力把个山东省都拉来吧！

孙安路跑了这趟车回来才知道，他出门后，母亲突然记起他该歇班的，慌忙追出门去，幸亏遇见安芯，叫女儿堵了回来。于是，她便咒了一夜的张大车。秀悄悄对丈夫说：往后有个张大车好呢，张大车就是食堂门口的潲水桶，咽不下的气都倒给他，到了心里也就痛快了。你说呢？

可是，那两天奶奶纳着鞋底，老是抱怨锥子不好使，拗断了好些针。她想给几个山东战士送布鞋的计划最终未能实现，甚至让他们吃上山东大葱的心愿也没兑现。因为，大葱捎到的前几天，部队开拔了。放映员倒是没走，他调到 525 部队，留守西站票房对面山上的材料场。大葱便宜了放映员。他以馋大葱的名义，每天抽空来一趟，一来二去的，就和安芯熟了。

临管处叫鹰厦铁路临时运营管理处。那里一共有五栋铁道兵留下的红石楼房，在盛产红石的合欢一带，它们可以算是红石建筑的代表作。砌墙的每块石头如同经过精心挑选，一样的颜色，一样的平整，细密、均匀的錾痕，斜斜的，仿佛每根线条都测了角度。赭红的墙面看上去，整齐中富有变化，精雕细刻一般。当地石匠管修整石坯的工艺叫“洗石”，仅此一项就足以让几代石匠汗颜。

五栋楼房作“门”字形排列，中间是篮球场，两边各有两栋做家属宿舍，东头横着的成了单身宿舍。东头靠南那栋，就是过去的铁道兵医院。每栋家属宿舍建筑格局一样，两层，三个门洞，每个门洞里有八套房，挤着住了十来户。他们操着南腔北调。他们来自五湖四海，为了一个共同的目标，走到一起来了。孙安路一家三代，便分得一整套，里外两间带厨房。是做过医院的那栋，在中间的门洞。也就是说，他家厨房是挂号室，里外两间分别是换药室和注射室。

搬家的那天，孙安路难得地唱起歌来，唱的是嘿啦啦啦嘿啦啦啦，女儿拽着他的制服跟在后面，也唱。女儿两岁多了，还吃奶，见着秀，就拿歌声往她怀里拱。拱开了怀，却哇地哭了。

秀的奶头上涂着紫药水。奶奶早就催她该给孩子断奶了，秀觉着自己反正是个家庭妇女，每天又不上班，闲着也是闲着，就拿喂奶当工作了。听说可以搬出工棚，马上有了真正的家，奶奶就催得急了。秀当然知道，她是盼着再添个孙子。可枣儿恋奶的程度，是他们始料未及的。一个爱笑的小妮子成了一只狼羔子，不让她叼着奶头，她能号得岔过气去。奶奶给秀出主意，让秀抹红药水、紫药水，不行，贴上胶布，再不行，抹辣椒面，抹大蒜汁，让孩子怕了，断奶就成功了。

秀是架不住女儿哭闹的。孩子一哭，秀的一只手马上就伸进怀里，偷偷地擦奶头。孙安路递给她一条湿毛巾，说：行啦行啦，再喂一顿吧，不喂也浪费了。

奶奶气咻咻地说：没见过这样做爹娘的！说给你俩听啊，从前有个娘惯孩子惯的，儿子念书了，还不给断奶。有一回，孩子放学回家，他娘怕孩子饿坏了，抱着孩子就喂奶，让几个一般大的孩子看见，都笑话他，吃奶的孩子又羞又臊又恼，咔哧一口，把他娘的奶头给咬掉啦！看看。

孩子不吃，她还胀奶胀得疼呢。

忍忍就过去了。不断，奶多咋缩回去？

秀在用湿毛巾擦奶头之前，就手给丈夫擦了擦脖子，抱怨道：你这脖子咋就洗不干净呢，哪天俺把白衬衣染了！

孙安路搓着脖子，对奶奶说：好好，明儿开始断。抽支烟，对你说个事。

其实，儿子一掏出烟，奶奶就知道有事了。平常，奶奶并不吸烟，可别人递给她，她也能吧嗒几口。她接过烟：把洋火给俺！

孙安路只顾抽烟。奶奶嘟哝道：还不比你爹那死鬼呢，三棍子打不出个屁，说事啊。

孙安路小心翼翼地：张段长人挺好的。打鬼子那会儿，他帮助游击队做了不少事，后来，参加抗美援朝立了功。听说他可勇敢啦，驾着火车跟美国佬的飞机捉迷藏，机枪子弹射进了他胳肢窝里，再偏个一寸就成烈士啦。

奶奶讥嘲道：咋不说那子弹是他媳妇，钻他被窝里去了？

孙安路后来就语无伦次了。他的意思大致是说，张段长对自己很爱护很关心，鼓励自己正确对待历史、对待组织，继续积极要求上进，高举三面红旗，为社会主义建设事业贡献青春，为解放台湾、统一祖国多拉快跑。孙安路还闪烁其词地透露，张段长表示他是孙家历史的见证人。

奶奶走南闯北的，见得多了，也是明白人，精着呢。听着听着，两眼放光了：说么呢！见证么呢！他敢见证自个儿是个孬包？乖乖隆的咚，他倒见证来啦！你看看他能的。孩子，你告诉他，俺才是他的见证！

奶奶其实还含混地嘟哝了些什么。只有她自己的心听到了。她大概是说，你捉了个替死鬼，你还让他儿子抬不起头，你缺了八辈子德，你知不道呀！

奶奶早就感觉到了儿子心里的憋屈。儿子当通信员到了南京后，给在济南做保姆的她发过一封信，问父亲的死到底是怎么一回事。她一把鼻涕一把泪地请人回了信。回信的末尾，是她一连串的追问：政委跟你当连长的姑父是战友，他知道呀。别是有人说么闲话了吧？别是人怀疑你爹是汉奸吧？挣钱养家糊口不行吗？他给人替班不行吗？火车不开一家子喝西北风去？孩子，有人难为你，你就问问他，都不开车了，哪有铁道游击队呀？当年，你姑父和游击队还说，工人弟兄是水，他们是鱼呢。叫他们自个儿找你姑父问去。

孙安路在战友陆续入党、提干后，发现父亲的死影响着自己的上进。从南京到上海，直到来支援鹰厦铁路，他的表现没的说，领导常表扬他工作踏实技术过硬，同事则夸他能吃苦乐意助人。可写了不少入党申请书，一旦列为发展对象就没下文了。张段长的话，其实暗示了个中缘由。

孙安路本来想在搬家之前，先说说张段长的好，再给母亲透个风，让她有个和张家做邻居的思想准备。见她如此反应，一时没辙了。

搬家很简单。需要搬走的，除了衣被、用具和锅碗瓢盆，只有一件家具。一张带镜子的雕花梳妆台。那是孙安路和秀在上海结婚时买的，听说是一个资本家为小姐定做的嫁妆，解放了，那个资本家也不知怎么了，竟没有去提货。留了几年，家具店老板只好折价处理。奶奶说：俺秀才是小姐呢。所以，孙安路接到调令，把别的家具全扔了，独独带上了梳妆台。

搬梳妆台要人抬，去买床、买桌子也要人帮忙。奶奶早就约了放映员，孙安路却请了自己的同事，叫张卫国。他俩差不多是同时到的。奶奶盯着张卫国直眨巴眼：这孩子像谁呢？俺瞅着怪眼熟。

孙安路告诉她，是张叔张段长的儿子，他也调过来了，也在机务段工作。

奶奶愣了一会儿，就说脸盘子粗看像他爹，细看却不像，比他爹俊，方方正正的，鼻子是鼻子眼是眼。身板更是他爹没法比，个高肩宽，像个山东大汉。言下之意，都是贬他爹。

张卫国红着脸说：大娘，我记事晚，我们两家在山东做邻居的事，我一点儿印象也没有。可我都听说了。往后，我们又是邻居啦，而且是楼上楼下。

奶奶沉下脸来，把儿子拉到一边问明白，转身出了门。孙安路赶紧追上去。奶奶说：别拦着。你服他管，俺不难为你，俺去要求换一套不行吗？俺惹不起躲得起。俺就远远躲着他不行吗？

行啦！你别闹啦！机务段就是那几套房，这套还是张叔以一家三代的理由给争取的。再闹，就没有啦！

连孙安路也被自己的声音吓了一跳。起小，他是母亲的老实孩子。如今娶妻生子了，可一年到头的生活，就是出库入库、到站发车，家好像是另一处行车公寓。更确切地说，他是家的旅客，妻子不过是家的列车员，母亲才是家的大车，还兼着大烧、小烧。母亲把瞭望、驾驶、添煤的活儿都包了。母亲用她的辛劳、坚韧和能干，在家里树立了说一不二的绝对权威。以往，儿子总是恭顺听话的，即使不耐烦她的唠叨，也只是沉默而已，哪里敢呵斥她？

奶奶愕然瞪着他，泪水涌了出来。那泪水好像憋了一二十年，一颗颗又是怨恨又是委屈，又是辛酸又是难堪。但她忍住了没有哭出声。她忘了掏出总是掖在袖口里的手绢，就用双手把往下掉的泪珠子抹开去，抹在白净的脸上脖子上耳后根。再没有干燥的地方可抹了，她就拿那一把把的泪润湿了自己的头发。她的头发乌黑油亮。她还不过半百。

孙安路呆呆的。情知自己嗓门大了，也不会说句软和话。亏了秀，支使庄儿枣儿跑过来要奶奶。枣儿见奶奶哭了，伸手去够奶奶的脸，自己却撇撇小嘴，马上也泪汪汪的。

别哭别哭，奶奶迷眼啦。奶奶抱住她，就势甩了一把鼻涕，在鞋后跟上擦了一把。

秀招呼张卫国和放映员抬走梳妆台，拎着几个包裹过来交给孙安路，把他支走了。秀对奶奶说：这回好啦，别让安芯住单身宿舍了，来家住吧。俺四口住里间，你娘俩住外间。安芯咋还不回来呢，人家放映员是冲她来帮忙的。

奶奶不吭声，牵着庄儿枣儿回到工棚，端出张家媳妇送的针线筐，便在门口坐下了。

秀说：这鞋大了。俺刚才让放映员试了试，大两指呢。他人倒是讨人喜欢，年年五好战士呢。可就是小个子，安芯能看上他吗？刚才俺还笑话他，说俺妹子的大辫子都比你高一头。他说么，他说他还在长个子。笑死俺了。

奶奶却没笑。虽收住了泪，眼里还是潮潮的。秀又使一计，她鼓动庄儿枣儿缠着奶奶讲故事。两个孩子便往奶奶怀里扑。奶奶说：俺的故事都讲完了，找你妈去，乖。枣儿哭着赖在地上，把鞋袜都蹭掉了，光着脚丫子，奶奶也不管不顾，仍木然地纳着鞋底。锥一个眼，麻绳穿过针眼，再摁着针脚，用力拉紧麻绳。如此循环往复。她做的布鞋真叫千层底。先是在旧布上打一层糨子，再往上面均匀地贴碎布，铺一层，再刮糨子再铺布，层层叠叠地糊成壳子。若干张壳子摞在一起，照着鞋底切出样来，就要靠麻绳来缝缀了。她纳的鞋底之所以平整厚实又耐穿，除了壳子糊得均匀外，更大的工夫在针锥上。鞋底上的针脚密密匝匝，千针万线的，一排排一行行却是工工整整，有条不紊。工夫在眼里，也在手上。一锥子下去，在上下左右间找到那个点，靠的是眼力神。一根大针引着麻绳穿过针眼，靠的就是手上的力气了，不光得使劲，关键是使得巧。

秀就这么表扬着奶奶的鞋底。奶奶依然毫无反应。秀无奈了，只好跟着丈夫一道搬东西。秀说：这回她真恼了。你也是，敢对她吼，她受得了吗？冲你爹那件事，搁在谁身上心里不腻歪？

安芯是在傍晚新家收拾停当后才回来的。她说自己去学跳舞了，过几天，电话所要和车站开舞会，电话所是娘子军，车站的调车员全是光棍汉。电话所的姑娘却不愿意，因为调车员跟溜放车打交道，就像铁道游击队，扒着行驶的火车跳上蹦下的，太危险。电话所的领班说，想跟我们开舞会的单位在排队呢，自己别急就行了。安芯便向领班提出了要求，下一个单位该选机务段。电话所的姑娘都鼓掌。她们其实是为新来乍到的张卫国喝彩。

安芯估摸着哥哥嫂子该搬完了，直接去的新家。进了那个门洞，一甩大辫子，便抽着了张卫国。四目相视，脸都红了。

孙安路问：你们认识？

俩人还没答话，有几人抬着挺大的菜橱进来，凶凶喝喝地喊让路。让开了路，他们却放下菜橱，围住了安芯。有个叫杭州的说：孙安芯，到时候我给你做舞伴。我比他们跳得好。说着，杭州竟扯着她的辫子用另一只手一码码地丈量起来。

孙安路扑过去，照着他的脸就是一个大嘴巴子。反应之快之猛，声音之脆之响，令在场的人都大吃一惊。片刻之后，双方都梗直了脖子，斗鸡似的。

还是放映员机灵。他说：怪不得她哥发火，他当你耍流氓呢。不过，她的辫子是叫人好奇。

杭州虽恼羞成怒，却知道理亏了，只好为自己找台阶：孙安路你是南下的，你拿老子当国民党啊，下手这么狠！把我耳朵打聋了。我验伤去。验了伤，再去机务段告你。你等着。

奶奶立马就听说了。她扔了针线笸，却攥着把剪刀，火急火燎地赶到新家。见着安芯，她喝道：死妮子！你过来，把那惹祸的辫子铰了去！不铰还得惹事，那是根上吊绳呢！吓得安芯钻到床底下去了。那是刚买回来的架子床。

奶奶一屁股坐在床沿上，气呼呼地守着。一下午生着闷气的她因此复活了，是她的唠叨复活了。她自说自话着：起小就打不还手骂不还口的，这是为么呢？大啦，能啦，干仗啦。伤着人，能有好吗？人家也有胳臂有腿的，人是让着你，要是不让还不得往死里揍呀。再说结下仇，屁大的地方，抬头不见低头见，往后这日子就不太平啦！

奶奶没完没了地唠叨。慢慢地，她的注意力离开了床下，开始用挑剔的眼光一个劲地打量新房。每每瞄向天花板，她的眼神很奇怪，大概还是怨吧。趁她盯着天花板的时候，安芯在庄儿的指挥下，爬出床底溜走了。

当天晚上，奶奶一夜没合眼，她睡在自己对新房的抱怨之中。秀依稀听到了她的抱怨。她说，这房子朝向一边，不通风。这房子还有一股药水味药膏味，难闻死了。看到这房子，就想到扒掉裤子打针的光腚，想到等着上药的流脓的伤口和疖子，想到血淋淋的纱布、黏糊糊的膏药，腻歪死了。

秀搓着孙安路的脖子，竟把一粒粒泥垢团成了一个中药丸子。她捏着泥丸子往他嘴里塞，轻轻说：那个杭州是个倒霉蛋，你那一大嘴巴呼的是楼上吧？

2

随着连接浙赣线的鹰厦铁路投入正式营运，在新版地图上，合欢城终于有了一个圆点，一个地名。合欢，仅仅这温馨的名字也令人心驰神往。每到夏季，一树树合欢开着淡红色的花，仿佛一团团红云缭绕在小城上空，飘拂在人们心头。全城忽如粉色的温柔之乡。合欢城这般钟情于合欢树，实在是件奇怪的事情。不知是因为遍植合欢树而得名呢，还是因地名而喜好合欢树。

确切地说，粉色的温柔只属于半座城市，小城的另一半则由钢铁筑成，那就是铁路的西站和东站。尤其东站，既是货车的到发场，又是调车场。一条条钢轨铺展在阳光或灯光下银光闪闪，犹如聚集在一起会餐的蛇，密密的车阵以其凝沉的黑灰色，把剽悍或柔情的风堵得水泄不通。昼夜不停的调车作业，使合欢城充斥钢铁的轰鸣，那些美丽的合欢树大约都患有神经衰弱。

安芯也是一棵开花的合欢树。喜欢她的人，各单位都有，他们操着南腔北调赞美她的长辫子。辫子就是她的花朵。而奶奶见了她，却嚷要找剪子，吓得安芯更不敢回家了。奶奶之所以跟辫子过不去，是因为放映员正在淡出安芯的视野。525 部队每周六放电影，铁路上家家都去，奶奶和秀也是电影迷，场场不落，可放映员来请了多少趟，安芯都借故推辞了。五一劳动节那天，正是安芯下夜班，525 部队与铁路联队的篮球友谊赛，在临管处球场举行，放映员与张卫国都上场了，俩人都打前锋，放映员个子虽小，却是灵活而积极，满场乱窜，老往张卫国的胳肢窝里腿裆里钻，多少个稳稳的三分球，硬是叫放映员给破坏了，气得张卫国抢到球也不投篮了，照着从自己腿裆里钻出来的屁股就砸。裁判便吹张卫国犯规，不料安芯竟冲到场边指责裁判，顺带着还递给张卫国一条毛巾。有她带头，人们也不管鱼水深情了，满场嘘声一起撒向放映员。后来，只要球一到他手上，便是嘘声及喝倒彩。

安芯的表现再明白不过了，她差不多就是在众目睽睽下把绣球抛给了张卫国。这时，临管处一带的铁路居民区已被命名为铁路新村，而张家媳妇则被人们在私下里唤作张婆子。整个铁路新村的女人成天围着公共自来水议论她儿子和安芯，她们拿这件事当脏衣服打上肥皂在大木盆里搓呀搓，当刚买来的蔬菜对着水龙头冲呀冲。没有工作的家属，总能在自来水边找到飞短流长的工作。奶奶和张婆子都听到了那些流言。她俩一旦在自来水边相遇，一个气昂昂的，一个灰溜溜的。奶奶惯用的语言方式就是指桑骂槐、话里有话。比如，她说：买菜得挑挑，别光看着菜新鲜，有的长在大粪地里，叶子上还带着手纸，恶心死人啦！

奶奶一直认为女儿是心野了，坚信自己的态度是这对年轻人不可逾越的屏障。但是，捕风捉影的流言后来变得很具体了，有人亲眼看见安芯在三角线龙头房的墙旮旯里等人，还有人发现他俩经常出入刚落成的合欢剧院。奶奶便第一次上楼串门去了。

张婆子很是意外，说：嫂子，楼上楼下的住了这么久，俺每天都念着盼着你来串串门呢。每回包饺子，都想端一碗送去，可俺一想到你的脸色，就怵得慌。

奶奶紧盯着她的眉眼，害得张婆子一阵紧张，直搓自己的眉毛。那两道曾被薅过的眉毛又长起来了。

奶奶说：俺来说说俩孩子的事。俺不乐意，得管管啦。

张婆子硬把她拽进房间，让她坐下来。方桌上放着半刀很糙的草纸，另半刀已被裁开，叠成四四方方的一摞。见奶奶目光停留在纸上，张婆子赶紧把它收起来。

张婆子说：嫂子，俺知道你心里别扭，俺也不乐意。卫国他爹见了孩子就骂，也没骂住。咋办呢，你听听那些嘴，越传越邪乎啦。

奶奶扫视着她的家。楼上是过去的住院部病房，里外两间铺的是木地板，所以，她家起夜的声音都传到了楼下。外屋的一面墙，挂满了高粱秸编制的物什，团箕、笊篱、箔帚疙瘩等，饭桌上方的墙上，则挂着一只相框，里面压的全是张大车的照片。其中一张竟是在枣庄车站的留影。那个伤心的车站依稀可辨，票房、月台、扳道房历历在目，然而，在照片里，只有张大车一个人。一个人的笑呼啸着，迎面而来。

张婆子赶紧解释道，这张相片是鬼子投降时照的。奶奶回敬道：俺看着也像，看他美的，日本人都叫他打跑啦。先别说过去，眼皮下咋办吧？

商量的结果是当晚张婆子跟着奶奶去了剧院。两个小脚女人决心要在大庭广众面前，生拉硬拽地把一对年轻人拖出来，让他们的爱情像溜放车一样解挂，各自回到自个儿的股道。

合欢城以铁路人口居多，地方政府也自豪地声称，合欢是火车拉来的城市；而铁路上又以江浙人为众，就连客站的广播、调车场上的喇叭都染上了江浙腔。所以，合欢城便有了越剧团。那阵子，剧院夜夜上演的是越剧《梁山伯与祝英台》。观众自然也大多是穿着铁路制服的，开演之前，打台前一眼望过去，尽是明晃晃的铜纽扣，纽扣上是明晃晃的路徽。有些工人连大檐帽也不摘，便有后排观众依次传话过去，让人家把帽子摘掉。他们操着南腔北调，他们来自五湖四海，为了一个共同的目标，走到一起来了。

奶奶和张婆子说是进去找人，人家死活不让，无奈只好各买一张票才得以进场。两个小脚女人分别从两侧过道走到台前，各踞一端仔细地扫视观众席，看到的正是铜纽扣的景象，只好一排排地找。好些个熟人便喊：奶奶，你查票呀！

查着查着，场上的大灯熄了，一阵紧锣密鼓，大幕开启，戏开演了。两个依然满场逡巡的女人，款款走进剧情里，终于遭到观众的抗议。吓得张婆子赶紧在后排找出两个空位子，拉着奶奶坐下来。不一会儿，张婆子就沉浸到戏里去了。奶奶的目光却一直在观众席间寻找、辨认。她看见大辫子就发一声惊呼：在那。可是，她的发现都叫张婆子给否定了。

黑暗中，有人拍拍奶奶的肩头，说：庄儿他奶奶，这回找的是女儿，可对？俺看见她和那个小伙子在戏园子门口待了一会，没进来，往东站方向走啦。

是那个巡道工。奶奶将信将疑：你认识俺闺女？

咋不认识？你忘啦，她从山东调过来，还是俺从车站把她带去交给你的。和俺在老家的闺女一般大呢。

安芯由叔叔、婶婶带大，在济南入路。知道哥哥去支援鹰厦铁路后，也要求调往南方，一家人总算团圆在合欢。可那时奶奶对她的到来并没有表示特别的欢喜，相反却是忧心忡忡。奶奶担心工棚里隔出来的一间住不下，所以犹犹豫豫的，误了接站。直到安芯报了到回来说有单身宿舍，奶奶才如释重负。奶奶曾指着布帘子对女儿说，别怪娘心狠啊，俺指着能有一群又白又胖的孙子呢。

奶奶拉起张婆子就走，巡道工也跟着出了剧院。巡道工说：你们别是要去东站吧？俺多嘴啦。你说黑灯瞎火的，那么大个东站，上哪找孩子呀？

张婆子也说是。奶奶却说：找不着俺不会喊吗？喊她，她听不见吗？不找，俺心里不踏实！

巡道工一乐：行，这是个办法，俺替你喊两嗓子去。东站股道里装着麦克风，每天全城就听它哇啦哇啦的！你小脚可不敢到那儿去。说，喊么呢？

就说她娘得急病啦，要死啦。赶紧家去！不赶紧着，就瞅不着啦！

巡道工白了奶奶一眼：可不敢瞎说！俺去，你俩回家听着俺是咋喊的。说着，他就撇着八字脚跑远了。

回家的路上，张婆子不住地打听巡道工。奶奶说，这人嘴里没准信，说祖上是大地主，在济南还开了店。又说亏得他爷爷辈好赌好嫖，把家产都败了，土改时才划了个小土地出租。他也是南下的，在部队上当过班长，受过伤，他腿不是有点瘸吗？媳妇和一大堆孩子还留在山东。他说媳妇是大家闺秀，细皮嫩肉的，还念过书，眼下在县城里当老师。俺问他，咋不把家眷迁过来呢？他说，一大家子咋住啊。这叫个理吗，你说说？车头是爹，车皮子是娘，娘不随爹，要她那车皮子做么呀？

彻夜不眠的东站对于合欢城，是一片亮晃晃的夜空，是调车作业制造出来的能覆盖全城的声音。那些声音构成了调车作业的全过程。当火车头一声鸣叫突然发威时，那气势像憋足了劲排泄似的，这就是解挂，是运用惯性的原理让一节节车厢分别溜放到不同的股道；之后传向全城的，就是溜放车与停在股道上的车辆的碰撞之声，那声音有时很轻，有时却是剧烈的震响；最叫人心悸的，是溜放车从驼峰上冲下来碾轧着铁鞋发出的尖厉声音。那些钢制的铁鞋，使命就是让一节节溜放的车厢在各自的位置上停下来，然而，当车轮碾轧着它们的时候，它们总是发出凄厉的呼号。

伴随着钢铁的轰鸣，东站的高音喇叭也不甘寂寞。供作业用的麦克风隔三岔五地布置在股道间，它的使用者包括调度员、列检员和调车员。所以，通常它的江浙普通话虽然弥漫全城，别人听着却是含混不清的，就像医生开的处方鬼画符一般。偶尔的，铁路员工也会利用它聊聊天，骂声娘，或者，高歌一曲，那时，他们的声音就很清晰了，全城的娘都能听见。

奶奶是在回到家后，倒了半暖瓶开水，正小心翼翼地烫着一对小脚时，听到巡道工的呼喊的。

道口工声嘶力竭地喊道：电务的小孙请注意啦，电务的小孙请注意啦，请你赶紧家去一趟，赶紧家去一趟，你家有急事找你，有急事找你！务必！务必！

急促的呼喊铺天盖地。楼上的张婆子也听到了，天花板上咚咚响了两声，那是张婆子如约跺脚示意。奶奶便叫秀举起拖把，捅两下天花板以回答楼上。秀急红眼了，说：这是谁给出的馊主意呀！闹得台湾都听到了，叫俺妹子往后咋做人呀！

叫那死妮子家来，么丢人的？自来水边那些碎嘴子才丢人呢。俺看她还敢跟张家那小子黏糊下去！

烫小脚是一桩很细致的活儿。每晚，奶奶得花上半个多小时，耗费大量热水。水得够烫，最好是现烧的开水。她说媳妇秀么都好，就一样不好，不会烧水，不等壶里的水多滚滚，就急着灌暖瓶。说了多少回，还是改不了。

奶奶被烫得哧溜哧溜直吸气，却是很陶醉。她终于表扬秀了，因为今天的开水够烫。秀问：这样就能把安芯喊家来吗？

来不来的，随她。俺寻思着，满世界都知道俺不乐意，那俩孩子不得顾忌着？这死妮子，就是叫那蹄子给带坏啦！

张段长从路局开会回来听说这事，操起笤帚疙瘩给了张婆子一顿好揍。人到中年了，他打媳妇也比较讲究了，再不会没头没脸地乱揍，而是把愤怒集中在她瘦棱棱的屁股上。而挨打的张婆子也照顾丈夫的颜面，从不大哭大喊，只是无声地挣扎，默默地流泪。所以，整个门洞十多家人，除了奶奶，都认为他们是恩爱夫妻，还给评上了五好家庭，后来，大字不识的张婆子竟给地方法院当了几年人民陪审员。

张婆子在擦干眼泪挂好笤帚疙瘩后，问丈夫：老孙家的不乐意，卫国这孩子又不听劝，你说咋办呢？俺亏欠着人家，可不能再伤着老孙家，这事你说别扭不别扭！

张段长凶凶地瞪了她一眼，声音却低沉：蠢娘们你甭管。俺来。

俩孩子热乎着呢。你能让他们断了？

让卫国赶紧入党！

张段长轻飘飘的一句话，是他媳妇所不能理解的，而孙安路后来却感觉了它的重量。

那趟跑车回来，孙安路的心情坏透了。他是在彰武接的班，挂上车厢，正等着发车信号，有个半大男孩扒上了火车头，喊了声孙叔叔。孙安路看着眼熟。那孩子就说我们是隔壁邻居呀，我哥叫杭州嘉兴，我叫金华。金华是合欢铁路小学的学生，暑假成天在车站转悠，一心想捉个美蒋特务，当上小英雄。头几天，发现了一个戴礼帽、穿黑色纺绸衬衣的可疑男子，便一站一站地跟踪，跟到彰武站把人跟丢了，自己也回不去了。孙安路看过他的学生证，便叫他到列车尾部去找车长。可男孩不肯走。他说他的理想就是当火车司机。这理想让孙安路挺自豪的，就把他留下了，让他亲身体验风驰电掣的过程。在发车之前，孙安路操起煤铲，亲自往烈火熊熊的炉膛里投了几锹煤。可是，停靠合欢站时，机车越过了警冲标，按照行车规程，这就是事故苗了。事故苗子，是危险的信号，灾难的预兆。立马就得开分析会，找问题，查思想，挖根源。问题是明摆着的，八成是叫那个男孩分了神。火车头又不是旅客列车，居然擅自带客，本身就是大问题。

孙安路在大会小会上连着作了几次检讨，事情仍没完。隔了些时日，张段长把他叫了去。张段长说：俺得给你个警告处分，你服不服？你升司机有两年了吧？今儿越过警冲标不在乎，明儿就会越过道岔，撞车出大事故！再说，你咋这么糊涂呢，机车怎么能上客呢？那孩子要是在机车上出了事，就够你麻烦的了！

孙安路说：俺也是叫金华那孩子给感动了。饿了几天呢，给他几个馒头，眨眼就囫囵吞了。张叔，这事俺的确错了，你就处理吧。

谁知，张段长更是语重心长了：安路，组织上正在培养你，你是知道的。可在节骨眼上你这事闹的！前天，机务段开了个支委会，会上还有同志反映，段里发了个搪瓷茶缸纪念百日安全，你说它是什么，是尿壶？你家拿茶缸当尿壶？

孙安路一愣，想了想才记起来，尴尬地苦笑道：俺是回忆过去呢。俺想起了南下那会儿，住在老百姓家里，有些女同志起夜不敢出门，就那么着。奶奶个熊，哪个鳖羔子这么缺德！

张段长板着脸：要是不出事苗，俺就信你了。可两件事联系起来看，至少能说明两个问题。一是缺乏安全意识，二是没有政治头脑。这话说得是重了，可我是为你好。对你说，当年你爹可是好大车。歇班就保证睡足，养足精神，才能耳聪目明反应灵敏。俺跟他跑过车。他坐在驾驶座上瞭望，眼皮子都不带眨的。到站后，出发前，领着大烧、小烧不停地擦车，那个细致耐心！那时虽然是替日本人开车，可那种职业精神么时候都需要。更何况，如今是人民铁路，路徽是什么？路徽就是由工人二字组成的火车头。俺常说，人为什么放在车中央？人是车主人，车要人养着。安全责任最重要，正副司机配合好，要做到彻底瞭望，确认信号，高声呼唤，手比眼看。你回去好好想想。

张段长突然提起父亲，让孙安路很是奇怪。迈出他的办公室，只见司炉陈连根正贴在段门口的院墙上出墙报，孙安路便走过去，轻声说：你积极啊，歇班也不好好睡觉。跟俺来！

司炉扔掉粉笔，赶紧跟着。他是段里的团支部委员，能说会道，能写会画，能歌善舞，挺讨领导喜欢。可孙安路却嫌他身板单薄，手脚太软，吃不得司炉的苦。司炉是重体力活，从合欢到彰武不过一百五十公里，却要往炉膛里投四吨多煤。一煤铲就是二十斤，上坡要加大动力，一分钟得投一百多铲。每每火车加速时，孙安路总是急得大呼小喝骂骂咧咧的，亏得有个虎背熊腰的副司机帮衬着。孙安路最不耐烦的时候曾经这样训斥他：你小子再不赶紧当干部走人，当心老子急了连你一道投进炉膛！

司炉用沾满粉笔灰的手，掏出一支笔牌香烟，在孙安路面前晃了晃：你们山东香烟呢。张卫国给的。抽一支？孙师傅，你要带我去哪里呀？

孙安路铁青着脸，并不理睬，顾自往三角线走。司炉知道他刚被领导刮鼻子，心里一定窝着火，也就不敢吭声了。俩人走在轨道中间，孙安路个子高，一步能跨两根枕木。陈连根却不行，他得急急地踏着碎步才能跟上。

到了煤台那儿，孙安路停了下来，转身对司炉说：你给俺老实站在这儿，看着那些拣煤核的女人，哪个是你喜欢的梅香指给俺。

刚刚有机车在这里放渣，不远处的轨道边，一大堆煤渣热气腾腾的。热气中间尽是撅起的屁股，所有的脸都钻到煤渣里去了。其实，不看脸，司炉也能认出梅香来。司炉认识她翘翘的屁股，被大花裤子包裹着的屁股。他仔细地辨认着。

孙安路却下了路基，抱住了水鹤圆盘状的开关，猛地一拧。哗，如柱的水流从司炉陈连根的头上浇下来。他恰好站在水鹤下面，水鹤拿他当火车头后部的煤水车了。

受惊的陈连根蹦出轨道，只顾甩着脑袋，甩掉满头满脸的水，蒙了似的。拣煤核的女人孩子听到动静，都抬起头来。顿时，煤渣堆里一阵哈哈大笑。

关上水鹤，孙安路冲着陈连根喝道：奶奶个熊！老子就拿你当尿壶了，看你能不能盛下一泡尿！说，尿壶是怎么回事！居然学会告密害人了你！

水淋淋的司炉醒过神来，一边抹脸一边喊冤。他说：你孙师傅是南下的解放军战士，多么令人敬仰呀，你骂我骂得再狠，我也崇拜你。我是把你的回忆当故事讲呢。我还说你们每天早起，把被子叠得有棱有角的，在被子上放一双筷子一棵葱一块姜，让大家猜那是什么意思。没有一个人能猜出来。我就告诉他们，那叫快快冲过江。

这么说，我冤枉你了？

冤死我了。好在是热天，要是冬天，我还不得被你冻成冰棍呀！我要是有半句谎话，你就冬天来对付我。等不及，那就把我扔到炉膛里去！

孙安路在确信他的真诚后说：怕你还不如一块煤矸石呢。

陈连根哭丧着脸抱怨道：你不问青红皂白先浇我一顿，叫我怎么回宿舍呀。你看看，衬衣裤子都贴在身上，吊儿郎当的，难看死了。

难看？指不定有人眼馋有人疼呢。这时，孙安路其实已经瞟见那个穿花裤子的年轻女人。她几次从煤渣堆里站起来，朝水鹤这边看看，又蹲下去。她不好意思过来呢。

孙安路朝梅香招招手，梅香果然站起来，戴上斗笠，挎上了篮子。司炉慌了：她真过来呀！羞死人啦。

孙安路说：你当俺知不道啊，每次清渣你积极得很，老是主动下车去铲渣，一锹锹都抛到她脚底下。那时你的劲可大着呢，能把二梅抛到她家门口去！

陈连根红着脸，操起的双手挡在两腿之间。孙安路又说：把那家伙摁住了啊。

梅香长得很俊，就像梅骨朵般招人爱。孙安路已经从陈连根嘴里知道了个大概。她家在邻县农村，才嫁到合欢城里的港背村不久，港背村是小城里的村庄，火车站和铁路新村的周围都是港背村的菜地，她的丈夫就是一个菜农。娶亲不到一个月，那个年轻的菜农竟丧生轮下，把一家老小抛给了刚刚过门的梅香。

梅香藏在斗笠下羞羞地一笑：师傅叫我啊？

孙安路说：也没么大事，向你借斗笠，刚才给他冲了个澡，忘了带衣服。斗笠借他遮遮羞吧。

梅香瞄着陈连根，哧哧地笑着把斗笠摘下来。孙安路忍不住问：太阳挺大的，你拣煤核时怎么不戴呀？

碍事。大家像放抢一样，脑壳碰脑壳的。

孙安路拍着司炉的肩头，对梅香说：他对你可是了解得很多啦。你知道他吗？俺的徒弟。今年二十一，叫陈连根。为么叫连根？独苗啊！他父亲是铁道兵转业的，在铁路办事处当主任，母亲在你们地方上当小学老师。都盼着连根独木成林哪！

梅香不言语了，痴痴地盯着竹篮子里的煤核。

孙安路朝司炉丢个眼色，就要走。陈连根上前拽住了他：孙师傅，我正准备找机会告诉你，你说奇怪不奇怪，这回段里开支部会讨论发展党员，争论得可厉害啦，我在隔壁写稿子都听见了，争论的对象只有一个人，就是张卫国。大家都说他符合条件，可张段长坚决不同意立即发展，硬要再考验考验。领导嘛，严格要求亲属也不奇怪，听说车站的范站长还要大义灭亲，把自己的女婿给开除路籍。奇怪的是他说的话，绕来绕去的，听不出张卫国有啥问题。争到最后，说等组织委员找他谈话后再开会研究。组织委员第二天就找他谈话了，谈完就开会，这下竟顺利通过了。明摆着，有什么事要张卫国给个态度嘛！

孙安路心头一沉，搁在心里骂了声奶奶个熊。他其实挺喜欢张卫国的，那是个实在人，忠厚，仗义，还能干。如果组织上真是向张卫国要什么态度，那八成和安芯有关，和孙家的历史有关了。

孙安路望望梅香，告诉司炉：要是真喜欢，你胆子大一些，干铁路的成天不沾家，还危险，到了这小地方，找老婆不容易呢。俺看出来了，人家对你有情有义，你那煤核变成花骨朵啦。不嫌人家是小寡妇吧？新社会了，叫你父母别封建。哦，他们思想比俺还进步呢。你看她那身子，就像你嫂子，能生养。要是你有本事，她能生出一个机务段来，你信不信？

孙安路又补了句行话：上坡翘屁股，下坡猛摇炉。你该翘屁股啦！这句话指的是，上坡得拼命加煤，下坡得清除炉内积厚的煤灰。

这时，从龙头房的拐角处传来一阵爆发似的高喊。那是一群顽皮孩子，他们认识当火车司机的孙安路。每每遇见他，都会狂呼一阵，然后大笑着尖叫着四散奔逃。他们喊的，是他们自己创作的童谣——

山东大侉子，
吃饭不用筷子，
睡觉不脱裤子。

住进新房，秀就怀上了第三胎。大肚子尖尖的，直往下坠。奶奶说这一定是带把的。奶奶还说，没准儿是双胞胎，如今有钱都买不到吃的，肚子里的孩子吃么呢，能长得这么大。

奶奶对躺在床上边看书边搓脖子的儿子说：你歇班在家，趁天好，去买车煤，再到养路工区买几根废枕木生炉子，眼看着天凉了，又是雨又是雪，可不敢让秀累着。你搓的泥能当煤球烧，俺也乐意。赶明儿，下班你别洗澡，多带些煤灰家来，扫巴扫巴，兴许能做一顿饭。给俺把买煤的钱省下啦。

孙安路喜欢苏联小说。秀怀头胎时，他想好了儿女的名字，叫保尔或叫安娜，却让母亲一票否定了。奶奶的笑里常带着讥嘲意味，她说还不及狗呀猫呀好听呢，叫枣庄吧，也是个念想。面对强硬的母亲，孙安路能做的只是把这两个字拆开来。孙安路的藏书有一箱子，都是苏联小说。箱子塞在床底下。夏天的时候，整个门洞家家闹臭虫，大家都把床掀了，连床板带床架，还有草席枕头和被单，统统搬到烈日下暴晒。臭虫也是美蒋特务，狡猾得很，深藏进床板上的洞眼里，晒了一天也奈何不了它们，晚上又出来喝血吃肉了。大家便再晒，边晒边抠洞眼，能抠出来的，一个个掐死它。抠不出来的，就用开水浇。可是，臭虫真像盘踞在台湾岛上的反动派，灭了一伙，安静了几天，又来了。铁路防疫站说，臭虫的繁殖能力很强，靠掐靠晒靠烫是除不了根的，得靠六六粉。于是，一时间家家都飘荡着呛人的六六粉味。直到臭虫最终被消灭，床板上、墙旮旯里六六粉的气味仍然经久不散，就连孙安路的书箱里也不例外。这让孙安路心疼死了。

孙安路放下书，掸落满枕头的泥垢，跑到单身宿舍锅炉房借了一架板车，便去买煤。一车煤是五百斤，上坡挺吃力的。不过，路上尽是熟人，谁见了都会搭把手。煤拉回来，也跟来了好几个人，其中有司炉陈连根和那个梅香。巡道工大概看见孙安路借板车，他竟给孙家送来了一担黄泥。奶奶忙不迭地道谢，说：还是你有眼力神啊，你想到头里去了。巡道工说：开火车的还要买煤烧，当工人有么好的！做么都得花钱，有钱还未必能买到东西。到一条龙饭馆喝碗糊汤，还要排长队，队伍都排到百货公司去啦！

谁家做煤，就跟开联欢会似的，也不用招呼，闲着的左邻右舍都凑过来了。挑水添水的，掺黄泥的，和煤的，拍煤饼的。就连挨了一巴掌、见面都不吱声的调车员杭州，也撸起袖子夺走了孙安路手里的铁锹。他弟弟金华则带着一帮孩子，团起一个个大煤团，送到一块平地上，紧挨着蹲下来，把煤团拍成煤饼子。噼噼啪啪的拍打声，甚至把东头门洞范站长家的五朵金花也招来了。

奶奶不让她们插手。奶奶一一验看了她们的玉手，那些手分别是客运员、列车员、电报员和中小学生的手。奶奶说：俺心领了，谢谢你们。有这么些人，快着呢。让男人和孩子去干吧。看看你们的手，俺也不忍心啊。俺知道，你们娘连洗碗都不让插手。

老大范晶晶说：我家的重活脏活都叫安路大哥抢着干了，做煤又不累，我们能行。

奶奶说：是你娘教你说的吧？么话！安路帮你家，该。论辈分，你爹是他叔。一个大男人，怕么呢。可你们是千金啊，俺秀做点活，俺也不舍得。

范家女儿插不上手，又不便马上回家，就站在女人堆里看着。奶奶把范晶晶拉到一边，问道：你对象到底犯了么错，你爹这么不依不饶的？俺知道，站调责任重着呢，上班是不该打盹，出了事故可了不得。那事故不是被避开了吗？人家不是还做着新郎官吗？真要开除他，叫他往后咋过呀？

范晶晶顿时泪眼汪汪。奶奶便劝：夜里俺卖个老脸找你爹说说去！你对象也是，干铁路，上班千万不能眨巴眼。一眯瞪，指不定就是祸。你说说，老婆又不是租来的，省着用嘛。

难得回家的安芯，在这时出现了。首先看见她的，是蹲在煤堆边趁大人不注意偷偷攥一把捏着玩的孙庄孙枣。小兄妹俩喊着姑姑扑上前去，安芯牵住了两双小黑手。

孙庄说：姑姑，要是这一堆煤能变成白面就好了，那么多煤饼就变成了大烧饼。

孙枣说：才不呢，我要叫奶奶包饺子！

女人和男人都哈哈大笑。奶奶却没笑，她上前接过安芯提着的方形藤篮，白了女儿一眼，说：还知道有个家啊。给孩子带么零嘴啦？说罢，便翻藤篮。

安芯叫起来：哎呀，我买了一包蛋糕忘带啦。庄儿，枣儿，待会姑姑回去给你们拿来好吗？

奶奶火了：死妮子！这阵子你掉了魂啦？没看见孩子饿的馋的，要是这煤灰是白的，能让他们当奶粉吃了喝了！给拿去！

已经上学的孙庄懂事了，见奶奶骂姑姑，就说：奶奶，我才不是馋猫呢，我是打比方，我用煤饼比方烧饼。

比方？打比方都流口水，东北人叫哈喇子，还不馋？奶奶终于从藤篮中翻出一小包南瓜子，便叫俩孩子去洗手，也就放过了安芯。

安芯也要做煤，谁也没能拦住她。因为张卫国也在帮忙。安芯团起一个大黑球，没往人扎堆的那块平地上去，而是走到自家的窗下，把个煤团就贴在红石墙上了。然后，轻轻地拍打，拍成薄薄的煤饼。奶奶嚷起来：你做点事就出鬼！好好的墙晒煤饼子呀，收了煤那印子长留在墙上，难看不说，孩子一蹭就是一身灰。你歇着去吧！

安芯说：贴在墙上收煤时没有沙泥，干得也快，没看见别的楼房都这样吗？

张卫国附和着，捧着个煤团子往安芯身边去。奶奶就不吱声了，这俩孩子要找个僻静地说事呢。

其实，他们几乎没有开口，只是循环往复地忙着各自的活儿。张卫国一趟趟把煤团子送过去，往墙上一贴，安芯就做下道工序，把煤团摁扁了，再拍平拍匀。不知巡道工从哪儿挖的黄泥，黏性好极了，拍在煤饼上，竟有些吸手。呱唧呱唧的。安芯的巴掌，亲切而缠绵地拍打着，像抚摩，像亲昵，也像嗔怪。很快，孙家窗下出现一行黑乎乎的圆，它与楼房檐下那条石灰水标语中的方块字，方圆呼应，黑白分明，相映成趣。

邻居们也都知道张卫国和安芯断了。公用自来水边的女人都在窃窃私议，断得好没理由，是两家大人不同意，多好的一对呀，为什么呢。这阵子，她们的工作就是深入分析使劲猜。她们确信，这边刚说断，那边张卫国就准备结婚了，其中一定有故事。

因为人多，一大堆煤很快就要做完了。孙安路用铁锨把地上的剩煤刮拢来，却不让别人做，道声谢，让大家洗手去。他把余下的活儿留给了安芯。他说做在墙上的确比做在地上省事干净。他说这话时看见张婆子别过脸去，揉了揉眼。秀也撇了撇嘴。像他自己一样，都难受着呢。

安芯直到做最后一块煤饼，才对着墙说给张卫国听：恭喜你啊。家里有了个铁路食堂的白案师傅，往后包子饺子大饼管够，饿不着啦！

他俩默默地应着孙安路的喊声，走到水桶边。孙安路用茶缸舀水，替他俩冲手。两双黑手一上一下，各自搓洗着，一遍遍搽肥皂，却怎么也洗不干净。煤灰渗透了指甲缝。进了家，安芯也不言语，低头坐在床沿上，全神贯注地剔着指甲缝。

奶奶在厨房里贴着孙子的耳朵说：乖孩子，带着妹妹去跟你姑拉大锯去！

庄啊枣啊就缠住了安芯，非要拉大锯不可。安芯只好先就着枣儿，让枣儿坐在自己腿上，大手小手相握，两对胳臂伸直，大人唱，孩子跟，拉起大锯来——

拉大锯，扯大锯，
姥姥家，唱大戏；
接闺女，请女婿；
小外孙子也要去。
今搭棚，明挂彩；
羊肉包子往上摆！
不吃不吃吃二百。

孙庄跑到厨房里告诉奶奶，枣儿把不吃不吃唱成扑哧扑哧了。奶奶说：行啦，你别玩啦，叫枣也别玩啦。俺咋忘了这个茬儿，勾起你俩的馋虫，俺去哪弄羊肉饺子啊。俺是老糊涂啦。

刚说完，楼上张婆子送来一大碗饺子，直冒热气呢。奶奶坚辞不收，说：你家条件好不假，可这年头买不着东西呢。叫俺咋还你的礼？你别来馋俺孩子啦，孩子还小，不懂事，没见着也就不闹了，快端回去吧，可不敢让孩子看见。

张婆子说：么呀，楼上楼下住着，哪能没个来往呀。天快凉了，俺还指望你把俺的袄子再续续呢。说罢，撂下碗就走，喊都喊不住。

奶奶把饺子分成三份给孩子，包括秀肚子里的老三。秀不肯吃，是奶奶硬逼着她吃下去的。奶奶说，肉馅的呢，这老三可怜啊，还没出世就赶上苦年景，你不心疼他？

奶奶见安芯又开始剔指甲，就对她说：闺女，吹就吹了呗，好小伙子还不有的是！那个放映员念着你哪。人不就个子小点吗，么都好。今年转业，俱乐部公安段车站都要他。你看看，没本事能成吗？下回歇班，俺去把他叫来。

孙庄抹着嘴，紧盯着安芯：姑姑，你生气啦？

孙枣说：姑姑喜欢吃豆豉。我知道豆豉放在哪里。噔噔噔，跑到里屋，打开梳妆台抽屉，拿来一个小纸包。

孙庄想制止，又忍不住偷偷地笑。可孙枣已经捏着一粒填进姑姑嘴里。安芯也没嚼，就呸呸吐了：么味呀，又骚又臭的！

孙庄拍着巴掌乐：那是兔子屎！兔子屎可像豆豉啦。奶奶说，下回姑姑不听话，就把兔子屎掺在豆豉里让你吃，臭死你。我就包了一包，等你回家来骗你。

两只小白兔是巡道工向人要来的，让庄儿枣儿养着玩。奶奶老说要还给人家，可孩子们舍不得。养着养着就长大了，只好用木条钉个笼子，圈在厨房旮旯里喂着，每天打扫多少遍，还是一股腥臭味。安芯把枣儿手里的纸包接过来，一粒粒地捏，捏成粉末的就是兔子屎，捏不碎的就是豆豉了。捏着捏着，安芯抽泣起来，越哭越委屈越伤心。

奶奶给了孙庄一下：鳖羔子！奶奶是这么说的吗！

奶奶替安芯擦泪的时候，安芯说：娘，我要走啦。宁赣铁路又开工了，我要求调去，命令已经下来了，后天就走。

奶奶一把抱住安芯，泪水哗地下来了。她的声音好像在嗓子眼里憋了许久，终于挣脱了什么，突然爆发出来：闺女，娘亏了你啊，你哭吧怨吧，让娘心里好受些。

奶奶接着想到的事，就是把那对半大的兔子一锅炖了。庄儿枣儿急得跑进厨房，都把身子扑在兔子笼上，哭着闹着不让奶奶下手。安芯也拦住了奶奶。安芯说：还能长呢，现在杀了多可惜呀。

奶奶对两个孩子说：姑姑要走，要去的地方可远哪，你们舍得让姑姑走？舍不得给姑姑吃兔子肉？

庄儿枣儿连忙又抱住了安芯的腿。奶奶又说：这年头，人都买不着吃的，黄菜叶烂菜帮子剁巴剁巴拌上糠，就能当粮食了。你说说，拿么喂兔子，这是一对大肚汉呢，比人吃得都多。没日没夜的。庄儿上学了，谁给割青草去？叫俺一个小脚老太太成天上山去割草喂兔子？冬天的山上有青草吗？庄啊枣啊，听话，赶明儿俺再养，养一只白兔，一只黑兔，让它们生一窝小兔子，有白的黑的灰的，你俩爱送谁送谁去，让铁路新村到处都是蹦蹦跳跳的兔子。行吗？

秀在里屋扑哧笑出了声。两个孩子却为将来到底要不要养一只黑兔争执起来，枣儿仍要养一对白兔，庄儿希望像奶奶说的，养一白一黑。他说黑兔长大了很像小狗。待枣儿终于迁就庄儿时，飘香的兔肉已经上桌了。

奶奶连着挑了几块好肉，硬往安芯碗里送。安芯又把肉夹给了俩孩子，自己只是从肉碗里挑了块骨头啃了啃就扔了。奶奶见她皱眉咧嘴的样子，才恍然：俺咋忘了俺闺女怕沾葱姜蒜呢！嗨，说老就老啦，老糊涂啦！

直到这天夜里，离别多年的母女才真正重逢，重逢在一张床上。正拉呱着，奶奶忽然说：楼上咋啦，往常这会儿就没动静了，黑灯瞎火的，还要出门啊？

奶奶判断下楼的是张婆子。她就黑扒着窗户张望，果然，是张婆子，挎着个篮子，横穿晒着煤饼的那块平地，一直走到铁道边菜地中央的老樟树下才停住。接着，奶奶看到了火光。

今儿是么日子呀？

安芯摇摇头。很平常的日子。可张婆子给谁烧纸呢？

奶奶躺回去后喃喃道：她黄泥县的爹娘托梦来啦，那边也闹灾啦，缺钱花呢。俺那死鬼心咋这么狠呢，你说说，连个梦都不给俺！

工人村

（节选）

温　恕

作品简介

《工人村》是当代作家温恕创作的一部以沈阳工人村历史变迁为背景的长篇小说。2012 年，由沈阳出版社出版。

小说以编年史的结构方式，全景式地呈现出东北沈阳工业从共和国社会主义现代化建设开始，直到党的十一届三中全会后全面走向改革开放的悲壮发展历程，也反映出当代产业工人真实的生产、生活状况。在工人村生活的普通当代产业工人的生命历程里，透露着时代精神和历史印痕，他们默默奋斗，无私奉献，承受着改革进入攻坚阶段的巨大压力，拼搏进取，推动着共和国社会主义现代化建设事业铿锵前进。

根据温恕《工人村》(沈阳出版社，2012 年初版）节选。

正文节选：第 1—9 章

1

1956年冬天。沈阳城的第一场雪整整下了一夜，快到第二天中午的时候太阳才露出脸来，像是被大雪洗净了尘埃，放出万丈光芒，照得工人村那一座座三层高“苏式闷顶起脊”红砖楼，更加光彩夺目。

在工人村最南边的院子里，一辆马车缓缓停在了279栋楼前。还没等停稳，一个壮汉就跳下车，甩开大步向楼门走去，回头喊了一句：

“喜财，俺先收拾一下，等着俺！”话没说完，整个人像被楼门口吸进去了一样，只剩下噔噔的脚步声。

车老板郑喜财答应了一声，把马车停稳当，又把一个年轻的孕妇搀下车，车上还有三个“小小子儿”，被他一胳膊一个夹下两个，另一个是他自己的儿子，早熟练地哧溜到地上。

郑喜财赶车拉脚，也算是有见识的人，早就听说过工人村如何如何，可是刚才远远地看见工人村这一大片红楼时，还是惊呆了。他叉着腰，抬起头，静静地打量着。

刚才顺着楼群东边一路南行，又向西拐到这儿，少说也有三四里路，这才围着工人村走了半圈儿。这片楼由四个“拐把子楼”定住四角，再由长条楼围成几个大院，大院又被长条楼隔成几个套院，每一座楼都相当于一面高大的围墙——这哪里是什么工人“村儿”，简直就是一座城啊！

“嫂子，这么好的房子咋才想着搬来，要是俺哪能等到今天？”“你大哥忙，一直不歇班。哪能不想，没看他先跑进去了？”被称为嫂子的年轻孕妇，正抬头看着楼上探出来的阳台，又转过身望向北边那座楼。对开的玻璃窗户排得那么规矩，一块块红砖码得那么整齐，不像是用“洋灰”一块块粘起来的，好像原本就是一大块石板，用尺子画上了灰道道。窗台上的积雪厚厚的，像一条条没切开的豆腐。红砖墙、灰砖缝儿、绿色的窗框、明亮的玻璃、白色的雪，再经阳光这么一照，简直比画上画的还要美。

院子里出现了几个妇女，搬家的马车引起她们的注意。她们远远地聚在一起议论着。

“这是谁家搬来了？”

“听大虎妈子说，她家对面屋空着呢，是劳模张凤林家，就要搬来了。”

“她说话还有个准儿？织条线裤硬说是毛裤，谁还看不出是劳保手套拆的线？”

“张凤林是市劳动模范，没准儿得住叶元帅儿子那楼。跟大虎妈子住对面屋有啥好？打个呼噜满楼睡不着。”

妇女们笑起来，她们大嗓门地议论，年轻的孕妇都听到了，也跟着笑。三个“小小子儿”在院里疯跑，竟然把棉帽子扔在地上。郑喜财连说带吓唬地去追两个大孩子，年轻的孕妇赶到院当中，把最小的拽住，又去捡帽子。

几个妇女迎了上来：“哟，三个小子，怀的这个是老四呀？”年轻的孕妇脸红了：“肚里这个是老三，这个是二小子。”二小子奶声奶气地说：“我叫国庆，三岁了，我最听话。”

一个大点的小子跑过来：“我叫解放，是哥哥，我能上学了。”郑喜财的儿子也跟着喊：“我叫胜利，我也要上学。”

“哈，这名起的，都带讲儿啊，肚里这个以后还不得叫‘工人村’哪！”几个妇女笑了一阵，又问：“你们要往哪个楼搬呢？”

年轻的孕妇想指给她们看，一回身，顿时傻了眼。那些楼门一模一样，她根本记不住男人进的是哪一个。她赶紧往马车那边走，想问问郑喜财，几个妇女在后边跟着。

“这楼是‘重型’的，后边那楼‘高压’的人多，还有外地人，前面这楼熔炼厂的多，这个门洞叫‘先进楼洞’，里面有好几家都是‘张凤林先进班组’的——喏，‘假先进’他娘来啦。”

说话间，从“先进楼洞”里走出个小脚老太太，一扭一扭地到了马车前面，看这儿看那儿的，一张嘴一口山东话，旁边有人帮着翻译，年轻孕妇才听明白。

“她说你这身子别乱动，她儿子歇白班，能帮你搬东西。她儿子是‘张凤林先进班组’的！”

“是吗？”年轻孕妇像遇到亲人一样，“俺男人就是张凤林！”

郑喜财一边把车上的东西往边上挪，一边看着那帮围着孕妇的妇女。心想：咋一听是张凤林的媳妇，都像看新娘子似的？这个“劳模”“先进”到底是啥，这么招人呢！

几个妇女围到了马车前，伸手就要搬东西，“这些都是吧？我们全包了。”

张凤林媳妇连忙拦着：“不用，真的不用——俺男人来了。”

楼道里响起“噔噔”的脚步声，像是一步迈下了好几磴。马车前的人安静下来，齐刷刷地看着楼门口，都想看看这位能用耳朵检查机器的“神人”张凤林到底什么样。

突然楼道里传来一声怪叫，紧接着一个人抱着脑袋跌跌撞撞地冲出楼来，没跑出两步，脚下一滑，摔了个“大马趴”。

几个妇女认出来了，这就是总爱往女人堆里扎、曾经被几个娘儿们合力扒了裤子的“假先进”——苦命。

“离过年还早呢，咋这么客气呢！”有人调侃苦命。

苦命抬头看见有人，仿佛见到了救星，一个高儿蹦起来，大叫："劳模打人啦！劳模打人啦……"忽然又痛苦地蹲下身去，捂着腮帮子直哎哟。

小脚老太太过来把苦命抱住，"给娘看看，打哪儿啦？"

"牙！我的牙都掉了！"苦命往雪地上吐了几口血沫子。

苦命娘急忙让苦命张嘴，看了一下，安慰儿子，"没掉，都在上边呢。这是谁打的呀？"

"张凤林打的！大伙都来看哪，劳模还带打人的！"苦命撒开了泼，要是地上没有雪，都得满地打滚。

"住口！"身后传来一声大喝，如同炸雷，整个楼道都嗡嗡作响。楼洞里走出一个壮汉，头上戴一顶蓝面儿的棉帽子，一身工作服像是刚换过的，还有些板，脚下是"乌拉头"大棉鞋。他粗眉大眼，敦实的身板，个头不算太高，可是发起火来那种气势，仿佛要把楼洞的门框冲破了——这就是东北熔炼厂炼铜车间的炉前工张凤林。

"说，到底偷了多少？"张凤林指着苦命问，见苦命不说话，往前迈了一步。张凤林媳妇和郑喜财急忙上前拦住。"再不说，我真就打掉你的牙！"

"十颗。"

"大点声儿！"

"十颗，"苦命嚷道，"不就是十颗钉子吗？你还想打掉我十颗牙咋的！"

张凤林大怒，"就算是一颗，那也是国家财产。现在是我们自己当家做主，工厂是咱工人的，你还敢偷？俺们班组的脸全让你丢光了！"

大伙听明白了。苦命娘气得用手指头戳苦命的脑袋，"你浑啊，谁给你好日子过，谁给你好房子住？偷厂子的，还让不让俺活了？"

院里的人都知道苦命的底儿，出了名的奸懒馋滑，也就赶上了一个好班组，才和"先进"俩字儿沾点边儿，不然能住进工人村？没想到这小子还长能耐，学会偷了！

苦命蔫了，一声不吭。张凤林媳妇不落忍，把男人使劲往旁边拽。张凤林来到马车前，一把抓起个行李卷，往腋下一夹，另一只手掐住两个包袱，又冲苦命喊：“马上把十颗钉子还回去，少一颗都不行，晚上到班上我开你的批判会！”说完转身上楼。

“好凶啊！”一个操南方口音的妇女夸张地拉个长音，旁边几个妇女顿时横了她一眼，“知道啥！这才叫爷儿们！”

张凤林媳妇扶着墙，一蹬一蹬地往楼上走。车上那点儿家当，张凤林和郑喜财只跑了一趟就全搬完了。解放和胜利连蹦带跳地上了楼，只剩下她领着国庆在后面慢慢地走着，慢慢地熟悉着自己以后的家。上到三楼以后，她终于明白了那些妇女说的几个“术语”，这栋楼每层都有三个“走廊门”，对着楼梯的叫“中间门儿”，左右两边的互相叫“对门儿”，进到走廊门里，左右又分两家，互相叫“对面屋”，共用一个厨房、一个厕所。

张凤林媳妇终于走进了自己的家。这是一间宽敞明亮的屋子，脚下是巴掌宽的长条红地板，屋子一角是张双人木床，旁边是张带抽屉的大桌子，靠门这边的墙里，有一个顶到屋顶的大壁柜。张凤林提前上来后，把一张毛主席的画像端端正正地贴在墙上，两边再贴上一大一小两张奖状，一张是“市劳动模范”的，另一张是“张凤林先进班组”的。然后他把一块用红布包着的铜渣捧到胸前，恭恭敬敬地念叨了几句，再放到柜子里，一切就大功告成了。他把行李卷、小包袱和锅碗瓢盆堆在地上，也不着急，滔滔不绝地跟郑喜财讲着心中的喜悦。

“现在还是当工人好啊！工人有啥？工人有厂子，厂子是家，是爹妈，啥都管。管你吃，管你穿，给你盖房子，给你烧炉子，这暖气比那火炕还热。啥都替咱想了，咱还想啥？啥也不用想，就想着干活儿！这活儿干着痛快，干着省心！”

郑喜财听入迷了，一个劲儿地点头。张凤林接着说：

“喜财兄弟，你干活是把好手。可你现在是一个人干，就像烧炕一样点小炉子，那能有多热？你要进工厂当工人，那是大伙一起干，就像烧大锅炉，那是多高的温度？大锅炉的烟囱比房子都高。”

“俺懂了，”郑喜财满脸带笑，“凤林大哥，俺真能当上工人吗？”

“能啊。你看咱来的路上，盖了那么多房子，全是给工人盖的。‘一五’以后，还有‘二五’呢，工人不够用啊，那么多人都是外地来的，全国都来，你这家门口的还能往后躲？”

郑喜财的眼睛都眯成缝儿了，“凤林大哥，当工人是不一样啊，说话越来越有水平。”

张凤林媳妇也从来没想到男人能讲出这么一大通道理，也在旁边听着，见两个人不说话了，才从怀里掏出个小布包，拿出钱来递给郑喜财。

“这是干啥？”郑喜财愣了，“俺是来给凤林大哥搬家的，可不是来拉脚挣钱的。”

“收下。总不能让你白跑一趟。”张凤林说。

“咋叫白跑？俺媳妇说了，这叫长见识，能亲眼看看工人村，俺全家都高兴。凤林大哥说俺也能当工人，俺这心里可有盼头儿了！”

三个人相互推让的时候，进来了两个中年人，一个戴着眼镜，一个挎着相机，他们是厂里宣传部的。郑喜财趁着张凤林跟两个人说话的工夫，抽身走了。张凤林媳妇急忙冲着楼道里嚷着：“下回来俺给你做猪肉炖粉条——”

张凤林媳妇转回屋里，那两个人正帮着收拾东西。“凤林，咋让客人收拾呢？交给俺。”戴眼镜的笑着说：“大劳模搬家，也不打个招呼。别人往这儿搬，那是敲锣打鼓，放鞭放炮，你倒好，连个动静都没有。”

突然楼道里传来一阵破锣般的声音：“社会主义好，社会主义好——”

挎相机的一听："谁说没动静？这嗓门能顶一个大喇叭。"

没一会儿，破锣嗓子进了屋，"哎呀妈呀，你们总算搬来了！"一个又粗又壮的身影出现在门口，张凤林媳妇眼前顿觉一亮。眼前来的这个女人，穿了一身工作服，头上戴着前边带檐的工作帽，齐耳的短发，个子不高。这女人结实得出奇，厚身板绝对能把打过来的拳头弹回去。

张凤林连忙介绍："这是大吴家里的，住咱对面。"

"哎，张凤林同志，俺可是正儿八经的油漆工，厂里档案上哪块儿写着我叫'大吴家里的'？"

张凤林笑了，"好，叫你大名行不？"

"也不用，显得外道，在工人村这片，都叫我'大虎妈子'！"

"大虎妈子，大虎妈子！"解放和国庆笑得满地打滚，张凤林媳妇一边呵斥，一边也忍不住笑，说："怎么叫这个名？""老虎妈子"可是用来吓唬小孩儿的。

大虎妈子并不在意，"俺儿子叫大虎，我就这么叫。"突然，她张牙舞爪地向解放和国庆扑来，吓得俩孩子直往后躲。大虎妈子哈哈大笑地停住身子，收了笑容："还没收拾好呢？你这身子别乱动，俺来收拾。"又低声对张凤林媳妇说，"俺也有了，估计是二虎，跟生老大时一样，脸上又长斑了。"说完就来拆行李。

张凤林连忙拦住，"不忙，人家想照几张相，腾开个地方就行。"

挎相机的说："一会儿太阳下去，光线就差了，先拍照，拍完了咱们帮着收拾。"

大虎妈子想了想："那好办哪，上我那屋拍去，这床桌子柜子全是发的，都一样，把人领过去就成了。"说着出去开自己家的门。

"不用啦，"挎相机的跟出去，有些不好意思地说，"你家光线不好。"

大虎妈子泄气了。张凤林家是阳面十六平方米的大屋，到了下午还能照进阳光，屋里亮堂堂的。自己家才十二平方米，阴面，每到冬天还得裁三指宽的纸条打一勺糨子把窗户缝儿糊上，更显得阴暗了。“俺家有阳台和小仓库。”大虎妈子这样想了一下，心里平衡了，又跑过来看照相。

张凤林和媳妇高举双手，站在毛主席像的两边，做出正在贴画像的样子，解放和国庆仰着头规规矩矩地站在一旁看着。“咔嚓”一声，这张算是拍完。

挎相机的又让张凤林坐在写字台前拍张学习照，写字台上空落落的，这儿摆个“戏匣子”就好了，要么放个书架。挎相机的设计着，可是张凤林家里哪有这些东西？大虎妈子跑回家去，拿来一个暖水瓶，一个小闹表，摆在桌上，桌面还是空出了一大块。

戴眼镜的从包里拿出一张报纸，“凤林同志，您坐在这儿，这样，就像在看报纸。怎么样？”

大虎妈子搭茬儿了，“那有啥呀，劳模还不会看报纸呀，我都认不少字了。”

张凤林还真不会看报纸。尽管他一直努力在夜校学认字，可报纸是读不下来的。他坐在桌前被摆好了姿势，可是眼神总是直愣愣的，有一回还弄成了对眼儿。挎相机的启发了好几遍，张凤林烦了，“不拍了，比让俺坐花轿还难受。”戴眼镜的笑着说：“凤林同志，五二年第一批入住的时候，你非把房子让给有困难的同志，以后又一让再让，我这篇《劳模张凤林今昔生活》等了三四年哪，您一定得配合我。拍完我请你喝酒，啊，像弟妹说的，猪肉炖粉条。”

张凤林不好意思拒绝。戴着眼镜、主动请他喝酒的人还是头回遇到。有这句话，那就是好兄弟。他不由得想起车间里的工程师冯眼镜，也是他们的夜校老师，车间午休的时候，总给大伙读报纸，张凤林和工友围在他的周围，聚精会神地听着。那是个有学问的人，可是从来没和工友们喝过一回酒，这让他对冯眼镜既佩服又疏远。

“自从1952年9月23日副市长在‘工人村开工典礼’上作开工动员报告之后，不到三个月的时间里，荒野的大地上就率先出现了 79 幢大楼房，建设者们用‘沈阳速度’跨步走在建设新中国的大路上……”

张凤林回想着冯眼镜读报时的样子，眼神儿不由得飘向远处，正是一副思考的样子，挎相机的连拍了好几张，满意地叫了一声好。就这样，“劳模张凤林手拿报纸凝视远方，妻子搂着两个孩子凝视丈夫”的场面定格了。

2

东北熔炼厂熔炼车间内，吊车在天棚上来回跑着，机器轰鸣，熔炼炉膛也在隆隆作响。2 号炉里此时温度是在千摄氏度以上的。张凤林带着班组的工人在炉前忙碌着。在巨大的噪声中，大家不仅要喊着说话，有时更要加上肢体语言。

“师傅，听说师娘昨天晚上又给你生了个儿子，今天就早点儿回去吧。”

徒弟小王来到张凤林面前，大声地喊着。

张凤林正在仔细地观察着 2 号炉。他手拿一根长长的铁钎子，头戴一顶硬壳石棉布底的安全帽，脸上架着一副墨色的大眼镜，身上那套浅灰色的工作服早就变成了黑灰色。身后，站着几位同他一样“全副武装”的工友。

小王再次大声喊：“师傅，俺娘都说了，女人生孩子是大事呢，快回家吧，这里有俺们呢。”张凤林猛抬头，他瞪着眼睛大声说：“啥是大事？眼下 2 号炉不出事就是大事！”小王和在场的工人都愣住了，正常使用着的 2 号炉会出什么大事？

张凤林不再言语，只顾神情专注地看着炉膛，听着里面的动静。大吴走了过来，大声地问：“凤林，又听出啥来了吗？”张凤林没回答，好半天才松了一口气，回头看看大吴。大吴告诉张凤林，冯眼镜早上来过了，说这个炉膛正常，没事。张凤林马上说："他说没事就没事啊？！"

按说，冯眼镜说哪个炉膛没事，可能就真的没事。冯眼镜是东北熔炼厂的技术人员，刚晋升为工程师。他虽然不像张凤林那样能用耳朵听出炉膛的情况，但掌握着一套观测炉膛内情况的检测手段，只要测算出来的数据支持他的猜测，就会拿出自己的意见，这样的事在过去几年里常有发生，他的判断大都准确。今天早上，冯眼镜测量了炉内情况，根据测量表上的各种数据，运算出事故临界点，他对班组的人说，炉膛正常。张凤林原本也相信冯眼镜有这个能力，但是今天，情况似乎有点特殊。他感觉到了什么，只是还没有太大把握，便没有说出相反的意见，但从冯眼镜离开的那一刻，张凤林再也不肯离开2号炉半步，凭着经验，他还是更相信自己的耳朵，他要守在那里，他怕出事。

五分钟后，冯眼镜又来到了炉膛前，他也劝张凤林回家。

冯眼镜清秀白皙，眼镜后面时而透露出犀利的锋芒。别看他的身子骨很单薄，说话没有洪钟一般响亮，但大喝一声的时候，却也气发丹田，坚定有力。

"张凤林，你爱人生孩子，你该回家看看！"

张凤林像没听见冯眼镜说话，继续站在炉前仔细听着。冯眼镜缓和了一下口气说："凤林，我知道，技术上的事，必须承认口传心授，再高超的设备仪器，有时也没有经验丰富的工人判断准确，但是今天……"没等冯眼镜说完，张凤林就抢着说："行了行了，今天俺就是不放心，俺不回家！"冯眼镜还想说什么，见张凤林根本就不想理他，只得转身走了。张凤林扫了一眼冯眼镜的背影，哼了一声。

当年，张凤林作为一名炉前工人，与冯眼镜共同试验成功了用镁砖筑真吹炉。这个试验的成功，结束了解放前日本人统治这个工厂时用泥筑真吹炉炼冰铜的历史。原来日本人留下的真吹炉炉衬是黄泥做的，只能用两天，而张凤林和冯眼镜试验成功的这个炉衬，是用镁砖制作的，可以使用半年以上。这项成果一应用，使得铜的回收率一下子提高了百分之三十，有力地支援了“抗美援朝”，在全国引起很大反响。张凤林和冯眼镜因此荣获了市级劳动模范的称号，张凤林还捧回一张“张凤林先进班组”的大奖状，而冯眼镜被评为优秀共产党员，任车间党小组组长。

今天张凤林有一种大难来临前的紧张，紧张得到了别人多说一句都让他心烦的地步。

“凤林，要是没啥大事，你快回家吧，你都顶两个班了，这里有俺们呢，咋说也叫女人生孩子，该回去了。”大吴见冯眼镜也没劝动，有些急了。张凤林转过身子说：“你怎么也这样婆婆妈妈的，哪个女人不下俩崽儿？大惊小怪的。”听张凤林这样说，大吴向工友们挥挥手，大家一下子围了过来。“张凤林同志，你要是再不回去，就把你架到车间大门外边去。”大吴说着就张罗大伙动手。张凤林笑了，“好好，我回家。”张凤林走到了车间门口，却又停在那里，自言自语地说：“这 2 号炉就是不让俺放心……”

张凤林对这个 2 号炉心里一直有个疙瘩。他十五六岁的时候，就和爹一起在这个炉前当劳工，那时工厂还在日本人的手里。小日本投降前，大肆破坏，包括 2 号炉在内的许多设备，都是后来经过大修后才恢复使用的。这几天 2 号炉出现了几次异常的响动，都被张凤林灵敏的耳朵捕捉到了。他像一只警觉的豹子，在转身即将迈出车间的瞬间，猛地又跑了回来。

张凤林站在 2 号炉前仔细地听着，努力地寻找着什么。这时，冯眼镜也回来了，看张凤林那么紧张，便立即检查监测炉膛的水表、电表，还是没有发现什么问题，他轻轻吐了一口气。冯眼镜的表情，让一些工友觉得张凤林太神经过敏了。站在后面的苦命，带着情绪喊道：“人家冯工程师都说没事了，那就是没事了！”张凤林转过头来，寻找苦命，苦命吓得半蹲下身子躲了起来。

工友们看张凤林查看了半天，也没查看出个什么事来，便又一起劝说张凤林，让他回家。张凤林还是没走，说再待一分钟。就在一分钟过去后，一块炉皮突然变红，这是炉皮破损的征兆。还没等大家反应过来，张凤林猛地跳起，把徒弟小王挡在了身后。炉底里飞出来一块通红的炉渣，直接砸在了张凤林的前胸。

“张凤林！”见张凤林还要往前冲，冯眼镜跳上前去，用尽全身力气往回拉张凤林，“不要命了！”张凤林比冯眼镜的力气大得多，他甩开冯眼镜，不顾一切地冲到2号炉前。这时，另一个车间的工程师老鲁正好从这里走过，见到这个情景，一屁股瘫坐在地上。

“闪开！”

大吴和小王也想往上冲。张凤林猛地把两人推下来，骂道：“找死啊？”他一个人跳到离炉膛最近的管道旁，用铁钎顶住炉膛盖，喊道：“快关电闸门！”冯眼镜急忙跑到炉膛边，迅速关了总开关。

一场不大不小的事故就这样平息了。惊魂未定时，一股焦烟味冲了过来，张凤林捂住胸口，一步也动不了……

3

工人村的夜晚，一片静谧。张凤林家的床上放着一张小饭桌，这是他们家的一种习惯。以前在张凤林那小煤棚子一样的家里，小饭桌摆在炕上用处很大，工友们来串门，张凤林和他媳妇便会说：“快上炕，快上炕……”工友们上了炕，自然就凑到了小饭桌前。小饭桌上，永远摆放着所谓的茶壶和茶碗，茶壶里有张凤林特制的茶水，那是夏天他去苗圃采摘的一种树叶，他管那晒干了的树叶叫茶叶，放在茶壶里冲泡，工友们便围坐在一起喝着树叶茶水。有时赶上吃饭，他们围坐在那里，一起喝点散装白酒，就着一碗黄豆酱、几片白菜帮或几截大葱，吃啊，聊啊，满屋子都是笑声。现在住进了工人村，屋里摆着桌椅，客人用不着上炕了，张凤林又把小饭桌派上了新用场——他每天都坐在小饭桌前，练习写字。

解放和国庆睡下了，张凤林媳妇坐在小儿子身边缝补衣裳。

平时，张凤林下班回来，吃了饭就开始学习。今天他实在太累了，胸口还在疼，他特别想躺下睡觉，可是要挨着枕头的时候又坐了起来，他至少要写几遍生字，才能睡得踏实。张凤林坐在小饭桌前，拿起了纸和笔，对媳妇说："夜校老师今天又教了几个字。"

张凤林的夜校老师就是冯眼镜。一想到他，张凤林心里有些不痛快。以前两人一起搞试验的时候还好好的，可是不知为什么，这一段时间两个人经常闹矛盾，有时吵得横眉立目，不可调和。尤其是前两天，冯眼镜还找到厂领导反映了张凤林打人的事，说什么"这是旧社会吗，是日本人的工厂吗？他说打谁就打谁，他说骂谁就骂谁？"领导批评了张凤林，说打人骂人是坏习惯，都是自己的同志，自己的兄弟，不能打也不能骂。但是领导在冯眼镜面前还是维护张凤林的，说像他这样懂得技术又有经验的工人确实难得，更重要的是他把全部身心都扑在工作上，是个对工厂有贡献的人，只是工作方法有问题，心还是好的。冯眼镜没说什么，张凤林表面上接受了领导的批评，可心里还在给自己找理："苦命干活偷懒，还偷厂子的钉子，打他几下骂他几句都不行啊，这是啥道理啊，冯眼镜的道理？"

想到这些张凤林沮丧起来，谁知偏又和冯眼镜做了邻居。

"唉，这个楼的邻居真好……"

张凤林媳妇坐在那里，一边补着衣服，一边低声细语地念叨着：二层楼的张婶、中间门大华妈、大平妈都送了五个鸡蛋，老陈家的那个傻媳妇送来十个呢，楼下老于家的女人送来一斤红糖，对门儿冯眼镜的媳妇也过来慰问，当老师的就是不一样，人家领着一双儿女，一边走一边教他们认字。

张凤林媳妇见男人一直不说话，抬头看了一眼，不觉笑了，张凤林坐在那里一笔一画地写着，挺大个人偏偏拿了那么一点点的铅笔头，拿笔的姿势像和自己较劲似的，咋也不如他干活儿灵巧。

“哦，对了，还有对过楼的王婶，她还送来一块布料呢，说要给俺儿做床小被子……”

张凤林媳妇说到这里，放下手里的针线，从床里面拿过一块素花布料，左看看右看看，还往脸上贴了贴。她琢磨着这么好看的花布做小被子太可惜了，自己的那件蓝布棉袄都摞了补丁，脱了棉的没有单的，该换件夹袄了，不如就给自己做件新衣服吧。可是转念又一想，这一大家子人，哪个没穿摞补丁的衣服，什么棉的夹的，凑合着穿吧，实在不行，夏天就把棉的改成单的，冬天再把单的改成棉的，咋也不能先给自己换新衣服啊。

张凤林媳妇又把那块素花布料放回床里，轻轻地说：“王婶说了，这块花布料还是她干女儿送给她的。”看张凤林只顾写字，还是不理她，张凤林媳妇便又自顾自地嘀咕着，“王婶的命真苦，身边没什么亲人，就这么个干女儿。听说她男人是累死的？”

张凤林猛地抬起头，不小心胸前的伤口碰到了小饭桌，疼得直咧嘴。“给社会主义国家干活还能累死啊，那是他给日本人干活时就坐下了病根！”他不满地回了一句，脑子里却出现了王婶的男人在车间里和年轻人一起加班抢着干活的情景。解放前王婶男人也在日本人的厂里干活，累得直吐血。解放后他进了东北熔炼厂，大干“一五”时，每天都拼了命地干活，嘴里总念叨着：“给咱自己的厂子干活，累死了也痛快。”想到这里，张凤林不由得说了一句：“老师傅真能干啊。”

张凤林媳妇马上停下针线，点点头，她能想象得出工厂里那些工人是怎么样拼命干活的。她记得前几天厂里停电，张凤林比平时早回来些，那也是夜里十一点钟了。这么加班加点的，能不累吗？

张凤林媳妇绝对支持张凤林为国家炼好铜，可她也实在不希望自己的男人像王婶的男人那样，没过几天好日子就累死了。“我和孩子都指望着你呢。”她不由得叮嘱了一句。张凤林头都没抬，瓮声瓮气地说："没事，你当俺是纸糊的？"

这时小儿子动了动，小脸本能地左右转着，当他就要用哭声表达自己的情绪时，张凤林媳妇马上抱起了他，撩起衣服把乳头塞给他。"孩子还没名字呢，给起个名字吧。"张凤林媳妇说完，不由得想起了搬家那天妇女们开的玩笑，还觉得很有意思，"咱孩子不能真的叫'工人村'吧？"

"怎么不能？就叫'村'，多好。"张凤林认真地说。

"村儿？张村儿，能行吗？以后工人村成老张家的啦。"

工人村是张凤林的家，可不是他一个人的家。张凤林想了想，也笑了，"那就叫春天的春吧。"

"好，春天的春儿。"张凤林媳妇满口答应，"这名字真好。"这时，张凤林把眼睛转向春儿，高兴地夸春儿长得好看，长得像妈妈。张凤林媳妇立刻像功臣一样地说，像她也是他张凤林的儿子。张凤林大笑起来，看到媳妇比画了一下，马上收住了笑声。这深更半夜的，把自己家孩子笑醒了没事，别再把对面屋那一家子笑醒了。张凤林媳妇亲着小儿子的脸，告诉张凤林："老于家生了三个丫头，咱家都是小子，两家倒是换着生一个啊。"张凤林尽量学着媳妇的样子，轻声地说："小子咋了？我还就稀罕个小子，长大了，让他们都当炉前工！"张凤林媳妇忽然想起了什么，"解放那天还问呢，啥叫炉前工？"

啥叫炉前工？"炉前工就是长时间的、高温度和高强度的体力劳动者。是一个有一定危险性的特殊工种。"张凤林不想背诵炉前工的定义，他想还是厂长说得对：炉前工，就是站在炉膛前非常神气的工人。张凤林媳妇认真地点点头，说以后她就这样给儿子们讲。

张凤林看着床上的几个孩子，像小孩数数似的数了起来，数完了，带着一种满足和媳妇畅想着他们家的未来：过两年再生一个，咋也要凑成两对炉前工。张凤林媳妇面带潮红，假装生气地说："还生啊？净生孩子了。俺也要像大虎妈子那样，当个工人哩。”张凤林一听，好像自己正在打哈欠时忽然被谁捅了一下腰，马上收住了气。他瞪着媳妇，一脸的严肃。媳妇上班当工人了，谁管这个家？他不允许媳妇上班，就让媳妇在家伺候他和孩子，他原来一个人干三个人的活，以后他一个人干五个人的活，替媳妇代劳了。

张凤林媳妇把春儿放回原处，似嗔似怪地看着丈夫。张凤林马上还击一样地又一次瞪起眼睛，他的眼神告诉媳妇，不许和他对抗。张凤林媳妇终于软软地笑了一下，“行行，听你的，再生一个……”

张凤林媳妇忽然不说话了，觉得好像有人在敲他们家的大门，可那声音，更像是小猫在挠门。张凤林本想不去理会，对门大虎妈子却出来了，唠叨着：“鬼啊？大半夜的敲门。”张凤林披上棉袄也走出屋来。他走到走廊门前，拨开插销，猛地打开了大门。一个黑影站在门前，正踮着脚抻着脖儿用嘴巴使劲地去够墙上挂着的一串干白菜，两只手端在胸前，好像拿着什么。

“谁？”张凤林大喝了一声。那个黑影像被电着了一样，转身往楼下跑去。大虎妈子在后面问道：“谁呀？”

“是苦命那个瘪犊子。”张凤林扔下一句，追下楼去。到了楼下，苦命没有进自己家，反而向楼外跑去。张凤林追出楼口，压低声音喊了一声：“站住！”苦命吓得一哆嗦，停下脚步。

原来苦命是奉老娘的命令，给张凤林家送鸡蛋去的。这五个鸡蛋老太太自己早就想送，可又想着让苦命跟张凤林近乎近乎，省得班组里那些工人都瞧不起儿子，便特意让苦命来送。苦命十分不愿意见张凤林，但他很孝顺，怕老娘不高兴，勉强答应了。可是就在不耐烦地、有气无力地敲着张凤林家大门时，他又被三层楼墙上挂着的一串干白菜吸引了，想到自己和老娘晚上吃的那顿豆腐渣若要掺点这样的干白菜，肯定更好吃了时，苦命就像一个小孩儿看见了久违的糖块儿一样，踮着脚，用鼻子贪婪地闻着那串干白菜，这情景恰巧就被张凤林看见了。

“你又偷什么了？！”

张凤林以为苦命又在偷东西。苦命非常紧张，情急中，竟把双手往衣服里藏，“没，没偷，没偷什么。”张凤林看苦命藏起双手，又逼着他回答手里拿的是什么，苦命的双手竟又往衣服里藏了一下。此时的张凤林更加确信苦命偷了干白菜。张凤林上前一步，一只手抓着苦命的衣服领子，另一只手举在半空。就在这时，楼门口闪出一个人影，同时传来了低沉但绝对是强硬的声音。

“不许打人！”

张凤林停住了，回头一看，是冯眼镜。

冯眼镜正在家里写书，解放初期东北熔炼厂刚刚恢复生产的时候，厂领导让他根据工人的文化水平，深入浅出地编写了一本《铜熔炼技术讲义》，给那些没有文化的特别是从农村招来的工人带来很大帮助。现在他正在写第二部书《苏联冶炼厂概况》。他认为就目前而言，只有把苏联的先进技术了解得清清楚楚，才可能更好地向他们学习技术。冯眼镜很忙，要搞技术，要下车间劳动，要给那些工人当夜校老师，更要当好党小组组长。特别是最近，厂里来了几位苏联专家，由他负责接待和进行技术交流，忙得不可开交，下班后还要写作到很晚。他听到楼道里有动静，也开门追了出来。当发现张凤林又要打人时，冯眼镜很是生气，恨不能把张凤林揪到厂长面前训上一顿。他想让张凤林明白，提高修养和尊重知识一样，是他张凤林必修的一课。

冯眼镜走到张凤林面前，非常严肃地说：“你怎么又要打人？不是和你说过吗？不能随便打人。请你放开他！”张凤林没有放手，他告诉冯眼镜：“凭他苦命偷国家东西，打他一百遍都不解恨。”说着，又扬起手。冯眼镜用双手挡在半空中，愤怒地说：“张凤林，你别忘了，你是先进班组的创立者，劳动模范，请你把手放开！”

苦命刚才还被张凤林吓得要尿裤子，眼看着有人给他撑腰，一下子挺直了腰板。他趁张凤林转头的时候，猛地甩开了张凤林的手，转身站到了冯眼镜的身后，从冯眼镜的身后探过头来，理直气壮地说：“俺，俺没偷！”

“没偷？你手里是啥？”

苦命亮出双手，“俺娘让俺给你们家送五个鸡蛋！”

张凤林愣住了，他没想到会是这么一回事。冯眼镜看着那五个鸡蛋，吐了口气，对张凤林说：“我说什么来着，都是阶级兄弟，你不能说打就打，即使他有错误。”这时，苦命像挨了欺负的小媳妇突然遇到了娘家人一样，带着一肚子的委屈和愤恨喊了一句：“谁和他是阶级兄弟，有把阶级兄弟打得满嘴流血的吗？”苦命又想起，被张凤林揭发批判以后，班组的那些工友简直都不拿他当人了，这个走过来踢一脚，那个走过来骂一句，有闲着没事揪他耳朵的，还有拿着饭盒在他耳边敲打着玩的，更有甚者站在他面前，跳着那个所谓的新疆舞，动着脖子，打着节拍唱：小偷小偷叫小偷，娶了媳妇也得溜……苦命越想越生气，啪地把鸡蛋摔在了地上。

“俺摔了也不给你媳妇吃，就你媳妇给你生的那些小工人，长大了准和你一样，又打人又骂人的！”

苦命扔下这句话，几步跑到楼门口，突然回转身子骂了张凤林一句。即使是离他最近的一个人，也只能从口型和愤怒的表情上，判断他是在骂张凤林，因为他声带没有发出一点声音。苦命骂了张凤林，似乎很解气，他一下子跨过一层楼的三级楼梯，推开自家的大门，又嘭的一声把门关上了。

月光中，张凤林和冯眼镜面对面地站在那摔坏的五个鸡蛋前，谁也没说话。张凤林突然感到伤口的疼痛，下意识地“哎呀”一声，捂住自己的前胸。冯眼镜心头一热，不管怎么说，这是一个为了工厂会舍掉一切的好工人。

“凤林啊，有句话我想再对你说一遍，现在是咱们厂子最关键的时候，怎么样更好地完成生产任务，才是你和我这样的生产骨干首先要想的事情。我已经和厂里的技术部门说了，在这次有苏联专家作技术指导的对旧式鼓风炉技术改造中，吸收一个有实践经验、政治素质好的工人参加，那就是你。不过，我希望你在这个时候，别总盯着那些鸡毛蒜皮的小事。”

冯眼镜后面的话，让张凤林大吃一惊，“苦命偷国家的东西是鸡毛蒜皮的小事？”冯眼镜叹了口气说：“我当然不是那个意思，我是说，你要把你的聪明才智和精力，集中用到比丢了十个钉子还大的事情上。”张凤林还是不理解冯眼镜的话，“那你还不是说，偷了国家的钉子是小事吗？”

冯眼镜发现自己说不明白了，无可奈何地说：“凤林啊，我是想说，你已经是党的积极分子了，不要再说打就打说骂就骂，你一巴掌就把人家嘴巴打得流血不止，你怎么那么狠啊？”冯眼镜看张凤林还要说什么，忙摆了摆手，“好了，你受了伤，该歇着了。这么晚，再吵就会影响邻居们休息……”冯眼镜发现已经有人从自家的小气窗里探出了脑袋。

冯眼镜上楼了，可他说张凤林打人“那么狠”的话，却让张凤林往心里去了，这也是厂领导最近找他谈话时说的一句话，就连那个和他比较合得来的党小组副组长大王，也学着领导的话批评他，“毕竟都是一个厂子里的工人，又是一个先进班组的阶级弟兄，偷了国家财产不假，几个钉子也不是小事，可是干嘛那么狠地打他？重在说服教育嘛。”

张凤林深深地叹了一口气。

4

张凤林捂着伤口回到家里，任媳妇怎么问，一句话也不说。他坐在床边，抽了一袋老旱烟，忽然问媳妇，家里还有钱吗？张凤林媳妇说，这个月花得大了些，可还能撑到开工资。张凤林对媳妇说：“给苦命送去五块钱。”

张凤林媳妇“满月”后，本来想要给苦命送去五块钱，张凤林却拦住了她，他让媳妇猜猜，苦命到底偷了几个钉子，张凤林媳妇说：“不是说偷了十个吗？”

“十三个！”

张凤林媳妇愣在那里，好半天，才恨铁不成钢地叹了口气。张凤林从媳妇的表情里，更是得到了支持。他说：“给他钱？不再打他个嘴巴子流血就算便宜了他。”

原来，老于家女人偷偷地告诉张凤林，苦命家墙上的毛主席画像镜框上的三个钉子，也是他偷厂里的，也就是说，苦命偷了厂里十三个钉子，可是退回厂里只有十个钉子，苦命还对他老娘撒谎，说那三个钉子是他捡来的。

“没告诉你吗，要不是领导批评俺了，不让俺打人，俺……”

张凤林媳妇听说领导不让打人，觉得男人若是再打苦命，大概就是不对的，就说：“那就千万别再打他了，和他好好唠唠。”张凤林马上说：“咋好好唠唠？他不是偷了俺家的一棵大白菜，他这是偷了国家的十三个钉子啊，人家那谁都说了……”

张凤林想起了大王，他和冯眼镜的说法就不一样，钉子是什么做的，是钢铁做的，钢铁能造飞机大炮，飞机大炮能打美国佬。苦命偷了国家的财产，要是往大了说，就是搞破坏。其实，大王的话是厂领导在批评张凤林的同时批评苦命的话，大王只是想买张凤林的好，把领导的这句话，变成自己的话说给张凤林听。

“人家大王说话俺就爱听，那钉子是啥做的……”

张凤林就按照他对偷钉子行为的理解，把钉子就是子弹、就是消灭阶级敌人的有力武器的大道理，对媳妇说了一遍。既然这么严重，那厂领导怎么不让他打苦命呢，难道在社会主义国家的工厂里，就算遇到了小偷，也不能打吗？

张凤林久久凝视着墙壁上的毛主席画像，最后他像得到了一种力量似的，提高了声音说，偷国家的东西就是不对，就算把苦命的嘴巴打出血了，那也不是他的错。厂领导开大会批评苦命，面对他张凤林只是找到办公室批评了几句，还首先肯定了他的爱憎分明。这说明苦命的错误更严重。想到这儿，张凤林哼了一声，他告诉媳妇，对苦命这样的人，只要他再偷，就是送来一筐鸡蛋，照打不误。想明白这件事之后，张凤林又高兴起来，他告诉媳妇一件大事，熔炼厂招了一批新的炉前工，郑喜财当工人了。

“哦，是吗，喜财当工人啦！”

张凤林媳妇惊喜地问道。张凤林笑着点点头，说：“这小子，说啥也要到俺班组呢，明天就上班了。”这样的大喜事，真应该在家摆一桌庆贺一下，顺便也让那些个炉前工作的弟兄吃上一顿猪肉炖粉条。这次他带头在厂里搞了一个“劳动竞赛”，又从市里捧回了大奖状，大伙累坏了。张凤林媳妇觉得也应该犒劳大家。可是这十六平方米的屋子，装不下那三四十人哪。张凤林早想好了，分拨，分三拨就差不多。过了清明咱就准备！

张凤林钻进了被窝还一直哼唱着，媳妇摸摸他胸前拳头大的伤疤，问他还疼不疼。张凤林说“早不疼了”，又哼唱起来。张凤林媳妇提醒他，大人孩子的都睡了，唱个啥呀。张凤林停止了哼唱，他高兴地去抓媳妇的手。

张凤林有个习惯，晚上睡觉时就愿意握着媳妇的手。他喜欢媳妇的手，说媳妇的手连骨头都是软的，握着得劲、舒服。张凤林和媳妇成家这么多年，习惯成自然，要是哪一天夜里媳妇把手放在他很难握到的位置，他也会在黑暗中翻找什么东西一样把媳妇的手找到，重新握在手中。

张凤林握着媳妇的手，并没有很快入睡，而是贴在媳妇的耳朵边上说，他新学了一首歌，叫《东方红》。媳妇小声地说，她都会，咋还是新学的？张凤林又说，他是说他都会写了。媳妇不说话了，因为她还不会写字，没男人那样的本事。张凤林媳妇动了一下手，算是回应了男人的好心情。她觉得男人在这种好心情下，肯定还要和她说点什么，可是张凤林忽然就一句话也不说了。

黑夜里，张凤林媳妇感觉到张凤林并不想睡，便又小声地问，咋就睡不着了？张凤林没说话。张凤林媳妇知道他又琢磨起什么事来，便又问男人，又想出个啥主意？张凤林终于说，他有一个心事啊。张凤林媳妇吓了一跳，甚至有点紧张，还有啥心事啊？张凤林想了想，觉得自己很可笑，便用力握了一下媳妇的手，说他想睡觉了。张凤林媳妇着急了，俺都跟你生了仨孩子了，还有什么心事瞒着俺啊？张凤林忽然睁开眼睛，笑出声来。

"你又笑个啥？"张凤林媳妇压低声音问道。张凤林又用力握了一下媳妇的手，说瞎寻思着。张凤林媳妇纳闷了，男人有心事。自己嫁了这个男人之后，他没什么心事不对自己说的，就算厂子里那些她听不懂的事，也会和她说，今天这是咋的了？张凤林媳妇说，不把他的心事告诉她，她也睡不着了。

张凤林坐了起来，分别查看了熟睡的孩子，像怕他们听到，然后才把自己的心事说了出来。

"俺想见毛主席。"

张凤林媳妇惊在那里，做梦也没想到，男人还会有这样的心事。过了一小会儿，张凤林媳妇竟然也笑出声来，"那可是毛主席，咱想见就能见着了？"

"咋不能！前楼风动工具厂的老董，鼓风机厂的小赵，那么年轻，就当了全国的劳动模范，人家去北京见了毛主席。俺干好了，也去北京，去见毛主席。"

张凤林媳妇鼓励张凤林，谁不知道你是"神耳朵"啊，你一定能见到毛主席。张凤林说，领导说俺还有不少毛病呢。张凤林媳妇着急了，那咱改还不行吗？张凤林伏下身来，脸对脸地问媳妇，俺能改不？张凤林媳妇说，能，一定能！听媳妇这样说，张凤林傻傻地笑了，他坚定地表示，从现在起再也不打人骂人了。

屋子里又静了下来。好半天，张凤林媳妇忽然翻过身，看着张凤林的脸，轻声问："俺想啊，你要真的见了毛主席，说啥呀？"张凤林说："不用说啥，俺就跪下来给他磕个头……"

5

一个厂休日的上午，冯眼镜媳妇带着女儿去工人村浴池洗澡，小儿子冯强在外面玩着，冯眼镜饶有兴致地自拉自唱起来。

"为国家，哪何曾半点闲空，

我也曾平复了塞北西东……"

这是京剧《洪羊洞》里面的一段唱。解放前，冯眼镜家有两间商铺，日子过得很宽裕。那时候，冯眼镜的父母京剧唱得很好，是古城有名的票友。每逢周末，便会有一些人来到他家聚会，其中不乏社会名流，大家拉的唱的，闹哄一天便又散去。这种生活直接影响了冯眼镜，他不但会唱几段，也学会了拉京胡。闲下来的时候，便自拉自唱一会儿。虽然这段《洪羊洞》和他现在的生活挨不上边，但他非常喜欢里面的两句唱词，还总拿"杨家将"来比自己，说每个朝代都要有忠臣，这就像每个工厂都要有骨干一样，自己虽然只能是个将才而非帅才，但若是遇到一个好领导，他会把自己的理想，变为不辱使命的实际行动。他对那位穿着工作服进车间的党委书记说，只要领导正确，他肯定会有大出息。党委书记笑着说，你还不相信党的领导是正确的吗？冯眼镜每每听了这样的话，就会更加精神饱满，斗志昂扬。

"为国家，哪何曾半点闲空，

我也曾平复了塞北西东……"

冯眼镜又唱了第二遍，他一边唱一边自鸣得意：他是东北大学的高材生，又是共产党员，毕业后来到东北熔炼厂。前几年父母把积攒下的一些金银首饰变卖，带上“公私合营”时得到的补偿，迁到北京。临走时父母和妹妹再次让他一起走：一定要留在沈阳吗？现在后悔还来得及……

冯眼镜拉着，唱着，心中充满惬意。他在想，他能不留在沈阳吗？这里有他的工厂，有他的事业，还有他的家啊！

冯眼镜心里想着他现在的家——工人村，占地面积一百一十万平方米，有两万多住户九万多人。全国各地的技术人员都奔向这里，不少南方人也到沈阳落了户。他把家安在工人村，多好啊！

“为国家，哪何曾半点闲空，

我也曾平复了塞北西东……”

冯眼镜继续唱着。这一段“二黄”后面还有一段“反二黄”，是一段生离死别的段子，柔肠百转，如泣如诉。可冯眼镜从来不唱，社会主义制度下，让那些生离死别的故事见鬼去吧。所以只要有时间，他便反复拉唱着这一段二黄原板，反复唱着唱段中的前两句唱词。

冯眼镜越拉越有激情，越唱声音越大，整个楼道里，回荡着他的愉悦……

6

清明节后的一天傍晚，十多个炉前工聚在张凤林家，屋里顿时显得拥挤起来。工友们大声聊着，大声笑着，话题离不开“张凤林先进班组”。说到这次没叫上苦命一起喝酒，有人数落起来，说他从旧社会偷到新社会，再犯老毛病，就把他从“张凤林先进班组”踢出去。

郑喜财带着儿子进来，把两大瓶子散装白酒放在了桌上“俺打酒来了！”张凤林也从桌子底下拿出两瓶，说，喜财兄弟当工人了，大喜事啊！今天管够喝！这时，胜利来到张凤林面前说："凤林大伯，俺也要当工人！"屋里的人哈哈大笑。

厨房里两家媳妇正忙活着。大虎妈子肚子已经高高隆起，她一边切菜一边吸着鼻子，说这怀了孩子的女人就是馋啊，闻着这肉香味啊就要流口水。张凤林媳妇看着大虎妈子的样子，让她先捞出一块肉来尝尝。大虎妈子忙摆手，不好意思起来，说先好好闻闻吧，等开饭的时候再挑块肥的吃。说话间，屋子里的几个孩子，都挤到厨房里转悠，谁也不肯离开。张凤林媳妇笑着说："瞅把孩子馋的。"大虎妈子说："俺家大虎啊，今天早上说啥也不吃饭了，就要等着吃猪肉炖粉条。"大虎凑上前来，管张凤林媳妇叫婶，问她锅里的肉炖熟没有。没等张凤林媳妇说话，大虎妈子从洗菜水里拿出手，照着大虎的头啪地打了过去，"就知道吃，一点儿出息都没有。"大虎摸着自己的脑袋，拨拉一下上面挂着的菜叶，瞪着眼睛说："打俺干啥，你当俺后妈得了！"

"什么？"大虎妈子问道。

"让你当俺后妈！"大虎说。

大虎妈子也瞪起了眼睛，可是又笑了，好像儿子让她当后妈就是让她当劳模，笑够了又骂起来，说等把她这个当妈的气死了，大吴再找个女人来，就有人给儿子当后妈了。张凤林媳妇不让她在孩子面前乱说，大虎妈子扯开嗓门：她就不明白，咋能生出这样的孩子，跟贼星下凡似的！瞅他那双眼睛，跟苦命一样总像要偷点啥似的。张凤林媳妇没听过当妈的这么形容自己的儿子，笑了，接着一阵紧似一阵地咳嗽起来，最后蹲在地上直不起腰了。等到从地上站起来时，身子明显地晃了一下。大虎妈子这才发现张凤林媳妇病得挺严重。

郑喜财来到厨房，用力抽了下鼻子，"香，真香！"大声称赞两个女人的手艺。大虎妈子扫了一眼郑喜财说："你凤林嫂子给你们炖了一锅肉，能不香吗？"她猛地把锅盖严实了，怕郑喜财再一抽动鼻子，便会把那锅肉都抽到他鼻孔里去。"别看今晚的肉多，那狼也多啊。”

“说谁像狼啊？”

张凤林和班组的几个工友也走了出来。这厨房加上走廊五平方米的地方，一下子挤进了十来口人。大虎妈子转过身子，张开两手，像撵鸡似的把男人们撵得跟头把式的，嘴里嚷着，没一个有出息的，都回屋等着去！

晚上五点整，大虎妈子便向屋里的人宣布，猪肉炖粉条大宴开始了！

“来来来，吃饭了……”大虎妈子嚷着。

那天晚上，大人们都围坐在张凤林家大桌子前，几个孩子被安排在张凤林家的小饭桌边。小饭桌被搬到了地板上，桌上的菜显然没有大人们的多，一大碗猪肉炖粉条放在桌子中间，还有一小碟咸菜，每个孩子的手里，都拿着个玉米面窝头。

大虎妈子说那些孩子，跟猪欻食一样吃得那个香。她让张凤林媳妇抱着孩子也过来吃点儿，多喝点儿肉汤，好下奶。张凤林媳妇笑笑，让大虎妈子先吃，陪好客，自己先哄孩子。

张凤林媳妇解开衣襟要奶孩子，却又咳嗽起来，春儿没吃到奶水，大哭。张凤林隔着桌子大声说，别让孩子哭，正唠嗑哪！张凤林媳妇伸手替春儿找到自己的乳头，还不停地咳嗽。

“嫂子咳嗽得这么厉害，病了吧？”有人问了一句，可是没人听得到，大家都在大口地吃肉，大声地说话。张凤林媳妇还在咳嗽，大虎妈子转过头来，“解放妈，要不你就在床上躺一会儿吧。”张凤林媳妇摆着手，她看见几个孩子早就把那一大碗猪肉炖粉条吃光了，正眼巴巴往大人的桌子上张望着。张凤林媳妇抱着春儿挪到床下，一只手揽着春儿，另一只手到桌下翻一个大兜子，兜子里有前两天“上坟”时用过的两个苹果和四块糕点。张凤林媳妇叫解放去厨房拿菜刀来，把那苹果和糕点切成几瓣，分给孩子们。忙活完这些，她已经累得气喘吁吁，怀中的春儿还在若无其事地吸吮着奶水。

张凤林媳妇小声叮嘱解放，让他吃饱了就带着小伙伴们玩。几个孩子离开了小饭桌，张凤林媳妇赶紧凑到小饭桌前，拿着一块玉米面窝头，蘸着孩子们吃剩下的肉汤底子——其实，孩子们根本就没剩什么，只是蘸了点肉汤的痕迹，算是吃完了这顿饭。她抱着春儿回到了床上，歪着身子，累得再也睁不开眼睛了。

张凤林家的房间里烟雾弥漫，十几个大人的说话声和四五个孩子的吵闹声混在一起。郑喜财正在那里扯着嗓子表决心，大虎妈子也亮着嗓门说笑着。

“说啥呢，俺这人也不会说啥……”张凤林说。

“师傅，啥也不用说……”小王想起了张凤林为他而受的伤，仍然感激不尽。

“俺就说点好事……贺龙元帅前两年到过咱们厂子。”

“朱德总司令还来了呢……”

“毛主席不是去橡胶厂了吗，说不定也能来熔炼厂呢。”

“抗美援朝的大炮上就用的俺们炼的铜，俺厂子现在都能炼金子啦！”

胜利突然跳到大人们的饭桌前说，俺爹都当工人了，俺家啥时候能来工人村住啊？又引来工友们一阵笑声。“想得美，刚当上工人就住工人村？”郑喜财假装生气地呵斥了儿子一句。

“行了，别说孩子了，现在谁不盼着搬进工人村啊？”张凤林接着说，“来来来，啥也别说了，现在是一个人当了工人，全家人都跟着光荣啊……”

郑喜财举起酒杯，“那可不，俺媳妇还说哪，要是家里有两个人当工人，就更光荣了。”大虎妈子非常得意地站起身来，肚子紧贴在桌子边，高兴地同别人碰酒杯。有人劝她别喝了，当心动了胎气，大虎妈子却哈哈大笑，说她在车间里干活跟个老爷儿们一样，没事。等俺再生个老虎出来，俺就告诉他，儿啊，你在娘胎里就当了工人，长大可得好好干。

工友们再次大笑起来。

忽听屋外边有动静，冯眼镜领着女儿燕儿开门进来了。解放看见燕儿，高兴得跳了起来，他拉着燕儿，殷勤地让燕儿看他们弹玻璃球。张凤林媳妇睁开眼睛，慢慢地从床里往床边上挪挪，笑呵呵地跟冯眼镜打招呼，声音小得几乎让人听不到。

“冯眼镜，你咋不唱那个京剧了？”张凤林隔着桌子问道。

冯眼镜转向张凤林，一本正经地说：“我爱人说你找我，还以为你有什么事儿呢。”

“什么事儿？好事！”张凤林说，“咱们工人阶级又壮大了，我喜财兄弟也当炉前工啦，来，喝酒！”

冯眼镜不愿意看工人们喝酒的样子，觉得他们酒后的样子很下作，他拉起燕儿就要往外走。张凤林急了，站起来大叫一声，“你回来！你，你还是不是工人阶级？”

张凤林曾打过一个比方，这屋子里有一个西红柿、一个桃和一棵大葱，冯眼镜能算是哪个？归到西红柿里也勉强，归到大葱里面也就是菜里的边角料。冯眼镜听到后，说他是一个纯正的桃子，而且是上等的桃子，因为他是中国共产党党员。冯眼镜最后这句话，让张凤林觉得很刺耳。

“告诉你，冯眼镜，要是俺说了算，俺就把你归到大葱里边……”

张凤林的话音刚落下，大虎妈子便从椅子上弹了起来，挺个大肚子笑着说：“听着没有，冯眼镜？要是不喝酒啊，张凤林一生气，把你归到大葱里面了……”

“哈哈……”

屋里的人被大虎妈子的话逗笑了，冯眼镜也跟着笑了起来。冯眼镜有时觉得和工人在一起也真是痛快，他虽讨厌工人的粗鲁，可他喜欢工人的朴素和直爽。比较而言，冯眼镜觉得和工人打交道，要比和老鲁那样的工程师打交道顺畅多了，简单，不用动脑子，就算要动点脑子，也是想想怎么智取，不能强攻。就说现在吧，最好能坐下来陪他们说说话，这些工人准又高兴得哈哈大笑了。想到这儿，他情绪稳定下来，想趁着这个机会向这十多个人说点什么。

张凤林见冯眼镜重又转回来，没事一样地说："你不走了？这还够哥们儿！"

"是呀，够哥们儿，喝酒啊……"

几个工友一起让冯眼镜喝酒，却没有一个人起来让座位。张凤林媳妇强撑着身子下了床，挪到桌边，让解放去厨房把那个破旧的椅子拿来，她又用抹布擦了擦，请冯眼镜坐下来。冯眼镜有些过意不去，"大嫂，别客气，我正好和凤林说点事。"张凤林也坐在了椅子上，问道："你找俺……说啥事？"张凤林媳妇忙说："啥事还不得坐下说啊，坐，再吃点儿肉。"冯眼镜看了一眼桌子上的肉汤碗，说："哦，我吃过了……"

张凤林听着这话极不舒服。冯眼镜家的生活条件比他好很多，张家有三个孩子，只有他一个人上班养家糊口，老冯家只有两个孩子，却是两口人一起上班挣钱。冯眼镜是有钱人家的后生，底子厚，家里有唱片，有唱机、胡琴、一大堆的书，还有他爸妈穿长袍的照片。冯眼镜不仅可以吃上厂子里发的肉，还可以去街上买肉。而张凤林家就只能是等着厂里发点猪肉解解馋，要不是今天犒劳大家，他家是舍不得买肉的。所以，张凤林就更加相信冯眼镜和他们不一样。在打苦命的事上，在他入党的问题上，冯眼镜从来就没说过他一句好话。

想到这儿，张凤林又烦躁起来，指着冯眼镜说："你家有肉吃就别到这儿来吃了，俺这肉还不够吃呢。"张凤林媳妇急得不知说什么好，便给郑喜财使眼色。

郑喜财站起来转着圈地找酒瓶子，发现两瓶散装白酒早喝光了，就把张凤林那两瓶拿了出来，给冯眼镜倒了一小盅酒，又给别人倒满。他一边往冯眼镜手里递酒盅一边说："喝，小白脸，今天你不把这酒喝干了，大姑娘养的！"

冯眼镜的眼睛已经立了起来，但他忍着，他想起了厂党委书记对他说过的话：要多接触工人，多交朋友，作为党员、知识分子，这是必不可少的一课。他把酒盅放在一边，说："就说说话吧。"

冯眼镜说，下个星期要和"张凤林先进班组"的工友一起完成领导交给的一项任务，要把一个两年前建成的反射炉的炉床面积由六平方米扩大到十六平方米。他还告诫张凤林，参与"快速炼铜法"是领导及同志们对他的信任，他不能含糊。张凤林白了冯眼镜一眼：厂子里的事俺啥时含糊过？厂子就是俺的家，熔炼炉就是俺的命！

冯眼镜点了点头。张凤林媳妇看到这个场景，放心了，她又回到床上，坐在了春儿的身边。

"凤林啊，我先给你透个信儿，'快速炼铜法'要是搞成了，那不得了啊。"冯眼镜激动起来，"我告诉大家，等这个项目搞成了，粗铜的产量都要超过现在的多少倍，你们知道吗？"

"知道知道……"郑喜财胡乱地答应着。

冯眼镜不喜欢别人打断他说话，严肃地问郑喜财："你知道什么？"郑喜财不知道冯眼镜是带着气在问，马上说："俺知道工人村这疙瘩好啊……"冯眼镜打断郑喜财的话，讽刺地说："你知道工人村在铁西，而不是大东，对吗？"郑喜财竟点点头说："对对，在铁西，在铁西。"

"你还知道什么？"冯眼镜接着问，"铁西区将是新中国现代工业文明的摇篮，将是全国规模最大的工业聚集区，铁西区已创造了多少个新中国工业的第一，第一枚金属国徽，第一台大型起重机……"

冯眼镜还像在夜校那样滔滔不绝。郑喜财早就服了软，摆着手连说几个不知道。冯眼镜这才接着说铜产量的事，再看眼前这些人，全喝多了，说啥也等于白说，便耐着性子换了话题，"听说咱们厂俱乐部也建成了。"

有个工友问俱乐部是干啥的，冯眼镜说："有了俱乐部，就可以丰富咱们的文化生活了，搞个歌咏大会啊，唱歌跳舞啊。"大虎妈子马上说：“哎，你说好事咋一个接一个呢，解放妈今天还说咱这儿煤气管道就要通了。”

郑喜财转过头来问张凤林媳妇：“嫂子，是真的吗？”

张凤林媳妇早就昏昏欲睡了，被大嗓门这么一问，猛地一惊，睁开眼睛，她忙回答说，是真的……

楼下有骂人的声音，苦命娘在骂苦命。屋里的人听到了，都不屑地撇撇嘴。只有冯眼镜不满地看着张凤林，“张凤林，你要带好先进班组的每一个人，包括苦命。你干啥把他甩出去呢？我刚才在外面看见他了，他说你有钱喝酒吃肉，却没钱买个镜框把毛主席画像镶上。看看，影响多不好。”

“他那是疯狗乱汪汪。”张凤林说。

“对。”大伙嚷嚷着，“是疯狗。狼到哪儿都吃肉，那个啥来着……”

冯眼镜不耐烦地接了一句：“狗到哪儿都吃屎！”

“你骂谁？”张凤林受了刺激。当年他和他爹在日本人的工厂干活，有个汉奸管事儿的就这么骂他们，他已经分不清冯眼镜是接谁的话头了，大声叫道，“俺爹就死在日本人和大汉奸的手，大汉奸就这样骂过他——”

“骂你爹？”冯眼镜问。

“对，你爹这个大汉奸就是这样骂俺爹的。”张凤林指着冯眼镜说。冯眼镜腾地站了起来，“张凤林，我父亲现在就住在伟大的首都北京，你要是再这样羞辱他，你就是一条乱咬人的狗！”

“你妈了巴子的！”张凤林拿起酒瓶子，猛地向冯眼镜砸去。那酒瓶子落在了冯眼镜身后的孩子们中间，几个孩子立即炸了营。

7

张凤林媳妇高烧不退。大虎妈子过来送药，顺便又告诉张凤林两个消息，都是她早上晾衣服时听到的。一个是老于家的女人终于生了个带把儿的，另一个是苦命娘要回山东老家，嫌儿子给她丢人，干了对不起毛主席的事，工友们到他家门口了都不理他，她这当娘的都抬不起头来。要是哪天，先进班组把他开除了，收回房子，他们娘儿俩住哪儿去？

大虎妈子叨唠着，又看着张凤林媳妇把药吃了，才急三火四地回去了。

早上，张凤林带着两个孩子吃点儿剩饭，对媳妇说：“要不，去医院看看？”媳妇摇摇头，表示不去。张凤林又问，“不去医院能行？”媳妇闭上眼睛，又点点头，表示能撑得住，但很快又睁开眼睛，声音很微弱地说：“你今天不是休息吗？”不知为什么，张凤林媳妇特别希望丈夫今天能在家守着她。春儿在一边哭闹起来，张凤林站起身把春儿往媳妇怀里推了推，很为难地告诉媳妇，他今天是休息，可他要去马路对过的厂子做忆苦思甜报告。张凤林的媳妇没说话。

“俺平时要是有点闲空儿，还要和苏联大鼻子忙那个事，这忆苦思甜的事啊，就得是歇着的时候……”

没等张凤林说完，张凤林媳妇就点点头。张凤林觉得媳妇这次病得不轻，平时梳得工整的短辫子，十分凌乱地堆在了枕边，脸色煞白，黑白相间的大眼睛，因为高烧而黯然失神。张凤林摸了摸媳妇的头，去厨房洗了一条毛巾敷在媳妇的头上。他告诉媳妇，厂领导说了，给大家做忆苦思甜报告和炼铜水一样重要，他不能不去。

张凤林媳妇动了一下嘴唇，表示支持。张凤林就要走出家门时，媳妇却又轻轻地叫住了他。张凤林忙走过来，弯着腰，几乎要把耳朵贴在媳妇的嘴边上。媳妇叮嘱张凤林，给楼下的苦命送去五块钱，苦命娘好不容易回老家一趟，用钱的地方多。

这五块钱本是买小闹表的钱，她又断断续续地说：“对面屋那个小闹表一响，咱们家也能听到，先凑合吧……”

也许是觉得媳妇病重，而自己不能在家守着有些过意不去；也许是在厂领导的说服教育下，张凤林终于认识到自己打人骂人的错误；也许张凤林终于懂得了，一个日夜想见毛主席的人就应该和以前不一样，所以他同意了媳妇的意见，愿意用这种方式，表达一下自己的歉意。他掏出五块钱放在了桌上，叮嘱解放一会儿把钱送到苦命家，又叮嘱他照顾好妈妈，秋天就要上学了，要学会照顾家，别总是玩儿不够似的。

"俺得走了，你，你没啥事吧？"张凤林站在媳妇的面前，心里长了草，急着去做忆苦思甜报告，那块红布包着的铜渣早就放在了兜里，他希望媳妇说，俺没事，你走吧。

"俺没事，你走吧……"

张凤林媳妇睁开眼睛，果然这样说了一句。张凤林像得到命令似的，转身就走，走到门口时媳妇再次咳嗽起来，他停下来看着媳妇，又舍不得走。媳妇强忍住咳嗽冲他点点头，让他放心。张凤林脑海里出现了开大会的情景，那叫几千人啊，都在等他忆苦思甜哪。想到这儿，他狠下心，咚咚地走出了家门。直到脚步声一点点消失，张凤林媳妇才喃喃地说："也够他忙的了。"

解放站在母亲面前问啥叫忆苦思甜，张凤林媳妇伸手去拿水杯，却够不着，求助似的看着大儿子。解放忙把水杯拿过来，给母亲喝了一口水，母亲才说，忆苦思甜就是回忆过去的苦，想想现在的甜。

其实，张凤林本不想去做报告，平时在众人面前说话都很吃力，最多也只能在班组工人面前，吵吵嚷嚷地说上几句，哪会做什么报告？还真不如给他一大堆的活儿干。

"干活儿？忆苦思甜报告和干活儿同样重要啊……"党委书记说。

党委书记开导张凤林，现在是什么时候？国家建设时期，急需大量有色金属进行经济建设。可厂子的情况是设备简陋，工艺落后，生产规模很小。那工人又是一个什么情况呢？技术力量薄弱，思想认识低下，这就需要补习文化，提高阶级觉悟啊。人心齐，泰山移。你张凤林是旧社会过来的人，旧社会，苦啊……

张凤林使劲地点头，书记的话说到他心里去了，旧社会不是苦，是太苦，苦不堪言。书记鼓励张凤林，不用说别的，你就把旧社会的苦说出来，实话实说，日本人是怎么不拿你当人看的，你吃什么，你住什么，你是怎么受气的……

“俺被小日本抓去当劳工，干的是苦大力，吃的是发了霉的橡子面，住的是漏雨的劳工棚啊。”

你从小没了娘，你是怎么和你爹一起做劳工的，你爹又是怎么死的，这一部工人阶级的血泪史，不是对全厂职工最好的教育吗？

“俺爹是咋死的？俺爹是让日本人害死的！”张凤林想起他爹，怒火满腔，令他惊恐万状的场面，再次浮现在他的眼前。炉膛出现了破皮的征兆，几个中国劳工的身后是日本人黑洞洞的枪口，大汉奸管事大叫着“不许跑”。突然一炉子的铜水喷了出来，爹被熔化在了铜水里。张凤林家里那块用红布包着的铜渣，里面有他爹的血和肉。

就连他自己也是从死人堆里爬出来的，还有得病的劳工竟被日本人喂了狼狗。还有那个戴眼镜的汉奸管事，帮着整治俺中国人……张凤林的眼里涌出泪水，也射出仇恨。

对，就讲这些。书记让张凤林把旧社会的苦水，一股脑儿地倒出来，然后再讲他现在的生活。张凤林说他现在的心里真是又甜又美，他现在是国家的主人，工厂是他的家呀。

说得好！书记激动地抓住张凤林的手，我们还要看到世界上还有那么多的劳苦大众生活在水深火热之中。每个人都要忆苦思甜，它和站在炉前干活一样重要，和解放初期的抗美援朝一样重要，和多炼铜多炼金子建设社会主义国家一样重要。

“俺懂了！”张凤林更加激动，反把书记的手抓住说，“这样说就行？”

“行。”

“行？”

“行。”

“你爹啊，也真是累得够呛……”

张凤林媳妇轻轻地说着，叮嘱解放快点把那五块钱给苦命娘送去。解放去了没一会儿，又把钱拿了回来，说苦命娘不要。张凤林媳妇心里挺不好受的，真想亲自送去。可春儿又哭了，她不得不努力地歪过身子，强挺着给春儿喂奶。喂着喂着就昏头胀脑地睡去了。

解放看着母亲睡着了，便坐在地板上和国庆玩玻璃球。春儿哭闹时，解放就起来给小弟弟喂水。张凤林的媳妇不再说话，但似乎还能听到春儿的哭闹声，却怎么也抬不起眼皮再看这个小儿子一眼。

解放找出一条大床单，把春儿放在里面，让国庆站在他的对面，小哥儿俩拽着床单悠来晃去，春儿不哭了。

下午燕儿领着弟弟冯强来家里玩，解放喜欢和燕儿在一起玩，而众多的孩子当中，燕儿只允许解放去她家玩。解放看母亲睡着，就把春儿放在母亲身边，和燕儿带着国庆、冯强出门玩去了。

张凤林回来得还算早，上楼时，顺便把两个儿子带回来。进了家门，见媳妇和小儿子一起熟睡着，他把红布包放回原处，发现桌子上的五块钱还摆在那里。

张凤林又累又饿，懒得动一下，这场报告，又伤心又落泪的，早就筋疲力尽了。想起媳妇还病着，便自己去厨房简单地做点粥，又把剩了几天的玉米面饼子、咸菜拿到桌子上。张凤林坐在床边，和两个儿子吃起饭来。

刚喝一口粥，他就兴奋起来，深情地看了一眼毛主席画像，对两个儿子说，下个月开工资，第一件事就是要买一个大镜框回来。解放提醒父亲，妈说了，下月开工资给我做裤子。张凤林摇摇头，先不买裤子，你妈说小闹表都不买了。你妈说得对，对面屋小闹表一响，咱家就能听到，就先凑合吧。

解放不干了，要新裤子，因为他要上学了。张凤林不再搭理解放，自顾自地说，他要像苦命家那样把毛主席画像镶上。厂里要搞一个《劳模张凤林今昔生活》展览，那里还有他们全家人的照片哪。

张凤林又想起一件事，对门住着的老陈，竟然是从前在村子里与张凤林妹妹定亲的人。当年为了给他治病，妹妹退了这门亲事，去了那种“不干净”的地方。要是嫁给老陈，现在不也住进工人村了吗？哪像现在生死不知啊。可是妹妹不去妓院，他张凤林没钱请郎中，早死多少年了。

春儿醒来了，张凤林任小儿子哭了一阵子才对媳妇说：“孩子哭哪。”春儿这样大声哭叫，媳妇应该睡不成觉了，正好叫媳妇起来吃点儿东西，可是媳妇还在睡着，张凤林又叫了一声，媳妇没有答应。

张凤林伸出大手碰了媳妇一下，就在碰到媳妇的一瞬间，他觉得不对劲儿，立刻盯着媳妇的脸看，脑袋嗡的一下子大了，全身的血液都涌到了头上，他一下子扑到了媳妇面前。张凤林媳妇一动不动，已经没有了呼吸。

“孩子他娘……”

张凤林狼一般地号叫，整个楼都在颤抖。

大虎妈子刚刚逛街回来，挺着个大肚子一步蹿了进来，当她看明白是怎么一回事后，惊慌失措地跑到楼道里，“快来人啊——”

张凤林媳妇死了。张凤林媳妇死的时候刚刚二十八岁。

张凤林俯下身子，抓住媳妇的手摇晃着，呼喊着。他紧紧地攥着媳妇的手，捂住自己的眼睛。张凤林满怀愧疚，小声地说着什么，说得最清晰的一句话就是“俺忙啊……”

屋里拥进来许多邻居，张凤林仍然不断地重复着这样的话：俺忙啊……“解放妈，解放妈，你这是咋了呀……”大虎妈子坐在地板上扯开了嗓门哭得有板有眼，“你才二十八哎，你还没逛着太原街哎，还没织条线裤啊——”

中间门的大华妈和大平妈抹着眼泪，“俺哪天都来坐一会儿，偏就今天没来……怎么好端端的一个大活人，说死就死了？”

“妈——”解放和国庆凄厉地叫着，就连春儿也像知道了什么，大哭大叫起来。张凤林媳妇安静地躺在那里，灯光照着她的脸，灰白没有一点血色。

张凤林不敢看媳妇的脸，想起早上出门时，媳妇希望他在家守着她的那个眼神，他怕媳妇怪罪自己，只好低着眼睛看着那双被他紧紧攥着的手，喃喃地叫着“英子……”

英子是张凤林给他媳妇起的名字。当年，张凤林像捡到一只野猫一样捡到这个比他小三岁的女人。那时她没有名字，是个孤儿，女扮男装要饭吃。直到张凤林把饿昏在地的她背回家，还以为是个小兄弟。他救醒了这个小兄弟，又分了一半红薯给他吃，两个人说话时才发现小兄弟竟然是个女的。从此以后，他俩男耕女织，相依为命。不过，有了孩子以后，张凤林大都叫她孩子他娘，只是偶尔在被窝里高兴的时候，才叫媳妇“英子”，英子这个名字是张凤林在被窝里的专用语。

还有这双被张凤林称为“连骨头都是软的”的手，他每天晚上都要握着。这双手，好看到了谁看一眼都会说好看的程度，不仅好看，还能干活，给他和孩子缝缝补补，洗洗涮涮的，这么多年。家中的活计哪样不是媳妇干哪，媳妇自己也常常自怜自爱地说，爹妈生了她这双手用处可大了，鸡刨食一样，没闲着过。

“解放，你妈……你妈没和你说什么？”大虎妈子问。

解放没有回答，他连妈什么时候死的都不知道。他张开嘴巴又大哭起来。

张凤林猛地睁大眼睛，他看着桌上的五块钱：媳妇心地善良，总是设法补救他的过失，早晨他答应了媳妇去送钱，可是钱还在这儿。解放，他的大儿子，今年秋天就要上学了，自己这般大的时候都能砍柴了，自己小时候没鞋穿，饿得树叶都能吃两把，可解放倒好，能吃到猪肉炖粉条，还有新鞋穿，还要蓝裤子。啥都有了，他咋就不知道照顾家呢？跟邻居们喊一声，哪家有人都会过来看一眼，发烧还能烧死人？我这劳动人民咋养了个少爷羔子！

突然，他站了起来，冲到解放跟前，“一整天你死哪儿去啦？我早上咋说的！”解放吓坏了，从没见过爹这么凶，他害怕他爹一脚踢来，转身就往外跑。

楼道里突然传来解放的一声惨叫，张凤林愣了一下，风一般追了出去。通往二楼的缓步台上，苦命正把解放抱在怀里，充满恐惧地看着张凤林：张凤林疯了吗？

8

张凤林看着解放那吊在胸前的胳膊，心里酸酸的，媳妇死了，儿子胳膊骨折了，看自己把这个家整的。解放不哭了，眼里充满怨恨，他知道今年不能像别的孩子一样走进“工人村小学”了。

“真不像话！”冯眼镜气愤地说。

本来张凤林媳妇的死，冯眼镜对张凤林就有了很大的不满，又听苦命说张凤林一脚把儿子的胳膊踢骨折了，冯眼镜震惊了，愤怒了。他把张凤林的入党申请书，摔在了大王的桌上，“你不是说不知道有这份申请书吗？这样的申请书还是不知道的好。他是什么人，他就是山寨土匪！”

大王愣愣地看着冯眼镜，“冯工啊，我早就批评过这张凤林，可领导都说了，金子也是从矿石里提炼出来的。”冯眼镜大声喊道：“他是哪块金子，他张凤林就是块破铜烂铁，浑身是毛刺儿！”

冯眼镜让大王转告张凤林，他不同意张凤林入党，还会建议把张凤林从“快速炼铜法”项目组里请出去！

张凤林吧嗒吧嗒地抽着老旱烟。他心里承受了巨大的压力，他不知道自己怎么就变成了山寨土匪。山寨土匪还能见着毛主席吗？完了，这辈子别想这好事了。

内心的对抗，越来越强烈地往外冲撞着，像冷热对流的空气一样，他的心里结了一层厚厚的冰霜。春儿的哭声，像引爆了一颗炸弹一样，再一次引爆了三个孩子的悲伤情绪，他们家的哭声，又掀起了一次新的高潮。张凤林开始还想哄哄孩子，可是，刚刚失去了母亲的小哥儿仨，早就等着用这种方式声讨他爹，这个不哭了，那个又在哭，这个不吵了，那个又在吵。张凤林突然使劲地拍着桌子，大吼一声："看谁再哭，谁也不许哭！"

屋里一片寂静，连春儿也安静下来。张凤林清了清嗓子，说："从现在开始，谁也不许再喊着要妈，听着没？"三个孩子又哭了，只是声音小了许多。

郑喜财从外面推门进来，拉着张凤林坐下。

张凤林长长地吐了一口气，问郑喜财这么晚了来干什么？郑喜财轻轻地说："就是来看看。"媳妇死后，好多工友像这楼上楼下的女人一样，有事没事地过来看看。他对郑喜财说，有时间琢磨点正经事，别老往这儿跑。郑喜财勉强笑了一下，说知道了。

郑喜财看见解放和国庆还在那里抹眼泪，便把手里的两块蛋糕还有花纸包着的糖块放在桌子上，说这是他媳妇给孩子们买的。他招呼着解放和国庆过来吃。解放一动不动，国庆眼巴巴地看着那些好吃的，却也不敢往前迈步。郑喜财看看三个孩子，说："大哥啊，就别再难为孩子，够可怜的了。"张凤林沉默了，好半天，第一次用软软的口气对郑喜财说，也就是新社会，死了娘还让你有吃有喝的，要是旧社会，一个大老爷儿们带着三个屁事不懂的孩子，那还咋活啊？

"喜财，你也是打旧社会过来的，那时候要是遇到了难处，谁管？富人家不会管你，穷人家也管不了你。现在厂子里有工会贴补，街委会还派些娘们儿过来帮你，有啥可怜的？"

"哥啊，俺是说别再责怪孩子了，本来俺嫂子死了都说是你的错哪。”

听郑喜财这样说，张凤林的怨气像开闸的洪水，一发不可收了。

“俺错哪儿了？娘儿们说俺错俺就错了？冯眼镜说俺错俺就错了？俺怎么错了？”

张凤林想起了从入厂到现在，他差不多就没有休息过。想当年，炼铜翻锅的时候，七八个人拿着家什儿往外倒铜水，每次最少得半小时。那往外冒着的有毒气体和浓浓的黑烟，呛得大伙一声连一声地咳嗽，有一次徒弟小王被呛晕了过去。是他张凤林，利用休息的时间和几个工友着手改进，终于把完全用人力操作的“翻焙烧锅”，改造成一按电钮，四分钟之内完成一次翻锅任务的“电力翻锅”。虽然一次小小的技术改造，也掺杂了他的吵嚷声甚至打骂声，可他是为了厂子为了国家啊。那些挨过他骂，挨过他踢的工友，谁不明白他的用意。他性子急，脾气暴，可心眼儿好，关心工友胜过关心自己，要不然工友怎么个个和他亲如兄弟呢？“电力翻锅”改造成功，“张凤林先进班组”的名声一下子响彻全市。大伙儿都把这个荣誉看成眼珠子一样的珍贵啊，就连那个苦命，不是也以自己是“张凤林先进班组”的一员为荣吗？

“先进班组是俺带着兄弟们干出来的，俺错在哪里？”

张凤林吼着，无意中看到了床里边的那块小花布，媳妇活着的时候多么想把这块小花布做件新衣服啊。张凤林转过头来，鼻子一酸，声音降了下来，“喜财，你不是不知道，俺忙啊……”郑喜财点点头，眼泪在眼圈里打转。

对于张凤林的忙，张凤林媳妇曾经说过，要是国家这个“大家”指望着张凤林，这个“小家”就甭想指望他了。当初，张凤林觉得媳妇还真是没有说错，不是有那样一句话吗，忠孝难两全，他哪能家里外头都兼顾得那么好。媳妇很多时候是理解他的，但也常常埋怨他。媳妇说过“孩子爹忙得像个啥似的……”张凤林忙得像个啥，她也形容不好，反正她就知道张凤林忙。张凤林承认，就连媳妇生孩子坐月子，都是邻居家的女人帮着照顾，用媳妇的话说，“俺可指望不上他……”

张凤林想，媳妇指望不指望的还是小事，国家要是指望不上他就是大事了。眼下熔炼厂生产条件还没有明显改善，体力劳动很繁重。有那样一句话：“熔炼厂，烟囱高，轱辘马（即矿车），大铁锹，铁钎大锤累弯腰。”在自己的工作岗位上，就应该拼了命地干哪。张凤林是这么想的，也是这么做的。只要他拿起干活的家什儿，眼睛就往外冒蓝光，敦实的身体就像战场上的大战马，劲头十足。他被炉火呛得咳嗽带血，一句怨言都没有。他是炉前工，站在炉前的工人不就是这样吗？领导和工友都看在眼里，他哪里有错？

张凤林又想起，他还要时不时地坐在大礼堂的主席台上，面对他的工友，讲旧社会当劳工的不幸，讲父亲当年的惨死，讲他如何感谢共产党感谢毛主席。台下总是长时间的掌声。他会激动地站起身，拿出那块铜渣给大家看，他会哑着嗓子说：“旧社会，俺们工人还是人吗？哪个工人的日子好过？和俺一样的工友们啊，想想现在的好日子，俺能不好好当工人？想想日本人拿咱们工人不当人的日子，俺哪能不说现如今还是当工人好啊？就算是俺为了国家，不顾自己的小家，那还不应该吗？”台下再次响起掌声。

“有人问俺，干嘛这样拼了命地干，不怕累死啊？俺说，老黄牛耕地是老死，不耕地也是老死，俺就愿意做这耕地的老黄牛。俺认了这个理儿，给自己厂子干活，累死也痛快！”

台下的掌声更热烈了。

现在，张凤林没了媳妇，只有不能自理尚需照顾的三个儿子，他还要承受冯眼镜等人对他的不满。

“俺错在哪儿了？还有人说，俺那天不应该扔下媳妇去做忆苦思甜报告，可党委书记都说了，忆苦思甜也和俺站在炉膛前一样重要。冯眼镜是俺的老师，可他凭啥就说俺是狗到哪儿都吃屎？还有苦命，偷国家的东西，不该打吗？只要是国家的，就是装进棺材里你都得交出来！”

张凤林越说越激动，“俺吓得孩子摔伤了是不假，可那是俺亲儿子啊，俺要不是气急了能骂他吗？说俺扔下媳妇不管，那也是俺亲媳妇啊，俺还靠她带孩子做饭哪，俺乐意她死了？俺乐意她扔下这三个没娘孩子吗？”

张凤林冲着郑喜财，再次大声吼叫起来。

“凭啥就不让俺入党，凭啥又要把俺撵出‘快速炼铜法’项目组？喜财你说，俺错哪儿了？”

郑喜财的眼睛越过了张凤林，厂党委书记和厂长已经站在了门口。张凤林像见到了自己的父母和兄长，委屈又有些倔强地说：“俺也没错啊。”

党委书记一步迈进来，握住张凤林的手说：“凤林，即使你有错，任何人都没有权力不让你入党；即使你有错，没有谁有资格阻止你参加‘快速炼铜法小组’，你是咱们国家最好的工人……”

“对，你是咱们厂子最宝贵的财富。”厂长又说。

张凤林瞪大眼睛，努力不让眼泪流出来。

9

1957年的秋天，又是一个气候多变的季节。高远的天空中，时常有大片大片的云彩，被风吹着，一会儿变成了马头，一会儿变成了狗头，一会儿又变成了一座座飘浮起来的大山……

张凤林作为职工代表，参加了东北熔炼厂的职工代表大会。大会一开始，厂领导就用高八度的声音，宣布了一件让人心惊肉跳的大事——东北熔炼厂挖出了一个反革命团伙。为首的就是铜电解车间的工人王力，他和另外五个人组成“工农自由党”，发展了二十几个反革命分子。公安局抓获这些人的同时还查出手枪、子弹、手榴弹、电台等物。

全场的职工代表一片哗然，张凤林像做了场噩梦一样，有口寒气直贯心底，在五脏六腑里转腾一圈，又一下子变成了冰凉的魔爪，紧紧地揪住他的心。直到会议结束，张凤林的心一直提着，痛着，冷着。从礼堂到车间，再到班组，没有几步远的路，张凤林两腿发软，走得那么艰难，那么沉重。作为党外积极分子，他还要列席由冯眼镜主持的党小组会议。

冯眼镜对发生在厂里的事情，虽然也很愤怒，但好像早有心理准备似的，很平静。他认为在这样一个刚刚屹立在世界东方的社会主义国家，有一个半个想搞破坏的阶级敌人，是正常的事。所以，他从容地说了几句之后，就提议讨论一下“铜生产系统结构改革”的事，以便形成统一意见，以党小组的名义报上去。

张凤林整个心思还在刚才的职工代表大会上。那个有电台、有手榴弹的反革命团伙，那些看起来和他一样也是拼了命地大干社会主义的“工友”，怎么一夜之间变成了反革命？不是变的，他们原本就是反革命，正如党委书记说的那样：咱们国家，还有那么多旧社会留下来的大资本家、小资本家，大地主、小地主，那些旧社会留下来没有被识破的大汉奸、小汉奸，他们不甘心也不可能甘心失败，他们像冬天里的大葱，叶黄根枯心不死，他们还会想方设法地把我们今天的好日子再夺回去。如果他们得逞了，我们这些过去受过欺压的工人，还要回到旧社会去，还要过着没房住、没衣穿、没饭吃的日子。想到这儿，张凤林的身子又一阵阵地发冷。

冯眼镜还在那儿侃侃而谈：“我还是不同意现有改革方案，我掌握的数据表明，铜系统分成四个小车间，肯定会出现相互之间配合上的问题，这会降低工作效率……”突然，党小组副组长大王打断了冯眼镜，“我们应该讨论防止反革命分子破坏生产的问题，这是党委的安排”。冯眼镜淡淡地说：“这个问题我已经谈过了，如果大家还要讨论，可以放在后面。可是生产系统改革就要实施，这件事更重要，我们抓紧把意见反映上去。”

“你个人的意见不是反映了吗？党委并没有同意，还讨论什么？”大王说着，目光扫过会场上的党小组成员，“大家说是不是？”

“就是。书记不同意了，才想起和我们讨论，拿我们当啥了？”有人对冯眼镜的做法表示了不满。可是冯眼镜并没有听出来他们不满的原因，还按着自己的思路解释着，“书记不接受，不等于我们就不能提意见，我们党提倡百家争鸣，领导有错误，党内党外都有监督的责任。”

“请注意你的立场！”大王的声音一下子提高了，“我们应该警惕一些人，借着提意见的机会，对我们党的领导进行攻击，对我们工人阶级进行诬蔑！”

“哦？”冯眼镜拉开了辩论的架势，“你这话里有话呀，可以摆到桌面上来嘛，我冯某人愿闻其详。”

大王腾地站了起来：“摆就摆，咱们书记下车间劳动，你却说穿上工作服和工人一起劳动就是好书记吗？我们工人写了首诗，‘熔炼厂烟囱高又高，熔炼厂工人逞英豪’，被你说成狗屁不通，还说书记不懂文学，你还诅咒厂子的烟囱会倒掉！”

“那是我对熔炼厂未来的憧憬，只要生产技术达到更高的水平，我们就不再需要这些大烟囱。”冯眼镜解释了一句。大王根本没听他说什么，接着自己的话说：“张凤林同志是市里的劳模，我们书记说他是厂里最好的工人，你却说他是土匪工人，打消人家的入党积极性，还要把他踢出‘快速炼铜法小组’，可是这些书记和厂长都没有答应。张凤林同志现在是党外积极分子。”大王像打了胜仗一样，“你还扩大人民内部矛盾，挑拨工人之间的阶级感情。张凤林打了苦命不假，可是党员都知道，当初张凤林主动把房子让给更困难的同志，党委给予特殊照顾，苦命才住进工人村。张凤林打孩子，是因为他儿子没有把五块钱送到苦命家，这说明张凤林对苦命的阶级感情超过了对儿子的感情，孩子摔到楼下，是苦命把他抱起来，还要送到医院去，这说明苦命对张凤林的儿子也有阶级兄弟般的感情……”

冯眼镜忍不住要笑，只好把脸埋在胳膊里。他明白了这个副组长今天敢这样讲话的原因，一句一个“我们书记”，看来是捧着“尚方宝剑”来的。想到这儿，他又坐直了身子，面带不屑地哼了一声。

这个表情正好被张凤林看到，刚才听到熔炼厂烟囱会倒掉的时候，张凤林就已经瞪起了眼睛。那可不仅仅是几根烟囱，每天早上张凤林一出门，就冲着那几根烟囱奔去，远远地看到它心里才感到踏实，那是他的奔头儿，是灯塔，是航标。这个冯眼镜连这种话都敢说，他还是不是工人阶级？跟党还是不是一条心？当看到冯眼镜不屑地一哼时，张凤林爆发了，像“二踢脚”一样蹿到了冯眼镜面前，紧接着第二响就炸开了：“你是大汉奸！”

整个屋子摇晃了一下，冯眼镜、大王和所有人都盯着张凤林。

“你说谁？”冯眼镜愤怒了。

“说你，”张凤林掷地有声，“看你戴个眼镜梳个油头的熊样儿，从里到外你冯眼镜就是个大汉奸。”张凤林说完一甩胳膊，痛痛快快地走了。

“你——”平时总是你有来言我有去语的冯眼镜，看着张凤林离开，竟一句话也说不出来，这几句话胡搅蛮缠让他也找不出个条理，“哪儿跟哪儿这是？”

人世间

（节选）

梁晓声

作品简介

《人世间》是当代作家梁晓声创作的长篇小说，分上中下三卷，115 万字。2017 年 12 月，由中国青年出版社出版。2019 年 7 月，《人世间》获第二届吴承恩长篇小说奖。同年 10 月，获第十届茅盾文学奖。

小说以周秉昆等十几名平民子弟的生活轨迹为线索，多角度、多方位、多层次地展示了近五十年当代中国社会的历史变迁和普通民众不平凡的生命历程。伴随共和国成长的这一代民众，虽然他们的性格各有不同，但都有自我的人生目标，为改变命运，勤劳坚忍，自尊自强，努力奋进，谱写着当代普通人的生命史诗。

根据梁晓声《人世间》（中国青年出版社，2017 年 11 月首次出版）节选。

正文节选：第十三、十四章

第十三章

成了小名人的秉昆买了辆旧自行车，算是奖励自己。

一天，他骑车上班时，另一骑车人从他前边横驶而过，结果他的自行车前轮撞上了那人自行车后轮。如果不是二人都反应快，同时刹车同时一脚踏地，那人肯定被他连人带车撞倒了。

那人回头看秉昆，分明想骂他。他认出了对方是蔡晓光，正欲开口说话，蔡晓光却像根本不认识他似的，一低头一弯腰，蹬着自行车转眼远去。

蔡晓光不可能没认出他来。又不是冬天戴着棉帽子和口罩，你看我我看你四目相对的情况之下，没认出来那才怪了！可蔡晓光为什么竟不理自己呢？

我究竟做了什么对不起他的事啊？秉昆一路往厂里骑着车，一路扪心自问。

他自省的结果是，根本就没做任何对不起蔡晓光的事！自己从没做过任何对不起别人的事，更不会做对不起蔡晓光的事。蔡晓光即使算不上是自己的朋友，那也是在他走投无路之际帮助过自己的人啊！

他百思不得其解，困惑而郁闷，从早到晚怎么也高兴不起来。

几天后的一个上午，秉昆正与老推销员在一家综合商店谈下个月的销售计划，厂办主任把电话打到了商店，要他立刻动身赶回厂里。他问什么事？厂办主任说你回来就知道了。完全是一种公事公办的口吻。

他问老推销员可能是什么事？

老推销员也猜不到，对厂办主任以那么一种大可不必的口吻打来电话，同样感到诧异。

秉昆蹬着自行车风风火火地赶回厂里，见老太太忧心忡忡地站在厂门口。

她说是市“批林批孔”运动领导小组的同志找他进行外调，接着又说：“你不必怕，在我办公室谈，我会一直陪你身边，但你可要句句据实回答，要对自己的话负责。”

秉昆的心顿时就乱了，怎么会有来头那么高的人找自己外调呢？要外调的又会是什么人的什么事呢？他一向对政治避之唯恐不及，很怕自己哪一天沾上边儿。在听唐向阳讲了那件改名的事以后，他更怕政治了，既怕又厌恶。从厂门口到老太太的办公室有一百多步，在那一百多步里，父亲、哥哥、姐姐以及与哥哥姐姐产生了亲密关系的冬梅姐和冯化成，一个个像电影人物似的从他脑海中徐徐移过。除了他没见过的冯化成是个面目模糊的男人身影，其他亲人的容貌都格外清晰，都忧郁地看着他，似乎都在用目光对他说：“秉昆，连累你了，我们也不愿发生这样的事啊！”

他心头如撞鹿，忐忑不安，认为肯定是自己的哪一位亲人在政治上出了问题。究竟会是谁呢？父亲绝不会！哥哥和冬梅姐也不会。那么……只能是姐姐呀！她做了一个“现行反革命”的妻子，这就注定了早晚会在政治上出问题啊！

姐姐，姐姐，亲爱的姐姐，你当初可是何苦啊！

秉昆在心里念叨着，机器人似的跟在老太太身后进了她的办公室，见有一个穿中山装、样子斯文的四十多岁男子坐在室内。

那人正喝水，放下杯问老太太：“他？”

老太太点头，也坐下了。

那人将秉昆打量了几秒钟，面无表情地说：“他是可以坐下的。”

老太太也面无表情地说：“当然。”

那人说：“把椅子搬过来，坐我对面。”

秉昆就把椅子摆他对面，端端正正地坐下。

“近点儿。”那人的语调，像是一位严厉的老师，要开始对一名特别不喜欢的学生训话似的。

秉昆犹豫了一下，起身把椅子摆得离对方更近，近到几乎触膝的程度。他重新坐下时看了老太太一眼——老太太正低头看报。

“看着我。”那人又说。

秉昆只得看着对方，那么近距离地看着一个陌生人，他感到别扭。

那人却不看着他，而是看着老太太，明显心存疑虑地问：“你跟他说什么了？”

老太太头也不抬地回答：“我告诉他你是哪儿的，找他干什么。”

那人又问：“就说了这些？”

老太太这才抬起头，愠怒地反问：“你是在审问我吗？如果是，那你得回去重开一封介绍信再来，你的介绍信上可没写着可以审问我。”

那人愣了愣，随即讪笑道：“哪里哪里，你太敏感了，我只不过想让气氛轻松一下嘛。”

秉昆感到气氛比他刚进来时更压抑了，觉得口干舌燥。

那人从上衣兜取下笔，将记事本翻开，看着秉昆问：“你认识蔡挺凯吗？”

外调就如此这般地开始了。

秉昆一时口干得说不出话，请求允许他喝口水。

老太太目光温柔地看着他说：“桌边上那杯是为你凉的。”

秉昆一口气喝光了那杯水。因为对方一开口说出的不是自己哪一位亲人的名字，他七上八下的心稍微安定了些。

他说自己知道蔡挺凯是蔡晓光的父亲，也知道蔡挺凯是省里的一位领导，但从没见过，所以不能说认识。

“真的？”

“你要是信我的话那就是真的，如果不信随你怎么想好了。”

“你一次也没去过他家？”

“没有，我只认识他的儿子蔡晓光。”

“怎么认识的？”

“蔡晓光是我姐的朋友。”

“那么，当然也是你的朋友啰？”

“他不是我的朋友，我的朋友都是一般老百姓家的儿女，高攀不上他那样的朋友。我认为，他也从没拿我当过朋友。”

“是你姐的朋友却不是你的朋友，这我就不太理解了。”

“世界上让人不太理解的事很多，我也有很多不太理解的事。”

“但是，他却帮你走后门调到了这个厂。你们不是朋友，他会为你的事这么出力？”

“是我求他的。走投无路的情况下，人也会求不是朋友的人。我们老百姓经常会这样，无非厚着点儿脸皮。我当时在木材加工厂走投无路了，他帮我，是看在我姐的面子上。有些人帮了我们一次忙，不一定以后就是我们的朋友了，对不对？”

到此时为止，对方还没往小本上记一个字呢，显得有些烦了，掩饰着端起杯也喝了口水。

老太太第二次放下报，往上推了推眼镜，也不看那人，一边把那张报纸放回报夹上，一边批评说：“政策和策略是党的生命，搞外调也要讲这一点。同志，你刚才的话是错误的，损害了我们厂的声誉。我们厂从不接受走后门的工人。一个生产酱油的工厂，谁犯得着托关系走后门进我们厂吗？市里的工厂分五级，木材加工厂和我们厂同属于四级厂，从一个四级厂调到另一个四级厂，完全符合正常调动的范围。蔡晓光只不过向我们介绍了一下他当时在木材加工厂的情况，而我们厂当时正缺少出渣工。他的入厂手续是我批的，出渣是我们厂最累的工种，他入厂后到现在一直还是出渣工。我说清楚了吗？”

那人还试图寻找突破点，他问：“当时，蔡晓光怎么介绍他的情况呢？”

老太太看着秉昆说：“告诉你他当时在木材厂的情况，这不成了向我搞外调了！”说罢，她起身走到窗前，给窗台上的几盆花浇水。

秉昆简明扼要地讲了讲自己当时在厂里的苦恼处境，他有点儿不耐烦了。讲完后，他不满地问：“你到底想知道什么事？别再绕弯子了，咱们直来直去好不好？”

那人精神为之一振，正中下怀似的说：“好，好，很好。很高兴你这种痛快的态度，我喜欢你这种性格直率的青年！”

接着，他摆明要害，说他要了解的是，蔡晓光和周秉昆谈过自己对“批林批孔”的什么看法没有？如谈过，具体是怎么讲的？如确实没谈过，谈到过他父亲蔡挺凯对“批林批孔”的什么看法没有？

秉昆回答说：“自从姐姐一九六八年到贵州去以后，除了偶尔在路上碰到过蔡晓光，彼此匆匆说几句可说可不说的话以外，再就只会面过一次，便是自己求他帮忙调单位那一次。”

对方按捺不住，打断道：“那不正是‘九一三’事件发生不久的事吗？许多人当时议论纷纷，他肯定也议论了。想想，好好想想。”

秉昆说：“想都不用想，他一句也没议论。”

对方的表情很失望，沉默片刻，退而求其次地说：“那你谈谈蔡晓光对‘文革’说过哪些话也行，包括他说父亲对‘文革’怎么看的。你姐是他的朋友，‘文革’开始以后，他经常到你家去，和你哥你姐，还有前副省长的女儿郝冬梅聚在一起，这些情况我们都掌握。我也坦率地告诉你，凡有人群的地方，几乎就有我们无产阶级红色政权的耳目。但是呢，我一句话都没问你哥哥姐姐包括你哥哥的对象郝冬梅说过什么关于政治的话，对吧？我不是针对你和你的家人来的。刚才你们厂的党支部书记也讲了，政策和策略是党的生命。我是懂政策讲策略的，可和你谈了这么半天，你却一点儿都不配合。年轻人，我再跟你交个底，如果你肯配合我一下，那么你在‘批林批孔’运动中就立了功了，这对你是有益的。我说这些完全是为你好，你可要想清楚了。”

秉昆问：“那，怎么样才算配合你了呢？”

对方说：“你自己想。”

老太太不浇花了，转过身，双臂交抱胸前，微微眯起的双眼从镜片后投出琢磨的目光，一会儿注视着外调者，一会儿注视着周秉昆。

秉昆突然玩世不恭地笑了。

外调者紧皱双眉，有点儿生气地问：“你怎么还笑呢？有什么好笑的？”

秉昆一本正经地说：“傻笑呗，我也跟你交个底行不行？”

外调者立刻欢迎说：“行，太行了。咱俩就是应该互相交底。”

老太太忽然咳嗽了几声。

秉昆也不往老太太那边看，郑重其事地问：“你不记吗？”

“记，记。”外调者拿起了放在记录本上的笔。

秉昆将身子坐得更直，以一种对医生讲述自己病情般坦白的态度说：“你虽然对我哥哥姐姐的情况掌握得挺清楚，对我却不太了解。我这人吧，基本上就是一个政治白痴，在政治方面纯粹是傻瓜蛋、二百五。所以呢，关心政治的人谁都不跟我谈政治，我也从不跟他们谈政治。你呢，从我一坐下，句句往政治上引我来谈，这让我心里烦透了，你知道吗？我再烦那么一点点，是会骂人的。如果更烦了，还会打人。哎，你怎么不记呢？记上我这些交底的话，回去不就好交差了吗？我这是种病，哪儿都治不好，有的医生说是遗传的。我父亲就像我这样，政治对于他就是当一名好工人，获得更多的奖状。”

他说完，闭上了双眼。

外调者心有不甘地问：“没了？”

他猛地睁开眼大吼：“你他妈的还烦我是不是？”

外调者一哆嗦，立刻站了起来，气恼地瞪着秉昆，片刻后扭头看老太太。

老太太耸耸肩，像体育裁判那样做出停止的手势。

外调者抓起记录本，悻悻地往外便走。

老太太也往外跟，同时训斥秉昆：“你这是什么表现？给我老老实实坐着别动，看我过会儿怎么调教你！”

老太太回到办公室时，见秉昆坐在那儿生气，便亦庄亦谐地说：“我觉得你挺懂政治的嘛。你这么样把他打发走了也好，拿着鸡毛当令箭，连我都快烦了。”

秉昆恼火地说：“他侮辱我人格！”

老太太坐下，放松身子往椅背一靠，把双手交抱胸前，三娘教子般地说：“别那么娇气，我的人格被侮辱过多少次了，你的人格怎么就不能被侮辱一次？你的人格有铁券丹书保佑着呀？”

秉昆问老太太知道不知道唐向阳父亲替他改名的事。

老太太矜持地说，凡是记在档案里的，全厂每一个人的事她都知道。秉昆说的事，唐向阳的档案里并没写，她愿闻其详。

秉昆就把唐向阳的名字怎么由唐朝阳改为唐向阳的过程大致讲了一遍。

老太太不解地问：“你讲给我听，究竟要说明什么呢？”

秉昆高傲地说：“在我这儿，唐朝阳这个名字的意思就是姓唐名朝阳，王八蛋才会说成迷恋唐朝的太阳！谁想让我也成为那样的王八蛋，门儿都没有，对你也不例外。我有时候可以装傻瓜蛋，但绝不做王八蛋！‘批林批孔’那点事儿，不就是你家老马同志说的那种矛头吗？连进步都明白！”

老太太打断道：“等等，等等。你们三个去我家那天，偷听我和老伴的谈话了？”

秉昆只得点头承认。

老太太宽容地说：“既然偷听到了，我问你们罪也没必要了，相信你们不会乱说的。”

秉昆值得信任地点头。

老太太便与他约法三章：第一，绝不许他们聚在一起再议论“批林批孔”这个话题；第二，不许议论“文革”以及一切与政治有关的话题；第三，支持唐向阳在八小时以外为他们补数理化课程，以后能考上大学，将是她喜出望外的事。

“那，夜校什么时候能开课呢？”

“我尽量争取早一点儿。”

“将来大学还会招生吗？”

“估计很快就会的，但以什么方式招，我也没法预见。不管以什么方式，如果文化基础知识太差的人上了大学，既浪费人民的钱，也浪费教育资源。”

“你也给我交个底，蔡晓光他父亲的事，是不是很严重？”

“是的。在咱们省，目前是最严重的政治事件了。都打成了林彪死党，那还不严重？”

“他要替林彪翻案？”

“他哪有那么大的能量！当年是林彪部队的干部，并非个个都是林彪的家将。据说他那人挺正派，只不过强烈反对……”

“项庄舞剑，意在沛公？”

“周秉昆你懂得太多了，这不好，很不好，到此结束吧。”

“最后一个问题——我刚才的表现，对我以后会有什么不利吗？”

“很负责任地回答你，不会。”

“对我哥哥姐姐呢？”

“这是第二个问题了。放心，更不会的，人家那位同志也不是彻底的王八蛋，那是他的工作。”

老太太又说，倘若他周秉昆真的提供了什么落井下石的证言，那对方也会很高兴。即使他周秉昆胡编一通，比如将唐朝阳说成唐朝的太阳那一类证言，对方听了都觉得牵强，那也还是会如获至宝，认真记录，及时汇报，因为那是难得的立功机会。原本不是王八蛋的人，在那种情况下，很容易也很愿意变成王八蛋。她替对方高兴，秉昆也应该替自己高兴，因为他拯救了一个有可能变成王八蛋的人。

当面听老太太表情庄重地表扬自己，秉昆高兴了。

他起身将走，老太太问他茶好喝吗？他猜到了为什么那么问他，说好喝极了，说自己和母亲可爱喝茶了，但除了过春节能喝上几次不知道哪辈子采下来的茶，平时多想喝也喝不上呀！

老太太也猜到了他为什么那么说，笑了，给了他一小盒杭州“龙井”，还给了他一桶麦乳精。“龙井”他是有所耳闻的，麦乳精连听说也没听说过。老太太说麦乳精是营养品，一直想着要让他带给做街道干部的母亲——她打听过了，知道他母亲是位热心肠的好街道干部。

秉昆讶然地说：“你怎么也像刚才那个人似的，什么都乱打听啊？”

老太太白了他一眼，嗔道：“怎么是乱打听呢？我要充分了解你们，引导你们往正道上走，当然也得对你们的家庭有所了解。”

那天秉昆回家后，母亲告诉他蔡晓光来过了。

秉昆问蔡晓光说了些什么。

母亲说蔡晓光说是下班路上忽然心生一念，骑自行车拐了个弯顺便过来看看。他说几天后就要离开拖拉机厂，到他们厂在外县的一个分厂去上班了。具体哪个县，他还不太清楚，算是来告别，很可能相当长一个时期内会与周家人失去联系了。总之，匆匆说了几句话就走了。

母亲埋怨道："都怪你！你要想往酱油厂调，自己去联系联系就不行吗？上班几年了，还这么不懂事！我看就是因为你当初麻烦人家，人家不愿再与咱们周家有什么来往了，亲自登门，当场和咱们周家做一个了断。"

秉昆默默听着，不想对母亲说一句蔡晓光父亲的事。

母亲见了"龙井"和麦乳精才停止了絮叨，指示秉昆，麦乳精要及早给他姐姐寄去，好营养外孙女的身体。至于"龙井"，她要留着春燕和德宝办喜事时拿出来。

秉昆不再听她絮叨，又去翻书箱。书箱内的大部分书他都已读过了，还往小本上抄了不少自己喜欢的文字。在那些作家中，他更喜欢雨果和托尔斯泰，尤其是雨果。雨果小说那种激情四射雄辩滔滔的语言魅力让他沉醉，因为他觉得自己内心太缺少激情了。他渴望成为有激情的人，却不能在现实中发现什么值得自己投入激情的事。自从成了小名人以后，他经常提醒自己随身带着快板。商店里的人们总是要求他来一段快板，如果他让对方高兴了，起码可以多进几箱他们二厂的而不是一厂的酱油。为了那几箱酱油的业绩，他说快板时状态饱满，但只要独自安静下来，服了兴奋剂似的那种状态就会一扫而光，内心里随之产生的又仿佛是从四面八方包围过来的空虚。以往的日子，读书是他暂时摆脱空虚的良方，但是现在他决定与雨果们分开一个时期了。哥哥姐姐居然还留下了一册不少的初中到高中各门课本——那正是他要找的。

老太太点燃了他心中的一盏灯，那盏灯的名字叫大学。他不知道，除了上大学，还有什么其他方式能算得上是一种改变人生的正派方式——可以使自己对人生不再沮丧，而是比较满意。一九七三年，大学毕竟仍是一个与知识和思想发生最密切关系的地方。他读了一些书籍之后意识到，如果一个人终生都缺少知识和思想，那么，他连一颗黄豆也不如。成吨的黄豆还能榨出豆油或酿成酱油，成群的没有知识和思想的人，除了体力和技能，就再也榨不出别的东西了。而被榨尽了体力和技能的人，注定是一个可悲的人。

六月的 A 市是它最美的季节。

树的叶子全都绿得油旺旺的，特别是那些老杨树的叶子，能长到比壮汉子们的手掌还大，每一片都像刚从手工纸上剪下来粘到枝上。很奇怪的是，学生们用的作业本的纸质仍很差，小学生用的手工纸还像“文革”前那么色彩光鲜。那些老杨树多半是自然生长，而非人工栽种。共乐区岁数最大的人，也比不上它们的树龄长。马路两旁的柳树倒是人栽的，因为它们容易活，绿化成本低。新中国成立后 A 市就进行过一次绿化运动，许许多多的柳树是当年群众义务劳动种下的。A 市一向不缺水，仅仅冬季的雪在春季化成雪水渗入地下，便会让植物在以后的两个月生长茂盛。A 市的夏季又是多雨的，这使 A 市大马路两旁的柳树像南方的柳树一样，普遍长出又细又长、柔软得可以在手指上缠几圈的枝条。

许多人家小院里的丁香树和扫帚梅也都开花了。说起来，A 市人喜欢那两种花，大约还是受俄国人的影响。对于早年间生活在 A 市的俄国人，没有院子是不成其为家的；院子里如果没有丁香和扫帚梅，似乎不是完全意义上的院子。

丁香花使 A 市到处弥漫着馥郁的香气，特别是在清晨和夜晚的时候。扫帚梅实在是最普通的一种季节性草花，筷子般粗的茎居然能长到一米半那么高，直挺又有弹性，大风才能吹弯它们的茎，随风摇摆的只不过是它们的花朵。它们的茎在最上端分叉儿，每杈一朵花，一株扫帚梅最多能开五六朵花。有小院的人家都在四月份贴着板障子密密地撒一溜儿种，出芽时浇几次水，再就不必管它们了。到了六月份，它们就开始分叉儿开花了。它们的花看上去也很普通，六瓣的单瓣花而已，但是花的颜色五彩缤纷——红的粉的黄的白的夹杂绽放，还都开在几乎同样的高度。它们是那种要开就一齐色彩鲜艳地开着的花，每一朵花都不会在枝头卷边或蔫萎，始终精精神神地开着，即使经过几场大风大雨。如果它们凋谢了，花瓣落地了，捡起来细看，一瓣瓣仍如开在枝头那么鲜艳完好。它们是那种即使凋零也要凋零得不失尊严体面的花。它们的花期很长，到了十一月份，哪怕已经下过了第一场雪，仍会发现有几簇扫帚梅居然开放于白雪皑皑的世界中。它们是这么一种平凡又很耐寒耐看赏心悦目的花，A 市人才将它视为梅的同类。它们的茎干了以后，可以剪齐了扎成扫把，非常耐用。

然而，每年从六月到八月，A 市最漂亮的并不是花，而是姑娘们。当年，女孩子专指十五岁以下的小姑娘。十岁以下的小姑娘，A 市人习惯于叫她们小丫头。小姑娘们到了十七岁以上，往往就被大人们看成大姑娘了。大人们若认为她们的什么言行不得体，往往会批评道："都十七八的大姑娘了，怎么还没点儿大姑娘的样子？"

是的，对于六月的 A 市，最美的一道道风景，是十七八到二十二三岁之间的大姑娘们。当年她们的花季似乎也就这么长，一过二十五岁，一般就被视为老姑娘了。一过二十七八岁，她们就被全社会视为女人了，从此与"姑娘"二字绝缘。

已经是"文革"的第八个年头了，"九一三"事件似乎终于变成了一个历史事件，更多的人对于政治运动开始产生不可逆转的厌倦。大姑娘们尤其如此，她们的爱美之心"蠢蠢欲动"，有的穿上了花布裙子，大胆者甚至穿上了"修正主义"的布拉吉——没有人再批判她们有满脑子不健康的臭美思想了。

一日，秉昆从某商店回到家里，刚吃完饭，春燕来了。她穿了一条浅红色的裙子，裙子刚过膝盖，上身是一件短袖花布衫。

母亲问她吃没吃午饭？

她说在家吃过了。

母亲夸她的花布衫和浅红色裙子搭配得好看。

她说好看也不敢穿着这么一身去上班，领导一再叮嘱她，快是全市标兵了，在穿着方面，一定要给人无产阶级的朴素印象。

母亲打量着她说："裙子是不是短了点儿？"

她叫道："还短呀？我也不能白生一双好看的腿嘛，总得找机会让人民大众欣赏欣赏吧？"

母亲就抿嘴笑，不再说什么。

春燕是来找秉昆帮忙的，她说市里要求标兵不但应该是各行各业的先进劳动者，更应该是将"文革"进行到底的中坚分子，所以领导给了她三天假，让她认真写一篇"批孔"文章。第一天都过去了，她还一个字也没憋出来呢。

"好干哥哥，我的事就是你的事是不是？你不能让妹妹愁出一头白发来吧？这个忙你一定得帮我！"春燕嘴甜得要命。

秉昆却不为所动，说她应该首先去找德宝，帮她这类忙更属于德宝的特权，而且德宝肯定也高兴帮她写。

"德宝不是在班上嘛！你这个干哥哥，难道就不高兴帮我吗？"春燕不但嘴甜，而且一副死缠烂磨的样子。很明显，秉昆如果不帮她，她就打定主意赖着不走。

母亲同情起她来，也对秉昆说："什么特权不特权的，你能帮就帮帮她嘛。人家春燕口口声声叫着你干哥哥，你一副爱搭不理的样子，连我都看不过眼去！"

秉昆烦了，冲母亲发火："我能帮不帮吗？写大批判文章得有政治头脑你懂不懂？她没有我就有吗？咱家人有那种遗传吗？"

母亲一时被顶撞得说不出话来。

而春燕眨巴眨巴眼睛掉下泪珠了。

秉昆想到明天是星期日，缓和了语调，又说以他自己的能力绝对帮不上那种忙，最好通知所有朋友，明天都到他家来，专为春燕的事在一起讨论讨论，以共同的智慧，也许会为她凑出一篇有水平的批判文章来。

春燕噙着泪连连点头。

母亲欣然地说："这才像个干哥哥的样子。"

"那我现在就去通知德宝和吕川，让他俩再分别通知国庆和赶超。"为了摆脱春燕带入家门的烦恼，秉昆急欲脱身，说罢往外便走。

老推销员已经退休，秉昆正式接班了。他忙于推销，已三天没到厂里去了。

在厂门口，把门师傅像看着一名终于投案自首的犯人似的看着他，弦外有音地问："你还记着你也是出渣班班长吗？"

秉昆说："我只不过暂时代理一个时期，怎么了？"

把门师傅以谴责的口吻说："暂时代理那也是具体负责的人，多日没来厂里了吧？还问怎么了，快去你们出渣房看看吧！"

秉昆听罢那话，料到肯定有不好的事发生了，推着自行车往出渣房一溜儿小跑。拐过一排车间，但见出渣房门外里三层外三层围了许多人。到跟前才发觉鞋已经湿透了，路上到处汪着酱油。

从出渣车间流出了三吨多酱油，先是注满了渣池，溢到池外，接着流出了渣房，将门前的一片凹地变成了酱油池。

这是建厂以来从没发生过的重大生产事故。周秉昆扶不住自行车了，自行车倒在酱油池里，他也一屁股坐在湿地上了。

几乎所有目光都望向他，他吃惊得完全傻掉了。

德宝推着龚宾从出渣房出来了，龚宾呜呜哭着说："我们不是故意的，我们不是故意的……"

"别哭！谁说你们故意的了？事故都造成了，哭有什么用？"老太太也从出渣房出来了，高挽着裤腿，布鞋湿透，她铁青着脸训斥龚宾。

当她发现坐在地上的秉昆时，也想训斥几句，却又很快将头一扭，看着大家说：“留下几个人，把池子淘净了。下午还要出渣，不能连下午的生产也给耽误了。”说完，她从一个人手中夺过桶，转身又进了出渣房。

人们纷纷散去，只留下了几个手中有桶的人。德宝将秉昆扶起，小声说：“多亏了向阳，要不损失更大。”

吕川陪着向阳从医务所回来，向阳双手都被阀门烫伤，缠着纱布。

他内疚地对秉昆说：“班长，对不起，给你捅了这么大娄子。我们三个大意了，我们绝不连累你。”

老太太这时恰巧拎着满满一桶酱油走出来，进步立刻上前换下她，将一桶酱油拎至酱油池那儿倒掉。

老太太对吕川说：“你负责把向阳送回家。他手那样了，不彻底好了不能上班。”

德宝也拎着满满一桶酱油出来了，老太太吩咐他：“这么一桶桶地往外淘不行，你到工具仓库去把抽水机领出来。”

秉昆这时才能说出话：“不管责任多大，我一人承担。”

老太太望着酱油池说：“现在是追究责任的时候吗？你给我听着，下午不但要按时出渣，下班之前，还得搞得干干净净！酱油弄脏了的地方，要撒一层石灰，免得招苍蝇。”

她说完，低头想了会儿，忽然转身走了。

第十四章

“我认为，你还是慎重考虑再决定的好。”

“没什么可考虑的了。”

“那事情岂不是变成我把你给耽误了吗？”

“过来。”

郝冬梅背靠一棵白桦树站着，周秉义站在离她三步远的地方，弯腰继续采摘野花。他面前是一片叫作星星散的小黄花，已经快编成一个花环了。

冬梅犹豫了一下，缓缓走到他身边。

他看她一眼，再看手中花环，不满意地摇摇头。

冬梅责备道：“跟你谈你的前途问题呢，你怎么还有那份心思？”

秉义四处张望，有所发现，眼睛一亮：公路那边，有喇叭花缠着树生长，上上下下花开得煞是热闹。

他将花环朝冬梅一递：“先拿会儿。”

冬梅刚接过去，他已转身跑向喇叭花。

估计是鸟儿将几粒喇叭花的种子带到那儿的，它的花开得挺别致，下边的花尽是白色，中间部分的花是蓝色。秉义更想要紫色的花，偏偏那紫色的花开在最高处，高到了秉义伸手够不到的地方。这让它缠绕的那棵白桦树如同穿上了一件旗袍，一件绣满了白、蓝、紫三色花朵的绿绸布做成的旗袍，使人联想到穿旗袍的高挑美人儿。白桦树的树干，似裸露着的白皙修长的腿，最上边的紫色的喇叭花形成了华丽旗袍的高领。

秉义欣赏着。

冬梅喊：“你在那儿发什么呆呀？”

她知道，秉义是一个完美主义者，做任何事都要求自己做到最好，即使忽生一念要为爱人编一个花环，即使过会儿他们在公路上分手时花环必然会被抛弃。她已过二十六岁生日了，即将是老姑娘了，才不愿自己戴着花环的幼稚样子被除秉义之外的其他任何人见到呢！

“别费那事儿了行不行啊！”她又喊时，已将单色的花环戴头上了。

秉义装作没听见。他的自行车在公路边上，他将自行车搬了过去，一脚踏车座一脚踏车梁，开始摘取那些紫色的喇叭花。

所谓公路，其实就是用铲车在这一片白桦林中硬铲出来的类似防火带的一段路。铲车无法将白桦树从根部齐刷刷地铲断，只能撞倒它们。拖拉机随后用钢丝绳将它们一棵棵连根拖走，最后由人力填平树坑，于是就有一条两里多长的公路穿林而成。这一片白桦林，是秉义他们师属地内最大的一片白桦林。他们师地处山区，团与团之间、营与连之间，除了有数的几条砂石路，其他全是那种徒有其名的公路了。

秉义做事还有一个近乎强迫症的习惯，那就是先难后易。采摘到紫色的喇叭花自然不容易，他知难而上。他自以为已将自行车支稳了，但前几天下过大雨，林地还没干，一踏到自行车上，车架就陷入土中渐渐倾斜，结果他握着一把紫色的喇叭花摔倒在地上。

冬梅惊叫一声，跑过来将他扶起，让他靠在自己怀里，不安地问他摔伤了哪里没有？

他说没事，吓了一跳而已，说罢跃起将蹲着的冬梅拉了起来，接着又采摘蓝色的喇叭花。

冬梅因为不能将刚才的谈话进行下去，不悦地从旁看着他。

他采够了，也不注意冬梅的表情，从她头上取下花环，将蓝色的紫色的喇叭花间隔着遍插在花环上，双手捧着，伸直胳膊，左歪头看一会儿，右歪头看一会儿，这才满意地笑了。

冬梅不禁有点儿生气，猛一下从他手中掠去花环，使劲往头上一套，将花环套散了，成一条花草绳落在了地上。她捡起来，手臂一挥，花草绳像条彩蛇似的从空中飞舞向远处，一头钻进草丛中去了。

秉义居然不明白她为何生气，吃惊又困惑地看着她。

她沉着脸说："你就当我戴在头上了吧，现在我要求你将严肃的谈话继续下去。"

秉义不悦了，瞪着她问："什么严肃的话题？"

冬梅说："别装傻，就是你去不去沈阳军区的事。"

秉义说："刚才不是谈过了吗？"

冬梅说："但是没谈完。"

秉义说："明明谈完了嘛！你让我慎重考虑再决定，我说没什么可考虑的了。不就谈完了吗？咱们就当没这么回事，彻底忘了不就得了吗？"

"这么大的事，简简单单的几句话就算谈完了吗？你不觉得你是在敷衍我吗？我可是特意为这事来找你的！"冬梅提高了嗓音。

"多大的事啊？我怎么就敷衍你了啊？你来找我不就是想要当面听到我的态度吗？我不去。我已经明确地向你这么表态了，你还要我怎么样啊？表态的话不都是简单的话吗？你听到过长篇大论的表态吗？我们之间需要与众不同的长篇大论的表态吗？"秉义振振有词，表情由不悦而怫然了。

冬梅张了张嘴没说出话来，一转身双手捂脸哭了。

当年，全国有十几个生产建设兵团。由于中苏关系紧张，地处中苏边境的黑龙江生产建设兵团具有明显的军队性质。

六月份的时候，沈阳军区谢副司令员到黑龙江生产建设兵团进行战备视察，他是一位开国少将。名曰视察，其实是要会会老战友黑龙江生产建设兵团的颜副司令员。黑龙江生产建设兵团级别很高，司令员由沈阳军区司令员亲任，而颜副司令员本是沈阳军区的一位少将副司令员，平级调任为黑龙江生产建设兵团的副司令员后，除了必要的工作请示和汇报须他本人回沈阳军区外，一年大多数时间住在黑龙江生产建设兵团总司令部所在地佳木斯市。颜副司令员是位老红军，他的老战友谢副司令员也是位老红军。据说，两位老红军少将在佳木斯相见后，当晚各自打发走随员，几乎谈了一夜——北京政坛波谲云诡，部队关系复杂多变，中苏边境剑拔弩张，“九一三”事件后毛主席的健康每况愈下，党和国家的前途命运堪忧，出卖之风盛行而值得信任者越来越少。他们的军职虽然并不多么显赫，但也面临着何去何从的实际考验。

他们所面临的问题还不仅仅是值得信任者越来越少了，不得不防的人似乎也越来越多了。有受大环境影响的心理作用，却也不能说完全就是心理原因——一言不慎，出口即祸，不但祸己，还殃及家人亲友。现实生活中，因防人之心松懈而忽一日成了敌人的事例不胜枚举。想必两位老战友之间要谈的知心话题太多太多，谈了一夜意犹未尽，第二天又谈了大半夜，至于谈了些什么内容没人知道。第三天，谢副司令员将一干随员打发回沈阳，说更愿意由生产建设兵团的同志陪着去各师团看看。有人认为他那么坚持是因为与老战友谈过后更忧虑了，有人则认为恰恰相反，他心情好多了。颜副司令员工作缠身无法相伴，他将周秉义从师里召到了佳木斯，让周秉义代表自己陪同。总司令部那么多人，派谁去陪同自己的老战友不好呢，干嘛非从某师抽一名教育处的副处长啊？各机关的人们自然不解，私议纷纷。颜副司令也不管那些，命令下达，绝无改意。

直至“文革”后，他的女儿才回忆说，当年那个决定是在她家做出的。

谢副司令员问：“老颜啊，你寻思半天才为我抽那么一个人来，究竟是个怎么样的人啊？”

颜副司令员指着自己的太阳穴回答：“他这里边的东西可靠。”

他又为什么如此信任周秉义呢？

春天时，中央提出了农村要尽快普及小学五年制教育的方针，当时大部分省是小学六年制。生产建设兵团对中央这一指示很重视，颜副司令员亲自率队到各师团考察、调研。在周秉义他们师，自始至终一直由周秉义陪同。周秉义的汇报清楚明白，数字翔实可靠，有一说一，有二说二，不掩盖问题，不夸大成绩，不讳言个人看法，给颜副司令员留下了良好印象。调研组临走前完成了一份调研报告，由颜副司令员签了名，将要作为司令部文件传达各师团。颜副司令员特别嘱咐要让小周同志看看，提提意见。

周秉义还真看出了问题。其中一段写道："一个国家的教育事业如果落后，其他各项事业的长期发展必将被拖后腿，种种目标都会功亏一篑。所以，要求各师、团，要像办好自己国家的教育事业那样重视问题、总结经验，解决困难，努力开创生产建设兵团基础教育的新局面……"

周秉义认为，"要像办好自己国家的教育事业那样"一句严重不妥。调研组的秀才领班则说，哪儿都可以改，就这一段只字不得擅改，因为是副司令员的原话。特别是那种比喻，副司令员一再说过，是他自己认为很有情怀的比喻，他强调一定要写上。谁有意见，谁亲自去跟副司令员提好了。

于是，周秉义强烈要求副司令员接见。

颜副司令员问："我那种比喻怎么就非改不可呢？"

周秉义说："国家是一个整体，一个师就是一个师，一个团就是一个团……"

颜副司令员打断道："我明白你的好意，但我说的是'自己国家'嘛！别人要非往歪处去想，那是他们鸡蛋里挑骨头，随他们的便好了。"

周秉义坚持道："那您就是对自己不负责任，进一步说也是对我们黑龙江生产建设兵团不负责任。您热爱兵团，我们兵团战士尊敬您，不愿看到小人们鸡蛋里挑骨头的事真的发生，您不可以给他们可乘之机。"

颜副司令员就沉吟起来。

周秉义又说："某些人都能从画骆驼、画虎、画猫头鹰、画松树和山水的画中看出什么别有用心，什么动向来，他们是不可不……”

颜副司令员又打断道：“别往下说了，你替我改。”

那件事给颜副司令员留下了深刻印象。

谢副司令员回到沈阳军区不久，周秉义所在的师收到了由兵团总司令部转来的沈阳军区的调令：调周秉义前往沈阳军区报到，从报到之日起，即由知青干部转为正式军人，听候军区的工作安排。

一石激起千层浪，此事在师部炸开了锅，连日里议论鼎沸，说什么的都有。最伤害秉义的说法是，看不出一向正人君子般的他还特善于溜须拍马走上层路线，利用一切可以利用的关系以达到目的！才陪了沈阳军区的一位副司令员十来天啊！多大的能耐啊！多高明的手段才能如愿以偿呢？背后这么说的人，基本上也都是知青干事、参谋什么的。

那些日子里，周秉义倍觉聚蚊成雷、人言可畏的压力。

但是他连自我辩护的机会都没有。

因为师部领导们没正式通告他。

师部经由兵团总司令部转给沈阳军区一份公函，以工作需要为由，试图予以回绝。

然而，师长接到了颜副司令员的电话。

颜副司令员说，谢副司令员的秘书另外任职了，正在物色秘书。老战友向自己要一名知青副处长，自己必须照办。最后，他说：“愿意放人得放，不愿意放也得放。”

于是事情明朗化了，师长亲自通知周秉义。

实际上，师里的领导们绝无阻止周秉义好事成真的想法。发现一名可以被培养成干部的知青苗子并培养成了副处级干部，也是让他们颇有成就感的事。周秉义将全师的基础教育工作抓得卓有成效，他们是因为惜才而不愿人才流失。

师长让他看了调令，调令中注明了若干要求，其中一条是“社会关系纯洁”，不“纯洁”的社会关系对象中包括“走资派”在内。

周秉义把调令放在桌上后，波澜不惊地说：“容我考虑一下。”

师长问：“几天？”

他说：“五分钟。”

他需要独处五分钟，并不是必须考虑，而是必须平静一下心情。尽管那份调令让他的人品饱受争议，但它毕竟非同寻常。如同通往阿里巴巴藏宝洞的路线图，当真的属于某人时，不管是谁，十之八九都会觉得此前所经历的任何不快都根本不值一提。周秉义并非那十之一二的不凡之人，那份调令仿佛不是一般的火炮，而是一门特大口径穿甲弹重炮。哪怕他是一辆虎式霸王坦克，也随时可以一举击毁，不，是将他头脑中关于人生的全部理念轰得灰飞烟灭。那些理念是他的人品“工事”，他此前一向凭此工事宠辱不惊，不卑不亢，现在却面临有生以来最严峻的人品威胁——恰恰又是欣赏他的工作能力，更看重他人品的两位老首长造成的。

站在走廊里掏出了烟的周秉义，紧巴得手都不听使唤了。他所面临的事好比如今一个小彩民中了几千万的头彩，但若要将那几千万打到自己银行卡上，首先得下决心自断双臂或双腿。郝冬梅早已成了他人生的另一半——此事搁谁身上，大约都会紧巴得扛不住。

那一年，黑龙江生产建设兵团已有七个师六十余个团四十多万知青，全国已有一千多万知青了。当一位可敬的老红军、开国少将、大军区副司令员的秘书，不要说在四十多万兵团知青中，就是在一千多万全国知青中，又能有几人如此幸运呢？自从“上山下乡”成为全国性的轰轰烈烈的运动以来，还没听说过有哪一位知青像他这般幸运！

他忽然理解了那些对他的人品的侮辱和攻讦之词，也顿时对周围的嫉妒一概予以原谅了。天下知青皆属同类，在黑龙江生产建设兵团更是如此。别说自己只不过是师部机关的一名知青，即便是兵团总部的知青那又怎样？不错，你坐办公室了，你不必风里来雨里去地干农活，但你不还是非工非农非学非军、身份不伦不类的知青吗？你不是与任何一名兵团知青挣同样多的钱吗？

大家都只不过是知青——黑龙江生产建设兵团的知青中虽然产生了干部，但是并不被普通知青看得多么不普通。副处长周秉义的工资依然是三十二元，仅就工资而言，他还属于弱势群体。干农活的知青节假日加班有工资，机关知青却并不享受这一待遇。

不伦不类的身份，让知青们长期找不到归属感，自然也就几乎全无所谓身份认同感，所以都盼着招工、参军、上大学的机会青睐自己。机关知青信息渠道多，离足以改变自己命运的权力场近，故种种钻营现象屡见不鲜。而要达到目的总得付出点儿什么，经常付出的无非便是政治品质、人际道德、海枯石烂不变心的爱情或别人的“地下爱情”——很有些人通过公开或不能公开、正当或不怎么正当的途径和方式摆脱了知青身份。为了稳定知青们的扎根意识，各师团都制定了自己的土政策，共同的一项便是，已经确定了恋爱关系的知青，原则上不轻易放走其中一方。把关严的师团干脆将“不轻易”直接执行为“不”，将确定了恋爱关系干脆解释为发生了恋爱关系。因为已发生过几起这样的事件，一方没走成，遭到了另一方的伤害；一方前脚走了，另一方想不开疯了或自杀了。既要恋爱，又要不丧失能走的良机，这种鱼与熊掌兼得的两全之想，迫使某些知青将爱情当成一件秘而不宣的地下事业来进行。他们预先达成了海誓山盟协议，两人中谁有机会走，但走无妨。走的一方不可变心，没走的一方应守身如玉，专一地期待大换班即全体知青返城，于是有情人终成眷属。姑且不论他们的协议靠谱不靠谱，单说将爱情的地下事业秘密进行到只有天知地知你知我知的绝密程度，便委实不易。

于是，另一类事情便也发生了，爱情隐侣中的一方就要走了，另一方亦遵守协议不哭不闹守口如瓶，斜刺里却杀出要将闲事管到底的程咬金，以揭发者的姿态对朋友的恋爱关系大曝其光，想走的走不成了，那守口如瓶的一方一并背上了欺骗组织欺骗群众的罪名。揭发者自然并未从中得着什么实际利益，明知偏要那么做，纯粹是为了从破坏别人的好事中获得某种快感。所谓损人不利己在他们那儿另有新解，即损了人便利了己。能揭发地下爱情者，大抵是恋爱一方的朋友或双方共同的朋友，于是不但爱情被出卖了，友谊也遭到了不知所措的背叛。身为师教育处副处长的周秉义，自己就代表师部处理过一件如此这般令他嫌恶的知青老师之间的破事。

周秉义只吸了第一口烟后，便做出了决定。接下来的每一口烟，便都是为了让神经彻底放松下来。他的头脑里并没发生什么难以抉择的思想斗争。他固然也是个鱼与熊掌都想兼得的人，如果说郝冬梅是鱼，要获得熊掌必须失去鱼的话，那么他是那种立刻会对熊掌转过头去的男人。这与某些爱情小说对他的影响有一定关系，那些小说赞美忠贞不渝的爱情，在他的头脑中形成了自己的道德律——但道德律的禁忌并非主要原因，更主要的原因其实可以说是一种习惯，即他已经习惯了人生中不可无冬梅，如同基督教徒习惯了人生中不可无《圣经》。若对一个人说珠宝给你，前提是必须将《圣经》抛弃，虔诚的基督教徒往往会根本不加考虑，便向珠宝背转过身去。也许他们此前对《圣经》心存疑惑不解，但恰恰是当具有巨大诱惑性的珠宝摆在面前时，心理习惯的神力反而会让他们将《圣经》抱得更紧。

周秉义还没吸完一支烟，便想好了应该如何回答师长，才会让事情彻底了结。

再次出现在师长面前时，他平静地说："我未婚妻的父亲现在仍是被打倒的'走资派'，而这不符合入伍的政审条件，所以我只有放弃此次难得的机会。我们已决定不久便结婚，希望师长能参加我们的婚礼。"

结婚之说完全是托词，他并没与冬梅商议过。

师长愣住了。

他与冬梅的恋爱关系当然不属于地下的，师长也有所耳闻，但师部优秀知青干部未婚妻的父亲是“走资派”，却是师长料想不到的。

“师长，我可以走了吗？”

“等等，这四月二十四日《人民日报》发表的社论《惩前毖后，治病救人》，五月一日《红旗》杂志的重要文章《执行‘惩前毖后，治病救人’的方针》，你认真学过没有？”

“报告师长，我认真学过了。这些文章的中心思想是，要严格区分两类不同性质的矛盾，对一切犯错误的同志，都要坚持团结、批评、团结的方针。强调指出，‘经过长期革命斗争锻炼的老干部是党的宝贵财富’‘不但要看干部的一时一事，而且要看干部的全部历史和全部工作’‘不仅要敢于大胆解放干部，还要敢于正确使用’。正是依据《人民日报》和《红旗》杂志的思想精神，教育处及时起用了一批‘文革’后靠边站的各团教育系统的干部、校长，工作汇报早已呈送政治部了。”

“你们的工作汇报我看过了，师党委支持你们的做法。我现在指的是，你未婚妻的父亲，他的问题仍没有什么松动的迹象吗？如果有，那你就跟我说说，我也许可以替你再争取争取转机。”

“师长不必费心了，他被定性为顽固不化一类，至今毫无新的说法。”

“明白了。”

此时，师长不禁替周秉义倍感遗憾。

周秉义走到门口时，被师长叫住了。

师长又说：“其实，你可以与你未婚妻商议商议，或许还有别的解决办法。”

师长很愿意完成两位副司令员交代给自己的任务，但他的话只能点到为止。

秉义立刻明白了师长的意思，如果他与冬梅结束恋爱关系，就像某些夫妻假离婚那样，政审问题可以迎刃而解。但是，他平静地说："我和未婚妻都不想那么做。"

"周秉义，你可把我的话听明白了，在调令的有效期内，师里是不会向沈阳军区提前做出答复的。"师长的话仍留有回旋余地。

周秉义对于调令的态度，立刻成为师部的头条新闻，不胫而走，在各团知青中传播开了。在爱情的海誓山盟变得轻如鸿毛的当时，用今天的说法，他似乎代表了一种关于爱情价值观的正能量。

他爱的女知青究竟漂亮到何种程度？这逐渐变成了知青们最感兴趣的一点。有些师部的知青见过郝冬梅，他们俨然新闻发言人似的，四处宣布真相：其实那个郝冬梅也并非天仙神女般人儿，最多也就只能说长得还算秀气，挺文静而已。对女性审美标准高的知青干脆说，形象也就一般般，或许因为她控制周秉义的手段极为特殊吧！不知何故，这么说的女知青反而多于男知青。一些离师部近的女知青，星期天结伴来到师部，东溜达西溜达，逢人便搭讪，在什么地方可以见到周秉义？还有不知是男是女的知青给他写信，说他的事迹特让自己感动，坚决支持他的选择，祝他和郝冬梅的爱情之花越开越鲜艳云云。尽管是百分之百的好意，但自己和冬梅的私事居然成了到处传播的事迹，周秉义还是觉得不胜其烦，也感到匪夷所思。

郝冬梅同样难避滋扰。一些知青结伴出现在她所在的生产队里，多数是男知青。他们比女知青坦率多了，逢人便声明就是想见郝冬梅一面，不达目的，决不罢休。此日见不到，过几天还来。只要见到了，绝不纠缠，更不会提出什么无理请求，保证人人掉头就走。

若不是那些厚脸皮的男知青非要见她，冬梅还不晓得自己为什么突然名声大噪。若不是她及时阻止，队里就会召集民兵对那些无理取闹的男知青进行驱逐了。她到底颇有应对能力，集体接见了他们，说了些祝福他们爱情美满的话，他们才皆大欢喜地散去。

然而，她很生秉义的气。那么一件重要的事，怎么预先不跟自己通个气呢？又怎么可以在自己一无所知的情况之下，就自做决定了呢？咱俩是什么关系啊？你的事仅仅是你自己的事吗？难道不也是我郝冬梅的事吗？周秉义你也太不尊重我了吧？

于是，她通过电话十万火急地约见秉义。

秉义是师部机关知青，大小还是个“官儿”，他办公室就有电话，拿起来拨几下，冬梅她们生产队队部里的电话就响了。冬梅通过电话约见他就比较复杂了，队部里就那么一台手摇式电话，她要用那台电话与秉义通话，得瞅准队部没人的时候。一个人都没有也不行，那她就必须四处去找一个她打电话时得坐在她旁边的人，这便是三十七八岁的曹会计。他心猿意马地看着一只旧怀表，等着按时收费是他分内之事。他并不情愿耽误自己的时间等着知青打完电话，经常失去耐心地催促快点儿结束。他对冬梅却耐心可嘉，一副别有用心的嘴脸。事实上，他的确别有用心。这一年全国各地先后解放了大大小小不少“走资派”，尚未解放的“走资派”的问题似乎衬托得更加严重了。郝冬梅的父亲恰恰属于后一类，倒没有任何方面的人要求队里监听郝冬梅与人的电话交谈，曹会计异常自觉地肩负起了监听的使命。依他想，从郝冬梅与未婚夫周秉义的通话中，说不定能听出什么新动向。她父亲是尚未解放的大“走资派”，没人关注她怎么可以呢？他一方面见义勇为，一方面对郝冬梅极尽讨好取悦之能事。每次她放下电话，他都少算半分钟一分钟的钱，万一她父亲哪一天忽然解放了呢？得做两手准备啊！接钱之际，他总趁机握一下冬梅的手。冬梅心里厌烦极了，却一直尽量克制着没发作。

这次冬梅与秉义通话后，他居然大胆地握住她的手不松开，还皮笑肉不笑地问：“我猜，肯定是由于你父亲的问题吧？”

冬梅也不说什么，只是狠狠地瞪他，她的目光在那时特别凛然。

“这么瞪着我干嘛呀，我不过就是非常关心你的事嘛。哪一天你父亲解放了，我建议队里为你和你父亲祝贺一番哈！”他厚颜无耻地表白着，心虚地松开了她的手。

郝冬梅和周秉义为了能够不受任何人的关注和干扰，选择了这一片白桦林作为见面地点。对于冬梅，到这里比到秉义他们师部近了一半；而秉义要到师部直属营去处理一件挺棘手的事，也要从这里拐向另一条路。

二人之间有了如下谈话：

“这么重要的一件事，你怎么对我一字未提过？”

“起初我也是只听到一些传言，既没亲眼看到调令，也没什么人与我正式谈话，我自己都不知道真假的事，告诉你有什么意思呢？”

“但后来这件事是真的了，你又为什么不征求一下我的态度就擅自决定了？”

“老实说，我根本就不想让你知道。我希望这件事能在我这儿没发生过似的就结束了！”

“但现在我还是知道了！”

“后来的事也不是我能控制的啊！你知道或不知道有什么区别吗？”

“你认为呢？”

……

以上这种抬杠似的谈话，二人之间从未发生过。周秉义对郝冬梅兴师问罪似的话很敏感，为了让自己和冬梅都高兴起来他才编起那只花环。冬梅对花环表现出的冷漠让他不爽，而她一哭终于令他心烦。他对和她在一起时的感觉越来越不满意，而她从未觉察到，要为不该哭的事莫名其妙地哭。

“我究竟什么地方做错了，冬梅？我还有什么可慎重考虑的呢？你让我再慎重考虑又是什么意思呢？难道我应该做相反的决定吗？”

秉义的语气也变成了质问式的。

冬梅不哭了，向公路跑去。

秉义恼火了。这建筑工人的儿子，别看平时文质彬彬的，其实基因里遗传着和他父亲一样的山东男人的那种倔脾气。他也推着自行车走到了公路上，看都不看冬梅一眼，蹬车快速离去。

“我究竟什么地方做错了？”

自行车颠簸不止，他的自问一再重复。

他想不明白自己什么地方做错了。

是的，他确实对和冬梅在一起时的感觉越来越不满意。他早已习惯生活里必须有她，这是真的，越来越不满意也是真的。他断不会因为不满意而生出结束他们关系的念头，但也断不肯再将就不满意的现状了。

屈指算来，他们的关系已近十年。初中时冬梅就开始暗暗喜欢他了，那时的周秉义心无旁骛，全部精力集中在学习上。高一时郝冬梅主动向他表白了心迹，他也只当那是一种比男女同学之间的友谊更可贵的友谊。他认为在一位副省长的女儿和一名建筑工人的儿子之间，爱情太奢侈了，还是友谊来得更现实一些。如果自己因为她的主动而忘乎所以，那么可能连友谊也很快就成为过眼烟云。自己虽然是一名建筑工人的儿子，但高中时的他对自己未来的人生已甚为自信。他要求自己必须是那么一种男人——不论时代如何风云多变，自己在同龄人中都不但要努力争取出类拔萃，而且还要始终是一个好人。他确信那么一种男人肯定会有优秀的女人来爱的，而郝冬梅究竟优秀不优秀他还看不出来。

高二时，他从她身上看出一点儿与别的女生不同的地方。她第一次到他光字片的家，是在一个星期六的傍晚。他送她走时，天已黑了。

路上，他问她晚饭吃好了吗？

她没回答。

他站住细看她，月光下发现她在流泪。

他吃惊了，问有什么地方对她招待不周？

而她的回答让他又吃一惊。

她说："我父亲他们太对不起生活在这一带的人家了！新中国成立都十五六年了，这里和解放前的穷人区有什么区别？我虽然对解放前一无所知，但毕竟从电影里见到过。"

秉义苦笑道："我家在光字片还算一户住得不错的人家。新中国一穷二白，底子薄，也不能太责怪你父亲他们。"

她说："你别劝我了，就让我心里难过着吧！我父亲当副省长近十年了，我猜他从没到过你家住的这个地方，亏他还是主抓城市建设的副省长！"

秉义打趣道："说不定他还真来过这一带，拖拉机厂搞建厂周年纪念活动时，听说来了不少市里的省里的大官。"

她说："我想起来了，他确实参加了，但是我敢说，他就根本没想让小车拐个弯，顺便到你们光字片来看看。"

秉义完全无语了。

她又说："周秉义，从今天起，我会因我们一家三口住在独门大院的小洋楼里深感不安！我家的厨师和阿姨在那小洋楼里都各有房间啊！这太让人不知说什么好了。我们真的太对不起你们，我先替父亲向你鞠躬道歉吧！"

她深深地向他鞠了一躬，转身跑了。

是夜，周秉义失眠了。他受到了不小的震撼。从没有任何人因为光字片人家居住得如此破烂不堪而觉得对不起他们，他们也从不认为有谁应该特别关注自己。郝冬梅让他第一次开始思考，某些人的确应对许多人所过的山顶洞人般的生活负有责任。

他问自己，如果你是郝冬梅，如果你的父亲是一位副省长，如果你住在独门大院的小洋楼里，而你所爱之人是光字片人家的一员，你自己的感受会如何？

他承认，自己肯定也会大受刺激。

不久，母亲说有一位副省长到光字片来视察了一遭。周秉义没问过郝冬梅是不是她父亲，郝冬梅自己也没说过。那件事似乎在他俩之间产生了一片阴影。不论哪一方想要更近地靠拢对方，都本能地希望避开那片阴影，因而不得不小心翼翼、如履薄冰。那几乎只能是试探性的，这让他们的关系一度变得很别扭。

“文革”一开始，郝冬梅的父亲就被打倒了。

一日，周秉义到郝冬梅家里去，那是他第一次迈入她家的院子。她的家已经成了某造反军团的总指挥部，她的父母已分别被关押在“牛棚”里，阿姨和厨师对她的父母进行揭发后不知去向，阿姨住的房间允许她住了进去。她藏起了几部自己非常喜欢的小说，其中便有雨果的《悲惨世界》（第一卷）。他去找她，是要按照她的请求把书转移到他家去。那是冬季里的一天，他穿了件大衣，还拎了个旅行兜。

他俩见面不一会儿，一名“造反派”头头闯进了她的房间。对方吸着烟，看定周秉义的脸说：“我怎么觉得你挺面熟？”周秉义也认出了对方，他在对方的厂里“学工”过，做过工人们的夜校老师。对方想起他是谁后，问他与冬梅什么关系？他说是同学关系，她家有些旧衣服要处理，而那正是他的弟弟妹妹可以穿的，所以他来取走。对方就不再问他什么，转而说服冬梅在即将召开的批斗大会上登台亮一次革命的相，也就是声明与她的父母脱离关系。如果还能揭发批判最好，只声明脱离关系也行。四十多岁的原某厂的三级钳工师傅，对郝冬梅并未气势汹汹，也许是由于有夜校老师在场的原因，他只不过反复说服而已，如同一位医生说服病人接受他认为最佳的治疗方案。

“我不能。现有的一切揭发，都不足以证明我的父母是国家和人民的敌人。对我而言他们是好父母。刀刃压在脖子上，我也不会按你们的要求去做。”郝冬梅说完此番话，一声不吭了。

“大势所趋，识时务者为俊杰嘛，替我再劝劝她。”那人离开时，对周秉义留下了这么一句话。

周秉义不由得抓住郝冬梅的手，轻轻握了一下。

那是他对她的第一次亲近的举动。除此之外，他不知再怎么样才能表示对她的同情。

她的身子微微抖了一下，小声对他说：“你可一定要把这些书收藏好。”

后来，他听说，有天那名造反派头头心脏病突然发作，倒在郝冬梅家的院子里。当时，他们的人都去参加批斗郝冬梅父亲等几个“走资派”的大会去了，如果不是她及时从马路上拦到车并把他送到医院，那名造反派头头很可能一命呜呼了。

他把听说的事讲给妹妹周蓉听了。实际上，他所知道的关于她的一切事，他都愿意讲给妹妹听，却总是将弟弟秉昆支开。在他眼里，妹妹是大人，弟弟是孩子。

周蓉听了以后，严肃地对他说：“哥，爱她吧！好好爱她，要负起保护她的责任。我盼望有一天她成为我的嫂子，我认为你俩太是一对儿了。”

他问何以见得？

周蓉说：“她有斯陀夫人那种悲天悯人的心肠，而这对于女人是最宝贵的，思想次之。我和她相反，这不是说我不善良，咱家人都很善良，随爸妈。我甚至有点儿担心，小弟以后会不会由于太善良而做蠢事。冬梅是那种既善良又不至于做蠢事的女性，我也不是说她就没什么思想，她当然也是有思想的，只不过看跟谁比了，跟我比当然就稍逊一筹了。而你，我的哥哥，你有‘米里哀情结’。如果你生在十八九世纪的欧洲国家，估计咱家以后会出一位主教大人的。你想想嘛，俗家的米里哀主教若与斯陀夫人结为夫妇，那将是多么的和谐！”

周蓉评论人事时，自我感觉总是高高在上，好得不得了。有时连秉义也分不清，妹妹的话究竟是认真的多还是调侃的成分多。

他正寻思着妹妹的话，妹妹以更加严肃的口吻说：“哥，你不要心存幻想，以为将来会有我这么一个又是大美人儿，又有思想，同时心底也很善良的姑娘爱上你。那样的概率太低了！我是谁？我是光字片的女神，不是电影《天涯歌女》中的‘女神’，是希腊神话中的女神，你妹妹是负有拯救使命才降临人间的。依我看来，你与冬梅的姻缘哪方面都般配，只有一点将成为小小的遗憾……”

秉义强忍着笑又问：“你是不是指门第差距啊？现在这种差距已经不存在了，简直还可以说反过来了。”

妹妹受辱似的反问：“我有那么俗吗？我指的是激情！爱是要靠激情来滋养的，热烈相爱的激情应该在爱人之间一直存在，只有到了晚年才允许它渐渐化作柔情。目前，我从你俩的关系中只见柔情似水，还没洞察到激情的点燃。但也许对于你和她，爱情只有柔情就足够了。或者，你们到了中年以后才会互相需要激情吧，谁知道呢？女思想者不是女巫，不一定也拥有预见的超能力。”

秉义忍不住笑出了声，讥讽道：“亏你今天还比较谦虚，没大言不惭地直接说自己就是思想家。那么敢问一下你这位女神级的思想者，你对自己的个人问题有何考虑呢？”

妹妹就摆出思想者煞有介事的模样，故作沉思状地说：“哥，我吧，我是上帝心血来潮的游戏之作——艾丝美拉达的没心没肺在我身上有点儿，卡门的任性在我身上也有点儿，玛蒂尔德的叛逆在我身上还有点儿。我身上也有娜塔莎的纯真、晴雯的刚烈、黛玉的孤芳自赏式的忧郁、宝钗的圆通……哎呀，一言难尽，总之你妹妹太复杂了，那咋办，都是思想惹的祸呗！”

她飘飘然地自夸，连自己也忍不住开心地咯咯大笑。

秉义向她使眼色。她一转身，见母亲不知何时站在身后。

母亲皱眉道："蓉啊，在家里，当着你哥的面，说些什么不着边际的话那都没啥，权当讲笑话逗自家人开心了。但千万记住妈的嘱咐，可不许在外人跟前也说那些话，外人会以为你有精神病！"

周蓉笑着说："妈放心，外人也没那幸运听到。在咱家，除了我哥，你们也听不懂。我得经常与我哥这么交流，要不他会和我弟一样变得思想迟钝的。"接着，她以很小的声音神秘地对秉义说："哥，你要多少有些心理准备，你将来的妹夫很可能是一位中国的莱蒙托夫。"

如果当时秉义敏感些，追问几句，很有可能从她口中套出点儿后来之事的蛛丝马迹。但秉义当时又怎么能想那么多呢？他欣赏的是妹妹，爱护的是弟弟。而一个哥哥在弟弟和妹妹之间更欣赏谁，往往也就意味着对谁反而疏于关心了。

那一天周蓉的一番话，虽然亦庄亦谐既调侃别人也调侃自己，对秉义与冬梅的关系还是起到了一定促进作用。

此后，冬梅逐渐成了周家的常客，并很快与周蓉情投意合起来，如同亲姐妹一般。在A市最不太平的日子里，周蓉和母亲还强迫她在周家住过一个时期，那些日子里她差不多就成了周家的一口人。

周秉义后来不得不暗自承认，妹妹周蓉看人事的眼光确有独到之处。她一语成谶，他和冬梅的爱情关系果然一直柔情似水，水平如镜，水位既不曾涨过一分，也不曾降过一分，就那么温温柔柔地处于止水之境。起初秉义倒也没什么不满意的，但是一年又一年温柔地恋过来爱过去，他逐渐感到他们的爱情之中确实缺少某种重要元素了，便是妹妹周蓉所言的热烈的激情。

周秉义不是曹德宝，也不是于连，甚至没有弟弟秉昆那么一种蔫人的勇气。他更像《战争与和平》中的安德烈与皮埃尔。他本质上并不是那样的人，却很受这两个文学人物影响，在爱情方面尤其希望自己是绅士，很贵族。而冬梅不是春燕，不是玛蒂尔德，也不是艾丝美拉达。她天生有点儿《红与黑》中的德·瑞那夫人的遗风，坐有坐相，站有站相，吃饭注意吃相。除了一日三餐，很少再吃，饿了也往往忍着。偶尔吃零食，也有意躲开别人的视线。秉义则完全相反，他见了吃的就想吃一口，见了好吃的眼睛就发亮，不饿也吃，有时还与人抢着吃。其实，一半是策略，与人抢东西吃反而很容易拉近关系，让对方认为你没拿他当外人。一半是饥饿年代留下的后遗症，好几年经常吃野菜、草籽、树叶的人，胃肠对食物会产生习惯性的饥饿反应。当他对面前的食物表现出那种反应时，如果冬梅恰巧在身旁，她会随之惊诧，仿佛在看着一个陌生人。

有一次他俩进县城，见路边有个孩子卖煮玉米。正是玉米刚成熟的季节，金黄色的玉米看上去很诱人。他俩本已走过去了，他却站住，扭头回望，掏兜，接着说没带钱包，问她身上有没有零钱。她问他饿了吗？他说不饿，反问她，人非得在饿了的时候才吃想吃的东西吗？这个问题简直属于“斯蒂芬斯之问”，她一时难以回答，只得笑着掏出零钱给他。他跑过去买回两大根玉米棒，递给她一根。她摇头说不饿，他立刻严肃批评，说她“这种毛病可实在不好”——而那正是她要开口批评他的话。他却大人教导孩子似的接着说，好吃的东西一旦见着了想吃就要吃，饿不饿根本不应该成为吃不吃的前提。不是一切好吃的东西想吃了就能吃到，某些好吃的东西人一旦错过了，也许相当长的时间就再也吃不到了。比如，三年前他错过了一次吃冻梨的机会，至今就再也没见过冻梨。她觉得他的话强词夺理，一点儿也不认为冻梨和煮玉米有多么好吃。他多次讲到的饥饿年代，对于她没什么深刻记忆。他一边走一边大啃玉米，一手一根交替着啃，嘴巴完全被占住了，一路没顾上再跟她说一句话。身边走着的男人那种几天没吃饭似的吃相，让同行的她很不好意思，尽管他并没引起任何人的格外注意。

当他将啃过的玉米棒扔掉，他俩又往前走了一段路后，她纳闷地说："我好奇怪啊。"

他问："奇怪什么？"

她说："你在并不饿的情况下吃了两大根玉米棒，不觉撑得慌吗？"

他说："不啊，吃着玩而已。"

"难怪你连个饱嗝都没打。"她似乎恍然大悟，也似乎更奇怪了。

他也笑了，想了想，承认自己不论吃得多么饱，确实从没打过饱嗝，连他自己都奇怪。

冬梅是有一些所谓贵族教养的，绝非先天遗传，而是后天习惯。从遗传学上来说，她没有一星半点儿的贵族基因。她的父母以及父母的父母上溯几代都是穷苦人家出身，而且她的父母都是老抗联，为抗日救亡流过血负过伤经历过常人无法想象的艰苦生活。她母亲体内至今还留有当时没条件取出的弹片，她父亲的一只脚失去了全部脚趾。在冰天雪地里被冻死了神经和皮肉，春天开始腐烂，自己用刺刀将五个脚趾切掉了，后来走路得拄手杖。父母当年结婚晚，为了革命也不敢要孩子，母亲直到东北解放了才放心大胆地怀上了她。

冬梅自幼是在一位白俄罗斯女佣的精心照料之下长大的，她称其阿黛莎阿姨。她的父母不但信任阿黛莎阿姨，还相当尊敬对方。冬梅与阿黛莎阿姨之间的感情也很深，她十五岁那年阿黛莎病逝于A市，她和父母都很悲伤。据她母亲说，阿黛莎阿姨年轻时曾在俄国伯爵家做过女佣，所以她对冬梅的照料是俄国老贵族家女佣的做法，要求也是，举止也是，一言一行潜移默化的影响都是。在她的记忆中，阿黛莎阿姨是规矩的示范者。那白俄罗斯女佣是虔诚的东正教信徒，给郝冬梅讲过不少对她很有吸引力的宗教故事，还经常教她唱白俄罗斯民歌，与她一起背俄语诗。她的俄语成绩一向在班里名列前茅，不能不说是受益于阿黛莎阿姨。

郝冬梅成了这样一个女人，是的，以她当时的年龄而论，该称她为女人了。她出身于高干家庭，遗传着穷人的基因，头脑里的宗教思想远多于革命思想，有一副悲天悯人的心肠，同时又有不少贵族小姐般的习性。

周秉义则是精神上的贵族，日常生活中不拘小节的平民。不拘小节才是他的本性，是他更为习惯的习惯。他的彬彬有礼是对四种外因所做的明智回应——学生时代好学生桂冠对他的要求，文学作品中绅士型好男人对他的影响，成为知青干部后机关环境和规矩对他的要求，和冬梅在一起时为了让她感觉舒服的设法适应。特别是当他和冬梅在一起时，那也不是多么委屈他，尽管他自己过后往往觉得实在太委屈。

周秉义和郝冬梅，这两个当年与众不同的男人和女人，自从各在一方成为知青以后，只要十几天没见面就都特别想念对方。真的隔了十几天没见，便都开始进入心神不定的状态，更经常的情况又确实是每隔二十多天才能见上一面。平均下来，每月都有那么五六天饱受彼此想念之苦。而一见了面，拥抱、亲吻、互相爱抚无疑带给他们陶醉般的幸福。

在北大荒的广阔天地之间，他们见面的地方当然第三只眼绝对瞭望不到。即使完全可以放开手脚随心所欲，周秉义也从没将郝冬梅搂得喘不过气来过。五年多了，天地做证，一次也没那样过。他的做法通常是拉着她一只手轻轻将她拉到跟前，握一会儿再松开，将自己的双手十指交叉地扣在她背后，使她被不松不紧地挺舒服地箍在自己怀里。那是搂与拥相结合的方式，是中西合璧的方式，是他从实践中总结经验择优而定的一种方式，也是他觉得冬梅最喜欢最享受的一种方式。通常，她也确实显得特享受；偶尔，她不是特享受，因为他太性急了，她还没来得及将书包放下，书包里的厚书或行军水壶硌在他俩之间了。他那么将她箍在怀里以后，再接下来的节目当然就是亲吻了呀。他噘起双唇吻她的额头，吻她的两颊，吻她的耳朵、脖子，她就更陶醉更享受了，左右扭着头让他吻。他们免不了也会亲亲嘴儿，但也不过就是一种唇碰唇的亲法而已。不知为什么，那时她从不绽开双唇，而他也就往往浅尝辄止，所谓深吻，在他们之间是尚未发生过的事。即使那么亲热了一会儿，她也每每会头晕，他看出她是陶醉的。这么说吧，如果我们想象一下宝哥哥和林妹妹亲热的情形，那么林妹妹很可能也会像郝冬梅般经不住陶醉，尽管郝妹妹要比林妹妹健康得多。经过农活的洗礼，郝妹妹的身材变得更接近宝姐姐了。秉义很困惑，明明是宝姐姐般看上去挺有亲近感的一个可人儿，怎么比林妹妹还娇弱几分呢？周秉义读过《西厢记》，他每次预想的幽会情形起码是张生与崔莺莺式的。

那时，他就会在心里说："冬梅，冬梅，哪怕你像袭人也行啊！如果你每次都这个样子，我以后该拿你如何是好呢？"

他总是将郁闷掩饰得一丝不露，所以冬梅也就一无所知。

他们总有说不完道不尽的话题，仿佛他们幽会的目的和主体内容只是为了交谈。仿佛他们彼此的想念，更是对于能够在一起交谈许多话题的愉快时光的想念。这当然不是秉义所愿意的，他觉得冬梅似乎更愿意那样，所以自己也就尽量装出同样的愉快。

两人几乎每次都是选择一处算得上是风景的地方，秉义靠树而坐，冬梅靠着他的胸怀坐下，他搂着她的腰，轻轻握着她的双手，就那么从一个话题跳跃到另一个话题，或者他背诗给她听。

他从没尝试过将手探入她的怀里。

他从没解过她的一颗衣扣。

因为她不是偎在他怀里而是靠在他怀里，他连她的额头和脸颊也吻不着了，能吻到的只是她脑后的头发或后耳郭，也能吻吻她的手指肚、手心。即使想要吻到她的手心，那也须她配合地将手朝后举着。手背是吻不着的，她做不出那么别扭的动作。其实她也不难做到，只不过他不想让她别扭地做。

他们谈啊谈啊，两三个小时很快就会谈过去，于是都站起来，重复刚见面时那种方式的拥抱和接吻。

然后，他骑自行车送她一程。

那时，她可以反过来从后搂着他的腰了，将脸贴在他背上，幸福得不得了，满足得不得了。

对于冬梅，那是一种真实的感受，因为在城市里万难有那样的时光。在周家时也不可能有那样惬意的时光，怎么可能呢？片刻也不行啊！

因而她觉得下乡了真好，能与自己爱的人离得不远，简直好上加好！仅凭这一点，她对“上山下乡”无怨无悔。

二十六七岁，这种年龄的青年如今时兴被叫作男孩、女孩——这在当年是无法想象的；都是高中生，下乡都四年多了，还“孩”什么呀！

知青中的老高三，不论男女，谁会认为自己不是名副其实的大人了呢？如果别人叫他们是男孩、女孩，他们肯定会生气的，会觉得是对自己的羞辱。

当上了知青干部的周秉义和变成了“走派资”女儿的郝冬梅，一个要为弟弟妹妹树榜样，赢得知青们的敬重，一个要为父母争气，证明自己同样是优秀的，便比着做好男人和好女人——在这方面他们都自信做得不错。

好男人和好女人应该怎么相爱呢？

文学作品中的描写成为他们的参考。在当年，他们所能读到的那些名著，绝大多数对于爱情的描写，差不多也就是他们所表现的那样。

对于性，他们的意识与现在年龄小他们十岁的少男少女们相比，只怕还要弱智一些呢！

……

周秉义忽然刹住了自行车——他已经骑了十几分钟。

他冷静下来了。

“我究竟做错了什么？”这个问题不再纠缠他了，他想到了妹妹的话：“爱是需要激情来滋养的。”

他认为已经到了要和郝冬梅敞开心扉谈一谈的时候了。不是谈诗和文学以及别的什么话题，也不是辩论清楚到底谁是谁非，而是要共同探讨爱情与激情的关系。

他掉转车头往回骑，远远望见冬梅还站在那里，他有点儿没想到。不知是她断定了他绝不会将她撇在那里不管，还是她要搭一辆路过的车却没等着。他恨不得一下子就将自行车蹬到她跟前了，由于心急连人带车摔倒了。站起来时，见她正向他跑来。当他扶起车时，她反而转身走回原地了。

“咱们必须好好谈一谈！”他说时，手往车座上使劲儿一拍。

“是我不想好好谈吗？”她猛地向他转过身，语气毫不示弱，但她不知为什么找到了花环，并且编成了圆形，拿在手里。

“我不想谈关于调令的事！那件事再没什么可谈的。”

“我不像你那么认为。”

“哎，冬梅，你觉得我们的关系正常吗？”

“你认为我们的关系已经不正常了吗？”

“表面看起来很正常，实际上太不正常了！好比一锅温水，既不开，也不凉，比人的正常体温都高不了几摄氏度！人一发烧体温还能达到三十八九摄氏度呢，咱俩的关系达到过那么高的温度吗？反正我没觉得！一次次的那算是什么拥抱？那算是什么亲吻？”

“周秉义，不许你贬低我们的爱情！”她愤慨了，瞪起了双眼，腕上悬着花环的那只手指向他。

“我贬低的当然不是我们的爱情！但你不觉得那样的拥抱和亲吻太像表演了吗？你就从没想过我们为什么会那样古怪吗？”他也伸直手臂指着她大声嚷嚷起来。

“周秉义，你究竟想怎样？你的话到底是什么意思？你是在指我古怪吗？难道我们之间的爱情是一场表演吗？”

好好谈谈变成了话不投机半句多，他俩都因为生气而涨红了脸。

“简直就听不懂你的话了！”冬梅不理他了，一转身径自往前走。后边开过来一辆空载的卡车，冬梅招手，卡车停住。冬梅要往车厢里攀，秉义拽住了她，于是二人在第三双眼的注视之下开始了拉扯。终于，秉义又用十指相扣的方式将冬梅箍在怀里了。这一次，他确实使她喘不过气了。

“你这是干什么啊！”背贴秉义胸膛的冬梅喊起来，第三双眼睛的注视让她感到特别羞耻。

“放开她！”司机是一名转业兵。他们所穿的那种由黄色而洗得发白的军服，早已从部队消失了，当时的军服改成草绿色的确良了。

那司机推开驾驶室的门，随时准备跳下车“修理”周秉义的样子。

秉义此时也感到羞耻了，分开双手。

司机对冬梅说：“想上来就上来吧。”

秉义眼睁睁地看着冬梅上了车，卡车绝尘而去。

他懊恼地走到自行车那儿，越想越郁闷，无处发泄，一脚将自行车踹倒了。

秉义所要处理之事，能不能处理好，关键看一名叫夏季风的女知青买不买他的账，她也是A市知青。

她根本不把秉义放在眼里。

夏季风并不像她的名字那么令人舒服，她让周秉义联想到了赵树理笔下的“滚刀肉”。她的样子倒并非令人多么不舒服，身材蛮好，皮肤也白净，戴副细框细腿的铜边眼镜，看上去挺斯文。如果将她的长发剃成任何一种男性发型，估计不少人会将她误视为男人。因为那么一来，她的刀条脸会给人一种穿便装的刁德一的印象。不论女人男相还是男人女相，民间的说法都是阴阳脸，认为无论男女皆不易沟通。民间还有句话是“仰脸娘们儿晃肩汉”，认为那一类男人和女人惹不起。

独立营直属中学数学老师、A市男知青陶平把夏季风惹恼了。陶平和夏季风都成为直属中学数学老师后恋爱了很短时间，后来陶平以性格不合为由，与夏季风结束了恋爱关系。起初这也没成为一件多么严重的事，陶平和同事们都这么觉得。在食堂吃饭时，夏季风仍喜欢与陶平坐在一桌，二人还经常有说有笑。她家里寄来了什么好吃的，仍让陶平品尝。恋爱没成，友情还在嘛！同事们都替他俩欣慰，认为男人和女人的关系就应该那样。学校领导还在会上表扬过他俩，既没影响感情，也没影响工作，希望正在恋爱的知青老师们一旦分手了，要向他俩学习。这让陶平竟动了点儿复合的念头，别人将他的意思透露给了夏季风，她只微笑了一下，未置可否。她那笑似乎有些不好意思，因而老师们普遍认为，他俩重新开始是早晚之事。

陶平是位好老师，幼习书法，毛笔字写得不错，有些学生包括几名老师经常跟他学，他也喜欢教。

陶平的祸事因此而来。一天，夏季风看他教别人写字。他一时得意，写了幅字主动赠她，乃是胡适的一句名言：“想要收获什么，就那么去栽。”

陶平大约是向夏季风发出一种希望恢复恋爱关系的暗示，但不久师部政治处收到了那幅字，附有夏季风的检举信。检举信的核心内容是：“胡适者，革命之顽固文化敌人也，新中国成立伊始所公布战犯也。陶平写他的话赠我，企图拉拢我与他一道栽什么，收获什么，昭然若揭。真是痴心妄想！是可忍，孰不可忍！”

师部不得不重视，组成了由一位政治部包副主任负责，包括师教育处副处长周秉义在内的三人调查小组。另一名成员是独立营的教育干事，天津女知青冉丽。

当时，“九一三”事件发生不久，全国政治气氛异常紧张，兵团也不例外。谁也不敢说夏季风无事生非，更没人敢说她何必要把陶平往思想反动的崖边上推。

举报属实，上纲上线有理。到底该怎么定性呢？三人小组为难极了；这件事处理得认真不认真，首先要让举报人感到满意。有一点他们的想法一致，尽量大事化小，小事化无，暗保陶平过此一劫。不能由于这么一件不该发生的事，让陶平以后当不成老师了。

于是，先由秉义和冉丽征求夏季风对陶平的处理意见。

他俩你一句我一句地问，夏季风的回答始终是同样的三个字。

“勒令陶平做一次深刻的书面检讨，事情在你这儿可以过去吗？”

“不可以。”

“不但勒令他检讨，还召开全校师生参加的批判会呢？”

“不可以。”

“那，再给他记一次入档案的警告处分呢？”

“不可以。”

“再停止他一个学期的授课资格呢？”

“不可以。”

“那那那，那依你的话，究竟希望我们怎么处分他呢？”冉丽急了。

“我认为他永远不配再当老师了。只要他还当着，我就会一直举报，直到把举报信写到北京各个方面。如果他一个时期不当，过一个时期又当上，那我也是一个时期不举报，过一个时期又四处举报。”

冉丽气得脸都青了，两臂夹紧，双手握拳放在膝上。即使那样，身子还是在微微发抖，似乎立刻会情绪失控似的。

秉义犹抱一线希望，动之以情地说：“你何必把他恨成这样呢，如果你表达的是气头上的态度，我们愿意过几天再和你谈一次。”

夏季风的阴阳脸一板，她说："你错了，周副处长，大错特错了，因而我必须对你，也是对你们三人调查小组极其郑重地做如下声明。第一，除了现在我们在谈的这件事，我在其他方面对他从无恨意，毫无恨意。这一点，学校的领导、老师和同学们，人人可以做证，如果配合你们进行了解的人实事求是的话。第二，我对他的恨，是政治立场政治感情上的恨。'九一三'事件后，国内外一小撮阶级敌人心中窃喜。在此种情况下，陶平的事不是小事，而是阶级斗争的新动向，是政治事件。第三，我此刻表达的是冷静理性的态度，不论你们再和我谈多少次，我的态度都不会改变。"

周秉义目不转睛地看着她，听着她像背熟了腹稿似的从容不迫、滴水不漏的声明，身上一阵阵发冷，同时心里暗暗替陶平叫苦不迭。

沟通进行到这般田地，他和冉丽确实也就再没什么话可说了。

他俩站起来时，夏季风仍一动不动地坐着，她垂着双眼、语速缓缓地问："是不是你们二位认为，尽管陶平的政治行径那么恶劣，其实还是可以继续当老师的？"

秉义和冉丽对视一眼，默默离开了。他由"滚刀肉"想到了"蛇蝎女"，冉丽怒不可遏地吐出一句话："恨不得啪啪抽她一顿大嘴巴！"

包主任听完他俩的汇报，沉思着把一支烟吸完才说："她这是逼着咱们做坏人啊，看来，我也没必要亲自找她谈了。"

秉义和冉丽只有点头而已。

包副主任大惑不解地问："我就不明白了，你们知青与知青，怎么会有她那么一种深仇大恨，非一棒把人打得翻不了身不可？"

秉义和冉丽互相看看，仍只有沉默。

三人商议良久，终无良策，只苦苦地想出了万般无奈的下策，将夏季风调到师部直属中学，以求陶平能在营直属中学继续当老师。

于是，由秉义去试探夏季风的反应，由包副主任向师长请示可否。两方面哪一方面不同意，下策也就泡汤了。

夏季风一听火了，认为是对她的侮辱。

师长一听也火了，认为是对师里的侮辱。

“明知是一个搅屎棍，你们干嘛还要往师里弄？嫌师部太清静了吗？”师长在电话里吼了起来。

“你们的做法很可耻，陶平那种政治行径恶劣的人，值得你们采取利诱我的方式进行庇护吗？我对你们提出严正抗议！”夏季风连连拍桌子。

不久，一纸由师教育处下发，周秉义改来改去的处分通知，让陶平垂头丧气形只影单地离开了营部，被发配到一个连队当农工去了。同事竟没有人敢送送他，都怕连自己也被夏季风的毒眼盯住了。

实际上，陶平在三个月后当上了另一个团部直属中学的老师，而团直属中学当然比营直属中学的条件还要好些。此事是由周秉义暗中操作成功的，他不那么做就经常睡不着觉。被逼着做坏人，并不能让他的良心稍得安宁。当然，此事也得到了教育处处长和包副主任等相关领导的默许。

夏季风确非寻常之辈，她似乎生了千里眼顺风耳，陶平都远调到另一个团去了，仍无法摆脱她的追踪。她甚至掌握了特别翔实的证据，证明三人小组成员之一冉丽跑了二百余里看过陶平，二人关系暧昧。对于秉义暗中操作的过程，也几乎可以说了如指掌。

这一次，沈阳军区也收到了她的举报信。信的内容不仅是对陶平事件的举报，还对周秉义的包庇重用行为给予义正词严的揭发。

师里感到压力更大了。

冉丽的独立营教育干事也当不下去了。各方面都还没表态呢，她自己愤然辞职了。

周秉义自己揽下责任，写了书面检讨，受了处分。

陶平自然当不成老师，想自杀的念头都有了。一干参与暗中操作的人，个个被搞得灰头土脸。

此次秉义到直属营去，就是要单枪匹马与夏季风进行第二次较量。第一次是他们三人小组以彻底失败告终，这一次他稳操胜券，不获全胜，绝不收兵。

秉义之所以胸有成竹，信心满满，首先是因为师党委明确表态支持他。此外，一九七三年《人民日报》元旦社论，《红旗》杂志四月一日的文章《正确理解和处理政治和业务的关系》，四月二十四日《人民日报》社论《惩前毖后，治病救人》，还有一批靠边站的老干部在建军四十五周年招待会上集体亮相，特别是毛泽东亲自为所谓“二月逆流”平反、周恩来指示《人民日报》连续发表三篇批判极“左”思潮的文章，许多关心国家命运的人似乎看到了中国将要走上正常轨道的一点儿希望，也让许多人对于种种极“左”现象多少有了些敢于表达不满的勇气。

在对那些社论、文章组织学习讨论的过程中，包副主任他们多位干部谈到了陶平事件，认为夏季风这种人的做法，实际上就是运用极“左”的方式打击报复自己怀恨在心的人，以泄私愤。他们的看法获得了相当普遍的支持，师党委成员们也有同感。据说，师长连连感叹：“此风不可长，绝对不可长。”不久，党委非正式地对教育处提出要求：能否在制止夏季风继续做蠢事的前提下，尽快恢复陶平的教师资格？

处长认为很难。

秉义认为情况不同了，如果条件具备，则完全可以做到。

师长说，那就算你主动请缨了吧，由你去办，最好把这件不该发生的事彻底结束了，让领导们省心，让受委屈的同志们舒心，理顺各方面关系。

秉义问，给予他多大的权限？

师长说，具体怎么做，方式方法由你自己决定。

秉义要求撤销对陶平的处分，否则不能认为是彻底结束了。

师长问，你是不是也在为你自己受到的处分讨公道啊？

秉义说绝无此意，他并不在乎自己的档案里有没有这么一次处分。

师长说，别搞得像公开平反似的，那岂不是又刺激了夏季风吗？先让陶平顺利地重新当上老师才是你此行的主要目的。至于处分，以后适当时从档案里不张扬地抽出来就是了嘛，对你的处分也照此来办，你放心就是了。不论对陶平还是对你，绝不长期留尾巴。

周秉义动身前做了充足功课。他看过夏季风的档案，了解到她属于知识分子家庭出身的知青，母亲是出版社编辑，父亲是市委宣传部门的中层干部。她父母还都是一九四九年后的大学生，历史清白，并且都因“造反”积极被结合到了各自系统的革委会中。陶平也是知识分子家庭出身的知青，但他的父母双双留苏，结果就被划到历史有疑点的知识分子中去了。他对知识分子“造反派”很反感，经常说些贬损的话，往往还当着夏季风的面说，尽管不是成心的。有一次，他又说，致使夏季风大怒，他毫不示弱，针锋相对，结果二人撕破了脸——恋爱关系就这么吹了。

周秉义收集了一些必要时以其人之道还治其人之身的证据，为的是谈僵时有效地敲打敲打夏季风。

比如，她曾在“七夕”晚上约了不少男生女生躲到学校菜地的瓜架之下，想要一块儿听到牛郎织女相会时说的情话。这是可以上纲上线的。

她曾在班上讲，从前是学好数理化，走遍全天下，以后还会那样的，数理化超越于政治之上。这尤其可以上纲上线。

她在鞭策学生刻苦学习时曾说，你们年龄还小，不要只看眼前，不看将来。眼前的一些事能闹腾多久呢？将来一切还不都得走上正轨吗？何谓“闹腾”？什么“正轨”？这要是上纲上线，比陶平那问题的性质严重多了！

周秉义的解决步骤是先组织师生们共同学习社论、文章，要求人人发言谈体会，夏季风当然也不例外。反正晚上组织政治学习早已是当年的家常便饭，没谁会不习惯。之后他要与夏季风短兵相接，一桩桩摆出她自己的问题。如果她强硬到底，他还有最后的法器——处长为他争取到了一个返城名额，让她以某种理由返城算了。那也就等于为师里剜去了心头之患，一了百了啦。她都走人了，陶平当然就可以继续当教师了。某些女知青为了能返城失贞都肯，估计她也会惊喜万分。

秉义在招待所一住下就通知了校长，校长在电话里说有个新情况得及时向他汇报。

十几分钟后，校长出现在他面前，汇报的新情况是夏季风的精神状态近来似乎有些不正常，上课没什么问题，课也讲得如前那么清楚明白，但课下在宿舍里时，时常独自微笑，间或喃喃自语，与她同宿舍的女老师都有点儿担心自己的安全了。

这新情况也是周秉义万没料到的。他亲自到学校对夏季风进行了一番观察，觉得校长所言不虚。她不仅无缘无故地微笑，浮现于她嘴角的那种隐隐的微笑分明又是冷笑，大有老谋深算的意味。

夏季风对他说：“又遇到麻烦了吧？为那么一个自作自受的陶平你们何苦呢？这次还想要什么花招？”

回到招待所，周秉义心里没谱了。

他连组织学习的勇气都没了。万一在学习的过程中，夏季风精神失常呢？那他将难以推卸制造刺激压力的责任，麻烦大了。

更不能短兵相接地指出她本人的问题了，那岂不是形同迫害吗？

至于让她走人呢？可怎么给她做鉴定啊！下乡四年多，当了三年老师了，不给做鉴定绝对说不过去。如果档案中加上一条“该同志似有精神问题”，那不等于坑害了她吗？别说根本找不到工作，连个人问题也必受影响呀！而且几乎肯定，她将成为家庭的拖累。如果不加上那么一条，岂不是对城里用人单位不负责任吗？以她在兵团的教师经历，完全可能被城里的学校录用为中学老师，那可是每天和孩子们在一起的工作，孩子们的身心因一名精神不正常的老师受到伤害，他不简直是罪人了吗？

可由于她的存在，人家陶平再不可能当老师了，这对于陶平也太不公平了呀！

谁还敢做主让陶平再一次成为老师呢？那样的话，精神明显不正常的夏季风不知会将举报信寄向哪里！

周秉义也不敢凭良心拯救和他一样是老高三知青的陶平了。

秉义是工作狂，只要一投入工作之中，什么个人烦恼都会忘于九霄云外。工作越顺利，忘得越彻底。只要一遇到工作压力和烦恼，便会第一时间向冬梅倾诉，希望她能给予他一些建议，起码倾诉倾诉对于他等于减压。冬梅则不仅仅是录音机，她给予他的建议总能为他排忧解难。在这一点上，可以说他是个自私的工作狂，而冬梅是他的亲眷型高参。

周秉义独自愁闷了一个多小时，晚饭吃得味同嚼蜡，一离开餐厅，也不回房间，直接走到服务台给冬梅打电话。

在农场三队的队部里，接电话的又是曹会计。他对秉义的声音早已听熟了，讨好卖乖地说：“是周处长呀！”

秉义打断道：“副处长，纠正你多少次，又忘了？希望你以后直接叫我名字。”

曹会计却说：“那怎么行呢！论级别你和我们农场副场长是同样大的官。冬梅从你那儿回来一脸不高兴，你俩闹别扭了吧？那你可得哄哄她！别急，耐心等着，我这就去找她。”

听他这么一说，周秉义才想起自己和冬梅之间还有场没了的掰扯呢。他估计冬梅根本不会接电话，但曹会计既已去找，便也只能等回音。两种烦恼加在一起，他紧皱起了眉头。

冬梅竟意外地接了电话，这让秉义布满阴霾的心里出现了一线阳光，唯恐她没听几句放下电话赌气走了，他恳求说：“你千万听我把话说完，我这边遇到了从没遇到过的头疼事。还记得我跟你讲过的陶平吗？看来让他重新成为老师没多大可能了，喂，喂……”

冬梅平静地说：“我在听。”

于是，他将夏季风出现精神状况以及自己的顾虑匆匆讲了一遍。

冬梅说：“我一时也没什么好建议，得想想。明天早上八点往你住的招待所打电话，你准时等那儿吧。”

他说：“八点不好，那时候走来走去的人多了，最好六点多钟。”

冬梅没声了，片刻才听她说：“那对我也太早了，六点半到七点之间吧。”

她说完放下了电话。

第二天六点半，秉义接到了冬梅打来的电话。

他问她在哪儿打电话？

她说走到县里去了，用的是公用电话，说起来方便些。

他明白她是怕有人偷听。从二队走到县里，快走也得两个多小时，他不禁心疼地说：“要知道你会这样，我昨天就不告诉你了。”

她说：“我天没亮就起来走了二十多里，是为了还陶平一个公道，我也就能为世间公道做这么一点点贡献。你怎么就不考虑，干脆将那个返城指标给陶平呢？”

他愣了半天，疑惑地问：“那师里不是放走了一名好教师，偏留下了一个搅屎棍吗？不该走的走了，该走的……”

冬梅打断道：“你好糊涂。”

她说出一番自己的道理来。

于是，秉义当天就去了陶平所在那个连，晚上九点多见到了陶平。他首先代表教育处向他道了歉，接着直奔主题说明来意：陶平可以任何理由提出返城申请，父母的健康情况也罢，自己的健康情况也罢，家庭其他实际困难也罢，只要有理由，他就会要求连里盖章，将申请带回师里。之后陶平做好走人的准备，等待批准通知就是了。指标是师里内控的，报到司令部走个审批程序就行，所以他的每句话都是负责任的。他并且保证，处分材料会从陶平的档案中抽去，取而代之的将是一份由他亲笔书写的好鉴定。最后，希望他返城后继续做一位优秀教师……

性格比周秉昆还内向的老高三知青陶平哭了。

那时，周秉义不由得问自己：他对陶平的同情和拯救中，是否包含着对和弟弟一样的尿人本能的保护冲动？

秉义隔夜回到直属营时很晚了，在水房里用冷水擦了擦身，认认真真地洗了洗脚，倒头便睡。

秉义一夜睡得很好，他第二天神采奕奕地与校长告别。

校长问，接下来该怎么做？

他说什么也不必做，只要密切关注夏季风的精神状况，关心她的生活就好，总之不能让不该发生的事再发生了。

校长问，陶平的事就那么拉倒了吗？

他说他自有主张，暂时无可奉告。

师里的领导们见了他，也关心地问主动请缨的事办得如何了？

他说曙光就在前边，快彻底解决了。

他的协调能力极强。

几天后，他接到了陶平在车站打来的电话。

陶平说：“过一会儿我就在列车上了。”

大功告成，他鼻子一酸，几乎落泪。

周秉义又去了一次直属营。

在校长陪同下，他与夏季风进行了一次简短谈话。

他说："陶平返城了。"

她反应强烈地说："他凭什么？"

他说："他是病退，精神有点儿异常了。"

她的嘴角渐现一抹冷笑，解恨地说："咎由自取。以后你省省心吧，从此我不会再因为想到他整夜整夜失眠了。"

师部的相关领导同时听了周秉义的汇报，为了两名知青之间发生的烂事，让他们身不由己地卷入其中，这是前所未有的烦恼。每个人心里都明白，如果不是周秉义始终不肯罢休，陶平的事早已被人忘记了。当年，那实在也算不上什么大不了的事。他们确实都挺欣慰，毕竟被一名心理变态的女知青逼着成了帮凶，对他们是一件极其不愉快的事。

听完他的汇报，他们有点不以为然了。

"你就是这么解决问题的？"

"咱们师少了一名好老师啊！"

"听他说了半天，我也没听到那个夏季风有什么悔意嘛。"

他们都大摇其头。

周秉义就自说自话似的陈述他的，其实都是郝冬梅的想法：城市也罢，农村也罢，农场或兵团也罢，哪里都是中国的地方，一名好老师教哪里的孩子都是在教中国的孩子。既然陶平热爱教师工作又确实是一位好老师，成全他就是成全了孩子们的希望，成全了中国教育的希望。至于夏季风，把她留在了解她的地方，比将她推到不了解她的大人和孩子中去，无论于人于己都是更负责任的安排。

沉默片刻，师长起身说："这么解决，不算最好，但也不算最差。他说得比做得好，散会吧！"

又一个星期日，周秉义出现在了农场二队。所谓二队，其实是从前一个叫大柳树村的村子。农场原本是劳改农场，职工从身份上分为两类人——一类是就地从业的劳改犯，他们有的把家属从各地迁来了；另一类是劳改管理人员，有在村里安家落户的，也有坚持城乡分居的，为的是让子女保住城市户口。知青们来了以后，多了第三种人。知青也分为两类：一类是郝冬梅那样父母的政治问题很严重，但本人尚可教育好或争取教育好的子女；另一类是管理人员的子女。既然后者也非下乡不可，他们当然更愿意投奔到父母是管理者的农场。农场成分芜杂，管理者无不经常强调思想斗争、阶级斗争、路线斗争的必然存在。他们毫无疑问代表革命的中坚力量，他们的子女是红外围，其他一概人等皆属革命对象。郝冬梅在二队是争取教育好的那类知青，她从不交思想汇报。不交，别人就不知道她心里在想什么。不主动让别人知道你心里在想什么，那么，你劳动表现再好在别人看来也只不过是表面现象，而表面现象是谁都可以伪装的。所以，郝冬梅这名高三女知青在某些人看来是思想隐藏得很深的人。这使她在队里没有女友，只有同类人。她与秉义在一起总是特享受交谈的愉快，与她在队里的孤独有很大关系。

曹会计原是某街道小厂的会计，因为累计贪污了六十四元几角钱，被判劳改数年。所幸妻子是他的远房表妹，念在亲戚关系上没跟他离婚，但夫妻关系名存实亡，他往往春节也不申请探家。他的污点与政治无关，也算不上多么严重，这使他很想成为红外围，却因为毕竟是有污点的人，中坚分子们始终不怎么待见他，一直认为他只不过是一个可以利用的人。让他当会计，对他已经够不错的了，别的免谈。他是个有信念的人，相信精诚所至可化顽石，仍在以各方面的良好表现努力争取自己希望获得到的信任。

星期日，人们起得都较晚，睡懒觉是超越阶级的享受。八点多钟时，村中还不见个人影。周秉义东张西望，发现了在扫街的曹会计。曹会计多年坚持每个星期日扫一次街，从没被表扬过也从没中断过。秉义问他应该去哪儿找郝冬梅，他立刻猜到了秉义是谁，主动自我介绍，秉义就与他握了握手。他俩都是第一次见到对方，握手让曹会计挺荣幸。他开了队部门，请秉义进去稍候，自己一路小跑去找郝冬梅。

郝冬梅睡得正香，听到曹会计在宿舍外喊着秉义来了，颇吃一惊，慌忙起身，也不刷牙洗脸，一边跟在曹会计身后匆匆地走，一边用手指当梳子理头发。她以为秉义惹什么祸了，比如夏季风或陶平因为他的工作方法不当而出了什么事，说了什么不该说的话也像陶平一样被小人出卖了。她惴惴不安。

她先进了队部，刚进门便被秉义一下子扯到了怀里，他同时反踹一脚将门关上了。

曹会计差点儿被门撞了头，在门外愣了愣，看一眼手表，从兜里掏出小本和半截铅笔，飞快地写下几行字：九月十七日八时二十六分，周来我队，与郝相聚于队部，谈话内容不详。他贴耳听了听，门内静寂无声，有几分索然地又去扫街了。

队部里，周秉义终于实现朝思暮想的夙愿，将冬梅箍得喘不上气来。

她想说什么，秉义用深吻封住了她的嘴。起先她对他的激情反应很被动，不知怎么一来，突然变得主动了，双臂搂住他脖子，还了他一阵漫长且实实诚诚的深吻。

也许由于早上大脑供血充足，最适宜有氧运动，深吻非但没让她头晕目眩，反而使她满面红霞眼睛明亮。

二人互相搂着腰深情凝视时，她才小声嗔怪道："你疯了？"

他苦大仇深地说："还不是被你虐待的！"

她用拳头轻轻在他胸口捶了一下，催促道："快说你来这里干什么？"

他与她耳鬓厮磨着说："向你来汇报一个好消息，陶平顺利返城了，我周秉义到底还是硬把那件事他妈的给扳过来了！"

“替你高兴。”冬梅又赠了他一番深吻，比上一番更漫长更实诚。

秉义反倒有点儿消受不起，结束时被吻得两眼直冒金星。

冬梅在送秉义走的路上柔情细语地说：“咱俩结婚吧，要不以后咋办呢？”

秉义站住，又将她拉入怀中，用额头顶着她的额头说：“你早就该说这句话了。”

冬梅问：“你为什么不先说？”

秉义说：“猜不透你心里怎么想的啊！如果你想的是，哪天你父亲一解放，就宣布我们性格不合呢？”

冬梅说：“我也猜不透你心里怎么想的啊！还以为我父亲没解放，你就不会跟我谈婚论嫁呢。”

秉义说：“要作为家训告诉我们的儿女，门不当户不对，恋爱是件很伤脑筋的事。”

冬梅说：“让门户见他妈的鬼去！”

二人一时又都大动其情，在土路中央再次惊心动魄地吻个不休。

十月二日，中央人民广播电台播出了业余英语广播讲座节目。这天晚上，周秉义和郝冬梅举行了婚礼。他们是师部机关中第一对结婚的知青。兵团属于“军”，农场属于“民”，他们结为夫妻被认为具有“拥军爱民”的意义。师里为了表示祝贺，分给了秉义一处二十多平方米、一屋一厨有暖气带小院的砖瓦平房。婚礼挺热闹，虽然他俩只邀请了三五知青，为的是有几个见证人，闻讯而来的却不少，一方面因为秉义人缘不错，另一方面是人们的好奇心强，没见过的，终于可以亲眼见到冬梅究竟是怎样一个女子了。师长也怀着此种好奇心光临了。冬梅穿件红毛衣，把为了干活不挡眼、一向扎起的两条短辫散开了，齐肩剪成有刘海的五四女学生发式。乌黑的头发裹着白净的脸庞，白净的脸庞被红毛衣的高领衬得白里泛着微红，不但显得比往日更清秀了，而且平添了几分妩媚。师长端详她片刻，回头对秉义说：“我明白了，你小子是不爱军装爱佳人啊，难怪连我的面子都不给。”

他的话把大家逗乐了。

师长又说：“大家都出去一下，我要单独和一对新人说几句话。”

于是，大家都识趣地到院子里去了。

师长郑重其事地对秉义和冬梅说：“两个老家伙也让我带话，祝你们永远相亲相爱，白头偕老。”

冬梅奇怪地问：“他们是谁？”

师长拍拍秉义的肩：“你今晚告诉她吧。”

师长走后，众人又回到屋里热闹了一阵，无非请新郎新娘为自己点烟、剥块喜糖往他们嘴里塞那一类老掉牙的把戏。秉义和冬梅各唱了一首歌，又由秉义代表冬梅坦白了恋爱经过。知青们首先离去了，他们怕错过了中央人民广播电台的英语讲座节目。制造热闹的主力撤了，剩下的人也先后走了。

新房刚一清静下来，冬梅急不可待地说：“你把该插上的门都插上！”

秉义插好了院门屋门，见冬梅已拉严了窗帘，脱去了鞋袜和毛衣，上边只穿件花衬衫，侧着腿坐在炕上，微闭双眼语调异常平静地说：“我已经充分做好心理准备了。”

秉义丈二和尚摸不着头脑，心猿意马口干舌燥起来，半傻不傻地问：“什么心理准备啊？”

冬梅说：“有位智者点拨我，女人想完全占有一个男人，那就要将自己的身体完全给予他。我要完全占有你，所以我做好了完全给予你的心理准备。”

一分钟还不到，秉义三下五除二就将自己变成了亚当，并将冬梅变成了夏娃——被逐出伊甸园之前，身上连片树叶也没有的亚当和夏娃。

那建筑工人的长子饱尝了一番禁果后，双手朝下按住冬梅双手，回味无穷地说："现在我终于可以俯视你这个副省长的女儿了！"

冬梅挣脱双手搂着他一滚，也将他压在了身下。昔日副省长的独生女儿双手撑在他的头两侧，将头低到几乎与他鼻尖对鼻尖的程度，笑盈盈地细语道："现在，我这个黑帮女儿也终于能够俯视你这个'红五类'了。我虽然可以同样按住你的双手，却并不想象你那么暴力地对待我。"

秉义一边胳肢她一边坐起，又占了上风似的问："老实交代，你这一套是不是小妹写信教你的？"

冬梅笑出声来，连说："是的是的，除了你们周家那个大美人儿，谁还会教我这些啊！"

秉义搂住她缓缓躺下去，躺下了也不松手，依然享受地搂着她，一本正经地叹道："唉，我猜就是。她经常写信教你怎么样才能控制住我，对不对？"

冬梅亲了他一下，快活地说："哪里有控制，哪里就有反控制。正如哪里有压迫，哪里就有反抗。对于弱势的反抗者，搞好统一战线是个法宝。"

秉义的手指在她光滑的后背上点动不止，如同在轻弹一架白釉钢琴，如同在欣赏着一曲只有他自己才倾听得到的天籁。

他装出认命的样子说："对于我们周家那个漂亮的背叛者，我们全家是拿她没办法了。我还以为只有我这个哥哥的话她多少能听得进几句，想不到她早已向你打我的小报告，你可千万别被她给教坏了呀！"

冬梅得意地说："还多亏有她这么一个善解人意的小姑子，要不我都不知道怎么做女人。"

秉义问："结婚好不好？"

冬梅说："好，完全占有了你的感觉更好。"

秉义说："把灯关了。"

冬梅问："为什么？我还没看够你这个'红五类'一丝不挂的样子呢。"

秉义只得承认："你这个黑帮的女儿身子太白了，晃我的眼。"

"好，听你的。《白雪公主》放映完毕，接着放《红与黑》吧。"冬梅将灯线一扯，缓缓躺在秉义身边。

窗帘也不过就是一般的布做成的，黑暗只维持了片刻——片刻后，月光透过窗帘洒进屋里，到处都处于一种照相馆底片洗印室般的亚光之中，他俩仍能依稀看清对方的脸。

秉义又大动其情了。

他说："这种光线下，你的脸更……"

冬梅不容他说下去，用尝到了甜头的深吻封住了他的嘴。

大工匠

（节选）

高满堂

作品简介

《大工匠》是当代作家高满堂创作的一部长篇工业小说。2006 年 11 月，由万卷出版公司出版。

小说从二十世纪五十年代讲起，师兄弟肖长功、杨老三（杨本堂）都是北方某钢厂锻轧车间的八级“大工匠”，技术过硬，身怀绝技，但二人性格迥异，师兄肖长功为人老实要强，爱较劲；师弟杨老三则性格活跃，思路敏捷。当初正处于全国技术大比武时期，师兄弟之间也不例外，二人各显神通，互不相让，整个五十年代兄弟俩都是在相互较劲中度过的。时光荏苒，岁月如梭，历经三年自然灾害、“文化大革命”，两人的关系也随着社会的变迁而发生改变，由原先的相互挑衅慢慢变成理解与互助，最终走在一起，共同为社会主义现代化建设，付出了自己全部的人生和技艺。

根据高满堂《大工匠》（万卷出版公司，2006 年 11 月版）节选。

正文节选：第一、二章

第一章

有谁会想到，因为五十多年前的一场电影，改变了杨老三一生的命运！

故事发生在北方的一个海滨城市。初春时节，阴雨绵绵。微微的凉意阵阵袭来。

在北方特钢厂的厂区里，小火车在呼叫着，蠕动着，滚滚的浓烟在天空弥漫。运输钢材的车辆在厂区穿梭。广播喇叭里播放的时代之音《社会主义好》响彻云霄。

绵绵的细雨扯丝拉弦，一把把五颜六色的油纸伞在不停地晃动着。厂俱乐部的橱窗里挂着五十年代后期的电影招贴画，其中苏联版电影《简·爱》的招贴画特别惹眼。俱乐部门前，工人们兴高采烈地排着整齐的队伍等待入场，雨点砸在了他们的雨伞上、雨衣上。

头一场电影散场了，观众们涌出了安全门。

一身工装的陆小梅走出安全门。她是锻轧车间的青工，可能是开天吊的，个性挺张扬，有钢锭味。八级锻工肖长功的徒弟小环子迎上来问："陆姐，散场了？电影好看吗？"陆小梅两只眼睛已经哭得红肿了，她挥了挥手捂着眼睛走了。小环子追上去问："听说有亲嘴的镜头？"陆小梅还在抹着眼睛，根本不理他。小环子瞪大眼睛说："你这是怎么了！"

一个中年人走过来，小环子手里举着钞票，赖脸赖皮地贴过去“大叔，行行好，你就把票让给我吧，我出高价还不行吗？”中年人推着他：“一边儿凉快去，为了这张票，我们车间差点没闹出人命来！”

八级锻工肖长功和保卫科包科长披着雨衣急匆匆地走在俱乐部门前的林荫路上，肖长功说：“老包啊，今天的人特别多，你给我多长两只眼睛，千万别给我弄出事儿来！”包科长说：“放心吧，肖师傅。你刚上任兼职管我们保卫，我哪能叫你掉链子呢。”肖长功朝前走去。

青工肖玉芳打着雨伞从树后闪出来。穿着一身漂亮的布拉吉，在这个季节，她的穿戴有些抢眼。她跟在包科长的身后，一个劲地央求把她带进俱乐部看电影。她是肖长功同父异母的妹妹。“包科长，噢，包大人，我都跟了你半天了，你就抬抬手，放我进去吧，不就是你一句话吗？”包科长板着脸，这个山东人一向办事丁是丁，卯是卯。他操着纯正的山东口音，口齿不大利落地说：“这妮子，你说对了，就是俺老包一句话，可这句话俺就是不能说，说了俺就不是老包了，是哈？”包科长有个口头语——“是哈”。

肖玉芳极力地央求着说：“包大叔，这是什么原则的事啊，不就是看场电影吗？再说咱这是去受教育嘛。”包科长的态度仍然很坚决：“妮子，你就是给俺跪下也没用，仨瓜俩枣你就打算把俺收买了？是哈？俺也不和你多费口舌，违背原则的事俺坚决不干，刀架脖子上也不能干，是哈？”包科长没再理肖玉芳，大步朝俱乐部门前走去。

肖玉芳无奈，耍起娇来：“包科长，你就这么狠心？我一个水灵灵的大姑娘，顶着雨这么求你，铁石人也会软了心肠。包科长，你这回要是帮上我这个忙，我不会忘了你的。”说着拿眼直瞟，她还真有点风情万种的意思。

包科长正色高声说道：“妮子，你给俺少来这一套，俺不吃。你可别忘了，俺是从山东老区来的，也在白区干过地下工作，复员以前还是解放军特种兵，这点定力还没有俺早就完了。别给俺玩糖衣炮弹了，这方面俺是不进盐酱的。”肖玉芳顽皮地笑了：“我来哪一套了？你是自作多情！”包科长也笑了：“这妮子，倒打一耙。”转身走了。肖玉芳来了倔劲，又追上去说：“你走哪里我就跟到哪里。”包科长边走边说：“跟也是白搭！”肖玉芳还在后面跟着。而小环子不知从哪拱了出来，他跟在了肖玉芳身后。

俱乐部门口上方挂着一块红布，上面有两行字：热烈欢送苏联专家回国，苏联版电影《简·爱》连演三场，厂文艺骨干配音。

包科长走到门口，看着横标，回头悄声对肖玉芳说：“俺说你呀，怎么属狗皮膏药的，粘上就揭下不来了，还真拿你没办法了。”肖玉芳咬着细牙，贴着他的耳朵说：“今天的电影你不让我看上，我粘死你，把你这脸黑皮粘得更黑！”包科长“扑哧”一声笑了，小声说：“唉，俱乐部正在修热气管道呢，南墙下挖了那么大一条沟，也没个人看着，钻进人去怎么办？待会儿俺得去看看。”说罢走进了俱乐部大门。肖玉芳愣了一下神，一下子明白了什么，飞身跑了。

俱乐部里挤满了人，连过道上也全是坐着小板凳的工人。

电影《简·爱》正在放映。

剧场前排，放着茶几，摆了茶水和水果，坐了一排劳模。肖长功走过来和身边的劳模们小声地打了个招呼后坐下。坐在肖长功身后的杨老三瞄了他一眼。

几名钢厂的文艺骨干拿着翻译好的台词本，正对着银幕配音，显得比较生硬，苍白，他们的认真劲儿也十分可笑。“你以为我是一架自动机器吗？一架没有感情的机器吗？……我的灵魂跟你的一样，我的心也跟你完全一样！……我现在跟你说话，并不是通过习俗、惯例，甚至不是通过凡人的肉体——而是我的精神在同你的精神说话；就像两个都经过了坟墓，我们站在上帝跟前，是平等的——因为我们是平等的！……”

“跟我来！”肖玉芳拖着小环子跑到俱乐部后墙。小环子边跑边说："玉芳，你真够意思，明天，我请你吃锅贴。"肖玉芳说："得了吧，上回你也给我整过票，这回咱们两清了。"

男主角的配音是衣着十分讲究的小谭，人们给他起个外号叫"罗切斯特"。他的头发梳得锃亮，他一手擎着泡着胖大海的罐头玻璃瓶，一手拿着台词本，为罗切斯特配音："啊，简。可是我要一个妻子。"

"是吗，先生？"

"是的，你觉得那是新闻吗？"

……

俱乐部的地热沟里，肖玉芳打着手电，和小环子冒着滚滚的热气，艰难地向前摸索着。他们渐渐地听到了电影的音乐，停下来。旋即又激动地蹚着水向前摸索着走去。他们俩已经接近场内，听到电影院里传出的配音台词：

"那就选择，先生——最爱你的人。"

"我至少要选择——我最爱的人。简，你愿意嫁给我吗？"

肖玉芳突然激动起来。

观众席二排坐着许多苏联专家。

横过道的第三排，八级工匠杨老三油头粉面，西装革履，他一边看着电影，一边喝着瓶里的啤酒，不停地用俄语和身旁坐着的颇具风情的苏联专家叶丽娜小声地说着什么。

电影对白："是的，先生。"

"一个到哪儿都得由你搀扶着的可怜的瞎子？"

"是的，先生。"

"一个比你大二十岁，得由你伺候的残废者？"

配音的文艺骨干配到爱情对白也激动起来。

"是的，先生。"

"真的吗，简？"

"完全是真的，先生。"

“哦，我亲爱的！”

肖玉芳和小环子猫着腰走进来，分开了。肖玉芳悄悄地来到杨老三的前排，挤一挤坐下了，可还有一半屁股露在过道上。肖玉芳长舒一口气，擦着满脸的汗水，两眼紧紧地盯着银幕。肖玉芳紧盯着银幕如痴如醉地看着，她的呼吸渐渐地急促起来。

此时，小罗——“罗切斯特”也泪流满面：“我渴望着你，简妮特！哦，我的灵魂和肉体都渴望着你！我又痛苦又谦卑地询问上帝：我经受孤独、苦难和折磨是否还不够久，还不能让我马上再尝一次幸福和安宁？”

肖玉芳被影片的情节感动着，不禁热泪盈眶。

罗切斯特：“我承认我是罪有应得，但是我申辩……”

突然，一片漆黑，场内停电了，俱乐部里一片沉寂。也就在这时，突然，肖玉芳“啊”地发出了一声尖叫，扑倒在过道，连衣裙被挂裂了。肖玉芳哭着喊着：“抓流氓啊……”俱乐部顿时骚乱起来。“罗切斯特”从放映孔里伸出一只喇叭，虽然停电，他还沉浸在角色中，他配音的声音已经哭得嘶哑了：“我还要申辩，我几乎再也受不了，我心中的全部希望都不由自主地用这几个字从我唇间冒出来——简！简！简！简！”

此时，肖长功猛地站起来，喊道：“老包，老包，怎么回事？”站在剧场后过道的保卫科的包科长高喊：“都原地坐着，别动！”随后，他带着一群人举着手电筒跑了过来。几只手电一齐射到肖玉芳的身上。肖玉芳蹲在地上捂着脸哭着，她的连衣裙被撕了一道口子，露出了洁白的大腿和臀部。看着这个场面，肖长功一愣，突然喊一声：“关上手电！”黑影里，包科长脱下军大衣，一下子盖到肖玉芳的身上。包科长大吼：“把所有的门都给俺关上！不许出，也不许进！”只听咣、咣、咣，一扇扇安全门被迅疾关上了。

肖长功的妻子——肖玉芳的嫂子冯心兰从自己的座位跑过来，搂住了肖玉芳。肖玉芳像傻了似的，木木地站在那里，东看看，西看看，好像此事与她无关。而冯心兰十分关切地看着自己的小姑子。

外面的雨下得更大了。

经过抢修，“来电了，”灯“唰”地亮了。场内的工人下意识地喊出声来。包科长快步来到舞台上，手里擎着铁皮喇叭喊着：“各车间注意了，大伙按车间部门都别动，清点人数，报上来。”这时的他也不再“是哈”了。各车间的领导纷纷数人，上台报数。机械车间的主任说：“我们机械车间总共来了二百一十八名，全部在位。”包科长问：“真的一个不少？”“少了一个揪下我的脑袋。”机械车间的主任十分认真地回答。紧接着是钢管、工具车间报数，现场气氛显得十分紧张，有如临大敌之感。包科长平时有些含混不清的山东话，此时让人觉得很利索，在俱乐部里也显得格外响亮：“锻轧，锻轧车间，怎么还不来报数？养孩子啊？难产了吗？”锻轧车间的谷主任一边查点着人数一边慌张地说：“报告，我们车间好像少了一个。”包科长追问：“赶快查清，少了谁？”谷主任像犯了大错，急忙回答：“出事后有一个人急急忙忙离座了。”他回头对一个工人问，“别支支吾吾的，到底是谁呀？”工人趴在谷主任耳朵边小声地说：“是杨师傅。”包科长说：“大点声，谈恋爱啊？”工人只好大声地说：“杨师傅。”包科长皱着眉头问：“杨师傅？杨师傅多了，说大名！”工人说：“杨本堂。”包科长说：“杨老三啊，干什么去了？”工人回答：“不知道。”站在一边的肖长功一挥手说：“老包，跟我走！”十几只手电跟着肖长功冲出去。

锻轧车间里，十几只手电在乱晃。包科长蹲下身子，查看着黑沙上的一行新鲜脚印。这脚印一只大一只小，一直穿过沙堆，向远处慌乱地延伸。肖长功拧起眉头思索着，他猛地一挥手：“跟我来！”十几只手电跟着肖长功向前冲去。

肖长功和包科长等人顺着脚印追到厕所门前。包科长一摆手，众人包围了厕所。包科长慢慢走到厕所门前，猛地一脚踹开厕所门，只见杨老三如佛祖入定，正蹲在厕所里出神。

肖长功一愣。

包科长一声怒吼："你给俺出来！"说完拽着杨老三的脖领子就往厂保卫科走。

保卫科里气氛严峻，杨老三被当作嫌犯正在接受审问。一个保卫干事点了支烟抽上，说："杨师傅，说说吧，到底是怎么回事？"

杨老三眼睛瞪得老大，诧异地说："什么怎么回事？什么怎么回事？我还要问你呢，我屎拉得好好的，为什么带我到这儿？电来了没有？我电影还没看完呢。"

干事眯缝着眼道："跟我装糊涂。"杨老三嚷着："我装糊涂？装什么糊涂？我还没精细够呢，装糊涂，你才装糊涂呢！"

保卫干事进一步追问道："你还嘴硬，停电那阵子，你干了什么坏事了？啊？"杨老三轻声地说："小子，我再告诉你一遍，我在上厕所，听懂了吗？"保卫干事的态度强硬起来，继续追问说："你别兜圈子，赶快交代！"杨老三轻蔑地斜着眼说："我懒得告诉你。"保卫干事愤怒地拍着桌子喊："不老实交代，今天你就别想出这个门！"

此时的另一间屋里，包科长细细地询问受侮辱的肖玉芳："你说说，到底一只什么样的手摸了你……你的屁股？"

肖玉芳抽泣着回答："问这干什么？这对破案有用吗？"包科长说："当然有用，没用也不能问你，是哈？"肖玉芳说："没感觉。"包科长摇着头说："怎么会没感觉呢？应该有感觉才对呀。你听到了他的喘气声了？"

肖玉芳说："我没注意，我已经被罗切斯特感动得昏过去了，眼里全是泪，什么也看不见啦。"

包科长叹了口气，十分认真地问肖玉芳："他嘴里有什么味吗？"肖玉芳回答："味？这也有用？"包科长说："当然有用，俺们通过他嘴里的味道，就能判断出他中午吃的什么饭，我们可以查出都谁吃了这样的饭，这都是线索呀，懂吗？”

肖玉芳已经恢复了常态，慢慢回忆着：“好像……有一股香水味。”

包科长默默地点了点头。

在外面的走廊里，肖长功蹲在地上默默地吸着烟。冯心兰走过来，轻声地：“你怎么也不进去看看？”肖长功不语。冯心兰：“跟你说话呢。”肖长功轻声说：“不方便。”冯心兰蹲下来问：“真是杨老三干的？”肖长功吸着烟，不说话。

这时保卫科里的声音激烈起来。

杨老三火气挺盛，拍着桌子对科员吼：“你们别把我当孩子吓唬，我懂法，我要去告你们！”

包科长走进来说：“老杨，干牛屎抹不到墙上去，你吵儿巴火地干什么？你也不用吆喝，你这是吓唬鸟，你这号人俺见得多了。”杨老三很张狂：“你来了也白给！你话都说不清楚，舌头还是半拉子，和你说话费劲！”

包科长大声地说：“费劲也得说！我问你，电一停你为什么跑了？电影还没完呢，没有鬼跑什么？”杨老三嚷道：“我跑怎么了？我要拉屎，管得着吗？”包科长镇定地说：“你也不用和俺吵，有理不在声高。俱乐部有茅坑，你偏偏跑出来拉屎，这不是舍近求远吗？”杨老三梗着脖子说：“俱乐部的厕所客满喽。怎么，你家开店，我就不能住别处了？你也太霸道了！”

包科长一挥手，从怀里掏出了个红色的小本说：“你也不用嘴硬，是哈？你做的那些屁屁事，俺这儿一笔一笔都记着。”

杨老三问：“我都干什么了，你说！”包科长道：“去年9月7日，拿着小镜子往女茅坑照，是你干的吧？”杨老三更火了：“谁说我往女厕所照了？我是照自己的脸！”包科长道：“不对，有人揭发，你是在照女同志的屁股！”

厂长室里，郁闷的肖长功正和程厂长谈话。

程厂长递过一支烟说："肖师傅，消消火。毕竟没出什么大事，不用上这么大的火。"肖长功推开程厂长的手道："我有这个。"说着，掏出烟荷包，卷了根纸烟。抽着烟，肖长功冷静多了，继续对程厂长说："玉芳是我妹妹，我能不上火吗？这个杨老三，狗改不了吃屎，早就该整治整治了。你说他要干什么？打从他死了老婆，他就年轻得很，咱厂漂亮女工见了他就紧张！"程厂长接着说："这个杨本堂啊，别的地方都挺好，就是作风上，老惹事。还别说，这个人技术上还是没个挑的，咱钢厂少不了这个人，他可是苏联专家一手培养出来的技术尖子。"肖长功不服气地说："技术是技术，人是人，他首先得学会做人。这些年都是你把他惯坏的。"程厂长有些尴尬地说："别这么说，我惯他什么了？"肖长功质问着："你还没惯他？他就这作风问题，车间几次要处分他，你都给压下了，还不是惯他？"程厂长坚持说："唉，都是风言风语，真查起来无凭无据，怎么处分？"肖长功马上接着说："这回有凭有据，可以处分了吧？"程厂长挠着头说："不见得，看看吧。"

厂保卫科里，对杨老三的审问还在进行。

包科长口气软了许多，审问变成了同志式的："杨师傅，你也不用多说了，你坐在她后面，出了事你恰好又溜了，这事除了你，你说还能是谁？是哈？你说呢？"杨老三说："事情确实很巧，但我拉屎和摸屁股有什么必然联系呢？"包科长问："你喝酒了吧？"杨老三道："我天天喝！"包科长闻了闻他身上："你喷香水了吧？"杨老三说："我天天喷！"

这时，苏联女专家叶丽娜满脸怒气地推门进来了。包科长一愣，马上热情地说："叶丽娜同志，你怎么来了？请坐。"叶丽娜情绪激动地说了一大套俄语，追问为什么拘押杨老三。包科长对俄语一窍不通，懵懵懂懂地问："哦，杨师傅，她说了些什么？"

此时，杨老三却得意起来，给包科长当上了翻译："她说她很气愤，问你们为什么要抓我？说我是好同志，达瓦里斯，奥钦哈拉少。她问，我犯了什么法吗？"杨老三连比带画，动作夸张，俄语里夹杂着汉语，半明不白。

包科长说："达瓦里斯叶丽娜同志，这是俺们内部的事，你最好少管。杨师傅，翻给她听。"杨老三作着翻译。叶丽娜不服气地说："不，我要管，路不平有人踩，他们这样对待你不公平。"杨老三用俄语说："叶丽娜，我没事，你该干什么干什么去，完事我去找你，给你饯行。"叶丽娜高兴地说："真的？今天晚上有个舞会，你能去吗？"杨老三兴奋地说："舞会？当然去。"叶丽娜也兴奋起来："太好了，舞会以后我请你喝酒，四云楼，喝伏特加，吃烧鸡。"杨老三说："不，我请客，请你喝茅台。"说完杨老三往门外推她："好了，好了，你先回去吧。"

想起刚才的事，叶丽娜还在为杨老三鸣不平："不行，我得和他们说清楚，你是清白的，我可以作证，你没有做什么，他们不可以这样对待你！"杨老三安慰叶丽娜说："我没事，真的没事，你走吧。"叶丽娜认真地说："不，我知道，你有事，你要倒霉了。"她激动地转身对包科长说着俄语："杨是个好同志，他应该是个布尔什维克，他有很好的技术，有热情，非常热情，你们国家的建设需要这样的人才。"

这时，包科长一头雾水地问："杨师傅，她哇啦了些什么？"杨老三得意道："她说我是个好人，达瓦里斯，奥钦哈拉少，像一个布尔什维克，有技术，有热情。对，就是这么说的。"包科长对杨老三说："你对她说，咱们的建设需要人才，也需要热情，可是你的热情太多了，热情到人家大姑娘的屁股上了，人家不让了。你翻给她听。"杨老三用俄语对叶丽娜说："她说我太热情了，姑娘不喜欢。"

叶丽娜眼里闪着火花说："太热情有什么不好？我还嫌你不太热

情呢，你拒绝和我拥抱，拒绝和我亲吻。你很有魅力，很迷人，很会讨姑娘喜欢，如果在我们国家，伏尔加河两岸的女人都会睡不着觉的，高加索地区的女人会一片沸腾。对了，你的舞跳得很好，水兵舞跳得很漂亮，你们全厂没有一个比得过你。”杨老三用俄语对叶丽娜说：“还是你教得好。”叶丽娜和杨老三好像忘了包科长在场，两个人不顾别人，开始互相吹捧，惺惺相惜，热热闹闹地用俄语交流着。叶丽娜说：“不，你很有才气，聪明，我为有你这样一个学生而感到骄傲。”杨老三说：“老师美丽热情，有一流的技术，我也为有你这样一个老师而骄傲。”两个人的俄语把大伙说得一头雾水，目瞪口呆。过了好长一段时间，包科长才无奈地说：“达瓦里斯叶丽娜同志，请说中国话。杨师傅，你们说中国话，你们说的我一句也听不懂，是哈。”

第二天，厂俱乐部里，挤着一群漂亮的青工，正准备排练文艺节目。“罗切斯特”说：“今天我们排练舞蹈《炉火颂》，在排练之前，我把昨天为电影《简·爱》的配音做一个总结，非常遗憾，昨天在简·爱和罗切斯特戏剧最高潮的时候，停电了，哎，对了，肖玉芳来了吗？”众人面面相觑，有人小声地说：“她不能来了吧？”立刻有人回应：“她昨天才出的事，肯定不能来了，咱们先排吧。”正在议论着，肖玉芳大大方方走了进来。众人望着她都不说话。肖玉芳笑了笑：“怎么今天不排练了？”众人勉强地笑了笑。肖玉芳冲台上问：“罗切斯特，到底排不排练了？”罗切斯特一挥手：“奏乐！”

肖玉芳在俱乐部里像没事人似的排练着舞蹈，可家里正有人为她忧心忡忡。

肖家的小洋楼是个典型的沙俄建筑。宽敞的庭院，高高的屋顶上挂着饱经历史沧桑的大吊灯，屋里摆放着陈旧的大沙发。墙上还有色彩斑驳的大壁炉，壁炉上摆放着一些坛坛罐罐，十分不协调……

肖长功夫妇住正屋，东厢住肖玉芳，西厢住肖长功的三个儿子——德龙、德虎、德豹。肖家的摆设简单，一看就是个挺困难的家庭。

肖长功和冯心兰在悄声商量今天的事。冯心兰说："他爸，先别急着下结论，别看老三成天不着调，我看还不至于干出这种猪狗不如的事来，不一定是他。"肖长功抽着烟，沉默着不说话。冯心兰叹了一口气说："你说这玉芳，傻不傻啊，她和小康下个月就要订婚了，这一喊，闹得一名二声的。哎，这事可不能让小康家知道了。"肖长功不解地说："知道了又能怎么的？"冯心兰说："小康是个小心眼，心眼比针鼻还小，知道了非犯嘀咕不可，一犯嘀咕，再叫他那个一烧香就调腚的妈知道，玉芳就订不成婚了。"肖长功说："至于吗？"冯心兰道："怎么不至于？唉，好事不出门，坏事传千里，好在他俩不在一个厂子。他们的事，我看抓紧办吧，姑娘大了不中留，留来留去都是愁。"说完抿了抿鬓边散乱的头发。肖长功皱着眉说："怎么抓紧？按理来说徒工不许谈恋爱，你也不是不知道。"冯心兰说："不是小康追得紧吗？再说了，厂里的徒工，到了岁数哪个不急着谈恋爱？只要不张扬就没事儿。"正说着，外面院里有自行车上锁的声音。肖长功伸着脖子看了一眼说："院里有动静，是不是玉芳回来了？"冯心兰起身边往外走边说："我去看看。"

走进东厢房，只见肖玉芳正望着窗外出神。

冯心兰走进屋，搭讪道："玉芳，回来了？"肖玉芳没有回应。冯心兰劝慰道："玉芳，那件事你也别太往心里去。"肖玉芳还是不语。冯心兰用埋怨的口吻说："你也是，就是招风，才什么天气，人家毛衣还没脱，你穿上布拉吉了，你没看那些男人，都拿什么眼神看你！"

肖玉芳一句话也不说，出了门。冯心兰追出去问："玉芳，你到哪儿去？不吃饭了？"肖玉芳推着自行车默默地走出院子。冯心兰关切地追问："玉芳，你到底到哪儿去？"肖玉芳头也没回骑着自行车出了院子。她飞快地蹬着自行车，往小康家骑去。

到了康家门口，肖玉芳支好自行车，向院里张望，看见一位大婶正在看着自己家的房顶。肖玉芳问："大婶，小康在不在家？"大婶笑眯眯地问："你是小康的对象吧？这闺女，怎么长的，葱俊的。他在家，正在房顶帮着我打烟囱呢，你瞧。"

肖玉芳走进院子，抬起头，在屋顶发现了正在打烟囱的小康。小康满脸都被烟灰弄黑了，像个鬼脸似的。肖玉芳喊："小康，你下来，我有话对你说。"小康看了她一眼，不答话，继续忙活自己的。肖玉芳又喊了一句："小康，我喊你呢，你听见没有？"小康对她还是不理不睬。

肖玉芳急切地踩着梯子上了屋顶，爬到小康身边问："小康，我喊你，你为什么不理我？"小康充耳不闻，吭哧吭哧地打烟囱。肖玉芳一愣："你说话呀，不说话是什么意思？"小康还在卖力地干活，仍然不说话。肖玉芳问："你是不是为电影院的事？你都知道了？"小康看了肖玉芳一眼，摇了摇头。肖玉芳委屈地说："你别装了，你肯定都知道了，这事能怨我吗？"小康看了她一眼，又摇了摇头。肖玉芳火了："你说句话呀！"小康笑了笑又埋头打烟囱。肖玉芳默默地看着他，眼泪在眼眶打转。

肖玉芳气冲冲地下了屋顶，站在院里，她的眼里含着委屈的泪水，努力忍着不让泪水滑落。她气得把上房的梯子撤了。房顶上的小康看到了，打着烟囱不说话。

肖玉芳走进屋来，看见小康一家人在包饺子。

康母笑着招呼："玉芳来了，正赶上，等会儿吃饺子。"康父也问着："玉芳，今天休息啊？"肖玉芳回答："哎。"康父又问女儿："素英，你哥呢？"康家小女儿道："我哥在帮老曹大婶打烟囱呢。"肖玉芳走上前来凑热闹："包饺子啊，我来擀皮儿。"说话间撸胳膊挽袖子，欲动手包饺子。康母忙拦着："快包完了，你就不用沾手了，歇着吧。”康家人对肖玉芳热情接待，看不出什么异常。

肖玉芳孤零零地站在那里，眼圈红了。

康母看出肖玉芳的神情不对，问：“玉芳，不舒服啊？”肖玉芳含着泪回答说：“婶儿，我遇见事了。”康母关切地说：“孩子，别哭，什么事，说给婶儿听听。”肖玉芳说：“前天厂里放电影，放着放着停电了，黑影里不知谁要流氓，我一急把裙子挂破了，丢丑了。”康家女儿说：“就这事啊？听说了。哎，那个流氓不是抓到了吗？听说是你师傅杨老三。”肖天芳犹豫了一下说：“怀疑是他，不一定是，我想也不会是他。”康父安慰着肖玉芳说：“玉芳，这事别往心里去，不怨你，就怨那个流氓。”肖玉芳哭道：“我和小康都快订婚了，出了这么一档子事，给你们丢脸了。”康母瞪大了眼睛，仿佛很惊讶：“你们快订婚了？小康没说啊！这孩子，这么大的事，怎么不和家里商量？”一听这话，肖玉芳的心一下子就凉了，她冷冷地问：“是吗？这么说五一不办订婚的事了？”康母撇撇嘴说：“再说吧。”肖玉芳明白了：“噢，是这样。那我走了。”康母假意说：“别走啊，等着吃饺子。”肖玉芳狠狠地咬着牙大声说：“我们家不缺饺子。”扭身走了。

康母看着玉芳的背影嘟囔说：“脾气还不小。”康父对康母埋怨说：“我看你有点过了。”康家女儿天真地说：“本来嘛，这事不怨玉芳姐。”康母显得很不耐烦地说：“都给我把嘴闭上，我压根就没看好她，成天把她浪的，朔风腊月才开春就穿着布拉吉，不是个好浪，别给我坏了门风！”

肖玉芳失魂落魄地回了家，进了屋子，坐在那里愣神。

冯心兰进了大屋。肖长功纳闷地问：“怎么回事？她到哪儿去了？怎么回来就一头扎屋里去了？”冯心兰说：“我刚才隔着窗户看了一下，她就坐在那里愣神，不是和小康闹翻了？”肖长功急道：“你像根木头似的，快去问问啊！”

东厢房里，姑嫂俩默默相对。

冯心兰忍不住问："他们就是这么不哼不哈，不提订婚的事？"肖玉芳木然点头："嗯，老的小的都装糊涂，说不知道有五一订婚这回事。"冯心兰问："他爸不是催了好几回了吗？说着急抱孙子，怎么就不认账了呢？"肖玉芳说："装糊涂呗。"冯心兰叹："这明摆着，是要悔亲哪。玉芳呵，我不是说你，你当时怎么就那么傻，吃个哑巴亏就算了，女人家，这事一嚷嚷出去还有个好吗？"

肖玉芳心乱着："行了，行了，别说了，那个时候谁想那么多。"冯心兰故作轻松地安慰她："好了，也别难受了，我和你哥商量商量，看怎么办好。"叹着气走出屋子。

肖家正房里，肖长功和妻子相对而坐。肖长功叹了口气说："心兰，你到小康家去一趟，看看这件事能不能挽回。这事说破天也不怨咱玉芳，玉芳是什么样的人，他们家不清楚吗？"冯心兰愁眉不展地道："只好这样了。"说着要动身。肖长功嘱咐说："别空着手，带着点礼物。"冯心兰道："还用你说？"肖长功不放心地叮嘱说："别有什么说什么，说话要学会拐着弯。但是，也用不着低三下四的，咱没有什么错。"冯心兰答应道："嗯。"肖长功又追上一句说："也别理直气壮地去兴师问罪，毕竟不是件光彩的事。"冯心兰索性把礼包一扔："看你这啰嗦劲，你要是不放心你自己去。"

肖长功说："看看这脾气，你这个人哪！好好好，去吧，去吧，你看着怎么说好就怎么说吧。"

冯心兰忧心忡忡地走出家门。肖长功怔怔地看着冯心兰的背影，长长地叹了一口气。

肖长功愣了一会儿，收拾好一包东西打算出门。刚好，儿子肖德虎回来了，顶头问："爸，你到哪儿去？""我去看看你师太。"说完肖长功骑着车子去了。

肖长功和杨老三是同一个师傅教出的徒弟，师傅已经去世。尽管师傅不在了，可两个大徒弟却十分孝顺，每逢年节或空闲他们都要来看看年迈的师母。师母早年因病双目失明。此时，师母正在吃饭。肖长功走进屋子。瞎师母马上直起身问：“听动静是长功吧，长功，是你吗？”肖长功笑着说：“师母，是我，您吃饭啊？”师母回答说：“吃饭，烙油饼，一块吃点？我给你烫点酒？”肖长功说：“师母，我今天休息，饭也吃了，酒也喝了。师母，您眼睛不好还能烙油饼啊？”师母咯咯笑着说：“跟你师傅比还不行，他闭着眼能开气锤，那才叫真功夫。”肖长功从内衣兜里掏出一沓钱对师母说：“师母，这是这个月的生活费，您收好。”说着把钱递给师母。师母感动地流着泪说：“长功啊，你师傅没白疼你和老三哪，自从他走了，你们月月给我送生活费，我叫你俩捧在手心里喽。”肖长功动情地抓着师母枯瘦的手说：“师母，快别这么说，我和老三能有今天，不都是师傅给的吗？我俩这个八级大工匠，都是师傅一手栽培的，师恩如山啊！”师母边擦着眼泪边说：“我听老三说，你还有个瘫了的舅哥靠你养活，你的担子可不轻啊，家里也挺困难，我花你的钱心里不好受啊。”肖长功说：“您别听老三胡咧咧，我过得挺好的。”停顿了一会儿，师母好像想起了什么，问道：“听老三话的味儿，你们俩这两年闹得不够和气，有这事吗？你是当师哥的，尽量处处让着他点。老三这个人我知道，好拔个尖儿，嘴嘎古，你是厚道人，别和他一样的见识啊。”肖长功说：“没啥事，我们俩会处好的。”肖长功故意转移话题说：“师母，我对您说了多少回了，搬我那儿住，我也好照顾您，可您就是不去，您是真犟啊。”师母笑道：“我可不能失了主意，掉在你们手里，还有我现在的自由自在？”

师母又关切地问：“长功啊，听你说话，心不在这儿，不静板，有难心事吗？”肖长功忙掩饰，说道：“没，没有。师母，噢，我还要看个工友，我得走了。”师母说：“走吧，你是忙人，不用挂记我，我好着呢，你有事就快走吧。”

肖长功走出师母屋子。

到了康家，冯心兰坐在炕上，她显得十分亲热。

康母脸上挂着假笑："他大嫂，你是大忙人，怎么有工夫了？快坐。素英，给你大嫂拿个碗，盛饺子，他大嫂，你尝尝，三鲜馅的。"冯心兰勉强地笑着："我才撂下饭碗，吃你们的。"拿起一双鞋，"婶子，这鞋是你做的？"康母："瞎舞弄。"冯心兰夸赞说："哎呀，你的手真巧。"康母谦虚地说："啊，做得不好，让你见笑了。"康父实实诚诚地说："她呀，就是纳个鞋底子还行，铰样儿，绱帮，都得求人。"女儿素英也在一旁揭底儿说："我妈做的鞋，就是给我爸穿吧，我们都不稀得穿。"

康母劈手给了素英一下子，骂道："烧包！"

冯心兰没忘记自己此行的任务，问道："屋子没收拾收拾？墙该粉一粉了，顶棚糊一糊，这房子收拾收拾挺好的。将来小康结婚就在这屋？"康母不接话茬儿，故意调转话题说："她嫂子啊，白菜下来了，今年渍多少斤酸菜啊？"冯心兰说："四百斤吧，玉芳和小康的事该定了，他们都老大不小的了，玉芳出了徒就给他们把婚事办了吧。"康母自顾自地继续说："我也渍四百斤，萝卜瓜子晒了多少啊，雪里蕻没腌点儿？雪里蕻包包子鲜着呢，搁上点儿肥肉丁……"

冯心兰有点急了，说："她婶子啊，我是说玉芳和小康的事，什么时候办哪？"康母回到话题上，不紧不慢地说："着什么急呀，让他们趁年轻奔奔事业，没晒点儿咸鱼啊？多晒点儿，你们家拿晌饭的多，那东西下饭！"冯心兰尴尬地笑着："你呀，饱汉子不知饿汉子饥，早养儿早得济，有数的。"康母说："都是些旧观念，得改改了。"冯心兰再试探着问："这些日子玉芳没来？"

素英回答说："玉芳姐啊？来过，刚才才走。"康母瞅了女儿一眼。素英把嘴闭上了，低头吃饺子。

冯心兰问："哦，来过了？没说什么吗？"康母说："说了些什么？哎呀，我这破脑子，调腚儿就忘了。他嫂子，你真的吃过了？多少你尝尝，韭菜、瘦肉、虾仁，鲜掉牙。”

冯心兰终于忍不住说：“唉，玉芳……玉芳摊上事了。”

康母故意打岔问：“我听说你们钢厂又要涨工资，这回你能涨一级？”康父接过话题说：“要涨一个令，各行各业都涨，不过涨多涨少就是了。他嫂子，你说是不是？”

冯心兰说：“婶子，玉芳真的摊上事了，看电影的时候遇上流氓了。”康父狠狠地说：“抓着了就把他那惹事的根苗割了去，看他还惹不惹事了。”女儿素英不解地问：“爸，什么根苗啊？”康母严厉地训斥道：“小孩子不许乱打听，吃完了去做作业，成天跑野蹄子了。”康父说：“可不是吗，昨天晚上我看了她的成绩册，好几个两分。你书都念腿肚子里去了？钱给你花瞎了！”素英辩解说：“我就是体育和音乐不好，那是副科，主科都是五分。”康母说：“主科好，副科也得好，德智体全面发展，这还不懂吗？”

就这样，康家人就是不接冯心兰的话题。

屋里的气氛沉闷得让人难堪，只听见一片吧唧吧唧的吃饭声和筷子的响动声。

这时，肖长功背着手在大街上慢慢地走着。他突然发现了匆匆走着的肖玉芳。肖长功上前关切地问：“玉芳，你到哪儿去？”肖玉芳噘着嘴说：“不行，我还得找小康，我看他怎么说。”肖长功说：“那行，我和你一块去。”

康家屋里，冯心兰凑到炕上，亲热地和康家人套着近乎：“这炕，热乎乎的，真舒服哈。”康母道：“舒服就脱了鞋上炕。”康家人还是一片吃饭声，把冯心兰晾在一旁。

康家窗外，肖玉芳和肖长功在院里站着，听着屋里的动静。

屋里，冯心兰还在炕上没话找话地说：“素英妹子长得多俊哪，瓜子脸，柳叶眉，笑起来眼弯弯着，迷死人了。”康母说：“俊什么俊，像她爸，招风耳，死羊眼，我四眼不稀见。”冯心兰还在耐着性子地说："大婶，我看五一就把他俩订婚的事办了吧。"康母不软不硬地说："他大嫂，这事再商量吧。"

这下子，冯心兰终于火了："你们是不是因为玉芳被流氓欺负了就想悔亲？这么做是不是太欺负人了？这件事怨玉芳吗？出了事你们一句安慰的话也没有，不阴不阳的，你们到底要干什么哪？"康母笑模笑样地说："我们说什么了吗？怎么，你小姑子嫁不出去了？急着往外推什么！"

站在窗外的肖长功听不下去了，大步走了进来。康父马上迎上前去热情地说："哎呀，肖师傅来了，快请坐。吃没吃？来碗饺子，三鲜馅的。"肖长功生气地说："谢谢，我不是来赶饭碗的。事不说都知道了，玉芳让流氓占便宜了，你们对这事挺在意的，看样有悔亲的意思，我想来说说理儿。"

康父招呼着："肖师傅，坐下。素英，倒茶。"

肖长功开门见山地讲道理："谁家的姑娘都不愿意摊上这样的事，出了这样的事丢不起人。可话又说回来了，遇不遇见流氓是咱说了算的吗？流氓要耍流氓也不征求女方的意见啊。我承认，我们玉芳人长得出众些，挺招风，可我敢打包票，她作风没有问题，是个本分孩子，这你们可以到厂子里、我的街坊邻居那儿打听打听。"

康家人就是不说话。

肖玉芳站在门口悄悄听着，不停地擦着眼泪，衣袖湿了一片。

肖长功还在说着，有些激动了："我觉得你们这样做是没有道理的，说得好好的，五一订婚，还是你们定的，为什么又推说不知道有这回事了？你们要悔亲就明明白白地说，只要理由充分，可以。我妹妹不是嫁不出去。"

康家人还是不语，一片吃饭的吧唧声。

肖玉芳走进来，她什么话也不说，抱起自己的东西，朝外走去，走到门口又返过身来，把桌上的一对玻璃鱼揣进自己的兜里，走出屋子。

冯心兰问：“玉芳，你要干什么！”追了出去。

肖长功怒道：“好吧，你们不娶，我们也不嫁了，咱们两家的亲事就算完了。”说罢，气冲冲地出了康家。

康家人还是吃饭的吧唧声。

大街上，肖玉芳抱着东西慢慢地走着。

肖长功和冯心兰在后边跟着……

第二章

厂领导陪着叶丽娜等几个苏联专家，在车间进行最后的告别，苏联专家不断地和工人们握手拥抱。

叶丽娜真诚地拥抱着肖长功说：“肖，再见了，我会想你的。”肖长功感激道：“我也会想你的。谢谢你，给了我和杨老三那么多的技术和智慧。”

叶丽娜看了杨老三一眼，没和他拥抱，带着众人走到一台机器前。她抚摸着机器，像抚摩一个婴儿，她的眼里含着泪水：“这台P30就交到你们手里了，我们国家刚刚发来信函，就留给你们了。可惜呀，因为没配套，我一直没教会你们怎么使用，以后你们自己学吧。”叶丽娜围着机器转着说着：“这个宝贝造价非常昂贵，更珍贵的是它经历过卫国战争，为了它，一个排的苏军战士牺牲在德国人手里，如果你在深夜，把耳朵贴在这上面，能听到我们的战士在轻声歌唱，那歌声十分动人。我们给它起个名叫老大哥吧！”

叶丽娜转过身，握住肖长功和杨老三的手，哽咽了：“拜托了，好好照顾它，会用得上的，它是你们的兄弟！”

肖长功和杨老三庄重地点了点头。

夜深人不静。锻钢车间里，“老大哥”——那台机器上，摆了两瓶酒和一堆图纸。

叶丽娜大口地喝着酒，教杨老三识这台机器。两人用的是俄语。杨老三说：“叶丽娜，这根曲轴再给我讲讲！”叶丽娜有些醉了，她呓语着：“杨，我很孤独，真的，很孤独。”杨老三专注地看着机器问：“这根曲轴为什么容易坏呢？它不是原配的还是受过伤？你给我讲讲。”杨老三恳切地说着。叶丽娜蔚蓝的眼睛里流出了悲伤的泪，摇着头说：“杨，自从我的阿廖沙在欧洲战场牺牲以后，我的爱情的火焰已经熄灭了，是你，又点燃了我的心，可是你……”

杨老三道：“叶丽娜，我知道……”

叶丽娜眼睛一亮：“你知道？”杨老三说：“我知道这根曲轴是这台机器的生命。你再给我讲细一点！”叶丽娜伤感地说：“是的，我要给你好好讲讲……我们国家经过这场战争，男人死得太多了，很难，真的，很难。”杨老三一本正经地讲：“叶丽娜，我知道，你就要走了，但你要把这台机器讲清楚，尤其是这根曲轴，你一走我再也没人问了。”

叶丽娜说：“不，问题不在这里，我看出来了，你喜欢你的徒弟，你的肖，她很迷人，很有个性。你如果喜欢她，就大胆地追求吧，不要后退。”杨老三道：“净瞎说，她还很小。”叶丽娜说：“爱不在年龄，你们相爱了，我从你的眼睛里看出来了，我祝福你，祝你的爱情之花早日开放。”

杨老三无奈道：“叶丽娜，你是喝醉了，走，我送你回宿舍。”

可叶丽娜笑着，嚷着：“我没醉，醉了的是小狗！”话音未落，只听砰的一声，把两人吓了一跳。

杨老三循着声音来到车间门口，呆住了。

肖玉芳倒在门口的沙堆上，手旁是个空了的白酒瓶，脸上的泪还泛着光。

肖玉芳迷迷糊糊的，全身发烫，飘忽着好像腾云驾雾，可是，胃却在翻腾着，抽搐着。她晕了过去。

等到玉芳醒来，睁开眼，发现面前晃动的居然是老包那张黑脸。她迷惑地打量着四周，发现这是医院的病房。

包科长用含混不清的山东话喋喋不休：“小肖啊，你喝那么多酒干什么？你看你遭这个罪，又是灌肠又是洗胃的，别想不开啊，没事！”肖玉芳瞥了他一眼，呆呆地望着窗外。包科长道：“听见没有？”肖玉芳轻声地问：“到底是谁？”包科长抓着后脑勺说：“这事呢挺难办，嫌疑人倒是有一个，就是你师傅，杨老三。”

肖玉芳睁开眼睛直勾勾地，好像看见了什么，又好像很茫然。

包科长嘀咕着：“怎么处置呢？这件事查无实据，你说怎么处置？是哈？”

肖玉芳又闭上眼睛。

包科长说：“事情不是你想的那么简单，是哈？停了电，漆黑一片，怎么就肯定是他？人家出场也有道理，那阵子俱乐部的茅坑是满员。你放心，我们一定会查个水落石出，咱得慢慢来，是哈？”肖玉芳冷冷一笑。包科长安慰着她：“其实吧，你是受害者，是哈？领导说了，希望你正确对待，不要想得太多了。”

肖玉芳紧闭眼睛，一句话也不说，像个哑巴。

包科长又说：“这事吧，虽说查无实据，可影响是不太好，怎么说你师傅有重大嫌疑，是哈？厂里研究了，有个意见，把你从杨师傅身边调开，调出锻轧，咱不跟他学徒了，找个正经师傅。听说那阵子你要死要活地非跟他学徒不可，谁劝都听不进去，这回喝着辣汤了，是哈？”肖玉芳摇头。包科长问：“刘师傅怎么样？人家也是八级工匠，为人正派，跟他学徒吧？”肖玉芳摇摇头。包科长又问：“段师傅怎么样？也是八级工匠，年年的生产标兵，我都跟他打招呼了，人家欢迎你去给他当徒弟。”肖玉芳又摇摇头。

包科长瞪大了眼睛：“怎么，你还要给杨老三当徒弟？”肖玉芳点点头。包科长心想，这妮子怎么不知好歹，于是苦口婆心地劝：“你这个妮子，他是故事眼子你不是不知道，怎么硬要往火坑里跳呢？他自从死了老婆，见了女人眼睛都拔不出来，你这叫老虎嘴上拔须子，早晚成了他的下酒菜。”

肖玉芳恨恨地说：“我不怕，要么他把我吃了，要么我把他噎死！”包科长不停地摇着头：“不中，不中，杨老三这个人，我不是头一回和他打交道了，被他收拾过的女人多了，可没有一个来找的，他手段可高了，你不是他的对手。”

肖玉芳静静地听着，冷冷地笑着。

杨老三提着点心水果等礼品来到病房外，对着隔壁病房的窗户当镜子照着，反复用袖子擦着脸，生怕不干净。刚才，肖家老二德虎在医院门口撇了他一脸泥。

正巧肖长功从对面走过来。

杨老三赶上前搭话：“师哥，来了？看玉芳？”肖长功冷冷地说：“我是来看妹妹，你来干什么？”杨老三道：“我来看徒弟啊。”肖长功铁青着脸厉声说：“你要是还有一张脸，你立马给我走人！”

杨老三说：“师哥，话你可要说清楚，我怎么了？”肖长功压抑着怒火道：“你自己知道！她还是个没出门子的姑娘，你这不是毁了她吗？”杨老三火了：“你把我毁了！我在全厂已经叫你们搞臭了，我还成不成家了？哪个女人敢顶着臭味推开我的家门！你让我断子绝孙哪？我这一肚子苦水还不知往哪泼呢！我再告诉你一遍，杨老三再不是人也不会干出那样伤天害理的事来！”

肖长功冷笑：“你是好人？”杨老三道：“这么说我是坏人？有什么根据？我都坏谁了？我抱你的儿子跳井了吗？啊？”肖长功说：“我不跟你扯，怕脏了我的嘴，咱们不是一个林子的鸟，唱不到一块儿去，你进去我走。”说罢，转身走了。走了几步，回过头来说：“我还告诉你，不光在这种事上，希望你不管在哪方面，以后做人正派些，这对你有好处！”

杨老三一听火了：“你要是敢再教育我，别说我不认识你这个师哥。”

肖长功没回头。

杨老三走进病房来，轻声叫道：“玉芳。”肖玉芳闭上眼睛，扭过头去。杨老三说：“玉芳，你能不能听我说几句？”肖玉芳沉默着。

杨老三道：“你不听也得听！你别像咱俩有什么事似的。我是死了老婆，可这么些年，我没对女人做过缺德事，我问心无愧！不错，有好多女人对我上赶子，我不是破筐子，什么破桃烂杏都往里装，就你这号的，甩头拨拉角，没有一点儿女人味，我还看不上呢！”

肖玉芳气冲冲地问：“那你来干什么？”杨老三反问：“我想问问你，昨晚你到车间去干什么？还醉成那样！”肖玉芳道：“我想看看你这个流氓，我想掰扯清楚这件事！我还想听听你还有什么可说的？”杨老三说：“我是看在咱俩师徒一场的份上，才觍着脸来看你。你有屈，我还有一肚子苦水没处倒呢！你一声尖叫，像屎盆子似的扣到我的头上，弄我一身烘臭。你对象黄了，我以后也没法成家了呀！我找谁说理去？”

肖玉芳“呼”地爬起身问：“你说谁是屎盆子？”杨老三说：“你，你就是屎盆子！你一盆子屎，臭烘烘地倒过来，一辈子粘在我身上，我就是烫十八个澡，烫秃噜皮也洗不干净，我找谁去！”

肖玉芳气得指着杨老三鼻子骂：“你才是屎盆子，你，你，你！”

杨老三骂：“你，你是屎盆子！”肖玉芳还骂：“你，你是！”

两个人像斗鸡。

杨老三怒不可遏，挽胳膊撸腿地大喊：“你再胡说八道，我揍你！”肖玉芳也喊：“我还要揍你呢！”说着，把枕头、身边的物件往杨老三身上扔去。杨老三好男不和女斗，慌忙后退：“你疯了！”

肖玉芳哭号着喊：“滚，你给我滚！”

几天后，肖玉芳回到了锻轧车间，远远看见肖长功和杨老三在精心地擦拭着“老大哥”。

小环子不知从哪跑过来，一腚坐在“老大哥”身上问道：“肖师傅，杨师傅，昨天听广播了吗？”

肖长功和杨老三一起盯着小环子。小环子不知就里地问：“你们俩这是怎么啦，眼睛冒火要杀人哪？”肖长功问：“你坐在什么地方？这地方你也敢坐！”小环子问：“坐这怎么了？”杨老三一掌把小环子从机器拍到沙滩上：“我操你大爷，全车间没人敢近它半步，就是厂长要看机器也得向我俩请示，你还敢坐它！滚！”杨老三一脚把小环子踹出老远。

肖玉芳走到杨老三跟前大声说：“师傅，我跟你说句话。”杨老三斜眼看了她一下道：“就在这说吧！”肖玉芳说：“咱到班组去说！”说罢朝前走去。杨老三愣怔半晌，慢慢地跟肖玉芳走去。

肖长功一边擦拭着“老大哥”一边望着他俩的背影。

杨老三走进班组里来。肖玉芳扬着脖子冷冷地问：“今天什么活儿？”杨老三没搭理。肖玉芳开始和他叫板：“问你呢，说话。”杨老三来气了：“你跟谁说话？小猫小狗还有个名呢。”肖玉芳道：“跟你，这屋除了你还有谁？”杨老三一扬脖子：“咱们说不着。”肖玉芳问：“怎么说不着？你是不是我师傅？”杨老三说：“你不是调走了吗？我没你这个徒弟。”肖玉芳道：“谁说我调走了？我就在这儿干，这是领导的安排。”杨老三骂：“屁话，你这是诚心要和我过不去，你给我走！”

肖玉芳深吸一口气，下定决心似的说：“我不走，就这么着了，怎么的！我就是要看你到底是个什么人，还有多少花花肠子！这辈子我跟定你了，你跑不了！我就是你背后的一贴膏药！我非把你黏死不可！”

杨老三气她："好哇，正好我背后长着一块狗皮癣！"肖玉芳撇着嘴："那好，我就是狗皮膏药！"杨老三不耐烦地推了她一把："你给我走，我烦着呢。"肖玉芳不示弱，也狠狠地推了他一把："你推谁？"杨老三说："我就推你了，怎么着？"肖玉芳反推："推我就不行。"

两个人动起手脚来，饭盒子也飞起来。杨老三的饭撒了一地。

工作铃响了，两人带着气和众人一起忙碌。

肖长功开着锻锤，他看见玉芳开着夹料车往锻锤面上放料，总也放不准。只听杨老三喝呼道："长没长眼？往哪儿放？"肖玉芳调整了一下，还是放不准。杨老三骂着："往右点，哪是右？眼不抓色，耳朵也瘸啊！"杨老三见活儿还没放好，走过来，一把推开肖玉芳，亲自开着夹料车，把火红的钢锭准确地放到锻锤面上。

谷主任过来了。

杨老三还在骂骂咧咧："干的什么破活儿，狗脖子绑块饼子也比她好使，荒料一块。"谷主任劝道："杨师傅，你就不能耐心点？技术不是一半天就学会的，得慢慢来。"杨老三还是骂咧咧："这他妈是干活吗？斗气也不能拿工作开玩笑！你赶紧把她给我调走，我伺候不了。这是徒弟吗？是我亲奶奶！"

肖玉芳冷冷地看着杨老三说："你亲奶奶有我这么年轻吗？"

杨老三对谷主任说："你看看，你看看，像不像话，我说一句，她十句跟上。"

午休铃伴着青工们敲打饭盒的丁零当啷声响彻整个车间。

肖长功用铁夹子夹住一小块火红的钢料，用脚碾出个坑，热饭。肖玉芳端着饭盒走到肖长功身边。两人吃着饭，谁也不说话。肖长功望着她消瘦的脸，心疼地夹了一块肉放到玉芳的饭盒里，可肖玉芳又把肉夹回到肖长功的饭盒里。

肖长功又夹回去，说："吃！"肖玉芳又夹回去："你吃！再不吃我扔到沙堆里去了！"肖长功笑了笑："老丫头脾气，都让我给你惯坏的！”肖玉芳笑了笑闷头吃起饭来。肖长功说：“屋里炉子该搭上了，天冷了。”肖玉芳道：“搭上了。”肖长功叮咛：“烟筒接脖的地方用黄泥兑着胶再抹一遍，溜道缝。”肖玉芳答应着：“知道了！”肖长功不放心地叮咛：“晚上就别封炉子了。”肖玉芳道：“你烦不烦哪，怎么像老娘们似的。”

肖长功笑了笑：“跟你说个事，我看你就挪个地方吧，不用跟你师傅了。”肖玉芳听不懂似的问：“他怎么了？不是没有结论吗？”肖长功道：“工厂的好师傅有的是，你怎么偏偏盯上他了。”肖玉芳问：“他到底怎么了？”肖长功说：“玉芳，我看你还是换个师傅吧。”肖玉芳扭脸：“不换！”肖长功急道：“你怎么这么犟啊！你还想吃亏啊，自从出了事全家人都跟着你急！你像没事似的，你这到底是怎么了！”

肖玉芳咬着牙不说话。肖长功端着饭盒走了。

杨老三坐在一边抽烟，生气，把他的瘪了的饭盒放在一边。陆小梅端着饭盒，蹲在杨老三的身旁，殷勤地劝着：“杨师傅，吃我的吧，我今天带得多，炖豆角，油饼。”杨老三十分烦躁，起身说：“不吃了，我想吃膏药！”离去。

车间里的人面面相觑。

杨老三转过身来，恶狠狠地骂了一句：“狗皮膏药！”

杨老三走进了车间办公室。谷主任边吃边问：“杨师傅，吃了？”杨老三道：“还吃什么，气就气饱了。”谷主任说：“要是能气饱还好了。来，抽根烟，消消气。”杨老三气鼓鼓地说：“你说她这是学徒吗？还说不得了，硬顶硬上，这哪是徒弟？简直就是母夜叉！”

谷主任劝：“得了，得了，不是当初了，一个闹着非你不跟，一个吵着非她不要。”杨老三说：“彼一时此一时，她自从出了事，就是认准我了，屎盆子非往我头上扣不可。没别的，你给我把她调走，这个徒弟我教不了。”谷主任苦口婆心地劝：“我说，你别没数，玉芳的事惊动了公安，要是她一口咬定就是你干的，局子早就把你抓起来了，就是因为她把牙咬得死死的，一句话不说，你才没事了。”

杨老三道：“这么说我还得感谢她？这个世界上还有没有道理可讲？我的冤屈找谁说去？”谷主任说：“你爱找谁找谁，反正找我是没用。”

平日里机器轰鸣，紧张忙碌的机械车间里一反常态。大伙围着一根弯曲的大轴议论纷纷。车间主任老白跺着脚，焦急地说：“早不坏，晚不坏，偏偏在这个节骨眼儿上坏了，这简直是杀人啊！养兵千日，用兵一时，你们都白着眼珠子干什么！死鱼啊，还是活鱼？嘎巴着嘴就会喘气啊？”

一工人挠着头说：“这可是大轴弯了，我有什么办法？”

白主任火气冲天地朝着大伙喊：“平常一个个把胸脯子拍得砰砰响，一来真格的就拉稀了，都耷拉着眼皮干什么？想办法啊！”工人嗫嚅道：“没有什么办法，只好大修了。”白主任道：“我还不知道大修？大修得停产十天半个月，我跟谁要产量去？”

大伙一筹莫展。一个老工人说：“唉，看来，只好请锻轧的杨老三了，咱们全厂，只有杨老三能直大轴。”

白主任一拍脑袋：“咳，我怎么把这个神仙忘了呢！”

锻轧车间的办公室里，谷主任正和统计员小苗查看着生产进度。

白主任进来了。谷主任问：“白主任，大驾光临，有事吗？”白主任递给谷主任一支烟：“没事我来逛新城啊？谷主任，兄弟遇难了，我是来求援的。”

谷主任道：“有什么困难就说，咱们是兄弟车间，什么求不求的！”白主任说：“唉，大轴弯了，大修得十天半个月，要了我的命了！我们维修工段那些白吃饱都长长眼了。”谷主任笑了：“你找我？我也得长长眼啊。”白主任道：“我找你干什么？我是来求杨老三的。”

谷主任点点头：“嗯，要讲直大轴，还就得找杨老三。”对统计员说："小苗，你去把杨师傅喊来。"

小苗匆匆离去，不大工夫，就把杨老三拽了来。

杨老三走进办公室，不安地问："谷主任，你喊我？"谷主任说："不是我喊你，是白主任，他是来请姜子牙出山的。"白主任敬上一支烟说："杨师傅，火上房了，你得去救驾啊！"杨老三道："什么事，你就直说。"

白主任说："毁了，我们车间的大轴弯了。"杨老三说："哎呀，这可麻烦了。"白主任道："可不是嘛，所以来搬你这个活神仙了。"杨老三装傻道："白主任，你可别拿我开涮。"谷主任在一旁帮腔："杨师傅，你就别客气了，你有一手直大轴的手艺，他不求你求谁？兄弟车间，去帮帮忙吧。"杨老三故意皱着眉头说："直大轴？那都是以前的事了，手艺用不上，都撂了。"

白主任道："哎，手艺学到手，那就是自己的老婆，说摆弄就摆弄，这可是你说的。杨师傅，我可对你说，全厂一盘棋，关键时候你可不能打退堂鼓。"杨老三说："我不是打退堂鼓，手艺是生疏了，咱没有十足的把握……"

谷主任干脆激将："噢，杨本堂说熊话了？啊，闹了半天，都传说你直大轴有绝活，是吹牛皮啊！"杨老三光火了："我多会儿吹过牛皮？大轴，我没直过吗？"白主任说："杨师傅，你的手艺，没有人怀疑。"杨老三转着眼珠子："我不是推托，手艺是有些生疏了。这么着，我可以答应你，但你得答应我一个条件。"白主任说："你尽管提，只要我办得到。"杨老三道："大轴要挂红，鞭炮要齐鸣。"谷主任说："你这不是搞封建迷信吗？"杨老三笑了："这不是封建迷信，是讨个彩头。你看没看咱们的跃进号万吨巨轮下水？放了多少鞭炮？挂没挂红？那也是封建迷信？"白主任道："绝对不是。这可以办到，你放心，不但大轴挂红，我们还要给你披彩，敲锣打鼓，抬你到厂部请功。走吧。"

杨老三又加上一句："别忙，还有，现场必须围上布幔，任何人也不得进入布幔。"谷主任问："这是干什么！"杨老三狡黠地说："我怕一旦失手，丢不起那个人。"白主任连连点头道："可以理解，可以理解。"

机械车间门口鞭炮高悬。大轴挂红，被一幅布幔围挡着。布幔外围站着很多人。杨老三坐在那儿，悠闲地抽着烟。

两个青工抬着个大箱子，走过来说："杨师傅，你的箱子我们抬过来了。"杨老三伸手一指："抬幔帐里去！"

肖玉芳冷冷地站在一边，心想，破架子摆得挺大，看你有多大本事。

几个女工在杨老三的腚前腚后侍候着，打扇的打扇，擦汗的擦汗。白主任一递眼色，一个女工拿着一盒蓝翎烟说："杨师傅，抽这个。"杨老三道："一样，一样。"嘴里推辞，却接过烟，揣到兜里。又一女工递上茶："杨师傅，喝茶，这是黄山茉莉芽，我们白主任从安徽老家带来的，您尝尝。"杨老三很在行地品了一口："嗯，好茶，好茶，好茶就是不一样。"顾左右而言他，"可惜了……"

白主任不解地问："怎么了？可惜什么？"杨老三跷着二郎腿摇着脑袋："可惜水不好啊。"白主任问："哦？水怎么不好了？"杨老三道："这么好的茶，应该用铜壶烧的水。咱们厂的开水，都是蒸汽呲的，用来沏茶，什么好茶叶都瞎了。"白主任问："怎么？这水还有讲究？什么壶烧的水你都能喝出来？"杨老三忍不住开始卖弄："那可不是。岂止这个，你就是用什么柴火烧的水我都能品出来。"白主任吃惊道："真的？"杨老三两眼放光说："看看，你不信？有一回，一个朋友请我品茶，碧螺春，说是极品。我喝了一口，当场就泼他脸上了。"白主任问："为什么？"杨老三说："我品出来了，你猜他用什么给我烧的水？是茅坑里的搅屎棍。"白主任叹道："哎呀，你这张嘴，还叫嘴吗？"肖玉芳也将信将疑地看着杨老三。众人说着敬佩的话："不一样，就是不一样，杨师傅，嘴一份，手一份，没个比。"白主任说："杨师傅，茶喝到这时候，差不多了？大轴也煨过火了，咱们动手吧？"

杨老三忽地站起身说："好，开始！"

肖玉芳跟着杨老三走进布幔。杨老三停下脚步说："玉芳，你给我在外面看着点，不许有人迈进布幔一步。"肖玉芳不情愿地停下了脚步。

布幔显出杨老三脱衣服的身影，众人紧张地看着布幔。

杨老三弯下身子，打开箱子，箱子里一溜儿放着十八把锤子，大小不一的锤子上都拴着红缨，一会儿里面传出了轻重不一、高低有序迷人的敲击声。

肖玉芳慢慢地走进去，蹲下身子，好奇地摸着一把把锤子。杨老三回过头，呵斥道："不许摸！你给我出去！"肖玉芳慢慢地退出去，隔着幔帐倾听着。锤声越来越急越来越响，如同一段优美的打击乐，肖玉芳的心也随着锤声跳个不停。

杨老三又用卡尺校着大轴，接着又是一段敲击声。

肖玉芳忍不住抵起幔帐往里看着，只见杨老三光着膀子，抡起大锤，猛地向大轴砸去。

众人不由屏住了呼吸。

砰的一声巨响过后，里面传来杨老三故作沉稳的声音："进来吧！"

众人蜂拥而入。检查员用卡尺量着大轴，欢呼道："直了，直了！"众人欢呼着，沸腾着，把杨老三抬在头顶，扔向天空。

那一刻，杨老三仿佛是个凯旋的英雄。

车间外鞭炮齐鸣。

肖玉芳无比敬佩地看着杨老三，心潮澎湃。

看着肖玉芳亢奋的样子，杨老三的表情很复杂。

下班后，车间的小食堂里摆下了庆功宴。白主任等一群人在劝杨老三喝酒：“杨师傅，这杯酒你无论如何得喝下去，你可解了我大难了，百闻不如一见哪，来，喝！”

杨老三已经醉了：“白主任，我得谢谢你呀，就我这样的人你们还敢供着我，你们的胆子可够大的了，我是顶风臭十里地呀！”白主任道：“谁敢这么说杨师傅，杨师傅怎么啦？”白主任问着众人：“啊，杨师傅怎么了？杨师傅手艺为人没挑的，咱大家心里有数。我们是不听那些风言碎语的，杨师傅，厂子里那些风传你别往心里去，我们心里有杆秤，对不对呀大伙？”凑着热闹，众人答道：“对！我们心里有杆秤，来，杨师傅，喝！”十几个大茶缸咣地碰在一起。

肖长功端着饭盒走到这，见此情景，悄悄地扭头走了。

乘人不备，一个脏兮兮的小孩溜到了桌子下面。

众人还在胡喝，一只小脏手不断从桌子底下伸出来，把杨老三盘里的鸡一块块拿走。小脏孩蹲在桌子底下拼命地啃着鸡腿，好像饿死鬼托生。

杨老三喝着酒，心里还不太糊涂：“别把我抬得那么高，我这个人缺点还是有的，我心里有数！”伸着手到盘里拿鸡，一看盘里空了：“哎，我盘里的鸡哪去了？”众人笑道：“杨师傅，喝多了吧，那盘鸡都让你吃了。”杨老三纳闷道：“我没吃呀，这盘鸡怎么没了呢？”

白主任端过一盘木须肉：“杨师傅，吃这个！”杨老三举杯：“来，咱喝，有你们这句公道话，我喝死了都不带翻白眼的！”

众人又喝起来。

那只小脏手又伸到桌子上，抓着杨老三盘里的木须肉。杨老三喝大了，他也抓盘里的木须肉，一下子抓住了小脏手。杨老三有点糊涂了：“咱喝酒就是喝酒握什么手啊，别握了，别握了，满手都是油！”白主任说：“喝大了吧，谁和你握手了？”杨老三打量着手里的小脏手问：“这是谁的手？”顺着手往下一看，看见了小脏孩，嘴里塞满了东西，埋里巴汰的小脸上，一双大眼睛叽里咕噜转个不停。

众人一愣。

杨老三把小孩从桌下拎起："这个孩子，谁家的？怎么跑到桌下来了？"白主任也问："小孩，谁家的？怎么进来的？"小孩被噎住了，说不出话来。杨老三轻轻地拍着小孩的后背："别急，孩子，咽下这口再说。"小孩使劲地咽下嘴里的东西。噎得眼泪都出来了。

一个工人走过来喊着："出去出去！"把小孩推了出去。

杨老三说："来，接着喝！"

小孩不知什么时候又蹭进来，在杨老三身边站着。杨老三一边喝酒一边用腿拨拉着孩子："去，一边去，哪来的孩子这么黏人！"小孩就是黏在杨老三身边不走。杨老三笑道："这孩子，想喝口啊？"小孩点点头。杨老三大笑，把大茶缸递给小孩。小孩接过茶缸，咕嘟咕嘟地喝了几口。杨老三用惊奇的目光打量了半天。

夜里，杨老三慢慢地走在回家路上，高声唱着一首苏联歌曲。他身后，那个小脏孩还在远远地跟着。

两人走走停停……

杨老三站住了，他蹲在地上，望着远处的小孩。小孩也蹲下来，远远地望着杨老三……两个人就这么瞅着。

又是午休时间，锻轧车间的沙堆上，几个女工一边吃饭一边说笑疯闹。陆小梅说："哎，给你们说个新鲜事。"胡大姐问："什么新鲜事？"陆小梅说："我昨天晚上去游泳池游泳，一个男的，就那么光溜溜地出来了，他还寻思是在更衣室呢。大伙那个笑啊，他也咧着嘴傻笑，后来一低头，发现自己光着屁股，捂着下身就跑回去了。"胡大姐嘎嘎笑着说："小梅，这回你可看到光景了，美死了。"陆小梅说："美什么，恶心死了。"

胡大姐意味深长地说："这事吧，要是搁到女的身上，就没脸活了，男的脸皮厚，没事。"瞅一眼杨老三，又瞅一眼肖玉芳。

肖玉芳端着饭盒两眼愣神，十分孤独。

冯心兰悄悄地坐在她身边，小声地说："玉芳，今晚和小胡见面的事可别忘了，在劳动公园。"肖玉芳低低地说："嫂子，我不想见。"冯心兰悄声道："你傻呀？天下男的就一个小康啊？你看他那家人家，假模假样的，那个小康哪还有个男人样，娘们儿胎，什么都听他妈的，这样的男人白给都不稀罕，黄了更好。听我的，下了班好好打扮打扮。"

下班后，回到家里，冯心兰劝着肖玉芳说："他姑，人家都来了，你怎么也得见个面吧，我看小伙挺好的，走吧，打扮打扮。"肖玉芳道："不见，我不想谈。"冯心兰说："不是当嫂子的撵你，你不能老在家里吧，再说你刚刚碰上这事，你哥心里急得都上火了。"肖玉芳说："碰见什么事了？我怎么了，我哥愿上火让他上去！"冯心兰一下子没话了。

肖长功正在屋里着急，一抬头乐了，只见肖玉芳迎头走进来问："人呢？"肖长功朝厨房指了指，里面有一个小伙子扎着围裙正在忙乎着颠勺炒菜。

肖玉芳坐下说："嘿，还真拿自己不当外人！"

肖长功压低了声音："我刚才和小胡说了会儿话，小伙子挺好的，老实本分，家庭出身也不错，你别使性子啊，跟人家好好谈。就是不满意也别挂在脸上，给人家个台阶下，听见没？"肖玉芳说："哥，你这么急着把我嫁出去什么意思我清楚！"肖长功小声地道："你又想哪去了。"肖玉芳笑了笑："你什么时候关心我的婚事了？"

小胡在里面要起调料来。肖玉芳走了进去。

冯心兰悄声地说："他老姑还劲劲儿的，我看这事成不了。"肖长功无奈地说："嗯，这局肯定又是叫她搅了。"

小胡炒着菜，一伸手道："酱油。"肖玉芳从背后递过一个瓶子。小胡边接过来倒进锅里边问："有味素吗？"肖玉芳递过一个罐子。小胡挖了一勺放进锅里，一回头看见了肖玉芳，眼前一亮："你是肖玉芳同志？"肖玉芳点点头说："你的菜炒得不错，炒吧。"

小胡又炒青菜，不停地和肖玉芳要着调料。小胡一边颠着勺一边说着："肖玉芳同志，我先做个自我介绍吧，我的家庭是这样的，是革命家庭，我的父母都是革命军人，现在还在部队任职，我是这个家庭最小的成员，高中毕业后就进了工厂，共青团员。"

肖玉芳问："你几岁开始学炒菜的？"小胡说："我十岁就开始给家里做饭，肖玉芳同志，你们厂子三班倒吗？你的工作是不是很累呀？"肖玉芳问："你这是做的什么菜？醋熘大白菜吗？"小胡说："肖玉芳同志，你快出徒了吧，我们厂子……"肖玉芳问："醋熘大白菜放香菜吗？什么时候放啊？"

小胡不停地往上端菜。冯心兰招呼着："小胡啊，坐下坐下，忙活半天了。"肖长功也说："坐下，咱喝两盅。"

小胡忽然想起什么，拿起自己的包问："嫂子，有箱子吗？"冯心兰道："有哇。"小胡问："能把我这个包放起来吗？"冯心兰顿了一下："能。"小胡又问："箱子有锁吗？"冯心兰诧异地问："放进去就是了，锁它干什么？"小胡笑了笑，不语。冯心兰开了箱子，小胡把包放进去，仔细地锁上了箱子。

肖玉芳静静地看着眼前的一切，她站起来，要离座。气氛一时有些尴尬。小胡笑了笑说："这是我明天要交的材料。我们有纪律，对不起。"

肖玉芳坐下了。

肖长功说："好哇，是得遵守纪律，来，小胡，喝一盅。"小胡却道："对不起，我不能喝酒，我们有纪律。"肖玉芳好奇地望着小胡。

肖长功说："来，吃菜吧。"夹起了一口菜突然皱起了眉头。冯心兰夹了一口也如此。小胡望着两个人也夹了一口，差点儿吐出来："这是怎么回事？"

肖玉芳忍不住笑了。

小胡望着肖玉芳也笑了：“你是不是把调料都递错了？”

与此同时，杨家屋里也在吃晚饭，杨老三和小孩啃着烧鸡。

小孩撕下鸡大腿说：“叔叔，这个给你，这儿的肉香。”杨老三问：“你吃什么？”小孩说：“我啃骨头。叔叔说了，我是鼓上蚤，我知道，鼓上蚤是水泊梁山的时迁，时迁啃鸡骨头啃得可干净了。”杨老三故意地说：“好了，别咧咧了，一家一只，吃完你就走吧。”小孩说：“我不走了，我要住在这儿，你说了，管我三天饭。”杨老三说：“我说管饭，可没说管住。”小孩道：“管饭就是管住，大人说话要算数。”

杨老三迟疑片刻，笑了：“你这小子，心眼太多了。好吧，要是愿意，你就留下来。”小孩扑通一声给杨老三跪下，喊一声：“爸，儿子给你磕头了！”泪流满面。杨老三望着小孩，半天不语。

小孩呆呆地看着杨老三。杨老三说：“给我上炕！”小孩呆呆地看着杨老三。杨老三一拍桌子：“上炕！听见了吗？”小孩爬到炕上。杨老三说：“把衣服都给我脱了！”小孩吓得把衣服脱了。

杨老三走到炕前，仔细地检查他的四肢，又扒拉他的小雀。小孩哭了：“你要干什么，大流氓！”杨老三笑了：“哎哟，小雀还挺硬挣，哎哟，起来啦，起来啦！”小孩慌忙地提起了裤子。

杨老三说：“到院里给我跑几圈去！”小孩拧着身子道：“我不去，我不去！”杨老三问：“你想不想在这住吧？”小孩说：“想。”杨老三道：“那就给我去跑圈去！”小孩走了出去。

杨老三朝外望去，小孩在院里呼哧呼哧跑圈，不停地喊着：“行了吧，行了吧，累死我了，你就饶了我吧！”

杨老三躺到炕上，他端起一盅酒，高高地擎起来，张开嘴，酒流长长地灌进他的嘴里……

肖家的饭还在吃着，肖玉芳放下筷子站起来说：“哥，嫂子，小胡同志，你们先吃着，我出去有点儿事。”说罢，朝外走去。肖长功问：“这么晚了你有什么事啊？”肖玉芳说：“胡师傅病了，我和陆姐约好了去看她。”说罢，走了出去。

屋里一片尴尬。

小胡站起来说：“我也该回去了，嫂子，把包给我。”冯心兰开了箱子把包递给他。小胡接过包转身出去。

冯心兰摇了摇头叹道：“哎，又黄了。”肖长功说：“这也急不得，慢慢来吧。”冯心兰道：“这可真是个心事啊！”

小胡正在街上慢慢地走着，见一个人蹲在地上修理自行车。小胡上前问：“同志，自行车坏了？需要帮忙吗？”

那人抬起头来，是肖玉芳。

小胡道：“是你？”肖玉芳急得满脸汗：“真是越急越出事，我的自行车掉链子了。”小胡拍着胸脯：“没事，有我呢。”说话间掏出那个年代鲜有的小手电，交给肖玉芳，修起自行车来。

肖玉芳一边照着亮一边端量着小手电：“这手电从哪弄的？这么小还这么亮。”小胡说：“街上没有卖的，是我们单位发的。”肖玉芳道：“对了，你的包没忘带吧。”小胡说：“带着，任何时候我也忘不了。”肖玉芳问：“这包很重要吧？”小胡一脸严肃地说：“是的，比我生命还重要！”

修好了自行车，小胡大步走了，肖玉芳在夜色里默默地看着他的背影。

几天后，肖玉芳下班回家，扎着围裙十分麻利地炒菜。小胡在旁边替她拿调料。肖玉芳边炒边说：“我们厂也有化验室，开始我们觉得挺神秘的，后来才知道没什么技术，天天是小和尚念经，老一套，没什么了不起的。”

肖长功走进来，一脸的舒展，把一碗海蛎子递给玉芳：“把这碗海蛎子炸炸给小胡尝尝。”转身出去。

小胡正色说："肖玉芳同志，你错了，大错而特错了，我们的化验室规模很大，技术要求很高，高得超乎你的想象，不但要化验钢铁，还要化验一些特殊物质，不但要化验物质的结构、分子式、化学性能，还要化验物理性能，包括光谱分析、金相分析、分子结构分析、后坐力分析……"突然捂住了自己的嘴。

肖玉芳问："你怎么了？"小胡捂着嘴："咳，牙疼。"

肖玉芳疑惑地问："你们这是什么化验室啊。哎，你到底在什么厂工作？"小胡躲闪着："我以后跟你说吧。"肖玉芳生气了："不说就算了，那咱们再见吧。"小胡问："肖玉芳同志，你生气了？"肖玉芳说："我生什么气？和一个我不知在哪儿工作的人生气？犯不着。"小胡无奈地说："肖玉芳同志，你实在要问，我只好告诉你了，只是请你不要对别人讲。"

肖玉芳奇怪地问："什么厂子，还保密？"小胡道："这回你说对了，我是在保密厂工作，国营523厂。"肖玉芳道："咦，523厂？没听说过这个厂子啊！"小胡四下警惕地看了看，压低声音说："是军工厂，保密单位。"肖玉芳愈加好奇，睁大眼睛问："真的啊？"小胡愈加神秘地说："真的！我们厂的保密措施非常严厉，凡是我们厂的工人，找对象一定要向组织报告，一旦确立恋爱关系，厂里政工部门要对对方进行政审，查祖宗三辈，一点也不含糊。"

肖玉芳问："真的？那么严格！"小胡道："不严格不行，咱厂有过惨痛的教训。"肖玉芳问："教训？还是惨痛的？"小胡说："我给你举个例子吧。我们厂有个小青年，处了个对象，那个女的，长得可漂亮了，脸蛋有点像王晓棠。"肖玉芳叹："那么漂亮呀！"小胡说："那个小青年和女的爱得死去活来，都那个了。"肖玉芳吃惊地问："是吗？"小胡说："那个女的把小青年迷得晕晕乎乎的，她说什么小青年听什么。后来，她让小青年往家拿废图纸，说要包书皮儿。"

肖玉芳问："拿了？"小胡说："拿了。结果怎么着？后来部里发现我们厂泄密了，产品让国外知道了。保卫科内查外调，终于查出来了，是小青年泄的密。顺藤摸瓜，揪出了女的，一查，你猜怎么着？是个美蒋特务！”肖玉芳惊呼：“我的妈呀，这不就是侦探片吗？”小胡道：“可不是嘛。所以说，我们一般不敢说在什么厂工作，请你原谅。”听他说完，肖玉芳脸上渐渐升起了神圣感。

夜深了，肖长功和冯心兰坐在桌前等着肖玉芳，她送小胡去了。

院门响了，接着是停放自行车的声。肖长功说：“玉芳回来了，你去看看。”冯心兰道：“不用看，她会上这屋的，他俩眉眼里有故事，准成！”肖长功趴着窗朝院里看了看，回过头说：“回屋去了！”冯心兰问：“没看看她什么表情？”肖长功说：“大黑天能看什么！”肖长功松了口气：“给我盛碗饭吧，一晚上紧张的我，就吃了两口菜！”

东厢房里，肖玉芳睡不着了，辗转反侧。

几天后的一个大清早，肖玉芳戴着口罩，站在树下，好奇地看着523厂的大门口。厂门口有解放军站岗查证。工人们入厂，示证。肖玉芳看着，十分激动。

小胡骑着车子过来了。肖玉芳热情地跑过去打招呼：“胡玉良同志。”没想到小胡不理她，骑着车子从她身边擦身而过。肖玉芳刚想喊，小胡又骑车绕到她跟前，半是疑惑半是呵斥地问玉芳：“你怎么来了？”

肖玉芳嗫嚅道：“玉良，我就是愿看。”小胡问：“看什么？”肖玉芳说：“看你进厂门口，接受解放军检查证件，这么看着，就觉得我一辈子有着落了，心里就踏实了。”小胡理解地笑了笑：“好了，看完就回去吧，别耽误上班。”说罢，朝厂门口走去。

解放军检查了小胡的证件，放行。小胡回过头，冲肖玉芳招了招手。肖玉芳幸福地向他挥了挥手。

黄昏时分的公园里，肖玉芳和小胡，两个人又见了面。

小胡直盯盯地看着肖玉芳，目光严厉。肖玉芳奇怪：“玉良，你怎么拿这种眼神看着我？”小胡冷冷地问：“你今天早晨去我们厂干什么？”肖玉芳嗫嚅地：“我……”小胡厉声问：“你是不是不相信我？跟踪我，调查我？”肖玉芳委屈地说：“你想哪儿去了？我觉得你的工作那么神圣，就是想看看你的工作环境，没别的意思。”小胡严肃地说：“肖玉芳同志，咱们是革命同志，要对革命负责，我的工作事关国家机密，不可以掉以轻心，你明白吗？”肖玉芳使劲地点头：“明白，我全明白。”小胡道：“明白就好，咱们谈恋爱归谈恋爱，得订个规矩，五不准。”

肖玉芳问：“哪五不准？”小胡道：“一、不准问我们厂的情况；二、不准给我们单位打电话；三、不准到我们厂去找我；四、不准对别人谈起我；五、不准打听我的情况。”

肖玉芳点头：“嗯。”小胡问：“都记住了？”肖玉芳道：“记住了。”小胡说：“重复一遍。”肖玉芳重复了一遍。小胡道：“大点声！”肖玉芳含着眼泪大声又重复了一遍。小胡这才有了笑脸。

小胡看着玉芳的脸问：“玉芳，生气了？”肖玉芳躲闪着：“没，没有。”

小胡从钥匙链上摘下一个金属做的小金鱼，郑重地递给肖玉芳：“喏，这是用我们厂特殊钢板做的，送给你做个纪念。”肖玉芳郑重地接过来。小胡叮嘱着：“一定要保护好，像保护自己的眼睛一样保护它，这东西如果被特务搞到手，一化验就知道我们军工厂的秘密，我就会被抓起来。”

肖玉芳神圣地捧着小金鱼，仿佛那是天大的宝贝。

从公园出来，肖玉芳骑着车飞奔回家，支好了自行车。

冯心兰站在门口喊：“玉芳，吃饭。”

肖玉芳似乎没听见，一头拱进自己的屋子，拿着小金鱼端详着，握在手里，躺在炕上。冯心兰走进屋来说：“玉芳，叫你吃饭也没听见。怎么了？”肖玉芳没有回应。冯心兰问：“咦？玉芳，你手里的小金鱼挺好看的。谁的手这么巧？从哪来的？”肖玉芳神秘地说：“保密！”

包科长走进肖家院子。肖德虎正在院子里练铁砂掌。包科长端量着，有些技痒，做着指导：“掌形不对。这样练，练一百年也没用，是哈？”肖德虎睨了他一眼，继续练。

包科长说：“注意，运上气，运不上气也是白搭。”肖德虎不服：“挺内行的啊，说嘴谁不会？比画比画？”包科长推托着：“有什么可比画的？俺要是比画输了，脸上下不来，你也光彩不到哪儿去，是哈？为什么这么说？俺一个半大老头子了嘛。”肖德虎冷笑道：“不敢比就说不敢比的话，别扯些没用的。还保卫科长呢，也就是会吵吵巴火的，枕头瓤子。”

包科长火了：“你说俺是枕头瓤子？是哈？今天不和你比画是不行了，是哈？”说着，脱下了衣服，“小伙子，经得起摔打吧？”

肖德虎说：“你先把自己浑身的零件紧一紧。”包科长自负道：“小伙子，俺就一只手，这只手动了算是欺负你。”肖德虎说：“你挺狂啊，那我就不客气了。”说着，亮开架势，施展三脚猫的功夫，来了一个饿虎扑食。

包科长果然是练家子，没见他动手，肖德虎就一个仰儿八叉跌到尘埃，吃惊地看着包科长。

肖长功走出屋子，哈哈大笑：“德虎，你吃了豹子胆了，敢和你包叔过招。山东平度包家拳，打遍天下无敌手，你包叔得的是真传，他还当过特种兵，最擅长擒拿。”肖德虎问：“包叔，真的啊？”包科长：“好汉不提当年勇，多少年不练了，浑身放肉了，不行喽。”肖德虎顿时对他肃然起敬。

肖长功道：“老包，屋里坐。”把包科长让到屋子里。

肖长功端详着老包的黑脸问：“老包，你是无事不登三宝殿，有事啊？”包科长说：“是有点事，玉芳谈对象了？”肖长功说：“是在谈着一个，你耳朵真尖。”包科长笑道：“咱是干什么的！老肖啊，这事有点不妥，玉芳还没出徒，谈恋爱可是犯规啊。”肖长功嘿嘿笑着：“犯什么规，不出徒咱不结婚就得了呗，你们当领导的睁一只眼闭一只眼吧。”

包科长道：“你呀，就包庇吧。俺都替你打听了，小伙子叫胡玉良，他爸在军分区后勤处，大校，妈在部队医院，他在国营523厂，化验员。小伙子高中毕业，共青团员，是哈？”肖长功笑着点头：“说得一点不错。”

包科长说：“小伙子条件不错，一定要抓牢了。”肖长功道：“唉，好是好，人家在军工厂，听说找对象要组织调查，我担心对方厂子外调。”包科长说：“没什么了不起，咱们家庭清白，不怕他调。”肖长功道：“家庭没问题，我是担心玉芳，怕那件丢丑的事，对她会有影响。”包科长说：“不用担心，这事俺顶着，事嘛，也不用捂着盖着，这事想捂严实也难。”肖长功说：“那就全靠你了。”

包科长看着窗外练功的肖德虎说：“德虎这小子，我看行。”肖长功道：“行什么行！年轻轻的，不学点技术，成天在工会瞎混，也没个正经活，净打零杂，能混出个什么名堂？”

包科长道：“听你这话，没有技术的人就没出息？俺什么技术也没有，不也是瞎混了？”肖长功说：“他哪能和你比，你有本事。”包科长道：“俺哪有什么本事。”肖长功说：“你是革命功臣。他呢？还不到二十岁，就这么晃悠，晃悠到什么时候是个头？这孩子各路，从小就迷上了功夫，动腿动胳膊，没大出息。”包科长道：“未必见得，俺看你是戴了木头眼镜，有句老话，出水才看两腿泥呢。”

肖家饭桌旁，三个皮小子围着桌子，敲着饭碗唱歌……

肖玉芳道：“烦死了，闹不闹人啊！”肖德豹嬉皮笑脸地说：“这还嫌闹啊？等你结婚的时候，闹死你。”肖玉芳道：“等我结婚的时候，把你们三个都按马葫芦里，看你们闹。”姑侄几个疯闹起来。

肖长功从里屋出来，坐在饭桌前。玉芳和三个小子一下都缄口了。

突然，小胡走了进来，一屋人都愣了。

肖玉芳起身说：“我给介绍一下。”一一介绍了侄子。恰好冯心兰从厨房出来。冯心兰热情招呼：“小胡来了，正好，一块儿吃饭。”小胡说：“大嫂，我吃过了。”

肖玉芳看着他的脸色问：“玉良，有事啊？”小胡沉着脸说：“是有点事。”说着，拽着肖玉芳往外走，“到外面说。”

肖长功紧张地望着两人。

东厢房里，小胡脸色苍白地问：“玉芳，我问你，我给你的小金鱼哪去了？”肖玉芳说：“在这儿啊。”急忙掏出钥匙链，却发现小金鱼没有了，焦急地，“哎呀，哪儿去了？”满兜里掏着。小胡火了：“行了，别找了，让我们厂站岗的解放军在门口捡去了，人家一看就知道是我们厂里的特殊钢做的，现在正在调查这件事呢。”肖玉芳慌了：“这可怎么办啊？准是我掉的。”

小胡问：“这么说，你又背着我到我们厂门口看我了？”肖玉芳点了点头。小胡跺着脚：“完了，这下完了，这小金鱼是我给你的，我得向组织坦白。”肖玉芳问：“他们怎么知道是你的呢？”小胡说：“我们是军工企业，每个人都宣过誓，必须诚实，我们厂里的一块钢渣，一个螺帽，都关系到国家的安全，我不能不坦白。”肖玉芳说：“玉良，你这不是自找麻烦吗？等问到你再说也不迟啊。”小胡正色道：“这么大的事能对组织隐瞒吗？”

第二天，钢厂大门口上早班的人流车流，来来往往。肖玉芳骑着自行车过来。包科长站在厂门口喊：“玉芳，你过来！”

肖玉芳下了车问：“包科长，什么事？”包科长说：“跟俺到保卫科去一趟。”

包科长带着肖玉芳进屋。屋里坐着两个解放军同志。包科长说：“介绍一下，这就是肖玉芳同志。小肖，这是523厂的两位同志。你们说吧。”

军人乙道：“包科长，我们里屋谈。”和老包走进了里屋。

军人甲拿着小金鱼问肖玉芳：“肖玉芳同志，这是你的东西吧？”肖玉芳惊慌地说：“是，是我的。”军人甲问：“这东西你是从哪儿弄到的？”肖玉芳沉默。

军人甲说：“肖玉芳同志，你就别隐瞒了，胡玉良同志把一切都说了。”肖玉芳说：“是他送给我的。”军人甲问：“什么时候送的？”肖玉芳说：“上个星期天。”军人甲问：“你拿到这个东西后，给没给别人看？”肖玉芳说：“没有。”军人甲问：“真的？好好想想。”肖玉芳道：“没有，肯定没有。”

军人甲又问：“这上面有锉锉过的痕迹，这是怎么回事？”肖玉芳说：“我好奇，想试试它的硬度，就锉了一下。”军人甲严厉地问：“真的吗？”肖玉芳道：“真的。”军人甲追问着：“那锉下的钢末呢？”肖玉芳说：“钢末？都掉地上了。”军人甲问：“没有人收拾了去吗？”肖玉芳说：“没有。”

军人甲道：“同志，事情很严重，如果这些钢末被敌人得去，就构成了严重的泄密，你们给天捅了个窟窿啊！”

另一间屋里，包科长给肖玉芳做着担保：“肖玉芳？俺太了解了。这孩子，出身绝对没问题，她一家人都在俺们钢厂，哥哥是劳模。她本身是学徒工，积极上进，钻研技术，是共青团的积极分子。”

军人乙说：“包科长，别光拣好听的说，听说她作风有问题。小胡是我们厂实验室的技术骨干，从事最保密的工作，对他的对象，我们必须进行严格的审查。”

包科长说：“同志，说话要有根据，谁说她的作风有问题？无中生有嘛！是哈？不错，因为她长得漂亮，性情又活泼，难免飞短流长，可这怨她吗？你们是不是听说她被流氓侮辱过的事？难道被流氓侮辱过的人也是流氓吗？有这样的道理吗？”

军人乙道：“这件事就别争论了，我们听组织的。不过我还要说一句，你们厂是怎么搞的？怎么还允许徒工谈恋爱啊？”包科长尴尬地笑着：“这事就别较真了，你们厂就没有？”军人乙语塞了。

黄昏的街道上，肖玉芳骑着自行车飞奔着……

图书在版编目（CIP）数据

中国百年工业文学大系：长篇小说卷Ⅳ / 孙拥军主编. -- 北京：中国工人出版社，2025. 5.
ISBN 978-7-5008-8577-1

Ⅰ. I211

中国国家版本馆CIP数据核字第20252VB099号

中国百年工业文学大系：长篇小说卷Ⅳ

出 版 人	董　宽
责任编辑	宋　杨
责任校对	张　彦
责任印制	黄　丽
出版发行	中国工人出版社
地　　址	北京市东城区鼓楼外大街45号　邮编：100120
网　　址	http：//www.wp-china.com
电　　话	（010）62005043（总编室）　62005039（印制管理中心） （010）62379038（社科文艺分社）
发行热线	（010）82029051　62383056
经　　销	各地书店
印　　刷	北京印刷集团有限责任公司
开　　本	880毫米×1230毫米　1/32
印　　张	21.75
字　　数	450千字
版　　次	2025年6月第1版　2025年6月第1次印刷
定　　价	98.00元